E L James

MÁS OSCURO

Después de veinticinco años trabajando en la televisión, E L James decidió cumplir su sueño de infancia y se lanzó a escribir historias que enamoraran a los lectores. El resultado fue *Cincuenta sombras de Grey* y sus dos secuelas, *Cincuenta sombras más oscuras* y *Cincuenta sombras liberadas*. La trilogía más sensual de los últimos años ha logrado vender más de 150 millones de ejemplares en todo el mundo y ha sido traducida a 52 idiomas. Además, en 2015 escribió el bestseller *Grey*, la historia de Cincuenta sombras de Grey desde la perspectiva de Christian.

En 2012 James fue nombrada por la popular presentadora de televisión Barbara Walters una de "Las 10 personas más fascinantes del año", la revista *Time* la incluyó en su lista de "Personas más influyentes del mundo" y el *Publishers Weekly* la nombró "Autora del año".

La exitosa trilogía, junto a *Grey*, cuenta con más de 8 millones de lectores en español. La autora ejerció de productora en la adaptación cinematográfica a cargo de Universal Pictures. La película *Cincuenta sombras de Grey* batió récords de taquilla en todo el mundo en 2015 y su secuela de 2017, *Cincuenta sombras más oscuras*, resultó igual de popular entre los fans de la historia de Ana y Christian. El esperado desenlace, *Cincuenta sombras liberadas*, se estrenará en la gran pantalla en 2018.

James vive en Londres con su marido, el novelista y guionista Niall Leonard, sus dos hijos y sus dos perros. En la actualidad está trabajando en nuevas novelas y proyectos cinematográficos.

TAMBIÉN DE E L JAMES

Cincuenta sombras de Grey

Cincuenta sombras más oscuras

Cincuenta sombras liberadas

Grey

MÁS OSCURO

MÁS OSCURO

Cincuenta sombras de Grey
contada por Christian

E L James

Traducción de ANUVELA

Vintage Español
Una división de Penguin Random House LLC | Nueva York

Para mis lectores.
Gracias por todo lo que han hecho por mí.
Este libro es suyo.

Agradecimientos

Gracias a:

Todo el equipo de Vintage, por la dedicación y profesionalismo. Su experiencia, su buen humor y su amor por la palabra escrita me resultan una fuente de inspiración constante.

Anne Messitte, por tener fe en mí. Siempre estaré en deuda contigo.

Tony Chirico, Russell Perreault y Paul Bogaards, por un apoyo que no tiene precio.

El maravilloso equipo de producción, edición y diseño que ha dado unidad a este proyecto: Megan Wilson, Lydia Buechler, Kathy Hourigan, Andy Hughes, Chris Zucker y Amy Brosey.

Niall Leonard, por tu amor, apoyo y consejo, y por ser menos gruñón.

Valerie Hoskins, mi agente; gracias por todo, todos los días.

Kathleen Blandino, por la revisión de pruebas y por todas las cuestiones de la web.

Brian Brunetti, de nuevo, por tus inestimables conocimientos sobre los accidentes de helicóptero.

Laura Edmonston, por compartir tus conocimientos sobre la costa del noroeste del Pacífico.

El profesor Chris Collins, por ilustrarme en geotécnica.

Ruth, Debra, Helena y Liv, por el apoyo y las palabras de superación, y por hacer que lo haya conseguido.

Dawn y Daisy, por su amistad y sus consejos.

Andrea BG, Becca, Bee, Britt, Catherine, Jada, Jill, Kellie, Kelly, Leis, Liz, Nora, Raizie, QT, Susi... ¿Cuántos años hace ya? Y aún seguimos siendo grandes amigas. Gracias por los americanismos.

También a todos mis amigos del mundo de la escritura y de los libros (ya saben quiénes son). Bebo de su fuente de inspiración a diario.

Y, por último, gracias a mis hijos. Los quiero con un amor incondicional, y siempre me sentiré muy orgullosa de los jóvenes maravillosos en los que se han convertido. Hacen que me sienta muy feliz.

Sigan siendo excelentes, los dos.

Jueves, 9 de junio de 2011

Estoy sentado. Expectante. Tengo el corazón desbocado. Son las 17:36 y miro por el vidrio polarizado del Audi la entrada principal del edificio. Sé que he llegado temprano, pero llevo todo el día esperando este momento.

Voy a verla.

Me remuevo en el asiento trasero del coche. Se respira tensión en el ambiente, y aunque intento mantener la calma, la expectación y la ansiedad hacen que se me forme un nudo en el estómago y que sienta una fuerte presión en el pecho. Taylor está al volante, mirando al frente, mudo, con su habitual expresión impertérrita, mientras a mí me cuesta incluso respirar. Resulta irritante.

Maldita sea. ¿Dónde está?

Está ahí dentro…, dentro de Seattle Independent Publishing. El edificio que se levanta al otro lado de una amplia y despejada acera tiene un aspecto abandonado y necesita una reforma; el nombre de la editorial está grabado de manera un tanto descuidada en el cristal, y el efecto esmerilado del ventanal se ha deteriorado. La empresa que se encuentra tras esas puertas cerradas lo mismo podría ser una agencia de seguros o una asesoría contable; no promocionan sus productos. Bueno, ésa es una de las cosas que cambiaré cuando me haga con el control. SIP es mía. Casi. He firmado las bases del contrato.

Taylor carraspea y sus ojos se clavan en los míos en el espejo retrovisor.

—Esperaré afuera, señor —dice para mi sorpresa, y baja del coche antes de que pueda detenerlo.

Quizá mi tensión le afecta más de lo que creía. ¿De verdad soy tan transparente? Quizá es él quien está tenso. Pero ¿por qué? Aparte de por el hecho de que ha tenido que lidiar con mis continuos cambios de humor durante toda esta semana, y sé que no se lo he puesto fácil.

Pero hoy ha sido distinto. Tenía esperanzas. Ha sido mi primer día productivo desde que ella me dejó, o eso me ha parecido. El optimismo me ha hecho llevar las reuniones con entusiasmo. Diez horas para verla. Nueve. Ocho. Siete… Mi paciencia puesta a prueba por el tictac del reloj a medida que se acerca mi reencuentro con la señorita Anastasia Steele.

Y ahora que estoy aquí sentado, esperando sólo, la determinación y la confianza que me han acompañado todo el día se han esfumado.

A lo mejor ha cambiado de opinión.

¿Será un reencuentro? ¿O sólo quiere que la lleve gratis a Portland?

Miro el reloj otra vez.

17:38.

Mierda. ¿Por qué el tiempo pasa tan despacio?

Me planteo enviarle un correo para que sepa que estoy aquí afuera, pero mientras busco el celular en los bolsillos me doy cuenta de que no quiero apartar los ojos de la puerta principal. Me recuesto en el asiento y repaso mentalmente sus últimos correos electrónicos. Me los sé de memoria; todos son atentos y concisos, pero no hay ningún indicio de que me eche de menos.

A lo mejor sí soy sólo el que la llevará gratis.

Descarto esa idea y miro la entrada deseando que aparezca.

Anastasia Steele, estoy esperando.

La puerta se abre y se me desboca el corazón, pero con la misma rapidez se detiene en seco, decepcionado. No es ella.

Maldita sea.

Siempre me hace esperar. Una sonrisa de compromiso se dibuja en mis labios: la esperé en Clayton's, después de la sesión de fotos en el Heathman, y una vez más cuando le envié los libros de Thomas Hardy.

Tess…

Me pregunto si todavía los tiene. Ella quería devolvérmelos; quería entregarlos a la beneficencia.

No quiero nada que me recuerde a ti.

La imagen de Ana al marcharse acude a mi mente: su rostro triste y sombrío, compungido por el dolor y la confusión. No me gusta ese recuerdo. Duele.

Fui yo quien la hizo así de desgraciada. Llegué demasiado lejos, demasiado rápido. Y eso me llena de una desesperación tal que se ha convertido en un sentimiento habitual desde que se marchó. Cierro los ojos e intento recuperar la calma, pero me enfrento a mi miedo más profundo y oscuro: hay otro hombre en su vida. Comparte su pequeña cama blanca y su hermoso cuerpo con algún maldito extraño.

Maldita sea, Grey. Sé positivo.

No pienses en eso. No está todo perdido. La verás muy pronto. Tus planes siguen su curso. La vas a recuperar. Abro los ojos y observo la puerta de la editorial a través del vidrio polarizado del Audi, que ahora refleja mi estado de ánimo. Sale más gente del edificio, pero Ana sigue sin aparecer.

¿Dónde está?

Taylor continúa afuera. Pasea de un lado a otro y mira la puerta de reojo. Por el amor de Dios, parece tan nervioso como yo. ¿Qué demonios le pasa?

Mi reloj marca las 17:43. Saldrá en cualquier momento. Respiro con fuerza y me ajusto los puños de la camisa; luego intento alisarme la corbata, pero descubro que no me he puesto ninguna. Mierda. Me paso la mano por el pelo en un intento por despejar mis dudas, pero siguen obsesionándome. ¿Soy sólo el que la lleva gratis? ¿Me habrá echado de menos? ¿Querrá volver conmigo? ¿Hay otro hombre? No tengo ninguna respuesta. Esto es peor que esperarla en el Marble, y no se me escapa lo irónico de la situación. Creía que era el acuerdo más importante que jamás negociaría con ella, y no salió como esperaba. Nada sale como espero con la señorita Anastasia Steele. Vuelvo a sentir un nudo en el estómago de puro pánico. Hoy tengo que negociar un trato más importante.

Quiero que vuelva.

Dijo que me quería…

La adrenalina que inunda mi cuerpo hace que se me acelere el corazón.

No. No. No pienses más en eso. Es imposible que sienta eso por mí.

Tranquilízate, Grey. Céntrate.

Miro una vez más la entrada de la Seattle Independent Publishing y allí está ella, caminando hacia mí.

Demonios.

Ana.

La impresión me deja sin aire, como si me hubieran dado una patada en el plexo solar. Debajo de una chamarra negra lleva uno de mis vestidos favoritos, el morado, y las botas negras de tacón alto. El pelo, reluciente bajo el sol del atardecer, se balancea con la brisa a medida que camina. Pero no es ni la ropa ni el pelo lo que me llama la atención. Tiene la cara pálida, casi traslúcida. Se le ven grandes ojeras y está más delgada.

Más delgada.

La culpa me mortifica.

Dios.

Ella también ha sufrido.

Mi preocupación por ella se convierte en rabia.

No. Furia.

No ha comido en todo este tiempo. Debe de haber perdido al menos dos o tres kilos en pocos días. Mira de reojo a un tipo que tiene detrás y él le dedica una amplia sonrisa. Es un hijo de puta guapo, un engreído. Imbécil. Ese intercambio de miradas cómplices acrecenta mi furia. La mira con descaro de macho mientras ella camina hacia el coche, y mi cólera aumenta a cada paso que da.

Taylor abre la puerta y le tiende una mano para ayudarla a subir. Y de pronto está sentada a mi lado.

14

—¿Cuánto hace que no has comido? —pregunto con brusquedad, esforzándome por mantener la compostura.

Sus ojos azules me miran directamente a la cara y me dejan desnudo y expuesto, como hicieron la primera vez que la vi.

—Hola, Christian. Yo también me alegro de verte —responde.

Me. Cago. En. Todo.

—No estoy de humor para aguantar tu lengua viperina. Contéstame.

Se mira las manos, en su regazo, por lo que no puedo saber qué está pensando, y pretende colarme la patética excusa de que ha comido un yogur y un plátano.

¡Eso no es comer!

Intento con todas mis fuerzas contener mi mal genio.

—¿Cuándo fue la última vez que comiste de verdad? —insisto, pero ella me ignora y mira por la ventanilla.

Taylor pone en marcha el coche y se incorpora al tráfico, y Ana saluda al tipo que la ha seguido afuera del edificio.

—¿Quién es ése?

—Mi jefe.

Así que ése es Jack Hyde. Hago memoria de los detalles de su currículo que he repasado esta mañana: nacido en Detroit, licenciado en Princeton, prosperó en una empresa de publicidad de Nueva York, pero se ha mudando cada pocos años y ha trabajado por todo el país. Los asistentes no le duran demasiado, ninguno está más de tres meses con él. Lo tengo en la lista de tipos pendientes de vigilancia; Welch, mi asesor de seguridad, averiguará más cosas sobre él.

Concéntrate en lo que importa ahora, Grey.

—¿Y bien? ¿Tu última comida?

—Christian, eso no es asunto tuyo —susurra.

—Todo lo que haces es asunto mío. Dime.

No me dejes, Anastasia. Por favor.

Soy el que la lleva gratis.

Suspira, agobiada, y pone los ojos en blanco para molestarme. Y entonces la veo: una sonrisa tierna asoma a la comisura de sus labios. Está intentando no reírse. Intenta no reírse de mí. Después de toda la angustia que he soportado, resulta tan refrescante que logra apaciguar mi enfado. Es tan típico de Ana... Su reacción se refleja en mí e intento ocultar mi sonrisa.

—¿Bien? —pregunto en un tono más conciliador.

—Pasta *alle vongole*, el viernes pasado —responde ella hablando en voz baja.

¡Por el amor de Dios, no ha probado bocado desde la última vez que comimos juntos! Ahora mismo la tumbaría sobre mis rodillas, aquí, en la parte de atrás del coche, pero sé que no debo volver a tocarla así.

¿Qué puedo hacer con ella?

Ana mira hacia abajo, estudia sus manos, tiene la cara más pálida y triste que antes. Y yo me empapo de ella, intento entender qué debo hacer. Una desagradable sensación me oprime el pecho y amenaza con colapsarme, pero la ignoro. Inspecciono de nuevo a Ana y me queda dolorosamente claro que mi mayor miedo es infundado. Sé que no se emborrachó y que no ha conocido a nadie más. Viéndola ahora, sé que ha estado sola, acurrucada en la cama, llorando hasta el agotamiento. Esa idea me reconforta y me desconcierta al mismo tiempo. Soy el responsable de su tristeza.

Yo.

Soy el monstruo. Soy quien le ha hecho esto. ¿Cómo voy a conseguir que vuelva conmigo?

—Ya.

Sobran las palabras. De pronto mi misión parece imposible. Ella jamás querrá volver conmigo.

Reacciona, Grey.

Me olvido de los miedos y le hago una súplica.

—Diría que desde entonces has perdido cinco kilos, seguramente más. Por favor, come, Anastasia.

Me siento impotente. ¿Qué más puedo decir?

Ella no me mira, está sumida en su mundo, mirando al frente, y tengo tiempo de estudiar el perfil de su rostro. Es tan pequeña, delicada y bella como la recordaba. Quisiera alargar la mano y acariciarle la mejilla, sentir la tersura de su piel, confirmar que es real. Volteo hacia ella, ansioso por tocarla.

—¿Cómo estás? —le pregunto, porque quiero oír su voz.

—Si te dijera que he estado bien, te mentiría.

Maldita sea. Yo tenía razón. Ha estado sufriendo, y todo es culpa mía. Pero sus palabras me dan una mínima esperanza. Tal vez sí me haya echado de menos. ¿Es posible? Envalentonado, me aferro a esa idea.

—Yo estoy igual. Te echo de menos.

Le agarro la mano porque no puedo vivir ni un minuto más sin tocarla. La siento delgada y helada envuelta en la calidez de la mía.

—Christian, yo...

Deja la frase inacabada, se le quiebra la voz, pero no retira la mano.

—Ana, por favor. Tenemos que hablar.

—Christian, yo... por favor... he llorado mucho —susurra.

Sus palabras, y ver cómo intenta contener las lágrimas, me rompen lo que me queda de corazón.

—Oh, cariño, no.

Tiro de su mano y, antes de que ella pueda protestar, la subo a mi regazo y la rodeo con mis brazos.

Oh, por fin la siento...

—Te he echado tanto de menos, Anastasia.

Es demasiado ligera, demasiado frágil, y quiero gritar de frustración, pero en lugar de eso hundo la nariz en su pelo, abrumado por su embriagador aroma. Me recuerda tiempos más felices: un huerto en otoño. Risas en casa. Unos ojos brillantes, llenos de humor, de malicia... y deseo. Mi dulce, dulce Ana.

Mía.

Al principio está tensa y se resiste, pero poco a poco se relaja sobre mi cuerpo y apoya la cabeza en mi hombro. Envalentonado, me arriesgo a cerrar los ojos y besarle el pelo. Ella no intenta zafarse de mí, lo que es un alivio. He anhelado con desesperación a esta mujer, pero debo tener cuidado. No quiero que vuelva a marcharse. La sostengo entre mis brazos y disfruto de la sensación y de este sencillo momento de tranquilidad.

Sin embargo, sólo es un breve interludio; Taylor llega al helipuerto del centro de Seattle en un tiempo récord.

—Ven —tengo que hacer un gran esfuerzo para levantarla de mi regazo—, ya llegamos —ella me mira, perpleja—. Al helipuerto... en lo alto de este edificio —le explico.

¿Cómo había pensado que iríamos a Portland? En coche habríamos tardado tres horas. Taylor le abre la puerta y yo bajo por mi lado.

—Debería devolverte el pañuelo —dice a Taylor con sonrisa tímida.

—Quédeselo, señorita Steele, con mis mejores deseos.

¿Qué carajos se traen entre manos estos dos?

—¿A las nueve? —los interrumpo, no sólo para recordarle a qué hora nos recogerá en Portland, sino para evitar que hable con Ana.

—Sí, señor —responde en voz baja.

Claro que sí, carajo. Ella es mi chica. Los pañuelos son cosa mía, no suya.

Imágenes de ella vomitando en el suelo, yo sujetándole el pelo, me vienen a la memoria. Entonces le di mi pañuelo. Y unas horas después, esa misma noche, la miraba dormir a mi lado. A lo mejor todavía lo tiene. A lo mejor todavía lo utiliza.

Para. Ya. Grey.

La tomo de la mano —ya no hace frío, pero la sigue teniendo helada— y la llevo dentro del edificio. Cuando llegamos al ascensor me acuerdo de nuestro encuentro en el Heathman. Ese primer beso.

Sí. Ese primer beso.

La sola idea me estremece de pies a cabeza.

Pero la puerta se abre, me distrae y, a regañadientes, suelto a Ana para que pueda entrar.

El ascensor es pequeño y ya no nos tocamos. Pero la siento.

Toda ella.

Aquí. Ahora.

Mierda. Trago saliva.

¿Es porque está tan cerca de mí? Me mira con los ojos oscurecidos.

Oh, Ana.

Su proximidad resulta excitante. Respira con fuerza y mira al suelo.

—Yo también lo noto.

Vuelvo a tomarla de la mano y le acaricio los nudillos con el pulgar. Ella levanta la vista para mirarme; sus insondables ojos azules están nublados por el deseo.

Carajo. La deseo.

Ella se muerde el labio.

—Por favor, no te muerdas el labio, Anastasia —hablo con voz grave, cargada de anhelo. ¿Siempre será así con ella? Quiero besarla, empujarla contra la pared del ascensor como en nuestro primer beso. Quiero cogérmela, aquí, y volver a poseerla. Ella parpadea, separa un poco los labios, y yo contengo un gemido. ¿Cómo consigue desarmarme con una mirada? Suelo controlar las situaciones, pero ahora prácticamente estoy babeando al ver que se muerde el labio—. Ya sabes qué efecto tiene eso en mí.

Y, ahora mismo, nena, deseo poseerte en este ascensor, pero no creo que me dejes.

Las puertas se abren y una ráfaga de aire frío me devuelve de golpe al presente. Estamos en la azotea, y, aunque el día ha sido cálido, el viento ha arreciado. Anastasia tiembla a mi lado. La rodeo con un brazo y ella se acurruca en mi costado. La noto muy frágil contra mi cuerpo, pero su figura delgada encaja a la perfección bajo mi brazo.

¿Lo ves? Hacemos una pareja estupenda, Ana.

Nos dirigimos hacia el helipuerto. Al llegar, los rotores del *Charlie Tango*. Los rotores giran con suavidad; está listo para despegar. Stephan, mi piloto, corre hacia nosotros. Nos estrechamos la mano, pero sigo teniendo a Anastasia acurrucada bajo mi brazo.

—Listo para despegar, señor. ¡Todo suyo! —grita Stephan por encima del ruido de los motores del helicóptero.

—¿Lo has revisado todo?

—Sí, señor.

—¿Lo recogerás hacia las ocho y media?

—Sí, señor.

—Taylor te espera en la entrada.

—Gracias, señor Grey. Que tenga un vuelo agradable hasta Portland. Señora.

Saluda a Anastasia al estilo militar y se dirige hacia el ascensor, que lo espera. Nos agachamos bajo los rotores y yo abro la puerta; después, la tomo de la mano y la ayudo a embarcar.

Cuando le ato el cinturón de seguridad se le altera la respiración. Su gemido impacta directamente en mi entrepierna. Le ciño las cintas con más fuerza de lo necesario e intento ignorar la reacción de mi cuerpo a su proximidad.

—Esto debería impedir que te muevas del sitio —es lo que me pasa por la cabeza, y me doy cuenta de que lo he dicho en voz alta—. Debo decir que me gusta cómo te queda el arnés. No toques nada.

Se ruboriza. Por fin algo de color en su pálido rostro… y ya no puedo resistirme. Deslizo el dedo índice por su mejilla, siguiendo la línea dibujada por el rubor.

Dios, cómo deseo a esta mujer.

Ella frunce el ceño, y sé que es porque no puede moverse. Le paso unos auriculares, tomo asiento y me abrocho el cinturón.

Hago las comprobaciones de seguridad previas al despegue. Todas las luces del instrumental están en verde y no hay ninguna alarma encendida. Pongo los rotores reguladores en la posición de vuelo, establezco el código transpondedor y confirmo que la luz de anticolisión está encendida. Todo parece correcto. Me coloco los auriculares, enciendo las radios y compruebo las revoluciones del rotor.

Cuando me vuelvo hacia Ana, está mirándome con atención.

—¿Lista, cariño?

—Sí.

Está pasmada y emocionada. No puedo contener una sonrisa

lobuna cuando llamo a la torre de control para asegurarme de que están ahí y a la escucha.

En cuanto me dan permiso para el despegue compruebo la temperatura del aceite y el resto de los medidores. Todo parece funcionar con normalidad, así que aumento la velocidad del rotor principal y *Charlie Tango*, como la elegante ave que es, alza el vuelo con delicadeza.

Oh, cómo me gusta este momento.

Con la confianza que siento a medida que ganamos altura, observo de reojo a la señorita Steele, sentada junto a mí.

Ha llegado la hora de impresionarla.

Empieza el espectáculo, Grey.

—Nosotros ya hemos perseguido el amanecer, Anastasia, ahora el anochecer.

Sonrío, y recibo la recompensa de una tímida sonrisa que le ilumina la cara. La esperanza crece en mi interior al ver su expresión. La tengo aquí, conmigo, cuando lo creía todo perdido. Parece que se está divirtiendo y la veo más feliz ahora que cuando salió del trabajo. Puede que sólo sea porque la llevo gratis, pero voy a intentar disfrutar hasta el último minuto de este puto vuelo con ella.

El doctor Flynn estaría orgulloso.

Estoy viviendo el presente. Y me siento optimista.

Puedo hacerlo. Puedo conseguir que vuelva conmigo.

Paso a paso, Grey. No te precipites.

—Esta vez se ven más cosas aparte de la puesta de sol —comento, rompiendo el silencio—. El Escala está por ahí. Boeing allá, y ahora verás la Aguja Espacial.

Ella estira su delgado cuello para mirar, tan curiosa como siempre.

—Nunca he estado allí —dice.

—Yo te llevaré… podemos ir a comer.

—Christian, ya terminamos —exclama en tono consternado.

Eso no es lo que quiero oír, pero intento no reaccionar de forma exagerada.

—Ya lo sé. Pero de todos modos puedo llevarte allí y alimentarte.

La miro con malicia y el rubor pinta de rosa pálido sus mejillas.

—Esto de aquí arriba es precioso, gracias —dice, y soy consciente de que está cambiando de tema.

—Es impresionante, ¿verdad? —le sigo el juego. Además, tiene razón, jamás me canso de esta vista.

—Es impresionante que puedas hacer esto.

Su cumplido me sorprende.

—¿Un halago de su parte, señorita Steele? Es que soy un hombre con muy diversos talentos.

—Soy muy consciente de ello, señor Grey —responde con aspereza, y contengo mi sonrisa de suficiencia porque puedo imaginarme a qué se refiere.

Esto es lo que echaba de menos: esa impertinencia suya, que me desarma cada vez.

Haz que siga hablando, Grey.

—¿Qué tal el nuevo trabajo?

—Bien, gracias. Interesante.

—¿Cómo es tu jefe?

—Ah, está bien —no parece muy entusiasmada con Jack Hyde, lo cual me provoca un escalofrío de aprensión. ¿Habrá intentado algo él?

—¿Qué pasa?

Quiero saber si ese tonto ha hecho algo inapropiado. De ser así, lo pondré de patitas en la calle.

—Aparte de lo obvio, nada.

—¿Lo obvio?

—Ay, Christian, la verdad es que a veces eres realmente obtuso —dice con un desdén juguetón.

—¿Obtuso? ¿Yo? Tengo la impresión de que no me gusta ese tono, señorita Steele.

—Bueno, pues entonces olvídalo —bromea, satisfecha.

Me gusta que me moleste y me provoque. Puede hacer que me sienta diminuto o enorme sólo con una mirada o una sonrisa; resulta refrescante y no se parece a nada que haya experimentado antes.

—He echado de menos esa lengua viperina, Anastasia.

Una imagen de ella arrodillada delante de mí me viene a la memoria y me remuevo en el asiento.

Mierda. Concéntrate, Grey. Ella gira la cara, oculta su sonrisa y mira hacia abajo los barrios que vamos dejando atrás. Yo compruebo el rumbo. Todo está correcto. Nos dirigimos a Portland.

Ella guarda silencio y yo de vez en cuando le robo una mirada. La curiosidad y la sorpresa ante el paisaje y el cielo de ópalo le iluminan la cara. La tersa piel de sus mejillas brilla bajo la luz del ocaso. Y, a pesar de la palidez y de las oscuras ojeras, prueba del sufrimiento que le he provocado, está preciosa. ¿Cómo pude permitir que saliera de mi vida?

¿En qué estaba pensando?

Mientras volamos por encima de las nubes en nuestra burbuja, aumenta mi optimismo y remite la confusión de la última semana. Poco a poco, empiezo a relajarme y disfruto de una serenidad que no había sentido desde que ella se marchó. Podría acostumbrarme a esto. Había olvidado lo feliz que me siento en su compañía. Y resulta refrescante ver mi mundo a través de sus ojos.

Pero mi confianza flaquea a medida que nos acercamos a nuestro destino. Ruego a Dios que mi plan funcione. Necesito llevarla a algún lugar íntimo. A cenar, quizá. Maldita sea. Debería haber reservado mesa en algún sitio. Necesita alimentarse. Si la llevo a cenar, sólo tendré que encontrar las palabras adecuadas. Estos últimos días me han enseñado que necesito a alguien… la necesito a ella. La quiero, pero ¿me querrá ella a mí? ¿Puedo convencerla de que me dé una segunda oportunidad?

El tiempo lo dirá, Grey. Tómatelo con calma. No vuelvas a espantarla.

Aterrizamos en el helipuerto de Portland sólo quince minutos después. Mientras detengo los motores de *Charlie Tango* y desconecto el transpondedor, el interruptor del combustible y las radios, aflora de nuevo la inseguridad que he sentido desde que decidí recuperarla. Necesito explicarle cómo me siento, pero eso va a ser difícil, porque ni yo mismo entiendo lo que siento por ella. Sé que la he echado de menos, que me he sentido fatal sin ella y que estoy dispuesto a intentar tener una relación a su manera. Pero ¿será suficiente para ella? ¿Lo será para mí?

Habla con ella, Grey.

En cuanto me suelto el arnés y me inclino para desatar el suyo, percibo su tenue perfume. Como siempre huele bien. Nuestras miradas se encuentran en un breve y furtivo instante, como si hubiera tenido algún pensamiento inapropiado, y, como siempre, me gustaría saber qué está pensando, pero lo ignoro.

—¿Ha tenido buen viaje, señorita Steele?

—Sí, gracias, señor Grey.

—Bueno, vayamos a ver las fotos del chico.

Abro la puerta, bajo de un salto y le tiendo una mano.

Joe, el jefe del helipuerto, espera para recibirnos. Lleva toda la vida dedicado a esto: es un veterano de la guerra de Corea, pero conserva la vitalidad y la agudeza de un hombre de cincuenta años. Sus ojos de lince no pierden detalle y se iluminan cuando me dedica una sonrisa que le arruga el rostro.

—Joe, vigílalo para Stephan. Llegará hacia las ocho o las nueve.

—Eso haré, señor Grey. Señora. El coche espera abajo, señor. Ah, y el ascensor está descompuesto. Tendrán que bajar por las escaleras.

—Gracias, Joe.

Cuando nos dirigimos hacia la escalera de emergencia, miro los tacones de Anastasia y recuerdo su ridícula caída en mi despacho.

—Con esos tacones tienes suerte de que sólo haya tres pisos.

Reprimo una sonrisa.

—¿No te gustan las botas? —me pregunta, mirándose los pies.

Una agradable imagen de esas botas sobre mis hombros acude a mi memoria.

—Me gustan mucho, Anastasia —espero que mi expresión no delate mis lascivos pensamientos—. Ven. Iremos despacio. No quiero que te caigas y te rompas la cabeza.

Agradezco que el ascensor esté descompuesto... eso me da una excusa creíble para estrecharla contra mi cuerpo. La rodeo con un brazo por la cintura, la aprieto a mi costado y empezamos a bajar la escalera.

En el coche, de camino a la galería, me siento doblemente ansioso; estamos a punto de acudir a la exposición de su supuesto amigo. El hombre que, la última vez que lo vi, intentaba meterle la lengua en la boca. Quizá han hablado en los últimos días. Quizá éste es un encuentro que llevaban tiempo planeando.

Mierda, no se me había ocurrido antes. Espero que no sea así.

—José es sólo un amigo —aclara Ana.

¿Cómo? ¿Sabe lo que estoy pensando? ¿Tan transparente soy? ¿Desde cuándo?

Desde que ella me despojó de mi coraza y descubrí que la necesitaba.

Me mira fijamente y se me encoge el estómago.

—Tienes unos ojos preciosos, que ahora parecen demasiado grandes para tu cara, Anastasia. Por favor, dime que comerás.

—Sí, Christian, comeré —su tono delata que está mintiendo.

—Lo digo en serio.

—¿Ah, sí? —lo dice con sarcasmo, y prácticamente tengo que hacer esfuerzos para no reaccionar.

A la mierda con todo.

Ha llegado la hora de que me declare.

—No quiero pelearme contigo, Anastasia. Quiero que vuelvas, y te quiero sana.

Me halaga su mirada de asombro y sorpresa.

—Pero no ha cambiado nada.

Su expresión se altera y frunce el ceño.

Ay, Ana, sí que ha cambiado... dentro de mí ha habido un terremoto.

Nos estacionamos delante de la galería y no tengo tiempo de explicarme antes de la inauguración.

—Hablaremos de regreso. Ya llegamos.

Salgo del coche antes de que pueda decir que no está interesada, doy la vuelta hasta su lado y le abro la puerta. Cuando sale parece enfadada.

—¿Por qué haces eso? —espeta, exasperada.

—¿Hacer qué?

Mierda, ¿a qué viene esto?

—Decir algo como eso y luego callarte.

¿Es eso lo que te pasa? ¿Por eso estás enojada?

—Anastasia, estamos aquí, donde tú quieres estar. Ahora centrémonos en esto y después hablamos. No se me antoja mucho montar un numerito en la calle.

Aprieta los labios y los frunce con expresión de enfado, luego me mira con recelo.

—De acuerdo.

La tomo de la mano, entro con paso enérgico en la galería y ella me sigue arrastrando los pies.

La sala de exposiciones está muy bien iluminada y es espaciosa. Es uno de esos almacenes rehabilitados que están tan de moda en la actualidad: suelos de madera y paredes de ladrillo. Los entendidos en arte de Portland beben vino barato a sorbos y hacen comentarios entre susurros mientras admiran la exposición.

Una mujer joven nos da la bienvenida.

—Buenas noches y bienvenidos a la exposición de José Rodríguez.

Y me mira.

Es todo imagen, cariño. Ya puedes mirar a otra parte.

Se pone muy nerviosa, pero parece reaccionar cuando echa una mirada de soslayo a Anastasia.

—Ah, eres tú, Ana. Nos encanta que tú también formes parte de todo esto.

Le entrega un folleto y señala la barra improvisada con bebidas y refrigerios. Ana frunce el ceño y le sale esa arruguita en forma de V sobre la nariz que me encanta. Quiero besarla, como ya lo he hecho antes.

—¿La conoces? —le pregunto.

Ella niega con la cabeza y frunce el ceño aún más. Me encojo de hombros. ¿Qué esperabas? Esto es Portland.

—¿Qué quieres beber?

—Una copa de vino blanco, gracias.

Mientras me dirijo a la barra oigo un grito exagerado.

—¡Ana!

Me volteó y veo al tipo ese con los brazos alrededor de mi chica.

Mierda.

No oigo lo que dicen, pero Ana cierra los ojos y, durante unos segundos de angustia, creo que va a romper a llorar. Sin embargo, ella mantiene la compostura mientras él la aparta un poco sin soltarla para poder observarla.

Sí, está así de delgada por mi culpa.

Lucho contra el sentimiento de culpa, aunque parece que ella intenta tranquilizarlo. A él se le ve demasiado interesado en Ana, carajo. Demasiado. La rabia me oprime el pecho. Ella ha dicho que es sólo un amigo, pero salta a la vista que él siente otra cosa. Él quiere más.

Lárgate, amigo, ella es mía.

—La obra expuesta es impresionante, ¿no te parece?

Un tipo joven con calva incipiente y camisa de estampado chillón atrae mi atención.

—Todavía no he visto lo que hay —respondo, y me vuelvo hacia el barman—. ¿Esto es todo lo que tienes?

—Pues sí. ¿Tinto o blanco? —pregunta en tono desinteresado.

—Dos copas de vino blanco —gruño.

—Creo que te impresionará. Rodríguez tiene una visión única —me dice el sujeto irritante de la camisa chillona.

Hago oídos sordos y miro de reojo a Ana. Ella está mirándome con sus enormes y luminosos ojos. Me hierve la sangre y me resulta imposible apartar la mirada. Ana es un faro entre la multitud y me pierdo en sus ojos. Está espectacular. Su cabello le enmarca el rostro y cae en una cascada exuberante sobre sus pechos. Su vestido, más holgado de lo que recuerdo, todavía le marca las curvas. Debe de habérselo puesto a propósito. Sabe que

27

es mi favorito. ¿No es así? Vestido provocativo, botas provocativas...

Maldita sea, contrólate, Grey.

Rodríguez pregunta algo a Ana y ella se ve obligada a romper el contacto visual conmigo. Percibo que lo hace a regañadientes y eso me gusta. Pero, maldita sea, ese tipo tiene una dentadura perfecta, espaldas anchas y lleva un traje elegante. Reconozco que, para ser un fumador, es un hijo de puta muy guapo. Ella asiente con la cabeza a algo que él le dice y le regala una sonrisa cálida y despreocupada.

Me gustaría que me sonriera así a mí. Él se inclina hacia adelante y la besa en la mejilla. Maldito.

Me quedo mirando al barman.

Date prisa. Está tardando una eternidad en servir el vino. Vaya idiota incompetente.

Por fin termina, tomo las copas, doy la espalda sin más al hombre que tengo pegado, que ha empezado a hablar sobre otro fotógrafo o alguna mierda por el estilo, y regreso con Ana.

Al menos Rodríguez la ha dejado ya. Ella está ensimismada, contemplando una de sus fotografías. Es un paisaje, un lago, y no le falta mérito, supongo. Levanta la vista y me mira con expresión precavida cuando le paso la copa. Bebo un sorbo rápido de la mía. Dios, este vino es asqueroso, un chardonnay caliente con demasiado roble.

—¿Está a la altura? —parece de buen humor, pero no sé a qué se refiere: ¿a la exposición, al edificio?—. El vino —aclara.

—No. No suele estarlo en este tipo de eventos —cambio de tema—. El chico tiene bastante talento, ¿verdad?

—¿Por qué crees que le pedí que te tomara un retrato?

El orgullo que siente por la obra de Rodríguez resulta evidente. Eso me fastidia. Ella lo admira y se interesa por su éxito porque lo aprecia. Lo aprecia demasiado. Una emoción desagradable, como una amarga punzada, me aflora en el pecho. Son celos, un nuevo sentimiento, algo que, en toda mi vida, sólo he sentido por ella... y no me gusta.

—¿Christian Grey? —un tipo vestido como un vagabundo

me planta una cámara en las narices e interrumpe mi lúgubre divagación—. ¿Puedo tomarle una fotografía, señor?

Malditos paparazzi. Quiero mandarlo a la mierda, pero decido ser educado. No quiero que Sam, mi agente de prensa, tenga que lidiar con la queja de algún periódico.

—Claro.

Sujeto a Ana de la mano y la pongo a mi lado. Quiero que todos sepan que es mía; si ella me acepta de nuevo.

No te anticipes a los acontecimientos, Grey.

El fotógrafo dispara un par de fotos.

—Gracias, señor Grey —al menos es agradecido—. ¿Señorita…? —pregunta porque quiere saber cómo se llama Ana.

—Ana Steele —contesta ella con timidez.

—Gracias, señorita Steele.

El fotógrafo se marcha a toda prisa y Anastasia se aparta para zafarse de mí. Me disgusta tener que soltarla y cierro los puños para contener el impulso de volver a tocarla.

Ella se queda mirándome.

—Busqué en internet fotos tuyas con alguna chica. No hay ninguna. Por eso Kate creía que eras gay.

—Eso explica tu inapropiada pregunta.

No puedo evitar esbozar una sonrisa cuando recuerdo lo violento de nuestro primer encuentro: su falta de habilidades para la entrevista, sus preguntas. «¿Es usted gay, señor Grey?» Y cómo me molestó.

Da la sensación de que pasó hace siglos. Niego con la cabeza y prosigo:

—No. Yo no salgo con chicas, Anastasia… sólo contigo. Pero eso ya lo sabes.

Y me gustaría salir muchas, muchas veces más.

—¿Así que nunca sales por ahí con tus… —baja la voz y mira a su alrededor para comprobar que nadie puede oírnos—… sumisas? —palidece al pronunciar esa palabra, avergonzada.

—A veces. Pero ésas no son citas. De compras, ya sabes —esas salidas ocasionales no eran más que una distracción, tal vez un premio por buen comportamiento de sumisa. La mujer con la que más he deseado compartir… es Ana—. Sólo contigo, Anastasia —susurro, y quiero declararme, preguntarle qué le parece mi proposición, ver qué siente, y saber si me acepta de nuevo en su vida.

Sin embargo, la galería es un lugar demasiado público. Sus mejillas se ruborizan con ese delicioso color rosa que adoro, y ella se mira las manos. Espero que sea porque le gusta lo que estoy diciendo, pero no puedo saberlo. Necesito sacarla de aquí y estar a solas con ella. Así podremos hablar en serio y comer algo. Cuanto antes veamos el trabajo de este tipo, antes podremos marcharnos.

—Este amigo tuyo parece más un fotógrafo de paisajes que de retratos. Vamos a ver.

Le tiendo la mano y, para mi deleite, ella la acepta.

Damos una vuelta por la galería y nos detenemos brevemente delante de cada fotografía. Aunque estoy molesto con este tipo y lo que siente Ana por él, debo reconocer que es bastante bueno. Damos la vuelta a la esquina… y nos quedamos parados.

Ahí está ella. Siete enormes retratos de Anastasia Steele. En ellos, su belleza te deja boquiabierto, está natural y relajada, riendo, frunciendo el ceño, haciendo pucheros, pensativa, divertida y, en una de ellas, nostálgica y triste. Cuando estudio hasta el último detalle de cada fotografía, sé, sin atisbo de duda, que ese tipo quiere ser mucho más que su amigo.

—Por lo visto no soy el único —musito.

Las fotos son su homenaje a Ana, sus cartas de amor, y están colgadas en las paredes de la galería para que cualquier imbécil pueda comérsela con los ojos.

Ana está mirándolas en silencio, petrificada, tan sorprendida como yo de verlas. Bueno, no pienso permitir que cualquiera se las quede. Quiero esas fotos. Espero que estén a la venta.

—Perdona.

Abandono a Ana un instante y me dirijo al mostrador de recepción.

—¿Puedo ayudarle en algo? —me pregunta la mujer que nos ha dado la bienvenida al llegar.

Ignoro el aleteo de sus largas pestañas y la sonrisa provocativa y exageradamente roja de sus labios.

—¿Los siete retratos colgados al fondo están a la venta? —le pregunto.

Una mirada de decepción aflora en su rostro, aunque se acaba transformando en una amplia sonrisa.

—¿La colección de Anastasia? Es una obra impresionante.

Es una modelo impresionante.

—Desde luego que están a la venta. Permítame comprobar los precios —dice con entusiasmo.

—Los quiero todos.

Y saco la cartera.

—¿Todos? —parece sorprendida.

—Sí.

Qué mujer más irritante.

—La colección cuesta catorce mil dólares.

—Quisiera que me los entregaran lo antes posible.

—Pero deben permanecer colgados mientras dure la exposición —aclara.

Inaceptable.

La miro con mi sonrisa deslumbrante.

—Aunque estoy segura de que podemos arreglarlo —añade ella, confundida.

Sujeta con torpeza mi tarjeta de crédito y la pasa por la terminal.

Cuando regreso junto a Ana, me encuentro con un tipo rubio hablando con ella, probando suerte.

—Son unas fotos fantásticas —dice. Coloco una mano en el codo de Ana para marcar territorio y le lanzo mi mirada de «ya te estás yendo»—. Eres un tipo con suerte —añade, y retrocede un paso.

—Pues sí —mascullo de mal humor, y me llevo a Ana hacia la pared.

—¿Acabas de comprar una de éstas?

Hace un gesto con la cabeza en dirección a los retratos.

—¿Una de éstas? —pregunto con tono de burla.

¿Una? ¿En serio?

—¿Has comprado más de una?

—Las he comprado todas, Anastasia —y sé que sueno altivo, pero la idea de que otra persona posea y disfrute de estas fotografías me resulta insoportable. Ella se queda boquiabierta, e intento que eso no me distraiga—. No quiero que un desconocido te coma con los ojos en la intimidad de su casa.

—¿Prefieres ser tú? —inquiere.

Su respuesta, aunque inesperada, me hace gracia; está reprendiéndome.

—Francamente, sí —respondo del mismo modo.

—Pervertido —murmura, y se muerde el labio inferior, sospecho que para reprimir una sonrisa.

Señor, es desafiante y divertida, y tiene razón.

—Eso no puedo negarlo, Anastasia.

—Me gustaría hablar de eso contigo, pero he firmado un acuerdo de confidencialidad.

Con mirada altanera se vuelve para contemplar las fotos una vez más.

Y ya vuelve a hacerlo: reírse de mí y trivializar mi estilo de vida. Dios, me gustaría ponerla en su sitio… preferiblemente debajo de mí o de rodillas. Me inclino hacia ella y le susurro al oído:

—Lo que me gustaría hacerle a esa lengua tan viperina.

—Eres muy grosero.

Está escandalizada: adopta una expresión puritana, al tiempo que se le enrojecen las puntas de las orejas.

Oh, nena, vaya novedad.

Vuelvo a mirar los retratos.

—Te ves muy relajada en esas fotos, Anastasia. Yo no suelo verte así.

Vuelve a mirarse las manos, titubeante, como si estuviera pensando qué decir. No sé qué está pensando, así que me acerco a ella y le echo la cabeza hacia atrás. Ella lanza un profundo suspiro al sentir el tacto de mis dedos en su barbilla.

Una vez más, ese sonido retumba directamente en mi entrepierna.

—Yo quiero que te relajes conmigo —lo he dicho con confianza. Maldita sea. Con demasiada confianza.

—Si quieres eso, tienes que dejar de intimidarme —replica, y me sorprende por la profundidad de ese sentimiento.

—Tú tienes que aprender a expresarte y a decirme cómo te sientes —le suelto yo con brusquedad.

Demonios, ¿de verdad vamos a hablar de esto aquí y ahora? Me gustaría hablarlo en privado. Ana carraspea y se yergue cuan alta es.

—Christian, tú me querías sumisa —dice hablando en voz baja—. Ahí está el problema. En la definición de sumisa... me lo dijiste una vez en un correo electrónico —hace una pausa y se queda mirándome—. Me parece que los sinónimos eran, y cito: «obediente, complaciente, humilde, pasiva, resignada, paciente, dócil, contenida». No debía mirarte. Ni hablarte a menos de que me dieras permiso. ¿Qué esperabas?

¡Tenemos que hablar de esto en privado! ¿Por qué está montando el numerito aquí?

—Estar contigo es muy desconcertante —prosigue de tirón—. No quieres que te desafíe, pero después resulta que te gusta mi «lengua viperina». Exiges obediencia, menos cuando no la quieres, para así poder castigarme. Cuando estoy contigo nunca sé a qué atenerme, sencillamente.

Está bien, entiendo que pueda resultar confuso... pero no quiero hablar de ello aquí. Tenemos que irnos.

—Bien expresado, señorita Steele, como siempre —mi voz es gélida—. Ven, vamos a comer.

—Sólo hace media hora que hemos llegado.

—Ya has visto las fotos, ya has hablado con el chico.

—Se llama José —aclara, en voz más alta esta vez.

—Has hablado con José... ese hombre que, si no me equivoco, la última vez que lo vi intentaba meterte la lengua en la boca a la fuerza cuando estabas borracha y mareada —aprieto los dientes.

—Él nunca me ha pegado —replica ella con la mirada encendida de rabia.

¿Qué carajos está haciendo? Sí que quiere montar el numerito aquí.

No puedo creerlo. ¡Ella me lo pidió! ¿Hasta dónde vamos a llegar? La furia estalla como un volcán en mi pecho.

—Esto es un golpe bajo, Anastasia.

Estoy que echo humo. Ella se pone colorada y no sé si es de vergüenza o de rabia. Me paso las manos por el pelo para contener mis ganas de sacarla de ahí a rastras para seguir la conversación en privado. Respiro con fuerza.

—Te llevo a comer algo. Parece que estás a punto de desmayarte. Busca a ese chico y despídete —hablo con tono cortante mientras lucho por controlar la rabia, pero ella no se mueve.

—¿Podemos quedarnos un rato más, por favor?

—No. Ve… ahora… a despedirte —consigo no gritar.

Reconozco ese gesto terco y tozudo de sus labios fruncidos. Está furiosa y, a pesar de lo que he pasado estos días, me importa una mierda. Vamos a marcharnos aunque tenga que cargarla en brazos y llevármela de aquí. Me lanza una mirada fulminante y se voltea de golpe, su cabello se agita de tal manera que me fustiga el hombro. Sale disparada en busca de José.

Cuando se aleja, me esfuerzo por recuperar la compostura. ¿Qué tiene Ana que siempre me saca de mis casillas? Quiero regañarla, azotarla y cogérmela. Aquí. Ahora. Y en ese orden.

Recorro la sala con la mirada. El chico no, Rodríguez está rodeado por un enjambre de admiradoras. Ve a Ana, olvida a sus fans y la saluda como si fuera el centro de su maldito universo. Escucha con atención todo cuanto ella tiene que decirle, la rodea con los brazos y le da la vuelta.

Quita tus gordas garras de mi chica.

Ella me mira fijamente, pasa las manos por el pelo de José, presiona su mejilla contra la de él y le susurra algo al oído. Siguen hablando. Pegados. Él la rodea con un brazo. Y está disfrutando de lo lindo del puto halo de Ana.

Antes de poder reparar en lo que hago, me dirijo hacia ellos dando grandes zancadas, dispuesto a despedazarlo. Por suerte para él, la suelta justo cuando me acerco.

—No seas tan difícil de ver, Ana. Ah, señor Grey, buenas noches —mascula el chico, avergonzado y un tanto intimidado.

—Señor Rodríguez, realmente impresionante. Lo siento, pero no podemos quedarnos, debemos volver a Seattle. ¿Anastasia?

La tomo de la mano.

—Adiós, José. Felicidades otra vez.

Se aparta de mí, le da un tierno beso en la mejilla sonrojada y a mí va a darme un infarto. Necesito grandes dosis de autocontrol para no agarrarla, echármela al hombro y llevármela de ahí. En lugar de eso, tiro de ella tomándola de la mano hacia la puerta y salimos a la calle. Avanza a trompicones por detrás de mí, intentando seguir mi paso, pero me da igual.

Vamos ya. Lo único que quiero es…

Hay un callejón. Acelero para que nos metamos en él y, antes de ser consciente de mis actos, la empujo contra la pared. Le sujeto la cara entre las manos, retengo su cuerpo con el peso del mío mientras la rabia y el deseo se combinan en un cóctel embriagador y explosivo. Le atrapo sus labios con los míos y nuestros dientes chocan, pero yo consigo meterle la lengua en la boca. Sabe a vino barato y a deliciosa y dulce, dulce Ana.

Oh, esta boca.

He echado de menos esta boca.

Se enciende entre mis brazos. Entrelaza las manos en mi pelo y me da un fuerte tirón. Gruñe sobre mi boca, lo que me permite penetrar más hasta el fondo, y corresponde mi beso. Lo hace con pasión desatada y entrelaza su lengua con la mía. Me saborea. Me toma. Se entrega.

Su voracidad es inesperada. El deseo prende fuego en mi cuerpo, como un incendio forestal cuyas llamas lamen la madera seca. Estoy tan caliente… La deseo ahora, aquí, en este callejón. Y lo que pretendía que fuera un beso de castigo para demostrarle que yo soy su dueño se convierte en algo más.

Ella también lo desea.

Ella también lo echaba de menos.

Y eso es más que estimulante.

Lanzo un gruñido como respuesta, desarmado.

La sujeto con una mano por la nuca mientras nos besamos. Con la mano que me queda libre viajo descendiendo por su cuerpo, y redescubro sus curvas: sus pechos, su cintura, su culo, sus muslos. Ella gime cuando mis dedos encuentran el dobladillo de su vestido y empiezan a tirar de él para levantárselo. Pretendo arrancárselo, cogérmela aquí. Hacerla mía, otra vez.

Sentir su cuerpo.

Resulta embriagador, y la deseo como jamás la he deseado.

A lo lejos y a través de la bruma de mi lujuria, oigo el aullido de la sirena de un coche patrulla.

¡No! ¡No! ¡Grey!

Así no. Contrólate.

Me aparto y bajo la vista para mirarla, estoy jadeando y hecho una furia.

—Tú… eres… mía —gruño, y me esfuerzo por alejarme de ella mientras me tranquilizo—. Por Dios santo, Ana.

Me doblo sobre mí mismo, apoyando las manos en las rodillas, e intento volver a respirar con normalidad para sosegar el furor de mi cuerpo. Me la ha puesto tan dura que me duele.

¿Alguien ha provocado esta reacción en mí? ¿Alguna vez?

¡Dios! He estado a punto de cogérmela en un callejón trasero.

Estoy celoso. Esto es lo que se siente: como si me hubieran arrancado las tripas; mi autocontrol ha desaparecido. No me gusta. No me gusta nada.

—Lo siento —dice ella con voz ronca.

—Más te vale. Sé lo que estabas haciendo. ¿Deseas al fotógrafo, Anastasia? Es evidente que él siente algo por ti.

—No —dice con un hilillo de voz jadeante—. Sólo es un amigo.

Al menos parece arrepentida, y eso, de algún modo, sirve para que me tranquilice.

—Durante toda mi vida adulta he intentado evitar cualquier tipo de emoción intensa. Y sin embargo tú… tú me provocas sentimientos que me son totalmente ajenos. Es muy… —no sé cómo explicarlo. No doy con las palabras para describir lo que siento. Estoy descontrolado y perdido— perturbador —es lo mejor que se me ocurre—. A mí me gusta el control, Ana, y contigo eso… —me incorporo y la miro con intensidad—, simplemente se evapora.

Tiene los ojos muy abiertos por la promesa del encuentro carnal, y el pelo alborotado le cae de forma sexy sobre los pechos. Me paso la mano por el pelo, agradecido por haber recuperado algo similar al autocontrol.

¿Ves cómo reacciono cuando estás cerca, Ana? ¿Lo ves?

Me paso la mano por el pelo y hago varias respiraciones profundas para despejar la mente. La tomo de la mano.

—Vamos, tenemos que hablar —antes de que te coja— y tú tienes que comer.

Hay un restaurante cerca del callejón. No es el lugar que yo habría escogido para un reencuentro, si es que esto lo es, pero bastará. No tengo mucho tiempo, ya que Taylor llegará dentro de poco.

Le abro la puerta.

—Habrá que conformarse con este sitio. Tenemos poco tiempo.

El restaurante tiene aspecto de servir a los visitantes de la galería, y quizá a estudiantes. Resulta irónico que el color de las paredes sea el mismo que el de mi cuarto de juegos, aunque no le doy muchas vueltas. Un amable mesero nos conduce a una mesa apartada; se deshace en sonrisas con Anastasia.

Echo un vistazo a la pizarra del menú colgada en la pared y decido pedir antes de que se retire el mesero, y así dejarle claro que vamos justos de tiempo.

—No tenemos mucho tiempo, así que los dos tomaremos un solomillo al punto, con salsa bearnesa si tienen, papas fritas y verduras, lo que tenga el chef; y tráigame la carta de vinos.

—Ahora mismo, señor —dice y sale disparado.

Ana aprieta los labios, molesta.

¿Y ahora qué?

—¿Y si a mí no me gusta el solomillo?

—No empieces, Anastasia.

—No soy una niña pequeña, Christian.

37

—Pues deja de actuar como si lo fueras.

—¿Soy una cría porque no me gusta el solomillo?

No disimula su irritabilidad.

¡No!

—Por ponerme celoso adrede. Es infantil hacer eso. ¿Tan poco te importan los sentimientos de tu amigo como para manipularlo de esa manera?

Se ruboriza y se mira las manos.

Sí. Deberías avergonzarte. Estás confundiéndome. Incluso yo soy capaz de verlo.

¿Es eso lo que está haciéndome? ¿Manipularme?

Durante el tiempo que hemos pasado separados quizá haya descubierto por fin que ella tiene poder. Poder sobre mí.

El mesero vuelve con la carta de vinos, lo cual me da la oportunidad de recuperar la calma. La selección es de lo más normalita: sólo hay un vino bebible en toda la carta. Echo una mirada a Anastasia, quien parece enfurruñada. Conozco esa expresión. Tal vez ella quería escoger sus platos. Y no puedo resistirme a jugar con ella, pues me consta que no sabe casi nada de vinos.

—¿Te gustaría escoger el vino? —le pregunto con tono sarcástico.

—Escoge tú.

Aprieta los labios.

Sí. No juegues conmigo, nena.

—Dos copas de shiraz del valle de Barossa, por favor —digo al mesero, que se mantiene a la espera.

—Esto… ese vino sólo lo servimos por botella, señor.

—Pues una botella.

Sujeto estúpido.

—Señor —se retira.

—Estás muy irritable —dice ella sin duda porque lo lamenta por el mesero.

—Me pregunto por qué será —la miro impasible, pero hasta yo me doy cuenta de que ahora soy yo quien actúa como un niño.

—Bueno, está bien establecer el tono adecuado para una charla íntima y sincera sobre el futuro, ¿no te parece?

Me dedica una sonrisa dulce.

Oh, ojo por ojo, señorita Steele. Ha vuelto a desafiarme y no tengo otra que admirar su valor. Ahora sé que nuestra riña no nos llevará a ningún sitio.

Y me estoy comportando como un imbécil.

No eches a perder esta negociación, Grey.

—Lo siento —digo, porque ella tiene razón.

—Disculpas aceptadas, y me complace informarte que decidí no convertirme en vegetariana desde la última vez que comimos juntos.

—Eso es discutible, dado que ésa fue la última vez que comiste.

—Ahí está otra vez esa palabra: «discutible».

—Discutible —mascullo.

Sí, es cierto, esa palabra. Recuerdo que la usé por última vez cuando estábamos hablando de nuestro trato el sábado por la mañana. El día en que mi mundo se hizo pedazos.

Carajo. No pienses ahora en eso. Sé un hombre, Grey. Dile lo que quieres.

—Ana, la última vez que hablamos, me dejaste. Estoy un poco nervioso. Te dije que quiero que vuelvas, y tú dijiste… nada.

Ella se muerde el labio inferior y se pone blanca como el papel.

Oh, no.

—Te he extrañado… te he extrañado realmente, Christian —dice en voz baja—. Estos últimos días han sido… difíciles.

«Difíciles» se queda corto.

Traga saliva y respira con fuerza para tranquilizarse. Esto no tiene buena pinta. Quizá mi comportamiento durante la última hora ha acabado por alejarla para siempre. Me pongo tenso. ¿A dónde pretende llegar con esto?

—No ha cambiado nada. Yo no puedo ser lo que tú quieres que sea.

Su expresión es desalentadora.

No. No. No.

—Tú eres lo que yo quiero que seas.

Eres todo cuanto quiero que seas.

—No, Christian, no lo soy.

Oh, nena, por favor, créeme.

—Estás enojada por lo que pasó la última vez. Me porté como un idiota. Y tú… tú también. ¿Por qué no usaste la palabra de seguridad, Anastasia?

Parece sorprendida, como si fuera algo que no se hubiera planteado.

—Contéstame —insisto.

Es algo que me ha obsesionado. ¿Por qué no usaste la palabra de seguridad, Ana?

Languidece en su asiento. Triste. Derrotada.

—No lo sé —susurra.

¿Qué?

¡¿Qué?!

Me quedo sin habla. He vivido un infierno porque ella no usó la palabra de seguridad. Pero, antes de que pueda recuperarme, las palabras salen a trompicones de su boca. Entre susurros, en voz baja, como si estuviera en un confesionario, como si estuviera avergonzada.

—Estaba abrumada. Intenté ser lo que tú querías que fuera, intenté soportar el dolor, y se me fue de la cabeza —su mirada es sincera y encoge ligeramente los hombros a modo de disculpa—. ¿Sabes…? La olvidé.

Pero, ¿qué diablos…?

—¡La olvidaste!

Estoy conmocionado. ¿Hemos pasado por toda esta mierda porque ella la olvidó?

No puedo creerlo. Me agarro a la mesa para anclarme al presente mientras voy asimilando esa alarmante información.

¿Le recordé su palabra de seguridad? Dios. No me acuerdo. Me viene a la memoria el correo que me envió ella la primera vez que le di unos azotes.

Esa vez no me detuvo.

Soy idiota.

Debería habérselo recordado.

Un momento. Ella sabe que tiene palabras de seguridad. Recuerdo habérselo dicho más de una vez.

—*No hemos firmado el contrato, Anastasia, pero ya hablamos de los límites. Además, te recuerdo que tenemos palabras de seguridad, ¿está bien?*

Parpadea un par de veces, pero guarda silencio.

—*¿Cuáles son?* —*pregunto.*

Vacila.

—*¿Cuáles son las palabras de seguridad, Anastasia?*

—*Amarillo.*

—*¿Y?*

—*Rojo.*

—*No lo olvides.*

Arquea una ceja con evidente aire burlón y está a punto de decir algo. Ah, no. En mi cuarto de juegos, ni hablar.

—*Cuidado con esa boquita, señorita Steele, si no quieres que te coja de rodillas. ¿Entendido?*

—¿Cómo voy a confiar en ti? ¿Podré confiar alguna vez?

Si no puede ser sincera conmigo, ¿qué esperanza tengo? No puede decirme lo que cree que yo quiero oír. ¿Qué clase de relación es ésa? Se me cae el alma a los pies. Éste es el problema de tratar con alguien que no está metido en este estilo de vida. No lo entiende.

Jamás debí ir detrás de ella.

Llega el mesero con nuestro vino y nosotros seguimos mirándonos con incredulidad.

Quizá debería haberme esforzado más al explicárselo.

Maldita sea, Grey. Elimina la negatividad.

Sí. Ahora es irrelevante. Intentaré tener una relación a su manera, si ella me deja.

El sujeto irritante tarda demasiado en abrir la botella. Dios. ¿Intenta entretenernos? ¿O sólo quiere impresionar a Ana? Por fin la descorcha y me sirve un poco para que lo pruebe. Bebo un sorbo rápido. Necesita respirar, pero está pasable.

—Está bien.

Ahora vete. Por favor. Nos llena las copas y se marcha.

Ana y yo no hemos dejado de mirarnos. Ambos intentamos adivinar qué piensa el otro. Ella es la primera en apartar la vista y toma un trago de vino con los ojos cerrados, como si buscara inspiración. Cuando los abre, veo su desesperación.

—Lo siento —murmura.

—¿Qué sientes?

Mierda. ¿Está terminando conmigo? ¿No hay esperanza?

—No haber usado la palabra de seguridad —dice.

Oh, gracias a Dios. Creí que habíamos terminado.

—Podríamos habernos evitado todo este sufrimiento —murmuro a modo de respuesta, y también en un intento de disimular mi alivio.

—Parece que tú estás bien —dice con voz trémula.

—Las apariencias engañan. Estoy todo menos bien. Tengo la sensación de que el sol se ha puesto y no ha salido durante cinco días, Ana. Vivo en una noche perpetua.

Emite un sonoro suspiro ahogado.

¿Cómo creía que me sentía? Me dejó cuando yo prácticamente estaba rogándole que se quedara.

—Me dijiste que nunca te irías, pero en cuanto la cosa se pone difícil, abres la puerta y te vas.

—¿Cuándo dije que nunca me iría?

—En sueños —antes de que fuéramos a planear—. Creo que fue la cosa más reconfortante que he oído en mucho tiempo, Anastasia. Y me sentí relajado.

Ella inhala con fuerza. Su compasión, expuesta y sincera, se refleja en su rostro encantador mientras toma su copa de vino. Ésta es mi oportunidad.

Pregúntaselo, Grey.

Debo hacerle la única pregunta que no me he permitido ni pensar porque sé que temo la respuesta, sea cual sea. Tengo curiosidad. Necesito saberlo.

—Dijiste que me querías —susurro, a punto de atragantarme con las palabras. Es imposible que siga sintiendo lo mismo por mí, ¿verdad?—. ¿Eso pertenece ya al pasado?

—No, Christian, no —dice, de nuevo en tono de confesión.

El alivio que me invade me deja desconcertado. Aunque es un alivio mezclado con miedo. Es una combinación confusa porque sé que ella no debería querer a un monstruo.

—Bien —murmuro, confundido.

Quiero dejar de pensar en eso ahora y, justo a tiempo, el mesero regresa con nuestra comida.

—Come —le ordeno. Esta mujer necesita alimentarse.

Se queda mirando el contenido de su plato con recelo.

—Que Dios me ayude, Anastasia; si no comes, te pondré encima de mis rodillas, aquí, en este restaurante, y no tendrá nada que ver con mi gratificación sexual. ¡Come!

—Está bien, comeré. Calma el cosquilleo de tu mano suelta, por favor.

Intenta hacerse la graciosa, pero no me río. Está quedándose en los huesos. Toma de mala gana el cuchillo y el tenedor, aunque da un bocado, cierra los ojos y se relame con satisfacción. La visión de su lengua basta para provocar una reacción de mi cuerpo, que ya estaba a cien por nuestro beso en el callejón.

¡Maldita sea! ¡Otra vez no! Freno la reacción en seco. Ya habrá tiempo para eso más tarde, si ella responde que sí. Toma otro bocado y luego otro, y sé que seguirá comiendo. Agradezco la distracción que nos ha proporcionado la comida. Clavo el cuchillo en mi solomillo, le doy un mordisco. No está mal.

Seguimos comiendo, mirándonos pero sin decir nada.

Ella no me ha mandado a la mierda. Eso es bueno. Y, mientras la observo con detenimiento, me doy cuenta de lo mucho que disfruto estando en su compañía. Es cierto, estoy atrapado en un atolladero de emociones conflictivas… pero ella está aquí. Está conmigo y está comiendo. Tengo la esperanza de que mi proposición funcione. Su reacción al besarme en el callejón ha sido… visceral. Todavía me desea. Sé que podría habérmela tirado allí mismo y ella no me habría detenido.

Me saca de mi ensimismamiento.

—¿Sabes quién canta?

Por el hilo musical del restaurante se oye cantar a una mujer joven con una suave voz lírica. No sé quién es, pero ambos estamos de acuerdo en que es buena.

Mientras escucho a esa cantante recuerdo que tengo el iPad para Ana. Espero que me permita regalárselo, y que le guste. Además de la música que cargué ayer, esta mañana pasé un rato añadiendo más cosas: fotografías del planeador que tengo sobre la mesa de escritorio y la foto de nosotros dos en la ceremonia de graduación, además de un par de aplicaciones. Es mi forma de pedir perdón, y tengo la esperanza de que el sencillo mensaje que he hecho grabar en la parte trasera transmita ese sentimiento. Espero que no le parezca demasiado cursi. Necesito dárselo primero, aunque no sé si llegaremos a ese punto. Contengo un suspiro porque siempre ha puesto peros a la hora de aceptar mis regalos.

—¿Qué? —pregunta.

Sabe que estoy tramando algo y, no por primera vez, me pregunto si puede leerme la mente.

Meneo la cabeza.

—Come.

Esos ojos de un azul intenso me contemplan.

—No puedo más. ¿He comido bastante para el Señor?

¿Está intentando provocarme a propósito? Miro su rostro fijamente, pero parece sincera, y se ha comido más de la mitad del contenido del plato. Si no ha comido nada en estos días, seguramente se ha saciado con la cena.

—De verdad que estoy llena —insiste.

Como a fuerza, mi celular vibra en el bolsillo del saco indicando la entrada de un mensaje. Será de Taylor, ya debe de estar cerca de la galería. Miro la hora.

—Tenemos que irnos enseguida. Taylor está aquí y mañana tienes que levantarte temprano para ir a trabajar.

No había pensado en eso antes. Ahora ella trabaja, necesita dormir. Quizá tenga que cambiar mis planes y las expectativas de mi cuerpo. Me disgusta aplazar la satisfacción de mi deseo.

Ana me recuerda que yo también tengo que levantarme temprano para ir a trabajar.

—Yo funciono habiendo dormido mucho menos que tú, Anastasia. Al menos has comido algo.

—¿Volveremos con el *Charlie Tango*?

—No, creo que me tomaré una copa. Taylor nos recogerá. Además, así al menos te tendré en el coche para mí solo durante unas horas. ¿Qué podremos hacer aparte de hablar?

Y así podré hacerle mi proposición.

Me remuevo incómodo en el asiento. La fase tres de la campaña no ha ido todo lo bien que había imaginado.

Ana me ha puesto celoso.

He perdido el control.

Sí, como siempre, me ha hecho descarrilar. Pero puedo dar la vuelta a la situación y cerrar el trato en el coche.

No te rindas, Grey.

Llamo al mesero, le pido la cuenta y luego aviso a Taylor. Responde al segundo tono de llamada.

—Señor Grey.

—Estamos en Le Picotin, Tercera Avenida Sudoeste —le informo y cuelgo.

—Eres muy cortante con Taylor; de hecho, con la mayoría de la gente.

—Simplemente voy directo al grano, Anastasia.

—Esta noche no has ido al grano. No ha cambiado nada, Christian.

Touché, señorita Steele.

Díselo. Díselo ahora, Grey.

—Tengo que hacerte una proposición.

—Esto empezó con una proposición.

—Una proposición diferente —aclaro.

Parece escéptica, pero quizá también siente curiosidad.

Vuelve el mesero y le entrego la tarjeta de crédito con toda mi atención puesta en Ana. Bueno, al menos parece intrigada.

Bien.

Tengo el corazón desbocado. Espero que acceda… o me sentiré realmente perdido. El mesero me pasa el recibo de la tarjeta de crédito para que lo firme. Añado una cantidad obscena de propina y firmo con una floritura. El hombre se muestra agradecido en exceso. Y sigue resultando irritante.

El celular vibra y leo el mensaje de reojo. Taylor ha llegado. El mesero me devuelve la tarjeta y desaparece.

—Vamos. Taylor está afuera.

Nos levantamos y la tomo de la mano.

—No quiero perderte, Anastasia —susurro, le levanto la mano y le acaricio los nudillos con los labios. Su respiración se agita.

Oh, ese sonido.

Miro su rostro de reojo. Tiene los labios separados, las mejillas rosadas y los ojos muy abiertos. El jadeo me llena de esperanza y deseo. Reprimo mis impulsos y la guío por el restaurante hasta la salida, donde Taylor está esperando con el Audi estacionado. Se me ocurre que Ana podría mostrarse reticente a hablar si él está delante.

Tengo una idea. Abro la puerta trasera, la ayudo a entrar y me dirijo hacia el asiento del conductor. Taylor sale para abrirme la puerta.

—Buenas noches, Taylor. ¿Llevas tu iPod y los auriculares?

—Sí, señor, nunca salgo de casa sin ellos.

—Genial. Póntelos en el camino de regreso a casa.

—Por supuesto, señor.

—¿Qué vas a escuchar?

—Puccini, señor.

—¿*Tosca*?

—*La Bohème*.

—Buena elección —sonrío.

Como es habitual, me sorprende. Siempre había supuesto que sus gustos musicales tendían más hacia el country y el rock. Respiro con fuerza y subo al coche. Estoy a punto de negociar el trato de mi vida.

Quiero que Ana vuelva conmigo.

Taylor enciende el radio del coche y las conmovedoras notas de Rachmaninov van intensificándose gradualmente en el fondo. Se queda mirándome un segundo por el espejo retrovisor y se incorpora al escaso tráfico nocturno.

Anastasia está pendiente de mí cuando me volteo para mirarla.

—Como iba diciendo, Anastasia, tengo que hacerte una proposición.

Mira de reojo a Taylor, nerviosa, tal como había anticipado.

—Taylor no te oye.

—¿Cómo?

Parece perpleja.

—Taylor —le llamo.

Taylor no contesta. Vuelvo a llamarle, luego me inclino y le doy un golpecito en el hombro. Taylor se quita el auricular de tapón.

—¿Sí, señor?

—Gracias, Taylor. No pasa nada; sigue escuchando tu música.

—Señor.

—¿Estás contenta? Está escuchando su iPod. Puccini. Olvida que está presente. Como yo.

—¿Tú le has pedido expresamente que lo hiciera?

—Sí.

Parpadea, sorprendida.

—Bien. ¿Tu propuesta? —dice titubeante y con aprensión.

Yo también estoy nervioso, nena. Allá va. No la cagues ahora, Grey.

¿Cómo empiezo?

Respiro con fuerza.

—Primero, deja que te pregunte una cosa. ¿Tú quieres una relación vainilla, convencional y sosa, sin sexo pervertido ni nada?

—¿Sexo pervertido? —repite en tono agudo, incrédula.

—Sexo pervertido.

—No puedo creer que hayas dicho eso.

Mira nerviosa a Taylor, otra vez.

—Bueno, pues sí. Contesta.

—A mí me gusta tu perversión sexual —susurra.

Oh, nena, a mí también.

Me siento aliviado. Paso uno… bien. Mantén la calma, Grey.

—Eso pensaba. Entonces, ¿qué es lo que no te gusta?

Guarda silencio un instante, y sé que está estudiándome bajo la luz y las sombras de las luces intermitentes de las farolas.

—La amenaza de un castigo cruel e inusual —dice.

—¿Y eso qué quiere decir?

—Bueno, tienes todas esas… —se calla, mira de reojo a Taylor una vez más y habla en voz más baja— varas y fustas y esas cosas de tu cuarto de juegos que me dan un miedo espantoso. No quiero que uses eso conmigo.

Eso ya lo había supuesto sin que me lo dijera.

—Bien, o sea que nada de fustas ni varas… ni tampoco cinturones —añado, sin poder reprimir el tono sardónico.

—¿Estás intentando redefinir los límites de la dureza? —me pregunta.

—En absoluto. Sólo intento entenderte, tener una idea más clara de lo que te gusta y lo que no.

—Fundamentalmente, Christian, lo que me cuesta más aceptar es que disfrutes haciéndome daño. Y pensar que lo harás porque he traspasado determinada línea arbitraria.

Maldición. Cómo me conoce. Ha visto al monstruo. No debo pensar en eso, o echaré a perder el trato. Ignoro su primer comentario y me centro en el segundo.

—Pero no es arbitraria, hay una lista de normas escritas.

—Yo no quiero una lista de normas.

—¿Ninguna?

Carajo… podría tocarme. ¿Cómo puedo protegerme para que no ocurra? ¿Y si ella hace alguna estupidez que la ponga en una situación de riesgo?

—Nada de normas —sentencia, negando con la cabeza para enfatizar sus palabras.

Está bien, la pregunta del millón de dólares.

—Pero ¿no te importa si te doy unos azotes?

—¿Unos azotes con qué?

—Con esto.

Levanto la mano.

Ella se remueve en el asiento, y un silencioso y dulce disfrute me recorre las entrañas. Oh, nena, me encanta cuando te retuerces.

—No, la verdad es que no. Sobre todo con esas bolas de plata...

Sólo de pensarlo siento un cosquilleo en la verga. Maldita sea. Cruzo las piernas.

—Sí, aquello estuvo bien.

—Más que bien —añade.

—O sea que eres capaz de soportar cierto grado de dolor. —No logro disimular mi tono esperanzado.

—Sí, supongo. —Se encoge de hombros.

Bien. Así que quizá podamos estructurar una relación basándonos en eso.

Respira con fuerza, Grey, exponle los términos.

—Anastasia, quiero volver a empezar. Pasar por la fase vainilla y luego, cuando confíes más en mí y yo confíe en que tú serás sincera y te comunicarás conmigo, quizá podamos avanzar más y hacer algunas de las cosas que a mí me gusta hacer.

Ya está.

Mierda. Se me acelera el corazón; el bombeo de la sangre me retumba por todo el cuerpo hasta ensordecerme mientras espero su reacción. Mi bienestar, pende de un hilo. Y ella dice... ¡nada! Se queda mirándome mientras vamos pasando bajo una farola y la veo con toda claridad. Está evaluándome. Sus ojos se ven extremadamente enormes en su hermoso rostro, más delgado y triste.

Oh, Ana.

—¿Y los castigos? —dice por fin.

Cierro los ojos. Eso no ha sido un no.

—Nada de castigos. Ni uno.

—¿Y las normas?

—Nada de normas.

—¿Ninguna? Pero tú necesitas ciertas cosas... —acaba con un hilillo de voz.

49

—Te necesito más a ti, Anastasia. Estos últimos días han sido infernales. Todos mis instintos me dicen que te deje marchar, que no te merezco.

»Esas fotos que te tomó ese tipo... comprendo cómo te ve. Estás tan guapa y se te ve tan relajada... No es que ahora no estés preciosa, pero estás aquí sentada y veo tu dolor. Es duro saber que he sido yo quien te ha hecho sentir así.

Eso me está matando, Ana.

—Pero yo soy un hombre egoísta. Te deseé desde que apareciste en mi despacho. Eres exquisita, sincera, cálida, fuerte, lista, seductoramente inocente; la lista es infinita. Me tienes cautivado. Te deseo, e imaginar que te posea otro es como si un cuchillo hurgara en mi alma oscura.

Carajo. ¡Sé directo, Grey! ¡Directo de verdad!

Estoy como poseído. Voy a espantarla.

—Christian, ¿por qué piensas que tienes un alma oscura? —me pregunta con desesperación, y me toma totalmente por sorpresa—. Yo nunca lo diría. Triste quizá, pero eres un buen hombre. Lo noto... eres generoso, eres amable, y nunca me has mentido. Y yo no lo he intentado realmente en serio.

»El sábado pasado sufrí un shock terrible. Fue como si sonara la alarma y despertara. Me di cuenta de que hasta entonces tú habías sido condescendiente conmigo y de que yo no podía ser la persona que tú querías que fuera. Luego, después de marcharme, caí en la cuenta de que el daño que me habías infligido no era tan malo como el dolor de perderte. Yo quiero complacerte, pero es duro.

—Tú me complaces siempre —¿cuándo lo entenderá?—. ¿Cuántas veces tengo que decírtelo?

—Nunca sé qué estás pensando.

¿No lo sabe? Nena, para ti soy como un libro abierto; salvo que yo no soy el héroe de la historia. Jamás seré el héroe.

—A veces te cierras tanto... como una isla. Me intimidas —prosigue—. Por eso me callo. No sé de qué humor vas a estar. Pasas del negro al blanco y de nuevo al negro en una fracción de segundo. Eso me confunde, y no me dejas tocarte, y yo tengo un inmenso deseo de demostrarte cuánto te quiero…

La ansiedad me oprime el pecho y el corazón se me desboca. Lo ha dicho otra vez; las dos intensas palabras que no puedo soportar. Y quiere tocarme. No. No. No. No puede tocarme. Pero antes de que pueda responder, antes de que la oscuridad tome las riendas, ella se desabrocha el cinturón y se desplaza sobre el asiento para subirse a mi regazo; es su forma de tenderme una emboscada. Me coloca las manos a ambos lados de la cabeza y se queda mirándome a los ojos. A mí se me corta la respiración.

—Te quiero, Christian Grey —dice—. Y tú estás dispuesto a hacer todo esto por mí. Soy yo quien no lo merece, y lo único que lamento es no poder hacer todas esas cosas por ti. A lo mejor, con el tiempo… pero sí, acepto tu proposición. ¿Dónde firmo?

Me rodea el cuello con los brazos y pega su cálida mejilla a la mía.

No puedo creer lo que estoy oyendo.

La ansiedad se convierte en júbilo. Se expande por mi pecho y me recorre el cuerpo de cabeza a pies, dejando una estela cálida a su paso. Ana va a intentarlo. Vuelve a mí. No me la merezco, pero vuelve a mí. La estrecho entre mis brazos con fuerza y hundo la nariz en su cabello perfumado, mientras el alivio y un caleidoscopio de coloridas emociones llenan el vacío que sentía en mi interior desde que ella se fue.

—Oh, Ana —susurro, demasiado aturdido y demasiado… repleto para decir otra cosa.

Ella se acurruca entre mis brazos, apoya la cabeza sobre mi hombro y escuchamos a Rachmaninov. Rememoro sus palabras.

Me quiere.

Repito la frase mentalmente para comprobar qué efecto tiene en lo me queda de corazón, y trago saliva para deshacer el nudo que el miedo forma en mi garganta cuando esas palabras resuenan en mi interior.

Puedo hacerlo.

Puedo vivir con esto.

Debo hacerlo. Necesito protegerla a ella y su vulnerable corazón.

Respiro con fuerza.

Puedo hacerlo.

Pero no puedo dejar que me toque. No puedo hacerlo. Tengo que lograr que entienda… conseguir adaptar sus expectativas. Le acaricio la espalda con suavidad.

—Que me toques es un límite infranqueable para mí, Anastasia —murmura.

—Lo sé. Me gustaría entender por qué —su aliento me hace cosquillas en el cuello.

¿Debería contárselo? ¿Por qué querría saber ella esta mierda? ¿Mi mierda? A lo mejor podría contárselo en parte, darle una pista.

—Tuve una infancia espantosa. Uno de los padrotes de la puta adicta al crack…

—*Aquí estás, mierdecilla.*

No. No. No. No me quemes.

—*¡Mami! ¡Mami!*

—*Ella no puede oírte, maldito renacuajo.*

Me agarra por el pelo y me saca a rastras de debajo de la mesa de la cocina.

—*Ay. Ay. Ay.*

Está fumando. Ese olor. Cigarrillos. Huele mal. Es un olor rancio y asqueroso. Huele a sucio. Como a basura. Como a cloaca. Bebe un licor marrón. De una botella.

—*Y aunque te oyera, le importaría una puta mierda —grita. Siempre grita.*

Me cruza la cara de una bofetada. Y me da otra. Y otra. No. No.

Me defiendo. Pero él se ríe. Y da una calada. La colilla del cigarrillo está roja e incandescente.

—*Voy a quemarte —dice.*

No. No.

El dolor. El dolor. El dolor. El olor.

Quema. Quema. Quema.

Dolor. No. No. No.

Aúllo.

Aúllo.

—¡Mami! ¡Mami!

El ríe y no para de reír. Le faltan dos dientes.

Me estremezco mientras los recuerdos y las pesadillas se confunden flotando en el aire como el humo de su cigarrillo tirado, me nublan la mente y me arrastran de regreso a esa época de miedo e impotencia.

Cuento a Ana que lo recuerdo todo y ella me abraza con más fuerza. Tiene la mejilla hundida en mi cuello, su tersa y cálida piel sobre la mía, lo que me trae de regreso al presente.

—¿Te maltrataba? ¿Tu madre? —Ana tiene la voz queda.

—No, que yo recuerde. No se ocupaba de mí. No me protegía de su padrote.

Ella era una patética mujer y él era un puto loco.

—Creo que era yo quien la cuidaba a ella. Cuando al final consiguió matarse, pasaron cuatro días hasta que alguien avisó y nos encontraron... Eso lo recuerdo.

Cierro los ojos y veo imágenes borrosas y sin sonido de mi madre tirada en el suelo, y yo tapándola con una manta y acurrucado junto a ella.

Anastasia emite un gemido ahogado.

—Eso es espantoso, terrible.

—Cincuenta sombras.

Me besa el cuello. Es una ligera y tierna presión de sus labios sobre mi piel. Y sé que no lo hace por lástima. Lo hace para consolarme, es posible que incluso quiera entenderme. Mi dulce y compasiva Ana.

La abrazo con más fuerza y le beso el cabello mientras ella se acurruca entre mis brazos.

Nena, eso ocurrió hace mucho tiempo.

El agotamiento me puede. Varias noches en vela plagadas de pesadillas me han pasado factura. Estoy cansado. Quiero dejar de pensar. Ella es mi atrapasueños. Jamás tuve pesadillas cuando ella dormía a mi lado. Me echo hacia atrás, cierro los ojos y no digo nada, porque no hay más que decir. Escucho la música y, cuando se acaba, su respiración suave y regular. Está dormida. Está agotada. Como yo. Me doy cuenta de que no puedo pasar la noche con ella. No conseguirá dormir si lo hago. La abrazo, disfrutando del peso de su cuerpo sobre mí, honrado de que sea capaz de dormirse en mi regazo. No puedo resistirme a esbozar mi sonrisa de autosuficiencia. Lo he conseguido. He conseguido que vuelva conmigo. Ahora lo único que tengo que hacer es conseguir que siga a mi lado, lo cual será todo un desafío.

Mi primera relación vainilla… ¿Quién me lo iba a decir? Cierro los ojos e imagino la cara que pondrá Elena cuando se lo cuente. Tendrá mucho que decir, siempre tiene…

—Por la forma en que estás ahí plantado sé que quieres decirme algo.

Me atrevo a echar un rápido vistazo a Elena mientras sus labios rojo pasión se fruncen en una sonrisa y se cruza de brazos, látigo en mano.

—Sí, señora.

—Puedes hablar.

—Me han aceptado en Harvard.

Me fulmina con la mirada.

—Señora —añado a toda velocidad y me miro los dedos de los pies.

—Entiendo.

Me rodea caminando mientras yo permanezco de pie, desnudo, en su sótano. El aire frío me acaricia la piel, pero es la promesa de cuanto va a ocurrir lo que me eriza hasta el último vello. Eso y el olor de su caro perfume. Mi cuerpo empieza a reaccionar.

Ella ríe.

—¡Contrólate! —espeta, y el látigo se clava en mis muslos.

Intento con todas mis fuerzas mantener mi cuerpo a raya.

—Aunque quizá deberías recibir un premio por buen comporta-

miento —dice ronroneando. Y vuelve a fustigarme, esta vez en el torso, pero con suavidad, más juguetona—. Ser aceptado en Harvard es todo un logro, querido mío, mi querida mascota.

El látigo vuelve a restallar y me abrasa el culo, y me tiemblan las piernas como resultado.

—Estate quieto —me advierte.

Permanezco erguido a la espera del próximo latigazo.

—Así que vas a dejarme —susurra, y el látigo impacta contra mi espalda.

Abro los ojos de golpe y la miro de reojo, alarmado.

No. Nunca.

—Vista al suelo —ordena.

Me miro los pies mientras el pánico se apodera de mí.

—Me dejarás y te irás con alguna joven universitaria.

No. No.

Me sujeta por la cara, clavándome las uñas en la carne.

—Sí lo harás.

Sus ojos azules como el hielo me atraviesan con la mirada, sus labios rojo pasión se fruncen de rabia.

—Jamás, señora.

Ella ríe, me aparta de un empujón y levanta una mano.

Pero el golpe no llega.

Cuando abro los ojos, tengo a Ana delante. Me acaricia la mejilla y sonríe.

—Te quiero —dice.

Me despierto, desorientado durante un instante, el corazón me retumba en el pecho como un tambor, y no sé si es por miedo o excitación. Estoy en el asiento trasero del Audi y Ana está durmiendo acurrucada sobre mi regazo.

Ana.

Ella vuelve a ser mía. Y por un instante, me siento embelesado. Una estúpida sonrisa aflora en mi rostro y sacudo la cabeza. ¿Me he sentido así alguna vez? Me emociona pensar en el futuro. Me emociona ver hacia dónde irá nuestra relación. Qué nuevas cosas probaremos. Hay tantas posibilidades…

La beso en el pelo y reposo la barbilla sobre su cabeza. Cuando miro de reojo por la ventanilla, me doy cuenta de que ya hemos llegado a Seattle. La mirada de Taylor se cruza con la mía en el espejo retrovisor.

—¿Nos dirigimos al Escala, señor?

—No, a casa de la señorita Steele.

Se le arruga el contorno de los ojos.

—Llegaremos dentro de cinco minutos —dice.

¡Vaya! Ya estamos casi en casa.

—Gracias, Taylor.

He dormido más de lo que creía posible en el asiento trasero de un coche. Me gustaría saber la hora, pero no quiero mover el brazo para mirarlo mientras la tengo encima. Bajo la vista para contemplar a mi bella durmiente. Tiene los labios ligeramente separados, sus pestañas negras y largas están abatidas y proyectan una sombra sobre su rostro. Y recuerdo cuando la vi dormir en el Heathman, esa primera vez. Parecía tan apacible entonces; ahora también lo parece. Me resisto a molestarla.

—Despierta, nena —la beso en el pelo. Sus pestañas aletean y abre los ojos—. Eh… —murmuro para saludarla.

—Perdona —masculla, y se incorpora.

—Estaría eternamente mirando cómo duermes, Ana.

No hace falta que te disculpes.

—¿He dicho algo? —parece preocupada.

—No —la tranquilizo—. Casi hemos llegado a tu casa.

—Oh, ¿no vamos a la tuya? —pregunta con tono de sorpresa.

—No.

Endereza la espalda y me mira.

—¿Por qué no?

—Porque mañana tienes que trabajar.

—Oh.

Sus labios fruncidos delatan su decepción. Siento ganas de echarme a reír.

—¿Por qué, tenías algo en mente? —pregunto para provocarla.

Se remueve sobre mi regazo.

Ay.

La aquieto sujetándola con las manos.

—Bueno, puede... —dice mirando a todas partes menos a mí y un tanto tímida.

No puedo evitar echarme a reír. Es valiente en muchos sentidos y, al mismo tiempo, tan tímida con respecto a otros. Y, mientras la observo, me doy cuenta de que debo conseguir que se abra al sexo. Si vamos a ser sinceros el uno con el otro, ella tendrá que contarme cómo se siente. Contarme qué necesita. Quiero que tenga la confianza suficiente para expresar sus deseos. Todos ellos.

—Anastasia, no pienso volver a tocarte hasta que me lo supliques.

—¡Qué!

Parece un tanto molesta.

—Así empezarás a comunicarte conmigo. La próxima vez que hagamos el amor, tendrás que decirme exactamente qué quieres, con todo detalle.

Eso le dará algo en qué pensar, señorita Steele.

La levanto de mi regazo en cuanto Taylor se detiene frente a su departamento. Bajo del coche, me dirijo hacia su puerta y se la abro. Tiene cara de dormida y está adorable luchando por salir del auto.

—Tengo una cosa para ti.

Ha llegado el momento. ¿Aceptará mi regalo? Ésta es la fase final de mi campaña para recuperarla. Abro el maletero y saco el paquete que contiene su Mac, su celular y un iPad. Mira primero la caja y luego a mí con expresión suspicaz.

—Ábrelo cuando estés dentro.

—¿No vas a pasar?

—No, Anastasia.

A pesar de lo mucho que me gustaría. Ambos necesitamos dormir.

—¿Y cuándo te veré?

—¿Mañana?

—Mi jefe quiere que salga a tomar una copa con él mañana.

¿Qué carajos quiere ese hijo de puta? Tengo que insistir a Welch para que me entregue el informe sobre Hyde. Hay algo que se me escapa de él y que no está reflejado en su historial laboral. No me fío ni un poco de ese tipo.

—¿Eso quiere ahora? —intento parecer despreocupado.

—Para celebrar mi primera semana —añade enseguida.

—¿Dónde?

—No lo sé.

—Podría pasar a recogerte por allí.

—Está bien… Te mandaré un correo o un mensaje.

—Sí.

Caminamos hasta la entrada juntos y la observo, divertido, mientras busca en su bolso las llaves. Abre la puerta y se voltea para despedirse, y yo no puedo seguir resistiéndome a sus encantos. Me inclino y la tomo de su barbilla con la punta de los dedos. Quiero besarla con fuerza, pero dibujo una línea de tiernos besos desde la sien hasta sus labios. Ella gime y ese dulce sonido impacta directamente en mi verga.

—Hasta mañana —digo, aunque no logro disimular el deseo en mi tono de voz.

—Buenas noches, Christian —susurra y su anhelo es un reflejo del mío.

Oh, nena. Mañana. Ahora no.

—Entra —le ordeno, y es una de las cosas más difíciles que he hecho jamás: dejar que se marche sabiendo que se entregaría a mí.

Mi cuerpo ignora mi caballeroso gesto y se tensa al imaginar las posibilidades. Sacudo la cabeza, más asombrado que nunca por la lujuria que Ana despierta en mí.

—Hasta luego, nena —le digo, y me giro hacia la calle para regresar al coche, con la determinación de no mirar atrás.

Una vez dentro del Audi, me permito mirar. Ella sigue allí, de pie en la puerta, mirándome.

Bien.

Vete a la cama, Ana, le ruego. Como si me oyera, cierra la

puerta, y Taylor pone en marcha el motor para llevarme a casa, al Escala.

Me recuesto en el asiento.

«*What a difference a day makes*», tal como dice el título de la canción: cómo cambian las cosas en un solo día.

Sonrío. Ella es mía una vez más.

La imagino en su departamento, abriendo la caja. ¿Se enojará? ¿O le encantará?

Se enojará.

Nunca se ha tomado bien recibir regalos.

Mierda. ¿Habré ido demasiado lejos?

Taylor entra al estacionamiento del Escala y ocupamos el sitio libre junto al Audi A3 de Ana.

—Taylor, ¿entregarás el Audi de la señorita Steele en su casa mañana? Espero que también acepte el coche.

—Sí, señor Grey.

Lo dejo en el estacionamiento haciendo sus cosas, y me dirijo hacia el ascensor. Una vez dentro, miro el celular para ver si ella ha dicho algo sobre los regalos. Justo cuando se abre la puerta del ascensor y entro en mi departamento, entra un e-mail.

De: Anastasia Steele
Fecha: 9 de junio de 2011 23:56
Para: Christian Grey
Asunto: iPad

Me has hecho llorar otra vez.

Me encanta el iPad.

Me encantan las canciones.

Me encanta la aplicación de la Biblioteca Británica.

Te quiero.

Gracias.
Buenas noches.

Ana xx

Sonrío mirando la pantalla. Lágrimas de felicidad, ¡genial!
Le encanta.
Me quiere.

Viernes, 10 de junio de 2011

M e quiere.
   Me ha costado tres horas de coche el no estremecerme al pensarlo. Aunque, insisto, Ana no me conoce en realidad. No sabe de lo que soy capaz, ni por qué hago lo que hago. Nadie puede querer a un monstruo; no importa la compasión que sienta hacia él.

Dejo de pensar en ello porque no quiero centrarme en el aspecto negativo.

Flynn estaría orgulloso.

A toda prisa, tecleo la respuesta a su correo.

De: Christian Grey
Fecha: 10 de junio de 2011 00:03
Para: Anastasia Steele
Asunto: iPad

Me encanta que te guste. Yo también me he comprado uno.

Ahora, si estuviera allí, te secaría las lágrimas a besos.

Pero no estoy... así que vete a dormir.

Christian Grey
Presidente de Grey Enterprises Holdings, Inc.

La quiero bien descansada para mañana. Me estiro y siento una satisfacción que me resulta del todo desconocida, mientras deambulo por mi habitación. Deseando caer desplomado sobre la cama, dejo el celular en la mesita de noche y veo que tengo otro correo de Ana.

De: Anastasia Steele
Fecha: 10 de junio de 2011 00:07
Para: Christian Grey
Asunto: Señor Gruñón

Suena igual de dominante que siempre, posiblemente tenso y probablemente malhumorado, señor Grey.

Yo sé algo que podría aliviar eso. Pero es verdad que no está aquí... no me dejaría quedarme y espera que le suplique...

Sueñe con ello, Señor.

Ana xx

P. D.: Veo que también has incluido el himno del maltratador: «Every Breath You Take». Disfruto mucho de tu sentido del humor, pero ¿lo sabe el doctor Flynn?

Y ahí está. El ingenio de la señorita Anastasia Steele. Lo he echado de menos. Me siento en el borde de la cama y escribo mi respuesta.

De: Christian Grey
Fecha: 10 de junio de 2011 00:10
Para: Anastasia Steele
Asunto: Tranquilidad tipo zen

Mi queridísima señorita Steele:
En las relaciones vainilla también hay azotes, ¿sabe? Normalmente consentidos y en un contexto sexual... pero yo estaría muy contento de hacer una excepción con usted.

Te tranquilizará saber que el doctor Flynn también disfruta con mi sentido del humor.

Ahora, por favor, vete a dormir; si no, mañana no servirás para nada. Por cierto... suplicarás, créeme. Y lo estoy deseando.

Christian Grey
Presidente tenso de Grey Enterprises Holdings, Inc.

Me quedo mirando el celular, esperando su contestación. Sé que no va a desistir. Y, como había previsto, llega su respuesta.

De: Anastasia Steele
Fecha: 10 de junio de 2011 00:12
Para: Christian Grey
Asunto: Buenas noches, dulces sueños

Bueno, ya que me lo has pedido con tanta amabilidad, y como me encanta tu deliciosa amenaza, me acurrucaré con el iPad que me has regalado con tanto cariño y me quedaré dormida ojeando la Biblioteca Británica, escuchando la música que habla por ti.

A xxx

¿Le encanta mi amenaza? Señor, qué desconcertante es. Entonces la recuerdo removiéndose en el asiento del coche mientras hablábamos de los azotes.

Oh, nena, no es una amenaza. Es una promesa.

Me levanto y me acerco despacio hasta el armario para quitarme el saco mientras pienso qué responderle. Ella quiere conversar en términos más amables; seguro que se me ocurre algo. Y entonces lo tengo.

De: Christian Grey
Fecha: 10 de junio de 2011 00:15
Para: Anastasia Steele
Asunto: Una petición más

Sueña conmigo.

x

Christian Grey
Presidente de Grey Enterprises Holdings, Inc.

Sí. Sueña conmigo. Quiero ser el único en quien piense. No en ese fotógrafo. Ni en su jefe. Sólo en mí. Me pongo enseguida la pijama y me lavo los dientes.

Mientras me meto en la cama, consulto el celular una vez más, pero no he recibido nada de la señorita Steele. Debe de estar dormida. Cuando cierro los ojos, se me ocurre que no he pensado en Leila en toda la noche. Anastasia ha sido tan entretenida, hermosa, divertida...

El radio despertador me despierta por primera vez desde que ella me dejó. He dormido profundamente y no he soñado, y me he despertado renovado. Mi primer pensamiento es para Ana. ¿Cómo estará esta mañana? ¿Habrá cambiado de idea?

No. Sigue siendo positivo.

De acuerdo.

Me pregunto en qué consiste su rutina de cada mañana.

Mejor.

Y esta noche podré verla. Me levanto de la cama de un salto y me pongo los pants. Correr me llevará por mi ruta habitual para echar un vistazo a su edificio. Pero, esta vez, no me quedaré haciendo tiempo. Ya no soy un acosador.

Mis pisadas retumban sobre el asfalto. Los rayos de sol se cuelan entre los edificios mientras me dirijo hacia la calle de Ana. Todo sigue en silencio, pero yo llevo a los Foo Fighters retumbando en los oídos mientras corro. Supongo que debería estar escuchando algo más en sintonía con mi estado de ánimo. Quizá «Feeling Good». La versión de Nina Simone.

Demasiado sensiblero, Grey. Sigue corriendo.

Paso a toda velocidad por delante del edificio de Ana, y no me detengo. La veré hoy, más tarde. Toda ella. Me siento especialmente satisfecho conmigo mismo y me pregunto si quizá acabaremos aquí esta noche.

Hagamos lo que hagamos, dependerá de Ana. Vamos a hacer esto a su manera.

Regreso corriendo por Wall Street, de vuelta a casa para empezar mi jornada.

—Buenos días, Gail —incluso a mí me suena de una cordialidad inusual. Gail frena en seco delante de la cocina y se queda mirándome como si me hubieran salido tres cabezas—. Esta mañana desayunaré huevos revueltos con pan —añado, y le guiño un ojo mientras me dirijo a mi estudio. Ella se queda boquiabierta, pero no dice nada.

Ah, la señora Jones muda. Eso sí que es una novedad.

Ya en el estudio, compruebo la bandeja de entrada del correo en la computadora y no veo nada que no pueda esperar hasta que llegue al despacho. Mis pensamientos vuelan hacia Ana y me pregunto si ya habrá desayunado.

De: Christian Grey
Fecha: 10 de junio de 2011 08:05
Para: Anastasia Steel
Asunto: Ayúdame...

Espero que hayas desayunado.

Te eché en falta anoche.

Christian Grey
Presidente de Grey Enterprises Holdings, Inc.

En el coche, de camino al despacho, recibo una respuesta.

De: Anastasia Steele
Fecha: 10 de junio de 2011 08:33
Para: Christian Grey
Asunto: Libros viejos...

Estoy comiéndome un plátano mientras tecleo. Llevaba varios días sin desayunar, de manera que supone un paso adelante.
Me encanta la aplicación de la Biblioteca Británica... he empezado a releer *Robinson Crusoe*... y, naturalmente, te quiero.

Ahora déjame en paz: intento trabajar.

Anastasia Steele
Ayudante de Jack Hyde, editor de SIP

¿Robinson Crusoe? Un hombre solo, atrapado en una isla desierta. ¿Está intentando decirme algo?

Y me quiere.

Me. Quiere. Y me sorprende que cada vez me sea más fácil escuchar esas palabras... aunque no es tan fácil.

Por eso decido concentrarme, en cambio, en aquello que más me irrita de su correo.

De: Christian Grey
Fecha: 10 de junio de 2011 08:36
Para: Anastasia Steele
Asunto: ¿Eso es lo único que has comido?

Puedes esforzarte más. Necesitarás energía para suplicar.

Christian Grey
Presidente de Grey Enterprises Holdings, Inc.

Taylor se estaciona frente a Grey House.

—Señor, le llevaré el Audi a la señorita Steele esta mañana.

—Genial. Hasta luego, Taylor. Gracias.

—Que tenga usted un buen día, señor.

En el ascensor de Grey House, leo su respuesta.

De: Anastasia Steele
Fecha: 10 de junio de 2011 08:39
Para: Christian Grey
Asunto: Pesado

Señor Grey, intento trabajar para ganarme la vida... y es usted quien suplicará.

Anastasia Steele
Ayudante de Jack Hyde, editor de SIP

¡Ja! No lo creo.

—Buenos días, Andrea.

La saludo con un simpático movimiento de cabeza al pasar junto a su mesa de escritorio.

—Mmm... —se queda atascada, pero reacciona enseguida, porque es la secretaria perfecta—. Buenos días, señor Grey. ¿Un café?

—Por favor. Uno solo.

Cierro la puerta de mi despacho, y, cuando estoy sentado, respondo a Ana.

De: Christian Grey
Fecha: 10 de junio de 2011 08:42
Para: Anastasia Steele
Asunto: ¡Vamos!

Vaya, señorita Steele, me encantan los desafíos...

Christian Grey
Presidente de Grey Enterprises Holdings, Inc.

Me encanta leerla tan vital en los correos. La vida jamás es aburrida con Ana. Me recuesto en mi silla con las manos detrás de la nuca, intentando entender mi humor efervescente. ¿Alguna vez me he sentido tan contento como ahora? Es aterrador. Ella tiene el poder de hacerme albergar esperanza y el poder de desesperarme. Sé cuál de los dos prefiero. Hay un espacio vacío en la pared de mi despacho; quizá uno de sus retratos debería ocuparlo. Antes de poder pensarlo con mayor detenimiento, alguien llama a la puerta. Andrea entra con mi café en la mano.

—Señor Grey, ¿podemos hablar?

—Por supuesto.

Se acomoda en la silla situada frente a la mía y parece nerviosa.

—¿Recuerda que no estoy aquí esta tarde y que no estaré el lunes?

Me quedo mirándola, totalmente en blanco. ¿Qué diablos…? No lo recordaba. Odio cuando ella no está aquí.

—He pensado que debía recordárselo —añade.

—¿Hay alguien que te sustituya?

—Sí. Recursos Humanos enviará a alguien de otro departamento. Se llama Montana Brooks.

—Bien.

—Es sólo un día y medio, señor.

Me río.

—¿Tan preocupado parezco?

Andrea me sonríe, y es poco habitual en ella.

—Sí, señor, lo parece.

—Bueno, resulte lo que resulte que tengas que hacer, espero que resulte divertido.

Se levanta.

—Gracias, señor.

—¿Tengo algo programado para este fin de semana?

—Mañana tiene una partida de golf con el señor Bastille.

—Cancélalo.

Prefiero divertirme con Ana.

—Lo haré. También tiene el baile de máscaras en casa de sus padres en beneficio de Coping Together —me recuerda Andrea.

—Oh, maldita sea.

—Hace meses que está programado.

—Sí, lo sé. Deja eso.

Me pregunto si Ana querrá ser mi pareja de baile.

—De acuerdo, señor.

—¿Has encontrado a alguien para sustituir a la hija del senador Blandino?

—Sí, señor. Se llama Sarah Hunter. Empieza el martes, cuando yo vuelva.

—Bien.

—Tiene una reunión a las nueve con la señorita Bailey.

—Gracias, Andrea. Ponme a Welch al teléfono.

—Sí, señor Grey.

Ros está terminando su informe sobre los lanzamientos desde el aire en Darfur.

—Todo ha salido tal como estaba planeado, y los primeros informes con las impresiones de las ONG en el terreno indican que han llegado en el momento justo y al lugar correcto —dice Ros—. Sinceramente, ha sido todo un éxito. Vamos a ayudar a muchísimas personas.

—Genial. Quizá deberíamos hacerlo cada año donde lo necesiten.

—Sale caro, Christian.

—Ya lo sé. Pero es lo correcto. Y es sólo dinero.

Ella me lanza una mirada ligeramente exasperada.

—¿Ya terminamos? —pregunto.

—Por ahora, sí.

—Bien.

Sigue mirándome con curiosidad.

¿Qué?

—Me alegro de que hayas vuelto con nosotros —dice.

—¿Qué quieres decir?

—Ya sabes qué quiero decir —se levanta y recoge sus papeles—. Has estado ausente, Christian —entrecierra los ojos.

—Estaba aquí.

—No, no lo estabas. Pero me alegro de que hayas vuelto y estés centrado, y de que parezcas más feliz.

Me dedica una amplia sonrisa y se dirige hacia la puerta.

¿Tan evidente resulta?

—He visto la foto en el periódico esta mañana.

—¿La foto?

—Sí. La tuya con una chica joven en una exposición fotográfica.

—Ah, sí.

No puedo reprimir una sonrisa.

Ros asiente con la cabeza.

—Te veré esta tarde para la reunión con Marco.

—Claro.

Se marcha, y yo me quedo pensando en cómo reaccionará el resto del personal conmigo durante el día de hoy.

Barney, mi genio de la tecnología e ingeniero con más experiencia del departamento de telecomunicaciones, ha desarrollado tres prototipos de tabletas de energía solar. Es un producto que espero que vendamos a un precio elevado en todo el mundo y entreguemos de manera filantrópica a los países en vías de desarrollo. La democratización de las tecnologías es una de mis pasiones: desarrollar productos baratos, funcionales y asequibles para las naciones más pobres con tal de ayudarles a salir de la pobreza.

Esa misma mañana, unas horas más tarde, estamos reunidos en el laboratorio hablando sobre los prototipos que están desperdigados sobre la mesa de trabajo. Fred, el jefe de nuestro departamento de telecomunicaciones, está trabajando en el grado de inclinación del dispositivo para incorporar las células fotovoltaicas en la parte trasera de la carcasa.

—¿Por qué no incorporamos las células fotovoltaicas en toda la carcasa de la tableta, incluso en la pantalla? —pregunto.

Siete cabezas se vuelven hacia mí al unísono.

—No en la pantalla, pero ¿y si desarrollamos una funda? —sugiere Fred.

—¿Y el costo? —pregunta Barney con voz de pito al mismo tiempo.

—Estamos en el mundo de las ideas, señores. No se preocupen por el dinero —respondo—. Lo venderemos a precio de oro aquí y prácticamente lo regalaremos en el tercer mundo. Ése es el objetivo.

La sala es un volcán de creatividad en erupción y, transcurridas dos horas, tenemos tres ideas para forrar el dispositivo con células fotovoltaicas.

—… sin duda lo fabricaremos compatible con WiMAX para el mercado doméstico —afirma Fred.

—E incorporaremos la capacidad de acceso a internet vía satélite para África e India —añade Barney—. Siempre y cuando consigamos el acceso —me mira con expresión interrogante.

—Eso ya lo iremos viendo. Espero que podamos montarnos en el carro del sistema europeo Galileo de GPS —sé que esto supondrá unas cuantas negociaciones, pero tenemos tiempo—. El equipo de Marco está encargándose de ello.

—Tecnología del mañana hoy —afirma Barney con orgullo.

—Excelente —asiento con la cabeza para expresar mi aprobación. Me vuelvo hacia la vicedirectora de nuestro departamento de adquisiciones—. Vanessa, ¿en qué punto estamos con el tema del mineral conflictivo? ¿Cómo estás gestionándolo?

Más tarde, nos encontramos sentados alrededor de la mesa de mi sala de juntas y Marco está repasando el plan de negocios modificado para SIP y las estipulaciones de su contrato tras la firma ayer de nuestros preámbulos del acuerdo revisados.

—Quieren bloquear las noticias sobre la absorción durante un mes —comenta—. Dicen que es para no asustar a sus autores o algo así.

—¿De verdad? ¿Eso importará a sus autores? —pregunto.

—Es una industria creativa —comenta Ros con amabilidad.

—Lo que digas.

Y tengo ganas de poner los ojos en blanco.

—Tú y yo tenemos una llamada programada con Jeremy Roach, el propietario, hoy, a las cuatro y media.

—Bien. Entonces podremos ultimar los detalles.

No paro de pensar en Anastasia. ¿Cómo le estará yendo el día? ¿Ha puesto los ojos en blanco por alguien hoy? ¿Cómo son sus compañeros de trabajo? ¿Y su jefe? He pedido a Welch que investigue a Jack Hyde; me bastó con leer el perfil profesional de Hyde para saber que hay algo raro en su trayectoria laboral. Empezó en Nueva York, y ahora está aquí. Hay algo que no encaja.

Necesito averiguar más sobre él, sobre todo, si Ana está trabajando para él.

También estoy esperando noticias sobre Leila. Welch no tiene ninguna novedad relativa a su paradero. Es como si hubiera desaparecido de la faz de la Tierra. Sólo espero que, esté donde esté, se encuentre en un lugar mejor.

—Sus normas para la supervisión de correos electrónicos son casi tan rigurosas como las nuestras —dice Ros e interrumpe mi divagación.

—¿Y? —pregunto—. Cualquier empresa digna de cotizar en bolsa tiene una política estricta de recepción y envío de correos electrónicos.

—Me sorprende en el caso de una operación tan pequeña. Todos los correos pasan por la revisión de Recursos Humanos.

Me encojo de hombros.

—Para mí no supone ningún problema —aunque debería advertírselo a Ana—. Repasemos sus obligaciones.

En cuanto tratamos el asunto de SIP, pasamos al punto siguiente de la agenda.

—Vamos a proponer un estudio de mercado sobre el astillero de Taiwan —dice Marco.

—No veo qué tenemos que perder —admite Ros.

—¿Mi fortuna y la benevolencia de nuestra mano de obra?

—Christian, no tenemos que hacerlo —dice Ros con un suspiro.

—Tiene sentido desde el punto de vista financiero. Tú lo sabes. Yo lo sé. Vamos a ver hasta dónde podemos llegar con esto.

Mi celular emite un destello que anuncia un correo entrante de Ana.

¡Por fin!

He estado tan ocupado que no he logrado contactar con ella desde esta mañana, pero ha estado presente en mi pensamiento todo el día, como un ángel de la guarda. Mi ángel de la guarda. Siempre presente, pero jamás invasivo.

Mía.

Grey, contrólate.

Mientras Ros enumera los pasos que debemos dar para el proyecto de Taiwan, leo el e-mail de Ana.

De: Anastasia Steele
Fecha: 10 de junio de 2011 16:05
Para: Christian Grey
Asunto: Aburrida...

Estoy mano sobre mano.

¿Cómo estás?

¿Qué estás haciendo?

Anastasia Steele
Ayudante de Jack Hyde, editor de SIP

¿Mano sobre mano? La idea me hace sonreír cuando la recuerdo toqueteando la grabadora el día que vino a entrevistarme.

«¿Es usted gay, señor Grey?»

Ah, mi dulce e inocente Ana.

No. No soy gay.

Me encanta que esté pensando en mí y que haya aprovechado su tiempo libre para contactar conmigo. Es... entretenido. Una calidez desconocida me cala hasta los huesos. Me hace sentir incómodo. Realmente incómodo. Ignoro la sensación y tecleo a toda prisa una respuesta.

De: Christian Grey
Fecha: 10 de junio de 2011 16:15
Para: Anastasia Steele
Asunto: Tus manos

Deberías venir a trabajar conmigo.

No estarías mano sobre mano.

Estoy seguro de que yo podría darles mejor uso.

De hecho, se me ocurren varias opciones…

Mierda. Ahora no, Grey.

Mi mirada se cruza con la de Ros, y percibo su desaprobación.

—Debo responder urgentemente —le digo.

Ella cruza una mirada con Marco.

Yo estoy con fusiones y adquisiciones rutinarias.

Todo es muy árido.

Tus correos electrónicos en SIP se monitorizan.

Christian Grey
Presidente distraído de Grey Enterprises Holdings, Inc.

Estoy impaciente por verla esta noche, y todavía tiene que enviarme un correo para decirme dónde nos encontraremos. Es frustrante. Pero hemos acordado intentarlo con una relación a su manera, así que dejo el celular y centro la atención nuevamente en la reunión.

Paciencia, Grey. Paciencia.

Hemos pasado a hablar sobre la visita del alcalde de Seattle a Grey House, programada para la semana que viene, una cita que sugerí yo cuando lo conocí a principios de este mes.

—¿Está Sam al tanto? —pregunta Ros.

—Está pesadísimo con el tema —respondo.

Sam jamás pierde una oportunidad para hacer nuevos contactos.

—Bien. Si estás listo, llamaré a Jeremy Roach de SIP para hablar de esos detalles finales.

—Hagámoslo.

Ya en mi despacho, la sustituta de Andrea está aplicándose más labial rojo pasión. No me gusta. Y el color me recuerda a Elena. Una de las cosas que me encanta de Ana es que no se embadurna ni con labial ni con ninguna otra clase de maquillaje. Ocultando mi desprecio, e ignorando a la nueva, me dirijo a mi despacho. Nunca me acuerdo de su nombre.

La propuesta revisada de Fred para Kavanagh Media está abierta sobre mi mesa de escritorio, pero estoy preocupado y me resulta difícil concentrarme del todo en ello. El tiempo pasa y no he tenido noticias de Anastasia; como siempre, estoy esperando a la señorita Steele. Consulto mi correo electrónico una vez más.

Nada.

Miro el celular por si tengo algún mensaje.

Nada.

¿Qué está entreteniéndola? Espero que no sea su jefe.

Alguien llama a la puerta.

¿Y ahora qué?

—Adelante.

La sustituta de Andrea asoma la cabeza por la puerta y oigo el ruidito de un correo entrante, pero no es de Ana.

—¡Qué! —espeto, intentando recordar el nombre de la mujer.

Ella no se inmuta.

—Estoy a punto de marcharme, señor Grey. El señor Taylor ha dejado esto para usted —me enseña un sobre.

—Déjalo sobre esa consola de ahí.

—¿Me necesita para algo más?

—No. Vete. Gracias.

Le dedico una sonrisa forzada.

—Que tenga un buen fin de semana entonces, señor —me desea sonriendo de forma afectada.

Oh, ya lo creo, ésa es mi intención.

La despacho, pero ella no se va. Se queda ahí parada un instante y me doy cuenta de que está esperando algo de mí.

¿Qué?

—Lo veré el lunes —dice con una risilla nerviosa y molesta.

—Sí. El lunes. Cierra la puerta al salir.

Un tanto alicaída, obedece mi orden.

¿A qué ha venido eso?

Abro el sobre de la consola. Es la llave del Audi de Ana, y escrita con la pulcra caligrafía de Taylor la frase: «Estoy en el estacionamiento del edificio en la parte trasera de los departamentos».

Ya de regreso en mi mesa, me centro en los correos y al final recibo uno de Ana. Sonrío con malicia, como el gato de Cheshire.

De: Anastasia Steele
Fecha: 10 de junio de 2011 17:36
Para: Christian Grey
Asunto: Encajarás perfectamente

Vamos a ir a un bar que se llama Fifty's.

Para mí esto es una mina inagotable de bromas y risas.

Tengo muchas ganas de encontrarme allí con usted, señor Grey.

A x

¿Se trata de una referencia a cincuenta sombras?

Qué raro. ¿Está burlándose de mí?

Está bien. Vamos a divertirnos un rato con esto.

De: Christian Grey
Fecha: 10 de junio de 2011 17:38
Para: Anastasia Steel
Asunto: Riesgos

Las minas son muy, muy peligrosas.

Christian Grey
Presidente de Grey Enterprises Holdings, Inc.

Veamos cómo reacciona.

De: Anastasia Steele
Fecha: 10 de junio de 2011 17:40
Para: Christian Grey
Asunto: ¿Riesgos?

¿Qué quieres decir con eso?

¿De verdad eres tan tonta, Anastasia? Eso no te va nada. Pero no quiero discutir.

De: Christian Grey
Fecha: 10 de junio de 2011 17:42
Para: Anastasia Steele
Asunto: Simplemente…

Era un comentario, señorita Steele.

Hasta pronto.

Más pronto que tarde, nena.

Christian Grey
Presidente de Grey Enterprises Holdings, Inc.

Ahora que ya se ha puesto en contacto conmigo, me relajo y me concentro en la propuesta de Kavanagh. Está bien. Se la reenvío a Fred y le digo que la envíe a Kavanagh Media. Empiezo a sopesar distraídamente si Kavanagh Media estará madura para una absorción. Es una idea. Me pregunto qué les parecería a Ros y a Marco. Aparto la idea por el momento y me dirijo al vestíbulo mientras envío un mensaje a Taylor para avisarle que ya sé dónde voy a encontrarme con Ana.

El Fifty's es un bar deportivo. Me resulta vagamente familiar y me doy cuenta de que ya he estado antes con Elliot. Lo frecuenta de vez en cuando, pero es que Elliot es un atleta, un auténtico macho, el alma de todas las fiestas. Éste es su tipo de lugar, un templo para los deportes de equipo. Yo era demasiado exaltado para jugar en equipo en cualquiera de los centros en los que estudié. Prefería los deportes solitarios como el piragüismo o deportes de contacto como el kickboxing, donde podía dar una buena paliza a mi contrincante… o recibirla yo.

El bar está repleto de jóvenes oficinistas que empiezan su fin de semana con una copa rápida o cinco, y sólo tardo dos segundos en localizarla en la barra.

Ana.

Y ahí está él. Hyde. Arrimándose a ella.

Imbécil.

Ella tiene la espalda tensa. Está claro que se siente incómoda.

Que se joda ese tipo.

Haciendo un gran esfuerzo consigo caminar con aire despreocupado, intentando mantenerme sereno. Cuando me sitúo junto a ella, le paso un brazo por encima del hombro y la acerco a mí, de esta forma la libero de las indeseadas insinuaciones de su jefe.

La beso por detrás de la oreja.

—Hola, nena —murmuro besándole el pelo.

Se pega a mi cuerpo mientras el imbécil se yergue más para evaluarme. Tengo ganas de borrarle de un puñetazo esa expresión de «jódete», pero lo ignoro de forma deliberada para centrarme en mi chica.

Oye, nena ¿este tipo está molestándote?

Ella me sonríe de oreja a oreja. Le brillan los ojos, sus labios están húmedos y el pelo le cae en cascada sobre los hombros. Lleva la blusa azul que Taylor compró para ella, y le va a juego con el color de ojos y el tono de piel. Me inclino hacia ella y la beso. Se ruboriza, pero se vuelve hacia el imbécil, que ha captado el mensaje y ha retrocedido un poco.

—Jack, éste es Christian. Christian, Jack —dice Ana señalándonos a ambos con la mano.

—Yo soy el novio —aclaro para que no haya confusiones, y tiendo la mano a Hyde.

¿Ves? Sé comportarme.

—Yo soy el jefe —replica Jack, mientras nos estrechamos la mano.

Me la aprieta con fuerza, así que yo se la aprieto con más fuerza todavía.

Mantén tus manazas lejos de mi chica.

—Ana me habló de un ex novio —dice arrastrando las palabras con tono condescendiente.

—Bueno, ya no soy un ex —le dedico una sonrisita de «vete a la mierda»—. Vamos, nena, tenemos que irnos.

—Por favor, quédense a tomar una copa con nosotros —dice Jack haciendo énfasis en el «nosotros».

—Tenemos planes. Quizá en otra ocasión —cuando las ranas críen pelo. No me fío de él y quiero a Ana lejos de este tipo—. Vamos —le digo tomándola de la mano.

—Hasta el lunes —dice ella, y entrelaza su mano con la mía con más fuerza. Se dirige a Hyde y a una atractiva mujer que debe de ser una de sus compañeras.

Al menos Ana no está a solas con él. La mujer dedica a Ana una cálida sonrisa mientras Hyde nos mira a ambos con el ceño fruncido. Siento su mirada clavada como un puñal en mi espalda cuando salimos. Pero me importa una mierda.

En la calle, Taylor está esperando al volante del Audi. Le abro la puerta del asiento trasero a Ana.

—¿Por qué me ha parecido eso un concurso de ver quién orina más lejos? —me pregunta al entrar.

Tan intuitiva como siempre, señorita Steele.

—Porque lo era —le confirmo, y cierro la puerta.

Ya en el coche, la tomo de la mano, porque quiero tocarla, y me la llevo a los labios.

—Hola —le susurro.

Tiene muy buen aspecto. Le han desaparecido las ojeras oscuras. Ha dormido. Ha comido. Ha recuperado esa luminosidad saludable. Por su sonrisa radiante, sé que está rebosante de felicidad, y me contagia.

—Hola —dice, jadeante y sugerente.

Maldita sea, quiero abalanzarme sobre ella, ahora, aunque estoy seguro de que a Taylor no le haría mucha gracia. Lo miro de refilón y él me mira intencionadamente por el espejo retrovisor. Está esperando mis instrucciones.

Está bien, vamos a hacer esto a la manera de Ana.

—¿Qué es lo que te gustaría hacer esta noche? —le pregunto.

—Creí que dijiste que teníamos planes.

—Oh, yo sé lo que me gustaría hacer, Anastasia. Te pregunto qué quieres hacer tú.

Su sonrisa se amplía hasta convertirse en una expresión lasciva que tiene conexión directa con mi verga.

Carajo, estoy muy caliente.

—Ya veo. Pues… a suplicar entonces. ¿Quieres suplicar en mi casa o en la tuya? —le pregunto bromeando.

El rostro se le ilumina con expresión divertida.

—Creo que es usted muy presuntuoso, señor Grey. Pero, para variar, podríamos hacerlo en mi departamento.

Se muerde su jugoso labio inferior y se queda mirándome a través de sus negras pestañas.

Maldita sea.

—Taylor, a casa de la señorita Steele, por favor.

¡Y deprisa!

—Señor —asiente Taylor, y se incorpora al tráfico.

—¿Qué tal tu día? —pregunto, y le acaricio los nudillos con la yema del pulgar.

Por un segundo contiene la respiración.

—Bien. ¿Y el tuyo?

—Bien, gracias —sí, realmente bien. He hecho más trabajo hoy que en toda la semana. Le beso la mano, porque se lo debo a ella—. Estás guapísima.

—Tú también.

Oh, nena lo mío es sólo una cara bonita.

Y hablando de caras bonitas…

—Tu jefe, Jack Hyde, ¿es bueno en su trabajo?

Frunce el ceño y esa arruguita en forma de V que me encanta besar aflora bajo su nariz.

—¿Por qué? ¿Esto tiene algo que ver con el concurso de orinadas?

—Ese hombre quiere meterse en tus bragas, Anastasia —le advierto intentando decirlo en un tono lo más neutral posible.

Parece impactada. Dios, es tan inocente… Ha sido algo evidente para mí y para cualquiera que estuviera prestando atención a la escena en la barra.

—Bueno, que quiera lo que le dé la gana —dice ella con remilgo—. ¿Por qué estamos hablando de esto? Ya sabes que él no me interesa en absoluto. Sólo es mi jefe.

—Ésa es la cuestión. Quiere lo que es mío. Necesito saber si hace bien su trabajo.

Se encoje de hombros, pero dirige la mirada hacia su regazo.

¿Cómo? ¿Él ya ha intentado algo?

Ella responde que cree que sí es bueno en su trabajo, aunque lo dice como si estuviera intentando convencerse a sí misma.

—Bien, más le vale dejarte en paz o acabará de patitas en la calle.

—Christian, ¿de qué hablas? No ha hecho nada malo.

¿Por qué frunce el ceño? ¿Él la hace sentir incómoda? Háblame, Ana. Por favor.

—Si hace cualquier intento o acercamiento, me lo dices. Se llama conducta inmoral grave… o acoso sexual.

—Sólo ha sido una copa después del trabajo.

—Lo digo en serio. Un movimiento en falso y se va a la calle.

—Tú no tienes poder para eso —dice mofándose, burlona. Pero su sonrisa se esfuma y se queda mirándome con escepticismo—. ¿O sí, Christian?

Sí que lo tengo, en realidad. Le sonrío.

—¿Vas a comprar la empresa? —murmura, y parece horrorizada.

—No exactamente.

No es la reacción que esperaba ni el derrotero que quería que tomara la conversación.

—La compraste. SIP. Ya.

Se pone blanca como el papel.

¡Dios! Está molesta.

—Es posible —respondo con cautela.

—¿La compraste o no? —exige saber.

Es la hora de la verdad, Grey. Díselo.

—La compré.

—¿Por qué? —grita con voz aguda.

—Porque puedo, Anastasia. Necesito que estés a salvo.

—¡Pero dijiste que no interferirías en mi carrera profesional!

—Y no lo haré.

Aparta su mano de la mía.

—Christian...

Mierda.

—¿Estás enojada conmigo?

—Sí. Claro que estoy enojada contigo —grita—. Quiero decir, ¿qué clase de ejecutivo responsable toma decisiones basadas en la persona a la que se esté tirando en ese momento?

Mira inquieta y de reojo a Taylor, y luego me mira a mí de igual modo, con una expresión preñada de reproches.

Y yo siento el deseo de castigarla por su lengua viperina y por reaccionar de forma exagerada. Me dispongo a hacerlo, pero luego decido que quizá no sea buena idea. Tiene los labios fruncidos, ese gesto de terquedad tan típico de la señorita Steele que tan bien conozco... también lo añoraba.

Se cruza de brazos, enfadada.

Mierda.

Está enojada de verdad.

Lo miro de reojo y sólo quiero ponerla sobre mis rodillas... pero, por desgracia, ésa no es una opción.

Maldición. Yo sólo hice lo que creí mejor.

Taylor se detiene frente a su departamento, y, prácticamente antes de que haya detenido el coche, ella ya ha bajado.

¡Mierda!

—Creo que más vale que esperes aquí —le digo a Taylor y salgo a toda prisa tras ella.

Quizá el rumbo de la noche esté a punto de dar un vuelco radical con respecto a lo que había planeado. Quizá ya lo haya echado a perder.

Cuando llego a la puerta del vestíbulo, Ana está rebuscando las llaves en el bolso. Me sitúo detrás de ella, sintiéndome inútil.

¿Qué hago?

—Anastasia —le digo suplicante, mientras intento mantenerme tranquilo.

Suspira de forma exagerada y se voltea para mirarme a la cara. Tiene los labios muy juntos, la expresión endurecida.

Retomo la conversación en su última intervención e intento poner una nota de humor al asunto.

—Primero, hace tiempo que no te cojo… mucho tiempo, tal como yo lo siento; y segundo, quería entrar en el negocio editorial. De las cuatro empresas que hay en Seattle, SIP es la más rentable.

—Sigo hablando de la empresa, aunque lo que quiero decir en realidad es: «Por favor, no discutas conmigo».

—Así que ahora eres mi jefe —espeta.

—Técnicamente, soy el jefe del jefe de tu jefe.

—Y, técnicamente, esto es conducta inmoral grave: el hecho de que me esté tirando al jefe del jefe de mi jefe.

—En este momento estás discutiendo con él —alzo la voz.

—Eso es porque es un auténtico idiota.

«Idiota.» ¡Idiota!

¡Está insultándome! Las únicas personas que lo hacen son Mia y Elliot.

—¿Un idiota?

Sí. Quizá sí lo sea. Y de pronto me entran ganas de reír. Anastasia me ha llamado imbécil… Elliot estaría de acuerdo.

—Sí.

Intenta seguir enfadada conmigo, pero sus labios se tuercen para reprimir la sonrisa.

—¿Un idiota? —repito.

—¡No me hagas reír cuando estoy enojada contigo! —grita, intentando permanecer seria pero fracasando en el intento.

Le dedico mi mejor sonrisa deslumbrante y ella se echa a reír a carcajadas, con una risa tan espontánea que me siento en una nube.

¡Victoria!

—El que tenga una maldita sonrisa en la cara no significa que no esté encabronadísima contigo —dice sin dejar de reír con nerviosismo.

Me inclino hacia adelante, le huelo el cabello y respiro profundamente. Su perfume y su cercanía despiertan mi libido. La deseo.

—Es usted imprevisible, señorita Steele, como siempre —la observo y atesoro la visión de su rostro ruborizado y sus ojos brillantes—. ¿Piensas invitarme o vas a enviarme a casa por haber ejercido mi derecho democrático, como ciudadano americano, empresario y consumidor, de comprar lo que se me dé la real gana?

—¿Has hablado con el doctor Flynn de eso?

Me río. Todavía no. Cuando lo haga, me pondrá la cabeza como un tambor.

—¿Vas a dejarme entrar o no, Anastasia?

Por un instante, parece indecisa, y eso me acelera el corazón. Pero se muerde el labio inferior, luego sonríe y me abre la puerta. Le hago un gesto a Taylor para que se marche y sigo a Ana escaleras arriba, mientras disfruto de la maravillosa visión de su trasero. La sinuosa forma en que contonea las caderas al pisar los escalones trasciende la seducción. Es mucho más, en mi opinión, porque ella ignora lo atractiva que es. Su sensualidad innata brota de su inocencia: su deseo de experimentar y su habilidad para confiar.

Maldición. Espero que todavía confíe en mí. Al fin y al cabo, fui yo quien la ahuyentó. Tendré que esforzarme por recuperar su confianza. No quiero volver a perderla.

Su departamento está limpio y ordenado, como era de esperar, aunque transmite una sensación de no ser usado, de estar deshabitado. Me recuerda a la galería: todo de ladrillo viejo y madera. La isla de cemento de la cocina tiene un diseño austero e innovador. Me gusta.

—Es bonito —comento con aprobación.

—Los padres de Kate lo compraron para ella.

Eamon Kavanagh ha mimado a su hija. Es un sitio elegante: el padre ha escogido bien. Espero que Katherine sepa valorarlo. Me volteo y miro a Ana mientras ella se encuentra de pie junto a la isla de la cocina. Me pregunto cómo se siente viviendo con una amiga tan rica. Estoy seguro de que paga su parte... pero debe de ser duro vivir a la sombra de Katherine Kavanagh. Quizá a ella le guste, o quizá le cueste lo suyo. Desde luego que no se gasta el dinero en ropa. Pero ya he puesto remedio a eso; tengo un armario lleno de prendas para ella en el Escala. Me pregunto qué le parecerá. Es bastante probable que me lo ponga difícil.

No pienses en eso ahora, Grey.

Ana está mirándome fijamente. Su mirada está nublada. Se lame el labio inferior, y mi cuerpo se enciende como una lluvia de fuegos artificiales.

—Esto… ¿quieres beber algo? —pregunta.

—No, gracias, Anastasia.

Te quiero a ti.

Junta las manos en una palmada, no sabe qué hacer y parece un poco incómoda. ¿Todavía la pongo nerviosa? Esta mujer es capaz de ponerme de rodillas, ¿y es ella la que está nerviosa?

—¿Qué te gustaría hacer, Anastasia? —pregunto mientras camino hacia ella sin dejar de mirarla—. Yo sé lo que quiero hacer.

Y podemos hacerlo aquí, o en tu dormitorio, o en tu baño, me da igual… sólo te quiero a ti. Ahora.

Separa los labios y se le agita la respiración, jadea.

Oh, ese sonido es seductor.

Tú también me deseas, nena.

Lo sé.

Lo siento.

Se echa hacia atrás y choca contra la isla de la cocina, no tiene escapatoria.

—Sigo enojada contigo —afirma, pero su voz es trémula y tersa.

No parece en absoluto enfadada. Lasciva, quizá. Pero no enfadada.

—Lo sé —admito, y le dedico mi sonrisa lobuna.

Ella abre más los ojos. Oh, nena.

—¿Quieres comer algo? —susurra.

Asiento despacio.

—Sí, a ti.

De pie delante de ella, la miro a los ojos, nublados por el deseo, y siento el calor que irradia su cuerpo. Me abrasa. Quiero estar envuelto en él. Quiero sumergirme en él. Quiero hacerla gritar y gemir y que grite mi nombre. Quiero recuperarla y borrar el recuerdo de nuestra ruptura de su memoria.

Quiero hacerla mía. Otra vez.

Pero lo primero es lo primero.

—¿Has comido hoy?

Necesito saberlo.

—Un bocadillo al mediodía.

Con eso bastará.

—Tienes que comer —la reprendo.

—La verdad es que ahora no tengo hambre… de comida.

—¿De qué tiene hambre, señorita Steele?

Me inclino para dejar mis labios casi pegados a los suyos.

—Creo que ya lo sabe, señor Grey.

No se equivoca. Contengo un gruñido y hago acopio de todo mi autocontrol para no agarrarla y tirarla sobre la cubierta de cemento. Pero hablaba en serio cuando decía que ella tendría que suplicar. Tiene que decirme lo que quiere. Tiene que verbalizar sus sentimientos, sus necesidades y sus deseos. Quiero aprender a hacerla feliz. Me inclino como si fuera a besarla, para engañarla, y, en lugar de hacerlo, le susurro al oído.

—¿Quieres que te bese, Anastasia?

—Sí —dice sin aliento.

—¿Dónde?

—Por todas partes.

—Vas a tener que especificar un poco más. Ya te dije que no pienso tocarte hasta que me supliques y me digas qué debo hacer.

—Por favor —suplica.

—Por favor, ¿qué?

—Tócame.

—¿Dónde, nena?

Alarga la mano para tocarme.

No.

La oscuridad estalla en mi interior y me atenaza la garganta con sus garras. De forma instintiva retrocedo, se me desboca el corazón mientras el miedo me recorre el cuerpo.

No me toques. No me toques.

Carajo.

—No, no —murmuro.

Por esto tengo mis normas.

—¿Qué? —está confusa.

—No.

Niego con la cabeza. Ella ya lo sabe. Se lo dije ayer. Debo hacerle entender que no puede tocarme.

—¿Nada de nada?

Da un paso hacia mí y no sé qué pretende. La oscuridad me apuñala las entrañas, así que retrocedo un paso más y levanto las manos para defenderme de ella.

Con una sonrisa, le suplico.

—Oye, Ana… —pero no encuentro las palabras.

Por favor, no me toques. No puedo soportarlo.

Maldita sea, esto es desesperante.

—A veces no te importa —comenta, quejosa—. Quizá debería ir a buscar un rotulador y podríamos dibujar un mapa de las zonas prohibidas.

Bueno, al menos es un enfoque que no me había planteado antes.

—No es mala idea. ¿Dónde está tu dormitorio?

Necesito hacerla cambiar de tema.

Señala con la cabeza hacia la izquierda.

—¿Has seguido tomando la píldora?

Le cambia la cara.

—No.

¿¡Qué!?

¡Después de todo lo que nos costó que se tomara la maldita píldora! No puedo creer que la haya dejado.

—Ya.

Esto es un desastre. ¿Qué diablos voy a hacer con ella? Maldición. Necesito condones.

—Ven, comamos algo —digo y se me ocurre que podemos salir y así reponer mi suministro.

—¡Creía que íbamos a acostarnos! Yo quiero acostarme contigo —lo dice taciturna.

—Lo sé, nena.

Pero es que nosotros siempre avanzamos dos pasos y retrocedemos uno.

Esta noche no está saliendo como había planeado. Quizá me había hecho demasiadas ilusiones. ¿Cómo va a estar ella con un imbécil que no soporta que lo toquen? ¿Y cómo voy a estar yo con una mujer que olvida tomar la maldita píldora? Odio los condones.

Dios. Quizá somos incompatibles.

Ya está bien de pensar sólo en lo negativo, Grey. ¡Ya basta!

Ella parece hecha polvo y, de pronto, una parte de mí se siente absurdamente encantado de que lo esté. Al menos me desea. Voy hacia ella y la tomo por las muñecas, le sujeto las manos por detrás de la espalda y la atraigo hacia mis brazos. Me gusta sentir su esbelto cuerpo presionado contra el mío. Pero está delgada. Demasiado delgada.

—Tú tienes que comer, y yo también —y me has dejado hecho polvo al intentar tocarme. Necesito recuperar la compostura, nena—. Además… la expectación es clave en la seducción, y la verdad es que ahora mismo estoy muy interesado en posponer la gratificación.

Sobre todo, si no tenemos métodos anticonceptivos.

Me mira con cierto escepticismo.

Sí, lo sé. Acabo de inventármelo.

—Yo ya he sido seducida y quiero mi gratificación ahora. Te suplicaré, por favor —dice gimoteando.

Es la mismísima Eva: la tentación personificada. La aprieto con más fuerza y ella, claramente, relaja la suya. Es desconcertante, tanto más todavía porque sé que yo soy el culpable.

—Come. Estás demasiado flaca.

La beso en la frente y la suelto, pensando dónde podemos cenar.

—Sigo enojada porque compraras SIP, y ahora estoy enojada porque me haces esperar —dice haciendo un puchero.

—La damita está molesta, ¿eh? Después de comer te sentirás mejor —digo, y sé que no entenderá el cumplido.

—Ya sé después de qué me sentiré mejor.

—Anastasia Steele, estoy escandalizado —finjo estar escandalizado y me llevo la mano al corazón.

—Deja de burlarte de mí. No estás jugando limpio —de pronto cambia de actitud—. Podría cocinar algo —dice—, pero tendremos que ir a comprar.

—¿A comprar?

—La comida.

—¿No tienes nada? —¡por el amor de Dios, no me extraña que no haya comido!—. Pues vamos a comprar.

Me dirijo hacia la puerta de su departamento con paso decidido y la abro de par en par al tiempo que le hago un gesto para que salga. Esto podría jugar en mi favor. Sólo necesito encontrar una farmacia o alguna tienda.

—Está bien —dice, y sale a toda prisa por la puerta.

Mientras vamos caminando por la calle, tomados de la mano, me maravilla cómo, en su presencia, puedo experimentar todo un espectro de emociones: desde el enfado, al deseo carnal, al miedo, las ganas de jugar. Antes de conocer a Ana, era un hombre tranquilo y estable, pero, caray, mi vida era muy monótona. Eso cambió en el instante en que ella entró en mi despacho. Estar con ella es como estar en el ojo del huracán, mis sentimientos convergen y chocan entre sí, luego resurgen y decaen. Ni siquiera sé hacia dónde voy. Ana jamás es aburrida. Sólo espero que lo que me queda de corazón pueda soportarlo.

Caminamos dos manzanas hasta el supermercado Ernie's. Es pequeño y está abarrotado de gente; la mayoría solteros, creo, a juzgar por el contenido de sus cestas de la compra. Y aquí estoy yo, ya no más soltero.

Me gusta la idea.

Sigo la estela de Ana, llevando una cesta metálica y disfrutando de ver su culo, tan apretado y firme en sus jeans. Me

gusta sobre todo cuando se agacha sobre el mostrador de las verduras y escoge unas cuantas cebollas. La tela se tensa sobre sus
nalgas y la blusa se le sube, y queda a la vista un fragmento de
su piel blanca y sin mácula.

Oh, lo que le haría yo a ese culo…

Ana está mirándome, perpleja y haciéndome preguntas
como ¿cuándo fue la última vez que estuve en un supermercado? ¡Mierda! No tengo ni idea. Quiere cocinar algo salteado
porque es rápido. Conque rápido, ¿eh? Sonrío con suficiencia.
La sigo por la tienda, disfrutando de lo mucho que le gusta escoger sus ingredientes: toquetea un tomate, olisquea un pimiento. Cuando vamos hacia la caja me pregunta sobre mi personal
de servicio y cuánto tiempo llevan conmigo. ¿Por qué quiere
saberlo?

—Taylor, cuatro años, me parece. La señora Jones más o menos lo mismo —ahora soy yo quien pregunta—: ¿Por qué no
tenías comida en el departamento?

Su expresión se ensombrece.

—Ya sabes por qué.

—Fuiste tú quien me dejó —le recuerdo.

Si te hubieras quedado conmigo, habríamos arreglado las cosas y nos habríamos ahorrado todo este sufrimiento.

—Ya lo sé —replica, y parece arrepentida.

Me coloco en la fila de la caja junto a ella. Tenemos a una
mujer delante que intenta reprender a dos niños pequeños, uno
de ellos no para de lloriquear.

Dios. ¿Por qué la gente hace estas cosas?

Podríamos haber ido a comer fuera. Hay bastantes restauran-
tes por aquí cerca.

—¿Tienes algo para beber? —pregunto, porque, después de
esta experiencia en el mundo real, voy a necesitar alcohol.

—Cerveza… creo.

—Compraré un poco de vino.

Pongo tanta distancia como puedo entre el niño chillón y yo,
pero, tras un breve vistazo a la tienda, me doy cuenta de que no
venden ni alcohol ni condones.

Maldita sea.

—Aquí al lado hay una buena licorería —dice Anastasia cuando regreso a la cola, que no parece haber avanzado mucho y que todavía está dominada por el niño llorón.

—Veré qué tienen.

Aliviado de estar fuera del infierno del Ernie's, me fijo en la tienda que hay junto a Liquor Locker. Entro pero sólo encuentro dos paquetes de condones.

Gracias a Dios. Dos paquetes de dos.

Cuatro palos si estoy de suerte.

No puedo evitar esbozar una sonrisa. Eso debería bastar incluso a la insaciable señorita Steele.

Me llevo los dos, pago al viejo que está tras el mostrador y salgo. En la licorería también tengo suerte. Tiene una selección excelente de vinos y en el refrigerador encuentro un pinot grigio por encima de la media.

Anastasia se tambalea por el peso de las bolsas en la salida de la tienda cuando vuelvo.

—Déjame llevarlas a mí —le quito ambas bolsas y caminamos de vuelta a su departamento.

Me cuenta un poco sobre lo que ha hecho durante la semana. Es evidente que le gusta su nuevo trabajo. No menciona mi absorción de SIP, y se lo agradezco. Y, por mi parte, no menciono al imbécil de su jefe.

—Te ves muy… doméstico —dice sin ocultar que le parece divertido cuando estamos de regreso en su cocina.

Está riéndose de mí. Otra vez.

—Nadie me había acusado de eso antes.

Coloco las bolsas sobre la cubierta de la isla de la cocina, mientras ella empieza a vaciarlas. Saco la botella de vino. El supermercado ha sido una dosis de realidad suficiente por hoy. Ahora, ¿dónde tendrá metido el sacacorchos?

—Este sitio aún es nuevo para mí. Me parece que el aparato está en ese cajón de allí —dice señalando con la barbilla.

Sonrío por su capacidad de hacer varias cosas a la vez y localizo el sacacorchos. Me alegra que no haya estado ahogando sus penas en alcohol durante mi ausencia. Ya he visto qué ocurre cuando se emborracha.

Cuando me vuelvo para mirarla, está colorada.

—¿En qué estás pensando?

Le pregunto mientras me quito el saco y lo lanzo sobre el sofá. Regreso a la botella de vino a la espera.

—En lo poco que te conozco en realidad.

—Me conoces mejor que nadie.

Sin duda alguna adivina lo que pienso como nadie. Es desconcertante. Abro la botella imitando la floritura cursi del mesero de Portland.

—No creo que eso sea verdad —responde ella mientras sigue vaciando las bolsas.

—La cuestión, Anastasia, es que soy una persona muy, muy cerrada.

Son gajes del oficio, teniendo en cuenta a qué me dedico. A qué me dedicaba.

Sirvo dos copas y le ofrezco una.

—Salud —alzo mi copa.

—Salud.

Bebe un sorbo y empieza a cocinar. Está en su elemento. Recuerdo que me contó que le gustaba cocinar para su padre.

—¿Puedo ayudarte con eso? —pregunto.

Me echa una mirada de reojo como diciendo «lo tengo controlado».

—No, no hace falta… siéntate.

—Me gustaría ayudar.

No logra ocultar su sorpresa.

—Puedes picar las verduras.

Lo dice como si estuviera haciendo una gran concesión. Quizá no se equivoque al preocuparse. No tengo ni idea de la cocina. Mi madre, la señora Jones, y mis sumisas —algunas con más éxito que otras— han desempeñado esa función.

—No sé cocinar —digo mirando con suspicacia el cuchillo afilado que me da.

—Supongo que no lo necesitas.

94

Me pone delante una tabla para cortar y unos pimientos rojos.

¿Qué diablos se supone que tengo que hacer con estas cosas? Estas verduras tienen una forma muy rara.

—¿Nunca has picado una verdura?

—No.

De pronto adopta una actitud engreída.

—¿Te estás riendo de mí?

—Por lo visto hay algo que yo sé hacer y tú no. Reconozcámoslo, Christian, creo que esto es nuevo. Ven, te enseñaré.

Pasa rozándome, su brazo toca el mío, y mi cuerpo cobra vida de golpe.

Dios.

Me aparto para dejarla pasar.

—Así.

Me hace una demostración: corta el pimiento rojo y luego aparta todas las semillas y el resto de porquería del interior con un hábil giro del cuchillo.

—Parece bastante fácil.

—No deberías tener ningún problema para conseguirlo —su tono es burlón, aunque irónico.

¿Acaso cree que no soy capaz de picar una verdura? Con cuidadosa precisión empiezo a cortar.

Maldición, estas semillas saltan por todas partes. Es más difícil de lo que pensaba. Ana ha hecho que pareciera fácil. Me aparta para pasar, su muslo acaricia mi pierna mientras va reuniendo los ingredientes. Lo ha hecho de forma intencionada, estoy seguro, pero intento ignorar el efecto que está teniendo en mi libido y sigo cortando con cuidado. Tiene un filo endemoniado. Vuelve a pasar a mi lado, y esta vez me roza con la cadera, luego otra vez, otro contacto, y todos por debajo de mi cintura. Mi verga lo aprueba, y mucho.

—Sé lo que estás haciendo, Anastasia.

—Creo que se llama cocinar —dice con falsa sinceridad.

Oh, juguetona Anastasia. ¿Por fin está dándose cuenta del poder que ejerce sobre mí?

Toma otro cuchillo y se coloca a mi lado para pelar y cortar el ajo, las cebollas y los ejotes. Aprovecha cualquier oportunidad para rozarme. No es nada sutil.

—Lo haces bastante bien —comento al tiempo que empiezo con el segundo pimiento rojo.

—¿Picar? —aletea las pestañas—. Son años de práctica —y vuelve a rozarme, esta vez con el trasero.

Ya está bien. Se acabó.

Toma las verduras y las coloca junto al wok que empieza a echar humo.

—Si vuelves a hacer eso, Anastasia, te cogeré en el suelo de la cocina.

—Primero tendrás que suplicarme —replica.

—¿Me estás desafiando?

—Puede.

Oh, señorita Steele. Vamos.

Dejo el cuchillo y, lentamente, doy un paso hacia ella sin quitarle la vista de encima. Separa los labios cuando me inclino a su lado, a unos milímetros, pero no la toco. Con un movimiento rápido, apago la lumbre del wok.

—Creo que comeremos después —porque ahora mismo te voy a matar a palos—. Mete el pollo en el refri.

Traga saliva con fuerza, levanta el cuenco con el pollo cortado en dados y coloca, con bastante torpeza, un plato encima, luego lo mete todo en el refrigerador. Me sitúo tras ella en silencio para que, cuando se vuelva, me encuentre justo delante.

—¿Así que vas a suplicar? —susurra.

—No, Anastasia —meneo la cabeza—. Nada de súplicas.

La contemplo, su lujuria y anhelo hacen que me bulla la sangre.

Maldita sea, quiero estar enterrado en ella.

Miro sus pupilas dilatadas y sus mejillas sonrojadas por el deseo. Me desea. La deseo. Se muerde el labio inferior y ya no puedo aguantarlo más. La agarro por las caderas y la empujo contra mi erección creciente. Sus manos están en mi pelo y me tira de él hacia su boca. La empujo contra el refrigerador y la beso con intensidad.

Sabe tan bien... tan dulce.

Jadea en mi boca y es como una llamada que acrecienta todavía más mi erección. Hundo los dedos en su pelo y tiro de su cabeza hacia atrás para poder meterle la lengua más hasta el fondo. Su lengua lucha con la mía.

Mierda... qué erótico, salvaje, intenso. Retrocedo.

—¿Qué quieres, Anastasia?

—A ti.

—¿Dónde?

—En la cama.

Como no necesito más indicaciones, la tomo en brazos y la llevo a su dormitorio. La quiero desnuda y deseosa bajo mi cuerpo. La dejo de pie en el suelo, enciendo la luz de su mesita y corro las cortinas. Al mirar por la ventana hacia la calle, me doy cuenta de que éste es el cuarto al que miraba durante mis silenciosas vigilias, desde mi escondite de acosador.

Ella estaba aquí, sola, acurrucada en su cama.

Al volverme, está mirándome. Con los ojos muy abiertos. Expectante. Deseosa.

—¿Ahora qué? —pregunto.

Se ruboriza.

Y yo me quedo totalmente quieto.

—Hazme el amor —dice pasado un segundo.

—¿Cómo? Tienes que decírmelo, nena.

Ella se lame los labios, es un gesto de nerviosismo, pero la lujuria se apodera de mí.

Mierda... céntrate, Grey.

—Desnúdame —dice.

¡Sí! Meto el dedo índice en el escote de su blusa, con cuidado de no tocar su tersa piel, y tiro con delicadeza, obligándola a dar un paso hacia mí.

—Buena chica.

Sus pechos se elevan y descienden a medida que su respiración se agita. Sus ojos nublados de deseo están llenos de promesa carnal, como los míos. Empiezo a desabrocharle la blusa con habilidad. Ella me pone las manos en los brazos, para no perder el equilibrio, creo, y me mira.

Sí, eso está bien, nena. No me toques el torso.

Desabrocho el último botón, dejo que la blusa se deslice por sus hombros y caiga al suelo. Haciendo un esfuerzo consciente por no tocar sus hermosos pechos, me dirijo hacia la cintura de sus jeans. Desabrocho el botón y bajo el cierre.

Resisto la urgencia de tirarla sobre la cama. Este juego va a consistir en saber esperar. Ella tiene que hablarme.

—Dime lo que quieres, Anastasia.

—Bésame desde aquí hasta aquí —desliza un dedo desde la base de la oreja hasta la garganta.

Será un placer, señorita Steele.

Le aparto el pelo de ese trazado con delicadeza, sujeto sus tersos bucles con la mano y le echo la cabeza a un lado con suavidad para dejar expuesto su cuello alargado. Me inclino y le rozo la oreja con la punta de la nariz, y ella se retuerce mientras voy plantando tiernos besos siguiendo el trazado de su dedo y retrocedo por el mismo sitio. Ella emite un tenue gemido desde el fondo de su garganta.

Me excita.

Caray, quiero perderme en ella. Redescubrirla.

—Mis jeans… y las bragas —murmura, jadeante y agitada, y yo sonrío con la boca pegada a su cuello.

Ya va captando la idea.

Háblame, Ana.

La beso en el cuello una última vez y me arrodillo delante de ella, lo cual la coge por sorpresa. Meto los pulgares en sus pantalones y se los quito con cuidado junto a las bragas. Me apoyo sobre las rodillas para contemplar sus largas piernas y su delicioso culo, mientras ella da un paso al lado para librarse de los zapatos y los pantalones. Su mirada se encuentra con la mía, y yo espero sus órdenes.

—¿Ahora qué, Anastasia?

—Bésame —responde, con una voz casi inaudible.

—¿Dónde?

—Ya sabes dónde.

Reprimo una sonrisa. Es incapaz de decir esa palabra.

—¿Dónde? —presiono.

Se ruboriza de nuevo, pero con una expresión decidida, aunque mortificada, señala la cúspide de sus muslos.

—Oh, encantado —digo con una risita, disfrutando de su bochorno.

Poco a poco voy ascendiendo con los dedos por sus piernas hasta que tengo las manos en sus caderas, entonces tiro de ella hacia adelante y me la pego a la boca.

Maldita sea. Puedo oler su excitación.

Ya me molestaban los jeans antes, pero, de pronto, encogen varias tallas. Penetro con la lengua entre su vello púbico y me pregunto si alguna vez conseguiré que se deshaga de él, pero doy con mi objetivo y empiezo a saborearla.

Señor, es tan dulce. Tan dulce, carajo.

Ella gime y se agarra a mi pelo y yo no paro. Voy girando la lengua, describiendo círculos, provocándola y poniéndola a prueba.

—Christian, por favor —suplica.

Paro.

—¿Por favor qué, Anastasia?

—Hazme el amor.

—Es lo que hago —respondo, y le soplo suavemente en el clítoris.

—No. Te quiero dentro de mí.

—¿Estás segura?

—Por favor.

No. Estoy divirtiéndome demasiado. Sigo con la lenta y lasciva tortura de mi exquisita y preciosa niña.

—Christian… por favor —exclama con un gimoteo.

La suelto y me pongo de pie, tengo la boca mojada por su excitación y bajo la vista para mirarla con los ojos entrecerrados.

—¿Y bien? —pregunto.

—Y bien, ¿qué? —dice sin aliento.

—Yo sigo vestido.

Parece confundida, no lo entiende, entonces tiendo los brazos hacia adelante, entregado.

Tómame… soy tuyo.

Se acerca a mi camisa.

Mierda. No. Doy un paso atrás.

Lo he olvidado.

—Ah, no —protesto.

Me refería a los jeans, nena. Ella parpadea cuando se da cuenta de lo que estoy pidiéndole y de pronto cae de rodillas al suelo.

¡Vaya! Ana. ¿Qué estás haciendo?

Con bastante torpeza —lo típico del movimiento general de sus dedos y en especial de sus pulgares—, me desabrocha el cinturón, me baja el cierre y tira de los pantalones hacia abajo.

¡Ah! Por fin mi verga tiene algo de espacio.

Doy un paso a un lado para quitarme los pantalones y me quito los calcetines mientras ella permanece arrodillada en el suelo en su posición de sumisa. ¿Qué intenta hacerme? En cuanto me he quitado los pantalones, ella se incorpora, sujeta mi sexo erecto y lo aprieta con fuerza, como le he enseñado.

Mierda.

Tira la mano hacia atrás. ¡Ah! A punto de ir demasiado lejos. Ha sido casi doloroso. Gimo y me tenso y cierro los ojos; la visión de Ana de rodillas y el tacto de su mano en torno a mí es prácticamente demasiado. De pronto, su cálida y húmeda boca me rodea. Succiona con fuerza.

—Ah. Ana… oh, despacio.

Cuando le sujeto la cabeza ella me recibe en el fondo de su boca, se cubre los dientes con los labios y chupa más fuerte.

—Diablos —mascullo, extasiado, y flexiono las caderas para metérsela más hasta el fondo de la boca.

Qué placer tan inmenso. Ella no para de chupar y estoy casi a punto de venirme. Da vueltas a la lengua en la punta y no para de provocarme. Hoy sí que está pagándome con la misma moneda. Emito un gruñido, y me deleito con la sensación de su entregada boca y su lengua.

Dios. Qué buena es en esto. Se la traga hasta el fondo una vez más.

—Ana, ya basta. Para —insisto con los dientes apretados.

Ella no responde a mi control. No quiero venirme ahora; quiero estar dentro de ella cuando estalle, pero Ana me ignora y vuelve hacerlo, una y otra vez.

Maldita tentación.

—Ana, ya has demostrado lo que querías. No quiero venirme en tu boca —digo gruñendo.

Pero ella sigue desobedeciéndome.

Ya basta, mujer.

La agarro por los hombros y la obligo a ponerse de pie, la levanto de golpe y la tiro sobre la cama. Tomo los jeans, saco un condón del bolsillo trasero, me quito la camisa por la cabeza y la dejo junto a los pantalones. Ella está acostada con las piernas abiertas y con lasciva entrega sobre la cama.

—Quítate el brassiere.

Se incorpora y por fin obedece a toda prisa.

—Acuéstate. Quiero mirarte.

Se tumba sobre las sábanas sin dejar de mirarme. Tiene el pelo alborotado y suelto, su brillante halo castaño se desparrama sobre la almohada. Su cuerpo se tiñe de rosa pálido por la excitación. Sus pezones están erectos, llamándome; sus largas piernas, separadas.

Está espectacular.

Rompo el envoltorio del condón y me pongo la goma. Ella observa cada uno de mis movimientos, mientras sigue jadeando. Deseándome.

—Eres preciosa, Anastasia Steele.

Y eres mía. Otra vez.

Gateo sobre la cama y voy besándole los tobillos, la cara interna de las rodillas, los muslos, la cadera, su terso vientre; mi lengua juguetea alrededor de su ombligo y ella me premia con un sonoro gemido. Le lamo por debajo de uno de sus pechos, luego hago lo mismo por debajo del otro. Y me trago su pezón, lo estimulo y tiro de él mientras se endurece entre mis labios. Tiro de él con fuerza y ella se retuerce bajo mi cuerpo, reclamándome.

Paciencia, nena.

Le suelto el pezón, y me deleito con su hermano gemelo.

—Christian, por favor.

—Por favor, ¿qué? —murmuro entre sus pechos, disfrutando de su deseo.

—Te quiero dentro de mí.

—¿Ah, sí?

—Por favor.

Está jadeante y desesperada, tal como la quería. Le separo las piernas empujándolas con mis rodillas. Oh, yo también te deseo, nena. Me sitúo sobre ella, sosteniéndome en equilibrio, listo ya. Quiero saborear este momento, este momento en que recupero su hermoso cuerpo, recupero a mi hermosa niña. Sus nublados ojos ahumados se encuentran con los míos y, poco a poco, lentamente, voy hundiéndome en ella.

Carajo, qué placer estar dentro de ella. Está tan apretada. Es tan perfecto...

Arquea la pelvis para recibirme, echa la cabeza hacia atrás, su barbilla está en el aire, y abre la boca en gesto de silenciosa adulación. Me sujeta por la parte superior de los brazos y jadea, desatada. Qué sonido tan maravilloso. Le agarro la cabeza con las manos para que no se mueva, para salir de ella, y luego la penetro de nuevo. Hunde sus dedos en mi pelo, tira de él y lo revuelve, y yo me muevo lentamente, y siento su estrechez, su calidez alrededor de mí, mientras disfruto hasta del último maldito centímetro de su cuerpo.

Tiene la mirada nublada, la boca abierta, mientras jadea por debajo de mí. Está espectacular.

—Más rápido, Christian, más rápido... por favor —me suplica.

Tus deseos son órdenes, nena.

Mi boca se encuentra con la suya, y reclama lo mismo; empiezo a moverme de verdad, arremetiendo contra ella y empujando. Es tan guapa, carajo. Lo he echado de menos. He echado de menos todo lo relacionado con Ana. Estar con ella es como estar en casa. Ella es mi hogar. Ella lo es todo. Y me pierdo, me sumerjo en ella una y otra vez.

Ella empieza a inflamarse a mi alrededor, está a punto de llegar al clímax.

Oh, nena, sí. Se le tensan las piernas. Está a punto. Y yo también.

—Vamos, nena —gime—. Dámelo —susurro con los dientes apretados.

Ella grita y estalla rodeándome, tensándose y hundiéndome más en ella, y yo me vengo, y vierto mi vida y mi alma en su interior.

—¡Ana! ¡Oh, mierda, Ana!

Me derrumbo encima de ella y la aplasto contra el colchón, y hundo la cara en su cuello e inhalo su delicioso y embriagador perfume a Ana.

Es mía una vez más.

Mía.

Nadie volverá a apartarla de mí, y haré todo cuanto esté en mi mano para conservarla.

En cuanto he recuperado el aliento, me incorporo y la tomo de las manos en el momento en que ella parpadea antes de abrir los ojos. Sus ojos están más azules que nunca, claros y saciados. Me dedica una tímida sonrisa y le acaricio la nariz con la punta de la mía, mientras intento encontrar las palabras para expresar mi gratitud. A falta de palabras adecuadas, le ofrezco un beso fugaz y, a regañadientes, salgo de su cuerpo.

—He echado esto de menos.

—Yo también —dice.

La sujeto por la barbilla y vuelvo a besarla.

Gracias, gracias, gracias por darme una segunda oportunidad.

—No vuelvas a dejarme —le susurro. Jamás.

Y me encuentro en el confesionario, revelando un oscuro secreto: que la necesito.

—No —responde con una tierna sonrisa que me da un vuelco al corazón.

Con esa sencilla palabra remienda las heridas de mi alma rota. Estoy extasiado.

Mi fe está en tus manos, Ana. Siempre ha estado en tus manos, desde que te conocí.

—Gracias por el iPad —añade interrumpiendo mis elaborados pensamientos. Es el primer regalo que le hago que ella ha aceptado con elegancia.

—No se merecen, Anastasia.

—¿Cuál es tu canción favorita de todas las que hay?

—Eso sería darte demasiada información —respondo para provocarla. Creo que sería la de Coldplay, porque es la más apropiada.

Me rugen las tripas. Estoy muerto de hambre, y no es una sensación que soporte bien.

—Venga, prepárame algo de comer, muchacha, estoy hambriento.

Me incorporo y la siento en mi regazo.

—¿Muchacha? —repite con una risita nerviosa.

—Muchacha. Comida, ahora, por favor —le ordeno, como el cavernícola que soy, mientras hundo la nariz en su cabello.

—Ya que lo pide con tanta amabilidad, señor… Me pondré a hacerla ahora mismo.

Se remueve sobre mi regazo para levantarse.

¡Ay!

Al levantarse de la cama, mueve la almohada, y debajo aparece el triste globo deshinchado del helicóptero. Lo levanto y me quedo mirándola, preguntándome de dónde habrá salido.

—Ése es mi globo —dice remarcándolo.

Ah, sí, Andrea envió un globo con flores cuando Ana y Katherine se mudaron a este departamento. ¿Qué hace aquí?

—¿En tu cama?

—Sí. Me ha hecho compañía.

—Qué afortunado, *Charlie Tango*.

Ella corresponde mi sonrisa y envuelve su hermoso cuerpo con la bata.

—Mi globo —me advierte, antes de dar media vuelta y salir del dormitorio.

Propietaria: ¡señorita Steele!

Una vez que ha salido, me quito el condón, lo anudo y lo tiro a la papelera situada junto a la cama de Ana. Me desplomo sobre las almohadas y me quedo mirando fijamente el globo. Lo ha guardado y ha dormido con él. Todas las veces que yo estaba frente a su departamento, espiándola, ella estaba acurrucada en su cama, sujetándolo.

Me quiere.

De pronto me invaden emociones mezcladas y abrumadoras, y siento cómo el pánico se apodera de mí formando un nudo en mi garganta.

¿Cómo es posible?

Porque ella no te conoce, Grey.

Mierda.

«No te regodees en los pensamientos negativos.» Las palabras de Flynn me vienen a la mente. Céntrate en lo positivo.

Bueno, ella vuelve a ser mía. Sólo tengo que conservarla. Con suerte, pasaremos todo el fin de semana juntos para volver a conocernos.

Maldición. Mañana tengo que ir al baile de Coping Together.

Podría saltármelo… pero mi madre no me lo perdonaría.

Me pregunto si Ana querría acompañarme.

Necesitará una máscara si accede a ir.

En el suelo localizo mi celular y envío un mensaje a Taylor. Sé que esta mañana ha ido a visitar a su hija, pero espero que pueda conseguir una máscara.

> Voy a necesitar una máscara para Anastasia
> para el evento de mañana.
> ¿Crees que puedes conseguir algo?

TAYLOR

Sí, señor.
Conozco el lugar perfecto.

> Excelente.

TAYLOR

¿De qué color?

105

Plateada o azul oscuro.

Y mientras envío el mensaje, se me ocurre algo, que tal vez funcione o tal vez no.

> ¿Puedes conseguirme también una
> barra de labios?

¿Algún color en especial?

> No. Eso lo dejo en tus manos.

Ana sabe cocinar. El salteado está delicioso. Estoy más relajado ahora que he comido, algo y no recuerdo haber estado nunca tan tranquilo y sereno con ella. Ambos nos encontramos sentados en el suelo, escuchando la música de mi iPod, mientras comemos y bebemos pinot grigio fresco. Es más, resulta gratificante verla devorar su comida. Está tan hambrienta como yo.

—Esto está muy bueno.

Estoy disfrutando de cada bocado.

Ella se sonroja con mi cumplido y se coloca un mechón de su cabello alborotado por detrás de la oreja.

—Casi siempre cocino yo. Kate no sabe cocinar.

Está sentada junto a mí con las piernas cruzadas, con su desnudez expuesta. Su usada bata es de un encantador tono crema. Cuando se inclina hacia adelante se le abre y vislumbro la delicada protuberancia de su pecho.

Compórtate, Grey.

—¿Te enseñó tu madre? —le pregunto.

—La verdad es que no —dice ella riendo—. Cuando empecé a interesarme por la cocina, mi madre estaba viviendo con su marido número tres en Mansfield, Texas. Y Ray... bueno, él habría sobrevivido a base de tostadas y comida preparada de no ser por mí.

—¿Por qué no te quedaste en Texas con tu madre?

—Su marido, Steve, y yo... —se interrumpe y su rostro se ensombrece, imagino que debido a un recuerdo desagradable. Lamento haberle hecho esa pregunta y trato de cambiar de tema, pero ella prosigue— no nos llevábamos bien. Y yo echaba de menos a Ray. El matrimonio con Steve no duró mucho. Creo que mi madre acabó recuperando el sentido común. Nunca habla de él —añade en voz baja.

—¿Así que te quedaste a vivir en Washington con tu padrastro?

—Viví muy poco tiempo en Texas y luego volví con Ray.

—Lo dices como si hubieras cuidado de él.

—Supongo —dice.

—Estás acostumbrada a cuidar a la gente.

Tendría que ser al revés.

Ella levanta la vista para examinar mi rostro.

—¿Qué pasa? —pregunta, preocupada.

—Yo quiero cuidarte.

En todos los sentidos. Es una afirmación sencilla, pero para mí lo dice todo.

Está desconcertada.

—Ya lo he notado —dice en tono irónico—. Sólo que lo haces de una forma extraña.

—No sé hacerlo de otro modo.

—Todavía estoy tanteando la relación. Para mí es todo nuevo, no conozco las reglas. Y, de momento, todo cuanto deseo es cuidar a Anastasia y poner el mundo entero a sus pies.

—Sigo enojada contigo porque compraste SIP.

—Lo sé, pero no me iba a frenar porque tú te enfadaras, nena.

—¿Qué voy a decirles a mis compañeros de trabajo, a Jack?

Habla con exasperación, pero me asalta una imagen de Hyde en el bar, cerniéndose sobre ella con lascivia, acorralándola.

—Ese cabrón más vale que se cuide —gruño.

—¡Christian! Es mi jefe.

No lo será si depende de mí.

Ella me mira con mala cara, y no quiero que se enfade. Estamos pasando un rato muy relajado. «¿Qué hace para relajarse?», me preguntó durante la entrevista. Pues bien, Ana, esto es lo que hago: comer pollo salteado con verduras en tu compañía, sentados en el suelo. Sigue estando nerviosa, sin duda preocupada por su situación laboral y por lo que tendrá que explicar acerca de la compra de SIP por parte de GEH.

Le propongo una solución sencilla.

—No se lo digas.

—¿Que no les diga qué?

—Que soy el propietario. El principio de acuerdo se firmó ayer. La noticia no puede hacerse pública hasta dentro de cuatro semanas, durante las cuales habrá algunos cambios en la dirección de SIP.

—Oh… —parece alarmada—. ¿Me quedaré sin trabajo?

—Sinceramente, lo dudo.

Si quieres conservarlo, lo conservarás.

Entorna los ojos.

—Si me marcho y encuentro otro trabajo, ¿comprarás esa empresa también?

—No estarás pensando en irte, ¿verdad?

Dios, estoy a punto de gastarme una fortuna para comprar esa empresa, ¡y ella habla de irse!

—Posiblemente. No creo que me hayas dejado otra opción.

—Sí, compraré esa empresa también.

Eso puede resultarme muy caro.

—¿No crees que estás siendo excesivamente protector? —su voz denota cierto sarcasmo. Tal vez tiene razón…

—Sí, soy perfectamente consciente de que eso es lo que parece —admito.

—Que alguien llame al doctor Flynn —dice poniendo los ojos en blanco, y me entran ganas de reprenderla, pero se levanta y extiende la mano para que le dé el bol vacío.

—¿Quieres algo de postre? —dice con una sonrisa forzada.

—¡Por supuesto! —yo sonrío de oreja a oreja, haciendo caso omiso de su actitud.

El postre podrías ser tú, nena.

—Yo no —se apresura a puntualizar, como si pudiera leerme el pensamiento—. Tenemos helado. De vainilla —añade con una sonrisita, como si estuviera pensando en un chiste que yo desconozco.

Ay, Ana. Esto cada vez pinta mejor.

—¿En serio? Creo que podríamos hacer algo con eso.

La cosa va a resultar divertida. Me pongo de pie, entusiasmado ante lo que vamos a hacer y quién se va a venir.

Ella.

Yo.

Los dos.

—¿Puedo quedarme? —pregunto.

—¿Qué quieres decir?

—Toda la noche.

—Lo había dado por sentado.

—Bien. ¿Dónde está el helado?

—En el horno.

Vuelve a esbozar la misma sonrisita.

Ay, Anastasia Steele. Me arde la palma de la mano.

—El sarcasmo es la expresión más baja de la inteligencia, señorita Steele. Todavía puedo acostarte en mis rodillas.

Ella arquea una ceja.

—¿Tienes esas bolas plateadas?

Me entran ganas de echarme a reír. Qué buena noticia. Significa que está dispuesta a recibir algún que otro azote. Pero lo dejaremos para otra ocasión. Me palpo los bolsillos de la camisa y los jeans como si buscara unas bolas chinas.

—Muy graciosa. No voy por ahí con un juego extra. En el despacho no me sirven de mucho.

Ella da un grito ahogado, fingiendo escandalizarse.

—Me alegra mucho oír eso, señor Grey, y creí que habías dicho que el sarcasmo era la expresión más baja de la inteligencia.

—Bien, Anastasia, mi nuevo lema es: «Si no puedes vencerlos, únete a ellos».

Se queda boquiabierta, sin saber qué decir.

¡Bien!

¿Por qué me resulta tan divertido tener estas pequeñas discusiones con ella?

Me dirijo al refrigerador riendo como un tonto, que es lo que soy, abro el congelador y saco un bote de helado de vainilla.

—Esto servirá —sostengo la tarrina en alto—. Ben & Jerry's & Ana —añado, diciendo cada palabra muy despacio.

Tomo una cuchara del cajón de los cubiertos. Cuando levanto la vista, Ana tiene la mirada ávida y no sé si es por mí o por el helado. Espero que se deba a ambas cosas.

Es hora de jugar, nena.

—Espero que estés calentita. Voy a enfriarte con esto. Ven.

Le tiendo la mano, y me estremezco cuando ella me da la suya. También tiene ganas de jugar.

La luz de la lámpara de su mesilla de noche resulta insulsa y el dormitorio está en penumbra. Seguro que antes prefería un ambiente así, pero a juzgar por su comportamiento de esta noche, parece menos avergonzada y más cómoda con su desnudez. Coloco el helado sobre la mesita y aparto el edredón y las almohadas y las apilo en el suelo.

—Tienes sábanas de recambio, ¿verdad?

Ella asiente mientras me observa desde el umbral del dormitorio. El *Charlie Tango* está arrugado encima de la cama.

—No te metas con mi globo —me advierte cuando lo tomo.

Lo suelto y observo cómo planea hasta caer sobre el edredón que está en el suelo.

—Ni se me ocurriría, nena, pero quiero meterme contigo y esas sábanas.

Nos vamos a poner pegajosos, y sus sábanas también.

Ahora la pregunta importante: ¿dirá que sí o dirá que no?

—Quiero atarte —susurro.

En el silencio que se impone entre los dos, la oigo ahogar un pequeño grito.

Ay, ese sonido.

—De acuerdo —accede.

—Sólo las manos. A la cama. Necesito que estés quieta.

—De acuerdo —repite.

Me acerco a ella con sigilo; no dejamos de mirarnos.

—Usaremos esto.

Tomo el cinturón de su bata, tiro de él con suavidad y ésta se abre y revela la desnudez de Ana. Un estirón más y el cinturón queda en mis manos. Con un ligero movimiento, hago que la bata le resbale de los hombros y caiga al suelo. Ella no aparta la mirada de mis ojos, y no hace ningún intento de taparse.

Muy bien, Ana.

Le acaricio la cara con los nudillos; noto el tacto de su piel suave como la seda. La beso en los labios de forma fugaz.

—Acuéstate en la cama, boca arriba.

El espectáculo está a punto de empezar, nena.

Noto la expectación de Ana mientras hace lo que le digo y se tumba en la cama para mí. Mientras permanezco de pie frente a ella, me tomo unos instantes para contemplarla.

Mi chica.

Mi chica despampanante: piernas largas, cintura fina, tetas perfectas. Su piel sin mácula está radiante en la penumbra, y sus ojos arrojan oscuros destellos de deseo sexual mientras aguarda.

Soy un tipo afortunado.

Mi cuerpo se tensa en consonancia con esa idea.

—Podría pasarme el día mirándote, Anastasia.

El colchón se hunde cuando me subo a la cama y me sitúo a horcajadas sobre ella.

—Los brazos por encima de la cabeza —le ordeno.

Ella obedece de inmediato y, con el cinturón de la bata, le ato las muñecas juntas y lo entrelazo con las barras metálicas de la cabecera de la cama.

Ahí.

Qué espectáculo tan hermoso es toda ella…

Le doy un fugaz beso de agradecimiento en los labios. Cuando vuelvo a estar de pie, me quito la camisa y los pantalones, y deposito un condón sobre la mesilla de noche.

A ver, ¿qué hago?

Me desplazo hasta los pies de la cama, la agarro de los tobillos y tiro de ella hacia abajo hasta que los brazos le quedan completamente estirados. Cuanto menos pueda moverse, más intensas serán las sensaciones.

—Así mejor —mascullo para mis adentros.

Tomo el helado y la cuchara y vuelvo a situarme sobre ella, a horcajadas. Ella se muerde el labio mientras retiro la tapa del bote y trato de tomar una cucharada de helado.

—Mmm… todavía está bastante duro.

Me planteo la posibilidad de embadurnarme con él y meterme en su boca, pero al notar lo frío que está temo que produzca un efecto negativo y haga que me encoja.

Eso sería muy poco oportuno.

—Delicioso —me relamo expresamente mientras el helado se derrite en mi boca—. Es asombroso lo buena que puede estar esta vainilla sosa y aburrida.

Observo a Ana, y ella me sonríe con expresión radiante.

—¿Quieres un poco?

Asiente, algo dudosa, según creo.

Saco otra cucharada y se la ofrezco para que abra la boca, pero cambio de idea y me la meto rápidamente en la mía. Es como quitarle un caramelo a un niño.

—Está demasiado bueno como para compartirlo —afirmo, provocándola.

—Eh —se extraña.

—Vaya, señorita Steele, ¿le gusta la vainilla?

—Sí —protesta, y me sorprende al intentar apartarme de encima, pero peso demasiado para ella.

Me echo a reír.

—Tenemos ganas de pelea, ¿eh? Yo que tú no haría eso.

Ella se tranquiliza.

—Helado —suplica con un mohín de frustración.

—Bueno, sólo porque hoy me ha complacido mucho, señorita Steele.

Tomo más helado con la cuchara y se la acerco. Ella me mira entre divertida y vacilante, pero separa los labios y accedo a darle, así que le introduzco un poco de vainilla en la boca. Mi erección se vuelve más dura al imaginar que me rodea con los labios.

Cada cosa en su momento, Grey.

Le retiro la cuchara de la boca con delicadeza y tomo un poco más de helado. Ella vacía la segunda cucharada con avidez. Esta vez el helado está más líquido puesto que empieza a derretirse a causa del calor de la mano con que sujeto el bote. Le doy otra cucharada, despacio.

—Mmm, bueno, éste es un modo de asegurarme de que comes: alimentarte a la fuerza. Podría acostumbrarme a esto.

Le ofrezco más helado, pero ella mantiene la boca cerrada con fuerza y sacude la cabeza con un brillo desafiante en la mirada. Ya ha tenido bastante. Inclino la cuchara de modo que, con lentitud deliberada, el helado derretido empieza a gotear sobre su cuello y, a medida que desplazo la cuchara, también sobre su pecho. Ella abre la boca.

Bien, nena.

Me inclino y la limpio con la lengua.

—Mmm… Si viene de usted aún está mejor, señorita Steele.

Ella intenta doblar los brazos, y para ello tira de la cuerda, pero ésta no cede y no le permite moverse. Hago que la siguiente cucharada le gotee con astucia sobre los pechos y los pezones, y observo fascinado cómo sus pezones se ponen duros al asaltarlos el frío. Luego, con el dorso de la cuchara, extiendo la vainilla sobre cada uno de sus cumbres pétreas, y ella se retuerce debajo de mí.

—¿Tienes frío? —le pregunto, pero no espero a que responda sino que la emprendo a lengüetazos por todos los regueros de helado, succionándole los pechos y haciendo crecer más sus pezones. Ella cierra los ojos y gime.

—¿Quieres un poco?

Me lleno la boca de helado, trago un poco y la beso, introduciendo mi lengua y la vainilla en su boca anhelante.

Ben & Jerry's & Ana.

Una delicia.

Me incorporo y me echo rápidamente hacia atrás, de modo que quedo sentado sobre sus muslos y dejo que el helado derretido caiga de la cuchara y le chorree desde el pecho hasta el centro del vientre. Deposito una gran porción de helado dentro de su ombligo, y ella abre los ojos como platos, sorprendida y excitada.

—A ver, no es la primera vez que haces esto —le advierto—. Vas a tener quedarte quieta, o toda la cama se llenará de helado.

Me introduzco rápidamente una gran cucharada de helado en la boca y regreso de nuevo a sus pechos, succionándole los pezones por turnos con la lengua y los labios fríos. Me deslizo hacia abajo sobre su cuerpo, siguiendo el rastro del helado derretido, bebiéndolo a lengüetazos. Ella se retuerce debajo de mí, y empieza a mover las caderas a un ritmo que me resulta familiar.

Ay, nena, si te quedaras quieta las sensaciones serían mucho más intensas.

Devoro los restos de helado en el ombligo con la lengua.

Está pegajosa. Pero no en todas partes.

Todavía.

Me arrodillo entre sus muslos y deslizo otra cucharada de helado hacia la parte baja de su vientre y su vello púbico, hasta mi meta final. Dejo gotear los restos de vainilla sobre su clítoris abultado. Ella grita y tensa las piernas.

—Calla.

Me inclino sobre ella y, lentamente, lamo y succiono para limpiarla.

—Oh… por favor… Christian.

—Lo sé, nena, lo sé —musito sobre su piel sensible, pero prosigo con la invasión lasciva.

Vuelve a tensar las piernas. Está a punto.

Dejo el bote de helado, de modo que cae al suelo. Deslizo un dedo dentro de ella, luego otro, disfrutando de la sensación húmeda, caliente y calurosa de su cuerpo, y me concentro en ese punto tan, tan dulce, acariciándola, sintiéndola, consciente de que está a punto de llegar. De que el clímax es inminente.

—Justo aquí —musito mientras muevo los dedos rítmica y lentamente dentro y fuera de ella.

Ana contiene un grito mientras su cuerpo se convulsiona alrededor de mis dedos.

Sí.

Retiro la mano y alcanzo el paquete depositado sobre la mesilta de noche. Aunque detesto estas cosas, tardo apenas un segundo en colocármelo.

Me sitúo encima de ella mientras todavía está en los estertores del orgasmo y la penetro de forma enérgica.

—¡Oh, sí! —gimo.

Ana es el paraíso.

Mi paraíso.

Pero está pegajosa, toda ella. Tengo la piel pegada a la suya y es una sensación desconcertante. Me aparto y le doy la vuelta de modo que quede apoyada sobre los codos y las rodillas.

—Así —murmuro, y me estiro para desatarla y liberarle las manos.

Una vez libre, la ayudo a incorporarse y a sentarse a horcajadas sobre mí, dándome la espalda. Le cubro los pechos con las manos y le tiro de los pezones mientras ella gime y echa la cabeza hacia atrás hasta apoyarla sobre mi hombro. Le acaricio el cuello con la boca y empiezo a flexionar las caderas para penetrar más en ella. Huele a manzanas, y a vainilla, y a Ana.

Mi fragancia favorita.

—¿Sabes cuánto significas para mí? —le susurro al oído mientras ella deja caer la cabeza hacia atrás, extasiada.

—No —dice con un hilo de voz.

Suavemente, le rodeo con los dedos la barbilla y el cuello, apaciguándola.

—Sí, lo sabes. No te dejaré marchar.

Nunca.

Te amo.

—Eres mía, Anastasia.

—Sí, tuya.

—Yo cuido de lo que es mío —susurro, y le muerdo el lóbulo de la oreja.

Ella grita.

—Eso es, nena, quiero oírte.

Quiero cuidar de ti.

Le paso el brazo por la cintura y la retengo contra mí, mientras con la otra mano le sujeto la cadera y continúo penetrándola con fuerza. Ella sube y baja al compás de mis movimientos mientras grita y gime. Tengo gotas de sudor en la espalda, en la frente y en el pecho, de modo que resbalamos y nos deslizamos piel contra piel mientras ella permanece a horcajadas sobre mí. De pronto, aprieta los puños y deja de moverse, con las piernas rodeándome y los ojos cerrados mientras emite un grito quedo.

—Vamos, nena —gruño entre dientes, y ella se viene a la vez que profiere una versión incomprensible de mi nombre.

Me dejo ir, y al venirme dentro de ella pierdo toda noción de mi existencia.

Nos dejamos caer sobre la cama y la estrecho entre mis brazos, mientras permanecemos juntos en medio de un caos pegajoso, dulce y jadeante. Respiro profundamente mientras su pelo acaricia mis labios.

¿Será siempre así?

Alucinante.

Cierro los ojos y disfruto de este momento de paz lúcido y sosegado.

Al cabo de un rato, ella se remueve.

—Lo que siento por ti me asusta —dice sin apenas voz.

—A mí también, nena.

Más de lo que te imaginas.

—¿Y si me dejas?

¿Qué? ¿Por qué iba a dejarla? Sin ella estaría perdido.

—No me voy a ir a ninguna parte. No creo que nunca me canse de ti, Anastasia.

Ella se da la vuelta en mis brazos y me examina. Su mirada

es misteriosa e intensa, y no tengo ni idea de lo que está pensando. Se incorpora un poco y me da un beso, suave y delicado.

¿En qué demonios está pensando?

Le coloco un mechón de pelo detrás de la oreja; tengo que convencerla de que estaré aquí mucho tiempo, tanto como ella quiera.

—Nunca había sentido lo que sentí cuando te fuiste, Anastasia. Removería cielo y tierra para no volver a sentirme así.

Las pesadillas. La culpa. La desesperación que me arrastra al abismo y me ahoga.

Mierda. Cálmate, Grey.

No, no quiero volver a sentirme así nunca más.

Ana vuelve a besarme, y lo hace de una forma delicada y suplicante que me reconforta.

No pienses en ello, Grey. Piensa en otra cosa.

De pronto me acuerdo de la fiesta de verano en casa de mis padres.

—¿Vendrás mañana a la fiesta de verano de mi padre? Es una velada benéfica anual. Yo dije que iría.

Contengo la respiración.

Es una cita.

Una cita de verdad.

—Claro que iré.

A Ana se le ilumina la cara, pero su expresión decae enseguida.

—¿Qué pasa?

—Nada.

—Dime —insisto.

—No tengo nada que ponerme.

Sí, sí que tienes qué ponerte.

—No te enojes, pero sigo teniendo toda esa ropa para ti en casa. Estoy seguro de que hay un par de vestidos.

—¿Ah, sí? —dice y frunce los labios.

—No he podido deshacerme de la ropa.

—¿Por qué?

Ya sabes por qué, Ana. Le acaricio el pelo, dispuesto a hacer que lo comprenda. Quería que volvieras y la guardé para ti.

Ella sacude la cabeza, resignada.

—No haces más que provocar, como siempre, señor Grey.

Me echo a reír porque es cierto y también porque podría decirle lo mismo a ella. Su expresión se relaja.

—Estoy pringosa. Necesito una ducha.

—Nos hace falta a los dos.

—Lástima que no quepamos. Ve tú mientras yo cambio las sábanas.

El cuarto de baño tiene la medida de mi ducha. Nunca he estado en ninguno así de pequeño, tengo la regadera prácticamente pegada a la cara. No obstante, acabo de descubrir el origen de la fragancia de su pelo. Champú de manzana verde. Mientras el agua se desliza por mi cuerpo, retiro el tapón y, con los ojos cerrados, inhalo con lentitud.

Ana.

Tendré que añadirlo a la lista de la compra de la señora Jones. Cuando abro los ojos, Ana me está mirando con los brazos en jarras. Para mi decepción, lleva puesta la bata.

—Esta ducha es muy pequeña —me quejo.

—Ya te lo he dicho. ¿Estabas oliendo mi champú?

—Es posible —digo con una sonrisita.

Ella se echa a reír y me tiende una toalla con un estampado de lomos de libros clásicos. Ana es una bibliófila sin remedio. Me ato la toalla a la cintura y la obsequio con un beso fugaz.

—No te entretengas. Y no es un simple consejo.

Tumbado en su cama, aguardando a que vuelva, observo su dormitorio. El aspecto no resulta nada acogedor, parece como si nadie lo usara. Tres paredes son rústicas, de obra vista, y la cuarta es de cemento pulido, pero están desnudas. Ana no ha tenido tiempo de convertir este sitio en un hogar. Estaba demasiado triste para deshacer las maletas. Y es culpa mía.

Cierro los ojos.

Quiero que se sienta feliz.

Ana feliz.

Sonrío.

Sábado, 11 de junio de 2011

A na está a mi lado. *Radiante. Preciosa. Mía. Va vestida con una bata blanca de raso. Estamos en el* Charlie Tango, *persiguiendo el amanecer. Persiguiendo el anochecer. Persiguiendo el amanecer. El anochecer. Volamos muy por encima de las nubes. La noche es un halo oscuro que forma un arco sobre nosotros. El pelo de Ana está bruñido por el sol crepuscular, resplandeciente y brillante. Tenemos el mundo a nuestros pies y yo quiero regalarle el mundo. Ella está fascinada. Hago una maniobra acrobática y estamos en mi planeador. Mira el mundo, Ana. Quiero mostrarte el mundo. Ella se ríe. Risas. Felicidad. Sus trenzas apuntan hacia el suelo cuando está boca abajo. Otra vez, insiste. Y yo la obedezco. Giramos y giramos y volvemos a girar. Pero esta vez empieza a gritar. Me mira horrorizada. Su rostro se distorsiona. Horrorizado. Asqueado. Por mí.*

¿Por mí?

No.

No.

Ana grita.

Me despierto y el corazón me late desbocado. A mí lado, Ana se retuerce, emitiendo un sonido inquietante, un sonido que me produce escalofríos y que hace que se me erice hasta el último poro de la piel. En el resplandor de la farola de la calle, veo que sigue dormida. Me incorporo y la zarandeo con suavidad.

—¡Por Dios, Ana!

Se despierta de golpe. Con la respiración jadeante. Con los ojos desencajados. Aterrorizada.

—Nena, ¿estás bien? Tuviste una pesadilla.

—Ah —murmura, enfocando la mirada en mí, haciendo batir las pestañas como las alas de un colibrí. Alargo el brazo y enciendo la lámpara de la mesita, en su lado. Ella entrecierra los ojos en la media luz—. La chica —dice, buceando en mis ojos con los suyos.

—¿Qué pasa? ¿Qué chica? —resisto el impulso de estrecharla en mis brazos y sofocar sus pesadillas con mis besos.

Pestañea de nuevo y esta vez su voz es más nítida, menos atemorizada.

—Había una chica en la puerta de sip cuando salí esta noche. Se parecía a mí… bueno, no.

Siento un hormigueo en el cuero cabelludo.

Leila.

—¿Cuándo fue eso? —pregunto, incorporándome de golpe.

—Cuando salí de trabajar esta tarde —está alterada—. ¿Tú sabes quién es?

—Sí.

¿Qué diablos hace Leila enfrentándose con Ana?

—¿Quién? —pregunta Ana.

Debería llamar a Welch. Durante nuestra reunión esta mañana no tenía novedades sobre el paradero de Leila. Su equipo aún está intentando localizarla.

—¿Quién? —insiste Ana.

Maldita sea. Sé que no parará hasta obtener respuestas. ¿Por qué demonios no me lo dijo antes?

—Leila.

Frunce aún más el ceño.

—¿La chica que puso «Toxic» en tu iPod?

—Sí. ¿Dijo algo?

—Dijo: «¿Qué tienes tú que yo no tenga?», y cuando le pregunté quién era, dijo: «Nadie».

Dios, Leila, ¿a qué estás jugando? Tengo que llamar a Welch.

Me levanto de la cama y me pongo los pantalones.

En la sala de estar, saco el teléfono del bolsillo de mi saco. Welch contesta al cabo de dos tonos y desaparece cualquier duda sobre si debía llamarlo a las cinco de la mañana. Debía de estar despierto.

—Señor Grey —dice con voz ronca, como de costumbre.

—Lamento tener que llamarte tan temprano. Empiezo a pasearme arriba y abajo por la cocina.

—Dormir no es lo mío, señor Grey.

—Lo imaginaba. Es Leila. Ha abordado a mi novia, Anastasia Steele.

—¿Fue en su oficina? ¿O en su departamento? ¿Cuándo sucedió?

—Sí, en la puerta de sip, ayer… por la tarde —al volverme, veo a Ana, vestida únicamente con mi camisa, de pie junto a la cubierta de la cocina, observándome. La miro fijamente mientras prosigo mi conversación, y veo en su gesto una mezcla de curiosidad y de expresión atormentada. Está preciosa.

—¿A qué hora exactamente? —pregunta Welch.

Le repito la pregunta a Ana.

—Hacia… ¿al diez para las seis? —dice.

—¿Lo has oído? —pregunto a Welch.

—No.

—Al diez para las seis —repito.

—Así que ha seguido a la señorita Steele hasta su trabajo.

—Averigua cómo.

—Hay fotografías de prensa de los dos juntos.

—Sí.

Ana ladea la cabeza y se revuelve el pelo por encima del hombro mientras escucha mi parte de la conversación.

—¿Cree que deberíamos preocuparnos por la seguridad de la señorita Steele? —pregunta Welch.

—No me lo parecía, pero tampoco habría pensado que ella haría eso.

—Creo que debería considerar establecer un dispositivo de seguridad adicional para ella, señor.

—No sé cómo acabará esto.

Miro a Ana mientras se cruza de brazos, resaltando el contorno de sus pechos mientras tiran del algodón blanco de mi camisa.

—Me gustaría incrementar también su seguridad, señor. ¿Hablará con Anastasia? ¿Le hablará del peligro potencial que podría estar corriendo ahora mismo?

—Sí, hablaré con ella.

Ana se muerde el labio. Ojalá no hiciese eso. Distrae mi atención.

—Informaré al señor Taylor y a la señora Jones a una hora más razonable —prosigue Welch.

—Sí.

—Mientras tanto, voy a necesitar más personal sobre el terreno.

—Lo sé.

Suspiro.

—Empezaremos por las tiendas de las inmediaciones de SIP. A ver si alguien ha visto algo. Ésta podría ser la pista que estábamos esperando.

—Averigua cuanto puedas y házmelo saber. Y encuéntrala, Welch… Tiene problemas. Encuéntrala.

Cuelgo el teléfono y miro a Ana. El pelo alborotado le cae sobre los hombros; sus largas piernas parecen pálidas bajo la tenue luz del pasillo. Las imagino alrededor de mi cuerpo.

—¿Quieres un té? —pregunta.

—La verdad es que me gustaría volver a la cama —y olvidarme de toda esta mierda con Leila.

—Bueno, yo necesito un poco de té. ¿Te tomarías una taza conmigo?

Se dirige a la estufa, toma la tetera y empieza a llenarla de agua.

No quiero ningún maldito té. Quiero enterrarme en ti y olvidarme de Leila.

Ana me lanza una mirada elocuente y me doy cuenta de que está esperando a que le diga algo sobre el té.

—Sí, por favor —mi voz resuena con irritación incluso para mis propios oídos.

¿Qué quiere Leila de Ana?

¿Y por qué demonios no la ha encontrado Welch?

—¿Qué pasa? —pregunta Ana al cabo de unos minutos. Sujeta en las manos una taza que me resulta familiar.

Ana. Por favor. No quiero que te preocupes por esto.

—¿No piensas contármelo? —insiste.

—No.

—¿Por qué?

—Porque no debería importarte. No quiero que te veas involucrada en esto.

—No debería importarme, pero me importa. Ella me encontró y me abordó a la puerta de mi oficina. ¿Cómo es que me conoce? ¿Cómo sabe dónde trabajo? Me parece que tengo derecho a saber qué está pasando.

Tiene respuestas para todo.

—Por favor... —insiste.

Oh, Ana. Ana. Ana. ¿Por qué haces esto?

Sus ojos azul brillante me imploran.

Mierda. No puedo negarme ante esa mirada.

—De acuerdo —tú ganas—. No tengo ni idea de cómo te encontró. A lo mejor por la fotografía de nosotros en Portland, no sé —a regañadientes, continúo hablando—: Mientras yo estaba contigo en Georgia, Leila se presentó sin avisar en mi departamento y le hizo una escena a Gail.

—¿Gail?

—La señora Jones.

—¿Qué quieres decir con que «le hizo una escena»?

Sacudo la cabeza.

—Dime —pone los brazos en jarras—. Te estás guardando algo.

—Ana, yo...

¿Por qué está tan enfadada? No quiero mezclarla en esto. No entiende que la vergüenza de Leila es mi vergüenza. Leila decidió suicidarse en mi apartamento, y yo no estaba allí para ayudarla; ella acudió a mí por un motivo.

—Por favor... —insiste Ana de nuevo.

No va a rendirse. Lanzo un suspiro de exasperación y le digo que Leila intentó suicidarse.

—¡Oh, Dios!

—Gail la llevó al hospital. Pero Leila se marchó antes de que yo llegara. El psiquiatra que la examinó dijo que era la típica llamada de auxilio. No creía que corriera auténtico peligro. Dijo que en realidad no quería suicidarse. Pero yo no estoy tan seguro. Desde entonces he intentado localizarla para proporcionarle ayuda.

—¿Le dijo algo a la señora Jones?

—No mucho.

—¿No puedes localizarla? ¿Y qué hay de su familia?

—No saben dónde está. Ni su marido tampoco.

—¿Marido? —exclama.

—Sí —ese tipo mentiroso—, lleva unos dos años casada.

—¿Así que cuando estuvo contigo estaba casada?

—¡No! Por Dios, no. Estuvo conmigo hace casi tres años. Luego se marchó y se casó con ese tipo poco después —ya te lo dije, nena, yo no comparto. Sólo he tenido una relación con una mujer casada y no acabó bien.

—Entonces ¿por qué trata de llamar tu atención ahora?

—No lo sé. Lo único que hemos conseguido averiguar es que hace unos meses abandonó a su marido.

Ana toma una cucharilla y la agita en el aire al hablar.

—A ver si lo entiendo. ¿No fue tu sumisa durante unos tres años?

—Dos años y medio más o menos.

—Y quería más.

—Sí.

—Pero tú no querías más…

—Eso ya lo sabes.

—Así que te dejó.

—Sí.

—Entonces, ¿por qué quiere volver contigo ahora?

—No lo sé —ella quería algo más, pero yo no podía dárselo. ¿Tal vez me ha visto contigo?

—Pero sospechas…

—Sospecho que tiene algo que ver contigo —pero podría estar equivocado.

Y ahora, ¿podemos volver a la cama?

Ana me mira fijamente, explorando mi pecho con los ojos, pero hago caso omiso de su mirada y le hago la pregunta que ha estado atormentándome desde que me dijo que había visto a Leila.

—¿Por qué no me lo contaste ayer?

Ana tiene la delicadeza de adoptar una expresión culpable.

—Me olvidé de ella. Ya sabes, la copa después del trabajo para celebrar mi primera semana. Luego llegaste al bar con tu… arranque de testosterona con Jack, y nos vinimos aquí. Se me fue de la cabeza. Tú sueles hacer que me olvide de las cosas.

Me gustaría olvidar todo esto ahora. Volvamos a la cama.

—¿Arranque de testosterona? —repito, con una mueca divertida.

—Sí. El concurso de orinadas.

—Ya te enseñaré yo lo que es un arranque de testosterona. —Bajo la voz.

—¿No preferirías una taza de té?

Me ofrece una taza.

—No, Anastasia, no lo prefiero —te deseo y te deseo ahora—. Olvídate de ella. Ven.

Le tiendo la mano. Devuelve la taza a la barra y deposita su mano en la mía.

De vuelta en su dormitorio, le deslizo mi camisa por la cabeza.

—Me gusta que te pongas mi ropa —susurro.

—Y a mí me gusta ponérmela. Huele a ti.

Tomo su cabeza entre mis manos y la beso.

Quiero hacer que se olvide de Leila.

Quiero olvidarme de Leila.

La tomo en brazos y la llevo junto a la pared de cemento.

—Envuélveme con tus piernas, nena —le ordeno.

Cuando abro los ojos, la luz baña la habitación y Ana está despierta a mi lado, acurrucada en el recodo de mi brazo.

—Hola —dice, con una sonrisa malévola, como si tuviera algo en mente.

—Hola —contesto receloso. Aquí pasa algo—. ¿Qué estás haciendo?

—Mirarte.

Desliza los dedos por mi ombligo, y mi cuerpo cobra vida.

¡Wow!

Le agarro la mano.

Tiene que estar dolorida después de ayer.

Se relame los labios y una sonrisa cómplice y carnal sustituye su sonrisa culpable.

Tal vez no.

Despertar al lado de Anastasia Steele tiene indudables ventajas. Me coloco encima de ella, le agarro las manos y la sujeto a la cama mientras ella se retuerce bajo mi cuerpo.

—Me parece que ha estado haciendo algo malo, señorita Steele.

—Me encanta hacer cosas malas cuando estoy contigo.

Es como si le hablara directamente a mi entrepierna.

—¿Te encanta? —le doy un beso rápido en los labios. Ella asiente.

Oh, qué guapa eres…

—¿Sexo o desayuno?

Levanta las caderas hacia mí y tengo que hacer uso de todo mi autocontrol para no tomar lo que me ofrece tan directamente.

No. Haz que espere.

—Buena elección.

—Le beso el cuello, la clavícula, el esternón y el pecho.

—Ah… —exclama.

Nos quedamos tumbados en la penumbra.

No recuerdo momentos así antes de Ana. Yo no me quedaba tumbado en la cama, solo… me tumbaba sin más. Le acaricio el pelo. Todo eso ha cambiado.

Abre los ojos.

—Hola.

—Hola.

—¿Estás dolorida? —pregunto.

Se ruboriza.

—No. Cansada.

Le acaricio la mejilla.

—No dormiste demasiado anoche.

—Ni tú tampoco —su sonrisa no es sincera, señorita Steele, porque se le nubla la mirada—. No he dormido muy bien últimamente.

Los remordimientos, rápidos y horribles, me bullen en el estómago.

—Lo siento —contesto.

—No te disculpes. Fue mi...

Le tapo la boca con un dedo.

—Calla.

Frunce los labios para besarme el dedo.

—Si te sirve de consuelo —confieso—, yo tampoco he dormido bien esta semana pasada.

—Oh, Christian —dice, y, después de agarrarme la mano, me besa cada nudillo de los dedos.

Es un gesto cariñoso y cándido. Siento un nudo en la garganta mientras se me hincha el corazón. Estoy en el precipicio de algo desconocido, un plano en el que el horizonte desaparece y el territorio es nuevo e inhóspito.

Es aterrador.

Es confuso.

Es excitante.

¿Qué me estás haciendo, Ana?

¿A dónde me llevas?

Respiro hondo y me concentro en la mujer que tengo a mi lado. Me lanza una sonrisa sexy y ya nos veo metidos el día entero en la cama, pero me doy cuenta de que tengo hambre.

—¿Desayuno? —pregunto.

—¿Se está ofreciendo a prepararme el desayuno o exigiendo que le den algo de comer, señor Grey? —se burla.

—Ninguna de las dos cosas. Te invito a desayunar. La cocina se me da fatal, tal como demostré anoche.

—Tienes otras cualidades —dice con una sonrisa traviesa.

—Vaya, señorita Steele, ¿a qué se refiere con eso?

Entorna los ojos.

—Creo que ya lo sabes —está provocándome. Se incorpora despacio, bajando las piernas de la cama—. Puedes ducharte en el baño de Kate. Es más grande que el mío.

Por supuesto que lo es.

—Usaré el tuyo. Me gusta ocupar tu espacio.

—Y a mí también me gusta que ocupes mi espacio —dice, guiñando un ojo; se levanta y se va hacia el cuarto de baño.

Ana la descarada.

Cuando vuelvo de la estrecha ducha, encuentro a Ana vestida con jeans y una camiseta ajustada que deja poco margen a mi imaginación. Está alborotándose el pelo.

Al ponerme los pantalones, compruebo que llevo la llave del Audi en el bolsillo. Me pregunto cómo reaccionará cuando se la devuelva. Pareció aceptar muy bien el iPad.

—¿Con qué frecuencia haces ejercicio? —me pregunta, y me doy cuenta de que está observándome en el espejo.

—Todos los días laborables.

—¿Qué haces?

—Correr, pesas, kickboxing…

Correr hacia y desde tu departamento toda la semana pasada.

—¿Kickboxing? —pregunta.

—Sí, tengo un entrenador personal, un ex atleta olímpico que me enseña. Se llama Claude. Es muy bueno.

Le digo que le gustaría como entrenador.

—¿Para qué iba a necesitar yo un entrenador personal? Tú ya me mantienes en forma.

Me acerco a donde está ella, jugueteando aún con su pelo, y la abrazo. Nuestros ojos se encuentran en el espejo.

—Pero, nena, yo quiero que estés en forma para lo que tengo pensado.

Eso si volvemos algún día al cuarto de juegos.

Arquea una ceja.

—Sé que tienes ganas —digo acentuando las palabras mientras observo a su reflejo en el espejo.

Ella se mordisquea el labio, pero aparta la mirada.

—¿Qué? —pregunto preocupado.

—Nada —dice y niega con la cabeza—. Está bien, conoceré a Claude.

—¿En serio?

¡Eso ha sido fácil!

—Sí, vaya… Si te hace tan feliz… —dice riéndose.

La estrecho entre mis brazos y le doy un beso en la mejilla.

—No tienes ni idea —la beso detrás de la oreja—. ¿Y qué te gustaría hacer hoy?

—Me gustaría cortarme el pelo y… mmm… tengo que ingresar un cheque y comprarme un coche.

—Ah.

Ahora es el momento. Saco la llave del Audi del bolsillo de los pantalones.

—Aquí tienes —le informo.

—¿Cómo que «aquí tienes»?

—Taylor lo trajo ayer.

Se aparta de mis brazos y frunce el ceño.

Mierda. Está enfadada. ¿Por qué?

Saca un sobre del bolsillo trasero de sus pantalones.

—Toma, esto es tuyo.

Reconozco el sobre donde metí el cheque por su antiguo Escarabajo. Levanto ambas manos y me aparto.

—No, no. Ese dinero es tuyo.

—No. Me gustaría comprarte el coche.

Pero qué demonios…

¡Quiere darme el dinero a mí!

—No, Anastasia. Tu dinero, tu coche.

—No, Christian. Mi dinero, tu coche. Te lo compraré.

Ah, no, de eso ni hablar.

—Yo te regalé ese coche por tu graduación.

Y tú dijiste que lo aceptabas.

—Si me hubieras comprado una pluma… eso hubiera sido un regalo de graduación apropiado. Me compraste un Audi.

—¿De verdad quieres discutir esto?

—No.

—Bien… pues aquí tienes las llaves.

Las dejo sobre la cómoda.

—¡No quería decir eso!

—Fin de la discusión, Anastasia. No me presiones.

La mirada que me lanza lo dice todo. Si fuese leña seca, ardería en llamas, y no necesariamente en el buen sentido. Está enfadada. Muy enfadada. De pronto entrecierra los ojos y esboza una sonrisa maliciosa. Toma el sobre, lo sostiene en el aire y, con gesto teatral, lo parte en dos pedazos, y luego en dos más. Arroja el contenido a la papelera y me lanza una mirada victoriosa como diciendo «vete a la mierda».

Vaya. Comienza la partida, Ana.

—Desafiante como siempre, señorita Steele —repito las palabras que ella utilizó ayer, giro sobre mis talones y me voy a la cocina.

Ahora estoy molesto. Muy molesto.

¿Cómo se atreve?

Busco mi teléfono y llamo a Andrea.

—Buenos días, señor Grey —su voz suena entrecortada al responder.

—Hola, Andrea.

Al otro lado del hilo, oigo una voz de fondo, una mujer que grita: «¿Es que no se da cuenta de que te vas a casar hoy, Andrea?».

—Disculpe, señor Grey —vuelve a sonar la voz de Andrea.

¡Se casa!

Ahora la oigo hablar en voz baja.

—Mamá, cállate. Es mi jefe —vuelve a hablar en voz alta—. ¿Qué puedo hacer por usted, señor Grey? —dice.

—¿Te vas a casar?

—Sí, señor.

—¿Hoy?

—Sí. Dígame, ¿qué puedo hacer por usted?

—Quiero que ingreses veinticuatro mil dólares en la cuenta bancaria de Anastasia Steele.

—¿Veinticuatro mil?

—Sí, veinticuatro mil dólares. Directamente.

—Me encargaré de ello, descuide. Estará en su cuenta el lunes.

—¿El lunes?

—Sí, señor.

—Estupendo…

—¿Algo más?

—No, eso es todo, Andrea.

Cuelgo el teléfono, molesto por haberla importunado en el día de su boda y más molesto aún porque no me haya dicho que se casaba.

¿Por qué no me lo ha dicho? ¿Estará embarazada?

¿Tendré que buscarme otra asistente personal?

Me volteo hacia la señorita Steele, que está en el umbral echa una furia.

—Ingresado en tu cuenta, el lunes. No juegues conmigo.

—¡Veinticuatro mil dólares! —grita—. ¿Y tú cómo sabes mi número de cuenta?

—Yo lo sé todo de ti, Anastasia —respondo, tratando de conservar la calma.

—Es imposible que mi coche costara veinticuatro mil dólares —replica.

—En principio te daría la razón, pero tanto si vendes como si compras, la clave está en conocer el mercado. Había un lunático por ahí que quería ese cacharro y estaba dispuesto a pagar esa cantidad. Por lo visto, es un clásico. Pregúntale a Taylor si no me crees.

Nos fulminamos el uno al otro con la mirada.

Esta mujer es imposible.

Imposible, Imposible.

Separa los labios. Le cuesta respirar. Tiene las pupilas dilatadas. Me devora. Me consume.

Ana.

Se humedece el labio con la lengua.

Y está ahí, en el aire, entre nosotros.

Nuestra atracción, una fuerza viva. Cada vez más fuerte. Cada vez más intensa.

Mierda.

La agarro y la empujo contra la puerta, buscando sus labios con los míos. Reclamo su boca, besándola con ansia, y cierro los dedos alrededor de su nuca, sujetándola. Tengo sus dedos en mi pelo. Tirando de mí. Dirigiéndome mientras devuelve mis besos, con la lengua en mi boca. Tomándolo todo. Le agarro el trasero, la aprieto contra mi erección y presiono mi cuerpo contra el suyo. La deseo. Otra vez.

—¿Por qué... por qué me desafías? —digo en voz alta mientras le beso el cuello.

Ladea la cabeza para dejarme libre acceso a él.

—Porque puedo —dice sin aliento.

Ah, me ha robado mi frase.

Estoy jadeando cuando apoyo la frente en la suya.

—Dios, quiero poseerte ahora, pero ya no me quedan condones. Nunca me canso de ti. Eres una mujer desquiciante, enloquecedora.

—Y tú me vuelves loca —exhala—. En todos los sentidos.

Respiro hondo y hundo la mirada en esos ojos oscuros y hambrientos que me prometen el mundo, y sacudo la cabeza.

Cálmate, Grey.

—Ven. Vamos a desayunar. Y conozco un local donde puedes cortarte el pelo.

—Vamos —sonríe.

Y ya no nos peleamos más.

Caminamos agarrados de la mano por Vine Street y doblamos la esquina de la Primera Avenida. Me pregunto si será normal pasar de la furia más absoluta entre nosotros a esta calma tan plácida que siento mientras paseamos por la calle. La mayoría de las parejas son así. Miro a Ana, a mi lado.

—Esto parece tan normal... —le digo—. Me encanta.

—Christian, creo que el doctor Flynn estaría de acuerdo en que tú eres todo menos normal. Excepcional, tal vez. —Me aprieta la mano.

¡Excepcional!

—Hace un día precioso —añade.

—Sí, es verdad.

Cierra los ojos un momento y vuelve el rostro hacia el sol de la mañana.

—Vamos, conozco un sitio genial para el *brunch*.

Uno de mis cafés favoritos está a sólo un par de manzanas de la casa de Ana, en la Primera Avenida. Cuando llegamos, abro la puerta para que pase Ana y hago una pausa para inhalar el olor de pan recién hecho.

—Qué lugar tan agradable… —dice cuando nos sentamos en la mesa—. Me encantan los cuadros de las paredes.

—Exhiben la obra de un pintor distinto cada mes. Aquí descubrí a Trouton.

—Eleva lo cotidiano a la categoría de extraordinario —dice Ana.

—Te has acordado.

—Hay muy pocas cosas que pueda olvidar de usted, señor Grey.

Y yo de ti, señorita Steele. Eres extraordinaria.

Me río y le paso una carta del desayuno.

—Pago yo.

Ana coge la cuenta del desayuno antes que yo.

—Hay que ser más rápido, Grey.

—Tienes razón —masculло, a regañadientes.

Alguien con una deuda de cincuenta mil dólares por un crédito de estudiante no debería pagarme el desayuno.

—No pongas esa cara. Tengo veinticuatro mil dólares más que esta mañana. Puedo permitírmelo —echa un vistazo a la cuenta—. Veintidós dólares con sesenta y siete centavos por desayunar.

Salvo arrancarle la cuenta de las manos, poco puedo hacer.

—Gracias —murmuro.

—¿Y ahora adónde?

—¿De verdad quieres cortarte el pelo?

—Sí, míralo.

Unos mechones rebeldes se han escapado de su cola de caballo, enmarcando su precioso rostro.

—Yo te veo guapísima. Como siempre.

—Y esta noche es la gala benéfica de tu padre.

Le recuerdo que es una gala de etiqueta, y en casa de mis padres.

—Hay una carpa. Ya sabes, con toda esa parafernalia.

—¿Para qué fundación benéfica es?

—Se llama Afrontarlo Juntos. Es una fundación que ayuda a los padres con hijos jóvenes drogadictos a que éstos se rehabiliten.

Contengo el aliento con la esperanza de que no empiece a preguntarme sobre la relación de los Grey con esa causa. Es un asunto personal, y no necesito su compasión. Ya le he contado todo cuanto quería contarle sobre esa época de mi vida.

—Parece una buena causa —comenta con simpatía, y, por suerte, deja ahí el asunto.

—Bueno, vamos.

Me levanto y le tiendo la mano, poniendo fin a la conversación.

—¿Adónde vamos? —pregunta mientras caminamos por la Primera Avenida.

—Sorpresa.

No puedo decirle que vamos al local de Elena. Sé que se pondría muy nerviosa. Por nuestra conversación en Savannah, sé que la simple mención de su nombre activa un botón rojo en Ana. Es sábado y Elena no trabaja los fines de semana, y cuando trabaja lo hace en el local del Bravern Center.

—Llegamos.

Abro la puerta de Esclava e invito a pasar a Ana. Hace un par de meses que no vengo por aquí; la última vez fue con Susannah.

—Buenos días, señor Grey —dice Greta al recibirnos.

—Hola, Greta.

—¿Lo de siempre, señor? —pregunta educadamente.

Mierda.

—No. —Miro a Ana, nervioso—. La señorita Steele te dirá lo que quiere.

Ana me mira, fulminándome con la mirada.

—¿Por qué aquí? —pregunta.

—El local es mío; tengo tres más como éste.

—¿Es tuyo?

—Sí. Es una actividad suplementaria. Cualquier cosa, todo lo que quieras, te lo pueden hacer aquí, por cuenta de la casa —enumero todas las clases de masajes y tratamientos disponibles—. Todas esas cosas que les gustan a las mujeres… todo. Aquí te lo harán.

—¿Depilación?

Por una fracción de segundo pienso en recomendarle la cera de chocolate para depilarse el vello púbico, pero, dada nuestra tregua, me guardo mi sugerencia.

—Sí, depilación también. Completa.

Ana se ruboriza.

¿Cómo lograré convencerla de que el sexo con penetración sería más agradable para ella sin el vello?

Cada cosa a su tiempo, Grey.

—Querría cortarme el pelo, por favor —le dice a Greta.

—Por supuesto, señorita Steele.

Greta consulta la pantalla de su computadora y pulsa algunas teclas.

—Franco estará libre en cinco minutos.

—Franco es muy bueno —confirmo, pero advierto que la actitud de Ana ha cambiado de repente.

Estoy a punto de preguntarle qué le pasa cuando levanto la vista y veo a Elena, que sale de la trastienda.

Mierda. ¿Qué hace ella aquí?

Elena se pone a hablar con una de las estilistas, luego me ve y se le ilumina la cara, con una expresión radiante de felicidad luminosa.

Carajo.

—Perdona —le digo a Ana, y cruzo el salón en un par de

zancadas para acudir al encuentro de Elena antes de que ella se acerque a nosotros.

—Vaya, éste sí que es un inesperado placer —murmura Elena al saludarme, dándome un beso en sendas mejillas.

—Buenos días, señora. No esperaba encontrarte aquí.

—Mi esteticista se ha puesto enferma. Así que es cierto, has estado evitándome.

—He estado ocupado.

—Ya lo veo. ¿Esa de ahí es nueva?

—Ésa es Anastasia Steele.

Elena dedica una sonrisa a Ana, que nos observa con atención. Sabe que estamos hablando de ella y responde con una sonrisa leve.

Maldita sea.

—¿Tu pequeña belleza sureña? —pregunta Elena.

—No es del sur.

—Creí que habías ido a Georgia a verla.

—Su madre vive allí.

—Entiendo. Desde luego, parece tu tipo.

—Sí.

Será mejor que no entremos en ese terreno…

—¿Me la vas a presentar?

Ana está hablando con Greta, acribillándola a preguntas, creo. ¿Qué le estará preguntando?

—No creo que sea una buena idea.

Elena parece decepcionada.

—¿Por qué no?

—Te ha bautizado con el nombre de señora Robinson.

—¿En serio? Eso tiene mucha gracia. Aunque me sorprende que alguien tan joven conozca esa referencia —el tono de Elena es seco—. También me sorprende que le hayas hablado de nosotros. ¿Qué ha pasado con la confidencialidad?

Se da unos golpecitos en el labio con una uña pintada de color escarlata.

—No va a decir nada.

—Eso espero. Oye, no te preocupes. Me apartaré.

Levanta las manos en señal de rendición.

—Gracias.

—Pero ¿estás seguro de que esto es buena idea, Christian? Ya te hizo daño una vez.

Una sombra de preocupación invade el rostro de Elena.

—No lo sé. La echaba de menos. Ella me echaba de menos a mí. He decidido que voy a intentarlo a su manera. Ella está dispuesta.

—¿A su manera? ¿Estás seguro de que puedes hacerlo? ¿De que quieres hacerlo?

Ana sigue mirándonos con gesto de alarma.

—El tiempo lo dirá —respondo.

—Bueno, yo estaré aquí si me necesitas. Buena suerte. —Me lanza una sonrisa dulce pero calculada—. No desaparezcas.

—Gracias. ¿Vas a ir a la gala de mis padres esta noche?

—No lo creo.

—Probablemente es una buena idea.

Por un momento, parece sorprendida.

—Ya nos pondremos al día más tarde, esta semana, cuando podamos hablar más libremente —dice.

—Claro.

Me aprieta la mano y yo vuelvo junto a Ana, que sigue esperando junto al mostrador de recepción. Tiene una mueca de enfado en la cara y los brazos cruzados para mostrar su disgusto.

Esto no pinta nada bien.

—¿Estás bien? —pregunto, perfectamente consciente de que no lo está.

—La verdad es que no. ¿No has querido presentarme? —contesta, en un tono sarcástico e indignado a la vez.

Mierda. Sabe que era Elena. Pero ¿cómo lo sabe?

—Pero yo creía…

Ana me interrumpe.

—Para ser un hombre tan brillante, a veces… —se calla en mitad de la frase, demasiado enfadada para continuar—. Me gustaría marcharme, por favor.

Da unos golpecitos con el pie sobre el suelo de mármol.

—¿Por qué?

—Ya sabes por qué —me suelta, y pone los ojos en blanco como si fuera el mayor idiota que ha conocido en su vida.

Es que eres el mayor idiota que ha conocido en su vida, Grey.

Ya sabes cómo se siente con respecto a Elena.

Todo iba tan bien...

Arregla esto como sea, Grey.

—Lo siento, Ana. No sabía que ella estaría aquí. Nunca está. Ha abierto una nueva sucursal en el Bravern Center, y normalmente está allí. Hoy se ha puesto alguien enfermo.

Ana da media vuelta y se dirige furiosa hacia la puerta.

—Greta, no necesitaremos a Franco —informo a la recepcionista, molesto ante la posibilidad de que nos haya oído discutir.

Corro detrás de Ana.

Ana se abraza el cuerpo en actitud defensiva y camina calle abajo con la cabeza agachada. Me veo obligado a dar zancadas más largas para alcanzarla.

Ana. Para. Estás dándole más importancia de la que tiene.

Sencillamente, no entiende la naturaleza de mi relación con Elena.

Camino a su lado, sin saber qué hacer a continuación. ¿Qué hago? ¿Qué le digo? Tal vez Elena tiene razón.

¿Puedo hacer esto?

Nunca he tolerado esta clase de comportamiento de ninguna sumisa; es más, nunca ninguna de ellas se había mostrado tan arrogante y caprichosa.

Pero no soporto que esté enfadada conmigo.

—¿Solías traer aquí a tus sumisas? —me pregunta, y no sé si es una pregunta retórica o no.

Me arriesgo y contesto:

—A algunas sí.

—¿A Leila?

—Sí.

—El local parece muy nuevo.

—Lo han remodelado hace poco.

—Ya. O sea que la señora Robinson conocía a todas tus sumisas.

—Sí.

—¿Y ellas conocían su historia?

No de la forma que tú crees. Nunca supieron el carácter de dominante y esclavo de nuestra relación. Pensaban que éramos simplemente amigos.

—No. Ninguna. Sólo tú.

—Pero yo no soy tu sumisa.

—No, está clarísimo que no lo eres —porque está claro que no le permitiría esta clase de comportamiento a nadie más.

Se para de pronto y se gira en redondo para mirarme con gesto desolado.

—¿No ves lo jodido que es esto? —dice.

—Sí. Lo siento.

Yo no sabía que Elena iba a estar allí.

—Quiero cortarme el pelo, a ser posible en algún sitio donde no te hayas tirado ni al personal ni a la clientela —habla con voz ronca y está al borde de las lágrimas.

Ana.

—Y ahora, si me perdonas…

Se vuelve para marcharse.

—No te marchas, ¿verdad?

Empieza a embargarme el pánico. Ya está. Esto ha terminado antes incluso de que hayamos tenido una segunda oportunidad.

Grey, la has cagado por completo.

—No —exclama con exasperación—. Sólo quiero que me hagan un maldito corte de pelo. En un sitio donde pueda cerrar los ojos y, mientras alguien me lava la cabeza, olvidar esta carga tan pesada que va contigo.

Mierda, menos mal.

No me va a dejar. Respiro hondo.

—Puedo hacer que Franco vaya a mi departamento, o al tuyo —sugiero.

—Es muy atractiva.

Mierda. Eso no.

—Sí, mucho.

¿Y qué? Déjalo ya, Ana.

—¿Sigue casada?

—No. Se divorció hace unos cinco años.

—¿Por qué no estás con ella?

¡Ana! ¡Déjalo!

—Porque lo nuestro se acabó. Ya te lo he contado.

¿Cuántas veces tengo que decírselo? Noto la vibración del celular en el bolsillo del saco. Levanto el dedo para detener su diatriba y respondo la llamada. El identificador de llamadas me anuncia que es Welch. Me pregunto qué novedades tendrá para mí.

—Señor Grey.

—Welch.

—Tres cosas. Localizamos a la señora Leila Reed en Spokane, donde estaba viviendo con un hombre llamado Geoffrey Barry. Él murió en un accidente de coche en la interestatal 90.

—¿Que murió en un accidente de coche? ¿Cuándo?

—Hace cuatro semanas. Su marido, Russell Reed, sabía de la existencia de Barry, pero sigue sin revelar el paradero de la señora Reed.

—Es la segunda vez que ese cabrón no dice la verdad. Tiene que saberlo. ¿Es que no tiene sentimientos hacia ella?

Me deja perplejo que su ex pueda ser un hombre tan sumamente cruel.

—Tiene sentimientos hacia ella, pero desde luego, no los propios de un matrimonio.

—Esto empieza a tener sentido.

—¿Ha dicho algo más su psiquiatra? —pregunta Welch.

—¿Podría estar sufriendo algún tipo de psicosis?

Coincido con Welch en que tal vez pueda estar padeciendo ese trastorno, pero eso no explicaría dónde está, que es lo que quiero saber realmente. Miro alrededor. ¿Dónde estás, Leila?

—Ella está aquí. Nos está vigilando —murmuro.

—Señor Grey, estamos cerca. La encontraremos.

Welch intenta tranquilizarme y me pregunta si estoy en el Escala.

—No.

Sería deseable que Ana y yo no estuviéramos tan expuestos, aquí en la calle.

—Estoy calculando cuántas personas necesitará para su equipo personal de seguridad.

—Dos o cuatro, las veinticuatro horas del día.

—Está bien, señor Grey. ¿Se lo ha dicho ya a Anastasia?

—Todavía no he abordado eso.

Ana está observándome, escuchando. Me mira intensamente, pero con expresión inescrutable.

—Pues debería. Y hay algo más. La señora Reed ha obtenido un permiso para portar armas ocultas.

—¿Qué?

El miedo me atenaza el corazón.

—Descubrimos esa información esta mañana, durante el proceso de búsqueda.

—Ya veo. ¿Cuándo?

—La fecha es de ayer.

—¿Tan poco hace? Pero ¿cómo?

—Falsificó la documentación.

—¿No comprobaron los antecedentes?

—Todos los formularios son falsos. Está utilizando otro nombre.

—Ya. Envíame un correo con el nombre, la dirección y fotos, si las tienes…

—De acuerdo. Y organizaré el equipo de seguridad adicional.

—Las veinticuatro horas del día a partir de esta tarde. Ponte en contacto con Taylor.

Cuelgo. Esto es grave.

—¿Y bien? —pregunta Ana.

—Era Welch.

—¿Quién es Welch?

—Mi asesor de seguridad.

—Ya. ¿Qué pasó?

—Leila dejó a su marido hace unos tres meses y se largó con un tipo que murió en un accidente de coche hace cuatro semanas.

—Oh.

—El imbécil del psiquiatra debería haberlo previsto. El dolor... ése es el problema.

Maldita sea. Ese hospital debería haber hecho un mejor trabajo.

—Vamos.

Le tiendo la mano y Ana la agarra automáticamente. Luego, con la misma brusquedad, se suelta.

—Espera un momento. Estábamos a la mitad de una conversación sobre «nosotros». Sobre ella, tu señora Robinson.

—No es mi señora Robinson. Podemos hablar de esto en mi casa.

—No quiero ir a tu casa. ¡Quiero cortarme el pelo! —grita.

Tomo mi teléfono y llamo al salón de belleza. Greta responde de inmediato.

—Greta, Christian Grey. Quiero a Franco en mi casa dentro de una hora. Consúltalo con la señora Lincoln.

—Sí, señor Grey —me pone en espera una fracción de segundo—. Perfecto. Estará ahí a la una.

—Bien —cuelgo—. Vendrá a la una.

—¡Christian...!

Ana me fulmina con la mirada.

—Anastasia, es evidente que Leila sufre un brote psicótico. No sé si va detrás de mí o de ti, ni hasta dónde está dispuesta a llegar. Iremos a tu casa, recogeremos tus cosas, y puedes quedarte en la mía hasta que la hayamos localizado.

—¿Por qué iba a querer yo hacer eso?

—Así podré protegerte.

—Pero...

Dame fuerzas...

—Vas a venir a mi departamento aunque tenga que llevarte arrastrándote de los pelos.

—Creo que estás exagerando.

—No estoy exagerando. Podemos seguir la conversación en mi casa. Vamos.

Me lanza una mirada asesina. Intratable.

—No —dice.

—Puedes ir por tu propio pie o puedo llevarte yo. Lo que tú prefieras, Anastasia.

—No te atreverás.

—Ay, nena, los dos sabemos que, si me lanzas el guante, estaré encantado de recogerlo.

Me mira entrecerrando los ojos.

Ana. No me has dado elección.

Me agacho, la levanto y la cargo sobre mis hombros, haciendo caso omiso a las miradas escandalizadas de una pareja que pasa por nuestro lado.

—¡Bájame! —chilla, y empieza a forcejear.

La sujeto con más fuerza aún y le doy una palmada en el trasero.

—¡Christian! —grita.

Está enfadada, pero me importa un bledo. Un hombre con cara de alarma, un padre de familia, supongo, aparta a sus hijos de nuestro camino.

—¡Iré caminando! ¡Iré caminando! —grita, y la bajo inmediatamente.

Se da media vuelta tan rápido que me golpea en el hombro con el pelo. Se aleja con paso furioso en dirección a su departamento y yo la sigo, pero me mantengo alerta. Mirando a todas partes.

¿Dónde estás, Leila?

¿Escondida detrás de un coche detenido? ¿Detrás de un árbol?

¿Qué quieres?

Ana se para de repente.

—¿Qué pasó? —pregunta.

—¿Qué quieres decir?

¿Y ahora qué?

—Con Leila.

—Ya te lo conté.

—No, no me lo contaste. Hay algo más. Ayer no insististe en que fuera a tu casa. Así que… ¿qué pasó?

Qué perspicaz, señorita Steele.

—¡Christian! ¡Dímelo! —exijo.

—Ayer consiguió que le dieran un permiso para portar armas ocultas.

Su actitud cambia de repente. La ira se convierte en miedo.

—Eso sólo significa que puede comprarse un arma —murmura, horrorizada.

—Ana —la estrecho entre mis brazos—. No creo que haga ninguna tontería, pero… simplemente no quiero que corras el riesgo.

—Yo no… pero ¿y tú? —dice, con la voz teñida de angustia.

Me rodea con los brazos y me abraza con fuerza. Tiene miedo por mí.

¡Por mí!

Y hace un momento pensaba que iba a dejarme.

Esto parece irreal.

—Vamos a tu casa.

La beso en el pelo. Mientras caminamos, le paso el brazo por los hombros y la atraigo hacia mí para protegerla. Desliza la mano en el cinturón de mis pantalones, aferrándose a mí, con los dedos cerrados en torno a mi cadera.

Esta… proximidad es algo nuevo para mí. Podría acostumbrarme.

Volvemos andando a su departamento y sigo alerta por si veo a Leila.

Pienso en el abanico de emociones que he sentido desde que me desperté mientras observo a Ana preparar una pequeña maleta. El otro día, en el callejón, intenté expresarle cómo me sentía. Lo mejor que se me ocurrió decir fue que todo aquello me resultaba «perturbador». Y esa palabra aún describe mi estado emocional en estos momentos. Ana no es la mujer dócil que recuerdo, sino que es mucho más audaz y volátil.

¿Ha cambiado tanto desde que me dejó? ¿O el que ha cambiado soy yo?

No ayuda que hayamos alcanzado un nuevo estado de nerviosismo por culpa de Leila. Por primera vez en mucho tiempo, tengo miedo. ¿Y si le pasara algo a Ana por mi relación con Leila? Toda esa situación escapa a mi control. Y no me gusta.

Ana, por su parte, está muy seria e inusitadamente callada. Mete el globo en su mochila.

—¿El *Charlie Tango* también viene? —bromeo.

Asiente y me dedica una sonrisa indulgente. O tiene miedo o sigue enfadada por lo de Elena. O se ha enojado por habérmela echado al hombro en la calle. O tal vez sean los veinticuatro mil dólares.

Maldita sea, el surtido de razones es muy amplio. Ojalá supiera qué está pensando.

—Ethan vuelve el martes —dice.

—¿Ethan?

—El hermano de Kate. Se quedará aquí hasta que encuentre algo en Seattle.

Ah, el otro vástago de los Kavanagh. El que se pasa la vida en la playa. Lo conocí en su graduación. No le quitaba las manos de encima a Ana.

—Bueno, entonces está bien que te vengas conmigo. Así él tendrá más espacio.

—No sé si tiene llaves. Tendré que volver cuando llegue. Ya está todo.

Recojo su maleta y echo un rápido vistazo alrededor antes de cerrar. Advierto con desagrado que el departamento no dispone de alarma de seguridad.

El Audi está estacionado en la parte de atrás del edificio, donde dijo Taylor que estaría. Abro la puerta del copiloto para Ana, pero ella se queda clavada en el sitio, mirándome.

—¿Vas a entrar? —pregunto, confuso.

—Creía que conduciría yo.

—No. Conduciré yo.

—¿Pasa algo con mi forma de conducir? —dice, y ya vuelve a emplear el mismo tono de antes—. No me digas que sabes qué nota me pusieron en el examen... no me sorprendería, vista tu tendencia al acoso.

—Sube al coche, Anastasia.

Se me está agotando la paciencia.

Ya está bien. Me estás volviendo loco. Te quiero en casa, donde estarás a salvo.

—Está bien —dice, resoplando, y se sube al coche.

No vive lejos de mi casa, así que no deberíamos tardar mucho. Normalmente disfruto conduciendo el pequeño Audi; es muy práctico con tanto tráfico en Seattle. Pero los peatones distraen mi atención. Uno de ellos podría ser Leila.

—¿Todas tus sumisas eran de pelo oscuro? —pregunta Ana sin venir a cuento.

—Sí.

Pero la verdad es que no quiero hablar de eso. Nuestra frágil relación se mueve hacia un terreno peligroso.

—Sólo preguntaba.

Está toqueteando una borla de su mochila; eso significa que está nerviosa.

Tranquilízala, Grey.

—Ya te lo dije. Prefiero a las mujeres de pelo oscuro.

—La señora Robinson no es de pelo oscuro.

—Seguramente sea ésa la razón. Con ella ya tuve bastantes rubias para toda la vida.

—Estás bromeando.

Es evidente que Ana no me cree.

—Sí, estoy bromeando.

¿De verdad tenemos que hablar de esto? Mi ansiedad va en aumento. Si sigue insistiendo, acabaré confesando mi secreto más oscuro.

No. No puedo decírselo jamás. Me dejará.

Sin volver la vista atrás.

Y recuerdo que la vi marcharse caminando por la calle y meterse en el estacionamiento subterraneo de «Grey» el Heathman tras nuestro primer café juntos.

No volvió la vista atrás.

Ni una sola vez.

Si no me hubiese puesto en contacto con ella por la exposición del fotógrafo, no estaría con ella ahora.

Ana es fuerte. Cuando dice adiós, lo dice en serio.

—Cuéntame algo de ella. —Ana interrumpe mis pensamientos.

¿A qué viene eso ahora? ¿Está hablando de Elena? ¿Otra vez?

—¿Qué quieres saber?

Tener más información sobre la señora Lincoln sólo hará que se ponga de peor humor.

—Háblame de su acuerdo empresarial.

Ah, eso es fácil.

—Yo soy el socio capitalista. No me interesa especialmente el negocio de la estética, pero ella ha convertido el proyecto en un éxito. Yo me limité a invertir y le ayudé a ponerlo en marcha.

—¿Por qué?

—Se lo debía.

—¿Ah?

—Cuando dejé Harvard, ella me prestó cien mil dólares para empezar mi negocio.

—¿Dejaste Harvard?

—No era para mí. Estuve dos años. Por desgracia, mis padres no fueron tan comprensivos.

—*¿Que vas a hacer qué?*

Grace me mira frunciendo el ceño, con expresión enfurecida.

—*Quiero dejarlo. Voy a abrir mi propia empresa.*

—*¿Para dedicarte a qué?*

—*A inversiones.*

—*Christian, ¿qué sabes tú de inversiones? Tienes que terminar la universidad.*

—*Mamá, tengo un plan. Creo que puedo hacerlo realidad.*

—*Escucha, hijo, ésa es una decisión muy importante que podría afectar a todo tu futuro.*

—Ya lo sé, papá, pero ya no puedo seguir haciendo esto. No quiero vivir en Cambridge otros dos años.

—Pues cambia de universidad. Vuelve a Seattle.

—Mamá, no es por la ciudad.

—Simplemente, no has encontrado tu sitio.

—Mi sitio está en el mundo real, no en la universidad. Me ahogo.

—¿Has conocido a alguien? —pregunta Grace.

—No —miento.

Conocí a Elena antes de irme a Harvard.

Grace entrecierra los ojos y me arden las puntas de las orejas.

—No podemos justificar esa decisión tan temeraria, hijo.

Carrick está recurriendo a su tono más pomposo de padre modelo y ahora temo que me suelte su sermón de costumbre con su «estudia mucho, trabaja duro y la familia es lo primero».

Grace lo apoya y hace hincapié en lo mismo.

—Christian, te estás jugando tu futuro, el resto de tu vida.

—Mamá. Papá. Ya está hecho. Siento volver a decepcionarlos. Mi decisión ya está tomada. Sólo les estoy informando.

—Pero ¿qué hay de la colegiatura y los pagos que llevamos abonados?

Mamá se retuerce las manos.

Mierda.

—Les devolveré el dinero.

—¿Cómo? ¿Y se puede saber cómo vas a abrir una empresa? Necesitas capital.

—No te preocupes por eso, mamá. Ya lo tengo previsto. Y les devolveré el dinero.

—Christian, cariño, no es por el dinero…

Lo único que aprendí en la universidad es a descifrar un balance y a descubrir la paz que me brinda el remo, cuando participaba en las regatas.

—No parece que te haya ido demasiado mal. ¿Qué asignaturas escogiste? —dice Ana, devolviéndome a nuestra conversación.

—Ciencias políticas y Economía.

—¿Así que es rica?

Ana está obsesionada con el préstamo que me hizo Elena.

—Era una esposa florero aburrida, Anastasia. Su marido era un magnate… de la industria maderera —eso siempre me provoca una sonrisa. Hago una mueca desdeñosa. Lincoln Timber. Qué sujeto impresentable resultó ser—. No la dejaba trabajar. Ya sabes, era muy controlador. Algunos hombres son así.

—¿En serio? ¿Un hombre controlador? —dice Ana en tono burlón—. Yo creía que eso era una criatura mitológica.

Sus palabras rezuman sarcasmo. Está en plan impertinente, pero su respuesta me arranca una sonrisa.

—¿El dinero que te prestó era de su marido?

Desde luego que sí.

—Eso es horrible.

—Él también tenía sus líos.

El muy cabrón.

Mis pensamientos se vuelven sombríos. Por poco mata a su mujer por coger conmigo. Siento un escalofrío al pensar qué le habría hecho si yo no hubiese aparecido. Una oleada de furia me recorre el cuerpo y agarro el volante con fuerza mientras esperamos a que se abra la pluma del estacionamiento del Escala. Tengo los nudillos blancos de tanto apretar. Elena pasó tres meses en el hospital y no quiso presentar ninguna denuncia.

Contrólate, Grey.

Aflojo la presión sobre el volante.

—¿Cuáles? —pregunta Ana, tan curiosa como siempre; quiere saber cuál fue la venganza de Lincoln.

No pienso contarle esa historia. Niego con la cabeza, me estaciono en una de las plazas que tengo asignadas y apago el motor.

—Vamos. Franco no tardará.

Una vez en el ascensor, la observo. Ya vuelve a fruncir el ceño. Parece pensativa, tal vez tratando de asimilar lo que le he contado… ¿o es otra cosa?

—¿Sigues enojada conmigo? —le pregunto.

—Mucho.

—Bueno.

Al menos, ya lo sé.

Taylor, que ha regresado de visitar a Sophie, su hija, sale a recibirnos cuando llegamos al vestíbulo.

—Buenas tardes, señor —me dice en voz baja.

—¿Welch ha dicho algo?

—Sí, señor.

—¿Y?

—Todo está arreglado.

—Excelente. ¿Cómo está tu hija?

—Está bien, gracias, señor.

—Bien. El peluquero vendrá a la una: Franco De Luca.

—Señorita Steele —saluda Taylor a Ana.

—Hola, Taylor. ¿Tienes una hija?

—Sí, señora.

—¿Cuántos años tiene?

—Siete.

Ana parece confusa.

—Vive con su madre —explica Taylor.

—Ah, entiendo —dice y le lanza una enigmática sonrisa.

Doblo por el pasillo y me dirijo al salón. No estoy seguro de ver con buenos ojos que la señorita Steele sienta curiosidad por Taylor o viceversa. Oigo a Ana detrás de mí.

—¿Tienes hambre? —pregunto.

Niega con la cabeza y pasea la mirada por la sala. No ha estado aquí desde el fatídico día en que me dejó. Quiero decirle que me alegro de que haya vuelto, pero ahora mismo está enfadada conmigo.

—Tengo que hacer unas llamadas. Ponte cómoda.

—De acuerdo —dice.

En mi estudio, sentado a mi mesa, encuentro una bolsa grande de tela. En su interior hay una espectacular máscara plateada con un penacho de plumas azul cobalto para Ana. Al lado hay un pequeño bolso de Chanel con un labial rojo. Taylor ha hecho bien su trabajo. Sin embargo, no creo que mi idea del lápiz labial impresione demasiado a Ana, al menos de momento. Dejo la máscara en un estante y guardo el labial. Luego me siento frente a la computadora.

Ha sido una mañana muy esclarecedora y entretenida con Anastasia. Ha estado tan desafiante como siempre desde que nos despertamos, ya fuese por el cheque por esa trampa mortal que es su Escarabajo, por mi relación con Elena o por quién pagaba el desayuno.

Ana es una mujer ferozmente independiente y sigue sin parecer interesada en mi dinero. No toma nada, sólo da; pero lo cierto es que siempre ha sido así. Es muy refrescante. A todas mis sumisas les encantaban sus regalos. Grey, ¿a quién quieres engañar? Decían que les gustaban, pero tal vez sólo fuera por el papel que desempeñaban.

Hundo la cabeza en mis manos. Esto es difícil. Con Ana navego con rumbo desconocido.

Es una lástima que sienta tanta ira hacia Elena. Elena es una amiga.

¿Acaso Ana está celosa?

No puedo cambiar mi pasado y, después de todo lo que Elena ha hecho por mí, va a ser muy delicado gestionar la hostilidad de Ana.

¿Es así como será mi vida a partir de ahora, envuelta en toda esta incertidumbre? Será un tema interesante para abordar con Flynn la próxima vez que lo vea. Tal vez él pueda darme herramientas para superarlo.

Sacudo la cabeza, enciendo el iMac y compruebo mis correos. Welch me ha enviado una copia del permiso falsificado de Leila para portar armas ocultas. Utiliza el nombre de Jeanne Barry y ha dado una dirección de Belltown. La fotografía sí es la suya, pero se la ve mayor, más delgada y más triste que cuando yo la conocí. Resulta deprimente. Esa mujer necesita ayuda.

Imprimo un par de hojas de cálculo de SIP: balances de pérdidas y ganancias de los últimos tres años que examinaré después. Luego reviso los currículos del equipo adicional de protección personal que ha aprobado Taylor; dos de ellos son ex agentes federales, y otros dos, ex miembros de los Navy SEALS. Pero todavía tengo que sacar el tema de la seguridad adicional con Ana.

Cada cosa a su tiempo, Grey.

Cuando he terminado de responder unos cuantos e-mails de trabajo, voy a buscar a Ana.

No está en el salón ni en mi dormitorio, pero, ya que estoy aquí, saco un par de condones de mi mesilla de noche y sigo la búsqueda. Quiero subir al piso de arriba para comprobar si está en la habitación de las sumisas, pero oigo las puertas del ascensor y a Taylor, que saluda a alguien. Mi reloj marca las 12:55. Debe de haber llegado Franco.

Las puertas del vestíbulo se abren.

—Voy a buscar a la señorita Steele —anuncio antes de que Taylor diga nada.

—Muy bien, señor.

—Avísame en cuanto llegue la cuadrilla de seguridad.

—Así lo haré, señor Grey.

—Y gracias por la máscara y el lápiz labial.

—De nada, señor.

Taylor cierra la puerta.

Arriba, no la veo por ninguna parte, pero sí la oigo.

Ana está hablando sola en el vestidor.

¿Qué carajo está haciendo ahí dentro?

Respiro hondo, abro la puerta y me la encuentro sentada en el suelo con las piernas cruzadas.

—Estás aquí. Creí que te habías marchado.

Levanta un dedo y me doy cuenta de que no está hablando ella sola ni mucho menos, sino que está al teléfono. Me apoyo en el marco de la puerta y la observo mientras se recoge el pelo detrás de la oreja y empieza a retorcerse un mechón alrededor del dedo índice.

—Lo siento, mamá, tengo que colgar. Te volveré a llamar pronto.

Está inquieta. ¿Soy yo quien hace que se sienta así? Quizá se ha escondido aquí dentro para escapar de mí. ¿Necesita más espacio? Esa idea me resulta descorazonadora.

—Yo también te quiero, mamá —cuelga y se vuelve hacia mí con expresión expectante.

—¿Por qué te escondes aquí? —pregunto.

—No me escondo. Me desespero.

—¿Te desesperas?

La ansiedad me perfora la piel. Sí que está pensando en marcharse.

—Por todo esto, Christian.

Hace un gesto en dirección a los vestidos que cuelgan en el armario.

¿Por la ropa? ¿Es que no le gusta?

—¿Puedo pasar? —pregunto.

—Es tu vestidor.

Mi vestidor. Tu ropa, Ana.

Me dejo caer despacio en el suelo, delante de ella, intentando interpretar su estado de ánimo.

—Sólo son vestidos. Si no te gustan, los devolveré —mi tono es más resignado que conciliador.

—Es muy complicado tratar contigo, ¿sabes?

No le falta razón. Me rasco el mentón sin afeitar y sopeso qué decir.

Sé auténtico. Sé sincero. Las palabras de Flynn resuenan en mi cabeza.

—Lo sé. Me estoy esforzando —replico.

—Eres muy difícil —bromea.

—Tú también, señorita Steele.

—¿Por qué haces esto? —pregunta, y gesticula entre ambos.

Entre ella y yo.

Su espacio y mi espacio.

Ana y Christian.

—Ya sabes por qué.

Te necesito.

—No, no lo sé —insiste.

Me paso las manos por el pelo buscando una inspiración. ¿Qué es lo que quiere que diga? ¿Qué es lo que desea oír?

—Eres una mujer frustrante.

—Podrías tener a una preciosa sumisa de pelo oscuro. Una que, si le pidieras que saltara, te preguntaría: «¿Desde qué altura?», suponiendo, claro, que tuviera permiso para hablar. Así que, ¿por qué yo, Christian? Simplemente no lo entiendo.

¿Qué debo decirle? ¿Que porque desde que la conozco he despertado? Porque todo mi mundo ha cambiado. Ahora gira sobre un eje diferente.

—Tú haces que mire el mundo de forma distinta, Anastasia. No me quieres por mi dinero. Tú me das… —busco la palabra—, esperanza.

—¿Esperanza de qué?

De todo.

—De más —respondo.

Es lo que Ana quería. Y ahora yo también lo quiero.

Haz gala de ese pico de oro, Grey.

Le digo que tiene razón.

—Estoy acostumbrado a que las mujeres hagan exactamente lo que yo digo, cuando yo lo digo, y estrictamente lo que yo quiero que hagan. Eso pierde interés enseguida. Tú tienes algo, Anastasia, que me atrae a un nivel profundo que no entiendo. Es como el canto de sirena. No soy capaz de resistirme a ti y no quiero perderte.

Wow. Muy florido, Grey.

Le tomo la mano.

—No te vayas, por favor… Ten un poco de fe en mí y un poco de paciencia. Por favor.

Y ahí está, en su dulce sonrisa: su compasión, su amor. Podría deleitarme en esa mirada todo el día. Todos los días. Pone las manos en mis rodillas, sorprendiéndome, y se inclina hacia mí para posar un beso en mis labios.

—De acuerdo, fe y paciencia. Eso puedo soportarlo —dice.

—Bien. Porque Franco ha llegado.

Se retira la melena por encima del hombro con un gesto rápido.

—¡Ya era hora!

Su risa de niña es contagiosa. Nos ponemos de pie los dos a la vez.

Tomados de la mano, vamos al piso de abajo y pienso que tal vez hayamos superado lo que fuera que la tenía enfadada.

Franco monta un revuelo lamentable al ver a mi chica. Los dejo solos en el cuarto de baño. No estoy seguro de que a Ana le gustase tenerme microgestionando su corte de pelo.

Al regresar a mi estudio siento tensión en los hombros. La siento por todas partes. Durante la mañana ha escapado a mi control y, aunque Ana dice que va a intentar tener fe y paciencia, tendré que ver si es capaz de mantener su palabra.

Sin embargo, nunca me ha dado motivo para dudar de ella.

Salvo cuando se marchó.

Y me hizo daño…

Contengo ese pensamiento oscuro y compruebo mis correos deprisa. Tengo uno de Flynn.

De: Dr. John Flynn
Fecha: 11 de junio de 2011 13:00
Para: Christian Grey
Asunto: Esta noche

Christian
¿Irás esta noche a la fiesta benéfica de tus padres?

JF

Contesto inmediatamente.

De: Christian Grey
Fecha: 11 de junio de 2011 13:15
Para: Dr. John Flynn
Asunto: Esta noche

Buenas tardes, John.

Sí que iré, y asistiré acompañado por la señorita Anastasia Steele.

Christian Grey
Presidente de Grey Enterprises Holdings, Inc.

Me pregunto qué le parecerá eso. Creo que es la primera vez que de verdad he seguido sus consejos... y estoy intentando llevar mi relación con Ana a la manera de ella.

De momento, es muy desconcertante.

Sacudo la cabeza y recupero las hojas de cálculo que había imprimido antes y un par de dossieres que debo leer sobre el negocio de los astilleros de Taiwan.

Estoy perdido en las cifras de SIP. Sus cuentas se están desangrando. Tienen unos gastos generales demasiado altos, sus pérdidas totales son astronómicas, sus costes de producción aumentan, y su personal...

Me distrae un movimiento que percibo con el rabillo del ojo.

Ana.

Está en la entrada del salón, con un pie torcido hacia dentro y pinta de sentirse abochornada y tímida. Me mira con angustia, y sé que busca mi aprobación.

Está sensacional. Tiene una melena brillante y salvaje.

—¡Ves! Te dije que le gustaría —comenta Franco, que la ha seguido al salón.

—Estás preciosa, Ana —digo, y mi cumplido le provoca un atractivo rubor en las mejillas.

—Mi trabajo aquí ya ha terminado —anuncia Franco, y aplaude.

Es hora de invitarlo a marcharse.

—Gracias, Franco —digo, e intento sacarlo de mi salón con un gesto.

Él se aferra a Ana y le besa las dos mejillas en una muestra de afecto bastante teatral.

—¡No vuelvas a dejar que nadie más te corte el pelo, *bellissima* Ana!

Lo fulmino con la mirada hasta que la suelta.

—Por aquí —indico para llevarlo a la salida.

—Señor Grey, esa chica es una joya.

Ya lo sé.

—Toma —le entrego trescientos dólares—. Muchas gracias por venir aunque hayamos avisado con tan poca antelación.

—Ha sido un placer. Un auténtico placer.

Me estrecha la mano con ímpetu y, justo en el momento oportuno, Taylor aparece para acompañarlo al vestíbulo.

Gracias a Dios.

Ana sigue de pie en el mismo sitio.

—Me alegro de que te lo hayas dejado largo —tomo un mechón de su pelo y lo acaricio con los dedos—. Qué suave —susurro. Ella me mira... nerviosa, creo—. ¿Sigues enojada conmigo? —pregunto.

Asiente con la cabeza.

Ay, Ana.

—¿Por qué estás enojada, concretamente?

Pone los ojos en blanco... y recuerdo un momento en su dormitorio de Vancouver en que cometió exactamente ese mismo error. Pero eso ocurrió hace una eternidad en la breve historia de nuestra relación, y estoy seguro de que ahora mismo no me dejaría azotarla. Aunque yo lo deseo. Sí. Lo deseo muchísimo.

—¿Quieres una lista? —dice.

—¿Tienes una lista?

Eso me ha hecho gracia.

—Una muy larga.

—¿Podemos hablarlo en la cama?

Sólo con pensar en azotarla se me ha despertado la entrepierna.

—No.

—Durante el almuerzo, pues. Tengo hambre, y no sólo de comida.

—No voy a dejar que me encandiles con tu destreza sexual.

¡Destreza sexual!

Anastasia, me halagas.

Y me gusta.

—¿Qué le molesta concretamente, señorita Steele? Suéltelo.

Me he perdido.

—¿Qué me molesta? —se mofa—. Bueno, tu flagrante invasión de mi vida privada, el hecho de que me llevaras a un sitio donde trabaja tu ex ama y donde solías llevar a todas tus amantes para que las depilaran, el que me cargaras a hombros en plena calle como si tuviera seis años... me siento como un niño de primaria —suelta de corrido toda la letanía de mis faltas—. Y, por encima de todo, ¡que dejaras que tu señora Robinson te tocara!

¡No me tocó! Mierda.

—Vaya. Pero te lo aclararé una vez más: ella no es mi señora Robinson.

—Ella puede tocarte —insiste, y su voz tiembla, cargada de dolor.

—Ella sabe dónde.

—¿Eso qué quiere decir?

—Tú y yo no tenemos ninguna norma. Yo nunca he tenido ninguna relación sin normas, y nunca sé dónde vas a tocarme. Eso me pone nervioso —Ana es impredecible y tiene que comprender que, cuando me toca, me desarma—. Tus caricias son completamente... Significan más... mucho más.

No puedes tocarme, Ana. Por favor, acéptalo.

Da un paso adelante al tiempo que levanta una mano.

No. La oscuridad oprime mis costillas. Retrocedo un paso.

—Límite infranqueable —susurro.

Ella disimula su decepción.

—¿Cómo te sentirías tú si no pudieras tocarme?

—Destrozado y necesitado.

Deja caer los hombros y sacude la cabeza, pero me ofrece una sonrisa de resignación.

—Algún día tendrás que contarme exactamente por qué esto es un límite infranqueable, por favor.

—Algún día —contesto, y ahuyento de mi recuerdo la imagen de un cigarrillo encendido.

—Veamos el resto de tu lista... Invadir tu privacidad. ¿Porque sé tu número de cuenta?

—Sí, es indignante.

—Yo investigo el historial y los datos de todas mis sumisas. Te lo enseñaré.

Me dirijo a mi estudio y ella me sigue. Mientras me pregunto si esto es buena idea, saco el dossier de Ana del archivador y se lo entrego. Ella mira incrédula su nombre escrito en pulcras letras de imprenta y me dirige una mirada mordaz.

—Puedes quedártelo —le digo.

—Bueno, vaya, gracias —contesta con sorna, y se pone a hojearlo y revisar su contenido.

—¿Así que sabías que trabajaba en Clayton's?

—Sí.

—No fue una coincidencia. No pasabas por allí...
Desembucha, Grey.

—No.

—Esto es muy jodido. ¿Sabes?

—Yo no lo veo así. Tengo que ser cuidadoso con lo que hago.

—Pero esto es privado.

—No hago un uso indebido de la información. Esto es algo que puede conseguir cualquiera que esté medianamente interesado, Anastasia. Yo necesito información para tener el control. Siempre he actuado así.

—Sí haces un uso indebido de la información. Ingresaste en mi cuenta veinticuatro mil dólares que yo no quería.

—Ya te lo dije. Es lo que Taylor consiguió por tu coche. Increíble, ya lo sé, pero así es.

—Pero el Audi...

—Anastasia, ¿tienes idea del dinero que gano?

—¿Por qué debería saberlo? No tengo por qué saber las cifras de tu cuenta bancaria, Christian.

—Lo sé. Ésa es una de las cosas que adoro de ti. Anastasia, yo gano unos cien mil dólares por hora.

Sus labios forman una o.

Y por una vez permanece en silencio.

—Veinticuatro mil dólares no es nada. El coche, los libros de Tess, la ropa, no son nada.

—Si fueras yo, ¿cómo te sentirías si te obsequiaran con toda esta… generosidad? —pregunta.

Eso es irrelevante. Estamos hablando de ella, no de mí.

—No sé.

Me encojo de hombros porque me parece una pregunta más bien ridícula.

Ella suspira como si tuviera que explicarle una ecuación compleja a un niño tonto.

—Pues no es agradable. Quiero decir… que eres muy generoso, pero me incomoda. Ya te lo he dicho muchas veces.

—Yo quiero darte el mundo entero, Anastasia.

—Yo sólo te quiero a ti, Christian. Lo demás me sobra.

—Es parte del trato. Parte de lo que soy.

De quién soy.

Sacude la cabeza, parece que la he vencido.

—¿Comemos? —propone, cambiando de tema.

—Claro.

—Cocino yo.

—Bien. Si no, hay comida en el refrigerador.

—¿La señora Jones sale los fines de semana?

Asiento con la cabeza.

—Entonces, ¿la mayoría de los fines de semana comes platos fríos?

—No.

—¿Ah, no?

Respiro hondo, preguntándome cómo se tomará Ana la información que estoy a punto de proporcionarle.

—Mis sumisas cocinan, Anastasia.

Unas bien, otras no tanto.

—Ah, claro —fuerza una sonrisa—. ¿Qué le gustaría comer al señor?

—Lo que la señora encuentre —replico, consciente de que no captará mi indirecta.

Asiente y sale de mi estudio después de dejar su dossier. Al guardarlo de nuevo en el archivador, veo de refilón el dossier de Susannah. Era una pésima cocinera, incluso peor que yo. Pero lo intentaba… y nos divertíamos bastante con ello.

—¿Se te ha quemado?

—Sí. Lo siento, Señor.

—Bueno, ¿y qué vamos a hacer contigo?

—Lo que el Amo desee.

—¿Lo has quemado a propósito?

Su rubor y el temblor que se apodera de sus labios al contener una sonrisa son suficiente respuesta.

Aquélla fue una época placentera y más sencilla. Mis relaciones anteriores estaban gobernadas por un conjunto de normas que siempre se cumplían y, en caso contrario, había consecuencias. Yo tenía paz. Y sabía lo que se esperaba de mí. Eran relaciones íntimas, pero ninguna de mis anteriores sumisas conseguía que me estremeciera como lo hace Ana, aunque sea una chica difícil.

Tal vez sea por eso, porque es muy difícil.

Recuerdo la negociación de nuestro contrato. Ya resultó difícil entonces.

Sí. Y mira cómo acabó eso, Grey.

Me tiene pendiendo de un hilo desde que la conocí. ¿Por eso me gusta tanto? ¿Durante cuánto tiempo me sentiré así? Sin duda mientras ella siga aquí conmigo. Porque, muy en el fondo, sé que al final acabará abandonándome.

Todas lo hacen.

Empieza a sonar música a todo volumen en el salón. «Crazy in Love», de Beyoncé. ¿Ana me está enviando un mensaje?

Me detengo en el pasillo que lleva a mi estudio y a la sala de la televisión, y la observo mientras cocina. Está batiendo unos huevos, pero de repente para y, por lo que puedo ver, sonríe como una boba.

Me acerco sigilosamente por detrás y la sobresalto al deslizar mis brazos alrededor de su cintura.

—Interesante elección musical —le canturreo al oído, y le poso un beso detrás de la oreja—. Qué bien huele tu pelo.

Se menea para zafarse de mi abrazo.

—Sigo enojada.

—¿Cuánto más va a durar esto? —pregunto, y me paso los dedos por el pelo con frustración.

—Por lo menos hasta que comamos —lo dice en un tono altivo pero juguetón.

Bien.

Alcanzo el control remoto y apago la música.

—¿Pusiste tú eso en tu iPod? —quiere saber.

Niego con la cabeza. No quiero decirle que fue Leila, porque quizá eso haga que se enfade otra vez.

—¿No crees que en aquel momento intentaba decirte algo? —añade, porque ha acertado al pensar que, en efecto, fue Leila.

—Bueno, visto a *posteriori*, probablemente —respondo.

¿Por qué no lo he visto venir?

Ana pregunta por qué sigue aún en mi iPod, y yo me ofrezco a borrarla.

—¿Qué te gustaría oír?

—Sorpréndeme —contesta.

Me lo tomo como un reto.

Muy bien señorita Steele. Sus deseos son órdenes. Repaso la lista de archivos del iPod y descarto muchas canciones. Sopeso si poner «Please Forgive Me», de David Gray, pero me parece demasiado evidente y, francamente, demasiado servil.

Ya sé. ¿Cómo lo ha llamado antes? ¿«Destreza sexual»? Sí.

Ve por ahí. Sedúcela, Grey.

Ya me he cansado de su mal humor. Encuentro la canción que quiero y le doy play. Perfecto. La orquesta toma impulso y la música llena la sala con una intro elegante y sensual, y luego Nina

Simone empieza a cantar «I Put a Spell on You». Te he lanzado un hechizo…

Ana se da la vuelta, armada con la batidora, y yo atrapo su mirada y se la sostengo mientras me muevo hacia ella.

«You're mine», canta Nina.

Eres mía.

—Christian, por favor —murmura Ana cuando llego hasta ella.

—Por favor ¿qué?

—No hagas eso.

—¿Hacer qué?

—Esto.

Está sin aliento.

—¿Estás segura?

Le quito la batidora de la mano antes de que decida usarlo como arma en mi contra.

Ana. Ana. Ana.

Estoy lo bastante cerca para olerla. Cierro los ojos e inhalo con fuerza. Cuando los abro, el revelador rubor del deseo le tiñe las mejillas.

Y aquí está de nuevo, entre ambos.

Ese tirón que ya conozco.

La intensa atracción que nos une.

—Te deseo, Anastasia —susurro—. Lo adoro y lo odio, y adoro discutir contigo. Esto es muy nuevo para mí. Necesito saber que estamos bien. Sólo sé hacerlo de esta forma.

Ella cierra los ojos.

—Mis sentimientos por ti no han cambiado —dice en voz baja y tranquilizadora.

Pues demuéstramelo.

Parpadea con sus largas pestañas y sus ojos revolotean hacia la piel desnuda que se ve por encima de mi camisa. Se muerde el labio. Yo contengo un gemido mientras el calor que irradia desde su cuerpo nos calienta a ambos.

—No voy a tocarte hasta que me digas que sí, que lo haga. —Mi voz suena densa, hambrienta—. Pero ahora mismo, después de una mañana realmente espantosa, quiero hundirme en ti y olvidarme de todo excepto de nosotros.

Su mirada encuentra la mía.

—Voy a tocarte la cara —anuncia, y eso me toma por sorpresa.

Muy bien. No hago caso del escalofrío que me recorre la columna vertebral. Ana me acaricia la mejilla con la mano y yo cierro los ojos para disfrutar del tacto de sus dedos, que juguetean con la barba que empieza crecerme.

Oh, nena.

No tienes nada que temer, Grey.

Llevo instintivamente la cara hacia su mano, para sentirla, para deleitarme en ella. Me inclino y dejo los labios muy cerca de los de Ana, que alza el rostro hacia mi boca.

—¿Sí o no, Anastasia?

—Sí —la palabra no es más que un suspiro audible.

Y entonces poso mi boca sobre la suya, mis labios rozan los suyos y la incitan. La saborean. La provocan hasta que se abre para mí. La abrazo, le pongo una mano en el trasero y lo jalo hacia mi erección mientras con la otra mano le recorro la espalda hacia arriba, hasta llegar a su suave melena, y entonces tiro de ella con suavidad. Ana gime cuando su lengua encuentra la mía.

—Señor Grey.

Nos han interrumpido.

Por Dios.

Suelto a Ana.

—Taylor —digo con los dientes apretados al ver que está de pie en el umbral del salón.

Tiene aspecto de sentirse debidamente avergonzado pero también decidido.

Qué… carajos… pasa.

Tenemos el acuerdo tácito de que él desaparece cuando no estoy solo en el departamento. Lo que sea que tiene que decirme debe de ser importante.

—En mi estudio —le indico, y Taylor cruza la estancia a paso rápido—. Lo dejaremos para otro momento —le susurro a Ana, y sigo a mi empleado.

—Siento la interrupción, señor —dice Taylor cuando estamos en mi despacho.

—Será mejor que tengas un buen motivo.

—Bueno, ha llamado su madre.

—Por favor, no me digas que el motivo es ése.

—No, señor. Pero debería devolverle la llamada, y cuanto antes mejor. Es sobre esta noche.

—Está bien. ¿Qué más?

—El equipo de seguridad ya está aquí y, sabiendo lo que piensa usted de las armas, he creído oportuno informarle que van armados.

—¿Qué?

—Tanto el señor Welch como yo pensamos que es una buena medida preventiva.

—Detesto las armas de fuego. Espero que no tengan que usarlas —sueno molesto, y lo estoy, me estaba tirando a Anastasia Steele.

¿Cuándo me habían interrumpido mientras me estaba tirando a alguien?

Jamás.

De repente esa idea me resulta divertida.

Estoy viviendo la adolescencia que nunca tuve.

Taylor se relaja, y sé que es porque mi estado de ánimo ha cambiado.

—¿Sabías que Andrea se casa hoy? —le pregunto, porque es algo que me ha estado rondando la cabeza desde esta mañana.

—Sí —contesta con expresión de desconcierto.

—No me lo había dicho.

—Seguramente sólo ha sido un descuido, señor.

Ahora sé que está siendo paternalista conmigo. Levanto una ceja.

—La boda es en el Edgewater —dice enseguida.

—¿Se hospeda allí?

—Eso creo.

—¿Podrías averiguar con discreción si la feliz pareja tiene una habitación en el hotel y encargarte de que los trasladen a la mejor suite que esté disponible? Y págalo todo.

Taylor sonríe.

—Desde luego, señor.

—¿Quién es el afortunado?

—Eso no lo sé, señor Grey.

Me pregunto por qué se ha mostrado Andrea tan misteriosa con su boda, pero aparto ese pensamiento a un lado en cuanto el aroma de algo delicioso llega hasta el estudio y mi estómago ruge de impaciencia.

—Será mejor que regrese con Anastasia.

—Sí, señor.

—¿Eso era todo?

—Sí.

—Estupendo. —Los dos salimos de mi estudio—. Les informaré en diez minutos —le digo a Taylor cuando volvemos a estar en el salón.

Ana está inclinada sobre la estufa, sirviendo un par de platos.

—Estaremos listos —me confirma Taylor, y se retira para dejarme a solas con Anastasia.

—¿Comemos? —propone ella.

—Por favor.

Me siento en uno de los taburetes, frente a donde ella ha dispuesto nuestros lugares para la comida.

—¿Problemas? —quiere saber, curiosa como siempre.

Todavía tengo que hablarle de la seguridad adicional.

—No.

No me presiona más para obtener una respuesta, sino que sigue emplatando la tortilla española y la ensalada que ha hecho para comer. Me impresiona verla tan desenvuelta y tan a gusto en mi cocina. Se sienta a mi lado mientras doy un bocado y la comida se derrite en mi boca.

Mmm. Está deliciosa.

—Está muy buena. ¿Se te antoja una copa de vino?

—No, gracias —contesta, y empieza a comer con cautela.

Al menos está comiendo algo.

Renuncio al vino, porque sé que esta noche sí beberé. Lo cual me recuerda que tengo que llamar a mi madre. Me pregunto qué querrá. No sabe que había roto con Ana… ni que ahora volvemos a estar juntos. Debería comunicarle que Ana irá al baile de esta noche.

Pongo un poco de música relajante con el control remoto.

—¿Qué es? —pregunta Ana.

—Canteloube, *Canciones de la Auvernia*. Ésta se llama «Bailero».

—Es preciosa. ¿Qué idioma es?

—Francés antiguo; occitano, de hecho.

—Tú hablas francés. ¿Entiendes lo que dice?

—Algunas palabras, sí. Mi madre tenía un mantra: «Un instrumento musical, un idioma extranjero, un arte marcial». Elliot habla español; Mia y yo, francés, Elliot toca la guitarra, yo, el piano, y Mia, el violonchelo.

—Wow. ¿Y las artes marciales?

—Elliot hace judo. Mia se plantó a los doce años y se negó.

Ana sabe que yo hago kickboxing.

—Ojalá mi madre hubiera sido tan organizada.

—La doctora Grace es formidable en lo que se refiere a los logros de sus hijos.

—Debe de estar muy orgullosa de ti. Yo lo estaría —dice con calidez.

Oh, nena, no podrías estar más equivocada. Nada es tan sencillo.

Yo he supuesto una gran decepción para los míos: expulsiones de colegios, la universidad sin acabar, ninguna relación de la que ellos tuvieran constancia… Si Grace llegara a enterarse de la verdad acerca de mi estilo de vida…

Si tú, Ana, llegaras a saber la verdad…

No vayas por ahí, Grey.

—¿Has decidido qué te pondrás esta noche? ¿O tendré que escoger por ti?

—Eh… aún no. ¿Tú escogiste toda esa ropa?

—No, Anastasia, no. Le di una lista y tu talla a una asesora personal de compras de Neiman Marcus. Debería quedarte bien. Para tu información, he contratado seguridad adicional para esta noche y los próximos días. Leila anda deambulando por las calles de Seattle y es impredecible, así que lo más sensato es ser precavido. No quiero que salgas sola. ¿De acuerdo?

Parece atónita, pero accede, y me sorprende que acepte sin discutirlo.

—Bien. Voy a informarles. No tardaré mucho.

—¿Están aquí?

—Sí.

Parece desconcertada, pero no ha puesto peros a la seguridad adicional, así que, ahora que voy ganando, recojo mi plato vacío, lo llevo al fregadero y dejo a Ana tranquila para que acabe de comer.

El equipo de seguridad está reunido en el despacho de Taylor, todos se han sentado alrededor de su mesa redonda. Después de las presentaciones, me siento con ellos y repasamos el acontecimiento de esta noche.

Una vez terminada la sesión informativa, regreso a mi estudio para llamar a mi madre.

—Cariño, ¿cómo estás? —contesta entusiasmada al teléfono.

—Estoy bien, Grace.

—¿Vas a venir esta noche?

—Por supuesto. Y Anastasia también irá.

—¿Ah, sí? —parece sorprendida, pero se recupera enseguida—. Es maravilloso, cielo. Le haré sitio en nuestra mesa —se escucha eufórica.

Sólo puedo imaginar lo encantada que está.

—Nos vemos esta noche, mamá.

—Estoy deseando verlos, Christian. Adiós.

Tengo un correo de Flynn.

De: Dr. John Flynn
Fecha: 11 de junio de 2011 14:25
Para: Christian Grey
Asunto: Esta noche

Estoy impaciente por conocer a Anastasia.

JF

Seguro que sí, John.

Por lo visto todo el mundo está emocionado con el hecho de que lleve acompañante esta noche.

Todo el mundo, yo incluido.

Ana está en la cama de la habitación de las sumisas, tumbada de través, absorta en la pantalla del Mac. Está muy concentrada leyendo algo en internet.

—¿Qué estás haciendo? —pregunto.

Se sobresalta y, por algún motivo, parece sentirse culpable. Me echo junto a ella y veo que está en una página web que lleva por título «Trastorno de personalidad múltiple: los síntomas».

Es cierto que tengo muchos problemas, pero por suerte la esquizofrenia no es uno de ellos. No consigo ocultar la gracia que me hace su investigación psicológica amateur.

—¿Visitas esta página por algún motivo?

—Investigo. Sobre una personalidad difícil.

—¿Una personalidad difícil?

—Mi proyecto favorito.

—¿Ahora soy un proyecto? Una actividad suplementaria. Un experimento científico, quizá. Y yo que creía que lo era todo. Señorita Steele, está hiriendo mis sentimientos.

—¿Cómo sabes que me refiero a ti?

—Mera suposición —digo para incordiarla.

—Es verdad que tú eres el único maldito y volátil controlador obsesivo que conozco íntimamente.

—Creía que era la única persona que conocías íntimamente.

—Sí, eso también —replica, y el rubor de la vergüenza tiñe sus mejillas de un rosa muy favorecedor.

—¿Has llegado ya a alguna conclusión?

Se vuelve para escrutarme con la mirada, pero su expresión es cálida.

—Creo que necesitas terapia intensiva.

Le recojo un mechón de pelo tras la oreja, satisfecho de que se lo haya dejado largo y, así, poder seguir haciendo esto.

—Yo creo que te necesito a ti —le rebato—. Toma.

Le doy el lápiz labial.

—¿Quieres que me ponga esto?

Se me escapa la risa.

—No, Anastasia, si no quieres, no. No creo que te vaya este color.

El rojo escarlata es el color de Elena. Aunque eso no se lo digo a Ana. Entraría en combustión. Y no en el buen sentido.

Me siento en la cama, cruzo las piernas y me quito la camisa por encima de la cabeza. Puede que esto resulte una idea brillante… o una ocurrencia muy estúpida. Ya veremos.

—Me gusta tu idea de un mapa de ruta.

Me mira confundida.

—De zonas restringidas —añado.

—Oh. Lo dije en broma —explica.

—Yo lo digo en serio.

—¿Quieres que te las dibuje con labial?

Está apabullada.

—Luego se limpia. Al final.

Sopesa mi proposición y veo una sonrisa que tira de sus labios.

—¿Y con algo más permanente, como un rotulador?

—Podría hacerme un tatuaje.

—¡Nada de tatuajes! —lo dice riendo, pero tiene los ojos abiertos horrorizada.

—Labial, pues —contesto.

Su risa es contagiosa, la miro con una gran sonrisa.

Cierra el Mac y yo levanto las manos.

—Ven. Siéntate encima de mí.

Se despoja de los zapatos y luego se acerca gateando hasta mí. Yo me tumbo de espaldas y dejo las rodillas dobladas.

—Apóyate en mis piernas.

Se sienta a horcajadas sobre mí, emocionada con este nuevo reto.

—Pareces… entusiasmada con esto —comento con ironía.

—Siempre me encanta obtener información, señor Grey, y más si eso significa que podrá relajarse porque yo ya sabré dónde están los límites.

Sacudo la cabeza. Espero que esto sea buena idea.

—Destapa el labial —indico.

Por una vez, obedece a lo que le mandan.

—Dame la mano.

Me tiende la mano libre.

—La del labial.

—¿Vas a ponerme esa cara? —me reprende.

—Sí.

—Es muy maleducado, señor Grey. Yo sé de alguien que se pone muy violento cuando le hacen eso.

—¿Ah, sí? —Mi tono es sardónico.

Posa la mano del labial en la mía, y yo me incorporo de repente y la sorprendo. Ahora estamos frente a frente.

—¿Preparada? —susurro intentando mantener a raya mi nerviosismo, aunque el pánico ya empieza a extenderse.

—Sí —responde, y la palabra es tan suave como una brisa de verano.

Consciente de que estoy a punto de sobrepasar mis límites, la oscuridad se cierne en círculos sobre mí, igual que un buitre esperando para devorarme. Le tomo la mano, la llevo hasta la parte superior de mi hombro, y el miedo me oprime las costillas de tal modo que expulsa todo el aire de mis pulmones.

—Aprieta —pronunciar esa palabra me cuesta horrores.

Ella obedece, y guío su mano en torno al hueco de mi brazo y la hago bajar por un costado del torso. La oscuridad trepa por mi garganta y amenaza con asfixiarme. La expresión divertida de Ana ha desaparecido y ha quedado sustituida por una concentración solemne y decidida. La miro fijamente a los ojos y leo todos sus pensamientos y sus emociones, con sus respectivos matices, en las profundidades de sus iris, cada uno de ellos una boya salvavidas que impide que me hunda, que me mantiene a salvo de la oscuridad.

Ella es mi salvación.

Me detengo en la base de las costillas, deslizo su mano hacia el otro lado de mi abdomen y el labial va dejando una estela roja a medida que ella pinta mi cuerpo. Estoy jadeando, intento ocultar mi miedo a toda costa. Hasta el último de mis músculos se tensa y se yergue a medida que el rojo hiende mi piel. Me inclino hacia atrás y me sostengo sobre los brazos doblados y tirantes mientras lucho contra mis demonios y me rindo a la suave ilustración de Ana. Ya está a medio camino cuando la suelto y le entrego el control total.

—Sube por el otro lado —susurro.

Ana pinta mi costado derecho de abajo arriba con esa misma concentración inquebrantable. No puede tener los ojos más abiertos. Angustiados. Pero cuentan con toda mi atención. Cuando alcanza lo alto de mi hombro, se detiene.

—Bueno, ya está —susurra apenas, con la voz ronca a causa de la emoción contenida.

Levanta la mano para apartarla de mi cuerpo, lo cual me concede un breve respiro.

—No, no está.

Dibujo con el dedo una línea alrededor de la base de mi cuello, por encima de mi clavícula. Ana respira hondo y sigue esa misma línea con el lápiz labial. Al terminar, sus ojos azules se encuentran con los míos grises.

—Ahora la espalda —ordeno, y me muevo para que baje de encima de mí. Me doy la vuelta y, con la espalda hacia ella, cruzo las piernas—. Sigue la línea desde mi pecho, y da toda la vuelta hasta el otro lado —mi voz suena áspera y me resulta extraña, como si hubiese abandonado mi cuerpo por completo para observar a esa joven preciosa que está domando a un monstruo.

No. No.

Mantente en el presente, Grey.

Vive esto.

Siéntelo.

Conquístalo.

Estoy a merced de Ana.

La mujer que amo.

La punta del lápiz labial cruza mi espalda mientras yo aguardo encorvado y aprieto los ojos con fuerza para soportar el dolor. Y entonces desaparece.

—¿Alrededor del cuello también? —su voz es lastimera, está llena de consuelo.

Mi boya salvavidas.

Asiento y el dolor regresa, perforándome la piel por debajo de la nuca.

Y de pronto, de una forma igual de repentina, vuelve a desvanecerse.

—Ya está —anuncia.

Quiero gritar de alivio desde el helipuerto del Escala. Vuelvo la cara hacia ella, que me observa. Y sé que me haré añicos como un trozo de cristal si veo una pizca de lástima en su rostro... pero no la hay. Ella espera. Paciente. Afable. Controlada. Compasiva.

Mi Ana.

—Éstos son los límites —murmuro.

—Me parece muy bien. Ahora mismo quiero lanzarme en tus brazos —dice con un brillo en la mirada.

¡Por fin!

Mi alivio se convierte en una sonrisa maliciosa, y alzo las manos a modo de invitación.

—Bien, señorita Steele, soy todo tuyo.

Ella grita de alegría y se lanza hacia mí.

¡Wow!

Me hace perder el equilibrio, pero me recupero y me retuerzo para hacer que ella aterrice en la cama, debajo de mí, agarrada a mis bíceps.

—Y ahora lo que habíamos dejado para otro momento...

La beso con violencia. Sus dedos se enredan en mi pelo y tiran mientras yo la devoro. Gime, su lengua se entrelaza con la mía y nuestro beso adquiere un desenfreno temerario y salvaje. Ella expulsa la oscuridad y yo me embebo de su luz. La adrenalina enciende mi pasión y ella me sigue el ritmo, beso a beso. Quiero verla desnuda. La recorro con las manos, tiro de su camiseta para sacársela por la cabeza y la lanzo al suelo.

—Quiero sentirte.

Mis palabras suenan febriles contra sus labios mientras le desabrocho el sostén y lo tiro por ahí.

La recuesto en la cama sobre la espalda y le beso los pechos; mis labios juegan con un pezón mientras mis dedos provocan el otro. Ella grita cuando succiono y tiro con fuerza.

—Sí, nena, déjame oírte —musito contra su piel.

Ella se remueve debajo de mí mientras yo continúo con mi veneración sensual de sus pechos. Sus pezones responden a mis caricias, se yerguen y se ponen duros a medida que Ana se retuerce a un ritmo que impone su pasión.

Es una diosa.

Mi diosa.

Le desabrocho el botón de los jeans y ella enreda las manos en mi pelo. Le bajo el cierre en un instante y deslizo una mano dentro de sus bragas. Mis dedos resbalan con facilidad hacia su meta.

Mierda.

Lanza la pelvis hacia arriba para encontrar la palma de mi mano y yo la aprieto contra su clítoris mientras ella maúlla debajo de mí. Está húmeda y dispuesta.

—Oh, nena —susurro. Me levanto un poco y me cierno sobre ella para ver su expresión salvaje—. Estás tan húmeda...

—Te deseo —gimotea.

Vuelvo a besarla mientras mi mano se mueve encima y dentro de ella. Me siento ávido, quiero poseer todo su cuerpo. La necesito por entero.

Es mía.

Mía.

Me siento, sujeto la parte baja de sus jeans y, con un tirón rápido, se los quito. Engancho los dedos en sus bragas y se las bajo también. Me pongo de pie y saco del bolsillo un paquetito plateado que le lanzo. Me alivia poder quitarme los pantalones y los calzoncillos.

Ana rasga el envoltorio y me mira hambrienta cuando me tumbo a su lado. Me coloca el condón muy despacio y yo le tomo la mano y me tiro de espaldas.

—Tú encima —le apremio, y ella se sienta a horcajadas sobre mí—. Quiero verte.

La guío, despacio, para que se deslice sobre mi miembro.

Mierda. Es... una... delicia.

Cierro los ojos y flexiono las caderas mientras ella me toma, y exhalo un gemido largo y fuerte.

—Me gusta mucho sentirte.

Aprieto los dedos alrededor de los suyos. No quiero soltarla.

Mientras ella sube y baja, todo su cuerpo se abraza al mío. Sus pechos rebotan con cada movimiento. Le suelto las manos, seguro de que respetará el mapa de ruta, y me agarro a sus caderas. Ana coloca las manos en mis brazos mientras yo levanto la pelvis y me hundo en ella.

Grita.

—Eso es, nena, siénteme —murmuro.

Ana echa la cabeza hacia atrás y encuentra el contrapunto perfecto.

Arriba. Abajo. Arriba. Abajo. Arriba. Abajo.

Me pierdo en nuestro ritmo compartido y me deleito en cada precioso centímetro de ella. No deja de jadear y de gemir. Y yo contemplo cómo me toma, más y más. Con los ojos cerrados. La cabeza echada hacia atrás en pleno éxtasis. Es magnífica. Abre los ojos.

—Mi Ana —mis labios sólo forman las palabras.

—Sí. Siempre —jadea.

Y sus palabras apelan a mi alma y me empujan al vacío. Cierro los ojos y me rindo a ella una vez más.

Ana grita al alcanzar su liberación y tira de mí para llevarme a la mía mientras cae sobre mi cuerpo.

—Oh, nena —digo en un gruñido.

Estoy exhausto.

Su cabeza descansa sobre mi pecho, pero no me importa. Ha sometido a la oscuridad. Le paso la mano por el pelo y acaricio su espalda con dedos cansados mientras ambos recuperamos el aliento.

—Eres preciosa —murmuro, y sólo entonces Ana levanta la cabeza y me doy cuenta de que he dicho esas palabras en voz alta.

Me mira con escepticismo.

¿Cuándo aprenderá a aceptar un cumplido?

Me incorporo tan deprisa que la sorprendo con la guardia baja, pero la retengo en su sitio y volvemos a quedar frente a frente.

—Eres… preciosa —enfatizo cada una de las palabras.

—Y tú a veces eres extraordinariamente dulce.

Se inclina hacia delante y me da un beso casto.

Yo la levanto y ella se estremece cuando me retiro de su interior. La beso con suavidad.

—No tienes ni idea de lo atractiva que eres, ¿verdad?

Parece desconcertada.

—Todos esos hombres que van detrás de ti… ¿eso no te dice nada?

—¿Hombres? ¿Cuáles hombres?

—¿Quieres la lista? El fotógrafo está loco por ti; el tipo de la ferretería; el hermano mayor de tu compañera de piso. Tu jefe.

Ese cabrón que es tan poco de fiar.

—Oh, Christian, eso no es verdad.

—Créeme. Te desean. Quieren lo que es mío.

La aferro con más fuerza y ella descansa los antebrazos en mis hombros y hunde las manos en mi pelo. Me observa con una especie de tolerancia divertida.

—Mía —insisto.

—Sí, tuya.

Me ofrece una sonrisa indulgente.

—La línea sigue intacta —dice entonces, y pasa el dedo índice por la marca de labial de mi hombro.

Yo me tenso, alarmado.

—Quiero explorar —susurra.

—¿El departamento?

—No —menea la cabeza—. Estaba pensando en el mapa del tesoro que dibujé en tu cuerpo.

¿Qué?

Frota la nariz contra la mía y me distrae.

—¿Y qué significa eso exactamente, señorita Steele?

Levanta la mano y me hace cosquillas al pasarme la punta de los dedos por la barba incipiente.

—Sólo quiero tocarte allí donde pueda.

Su dedo índice me roza los labios y yo lo atrapo con los dientes.

—Ay —grita un poco cuando muerdo.

Sonrío y suelto un gruñido.

O sea que quiere tocarme. Le he señalado mis límites.

Pruébalo a su manera, Grey.

—De acuerdo —accedo, sin embargo mi voz suena insegura—. Espera.

La levanto, me quito el preservativo y lo tiro junto a la cama.

—Odio estos chismes. Estoy pensando en llamar a la doctora Greene para que te ponga una inyección.

—¿Tú crees que la mejor ginecóloga de Seattle va a venir corriendo?

—Puedo ser muy persuasivo.

Le recojo un mechón detrás de la oreja. Tiene unas orejas preciosas, pequeñas y como de duende.

—Franco te ha cortado muy bien el pelo. Me encanta este escalado.

—Deja de cambiar de tema —me advierte.

La levanto para colocarla otra vez a horcajadas sobre mí. La observo con atención y me reclino sobre los almohadones,

mientras ella apoya la espalda contra mis piernas flexiona-
das.

—Toca lo que quieras —musito.

Sus ojos no se apartan ni un segundo de los míos, y posa la
mano sobre mi vientre, por debajo de la línea de carmín. Yo me
tenso mientras su dedo explora los valles que forman mis abdo-
minales. Me estremezco y ella aparta la mano.

—No es necesario —dice.

—No, está bien. Es que tengo que… adaptarme. Hace mucho tiempo que no me acaricia nadie.

—¿La señora Robinson?

Mierda. ¿Por qué la he mencionado?

Asiento con precaución.

—No quiero hablar de ella. Nos amargaría el día.

—Yo no tengo ningún problema.

—Sí lo tienes, Ana. Te sulfuras cada vez que la menciono. Mi
pasado es mi pasado. Es así. No puedo cambiarlo. Tengo suerte
de que tú no tengas un pasado, si no fuera así me volvería loco.

—¿Te volverías loco? ¿Más que ahora?

—Loco por ti —declaro.

Sonríe con una sonrisa enorme y auténtica.

—¿Debo telefonear al doctor Flynn? —pregunta.

—No creo que haga falta.

Se remueve encima de mí y estiro las piernas. Sin apartar sus
ojos de los míos, posa los dedos en mi vientre.

Me tenso.

—Me gusta tocarte —dice, y su mano se desliza hacia abajo en
dirección a mi ombligo para jugar con el vello que hay alrededor.

Sus dedos siguen su exploración hacia más abajo.

Wow.

Mi miembro se estremece con agrado.

—¿Otra vez? —pregunta con una sonrisa carnal.

Oh, Anastasia, mujer insaciable.

—Oh, sí, señorita Steele, otra vez.

Me siento y le tomo la cabeza entre las manos para besarla,
larga y profundamente.

—¿No estás demasiado dolorida? —susurro contra sus labios.

—No.

—Me encanta tu resistencia, Ana.

Está dormida a mi lado. Saciada, espero. Después de todas las discusiones y las recriminaciones de hoy, por fin me siento más tranquilo.

Tal vez sí pueda tener una relación vainilla.

Bajo la vista hacia Ana. Tiene los labios entreabiertos y sus pestañas proyectan pequeñas sombras sobre sus pálidas mejillas. Se la ve serena y preciosa, y podría pasarme la eternidad entera mirando cómo duerme.

Aun así, a veces puede ser una mujer muy difícil, carajo.

¿Quién lo habría dicho?

Y lo irónico es… que creo que me gusta.

Hace que me cuestione a mí mismo.

Hace que me cuestione todo.

Hace que me sienta vivo.

De nuevo en el salón, recojo todos los documentos del sofá y me voy al estudio. He dejado a Anastasia dormida. Debe de estar agotada después de lo de anoche, y hoy tenemos una larga velada por delante, en el baile.

Enciendo la computadora de mi escritorio. Una de las muchas virtudes de Andrea es que mantiene mis contactos actualizados y sincronizados en todos mis dispositivos. Busco a la doctora Greene y, efectivamente, tengo su correo electrónico. Estoy más que harto de los condones. Me gustaría que viera a Ana lo antes posible. Le envío un correo, pero supongo que no sabré nada de ella hasta el lunes. No olvidemos que es fin de semana.

Le envío un par de e-mails a Ros y hago algunas anotaciones sobre los informes que he leído antes. Al abrir un cajón para guardar mi pluma, veo de reojo la cajita roja con los aretes que le compré a Ana para esa gala a la que nunca asistimos.

Porque me dejó.

Saco la caja y contemplo una vez más esos aretes. Son perfectos para ella. Elegantes. Sencillos. Deslumbrantes. Me pregunto si hoy me los aceptará. Después de la pelea por el Audi y los veinticuatro mil dólares, me parece poco probable. Aun así, me gustaría dárselos. Guardo la cajita en un bolsillo y consulto el reloj. Es hora de despertarla, estoy convencido de que necesitará un buen rato para prepararse para esta noche.

Está hecha una bola en mitad de la cama, se la ve pequeña y sola. Sigue en la habitación de las sumisas. Me pregunto qué hace aquí arriba. No es mi sumisa. Debería estar durmiendo en mi cama, en el piso de abajo.

—Eh, dormilona.

Le beso la sien.

—Mmm —gruñe, y sus párpados se abren por fin.

—Hora de levantarse —susurro, y le doy un beso raudo en los labios.

—Señor Grey —sus dedos acarician mi barba—. Lo he echado de menos.

—Estabas dormida.

¿Cómo puede haberme echado de menos?

—Lo he echado de menos en mis sueños.

Su sencilla afirmación somnolienta me desmonta. Es tan impredecible, tan cautivadora. Sonrío al sentir una calidez inesperada que recorre todo mi cuerpo. Empieza a ser habitual, pero no quiero ponerle un nombre a este sentimiento. Es demasiado nuevo. Da demasiado miedo.

—Arriba —ordeno y, antes de sentirme tentado a unirme a ella, la dejo para que se prepare.

Después de una ducha rápida, me afeito. Casi siempre intento evitar el contacto visual con el tipo del espejo, pero hoy parece más feliz, aunque está bastante ridículo con esa línea de lápiz labial rojo corrido alrededor del cuello.

Mis pensamientos se centran en la noche que tenemos por delante. Detesto este tipo de acontecimientos y me resultan mortalmente aburridos, pero hoy iré acompañado. Otra primera vez con Ana. Espero que, al verme llevándola del brazo, consiga ahuyentar a las manadas de amigas de Mia que intentan por todos los medios hacerse notar. Nunca se han enterado de que no me interesan y punto.

Me pregunto qué le parecerá a Ana; tal vez también crea que es un aburrimiento. Espero que no. Quizá debería animar yo mismo la velada.

Mientras termino de afeitarme, se me ocurre una idea.

Unos minutos después, con los pantalones del traje y la camisa puestos, subo al piso de arriba y me detengo ante la puerta del cuarto de juegos.

¿Es buena idea?

Ana siempre puede decir que no.

Abro la puerta con la llave y entro.

No había estado en mi cuarto de juegos desde que ella me abandonó. Hay silencio y la luz ambiental se refleja en las paredes rojas, lo cual le confiere al lugar cierta ilusión de calidez. Sin embargo, este cuarto ya no es mi santuario. No lo ha sido desde que ella me dejó solo y a oscuras. Contiene el recuerdo de su rostro arrasado en lágrimas, su ira y sus amargas palabras. Cierro los ojos.

«Tienes que solucionar tus mierdas, Grey.»

Eso intento, Ana. Eso intento.

«Eres un maldito hijo de puta.»

Mierda.

Si ella supiera… Me dejaría. Otra vez.

Aparto ese desagradable pensamiento y saco lo que necesito de la cómoda.

¿Se apuntará a esto?

«A mí me gusta tu perversión sexual.» Sus palabras susurradas la noche de nuestra reconciliación me ofrecen cierto consuelo. Con la confesión de Ana en la cabeza, me vuelvo para salir. Por primera vez en la vida no quiero quedarme aquí dentro.

Al cerrar la puerta con llave me pregunto cuándo volveremos a visitar esta habitación, o si volveremos a hacerlo. Sé que yo no estoy preparado aún. Cómo se sentirá Ana en cuanto a —¿cómo lo llama ella?— el cuarto rojo del dolor, tendremos que verlo. La idea de que quizá no vuelva a usarlo jamás me deprime. Mientras le doy vueltas a eso, voy hacia su dormitorio. Tal vez debería deshacerme de las varas y los cinturones. Quizá eso serviría de algo.

Abro la puerta de la habitación de las sumisas y me detengo.

Una Ana sobresaltada se gira para mirarme. Lleva puesto un corsé negro, unas braguitas de encaje minúsculas y unas medias.

Todo pensamiento queda borrado de mi mente.

Se me seca la boca mientras la contemplo.

Es un sueño húmedo viviente.

Es Afrodita.

Gracias, Caroline Acton.

—¿Puedo ayudarle en algo, señor Grey? Deduzco que su visita tiene otro objetivo, aparte de mirarme embobado... —Su voz tiene un dejo altivo.

—Estoy disfrutando de una visión fascinante, señorita Steele, gracias —entro en la habitación—. Recuérdame que le mande una nota personal de agradecimiento a Caroline Acton.

Ana mueve las manos en un gesto interrogante. Se pregunta de qué estoy hablando.

—La asesora personal de compras de Neiman —aclaro.

—Ah.

—Estoy realmente anonadado.

—Ya lo veo. ¿Qué quieres, Christian? —pregunta en un tono impaciente, pero creo que sólo lo hace por provocarme.

Me saco del bolsillo las bolas chinas para que las vea, y su expresión pasa de la diversión a la alarma.

Cree que quiero azotarla.

Y así es...

Pero no lo haré.

—No es lo que piensas —digo para tranquilizarla.

—Acláramelo.

—Pensé que podrías ponerte esto esta noche.

Parpadea varias veces.

—¿A la gala benéfica?

Asiento con la cabeza.

—¿Me pegarás después?

—No.

Pone cara de decepción, y no puedo evitar reír.

—¿Es eso lo que quieres?

Veo cómo traga saliva. Se le ve la indecisión en la cara.

—Bueno, tranquila, no voy a tocarte de ese modo aunque me lo supliques —me callo y dejo que la información cale antes de proseguir—: ¿Quieres jugar a este juego? —levanto las bolas en alto—. Siempre puedes quitártelas si no aguantas más.

Se le oscurecen los ojos y en sus labios aparece una pequeña sonrisa traviesa.

—De acuerdo —dice.

Y una vez más recuerdo que Anastasia Steele no es una mujer que se arredre ante los desafíos.

Veo los Louboutin en el suelo.

—Buena chica. Ven aquí, te las colocaré cuando te hayas puesto los zapatos.

Ana con lencería fina y unos Louboutin: todos mis sueños se están haciendo realidad.

Le tiendo una mano para ayudarla a calzarse los zapatos. Mete los pies en ellos y pasa de ser pequeña y andrógina a resultar alta y esbelta.

Está magnífica.

Caray, cómo realzan sus piernas.

La llevo junto a la cama y acerco también la silla del dormitorio para colocarla delante de ella.

—Cuando yo haga una señal, te agachas y te apoyas en la silla. ¿Entendido?

—Sí.

—Bien. Ahora abre la boca.

Obedece, y yo deslizo el dedo índice entre sus labios.

—Chupa —ordeno.

Me aferra la mano y, mirándome con ojos lascivos, hace exactamente lo que le he pedido.

Dios.

Su mirada resulta abrasadora. Descarada. Firme. Y su lengua provoca mi dedo y tira de él.

Es como si tuviera la verga en su boca.

Se me pone dura.

Al instante.

Oh, nena.

He conocido a muy pocas mujeres que causaran ese efecto inmediato en mí, pero ninguna como Ana… y, dada su ingenuidad, me sorprende. Pero ha tenido ese poder sobre mí desde que la conocí.

Estate por lo que tienes que estar, Grey.

Me meto las bolas en la boca para lubricarlas mientras ella continúa dándole placer a mi dedo. Cuando intento retirarlo, sus dientes lo retienen y me dedica una sonrisa encantadora.

No, no hagas eso, le advierto sacudiendo la cabeza, y ella separa los dientes y me libera.

Hago un gesto con la cabeza para indicarle que se incline sobre la silla, y ella obedece.

Me arrodillo detrás de ella, le aparto las bragas y le meto el dedo en el que acaba de practicarme una felación. Empiezo a hacerlo girar despacio, sintiendo las paredes tensas y húmedas de su vagina. Ana gime, y yo quiero decirle que se esté calladita y bien quieta, pero ésa ya no es la relación que tenemos.

Estamos haciéndolo a su manera.

Retiro el dedo, luego introduzco cada bola con suavidad en su interior y las voy empujando con cuidado hasta lo más al fondo que puedo. Cuando vuelvo a colocarle las bragas en su sitio, le doy un beso en esas deliciosas nalgas. Me siento sobre los talones y recorro sus piernas con las manos, besando sus dos muslos allí donde terminan las medias.

—Qué piernas tan, tan bonitas, señorita Steele.

Me pongo de pie y la sujeto de las caderas, presionándola contra mi erección.

—Puede que cuando volvamos a casa te posea así, Anastasia. Ya puedes incorporarte.

Lo hace, y en cuanto está erguida se le acelera la respiración. Mueve un poquito las caderas delante de mí, su trasero se frota contra mi miembro. Le doy un beso en el hombro y alargo un brazo para rodearla con la palma de la mano hacia arriba, sosteniendo la cajita de Cartier.

—Compré esto para que los llevaras en la gala del sábado pasado. Pero me dejaste, así que no tuve ocasión de dártelo —respiro hondo—. Ésta es mi segunda oportunidad.

¿Los aceptará?

Me parece hasta cierto punto simbólico. Si se toma lo nuestro en serio, aceptará el regalo. Contengo la respiración. Ella alcanza la caja, la abre y se queda mirando los aretes un rato larguísimo.

Por favor, Ana, acéptalos.

—Son maravillosos —susurra—. Gracias.

O sea que sí sabe mostrarse amable. Sonrío, más relajado al comprender que no tendré que pelearme para que se los quede. Le doy un beso en el hombro y entonces veo el vestido de satín plateado en la cama. Le pregunto si es el que ha escogido para ponerse.

—Sí. ¿Te parece bien?

—Claro. Te dejo para que te arregles.

He perdido la cuenta de la cantidad de acontecimientos como éste a los que he asistido, pero por primera vez voy emocionado a uno. Podré alardear de Ana ante mi familia y todos sus amigos adinerados.

Termino de anudarme la pajarita con facilidad y voy por mi saco. Mientras me lo pongo, me echo un último vistazo en el espejo. El tipo parece contento, pero tiene que enderezarse la pajarita.

—Estate quieto —espeta Elena.

—Sí, Señora.

Estoy de pie ante ella, preparándome para el baile de graduación. Les he dicho a mis padres que no asistiré, y que en lugar de eso iré a ver a un amigo. Será nuestro baile de graduación personal. Solos Elena y yo. Ella se mueve y oigo el frufrú de la seda cara, inhalo el aroma provocativo de su perfume.

—Abre los ojos.

Hago lo que me ordena. Está colocada detrás de mí, ambos de cara a un espejo. Yo la miro a ella, no al niño idiota que está delante de esa mujer.

Agarra los extremos de mi pajarita.

—Y así es como se hace.

Mueve los dedos, despacio. Lleva las uñas pintadas de un rojo escarlata intenso. Yo la observo. Fascinado.

Tira de los extremos y de pronto llevo una pajarita de lo más respetable.

—Bueno, a ver si sabes hacerlo tú. Si lo consigues, te recompensaré.

Me sonríe con esa sonrisa secreta que dice «Eres completamente mío», y yo sé que todo irá bien.

Estoy repasando las instrucciones para la noche con el equipo de seguridad cuando oigo sus pasos detrás de mí. De pronto, los cuatro hombres están distraídos. Taylor sonríe. Al darme la vuelta, veo a Ana al pie de las escaleras.

Es una visión. Wow.

Está arrebatadora con su traje de noche plateado, y recuerda a una sirena de una película muda.

Me acerco a ella caminando lentamente, invadido por una sensación de orgullo desproporcionado, y le doy un beso en el pelo.

—Anastasia. Estás deslumbrante.

Me encanta que se haya puesto los aretes. Se sonroja.

—¿Una copa de champán antes de salir? —ofrezco.

—Por favor.

Le hago una seña con la cabeza a Taylor, que se lleva a los tres hombres al vestíbulo, y rodeo a mi acompañante con el brazo para conducirla al salón. Saco una botella de Cristal Rosé del refrigerador y la abro.

—¿El equipo de seguridad? —pregunta Ana mientras sirvo la bebida burbujeante en copas altas de champán.

—Protección personal. Están a las órdenes de Taylor, que también está entrenado para ello.

Le paso una copa.

—Es muy versátil.

—Sí, lo es. Estás adorable, Anastasia. Salud.

Alzo mi copa hacia la suya para brindar.

Ella da un sorbo y cierra los ojos mientras saborea el champán.

—¿Cómo estás? —pregunto al notar en sus mejillas un rubor rosado, del mismo tono que el champán.

No sé cuánto tiempo aguantará las bolas.

—Bien, gracias.

Me ofrece una sonrisa coqueta.

Esta noche será entretenida.

—Toma, necesitarás esto —le doy la bolsa de terciopelo que contiene su máscara—. Ábrela.

Ana obedece, saca la delicada máscara plateada de baile de disfraces y recorre las plumas con los dedos.

—Es un baile de máscaras —explico.

—Ya veo.

Examina la máscara con asombro.

—Esto realzará tus preciosos ojos, Anastasia.

—¿Tú también llevarás una?

—Naturalmente. Tienen una cualidad muy liberadora.

Sonríe.

Tengo una sorpresa más preparada para ella.

—Ven. Quiero enseñarte una cosa.

Le tiendo la mano y me la llevo de vuelta al pasillo para ir a mi biblioteca. No puedo creer que todavía no le haya enseñado esta sala.

—¡Tienes una biblioteca! —exclama.

—Sí, Elliot la llama «el salón de las bolas». El departamento es muy espacioso. Hoy, cuando mencionaste lo de explorar, me di cuenta de que nunca te lo había enseñado. Ahora no tenemos tiempo, pero pensé que debía mostrarte esta sala, y puede que en un futuro no muy lejano te desafíe a una partida de billar.

Su mirada se enciende, maravillada, al ir asimilando toda la colección de libros y la mesa de billar.

—Cuando quieras —dice con una sonrisa ufana.

—¿Qué?

Me está escondiendo algo. ¿Sabe jugar?

—Nada —responde deprisa, y sé que seguramente se trata de eso.

La verdad es que se le da fatal mentir.

—Bien, quizá el doctor Flynn pueda desentrañar tus secretos. Esta noche lo conocerás.

—¿A ese charlatán tan caro?

—El mismo. Se muere por conocerte. ¿Nos vamos?

Ana asiente, y su mirada destella de emoción.

Viajamos sentados en la parte de atrás del coche, en un silencio agradable. Yo le voy pasando el pulgar por los nudillos y siento su creciente expectación. Ana cruza y descruza las piernas, y sé que las bolas se están cobrando su peaje.

—¿De dónde has sacado el labial? —pregunta de repente.

Señalo a Taylor y articulo su nombre con los labios.

Ella ríe y de pronto para de forma brusca.

Sé que son las bolas chinas.

—Relájate —le susurro—. Si te resulta excesivo…

Le doy un beso en cada nudillo y le chupo la punta del meñique, rodeándolo con mi lengua, igual que ha hecho ella con mi dedo hace un rato.

Ana cierra los ojos, echa la cabeza hacia atrás y respira hondo. Su mirada ardiente se encuentra con la mía cuando vuelve a abrirlos. Me recompensa con una sonrisa traviesa y yo le respondo de la misma manera.

—¿Y qué nos espera en esa gala? —pregunta.

—Ah, lo habitual.

—Para mí no es habitual.

Por supuesto. ¿Cuándo habría podido asistir ella a una velada como esta? Vuelvo a besarle los nudillos y se lo explico.

—Un montón de gente exhibiendo su dinero. Subasta, rifa, cena, baile… Mi madre sabe cómo organizar una fiesta.

El Audi se une a la fila de coches que van llegando a la casa de mis padres. Ana estira el cuello para ver mejor. Yo miro por la ventanilla trasera y localizo a Reynolds, de la cuadrilla de seguridad, siguiéndonos en mi otro Audi Q7.

—Pongámonos las máscaras.

Saco la mía de la bolsa de seda negra que tengo junto a mí.

Cuando enfilamos el camino de entrada, los dos vamos ya disfrazados. Ana está espectacular. Está deslumbrante y quiero alardear de ella ante el mundo entro. Taylor detiene el coche y uno de los mozos me abre la puerta.

—¿Lista? —le pregunto.

—Más que nunca.

—Estás radiante, Anastasia.

Le beso la mano y salimos del coche.

Rodeo a mi acompañante con un brazo y ambos caminamos junto a la casa por una alfombra verde que mi madre ha alquilado para la ocasión. Echo un vistazo por encima del hombro y veo que los cuatro integrantes de nuestro equipo de seguridad nos siguen, mirando a todas partes. Eso me tranquiliza.

—¡Señor Grey! —me llama un fotógrafo.

Acerco a Ana a mi lado para posar.

—¿Dos fotógrafos? —comenta ella con curiosidad.

—Uno es del *Seattle Times*; el otro es para tener un recuerdo. Luego podremos comprar una copia.

Pasamos junto a una hilera de meseros que sostienen bandejas con copas de champán y le doy una a Ana.

Mis padres han tirado la casa por la ventana, igual que todos los años. Carpa, pérgolas, farolillos, pista de baile con pavimento a cuadros, cisnes de hielo y un cuarteto de cuerda. Observo a

Ana, que va asimilando todo el montaje algo sobrecogida. Resulta gratificante ver la generosidad de mis padres a través de sus ojos. No es muy frecuente que yo tenga la oportunidad de retroceder un paso y darme cuenta de lo afortunado que soy por formar parte de su mundo.

—¿Cuánta gente vendrá? —pregunta mientras contempla la complicada carpa que hay junto a la orilla.

—Creo que unos trescientos. Tendrás que preguntárselo a mi madre.

—¡Christian! —oigo la voz aguda y no demasiado dulce de mi hermana.

Enseguida la tengo encima, rodeando mi cuello con los brazos en una melodramática muestra de afecto. Es una aparición vestida de rosa.

—¡Mia!

Le correspondo su abrazo entusiasta. Entonces ve que he venido con Ana y se olvida de mí.

—¡Ana! ¡Oh, querida, estás guapísima! Tienes que venir a conocer a mis amigas. Ninguna se cree que Christian tenga por fin novia.

Le da un abrazo y se la lleva de la mano. Ana me dirige una mirada de aprehensión antes de que mi hermana la arrastre hacia un grupo de mujeres que se ponen a cacarear en cuanto la ven. Todas menos una.

Mierda. Reconozco a Lily, amiga de Mia desde que iban a prescolar. Mimada, rica, guapísima pero rencorosa; personifica los peores atributos de los privilegiados y los poderosos. Y hubo una época en que pensaba que su privilegio sería el de poseerme a mí. Me estremezco.

Observo a Ana, que se muestra cortés con las amigas de Mia, pero da un paso atrás y de repente parece incómoda. Creo que Lily se está portando como una imbécil con ella. Esto no saldrá bien. Me acerco y le paso el brazo por la cintura.

—Señoritas, ¿podría recuperar a mi acompañante, por favor?

—Encantada de conocerlos —le dice Ana al grupito mientras me la llevo de allí—. Gracias —articula con los labios.

—He visto que Lily estaba con Mia. Es una persona horrible.

—Le gustas —comenta ella.

—Pues el sentimiento no es mutuo. Ven, te voy a presentar a algunas personas.

Ana está impresionante; es la acompañante perfecta. Gentil, elegante y dulce, escucha con atención las anécdotas de todo el mundo, hace preguntas inteligentes y me encanta la deferencia que muestra hacia mí.

Sí. Eso es lo que más me gusta. Es una novedad, y algo inesperado.

Pero, claro, Ana siempre actúa de forma inesperada.

Es más, ni siquiera se da cuenta de la enorme cantidad de miradas de admiración que recibe, tanto de hombres como de mujeres, y no se aparta de mi lado. El tono rosado de sus mejillas se lo atribuyo al champán y puede que a las bolas chinas y, si eso último la está molestando, lo oculta muy bien.

El maestro de ceremonias anuncia que la cena está servida, así que seguimos la alfombra verde que cruza el césped hacia la carpa. Ana mira en dirección a la casita del embarcadero.

—¿La casita del embarcadero? —pregunto.

—Quizá podríamos ir allí después.

—Sólo si puedo llevarte cargada al hombro.

Se ríe, y enseguida para de forma súbita.

Sonrío de oreja a oreja.

—¿Cómo te encuentras?

—Bien —dice con un aire de superioridad, y su sonrisa crece.

El juego continúa, señorita Steele.

Detrás de nosotros, Taylor y sus hombres nos siguen a una distancia discreta y, cuando entramos en la carpa, se sitúan en puntos desde los que tienen una buena visión de todos los asistentes.

Mi madre y Mia ya están en nuestra mesa con un amigo de mi hermana.

Grace saluda a Ana con calidez.

—¡Ana, qué gusto volver a verte! Y además tan espléndida.

—Madre —saludo a Grace y le doy un beso en las dos mejillas.

—¡Ay, Christian, qué protocolario! —me riñe ella.

Mis abuelos maternos se unen a nosotros y, tras los inevitables abrazos, les presento a Ana.

—¡Oh, por fin ha encontrado a alguien, qué encantadora, y qué linda! Bueno, espero que lo conviertas en un hombre decente —exclama mi abuela con efusividad.

Muy poco apropiado, abuela.

Mierda. Miro a mi madre. Socorro, mamá. Detenla.

—Madre, no incomodes a Ana —reprende Grace a la mujer.

—No hagas caso a esta vieja tonta, querida. Se cree que, como es tan mayor, tiene el derecho divino a decir cualquier tontería que se le pase por esa cabecita loca —mi abuelo me guiña un ojo.

Theodore Trevelyan es mi héroe. Tenemos un vínculo especial. Este hombre me enseñó con paciencia a plantar, cultivar e injertar manzanos, y al hacerlo se ganó mi afecto para toda la eternidad. Callado. Fuerte. Amable. Paciente conmigo. Siempre.

—Ven, muchacho —dice el abuelo Trev-yan—. No hablas mucho, ¿verdad?

Niego con la cabeza. No. No hablo nada de nada.

—Eso no es problema. Aquí todo el mundo habla demasiado, de todas formas. ¿Quieres venir a ayudarme con el huerto?

Asiento. El abuelo Trev-yan me cae bien. Tiene unos ojos amables y una risa muy fuerte. Me tiende una mano, pero yo escondo las mías debajo de los brazos.

—Como quieras, Christian. Vamos a hacer que unos manzanos verdes den manzanas rojas.

Me gustan las manzanas rojas.

El huerto es grande. Hay árboles. Y árboles. Y árboles. Pero son árboles pequeños. No grandes. Y no tienen hojas. Ni manzanas. Porque estamos en invierno. Llevo unas botas grandes y un gorro. Me gusta mi gorro. Es calentito.

El abuelo Trev-yan mira un árbol.

—¿Ves este árbol, Christian? Da unas manzanas verdes y amargas. Pero podemos engañar al árbol para que nos dé manzanas rojas dulces. Estas ramas son de un manzano que da manzanas rojas. Y estas son mis tijeras de podar.

Tijeras de-po-dar. Están afiladas.

—¿Quieres cortarlo tú?

Digo que sí con la cabeza.

—Vamos a injertar esta ramita que has cortado. Se llama esqueje.

Es-je-que. Es-que-je. Intento repetir mentalmente la palabra. Saca un cuchillo y corta el extremo de la ramita para dejarla afilada. Luego hace un corte en una rama del árbol e introduce el es-que-je en él.

—Ahora lo sujetamos con cinta.

Saca una cinta adhesiva verde y ata la ramita a la rama grande.

—Y ponemos cera de abeja derretida en la herida. Toma. Sujeta este pincel. Así, con cuidado. Muy bien.

Hacemos muchos injertos.

—¿Sabes, Christian? Las manzanas sólo van por detrás de las naranjas como la fruta más valiosa que se cultiva en Estados Unidos. Aquí, en Washington, sin embargo, la verdad es que no tenemos suficiente sol para naranjas.

Tengo sueño.

—¿Estás cansado? ¿Quieres que volvamos a la casa?

Digo que sí con la cabeza.

—Hemos hecho muchos injertos. Este árbol dará una cosecha enorme de manzanas rojas dulces cuando llegue el otoño. Podrás ayudarme a recogerlas.

Sonríe, me tiende una mano enorme y yo la acepto. Es grande y ruda, pero cálida y agradable.

—Vamos a tomarnos un chocolate caliente.

El abuelo me dirige una sonrisa llena de arrugas y yo vuelvo mi atención hacia el acompañante de Mia, que parece estar repasando a mi chica. Se llama Sean y creo que iba al antiguo instituto de mi hermana. Al darle la mano, aprieto con fuerza.

Reserva esas miraditas para tu acompañante, Sean. Y, por cierto, estás con mi hermana. Trátala bien o acabaré contigo.

Me parece que consigo transmitirle esa información a través de mi mirada intensa y el fuerte apretón de manos.

Asiente y traga saliva.

—Señor Grey.

Le retiro la silla a Ana y nos sentamos.

Mi padre ha subido al escenario. Le da unos golpecitos al micrófono y suelta de un tirón la bienvenida y la presentación que ha preparado para las vacas sagradas que están reunidas ante él.

—Damas y caballeros, quiero darles la bienvenida a nuestro baile benéfico anual. Espero que disfruten de lo que hemos preparado esta noche, y que se rasquen los bolsillos para apoyar el fantástico trabajo que hace nuestro equipo de Afrontarlo Juntos. Como saben, ésta es una causa a la que estamos muy vinculados y que tanto mi esposa como yo apoyamos de todo corazón.

Las plumas de la máscara de Ana tiemblan cuando se vuelve para mirarme, y yo me pregunto si estará pensando en mi pasado. ¿Debería responder a su pregunta tácita?

Sí. Yo soy el motivo de que exista esa asociación benéfica.

Mis padres la fundaron a causa de mi desgraciada llegada a la vida, y ahora ayudan a cientos de padres drogadictos y a sus hijos ofreciéndoles refugio y rehabilitación.

Pero no me dice nada, así que me mantengo impasible, porque no estoy seguro de cómo debo sentirme ante su curiosidad.

—Ahora los dejo con el maestro de ceremonias. Por favor, tomen asiento y disfruten —dice mi padre, y pasa el micrófono para después acercarse tranquilamente a nuestra mesa e irse directo hacia Ana.

La saluda con un beso en cada mejilla. Ella se sonroja.

—Me alegro de volver a verte, Ana —le dice.

—Damas y caballeros, escojan por favor quién presidirá su mesa —pide el maestro de ceremonias.

—¡Oh… yo, yo! —exclama Mia saltando en su silla como una niña.

—En el centro de su mesa encontrarán un sobre —sigue explicando el maestro de ceremonias—. ¿Serían todos ustedes tan amables de sacar, pedir, tomar prestado o, si es preciso, robar un billete de la suma más alta posible, escribir su nombre en él y meterlo dentro del sobre? Presidentes de mesa, por favor, vigilen atentamente los sobres. Más tarde los necesitaremos.

—Toma. —Le doy un billete de cien dólares a Ana.

—Luego te lo devuelvo —susurra.

Cielo...

No quiero discutir otra vez por lo mismo. Sin decir nada, ya que montar aquí una escena no sería apropiado, le paso mi Mont Blanc para que pueda escribir su nombre en el billete.

Grace les hace señales a un par de meseros que están de pie al fondo de la carpa, y ellos retiran la lona y descubren la vista de postal de Seattle y Meydenbauer Bay al anochecer. Es una vista fantástica, sobre todo a esta hora de la tarde, y me alegro de que el clima haya aguantado para mis padres.

Ana contempla con deleite el paisaje urbano y su reflejo en el agua.

Y yo vuelvo a admirarlo como si fuera la primera vez. Es sensacional. El cielo crepuscular se enciende con la puesta del sol y se refleja en el agua, las luces de Seattle destellan a lo lejos. Sí. Sensacional.

Ver todo esto a través de los ojos de Ana es como una cura de humildad. Llevaba años sin apreciarlo de verdad. Miro a mis padres; él aferra la mano de su mujer mientras ella se ríe de algo que le ha dicho una amiga. Cómo la mira... Cómo lo mira ella a él.

Se quieren.

Todavía.

Sacudo la cabeza. ¿Es raro que de pronto vuelva a agradecer de una forma extraña y nueva el hecho de que me criaran?

Tuve suerte. Mucha suerte.

Llegan nuestros meseros, diez en total, y, sincronizados como si fueran uno solo, nos sirven el primer plato en la mesa. Ana me mira desde detrás de su máscara.

—¿Tienes hambre?

—Mucha —contesta con un dejo serio.

Maldita sea.

Maldita sea. Cualquier otro pensamiento se evapora en cuanto mi cuerpo responde a su atrevida afirmación, porque sé que no se refiere a la comida. Mi abuelo la entretiene y yo me muevo en mi asiento, intentando mantener mi cuerpo a raya.

La comida está buena.

Aunque, claro, en casa de mis padres siempre es así.

Aquí nunca he pasado hambre.

Me sobresalto al ver la dirección que toma mi pensamiento y me alegro cuando Lance, un amigo de la universidad de mi madre, se pone a conversar conmigo acerca de lo que está desarrollando Grey Enterprises Holdings.

Soy intensamente consciente de que Ana posa su mirada en mí mientras Lance y yo debatimos sobre la economía de la tecnología en el mundo en vías de desarrollo.

—¡Pero no puedes regalar esa tecnología así como así! —me reprende Lance.

—¿Por qué no? En última instancia, ¿para quién debe ser su beneficio? Como seres humanos, todos tenemos que compartir un espacio finito y los recursos de este planeta. Cuanto más inteligentes seamos, con mayor eficiencia los utilizaremos.

—Democratizar la tecnología no es lo que se espera de alguien como tú —Lance se echa a reír.

Hombre, pues eso es que no me conoces muy bien.

La conversación de Lance es muy interesante, pero la preciosa señorita Steele me está distrayendo. Se mueve a mi lado mientras escucha lo que decimos, y sé que las bolas chinas están provocando el efecto deseado.

Tal vez deberíamos ir a la casita del embarcadero.

Mi conversación con Lance queda interrumpida varias veces por diversos socios empresariales que me ofrecen un apretón de manos y alguna que otra anécdota. No sé si quieren echarle un vistazo a Ana o intentan congraciarse conmigo.

Para cuando nos sirven el postre, ya tengo ganas de irme.

—Si me perdonas —dice Ana de repente, sin aliento.

Intuyo que ya no puede más.

—¿Tienes que ir al tocador? —pregunto.

Asiente con la cabeza, y en sus ojos veo una súplica desesperada.

—Te acompañaré —me ofrezco.

Ella se pone de pie y yo voy a hacer lo propio, pero entonces también Mia se levanta.

—¡No, Christian!, tú no. Yo acompañaré a Ana.

Y, antes de que pueda decir nada, se la lleva de la mano.

Ana se encoge de hombros como disculpándose y sigue a Mia fuera de la carpa. Con un gesto, Taylor me da a entender que está al tanto y las sigue a ambas; estoy seguro de que Ana ni se ha dado cuenta de que lleva protección.

Mierda. Yo quería ir con ella.

Mi abuela se inclina hacia mí para hablar conmigo.

—Es encantadora.

—Ya lo sé.

—Se te ve muy feliz, cariño.

¿Ah, sí? Pensaba que había puesto mala cara por la oportunidad que acabo de perder.

—Me parece que nunca te había visto tan relajado.

Me da unas palmaditas en la mano; es un gesto de afecto y, por una vez, no me aparto.

¿Feliz?

¿Yo?

Pongo a prueba la palabra para ver si encaja y una calidez inesperada se enciende en mis entrañas.

Sí. Ella me hace feliz.

Es un sentimiento nuevo. Nunca me había descrito a mí mismo en esos términos.

Le sonrío a mi abuela y le aprieto la mano.

—Creo que tienes razón, abuela.

Sus ojos relucen y me aprieta también con la suya.

—Deberías traértela a la granja.

—Debería, sí. Creo que a ella le gustaría.

Mia y Ana regresan a la carpa entre risillas. Es una delicia verlas a las dos juntas y presenciar cómo toda mi familia acoge a mi chica. Incluso mi abuela ha llegado a la conclusión de que Ana me hace feliz.

No se equivoca.

Cuando Ana vuelve a su asiento, me dirige una fugaz mirada carnal.

Ah… Disimulo mi sonrisa. Quiero preguntarle si todavía lleva las bolas, pero supongo que se las habrá quitado. Se ha portado muy bien, con ellas puestas tanto tiempo. Le tomo la mano y le doy una lista con los lotes de la subasta.

Me parece que Ana disfrutará de esta parte de la velada: la élite de Seattle alardeando con dinero.

—¿Tú tienes una propiedad en Aspen? —pregunta, y todos los de la mesa se vuelven para mirarla.

Asiento y me llevo un dedo a los labios.

—¿Tienes propiedades en algún otro sitio? —susurra.

Vuelvo a decir que sí, pero no quiero molestar a toda la mesa con nuestra conversación. Ésta es la parte de la velada en que recaudamos una cantidad considerable de dinero para obras benéficas.

Mientras todo el mundo aplaude por el precio de doce mil dólares que ha alcanzado un bate de beisbol de los Mariners, me inclino hacia Ana.

—Te lo contaré luego —le digo.

Ella se pasa la lengua por los labios y con ello hace que vuelva mi frustración de antes.

—Yo quería ir contigo.

Me lanza una mirada breve y ofendida que creo que significa que comparte mi opinión, pero se dispone a escuchar cómo van las pujas.

Veo que enseguida entra en la emoción de la subasta, voltea la cabeza para ver quién puja por qué y aplaude en la adjudicación de cada lote.

—Y a continuación tenemos una estancia de fin de semana en Aspen, Colorado. ¿Cuál será la puja inicial, damas y caballeros, para este generoso premio cortesía del señor Christian Grey? —Se oyen algunos aplausos y el maestro de ceremonias continúa—. ¿Oigo cinco mil dólares?

La guerra de pujas empieza.

Me planteo si llevarme a Ana a Aspen. Ni siquiera sé si esquía. La idea de verla sobre unos esquíes resulta inquietante. No tiene demasiada coordinación bailando, así que quizá sea un desastre en las pistas. No querría que se hiciera daño.

—La puja está en veinte mil dólares. A la una, a las dos… —declara el maestro de ceremonias.

Ana levanta la mano y exclama:

—¡Veinticuatro mil dólares!

Y es como si me hubiera dado una patada en el plexo solar. Pero ¡qué diablos…!

—Veinticuatro mil dólares, ofrecidos por la encantadora dama de plata, a la una, a las dos… ¡Adjudicado! —anuncia el maestro de ceremonias mientras suena un aplauso atronador.

En nuestra mesa, todo el mundo se le queda mirando mientras mi ira asciende en espirales que escapan a mi control. Ese dinero era para ella. Respiro hondo, me inclino y le doy un beso en la mejilla.

—No sé si ponerme de rodillas y adorarte o darte unos azotes que te dejen sin aliento —le siseo al oído.

—Prefiero la segunda opción, gracias —contesta ella enseguida, jadeante.

¿Qué?

Me quedo desconcertado un segundo, y entonces me doy cuenta de que las bolas chinas han hecho su trabajo. Está ansiosa, ansiosa de verdad, y olvido todo mi enfado.

—Estás sufriendo, ¿eh? —murmuro—. Veremos qué podemos hacer para solucionar eso.

Le paso los dedos por la línea de la mandíbula.

Hazla esperar, Grey.

Eso debería ser suficiente castigo.

O tal vez podríamos prolongar la agonía. Se me ocurre una idea perversa.

Ella se remueve a mi lado mientras mi familia la felicita por su adquisición. Reposo el brazo en el respaldo de su silla y empiezo a acariciarle la espalda desnuda con el pulgar. Con la otra mano tomo la suya y le poso un beso en la palma, luego se la coloco sobre mi muslo. Lentamente, le empujo la mano por mi muslo hasta que sus dedos descansan encima de mi erección.

La oigo ahogar un gemido y, desde debajo de su máscara, sus ojos sorprendidos buscan los míos.

Jamás me cansaré de sorprender a la dulce Ana.

La subasta continúa, así que mi familia ha vuelto a dirigir su atención hacia el siguiente lote. Ana, envalentonada sin duda por la avidez que siente, me sorprende y empieza a acariciarme por encima de la tela.

Madre mía.

Yo dejo la mano sobre la suya para que nadie note nada, mientras ella sigue con sus caricias y yo continúo rozándole el cuello.

Empiezo a estar incómodo con los pantalones puestos.

Le ha dado la vuelta a la tortilla, Grey. Una vez más.

—¡Adjudicado por ciento diez mil dólares! —exclama el maestro de ceremonias, y me trae de vuelta al presente.

El lote es una semana en la propiedad que mis padres tienen en Montana, y es una cantidad de dinero descomunal. Toda la sala estalla en vítores y aplausos, y Ana aparta la mano de mí y se une a ellos.

Maldita sea.

También yo aplaudo, a desgana, y ahora que la subasta ha terminado pienso en enseñarle a Ana toda la casa.

—¿Lista? —articulo con los labios.

—Sí —contesta, y sus ojos brillan tras la máscara.

—¡Ana! —dice Mia—. ¡Ha llegado el momento!

Ana parece confundida.

—¿El momento de qué?

—La Subasta del Baile Inaugural. ¡Vamos!

Mi hermana se levanta y se la lleva de la mano.

Hay que joderse con la pesada de mi hermanita.

Fulmino a Mia con la mirada. Es una revientacitas extraordinaria.

Ana me mira y se le escapa la risa.

Es contagiosa.

Me pongo de pie, agradecido de llevar puesto el saco.

—El primer baile será conmigo, ¿de acuerdo? Y no será en la pista —musito junto a su oreja, justo donde le late el pulso.

—Se me antoja mucho.

Me da un beso delante de todos, y yo sonrío y entonces me doy cuenta de que la mesa entera nos está mirando.

Sí, gente. Tengo novia. Acostúmbrense.

Todos apartan la mirada a la vez, avergonzados de que los haya sorprendido mirando embobados.

—Vamos, Ana.

Mia es insistente y se lleva a Ana hacia el pequeño escenario, donde ya se han reunido varias mujeres.

—¡Caballeros, el momento cumbre de la velada! —anuncia a voz en grito el maestro de ceremonias por encima de la música de fondo y del bullicio de los asistentes—. ¡El momento que todos estaban esperando! ¡Estas doce encantadoras damas han aceptado subastar su primer baile al mejor postor!

Ana se siente incómoda. Está mirando al suelo, luego se mira los dedos entrelazados; mira a todas partes menos al grupo de jóvenes que se acerca al escenario.

—Ahora, caballeros, acérquense, por favor, y echen un buen vistazo a quien podría acompañarlos en su primer baile. Doce muchachas hermosas y complacientes.

¿Cuándo ha insistido a Mia a Ana para participar en esta pantomima asquerosa?

Es un mercado de carne.

Sé que es por una buena causa, pero aun así…

El maestro de ceremonias anuncia a la primera joven y le dedica una presentación hiperbólica. Se llama Jada y su primer baile queda rápidamente adjudicado por cinco mil dólares. Mia y Ana están hablando. Ana parece escuchar con atención lo que le dice Mia.

Mierda.

¿Qué le está contando mi hermana?

Mariah es la siguiente que sale a subasta. Parece avergonzada por la presentación del maestro de ceremonias, y no la culpo. Mia y Ana siguen cuchicheando… y sé que hablan de mí.

Maldita sea, Mia, cállate ya.

El primer baile de Mariah se vende por cuatro mil dólares.

Ana me mira y luego vuelve los ojos otra vez hacia Mia, que parece haberse apresurado.

Jill es la siguiente, y su primer baile queda adjudicado por cuatro mil dólares.

Ana me mira fijamente, y veo que sus ojos centellean tras la máscara, pero no tengo ni idea de lo que está pensando.

Mierda. ¿Qué le ha dicho Mia?

—Y ahora permítanme que les presente a la preciosa Ana.

Mi hermana la empuja al centro del escenario y yo me abro camino hasta la primera fila. A Ana no le gusta ser el centro de atención.

Maldita Mia, no debería estar haciéndole esto.

Pero Anastasia está guapísima.

El maestro de ceremonias le dedica otra de sus presentaciones rimbombantes y ridículas.

—La preciosa Ana toca seis instrumentos musicales, habla mandarín con fluidez y le encanta el yoga… Bien, caballeros…

Ya basta.

—Diez mil dólares —grito.

—Quince mil —ofrece un tipo al que no veo.

¿Qué diablos…?

Me vuelvo para ver quién ha pujado por mi chica, y es Flynn, ese charlatán tan caro, como lo llama Ana. Reconocería su forma de caminar en cualquier lugar. Me dedica una cabezada cortés.

—¡Bien, caballeros! Por lo visto esta noche contamos en la sala con unos contendientes de altura —bromea el maestro de ceremonias ante los mecenas reunidos.

¿A qué está jugando Flynn? ¿Hasta dónde pretende llevar esto?

Las charlas de la carpa enmudecen mientras la muchedumbre nos contempla y espera a oír mi reacción.

—Veinte mil —ofrezco bajando la voz.

—Veinticinco mil —contraataca Flynn.

Ana mira con angustia a Flynn y luego a mí. Está muerta de vergüenza; y, francamente, yo también. Ya me he hartado del jueguecito que se trae Flynn entre manos.

—Cien mil dólares —exclamo para que todo el público pueda oírme.

—¿Qué diablos…? —espeta una de las mujeres que están detrás de Ana, y oigo gritos ahogados entre la gente que me rodea.

Venga, John.

Le sostengo la mirada a Flynn, que se echa a reír y levanta las dos manos con gentileza. Está derrotado.

—¡Cien mil dólares por la encantadora Ana! A la una… a las dos…

El maestro de ceremonias invita a Flynn a que vuelva a pujar, pero él niega con la cabeza y hace una reverencia.

—¡Adjudicada! —exclama triunfal el hombre, y los aplausos y los vítores son ensordecedores.

Doy un paso al frente y le tiendo la mano a Ana.

He ganado a mi chica.

Ella me mira con una enorme sonrisa de alivio al poner su mano en la mía. La ayudo a bajar del escenario y le beso el dorso de la mano, que luego hago pasar por debajo de mi brazo. Nos dirigimos hacia la salida de la carpa sin hacer ningún caso de los silbidos y los gritos de enhorabuena.

—¿Quién era ése? —quiere saber.

—Alguien a quien conocerás más tarde. Ahora quiero enseñarte una cosa. Disponemos de unos veinte minutos antes de que termine la subasta. Después tenemos que regresar para poder disfrutar de ese baile por el que he pagado.

—Un baile muy caro —comenta con sequedad.

—Estoy seguro de que hasta el último centavo valdrá la pena.

Por fin. La tengo. Mia sigue en el escenario y esta vez no podrá detenerme. Guío a Ana mientras cruzo el césped hacia la pista de baile, consciente de que dos de los tipos de protección personal vienen tras nosotros. Los ruidos de la fiesta quedan atrás cuando cruzamos las puertas de cristal que conducen a la sala de mis padres. Las dejo abiertas para que los de seguridad puedan seguirnos. Desde allí pasamos al vestíbulo y subimos los dos tramos de escaleras hasta el que era mi dormitorio de niño.

Será otra primera vez.

Una vez dentro, cierro con seguro. Los de seguridad pueden esperar afuera.

—Ésta era mi habitación.

Ana se detiene en el centro, observándolo todo: mis pósters, mi panel de corcho. Todo. Su mirada no se pierde nada, y luego se posa en mí.

—Nunca había traído a una chica aquí.

—¿Nunca?

Niego con la cabeza. Una emoción adolescente recorre todo mi cuerpo. Una chica. En mi habitación. ¿Qué diría mi madre?

Los labios de Ana se separan a modo de invitación. Sus ojos, tras la máscara, están oscuros y no se apartan de los míos. Camino despacio hacia ella.

—No tenemos mucho tiempo, Anastasia y, tal como me siento ahora mismo, no necesitaremos mucho. Date la vuelta. Deja que te quite el vestido.

Se voltea de inmediato.

—Déjate la máscara —le susurro al oído.

Gime, y eso que ni siquiera la he tocado aún. Sé que estará anhelando que la alivie después de tanto rato con las bolas chinas. Le bajo el cierre y le ayudo a quitarse el vestido. Doy un paso atrás, lo dejo sobre una silla y me quito el saco.

Lleva puesto el corsé.

Y las medias con liguero.

Y tacones.

Y la máscara.

Ha estado distrayendo mi atención durante toda la cena.

—¿Sabes, Anastasia? —me acerco a ella mientras me desanudo la pajarita y me desabrocho los botones del cuello de la camisa—. Estaba tan molesto cuando compraste mi lote en la subasta que me vinieron a la cabeza ideas de todo tipo. Tuve que recordarme a mí mismo que el castigo no forma parte de las opciones.

Pero luego te ofreciste —me detengo muy cerca y bajo la vista hacia ella—. ¿Por qué hiciste eso?

Necesito saberlo.

—¿Ofrecerme? —Su voz suena ronca, delata su deseo—. No lo sé. Frustración... demasiado alcohol... una buena causa.

Se encoge de hombros y sus ojos se deslizan hacia mi boca.

—Me juré a mí mismo que no volvería a pegarte aunque me lo suplicaras.

—Por favor.

—Pero luego me di cuenta de que en este momento probablemente estás muy incómoda, y eso no es algo a lo que estés acostumbrada.

—Sí —confirma, sin aliento y sexy y satisfecha, creo, de que yo sepa cómo se siente.

—Así que puede que haya cierta... flexibilidad. Si lo hago, has de prometerme una cosa.

—Lo que sea.

—Utilizarás las palabras de seguridad si las necesitas, y yo simplemente te haré el amor, ¿de acuerdo?

Acepta enseguida.

La llevo a la cama, aparto la colcha y me siento mientras ella sigue de pie delante de mí, con la máscara y el corsé.

Está sensacional.

Agarro una almohada y la coloco junto a mí. Alcanzo su mano y tiro de ella para hacerla caer sobre mi regazo de manera que su pecho descansa en la almohada. Le aparto el pelo de la cara y de la máscara.

Sí, señor.

Está soberbia.

Bueno, toca calentar un poco el ambiente.

—Pon las manos detrás de la espalda.

Se esfuerza por hacer lo que le ordeno y se menea encima de mí.

Está ansiosa. Eso me gusta.

Le ato las muñecas con la pajarita. Está impotente. A mi merced.

Resulta excitante.

—¿Realmente deseas esto, Anastasia?

—Sí —insiste, y deja clara su necesidad.

Pero yo sigo sin entenderlo. Pensaba que esto quedaba descartado.

—¿Por qué? —pregunto mientras le acaricio las nalgas.

—¿Tengo que tener un motivo?

—No, nena, no hace falta. Sólo intento entenderte.

Vive el momento, Grey.

Ella lo desea. Y tú también.

Le acaricio el trasero una vez más, preparándome. Preparándola a ella.

Me inclino hacia delante, la sostengo pegada a la cama con la mano izquierda y con la otra le doy un azote, justo donde sus muslos se unen con su culo delicioso.

Suelta un gemido incomprensible.

No es la palabra de seguridad.

La azoto de nuevo.

—Dos. Con doce bastará —y empiezo a contar.

Le acaricio el trasero y golpeo dos veces más, una en cada nalga. Entonces le quito las bragas de encaje, las hago descender por los muslos, las rodillas, las pantorrillas y por encima de los Louboutin, desde donde las tiro al suelo.

Me excita.

De todas las formas posibles.

Tras darme cuenta de que ya no lleva las bolas chinas, vuelvo a azotarla, numerando cada golpe. Ella gime y se retuerce encima de mis rodillas con los ojos cerrados bajo la máscara. Su trasero se ha puesto de un tono rosado encantador.

—Doce —susurro al terminar.

Le acaricio ese culo reluciente y hundo dos dedos en su interior.

Está húmeda.

Qué húmeda, carajo.

Tan dispuesta…

Gime cuando empiezo a girar los dedos dentro de ella, y se corre, gritando, desesperada, alrededor de ellos.

Wow. Qué rápido. Es una criatura muy sensual.

—Muy bien, nena —musito, y le desato las muñecas. Está jadeando, intentando recuperar el aliento—. Aún no he acabado contigo, Anastasia.

Ahora soy yo el que está incómodo. Deseo poseerla.

Muchísimo.

La hago descender hasta que toca el suelo con las rodillas, me arrodillo tras ella. Me bajo el cierre y tiro de mis calzoncillos para liberar mi ávida erección. Busco un condón en el bolsillo de los pantalones y saco los dedos de mi chica.

Ella lloriquea.

Envuelvo mi verga en látex.

—Abre las piernas. Obedec, y yo entro en ella—. Esto va a ser rápido, nena —musito.

La agarro de las caderas y salgo de ella despacio para luego entrar de una embestida.

Ana grita. De placer. De desenfreno. De éxtasis.

Esto es lo que quiere, y yo estoy más que contento de dárselo. Empujo una y otra vez, y entonces ella viene a mi encuentro. Empuja hacia mí.

Mierda.

Va a ser aún más rápido de lo que pensaba.

—Ana, no —advierto.

Quiero prolongar su placer, pero ella es una chica avariciosa y toma todo lo que puede. Es una contrincante muy voraz para mí.

—Mierda, Ana. —Lo digo en un grito medio ahogado mientras me vengo, y eso la hace estallar.

Grita cuando su orgasmo la recorre por dentro y tira de mí, me dejo caer sobre ella.

Mierda, qué bien ha estado.

Estoy agotado.

Después de tanta provocación y tanta expectación durante la cena… esto era inevitable. Le poso un beso en el hombro, salgo de su interior, me quito el preservativo y lo tiro en la papelera que hay junto a la cama. Eso le dará algo que pensar a la mujer de la limpieza de mi madre.

Ana sigue con la máscara puesta, sin aliento, sonriente. Parece saciada. Me arrodillo a su lado y descanso la frente en su espalda mientras ambos encontramos un equilibrio.

—Mmm —murmuro con satisfacción, y planto un beso en su espalda perfecta—. Creo que me debe usted un baile, señorita Steele.

Ella musita una contestación satisfecha que proviene de lo más hondo de su garganta. Me siento y la coloco sobre mi regazo.

—No tenemos mucho tiempo. Vamos.

Le beso el pelo. Ana se aparta de mi regazo y se sienta en la cama para empezar a vestirse mientras yo me abotono la camisa y vuelvo a anudarme la pajarita.

Se pone de pie y camina hacia donde he dejado su vestido. Sólo con la máscara, el corsé y los zapatos, es la sensualidad personificada. Sabía que era una diosa, pero esto… Supera con creces mis expectativas.

La quiero.

Me vuelvo hacia otro lado porque de pronto me siento vulnerable. Estiro la colcha de la cama.

La sensación de inquietud que me ha invadido se retira como una marea menguante mientras termino, y entonces veo que Ana está mirando las fotografías que hay en mi panel. Tengo muchas: de todas las partes del mundo. A mis padres les gustaba pasar las vacaciones en el extranjero.

—¿Quién es? —pregunta, y señala una fotografía en blanco y negro de la puta adicta al crack.

—Nadie importante.

Me pongo el saco y me coloco bien la máscara. Me había olvidado de esa foto. Carrick me la dio cuando tenía dieciséis años. Intenté tirarla muchas veces, pero nunca fui capaz de deshacerme de ella.

—Hijo, tengo algo para ti.

—¿El qué?

Estoy en el estudio de Carrick, esperando una bronca. Aunque no sé por qué. Más me vale que no se haya enterado de lo de la señora Lincoln.

—Últimamente se te ve más tranquilo, más sereno, más tú.

Asiento con la esperanza de que mi expresión no delate nada.

—Estaba revisando unos expedientes antiguos y he encontrado esto.

Me entrega una fotografía en blanco y negro de una joven triste. Es como un puñetazo en el estómago.

La puta adicta al crack.

Carrick observa mi reacción.

—Nos la dieron cuando te adoptamos.

—Ah —consigo decir, aunque se me ha cerrado la garganta.

—He pensado que querrías verla. ¿La reconoces?

—Sí. —Pronuncio la palabra a la fuerza.

Él asiente, y sé que tiene algo más que decirme.

¿Qué más hay?

—No dispongo de ninguna información sobre tu padre biológico. Por lo que sabemos, no formó parte de la vida de tu madre de ninguna forma.

Está intentando decirme algo... ¿No era su padrote de mierda?

Por favor, dime que no era él.

—Si quieres saber algo más... aquí estoy.

—¿Ese hombre? —susurro.

—No. Él no tenía nada que ver contigo —dice mi padre para tranquilizarme.

Cierro los ojos.

Gracias, carajo. Gracias, carajo. Gracias, carajo.

—¿Eso es todo, papá? ¿Puedo irme?

—Por supuesto.

Mi padre parece preocupado, pero asiente.

Salgo de su despacho aferrando la fotografía. Y echo a correr. Correr. Correr. Correr...

La puta adicta al crack era una criatura triste y patética. En esa vieja foto en blanco y negro se la ve como la víctima que era. Creo que es una fotografía de ficha policial con los números cortados. Me pregunto si las cosas podrían haberle ido de otra manera si la organización benéfica de mis padres hubiese existido por aquel entonces. Sacudo la cabeza. No quiero hablar de ella con Ana.

—¿Te subo el cierre? —le pregunto para cambiar de tema.

—Por favor —dice ella, y se vuelve de espaldas a mí para que pueda abrocharle el vestido—. Entonces ¿por qué la tienes en el panel?

Anastasia Steele, tienes una respuesta y una pregunta para todo.

—Un descuido por mi parte. ¿Qué tal la pajarita?

Examina el nudo y su mirada se suaviza. Levanta una mano y me la endereza tirando de ambos extremos.

—Ahora está perfecta —dice.

—Como tú. —La envuelvo en mis brazos y la beso—. ¿Estás mejor?

—Mucho mejor, gracias, señor Grey.

—El placer ha sido mío, señorita Steele.

Me siento agradecido. Complacido.

Extiendo la mano y ella la toma con una sonrisa tímida pero satisfecha. Quito el seguro de la puerta, bajamos y salimos de nuevo a los jardines. No sé en qué momento se reúne con nosotros el equipo de seguridad, pero los dos hombres nos siguen hacia la terraza cuando cruzamos las puertas de cristal de la sala de estar. Unos cuantos fumadores se han reunido allí para dar unas caladas y nos miran con interés, pero yo no hago caso y me llevo a Ana a la pista de baile.

—Y ahora, damas y caballeros, ha llegado el momento del primer baile —anuncia el maestro de ceremonias—. Señor y doctora Grey, ¿están listos?

Carrick asiente, tiene a mi madre en sus brazos.

—Damas y caballeros de la Subasta del Baile Inaugural, ¿están preparados?

Rodeo a Ana por la cintura y bajo la mirada hacia ella, que me sonríe.

—Pues empecemos —declara con entusiasmo el maestro de ceremonias—. ¡Adelante, Sam!

La líder de la banda cruza el escenario dando saltitos, se vuelve hacia sus músicos y chasquea los dedos, momento en el que el conjunto empieza a tocar una versión vulgar de «I've Got You Under My Skin». Aprieto a Ana contra mí para empezar a bailar, y ella enseguida acompasa sus pies a los míos. Está cautivadora mientras le hago dar vueltas por toda la pista, y nos sonreímos como los tortolitos enamorados que somos...

¿Alguna vez me había sentido así?

¿Optimista?

¿Feliz?

El puto amo del universo.

—Me encanta esta canción —le digo—. Resulta muy apropiada.

—Yo también te tengo bajo la piel. Al menos te tenía en tu dormitorio.

¡Ana! No salgo de mi asombro.

—Señorita Steele, no tenía ni idea de que pudiera ser tan grosera.

—Señor Grey, yo tampoco. Creo que se debe a mis experiencias recientes —contesta con una sonrisa pícara—. Han sido muy educativas.

—Para ambos.

Y de nuevo nos deslizamos por toda la pista de baile. La canción termina y me cuesta soltarla para aplaudir.

—¿Puedo interrumpir? —pregunta Flynn, que ha aparecido de la nada.

Todavía tiene que ofrecerme alguna explicación después de la pantomima de la subasta, pero doy un paso a un lado.

—Adelante. Anastasia, éste es John Flynn. John, Anastasia.

Ana lanza una mirada nerviosa presa del pánico y yo me retiro a la línea de banda para observar. Flynn abre los brazos y ella le da la mano cuando los músicos tocan los primeros compases de «They Can't Take That Away from Me».

Ana parece animada en los brazos de John. Me pregunto de qué estarán hablando.

¿De mí?

Mierda.

Mi nerviosismo regresa a toda máquina.

Tengo que enfrentarme a la realidad de que, en cuanto Ana conozca todos mis secretos, se irá, y de que intentar hacer esto a su manera sólo está retrasando lo inevitable.

Pero John no sería tan indiscreto, sin duda.

—Hola, cariño —dice Grace interrumpiendo mis oscuras disquisiciones.

—Mamá.

—¿Te estás divirtiendo?

También mira a Ana y a John.

—Mucho.

Grace se ha quitado la máscara.

—Qué donativo tan generoso, el de tu joven amiga —comenta, pero su voz contiene un leve deje cortante.

—Sí —contesto con sequedad.

—Pensaba que era estudiante.

—Mamá, es una larga historia.

—Ya lo imaginaba.

Algo ha pasado.

—¿Qué ocurre, Grace? Suéltalo ya.

Levanta una mano con cautela para tocarme el brazo.

—Se te ve feliz, cariño.

—Lo soy.

—Creo que es una buena influencia para ti.

—Yo también lo creo.

—Espero que no te haga daño.

—¿Por qué dices eso?

—Es muy joven.

—Mamá, ¿qué estás…?

Una invitada que lleva el vestido más chabacano que he visto en la vida se acerca a Grace.

—Christian, ésta es mi amiga Pamela, del club de lectura.

Intercambiamos las debidas cortesías, pero yo quiero interrogar a mi madre. ¿Qué carajos intentaba insinuar acerca de Ana? La canción ya está acabando, y sé que debo ir a rescatar a Anastasia de mi psiquiatra.

—Esta conversación no ha terminado —le advierto a Grace, y me dirijo hacia donde Ana y John han dejado de bailar.

¿Qué está intentando decirme mi madre?

—Ha sido un placer conocerte, Anastasia —le dice Flynn a Ana.

—John. —Asiento a modo de saludo.

—Christian.

Flynn me devuelve el saludo y se excusa, para ir en busca de su mujer, sin duda. Aunque sigo desconcertado por la conversación que acabo de tener con mi madre, arrastro a Ana a mis brazos para empezar el siguiente baile.

—Es mucho más joven de lo que esperaba —comenta—. Y tremendamente indiscreto.

Mierda.

—¿Indiscreto?

—Ah, sí, me lo ha contado todo —confiesa.

Mierda. ¿De verdad se lo ha contado? Pongo a Ana a prueba para ver cuánto daño ha hecho Flynn.

—Bien, en ese caso iré a buscar tu bolso. Estoy seguro de que ya no querrás tener nada que ver conmigo.

Ana deja de bailar.

—¡No me ha contado nada! —exclama, y me parece que quiere zarandearme.

Oh, gracias a Dios.

Deslizo la mano hasta la parte baja de su espalda mientras la banda ataca «The Very Thought of You».

—Entonces disfrutemos del baile.

Soy un imbécil. Por supuesto que Flynn no quebrantaría la confidencialidad profesional. Y mientras Ana me sigue paso a paso, mi estado de ánimo mejora y mi inquietud se disipa. No tenía ni idea de que pudiera disfrutar tanto bailando.

Me asombra lo desenvuelta que se muestra esta noche Ana en la pista de baile, y por un momento me veo otra vez en el departamento, después de nuestra primera noche juntos, mirándola mientras ella daba brincos con los auriculares puestos. Se movía con tanta descoordinación… Vaya contraste con la Ana que está aquí conmigo ahora, siguiendo mi guía a la perfección y pasándolo bien.

La banda empieza a tocar «You Don't Know Me» tras una suave transición.

Es más lenta. Es melancólica. Es agridulce.

Es una advertencia.

Ana. No me conoces.

Y mientras la abrazo y giramos juntos, ruego en silencio que me perdone por un pecado del que ella no sabe nada. Por algo que algún día tendrá que saber.

No me conoce.

Nena, lo siento. Inhalo su aroma y me ofrece cierto consuelo. Cierro los ojos y lo grabo en mi recuerdo para así poder rememorarlo siempre cuando ella se haya ido.

Ana.

La canción termina y ella me dedica una sonrisa cautivadora.

—Tengo que ir al baño —dice—. No tardaré.

—Está bien.

La veo alejarse con Taylor tras ella, y me fijo en que los otros tres agentes de seguridad están aguardando en el borde de la pista de baile. Uno de ellos se pone en marcha para seguir a Taylor.

Localizo al doctor Flynn, que está hablando con su mujer.

—John.

—Hola de nuevo, Christian. Ya conoces a mi mujer, Rhian.

—Desde luego. Rhian —digo, y nos damos la mano.

—Tus padres saben cómo organizar una fiesta —comenta ella.

—Ya lo creo —contesto.

—Si me disculpan, voy un momento al tocador. John, compórtate —advierte, y yo no puedo evitar reírme.

—Me conoce bien —apunta Flynn con sequedad.

—¿De qué diablos iba todo eso? —pregunto—. ¿Es que te estás divirtiendo a mi costa?

—A tu costa, sin lugar a dudas. Me encanta ver cómo te desprendes de tu dinero.

—Tienes suerte de que ella valga hasta el último centavo.

—Tenía que hacer algo para que vieras que no tienes miedo al compromiso.

Flynn se encoge de hombros.

—¿Ése es el motivo por el que has pujado en mi contra? ¿Para ponerme a prueba? No es mi falta de compromiso lo que me da miedo.

Le dirijo una mirada sombría.

—Parece estar bien equipada para tratar contigo —comenta.

Yo no estoy tan seguro.

—Christian, díselo y punto. Ella sabe que tienes problemas. Y no es por nada que le haya dicho yo. —Levanta las manos—. Además, la verdad es que éste no es ni el momento ni el lugar para tener esta conversación.

—Tienes razón.

—¿Dónde está?

Flynn mira a nuestro alrededor.

—En el tocador.

—Es una joven encantadora.

Asiento para mostrar que estoy de acuerdo.

—Ten un poco de fe —dice.

—Señor Grey —nos interrumpe Reynolds, del equipo de seguridad.

—¿Qué ocurre? —pregunto.

—¿Podríamos hablar en privado?

—Puede hablar con toda libertad —respondo. Que es mi psiquiatra, no me jodas.

—Taylor quería que supiera que Elena Lincoln está hablando con la señorita Steele.

Mierda.

—Ve —dice Flynn y, por la mirada que me echa, sé que le encantaría ser una mosca posada en la pared para oír lo que están diciendo.

—Te veo luego —murmuro, y sigo a Reynolds hacia la carpa.

Taylor está de pie junto a la lona de la entrada. Más allá, dentro de la gran carpa, Ana y Elena están teniendo una conversación tensa. Ana se vuelve de repente y viene echa una furia hacia mí.

—Estás aquí —digo, intentando sopesar su estado de ánimo cuando llega hasta nosotros.

No me hace el menor caso y pasa de largo junto a Taylor y junto a mí.

Esto no es bueno.

Le dirijo una breve mirada a Taylor, pero él permanece impasible.

—Ana —la llamo, y corro para alcanzarla—. ¿Qué pasó?

—¿Por qué no se lo preguntas a tu ex? —responde con rabia.

Está furiosa.

Compruebo que no hay nadie cerca que pueda oírnos.

—Te lo estoy preguntando a ti —insisto.

Me fulmina con la mirada.

¿Qué demonios he hecho?

Ana cuadra los hombros.

—Me ha amenazado con ir por mí si vuelvo a hacerte daño… armada con un látigo seguramente —me suelta.

Y no sé si está siendo graciosa a propósito, pero la imagen de Elena amenazando a Ana con una fusta de montar resulta ridícula.

—Seguro que no se te ha pasado por alto la ironía de la situación —digo, provocándola, en un intento de rebajar la tensión.

—¡Esto no tiene gracia, Christian! —espeta.

—No, tienes razón. Hablaré con ella.

—Eso ni pensarlo.

Y cruza los brazos.

¿Qué carajos se supone que debo hacer?

—Mira —dice—, ya sé que estás atado a ella financieramente, si me permites el juego de palabras, pero… —se calla y resopla porque de repente parece haberse quedado sin palabras—. Tengo que ir al baño —gruñe.

Ana está molesta. Otra vez.

Suspiro. ¿Qué más puedo hacer?

—Por favor, no te enfades —le pido—. Yo no sabía que ella estaría aquí. Dijo que no vendría.

Alargo una mano, y ella me permite que le pase el pulgar por el labio inferior.

—No dejes que Elena nos estropee la noche, por favor, Anastasia. Sólo es una vieja amiga.

Le levanto la barbilla y poso un delicado beso en sus labios. Ella transige con un suspiro, y creo que la pelea se ha terminado. La tomo del codo.

—Te acompañaré al tocador, así no volverán a interrumpirte.

Saco el celular mientras la espero junto a los servicios portátiles de lujo que mi madre ha alquilado para la velada. Tengo un correo de la doctora Greene, que me dice que puede ver a Ana mañana.

Bien. Me encargaré de eso después.

Marco el número de Elena y me alejo unos cuantos pasos, hasta un rincón tranquilo del jardín de atrás. Me contesta al primer tono.

—Christian.

—Elena, ¿qué diablos estás haciendo?

—Esa chica es desagradable y maleducada.

—Bueno, tal vez deberías dejarla en paz.

—He pensado que debía presentarme —dice Elena.

—¿Para qué? Creía que habías dicho que no vendrías. ¿Por qué cambiaste de opinión? Creía que estábamos de acuerdo.

—Tu madre me llamó y me rogó que asistiera, y yo tenía curiosidad por conocer a Anastasia. Necesito saber que no volverá a hacerte daño.

—Bien, pues déjala en paz. Ésta es la primera relación que he tenido en mi vida, y no quiero que la pongas en peligro basándote en una preocupación por mí totalmente infundada. Déjala... en... paz.

—Chris...

—Lo digo en serio, Elena.

—¿Es que le has dado la espalda a quien eres en realidad? —me pregunta.

—No, claro que no —levanto la vista y me encuentro a Ana mirándome—. Tengo que dejarte. Buenas noches.

Le cuelgo a Elena, seguramente por primera vez en mi vida.

Ana enarca una ceja.

—¿Cómo está la vieja amiga?

—De mal humor —decido que lo mejor es cambiar de tema—. ¿Quieres volver a bailar? ¿O quieres irte? —miro el reloj—. Los fuegos artificiales empiezan dentro de cinco minutos.

—Me encantan los fuegos artificiales —dice, y sé que intenta reconciliarse conmigo.

—Pues nos quedaremos a verlos.

La rodeo con mis brazos y la acerco a mí.

—No dejes que ella se interponga entre nosotros, por favor.

—Se preocupa por ti —susurra.

—Sí, y yo por ella… como amiga.

—Creo que para ella es más que una amistad.

—Anastasia, Elena y yo… —Me callo. ¿Qué puedo decirle para tranquilizarla?—. Es complicado. Compartimos una historia. Pero sólo es eso, historia. Como ya te he dicho muchas veces, es una buena amiga. Nada más. Por favor, olvídate de ella.

La beso en el pelo y ella no insiste más.

La tomo de la mano para regresar juntos a la pista de baile.

—Anastasia —dice mi padre en su tono delicado. De pronto está junto a nosotros—. Me preguntaba si me harías el honor de concederme el próximo baile.

Carrick le tiende la mano.

Yo le dedico una sonrisa y veo cómo se lleva a mi acompañante a la pista de baile mientras la banda empieza a tocar «Come Fly with Me».

No tardan en disfrutar de una conversación muy animada, y una vez más me pregunto si será sobre mí.

—Hola, cariño. —Mi madre se ha acercado sigilosamente, con una copa de champán en la mano.

—Mamá, ¿qué intentabas decirme? —pregunto sin preámbulos.

—Christian, yo… —Se calla y me mira con inquietud.

Sé que se está andando con evasivas. Nunca le ha gustado dar malas noticias.

Mi nivel de ansiedad sube.

—Grace. Dímelo.

—He hablado con Elena. Me ha dicho que Ana y tú habían terminado y que te rompió el corazón.

¿Cómo?

—¿Por qué no me lo contaste? —sigue diciendo—. Ya sé que dirigen juntos un negocio, pero me ha sentado mal enterarme por ella.

—Elena está exagerando. No me rompió el corazón. Tuvimos un desencuentro. Nada más. No te lo dije porque fue algo temporal. Ahora ya estamos bien.

—No soporto la idea de que te hagan daño, cariño. Espero que esté contigo por los motivos adecuados.

—¿Quién? ¿Ana? ¿Qué insinúas, mamá?

—Eres un hombre adinerado, Christian.

—¿Crees que es una cazafortunas?

Es como si me hubiese abofeteado.

Mierda.

—No, eso no es lo que he dicho…

—Mamá. Ella no es así en absoluto.

Estoy intentando no perder los nervios.

—Eso espero, cariño. Sólo me preocupo por ti. Ten cuidado. A la mayoría de la gente joven le rompen el corazón durante la adolescencia.

Me dirige una mirada de complicidad.

Ay, por favor. A mí me rompieron el corazón mucho, muchísimo antes de que llegara a la pubertad.

—Cariño, ya sabes que sólo queremos que seas feliz, y tengo que decir, a juzgar por esta noche, que nunca te había visto tan feliz como ahora.

—Sí. Mamá, agradezco tu preocupación, pero todo va bien. —Casi cruzo los dedos detrás de la espalda—. Ahora voy a rescatar a mi novia la cazafortunas de las garras de mi padre. —Mi voz tiene un dejo glacial.

—Christian…

Mi madre intenta retenerme, pero, francamente, que se vaya

a la mierda. ¿Cómo se atreve a pensar eso de Ana? ¿Y por qué diablos chismorrea Elena con Grace sobre lo mío con Anastasia?

—Ya está bien de bailar con ancianos —les anuncio a Ana y a mi padre.

Carrick se ríe.

—No tan «anciano», hijo. Todo el mundo sabe que he tenido mis momentos.

Le guiña un ojo a Ana y se marcha con paso fanfarrón para reunirse con su esposa, que parece afligida.

—Me parece que a mi padre le gustas —musito, sintiéndome de un humor de perros.

—¿Cómo no voy a gustarle? —replica Ana con una sonrisa coqueta.

—Bien dicho, señorita Steele.

Tiro de ella para atraparla entre mis brazos mientras la banda empieza a tocar «It Had to Be You».

—Baila conmigo —mi voz es grave y oscura.

—Con mucho gusto, señor Grey —acepta.

Bailamos, y mis pensamientos sobre cazafortunas, padres sobreprotectores y ex dominatrix entrometidas desaparecen.

Domingo, 12 de junio de 2011

A medianoche, el maestro de ceremonias anuncia que podemos quitarnos las máscaras. Desde la orilla de la bahía, contemplamos el asombroso espectáculo pirotécnico, con Ana envuelta en mis brazos, su espalda pegada a mi pecho. El cielo se ilumina con el estallido de los fuegos artificiales, que proyectan un caleidoscopio de colores sobre su rostro. Una enorme sonrisa acompaña su expresión extasiada con cada explosión de luz. La exhibición pirotécnica está perfectamente acompasada con la música, *Zadok the Priest*, de Handel.

Es un regalo para los sentidos.

Mis padres se han volcado con los invitados y eso me hace sentir un poco menos molesto con ellos. La última salva de cohetes estalla en estrellas doradas que iluminan la bahía y arrancan un aplauso espontáneo entre la multitud, arrobada bajo una lluvia chispeante que baña de luz las oscuras aguas.

Es espectacular.

—Damas y caballeros —proclama el maestro de ceremonias cuando los vítores decrecen—. Sólo un apunte más a esta extraordinaria velada: su generosidad ha alcanzado la cifra total de ¡un millón ochocientos cincuenta y tres mil dólares!

La noticia es acogida con una nueva y calurosa muestra de entusiasmo. La suma es impresionante. Imagino que mi madre habrá estado toda la noche ocupada en sacarles el dinero a sus acaudalados amigos e invitados. Mi contribución de seiscientos mil dólares ha ayudado. El aplauso es ensordecedor, y las palabras

«Gracias de parte de Afrontarlo Juntos» aparecen en el puente donde los técnicos han estado trabajando, formadas por bengalas de luz plateada que se reflejan trémulamente en las aguas oscuras y tranquilas de la bahía.

—Oh, Christian… esto es maravilloso —exclama Ana, y la beso.

Le comento que es hora de irnos. Después de un día tan largo, estoy deseando llegar a casa y acurrucarme junto a ella. Espero no tener que convencerla para que se quede esta noche. Para empezar, Leila aún anda suelta, pero es que, además, y a pesar de todo, he disfrutado de este día y quiero más. Deseo que se quede todo el domingo, y tal vez también el resto de la semana.

Mañana la visitará la doctora Greene y, dependiendo del tiempo que haga, quizá podríamos ir a volar o a salir a navegar. Me gustaría enseñarle el *Grace*.

La idea de pasar más tiempo con Ana me resulta atractiva.

Muy atractiva.

Taylor se acerca negando con la cabeza, de lo que deduzco que quiere que no nos movamos de donde estamos hasta que la multitud se disperse. Ha estado vigilándonos toda la noche y debe de estar agotado. Sigo sus instrucciones y le pido a Ana que espere conmigo.

—Así que Aspen, ¿eh? —digo, para distraerla.

—Oh… no he pagado la puja —se lamenta.

—Puedes mandar el cheque. Tengo la dirección.

—Estabas realmente enojado.

—Sí, lo estaba.

—La culpa es tuya y de tus juguetitos.

—Se sentía bastante abrumada por toda la situación, señorita Steele. Y el resultado ha sido de lo más satisfactorio, si no recuerdo mal. Por cierto, ¿dónde están?

—¿Las bolas de plata? En mi bolso.

—Me gustaría recuperarlas. Son un artilugio demasiado potente para dejarlo en tus inocentes manos.

—¿Tienes miedo de que vuelva a sentirme abrumada, con otra persona quizá? —dice con un brillo travieso en la mirada.

Ana, no bromees con esas cosas.

—Espero que eso no pase. Pero no, Ana. Sólo deseo tu placer. Siempre.

—¿No confías en mí? —pregunta.

—Se sobreentiende. Y bien, ¿vas a devolvérmelas?

—Me lo pensaré.

La señorita Steele es dura de pelar.

A lo lejos, el disc-jockey ha dado inicio a su actuación.

—¿Quieres bailar? —le propongo.

—Estoy muy cansada, Christian. Me gustaría irme, si no te importa.

Le hago una señal a Taylor, que asiente y se comunica con el resto de personal de seguridad a través del micrófono que lleva oculto en la manga, tras lo que echamos a andar por el jardín. Mia se acerca corriendo con los zapatos en la mano.

—Todavía no se van, ¿verdad? Ahora empieza la música auténtica. Vamos, Ana.

La toma de la mano.

—Mia, Anastasia está muy cansada. Nos vamos a casa. Además, mañana tenemos un día importante.

Ana me mira, sorprendida.

Mia hace un mohín comprendiendo que no va a salirse con la suya, y no insiste.

—Tienen que venir algún día de la próxima semana. Ana, tal vez podríamos ir juntas de compras.

—Claro, Mia —contesta Ana, en cuya voz se hace evidente el cansancio.

Tengo que llevarla a casa. Mia se despide de ella con un beso y a continuación me abraza, con fuerza. Está radiante cuando alza la vista hacia mí.

—Me gusta verte tan feliz —dice, y me besa en la mejilla—. Adiós, que se diviertan.

Mia corre a reunirse con los amigos que estaban esperándola y que ya han echado a andar hacia la pista de baile.

Mis padres no están lejos, y ahora me siento culpable por haber perdido los estribos con Grace.

—Vamos a decir buenas noches a mis padres antes de irnos. Ven.

Nos acercamos paseando. A Grace se le ilumina el rostro al vernos, e intento no fruncir el ceño cuando alarga una mano hacia mí y me acaricia la cara. Sonríe.

—Gracias por venir y traer a Anastasia. Me ha encantado verlos juntos.

—Gracias por esta magnífica velada, mamá —consigo articular.

No deseo sacar a relucir delante de Ana la conversación que hemos mantenido antes.

—Buenas noches, hijo. Ana —dice Carrick.

—Por favor, vuelve cuando quieras, Anastasia, ha sido un placer tenerte aquí —asegura Grace con entusiasmo.

Creo que está siendo sincera y el regusto amargo que había dejado el comentario de la cazafortunas empieza a desvanecerse. Tal vez mi madre sólo se preocupa por mí, pero no la conocen, en absoluto. Ana es la mujer menos codiciosa que he conocido en toda mi vida.

Rodeamos la casa hasta la entrada de la mansión. Ana se frota los brazos.

—¿Vas bien abrigada? —le pregunto.

—Sí, gracias.

—He disfrutado mucho de la velada, Anastasia. Gracias.

—Yo también… De unas partes más que de otras.

Es evidente que está pensando en nuestro encuentro clandestino en el dormitorio de mi infancia.

—No te muerdas el labio —le advierto.

—¿Qué querías decir con que mañana es un día importante?

Le cuento que la doctora Greene irá a visitarla a casa y que tengo reservada una sorpresa para ella.

—¿La doctora Greene?

—Sí.

—¿Por qué?

—Porque odio los preservativos.

—Es mi cuerpo —protesta.

—También es mío —susurro.

Ana. Por favor. Los odio. Con todas mis fuerzas.

Sus ojos centellean bajo el suave resplandor de los farolillos de papel que adornan el jardín delantero y me pregunto si continuará la discusión. Levanta una mano y me quedo inmóvil. Tira de la punta de la pajarita, la desata y, con sumo cuidado, me desabrocha el primer botón de la camisa. La contemplo fascinado, paralizado.

—Así estás muy sensual —dice con un murmullo que me toma por sorpresa.

Creo que ha decidido parar el asunto de la doctora Greene.

—Tengo que llevarte a casa. Ven.

El Q7 se detiene delante de nosotros y el acomodador se baja y entrega las llaves a Taylor. Sawyer, uno de los tipos de seguridad que he contratado, me tiende un sobre. Va dirigido a Ana.

—¿De dónde ha salido esto? —pregunto.

—Me lo ha dado uno de los meseros, señor.

¿Es de un admirador? La letra me suena. Taylor le abre la puerta a Ana, ocupo mi asiento a su lado y le doy el sobre.

—Va dirigido a ti. Alguien del servicio se lo dio a Sawyer. Sin duda, de parte de otro corazón cautivo.

Taylor sigue la hilera de coches que desfila por el camino de entrada de mis padres, mientras Ana abre el sobre y echa un vistazo a la nota que contiene.

—¿Se lo dijiste? —me pregunta con cierta brusquedad.

—¿Decirle qué?

—Que yo la llamo señora Robinson.

—¿Es de Elena? Esto es ridículo. —Le pedí a Elena que la dejara en paz. ¿Por qué no me hace caso? ¿Y qué le ha dicho a Ana? ¿Qué diablos le pasa a esa mujer?—. Mañana hablaré con ella. O el lunes.

Quiero leer la nota, pero Ana se me adelanta y la mete en el bolso, del que saca las bolas chinas.

—Hasta la próxima —dice mientras me las devuelve.

¿La próxima?

Vaya, eso es una buena noticia. Le aprieto la mano y me corresponde con el mismo gesto, mientras contempla la noche a través de la ventanilla.

A mitad del puente 520 Ana se queda dormida, por lo que intento aprovechar para relajarme. Ha sido un día muy largo y estoy cansado. Inclino la cabeza hacia atrás y cierro los ojos.

Sí. Vaya día.

Ana y el cheque. Su mal humor. Su testarudez. El lápiz de labios. El sexo.

Sí. El sexo.

Y tendré que ocuparme de eso que tanto le preocupa a mi madre y de la ofensiva insinuación de que Ana es una oportunista que va detrás de mi dinero.

Y además está Elena, que no deja de interferir como si no supiese comportarse. ¿Qué diablos voy a hacer con ella?

Miro mi reflejo en la ventanilla. La figura cetrina y macabra me devuelve la mirada y no desaparece hasta que dejamos la interestatal 5 y tomamos la salida de Stewart Street, bien iluminada. Estamos cerca de casa.

Ana sigue dormida cuando el coche se detiene frente al edificio. Sawyer se baja rápidamente y me abre la puerta.

—¿Tengo que llevarte en brazos? —le pregunto a Ana, apretándole la mano.

Se despierta y menea la cabeza, medio dormida. Sawyer va delante de nosotros, en actitud vigilante, y nos escolta hasta el interior del Escala mientras Taylor mete el coche en el estacionamiento.

Ana se apoya en mí en el ascensor y cierra los ojos.

—Ha sido un día largo, ¿eh, Anastasia?

Asiente.

—¿Cansada?

Asiente.

—No estás muy habladora —observo.

Asiente una vez más y me arranca una sonrisa.

—Ven. Te llevaré a la cama.

Entrelazo mis dedos con los suyos y salimos del ascensor detrás de Sawyer, que al instante se detiene en el vestíbulo con la mano alzada. Aprieto la de Ana con fuerza.

¿Qué demonios…?

—Entendido, T. —dice Sawyer, y se vuelve hacia nosotros—. Señor Grey, han picado los neumáticos y han manchado con pintura el Audi de la señorita Steele.

Ana da un grito ahogado.

¿Qué?

Lo primero que se me ocurre es que un gamberro ha entrado en el estacionamiento… hasta que recuerdo a Leila.

¿Qué diablos ha hecho?

—A Taylor le preocupa que quien lo haya hecho pueda haber entrado en el departamento y siga ahí —prosigue Sawyer—. Quiere asegurarse.

¿Cómo va a haber alguien en mi departamento?

—Entiendo. ¿Y qué piensa hacer?

—Está subiendo en el ascensor de servicio con Ryan y Reynolds. Lo registrarán todo y luego nos darán luz verde. Yo esperaré con ustedes, señor.

—Gracias, Sawyer. —No pienso soltar a Ana—. El día de hoy no para de mejorar.

Es imposible que Leila pueda estar en el departamento. ¿Está ahí?

Sin embargo, en ese momento recuerdo las ocasiones en que he creído haber notado que algo se movía con el rabillo del ojo… O la vez que me desperté con la sensación de que alguien me había alborotado el pelo y sólo encontré a Ana a mi lado, dormida profundamente. Las dudas me provocan un escalofrío que me recorre la espalda.

Mierda.

Necesito saber si Leila está aquí. No creo que me haga daño. Beso a Ana en el pelo.

—Escuchen, yo no soporto quedarme aquí esperando. Sawyer, ocúpate de la señorita Steele. No dejes que entre hasta que esté todo controlado. Estoy seguro de que Taylor exagera. Ella no puede haber entrado en el departamento.

—No, Christian —Ana intenta detenerme agarrándome por las solapas—. Quédate aquí conmigo.

—Haz lo que se te dice, Anastasia. Espera aquí —sueno más tajante de lo que pretendo y entonces me suelta—. ¿Sawyer?

El hombre continúa impidiéndome el paso, indeciso. Arqueó una ceja y, tras un momento de vacilación, abre las puertas dobles que dan a mi departamento para dejarme pasar y las cierra detrás de mí.

El pasillo que conduce al salón está a oscuras y en silencio. Me detengo y aguzo el oído, atento a cualquier cosa que se salga de lo habitual, pero lo único que oigo es el quejido del viento abrazando el edificio y el zumbido de los electrodomésticos de la cocina. Abajo en la calle, a lo lejos, se oye una sirena de policía, pero, aparte de eso, todo está tranquilo en el Escala, como debería ser.

Si Leila estuviese aquí, ¿dónde iría?

Lo primero que se me ocurre es el cuarto de juegos. Estoy a punto de subir corriendo cuando me detiene el ruido sordo y la campanilla del ascensor de servicio, del que salen Taylor y otros dos tipos de seguridad, que se distribuyen por el pasillo empuñando sus armas como si estuvieran en una película de acción con mucha testosterona.

—¿Son absolutamente necesarias? —le pregunto a Taylor, al frente del operativo.

—Tomamos las precauciones necesarias, señor.

—No creo que esté aquí.

—Haremos una rápida inspección.

—Muy bien —contesto, resignado—. Yo miraré arriba.

—Iré con usted, señor Grey.

Me temo que Taylor se preocupa en exceso por mi seguridad.

Sin perder tiempo, da instrucciones a sus dos compañeros, que se dispersan para registrar el departamento. Enciendo todas las luces para que el salón y el pasillo estén bien iluminados y me dirijo arriba con Taylor.

Es minucioso. Mira debajo de la cama de cuatro postes, de la mesa e incluso del sofá del cuarto de juegos. Hace lo mismo en la habitación de las sumisas y en el resto de estancias, pero no encuentra señal de que haya intrusos. A continuación se dirige a la zona que ocupan la señora Jones y él y yo vuelvo abajo. Mi baño y el vestidor están despejados, así como el dormitorio. Me siento como un tonto en medio de la habitación, pero aun así me agacho y miro debajo de la cama.

Nada.

Ni polvo. El trabajo de la señora Jones es impecable.

La puerta del balcón tiene puesto el seguro, pero la abro. Fuera, la brisa es fría, y la ciudad se extiende oscura y sombría a mis pies. Lo único que se oye es el murmullo del tráfico en la distancia y el débil gemido del viento. Entro de nuevo en la habitación y vuelvo a poner el seguro.

Taylor acaba de bajar.

—No está aquí —asegura.

—¿Crees que se trata de Leila?

—Sí, señor. —Aprieta los labios en una fina línea—. ¿Le importa si registro su dormitorio?

A pesar de que ya lo he hecho yo, estoy demasiado cansado para discutir.

—Adelante.

—Me gustaría revisar todos los armarios y rincones, señor —añade.

—De acuerdo.

Meneo la cabeza, incrédulo ante la situación absurda en la que nos encontramos, y abro las puertas del vestíbulo para ir en busca de Ana. Sawyer empuña el arma en alto, pero la baja al comprobar que se trata de mí.

—Vía libre —le informo. Sawyer vuelve a enfundar la pistola y se hace a un lado—. Taylor exageró —digo, dirigiéndome a Ana. Tiene aspecto de estar agotada. No se mueve, se queda mirándome fijamente, pálida, y entonces comprendo que está asustada—. No pasa nada, nena —la envuelvo entre mis brazos y la beso en el pelo—. Ven, estás cansada. Vamos a la cama.

—Estaba tan preocupada —musita.

—Lo sé. Todos estamos nerviosos.

Sawyer ha desaparecido, supongo que ha entrado en el departamento.

—Sinceramente, señor Grey, sus ex están resultando muy problemáticas —protesta.

—Sí, es verdad —mucho. La llevo al salón—. Taylor y su equipo están revisando todos los armarios y rincones. Yo no creo que esté aquí.

—¿Por qué iba a estar aquí? —por el tono de voz, parece desconcertada, pero le aseguro que Taylor es concienzudo y que ha mirado en todas partes, incluso en el cuarto de juegos. Le ofrezco una copa para tranquilizarla, pero la declina. Está cansada—. Ven. Deja que te lleve a la cama. Te ves agotada.

Una vez en mi dormitorio, vacía el contenido del bolsito sobre la cómoda.

—Mira —me tiende la nota de Elena—. No sé si quieres leerla. Yo prefiero no hacer caso.

Le echo un vistazo.

Anastasia:
Puede que te haya juzgado mal. Y está claro que tú me has juzgado mal a mí. Llámame si necesitas llenar alguno de los espacios en blanco; podríamos quedar para comer. Christian no quiere que hable contigo, pero estaría encantada de poder ayudar. No me malinterpretes, apruebo lo de ustedes, créeme... pero si le hicieras daño, no sé lo que haría... Ya le han hecho bastante daño. Llámame: (206) 279-6261.

Sra. Robinson

Me hierve la sangre.

¿Es otro de los jueguecitos de Elena?

—No estoy seguro de qué espacios en blanco pretende llenar —me meto la nota en el bolsillo del pantalón—. Tengo que hablar con Taylor. Deja que te baje el cierre del vestido.

—¿Vas a llamar a la policía por lo del coche? —pregunta mientras se da la vuelta.

Le aparto el pelo y le bajo el cierre.

—No, no quiero que la policía esté involucrada en esto. Leila necesita ayuda, no la intervención de la policía, y yo no los

230

quiero por aquí. Simplemente tenemos que redoblar nuestros esfuerzos para encontrarla —la beso en el hombro—. Acuéstate.

Me sirvo un vaso de agua en la cocina.

¿Qué demonios está pasando? Es como si todo mi mundo implosionara. Justo cuando empiezo a encarrilar mi relación con Ana, mi pasado regresa para torturarme: Leila y Elena. Por un instante me pregunto si no estarán confabuladas, pero me doy cuenta de que estoy volviéndome paranoico. Qué idea más absurda. Elena no está tan loca.

Me froto la cara.

¿Por qué yo, Leila?

¿Por celos?

Ella quería algo más. Yo no.

Aunque yo habría estado encantado de seguir con nuestra relación tal como estaba… Fue ella quien le puso fin.

—Amo, ¿puedo hablar con libertad? —pregunta Leila.

Está sentada a la mesa, a mi derecha, y lleva un favorecedor bodi de encaje de La Perla.

—Claro.

—He empezado a sentir algo por usted. Me gustaría que me pusiera el collar y quedarme a su lado por siempre jamás.

¿Ponerle el collar? ¿Por siempre jamás?, me digo. ¿Qué mierda sacada de un cuento de hadas es eso?

—Pero creo que es un sueño inalcanzable —prosigue.

—Leila, ya sabes que eso no va conmigo. Ya lo hemos hablado.

—Pero está solo. Yo lo sé.

—¿Solo? ¿Yo? No me siento solo. Tengo mi trabajo. Mi familia. Te tengo a ti.

—Pero yo quiero algo más, Amo.

—No puedo darte más. Y lo sabes.

—Lo sé.

Levanta la cabeza para mirarme y clava sus ojos ambarinos en mí. Ha traspasado el cuarto muro, nunca me había mirado sin permiso. Sin embargo, no la regaño.

—*No puedo. No está en mi naturaleza.*

Siempre he sido sincero con ella. No es algo que no supiera.

—*Sí, sí que lo está, señor, pero tal vez yo no puedo hacérselo ver.*
—*Parece triste. Vuelve a bajar la vista hasta el plato vacío*—. *Me gustaría poner fin a nuestra relación.*

Me ha tomado por sorpresa.

—*¿Estás segura? Leila, es un gran paso. A mí me gustaría mantener nuestro acuerdo.*

—*No puedo seguir así, Amo* —*se le quiebra la voz al pronunciar la última palabra, y no sé qué decirle*—. *No puedo* —*repite en un susurro, aclarándose la garganta.*

—*Leila…* —*me interrumpo, desconcertado por la emoción que distingo en su voz. Ha sido una sumisa impecable. Creía que éramos compatibles*—. *Sentiré que te vayas* —*aseguro, porque es la verdad*—. *He disfrutado mucho del tiempo que hemos pasado juntos. Igual que tú, espero.*

—*Yo también lo sentiré, Señor. Todo ha sido estupendo, esperaba…* —*su voz se va apagando y me dedica una sonrisa teñida de tristeza.*

—*Ojalá fuese de otra manera.*

Pero no lo soy. No necesito una relación permanente.

—*Nunca me ha dado ningún indicio de que fuera a cambiar.*

Habla con voz queda.

—*Lo siento. Tienes razón. Pongámosle fin a esto, ya que así lo deseas. Es lo mejor, sobre todo si has empezado a sentir algo por mí.*

Taylor y el equipo de seguridad se reúnen de nuevo en la cocina.

—No hay señal de Leila en todo el departamento, señor —asegura Taylor.

—Tampoco creía que fueran a encontrarla, pero agradezco que lo hayan comprobado. Gracias.

—Vigilaremos las cámaras por turnos. El primero será Ryan. Sawyer y Reynolds se van a dormir.

—Bien. Y tú también deberías hacerlo.

—Sí, señor Grey. Caballeros. —Taylor despacha a los tres hombres.

—Buenas noches.

Taylor se vuelve hacia mí en cuanto se han ido.

—El coche ha quedado inservible, señor.

—¿Siniestro total?

—Yo diría que sí. La chica se ha despachado a gusto.

—Si es que se trata de Leila.

—Mañana por la mañana hablaré con los de seguridad y revisaré las cámaras del edificio. ¿Quiere que avise a la policía?

—Todavía no.

—De acuerdo —conviene Taylor, asintiendo con la cabeza.

—Tengo que buscarle otro coche a Ana. ¿Podrías hablar mañana con los de Audi?

—Sí, señor. Haré que retiren el otro a primera hora.

—Gracias.

—¿Algo más, señor Grey?

—No, gracias. Ve a descansar.

—Buenas noches, señor.

—Buenas noches.

En cuanto Taylor se va, me dirijo al estudio. Estoy muy tenso. Ahora sería imposible dormir. Sopeso la idea de llamar a Welch para ponerlo al día, pero es demasiado tarde. Me quito el saco, lo cuelgo en el respaldo de la silla y me siento delante de la computadora para escribir un e-mail.

El teléfono vibra en cuanto le doy a «Enviar». El nombre de Elena Lincoln parpadea en la pantalla.

¿Y ahora qué?

Contesto.

—¿A ti qué te pasa?

—¡Christian! —responde, sorprendida.

—No sé por qué me llamas a estas horas. No tengo nada que decirte.

Suspira.

—Sólo quería decirte que… —No acaba la frase, pero continúa hablando—: Iba a dejarte un mensaje.

—Bueno, pues dímelo ahora. No hace falta que dejes ningún mensaje.

Me resulta imposible mantener la compostura.

—Estás enfadado, ya veo. Si es por la nota, escucha…

—No, escúchame tú. Te lo pedí y ahora te lo advierto. Déjala tranquila. Ella no tiene nada que ver contigo. ¿Lo entiendes?

—Christian, yo sólo quiero lo mejor para ti.

—Ya lo sé. Pero lo digo en serio. Elena, carajo. Déjala en paz. ¿Lo quieres por triplicado? ¿Me oyes?

—Sí. Sí. Lo siento.

Nunca la he oído tan afectada, lo que calma mi ánimo hasta cierto punto.

—Bien. Buenas noches.

Dejo el teléfono de golpe sobre la mesa. ¿Por qué tiene que entrometerse? Apoyo la cabeza en las manos.

Estoy muy cansado, mierda.

Alguien llama a la puerta.

—¿Qué? —contesto de mal humor.

Levanto la vista. Es Ana. Lleva puesta mi camiseta, pero sólo puedo fijarme en sus piernas y en esos ojos llenos de miedo. Está tentando al león dentro de su guarida.

Ay, Ana.

—Deberías llevar algo de seda o satín, Anastasia. Pero incluso con mi camiseta estás preciosa.

—Te extraño. Ven a la cama —me pide en tono suave y persuasivo.

¿Cómo voy a dormir con lo que está pasando? Me levanto y rodeo el escritorio para contemplarla en todo su esplendor. ¿Y si Leila quiere hacerle daño? ¿Y si se sale con la suya? ¿Cómo iba a poder vivir con eso?

—¿Sabes lo que significas para mí? Si te pasara algo por mi culpa…

Me siento abrumado por una sensación familiar e incómoda que me inunda el pecho hasta formar un nudo en mi garganta. Trago saliva tratando de deshacerlo.

—No me pasará nada —asegura en tono tranquilizador. Me acaricia la mejilla, rozando el vello que empieza a asomar—. Te crece enseguida la barba.

Lo dice como si le fascinara. Adoro el tacto de sus delicados dedos sobre mi cara. Es sensual y balsámico. Hace que se aleje a la oscuridad. Resigue mi labio inferior con el pulgar, sin apartar los ojos de los dedos. Tiene las pupilas dilatadas y está tan concentrada en lo que hace que se le forma la pequeña V entre sus cejas. Traza una línea desde el labio inferior, que desciende por la barbilla y continúa por la garganta hasta la base del cuello, hasta la camisa.

¿Qué va a hacer?

Recorre con el dedo lo que adivino que debe de ser la línea de labial. Cierro los ojos, a la espera de que la oscuridad me atenace el pecho. Llega a la camisa.

—No voy a tocarte. Sólo quiero desabrocharte la camisa —oigo que dice.

Abro los ojos tratando de contener el pánico y me concentro en su rostro. No la detengo. Noto que la tela se eleva y Ana me desabrocha un segundo botón. Manteniendo la tela separada de la piel, sus dedos pasan al siguiente, lo desabrocha, y luego al de más abajo. No me muevo. No me atrevo. Empiezo a jadear tratando de dominar el miedo, noto que todo mi cuerpo se tensa, expectante.

No me toques.

Ana, por favor.

Continúa con el siguiente y me mira, sonriente.

—Volvemos a estar en territorio familiar —dice.

Sus dedos trazan la línea que ella misma ha dibujado ese día muchas, muchas horas antes, y contengo la respiración cuando sus yemas me rozan la piel.

Desabrocha el último botón y me abre la camisa por completo. Dejo escapar el aire que he estado reteniendo. Luego, me toma una mano, agarra el puño de la camisa y primero retira un gemelo y después el otro.

—¿Puedo quitarte la camisa? —pregunta.

Asiento, completamente desarmado. La hace deslizar por los hombros y tira de ella para apartarla de mí. Ya está. Parece satisfecha consigo misma y conmigo medio desnudo delante de ella.

Poco a poco, me relajo.

No ha estado tan mal.

—¿Y qué pasa con mis pantalones, señorita Steele?

Consigo dirigirle una sonrisa lasciva.

—En el dormitorio. Te quiero en la cama.

—¿Sabe, señorita Steele? Es usted insaciable.

—No entiendo por qué —asegura, tomándome de la mano.

Me dejo arrastrar hasta el dormitorio, pasando por el salón y el pasillo. Hace frío. La habitación está tan helada que se me endurecen los pezones.

—¿Tú has abierto la puerta del balcón? —le pregunto.

—No —contesta Ana, mirando el ventanal con expresión desconcertada.

Y entonces se vuelve hacia mí, lívida. Está asustada.

—¿Qué pasa? —la apremio, notando cómo se me eriza la piel, aunque no por culpa del frío, sino de miedo.

—Cuando me desperté… había alguien aquí. Pensé que eran imaginaciones mías.

—¿Qué? —echo un rápido vistazo a la habitación y salgo inmediatamente a mirar al balcón. No hay nadie… pero recuerdo a la perfección que he puesto el seguro del ventanal durante el registro. Además, sé que Ana no ha salido. Vuelvo a cerrarlo—. ¿Estás segura? ¿Quién era?

—Una mujer, creo. Estaba oscuro. Me acababa de despertar.

¡Mierda!

—Vístete. ¡Ahora! —ordeno.

¿Por qué diablos no me lo ha dicho cuando ha ido al despacho? Tengo que sacarla de aquí.

—Mi ropa está arriba —gimotea.

Saco unos pantalones de deporte de la cómoda.

—Ponte esto.

Se los lanzo, extraigo otra camiseta para mí y me visto a toda prisa.

Tomo el teléfono de la mesilla.

—¿Señor Grey? —contesta Taylor.

—Sigue aquí, carajo —le espeto.

—Mierda —masculla, y cuelga.

Segundos después irrumpe en el dormitorio con Ryan.

—Ana dice que ha visto a alguien en la habitación. Una mujer. Fue a buscarme al estudio, pero se le olvidó contármelo —miro a Ana de manera intencionada—. Cuando vinimos a la habitación, la puerta del balcón estaba abierta. Recuerdo que yo mismo la cerré y puse el seguro durante el registro. Es Leila. Ahora estoy seguro.

—¿Cuánto hace? —le pregunta Taylor a Ana.

—Unos diez minutos —contesta.

—Ella conoce el departamento como la palma de su mano. Estará escondida en alguna parte. Encuéntrenla. Me llevo a Anastasia de aquí. ¿Cuándo vuelve Gail?

—Mañana por la noche, señor.

—Que no vuelva hasta que el departamento sea un lugar seguro. ¿Entendido?

—Sí, señor. ¿Irá usted a Bellevue?

—No pienso cargar a mis padres con este problema. Hazme una reserva en algún lado.

—Sí, señor. Le llamaré para decirle dónde.

—¿No estamos exagerando un poco? —interviene Ana.

—Puede que vaya armada —mascullo.

—Christian, estaba ahí parada a los pies de la cama. Si hubiera querido dispararme, podría haberlo hecho.

Respiro hondo, no es el momento de perder el control.

—No estoy dispuesto a correr ese riesgo. Taylor, Anastasia necesita zapatos.

Taylor sale de la habitación, pero Ryan se queda para vigilar a Ana.

Entro en el vestidor, me quito los pantalones y me pongo unos jeans y una chamarra. Después de sacar los condones que había metido antes en los pantalones de vestir y de pasarlos al bolsillo de los jeans, meto en la bolsa algo más de ropa y, por si acaso, tomo la chamarra tejana.

Ana no se ha movido del sitio. Está confusa y preocupada. Los pantalones de deporte le quedan muy grandes, pero no hay tiempo para que se cambie. Le pongo la chamarra tejana sobre los hombros y la tomo de la mano.

—Vamos.

La llevo al salón, donde esperamos a Taylor.

—No puedo creer que estuviera escondida aquí —dice Ana.

—Esta casa es muy grande. Todavía no la has visto entera.

—¿Por qué no la llamas, simplemente, y le dices que quieres hablar con ella?

—Anastasia, está trastornada y es posible que vaya armada —insisto, irritado.

—¿De manera que nosotros huimos y ya?

—De momento… sí.

—¿Y si intenta disparar a Taylor?

Dios. Espero que no.

—Taylor sabe mucho de armas, sería más rápido con la pistola que ella.

Espero.

—Ray estuvo en el ejército. Me enseñó a disparar.

—¿Tú con un arma? —me burlo.

Me cuesta creerlo. Aborrezco las armas.

—Sí —contesta en tono ofendido—. Sé disparar, señor Grey, de manera que más le vale andarse con cuidado. No sólo debería preocuparse de ex sumisas trastornadas.

—Lo tendré en cuenta, señorita Steele.

Vemos bajar a Taylor y nos reunimos con él en el vestíbulo, donde le entrega a Ana una maleta y sus Converse. Ella lo abraza, lo que nos toma a ambos por sorpresa.

—Ten mucho cuidado —le pide.

—Sí, señorita Steele —contesta Taylor, incómodo, aunque agradecido por su preocupación y su muestra de afecto espontánea.

Lo miro y se ajusta la corbata.

—Hazme saber dónde nos alojaremos.

Taylor se saca la cartera y me entrega una tarjeta de crédito.

—Quizá necesitará esto cuando llegue.

Vaya. Sí que se lo está tomando en serio.

—Bien pensado.

Llega Ryan.

—Sawyer y Reynolds no han encontrado nada —informa a Taylor.

—Acompaña al señor Grey y a la señorita Steele al estacionamiento —le ordena.

Entramos en el ascensor, donde Ana aprovecha para ponerse las Converse. Tiene un aspecto un poco cómico con mi chamarra y los pantalones de deporte. Aun así, por encantadora que resulte Ana, soy incapaz de encontrarle la gracia a la situación. La realidad es que he sido yo quien la ha puesto en peligro.

Ana empalidece al ver el coche en el estacionamiento. Está completamente inservible: el parabrisas hecho añicos y la carrocería cubierta de abolladuras y pintura blanca. La imagen hace que me hierva la sangre, pero contengo mi rabia por Ana, a la que apremio a entrar en el R8. Mantiene la vista al frente cuando me subo a su lado y sé que es porque no puede soportar mirar el Audi.

—El lunes tendrás otro coche —le aseguro, esperando que eso la haga sentir mejor.

Enciendo el motor y me pongo el cinturón de seguridad.

—¿Cómo supo ella que era mi coche?

Suspiro. No le va a gustar.

—Ella tenía un Audi 3. Les compro uno a todas mis sumisas… es uno de los coches más seguros de su gama.

—Entonces no era un regalo de graduación —dice en voz baja.

—Anastasia, a pesar de lo que yo esperaba, tú nunca has sido mi sumisa, de manera que técnicamente sí es un regalo de graduación.

Salgo del lugar de estacionamiento y me dirijo hacia la salida, donde nos detenemos un momento hasta que se alza la barrera.

—¿Sigues esperándolo? —pregunta.

¿Qué?

Suena el teléfono del coche.

—Grey —contesto.

—Fairmont Olympic. A mi nombre —me comunica Taylor.

—Gracias, Taylor. Y, Taylor… ten mucho cuidado.

—Sí, señor —responde, y cuelga.

Las calles del centro de Seattle están sumidas en un silencio sepulcral, una de las ventajas de conducir por la ciudad cerca de las tres de la mañana. Tomo un desvío hacia la interestatal 5 por si Leila nos sigue y voy mirando el retrovisor cada pocos minutos, mientras la preocupación me carcome por dentro.

Todo está fuera de control. Leila podría ser peligrosa; aun así, ha tenido ocasión de hacer daño a Ana y no la ha aprovechado. Cuando la conocí, era una chica de carácter dulce, con dotes artísticas, alegre y traviesa. Y la admiré cuando puso fin a nuestra relación por su propio bien. Nunca fue una persona destructiva, ni siquiera consigo misma, hasta que se presentó en el Escala para cortarse las venas delante de la señora Jones y esta noche cuando destrozó el coche de Ana.

No es ella misma.

Y no confío en que no le haga daño a Ana.

¿Cómo podría volver a mirarme a la cara si le sucediera algo?

Ana está volteada hacia la ventanilla con la mirada perdida. Mi ropa le queda tan grande que tiene un aspecto delgado y desamparado. Me ha hecho una pregunta y me han interrumpido. Quería saber si todavía espero que se convierta en mi sumisa. ¿Cómo puede preguntar algo así?

Tranquilízala, Grey.

—No. No es eso lo que espero, ya no. Creí que había quedado claro.

Me mira y se envuelve en mi chamarra, lo que hace que parezca incluso más pequeña.

—Me preocupa, ya sabes… no ser bastante para ti.

¿Por qué saca ese tema ahora?

—Eres mucho más que eso. Por el amor de Dios, Anastasia, ¿qué más tengo que hacer?

Juguetea nerviosa con uno de los botones de la chamarra tejana.

—¿Por qué creíste que te dejaría cuando te dije que el doctor Flynn me había contado todo lo que había que saber de ti?

¿Es eso a lo que ha estado dándole vueltas?

No entres en detalles, Grey.

—Anastasia, ni siquiera podrías imaginar hasta dónde llega mi depravación. Y eso no es algo que quiera compartir contigo.

—¿Y de verdad crees que te dejaría si lo supiera? ¿Tan mal concepto tienes de mí?

—Sé que me dejarías —contesto, y la idea se me hace insoportable.

—Christian… eso me resulta casi inconcebible. No puedo imaginar estar sin ti.

—Ya me dejaste una vez… No quiero volver a pasar por eso.

Palidece y empieza a jugar con el cordón de los pantalones de deporte.

Sí. Me hiciste daño.

Y yo te lo hice a ti…

—Elena me dijo que estuvo contigo el sábado pasado —dice con un hilo de voz.

No. Eso son estupideces.

—No es cierto.

¿Por qué demonios habrá mentido Elena?

—¿No fuiste a verla cuando me marché?

—No. Ya te he dicho que no… y no me gusta que duden de mí —me doy cuenta de que estoy descargando mi rabia en ella—. No fui a ninguna parte el pasado fin de semana —añado en un tono más suave—. Me quedé en casa armando el planeador que me regalaste. Me llevó mucho tiempo.

Ana se mira las manos. Aún sigue jugando con el cordón.

—Al contrario de lo que piensa Elena, no voy corriendo a ella con todos mis problemas, Anastasia —prosigo—. No recurro a nadie. Quizá ya te hayas dado cuenta de que no hablo demasiado.

—Carrick me ha dicho que estuviste dos años sin hablar.

—¿Ah, sí?

¿Por qué mi familia no puede mantener la boca cerrada?

—Yo le presioné un poco para que me diera información —confiesa.

—¿Y qué más te ha dicho mi padre?

—Me ha contado que tu madre fue la doctora que te examinó cuando te llevaron al hospital. Después de que te encontraran en tu casa. Dijo que estudiar piano te ayudó. Y también Mia.

De pronto me asalta el recuerdo de Mia de pequeña, una mata de pelo negro y una sonrisa contagiosa. Alguien a quien cuidar, alguien a quien podía proteger.

—Debía de tener unos seis meses cuando llegó. Yo estaba emocionado, Elliot no tanto. Él ya había tenido que aceptar mi llegada. Era perfecta. Ahora ya no tanto, claro.

Se le escapa la risa. Era lo último que esperaba. Al instante me siento más relajado.

—¿Le parece divertido, señorita Steele?

—Parecía decidida a que no estuviéramos juntos.

—Sí, es bastante hábil —y pesada. Es… Mia. Mi hermanita. Le aprieto la rodilla—. Pero al final lo conseguimos —le sonrío brevemente y vuelvo a echar una mirada al retrovisor—. Creo que no nos han seguido.

Tomo la siguiente salida y me dirijo de vuelta al centro de Seattle.

—¿Puedo preguntarte algo sobre Elena? —dice Ana cuando nos detenemos en un semáforo.

—Si no hay más remedio…

Aunque preferiría que no lo hiciese.

—Hace tiempo me dijiste que ella te quería de un modo que para ti era aceptable. ¿Qué querías decir con eso?

—¿No es evidente?

—Para mí no.

—Yo estaba descontrolado. No podía soportar que nadie me tocara. Y sigo igual. Y pasé una etapa difícil en la adolescencia, cuando tenía catorce o quince años y las hormonas revolucionadas. Ella me enseñó una forma de liberar la presión.

—Mia me dijo que eras un peleonero.

—Dios, ¿por qué será tan charlatana mi familia? —Nos paramos en el siguiente semáforo. Le lanzo una mirada asesina—. Aunque la culpa es tuya. Tú engatusas a la gente para sacarle información.

—Mia me lo contó sin que le dijera nada. De hecho, se mostró bastante comunicativa. Le preocupaba que provocaras una pelea si no me conseguías en la subasta —se defiende.

—Ah, nena, de eso no había el menor peligro. No habría permitido que nadie bailara contigo.

—Se lo permitiste al doctor Flynn.

—Él siempre es la excepción que confirma la regla.

Tomo el camino de entrada del hotel Fairmont Olympic. Un mozo acude raudo a nuestro encuentro y detengo el vehículo a su lado.

—Vamos —le digo a Ana y salgo del coche para sacar el equipaje. Le lanzo las llaves al joven entusiasta—. A nombre de Taylor —le informo.

El vestíbulo está tranquilo, sólo hay una mujer desconocida con su perro. ¿A estas horas? Qué raro.

La recepcionista nos registra.

—¿Necesita ayuda con las maletas, señor Taylor? —pregunta.

—No, ya las llevaremos la señora Taylor y yo.

—Están en la suite Cascade, señor Taylor, piso once. Nuestro botones les ayudará con el equipaje.

—No hace falta. ¿Dónde están los ascensores?

Nos lo indica y, mientras esperamos, le pregunto a Ana qué tal lo lleva. Por su aspecto diría que está agotada.

—Ha sido una noche interesante —contesta con su don proverbial para quedarse corta.

Taylor ha reservado la suite más grande del hotel, y me sorprende ver que consta de dos dormitorios. Me pregunto si supone que dormiremos separados, como hago con mis sumisas. Tal vez debería decirle que Ana no entra en esa categoría.

—Bueno, señora Taylor, no sé usted, pero yo necesito una copa —digo, mientras me sigue hasta el dormitorio principal, donde dejo los bolsos de viaje sobre la otomana.

Regresamos al salón principal, donde arde un fuego; Ana se calienta las manos frente a éste en la chimenea mientras yo preparo algo de beber. Parece un muchachito, está adorable. Su melena oscura lanza vivos destellos cobrizos a la luz de la lumbre.

—¿Armañac?

—Por favor —asiente.

Me reúno con ella junto al fuego y le tiendo una copa de brandy.

—Vaya día, ¿eh?

Su respuesta me servirá de indicador. Teniendo en cuenta los dramáticos sucesos de esta noche, me asombra que a estas alturas no se haya derrumbado hecha un mar de lágrimas.

—Estoy bien —asegura—. ¿Y tú?

Estoy tenso.

Angustiado.

Furioso.

Sé de algo que me reportaría paz.

Usted, señorita Steele.

Mi panacea.

—Bueno, ahora mismo me gustaría beberme esto y luego, si no estás demasiado cansada, llevarte a la cama y perderme en ti.

Sé que me la estoy jugando. Debe de estar exhausta.

—Me parece que eso podremos arreglarlo, señor Taylor —contesta, y me premia con una tímida sonrisa.

Ay, Ana. Eres mi heroína.

Me quito los zapatos y los calcetines.

—Señora Taylor, deje de morderse el labio —susurro.

Bebe un sorbo de armañac y cierra los ojos mientras lo saborea con un murmullo de aprobación. Un sonido dulce, suave y, sí, muy excitante.

Lo noto en la entrepierna.

Desde luego es única.

—Nunca dejas de sorprenderme, Anastasia. Después de un día como el de hoy... o más bien ayer, no lloriqueas ni sales corriendo despavorida. Me tienes alucinado. Eres muy fuerte.

—Tú eres el motivo fundamental de que me quede —contesta en un susurro, y esa sensación extraña me inunda el pecho. Más aterradora que la oscuridad. Más imponente. Más poderosa. Capaz de herir—. Ya te lo dije, Christian, no me importa lo que hayas hecho en el pasado, no pienso irme a ninguna parte. Ya sabes lo que siento por ti.

Ay, nena, saldrías corriendo si supieses la verdad.

—¿Dónde vas a colgar los retratos que me hizo José?

La pregunta me deja desconcertado.

—Eso depende —contesto, desconcertado ante la rapidez con que es capaz de cambiar de tema.

—¿De qué?

—De las circunstancias.

Dependerá de si ella se queda. No creo que soportase mirarlos cuando ya no sea mía.

Si. Si no fuese mía.

—Su exposición sigue abierta, así que no tengo que decidirlo todavía.

A pesar de mi insistencia, aún no sé cuándo los enviará la galería.

Entorna los ojos y me estudia con atención, como si estuviera ocultándole algo.

Sí. Mi miedo. Eso es lo que le oculto.

—Puede poner la cara que quiera, señora Taylor. No diré nada —bromeo.

—Puedo torturarte para sacarte la verdad.

—Francamente, Anastasia, creo que no deberías hacer promesas que no puedas cumplir.

Vuelve a entornar la mirada, aunque esta vez tiene una expresión divertida. Deja la copa en la repisa de la chimenea, toma la mía y la pone junto a la suya.

—Eso habrá que verlo —dice con una nota de firme determinación en la voz.

Me toma de la mano y me lleva al dormitorio.

Ana está tomando la iniciativa.

Algo que no había vuelto a ocurrir desde esa vez en mi estudio en que se abalanzó sobre mí.

Déjate llevar, Grey.

Se detiene al pie de la cama.

—¿Qué vas a hacer conmigo ahora que me tienes aquí, Anastasia?

Me mira, con los ojos brillantes, colmados de amor, y trago saliva, intimidado e impresionado ante tal imagen.

245

—Lo primero, desnudarte. Quiero terminar lo que empecé antes.

Me quedo sin respiración.

Toma las solapas de la chamarra y, con cuidado y delicadeza, la desliza por los hombros. Su fragancia llega hasta mí cuando se vuelve para dejarla sobre la otomana.

Ana.

—Ahora la camiseta —dice.

La angustia ha disminuido. Sé que no va a tocarme. Lo del mapa de ruta ha sido una buena idea y aún quedan restos borrosos y corridos del labial en el pecho y en la espalda. Levanto los brazos y retrocedo un paso para que pueda sacarme la camiseta por el cuello.

Separa los labios mientras contempla mi torso. Ansío tocarla, pero estoy disfrutando de este lento y dulce juego de seducción.

Vamos a hacerlo a su manera.

—¿Y ahora qué? —murmuro.

—Quiero besarte aquí.

Desliza un dedo sobre mi vientre, de una cadera a la otra.

Mierda.

Todo mi cuerpo se pone en tensión mientras la sangre acude a un solo punto.

—No pienso impedírtelo —musito.

Me toma de la mano y me pide que me acueste.

¿Con los pantalones puestos?

De acuerdo.

Retiro la colcha de la cama y me siento, sin dejar de mirarla, a la espera de lo que hará a continuación. Se quita la chamarra tejana y la deja caer al suelo; le siguen los pantalones de deporte, y necesito de todo mi autocontrol para no agarrarla y arrojarla sobre la cama.

Se pone derecha, con los ojos clavados en mí, ase el borde de la camiseta y la desliza por la cabeza, contoneándose para acabar de quitársela.

Hermosa, desnuda ante mí.

—Eres Afrodita, Anastasia.

Toma mi cara entre sus manos y se inclina para besarme. Soy incapaz de seguir conteniéndome. Cuando sus labios tocan los míos, alargo las manos hacia sus caderas y la subo a la cama hasta colocarme encima de ella. Le separo las piernas mientras nos besamos y quedo encajado entre sus muslos, mi lugar favorito. Me besa con una pasión que me enciende la sangre, su boca insaciable, su lengua peleando con la mía. Sabe a armañac y a Ana. Necesito tocarla. Deslizo una mano por detrás de su cabeza y recorro su cuerpo con la otra, estrujándolo y masajeándolo hasta alcanzar uno de sus pechos. Lo cubro y le pellizco el pezón, maravillado viendo cómo se endurece entre mis dedos.

Esto es lo que necesito. Ansío este contacto físico.

Ana gime y alza la pelvis, oprimiendo mi verga bajo el pantalón, cada vez más dura.

Mierda.

Tomo aire. Y dejo de besarla.

¿Qué estás haciendo?

Ana jadea, me mira con una expresión ávida e implorante.

Quiere más.

Flexiono las caderas y empujo mi erección contra ella, atento a su reacción. Ana cierra los ojos y gime de placer carnal, me tira del pelo. Vuelvo a hacerlo y esta vez ella también empuja contra mí.

¡Wow!

La sensación es agónicamente intensa.

Me muerde la barbilla y reclama mis labios y mi lengua en un beso húmedo y apasionado mientras seguimos frotándonos el uno contra el otro, deslizándonos en movimientos perfectamente opuestos que crean una dulce, dulcísima fricción que se convierte en una deliciosa tortura. La temperatura asciende y nos abrasa, concentrada en nuestro punto de unión. Sus dedos se aferran a mis brazos y se le acelera la respiración. Jadeando, desliza la mano hacia la parte baja de mi espalda y la introduce por debajo de la cintura de los jeans, me ciñe el trasero y me acucia para que no pare.

Voy a venirme.

No.

—Conseguirás intimidarme, Ana —me pongo de rodillas, me bajo los pantalones para liberar mi miembro erecto y saco un condón del bolsillo, que le entrego a Ana, tumbada en la cama con la respiración entrecortada—. Tú me deseas, nena, y está claro que yo te deseo a ti. Ya sabes qué hacer.

Con dedos ansiosos, rasga el envoltorio y despliega el condón sobre mi verga enhiesta.

El anhelo se refleja en su rostro. Le sonrío cuando vuelve a tumbarse.

Insaciable Ana.

Froto mi nariz con la suya y despacio, muy despacio, me hundo en ella, reclamándola.

Es mía.

Se aferra a mis brazos y levanta la barbilla mientras su boca abierta forma una amplia o de placer. Con suavidad, vuelvo a deslizarme en su interior, con los brazos y las manos a ambos lados de su cara.

—Tú haces que me olvide de todo. Eres la mejor terapia.

Salgo de ella y vuelto a entrar otra vez, poco a poco.

—Por favor, Christian… más deprisa.

Su pelvis se alza al encuentro de la mía.

—Oh, no, nena, necesito ir despacio.

Por favor. Hagámoslo despacio.

La beso y le mordisqueo el labio inferior. Ana hunde las manos en mi pelo y, sin soltarme, deja que continúe con mi ritmo lento y tierno. Una y otra y otra vez. Su cuerpo empieza a ascender, tensa las piernas y lanza la cabeza hacia atrás mientras se viene, arrastrándome con ella.

—Oh, Ana —grito, su nombre es una oración en mis labios.

La sensación extraña ha regresado, me inunda el pecho, lucha por salir. Y sé qué es. Siempre lo he sabido. Deseo decirle que la quiero.

Pero no puedo.

Las palabras mueren reducidas a cenizas en mi garganta.

Trago saliva y descanso la cabeza en su vientre mientras la rodeo con los brazos y sus dedos juguetean con mi cabello.

—Nunca me cansaré de ti. No me dejes.

La beso en el vientre.

—No pienso irme a ninguna parte, y creo recordar que era yo la que quería besarte en el vientre —protesta, con una nota de reproche en la voz.

—Ahora nada te lo impide, nena.

—Estoy tan cansada que no creo que pueda moverme.

Me tumbo a su lado y tiro de la colcha para taparnos. Está radiante, pero exhausta.

Déjala dormir, Grey.

—Ahora duérmete, dulce Ana.

Le beso el pelo y la abrazo.

No quiero que se vaya nunca.

Me despierto con la intensa luz del sol filtrándose a través de las vaporosas cortinas que cubren las ventanas y con Ana profundamente dormida a mi lado. A pesar de lo tarde que nos acostamos anoche, me siento lleno de energía. Duermo bien cuando estoy con ella.

Me levanto, tomo los jeans y la camiseta y me los pongo. Si me quedo en la cama, sé que acabaré despertándola. Es demasiado tentadora para reprimirme y soy consciente de que necesita dormir.

Me siento frente al escritorio del salón y saco el celular de la bolsa. Lo primero es enviar un e-mail a la doctora Greene para preguntarle si puede venir al hotel y visitar a Ana. Responde que sólo tiene un hueco a las diez y cuarto.

Perfecto.

Confirmo la hora y luego llamo a Mac, el primer oficial de mi yate.

—Señor Grey.

—Mac. Me gustaría sacar el *Grace* esta tarde.

—Hará buen tiempo.

—Sí, me gustaría ir a la isla de Bainbridge.

—Lo tendré todo listo, señor.

—Perfecto. Llegaremos sobre la hora de comer.

—¿Llegaremos?

—Sí, voy con mi novia, Anastasia Steele.

—Me alegro —contesta Mac tras unos segundos de vacilación.

—Yo también.

Cuelgo, emocionado ante la idea de enseñarle el *Grace* a Ana. Creo que le gustará navegar. Le encantó planear y también volar en el *Charlie Tango*.

Llamo a Taylor para que me ponga al día, pero salta el contestador. Espero que esté disfrutando de un descanso bien merecido o retirando el malogrado Audi de Ana del estacionamiento como prometió. Lo que me recuerda que tengo que encontrarle otro. Me pregunto si Taylor habrá hablado con el concesionario. Es domingo, así que es probable que no lo haya hecho.

Vibra el teléfono. Es un mensaje de texto de mi madre.

GRACE

Cariño, anoche me encantó verlos
a Anastasia y a ti.
Como siempre, gracias, y también felicita
a Ana por su generosidad.
Mamá. X

Todavía me duele el comentario de la cazafortunas. Es evidente que no conoce bien a Ana. Aunque, claro, sólo la ha visto tres veces. El que traía chicas a casa a todas horas era Elliot… no yo. Grace llegó a perder la cuenta.

—*Elliot, cielo, nos encariñamos con ellas y al día siguiente ya son historia. Es muy frustrante.*

—*Pues no se encariñen —se encoge de hombros y sigue masticando con la boca abierta—. Como yo —añade en voz baja, aunque alcanzo a oírlo.*

—*Un día, alguien te romperá el corazón, Elliot —le advierte Grace mientras le tiende a Mia un plato de macarrones con queso.*

—Lo que tú digas, mamá. Al menos yo traigo chicas a casa.

Me mira con desdén.

—Muchas de mis amigas quieren casarse con Christian. Pregúntales —salta Mía, saliendo en mi defensa.

Uf. Qué idea tan espantosa, sus odiosas amiguitas del colegio…

—¿Tú no tienes que estudiar para algún examen, idiota?

Le hago una mala seña a Elliot.

—Estudiar. Ése no voy a ser yo, estúpido. Esta noche salgo —fanfarronea.

—¡Chicos! ¡Ya basta! Es su primer día en casa después de la universidad. Hace siglos que no se ven. Dejen de discutir. Y coman.

Pico unos cuantos macarrones con queso y me los llevo a la boca. Esta noche podré ver a la señora Lincoln…

Son las 9:40. Calculando que al menos tardarán veinte minutos en subírnoslo, pido el desayuno para Ana y para mí y me ocupo de nuevo con los e-mails, aunque decido dejar el mensaje de mi madre por el momento.

El servicio de habitaciones llama a la puerta a las diez en punto. Le digo al joven que lo meta todo en los cajones calientaplatos del carrito y lo despacho después de disponer la mesa.

Ya es hora de despertar a Ana.

Sigue profundamente dormida. La desmadejada melena caoba sobre la almohada, su piel resplandeciente bajo la luz del sol, la dulzura y delicadeza de su rostro mientras descansa. Me tumbo a su lado para contemplarla, apreciando hasta el último detalle. Parpadea y abre los ojos.

—Hola.

—Hola —se sube la colcha hasta la barbilla y las mejillas se le tiñen de rosa—. ¿Cuánto tiempo llevas ahí mirándome?

—Podría contemplarte durante horas, Anastasia. Pero sólo llevo aquí unos cinco minutos —la beso en la sien—. La doctora Greene llegará enseguida.

—Oh.

—¿Has dormido bien? —le pregunto—. Roncabas tanto que parecía que así era, la verdad.

—¡Yo no ronco!

—No. No roncas —admito con una sonrisa para despejar sus dudas.

—¿Te bañaste?

—No. Te estaba esperando.

—Ah… bueno. ¿Qué hora es?

—Las diez y cuarto. El corazón me decía que no debía despertarte más pronto.

—Me dijiste que no tenías corazón.

Eso al menos es verdad, aunque ignoro el comentario.

—Han traído el desayuno. Para ti hot cakes y tocino. Venga, levántate, que empiezo a sentirme solo.

Le doy una palmada en el trasero, bajo de la cama y la dejo tranquila para que se levante.

De vuelta en el comedor, saco los platos del carrito y los dispongo sobre la mesa. Tras tomar asiento, la tostada y los huevos revueltos pasan a ser historia en cuestión de minutos. Me sirvo un café, sopesando si apremiar a Ana, aunque decido no hacerlo y abro *The Seattle Times* en su lugar.

Ana entra en el comedor arrastrando los pies, envuelta en una bata que le queda grande, y se sienta a mi lado.

—Come. Hoy necesitas estar fuerte —le aviso.

—¿Y eso por qué? ¿Vas a encerrarme en el dormitorio? —bromea.

—Por atractiva que resulte la idea, hoy tenía pensado salir. A tomar un poco el aire.

No quepo en mí de emoción con lo del *Grace*.

—¿No es peligroso? —se burla.

—El sitio al que vamos, no —mascullo. No me ha hecho gracia el comentario—. Y este asunto no es para tomárselo a broma —añado.

Quiero mantenerte a salvo, nena.

Sus labios adoptan ese gesto testarudo tan típico de ella y se queda mirando el plato del desayuno.

Come, Ana.

Como si me leyera la mente, coge el tenedor y empieza a picotear, por lo que me relajo un poco.

Poco después, alguien llama a la puerta. Echo un vistazo a la hora.

—Será la doctora —comento en voz alta y acudo sin prisa a contestar—. Buenos días, doctora Greene, adelante. Gracias por venir habiéndole avisado con tan poca antelación.

—Una vez más, señor Grey, gracias a usted por valorar mi tiempo con tanta generosidad. ¿Dónde está la paciente?

A la doctora Greene no le gusta andarse por las ramas.

—Desayunando, pero enseguida acaba. ¿Quiere esperar en el dormitorio?

—No hay ningún problema.

La acompaño hasta la habitación. Ana entra poco después arrastrando los pies y me lanza una mirada de reproche que decido ignorar mientras cierro la puerta para dejarla a solas con la doctora Greene. Ya puede enfadarse todo lo que quiera, pero ha dejado de tomarse las pastillas. Y sabe que odio los condones.

El teléfono vibra.

Por fin.

—Buenos días, Taylor.

—Buenos días, señor Grey. ¿Me ha llamado?

—¿Qué hay de nuevo?

—Sawyer ha repasado las cintas de las cámaras del estacionamiento y puedo confirmarle que fue Leila quien destrozó el coche.

—Mierda.

—Pues sí, señor. He puesto a Welch al día sobre la situación, y ya han retirado el Audi.

—Bien. ¿Has repasado las cámaras del departamento?

—Justamente estamos ahora en ello, pero todavía no hemos encontrado nada.

—Hay que averiguar cómo entró.

—Sí, señor. En estos momentos, el departamento está vacío. Lo hemos registrado a conciencia, pero creo que debería alojarse en otro sitio hasta que estemos seguros de que no puede entrar.

Haré que cambien todas las cerraduras. Incluso la de la salida de incendios.

—La salida de incendios. Nunca pienso en ella.

—Suele pasar, señor.

—Me llevo a Ana al *Grace*. Nos quedaremos a bordo si es necesario.

—Antes de que embarquen, me gustaría inspeccionar el *Grace* —comenta Taylor.

—De acuerdo. Dudo mucho de que lleguemos antes del mediodía.

—Luego podemos pasar por el hotel a recoger sus bolsas.

—Perfecto.

—También mandé un correo a Audi por lo del vehículo de sustitución.

—De acuerdo. Infórmame cuando sepas algo.

—Descuide, señor.

—Ah, y Taylor, en el futuro, sólo necesitaremos una suite de un dormitorio.

Taylor vacila.

—Muy bien, señor —responde—. ¿Eso es todo?

—No, una cosa más. Cuando vuelva Gail, ¿puedes pedirle que traslade toda la ropa y las pertenencias de la señorita Steele a mi habitación?

—Por supuesto, señor.

—Gracias.

Cuelgo, vuelvo a sentarme a la mesa del comedor para acabar de leer el periódico y en ese momento me percato con desagrado de que Ana apenas ha tocado el desayuno.

Plus ça change, Grey. *Plus ça change.*

Ana y la doctora Greene salen del dormitorio media hora más tarde. Ana no parece muy animada. Me despido de la doctora y cierro la puerta de la suite detrás de ella.

—¿Todo bien? —le pregunto a Ana, que sigue en el pasillo,

con expresión huraña. Asiente con la cabeza, pero no me mira—.
¿Qué pasa, Anastasia? ¿Qué te ha dicho la doctora Greene?

Niega con la cabeza.

—Siete días y listo.

—¿Siete días?

—Sí.

—Ana, ¿qué pasa?

—No hay ningún problema. Por favor, Christian, olvídalo.

Normalmente nunca sé lo que está pensando, pero le preocupa algo, y el solo hecho de que eso ocurra me preocupa a mí. Tal vez la doctora Greene le ha aconsejado que se mantenga alejada de mí. Hago que levante la cara para mirarnos a los ojos.

—Cuéntamelo —insisto.

—No hay nada que contar. Me gustaría vestirme.

Aparta la barbilla de mi mano, con brusquedad.

Mierda. ¿Qué ocurre?

Me paso las manos por el pelo tratando de mantener la calma.

¿Tal vez le preocupa lo de Leila?

¿O es que la doctora le ha dado malas noticias?

Su rostro no delata nada.

—Vamos a ducharnos —le propongo al final. Acepta, pero sin demasiado entusiasmo—. Vamos.

La cojo de la mano y me dirijo al cuarto de baño arrastrando a una Ana reticente detrás de mí. Abro el grifo de la ducha y me desnudo mientras ella sigue de pie en medio de la habitación, ceñuda.

Ana, ¿qué carajos ocurre?

—No sé por qué te has enfadado, o si sólo estás de mal humor porque has dormido poco —digo con voz suave mientras le desato la bata—. Pero quiero que me lo cuentes. Me imagino todo tipo de cosas y eso no me gusta.

Me mira con los ojos en blanco, pero no me da tiempo a regañarla.

—La doctora Greene me ha reñido porque me olvidé de tomar la píldora. Ha dicho que podría estar embarazada.

—¿Qué?

¡Embarazada!

Me precipito en caída libre. Mierda.

—No lo estoy —aclara—. Me ha hecho la prueba. Pero eso me ha afectado mucho, nada más. Es increíble que haya sido tan estúpida.

Oh, gracias a Dios.

—¿Seguro que no lo estás?

—Seguro.

Suelto el aire que contenía.

—Bien. Sí, ya entiendo, una noticia así puede ser muy perturbadora.

—Lo que más me preocupaba era tu reacción.

—¿Mi reacción? Bueno, me siento aliviado, claro… Dejarte embarazada habría sido el colmo del descuido y del mal gusto.

—Pues quizá deberíamos abstenernos —replica.

Pero ¿qué…?

—Esta mañana estás de mal humor.

—Me ha afectado mucho, nada más —responde, de nuevo en tono arisco.

La atraigo hacia mí y la abrazo. Está tensa e indignada. Le beso el pelo y la estrecho contra mí.

—Ana, yo no estoy acostumbrado a esto —murmuro—. Mi inclinación natural sería darte una paliza, pero dudo que quieras eso.

Así lloraría hasta cansarse. Según mi experiencia, las mujeres se sienten mejor después de una buena llorera.

—No, no lo quiero —contesta—. Pero esto ayuda.

Me rodea con sus brazos y me abraza más fuerte, su cálida mejilla contra mi pecho. Apoyo la barbilla en su cabeza. Permanecemos así un buen rato y poco a poco se relaja entre mis brazos.

—Ven, vamos a ducharnos.

Le quito la bata y entra detrás de mí bajo el chorro de agua caliente. Cómo se agradece. Llevo toda la mañana sintiéndome sucio. Me enjabono el pelo y le paso el bote de champú a Ana, que parece más animada. Me alegro de que la regadera de la ducha sea lo bastante grande para que ambos quepamos debajo. Ana se abandona al agua, levantando su adorable rostro hacia ella, y empieza a lavarse el pelo.

Tomo el gel de ducha, me lleno las manos de espuma y empiezo a lavarla. Su mal humor me ha puesto nervioso. Me siento responsable. Está cansada y ha tenido una noche difícil. Mientras se enjuaga la espuma del pelo, le masajeo y le enjabono los hombros, los brazos, las axilas, la espalda y sus preciosos pechos. Le doy la vuelta y continúo con el estómago, el vientre, entre las piernas y su trasero. Responde con un sensual gruñido de aprobación.

La sonrisa no me cabe en la cara.

Así está mejor.

Le doy la vuelta de nuevo para tenerla de frente.

—Toma —le entrego el gel—. Quiero que me limpies los restos del labial.

Abre los ojos de inmediato con una expresión muy seria.

—No te apartes mucho de la línea, por favor —añado.

—De acuerdo.

Se echa jabón en la mano y frota ambas palmas para que se forme espuma. Luego, las pone sobre mis hombros y empieza a lavar la raya con un suave movimiento circular. Cierro los ojos y respiro hondo.

¿Puedo hacerlo?

Mi respiración se vuelve más superficial y el pánico me atenaza la garganta. Ana continúa por el costado, administrándome toda su ternura con sus habilidosos dedos. Sin embargo, es insoportable. Son como cuchillas diminutas sobre mi piel. Noto todos los músculos en tensión. Permanezco inmóvil, como un bronce hueco, contando los segundos que faltan para que termine.

Está durando una eternidad.

Aprieto los dientes.

De pronto dejo de notar sus manos sobre mi cuerpo y eso me asusta aún más. Abro los ojos y veo que está volviendo a enjabonárselas. Levanta los suyos hacia mí un instante y veo mi dolor reflejado en ellos y en su dulce y angustiado rostro. Y sé que no se trata de lástima, sino de compasión. Mi agonía es su agonía.

Oh, Ana.

—¿Listo? —pregunta con voz ronca.

—Sí —contesto en un susurro, decidido a impedir que gane el miedo, y cierro los ojos.

Me toca en un costado y me pongo rígido. El miedo invade mis entrañas, mi pecho, mi garganta; sólo deja oscuridad a su paso, un vacío insondable y agónico que consume todo mi ser.

Ana se sorbe la nariz y abro los ojos.

Está llorando, las lágrimas se confunden con la lluvia de agua caliente. Tiene la nariz enrojecida. Su compasión se vierte por su cara, una compasión y una rabia con la que arrastra mis pecados.

No. No llores, Ana.

Sólo soy un tipo que está muy jodido.

Le tiembla el labio.

—No, por favor, no llores —la envuelvo con fuerza entre mis brazos—. Por favor, no llores por mí.

Empieza a sollozar. Con verdadera congoja. Le sujeto la cabeza entre las manos y me inclino para besarla.

—No llores, Ana, por favor —murmuro con mis labios pegados a su boca—. Fue hace mucho tiempo. Anhelo que me toques y me acaricies, pero soy incapaz de soportarlo, simplemente. Es superior a mí. Por favor, por favor, no llores.

—Yo… también quiero tocarte… —balbucea entre sollozos—. Más de lo que te imaginas. Verte así, tan dolido y asustado, Christian… me hiere profundamente. Te quiero tanto…

Le acaricio el labio inferior con el pulgar.

—Lo sé, lo sé.

Me mira, descorazonada, porque sabe que mis palabras carecen de convicción.

—Es muy fácil quererte. ¿Es que no lo entiendes? —dice mientras el agua sigue cayendo a nuestro alrededor.

—No, nena. No lo entiendo.

—Pues lo es. Yo te quiero —insiste—, y tu familia también.

Y Elena y Leila, aunque lo demuestren de un modo extraño, también te quieren. Mereces ser querido.

—Basta —no puedo soportarlo. Pongo un dedo sobre sus labios y niego con la cabeza—. No puedo oír esto. Yo no soy nada, Anastasia.

Ante ti, soy un niño desamparado al que nunca quisieron. Un niño abandonado por la persona que debía protegerme, porque soy un monstruo.

Ése soy yo, Ana.

Eso es lo que soy, nada más.

—Soy un hombre vacío por dentro. No tengo corazón.

—Sí, sí lo tienes —protesta con vehemencia—. Y yo lo quiero, lo quiero todo. Eres un hombre bueno, Christian, un hombre bueno de verdad. No lo dudes. Mira lo que has hecho… lo que has conseguido —prosigue entre sollozos—. Mira lo que has hecho por mí… a lo que has renunciado por mí. Yo lo sé. Sé lo que sientes por mí.

Sus profundos ojos azules, colmados de amor, colmados de compasión, me dejan tan desnudo y vulnerable ante ella como la primera vez que nos conocimos.

Ella ve cómo soy. Cree que me conoce.

—Tú me quieres —dice.

Mis pulmones se quedan sin oxígeno.

El tiempo se detiene y sólo oigo el rumor de mi sangre en los oídos y el chapoteo del agua arrastrando la oscuridad con ella.

Contéstale, Grey. Dile la verdad.

—Sí —musito—. Te quiero.

Una confesión íntima y oscura arrancada del alma. Y aun así, cuando pronuncio esas palabras en alto, todo se esclarece. Pues claro que la quiero. Pues claro que lo sabe. La he querido desde el primer día. Desde que me quedé mirándola mientras dormía. Desde que ella se entregó a mí, sólo a mí. Porque estoy enganchado. Jamás me canso de ella. Por eso tolero sus salidas de tono.

Estoy enamorado. Esto es lo que se siente.

Ana reacciona al instante y una sonrisa deslumbrante le ilumina el bello rostro. Es tan hermosa que corta la respiración. Me sujeta la cabeza entre las manos, atrae mi boca hacia la suya y me besa colmándome con todo su amor y su dulzura.

Es abrumador.

Es incontenible.

Es ardiente.

Y mi cuerpo responde. Del único modo que sabe hacerlo.

La envuelvo entre mis brazos gimiendo sobre sus labios.

—Oh, Ana. Te deseo, pero no aquí.

—Sí —contesta febril junto a mi boca.

Cierro el grifo y la llevo fuera de la ducha, donde la envuelvo con la bata. Me anudo una toalla a la cintura y tomo otra más pequeña para secarle el pelo.

Esto es lo que de verdad me gusta. Cuidarla.

Y además, para variar, me deja hacerlo.

Espera con paciencia mientras le retiro el agua del pelo y le froto la cabeza. Cuando levanto la vista, veo que está observándome a través del espejo que hay sobre el lavamanos. Nuestras miradas convergen y me pierdo en la ternura que percibo en sus ojos.

—¿Puedo corresponderte? —pregunta.

¿Qué se le habrá ocurrido?

Asiento y Ana toma otra toalla. De puntillas, me la coloca sobre la cabeza y empieza a frotar. Me agacho para facilitarle la tarea.

Mmm. Esto me gusta.

Emplea las uñas, frotando con vigor.

Mierda.

Sonrío como un tonto, sintiéndome… querido. Cuando levanto la cabeza para mirarla, está observándome a través de la toalla y también sonríe.

—Hacía mucho tiempo que nadie me hacía esto. Mucho tiempo —confieso—. De hecho, creo que nadie me había secado nunca el pelo.

—Seguro que Grace lo hacía. ¿No te secaba el pelo cuando eras pequeño?

Niego con la cabeza.

—No. Ella respetó mis límites desde el primer día, aunque le resultara doloroso. Fui un niño muy autosuficiente.

Ana se detiene un momento y me pregunto qué estará pensando.

—Bueno, me siento honrada —dice.

—Puede estarlo, señorita Steele. O quizá sea yo el honrado.

—Eso ni lo dude, señor Grey.

Arroja la toalla húmeda en el lavabo y toma una nueva. Se coloca detrás de mí y nuestros ojos vuelven a encontrarse en el gran espejo.

—¿Puedo probar una cosa? —pregunta.

Lo estamos haciendo a tu manera, nena.

Asiento para darle permiso y me pasa la toalla por un brazo, secando las gotas de agua pegadas a mi piel. Levanta la vista, me observa con atención y se inclina. Para besarme los bíceps.

Se me corta la respiración.

Me seca el otro brazo, sobre el que va dejando un rastro de besos ligeros como una pluma. Se pone detrás de mí y ya no veo lo que hace, pero noto que me seca la espalda, respetando las líneas dibujadas con lápiz labial.

—Toda la espalda —le propongo, sin miedo—, con la toalla.

Respiro hondo y cierro los ojos.

Ana hace lo que le he pedido y me seca rápidamente. Cuando acaba, deposita un beso fugaz en mi hombro.

Dejo escapar el aire. No ha estado tan mal.

Me rodea con los brazos y me seca el vientre.

—Toma esto —dice, y me tiende una toallita de las de la cara—. ¿Te acuerdas en Georgia? Hiciste que me tocara utilizando tus manos —se explica.

Me rodea con sus brazos y me mira fijamente a través del espejo. Con la toalla enrollada en la cabeza, parece un personaje bíblico.

La Virgen.

Es tierna y dulce, pero ya no es virgen.

Me agarra la mano en la que llevo la toallita y la guía sobre mi pecho para secar un trozo. En cuanto la toalla me toca, me pongo rígido. Vacío la mente y obligo a mi cuerpo a soportar el contacto. Aguanto, tenso, delante de ella, inmóvil. Estamos haciéndolo a su manera. Empiezo a jadear a causa de una extraña mezcla de miedo, amor y fascinación. Mis ojos siguen sus dedos mientras ella guía mi mano con delicadeza y me seca el pecho.

—Creo que ya estás seco —dice, y deja caer la mano.

Nuestras miradas se encuentran en el espejo.

La deseo. La necesito. Se lo digo.

—Yo también te necesito —responde ella con los ojos oscurecidos.

—Déjame amarte.

—Sí —contesta, y la tomo en mis brazos, mis labios sobre los suyos, y la llevo al dormitorio.

La deposito sobre la cama y, con una delicadeza y una ternura infinitas, le demuestro lo mucho que la quiero, la respeto y la valoro.

Y la amo.

Soy otra persona. Un Christian Grey distinto. Estoy enamorado de Anastasia Steele y, además, ella me quiere. Es evidente que la pobre necesita que le miren la cabeza, pero ahora mismo me siento agradecido, agotado y feliz.

Estoy acostado a su lado, imaginando todo un mundo de posibilidades. Tiene una piel tan cálida y suave… No puedo dejar de tocarla mientras nos miramos durante la calma que sigue a la tormenta.

—Así que puedes ser tierno.

Tiene un brillo divertido en la mirada.

Sólo contigo.

—Mmm… eso parece, señorita Steele.

Sonríe y muestra sus dientes blancos y perfectos.

—No lo fuiste especialmente la primera vez que… hicimos esto.

—¿No? —Enredo un dedo en un mechón de su pelo—. Cuando te robé la virtud.

—No creo que me la robaras. Creo que yo te entregué mi virtud bastante libremente y de buen grado. Yo también lo deseaba y, si no recuerdo mal, disfruté bastante.

De nuevo esboza una sonrisa tímida, pero cálida a la vez.

—Como yo, si mal no recuerdo, señorita Steele. Nos proponemos complacer. Y eso significa que eres mía, totalmente.

—Sí, lo soy. Me gustaría preguntarte una cosa.

—Adelante.

—Tu padre biológico… ¿sabes quién era?

La pregunta es del todo inesperada. Niego con la cabeza. Ha vuelto a sorprenderme, nunca sé qué ocurre en esa inteligente cabecita.

—No tengo ni idea. No era ese salvaje que le hacía de padrote, lo cual está bien.

—¿Cómo lo sabes?

—Por una cosa que me dijo mi padre… Carrick.

Me mira con expectación, animándome a proseguir.

—Siempre ávida por saber, Anastasia —suspiro y meneo la cabeza. No me gusta remontarme a esa etapa de mi vida. Es difícil distinguir los recuerdos de las pesadillas. Sin embargo, insiste—. El padrote encontró el cuerpo de la puta adicta al crack y telefoneó a las autoridades. Aunque tardaron cuatro días en dar con ella. Él se fue, cerró la puerta y me dejó con… su cadáver.

Mami está dormida en el suelo.
Lleva mucho tiempo dormida.
No se despierta.
La llamo. La sacudo.
No se despierta.

Me estremezco y continúo.

—La policía lo interrogó después. Él negó rotundamente que

263

tuviera algo que ver conmigo, y Carrick me dijo que no nos parecíamos en absoluto.

Gracias a Dios.

—¿Recuerdas cómo era?

—Anastasia, ésa es una parte de mi vida en la que no suelo pensar. Sí, recuerdo cómo era. Nunca lo olvidaré —noto la bilis en la garganta—. ¿Podemos hablar de otra cosa?

—Perdona. No quería entristecerte.

—Es el pasado, Ana. No quiero pensar en eso ahora.

Se siente culpable y, consciente de haber ido demasiado lejos con las preguntas, cambia de tema.

—Bueno... ¿y cuál es esa sorpresa?

Ah. Lo ha recordado. Sí, esto es algo que puedo controlar.

—¿Quieres salir a tomar un poco el aire? Quiero enseñarte una cosa.

—Claro.

¡Genial! Le doy una palmada en el trasero.

—Vístete. Con unos jeans estarás bien. Espero que Taylor te haya metido algunos en la maleta.

Me levanto de un salto, entusiasmado con la idea de llevar a navegar a Ana, que me observa mientras me pongo los calzoncillos.

—Arriba —insisto con aire gruñón, y sonríe.

—Estoy admirando las vistas —protesta.

—Sécate el pelo —le recuerdo.

—Dominante como siempre —constata, y me inclino para besarla.

—Eso no cambiará nunca, nena. No quiero que te pongas enferma.

Mira al techo con exasperación.

—Sigo teniendo las manos muy largas, ¿sabe, señorita Steele?

—Me alegra oírlo, señor Grey. Empezaba a pensar que había perdido nervio.

Oh. La señorita Steele emite señales contradictorias.

No me tientes, Ana.

—Puedo demostrarte que no es así en cuanto te apetezca.

264

Saco un jersey de la bolsa, recojo el celular y guardo el resto de mis pertenencias.

Cuando he terminado, veo que Ana ya se ha vestido y está secándose el pelo.

—Haz la maleta. Si es seguro, volveremos a casa esta noche. Si no, nos quedaremos aquí.

Una pareja de ancianos se hace a un lado para dejarnos sitio cuando Ana y yo entramos en el ascensor. Ana me mira y sonríe con complicidad. Yo le aprieto la mano y sonrío ampliamente, recordando aquel beso.

A la mierda el papeleo.

—No dejaré que lo olvides nunca —dice de manera que sólo puedo oírla yo—. Nuestro primer beso.

Siento la tentación de repetirlo y escandalizar a la pareja de ancianos, pero me conformo con un discreto y fugaz beso en la mejilla, que le arranca una risita.

Pagamos en recepción y salimos del vestíbulo de la mano, hasta donde está el mozo.

—¿Dónde vamos exactamente? —pregunta Ana mientras esperamos el coche.

Me doy unos golpecitos en un lado de la nariz y le guiño un ojo intentando disimular la emoción. Una sonrisa radiante, que compite con la mía, le ilumina el rostro. Me inclino para besarla.

—¿Tienes idea de lo feliz que me haces?

—Sí… lo sé perfectamente. Porque tú provocas el mismo efecto en mí.

El mozo aparece con el R8.

—Un coche magnífico, señor —comenta al entregarme las llaves.

Le doy una propina y le abre la puerta a Ana.

Hace un día espléndido, me acompaña mi chica y suena buena música en el equipo del coche cuando enfilo la Cuarta Avenida.

Adelanto a un Audi A3, lo que de pronto me hace recordar

el coche destrozado de Ana y me doy cuenta de que en las últimas horas no he pensado en Leila ni en su comportamiento psicótico. Ana es una buena distracción.

Es más que una distracción, Grey.

Tal vez debería comprarle otra cosa.

Sí. Algo distinto. Un Audi no.

Un Volvo.

No. Mi padre tiene uno.

Un BMW.

No. Mi madre tiene uno.

—Tengo que desviarme un momento. No tardaremos —le informo.

—Claro.

Paramos en el concesionario de Saab y Ana parece perpleja.

—Hay que comprarte un coche —le aclaro.

—¿Un Audi no?

No, no voy a comprarte el mismo coche que a todas mis sumisas.

—Pensé que te querrías variar.

—¿Un Saab?

Parece que se divierte.

—Sí. Un 9-3. Vamos.

—¿A ti qué te pasa con los coches extranjeros?

—Los alemanes y los suecos fabrican los coches más seguros del mundo, Anastasia.

—Creí que ya habías encargado otro Audi A3 para mí.

—Eso puede anularse. Vamos —salgo del coche, lo rodeo y le abro la puerta—. Te debo un regalo de graduación.

—Christian, de verdad, no tienes por qué hacer esto.

Le dejo claro que deseo hacerlo y entramos tranquilamente en la sala de exposición, donde el encargado de ventas nos da la bienvenida con una sonrisa bien ensayada.

—Me llamo Troy Turniansky. ¿Está buscando un Saab, señor? ¿De segunda mano?

Se frota las manos presintiendo una venta.

—Nuevo —puntualizo.

—¿Ha pensado en algún modelo, señor?

—Un sedán deportivo 9-3 2.0T.

Ana me lanza una mirada inquisitiva.

Sí. Hace tiempo que tenía ganas de probar uno.

—Excelente elección, señor.

—¿De qué color, Anastasia? —le pregunto.

—Eh… ¿negro? —contesta, encogiéndose de hombros—. De verdad, no hace falta que hagas esto.

—El negro no se ve bien de noche.

—Tú tienes un coche negro.

No estamos hablando de mí. Le dirijo una elocuente mirada de advertencia.

—Pues amarillo canario —responde, y se aparta el pelo sobre un hombro… irritada, creo.

La miro con expresión ceñuda.

—¿De qué color quieres tú que sea el coche?

Se cruza de brazos.

—Plateado o blanco.

—Plateado, pues —decide, aunque insiste en que se habría quedado con el Audi.

—¿Quizá preferiría el descapotable, señora? —interviene Turniansky, percatándose de que está a punto de perder una venta.

Ana se anima y Turniansky da una palmada.

—¿El descapotable? —pregunto, arqueando una ceja.

Ana se pone colorada de vergüenza.

A la señorita Steele le gustaría tener un descapotable y yo me siento más que encantado de haber encontrado algo que quiere.

—¿Qué dicen las estadísticas de seguridad del descapotable? —le pregunto a Troy, que está preparado y recita todo tipo de estadísticas e información dignas de catálogo.

Miro a Ana de reojo y veo que está sonriendo de oreja a oreja. Turniansky se apresura hasta su escritorio para consultar en la computadora la disponibilidad de un 9-3 descapotable nuevo.

—Yo también quiero un poco de eso que se ha tomado, señorita Steele, sea lo que sea.

La atraigo hacia mí.

—Lo que me he tomado eres tú, señor Grey.

—¿En serio? Pues la verdad es que parece que estás embriagada —la beso—. Gracias por aceptar el coche. Esta vez ha sido más fácil que la anterior.

—Bueno, éste no es un Audi A3.

—No era un coche para ti.

—Pues a mí me gustaba.

—Señor, ¿el 9-3? He localizado uno en nuestro concesionario de Beverly Hills. En un par de días podemos tenerlo aquí.

Troy no cabe en sí de satisfacción con la venta que acaba de conseguir.

—¿De gama alta? —pregunto.

—Sí, señor.

—Excelente.

Le tiendo la tarjeta de crédito.

—Si quiere acompañarme, señor… —Troy echa un vistazo al nombre que aparece en la tarjeta—… Grey.

Lo sigo hasta el escritorio.

—¿Podrían tenerlo para mañana?

—Puede intentarse, señor Grey.

Asiente y nos ocupamos del papeleo.

—Gracias —dice Ana cuando nos marchamos.

—Lo hago con mucho gusto, Anastasia.

La voz triste y colmada de sentimiento de Eva Cassidy inunda el R8 cuando enciendo el motor.

—¿Quién es? —pregunta Ana, y le respondo que Eva Cassidy—. Tiene una voz preciosa.

—Sí, la tenía.

—Oh.

—Murió joven.

Demasiado joven.

—Oh.

Ana me mira con aire melancólico.

Recuerdo que no se ha terminado el desayuno y le pregunto si tiene hambre.

Estoy al tanto de todo, Ana.

—Sí.

—Entonces comamos primero.

Conduzco a toda velocidad por la avenida Elliott, en dirección al puerto deportivo de la bahía bautizada con el mismo nombre. Flynn tenía razón, me gusta intentar hacer esto a la manera de Ana. La miro, está absorta en la música, contemplando el paisaje que desfila al otro lado de la ventanilla, y no quepo en mí de felicidad y emoción pensando en lo que he planeado para esta tarde.

El estacionamiento del puerto deportivo está abarrotado, pero encuentro un lugar para dejar el auto.

—Comeremos aquí. Espera, te abriré la puerta —digo, cuando Ana hace el gesto de salir del coche.

Paseamos hasta el muelle, abrazados por la cintura.

—Cuántos barcos —se admira.

Y uno de ellos es mío.

Nos demoramos en el paseo marítimo, contemplando los veleros que navegan por el Sound. Ana se envuelve en la chamarra.

—¿Tienes frío? —La atraigo hacia mí, tratando de arroparla.

—No, simplemente disfrutaba de la vista.

—Yo me pasaría el día contemplándola. Ven por aquí.

Nos dirigimos al SP para comer, un restaurante con barra de bar situado frente al mar, y en cuanto entramos busco a Dante con la mirada, el hermano de Claude Bastille.

—¡Señor Grey! —Se me ha adelantado—. ¿Qué puedo ofrecerle hoy?

—Dante, buenos días —acompaño a Ana hasta uno de los taburetes de la barra—. Esta encantadora dama es Anastasia Steele.

—Bienvenida al local de SP —Dante le dedica una cálida sonrisa, con ojos intrigados—. ¿Qué desea beber, Anastasia?

—Por favor, llámame Ana —le ruega. Luego me mira con atención y añade—: Tomaré lo mismo que Christian.

Ana delega en mí, como hizo en el baile. Me gusta.

—Yo tomaré una cerveza. Éste es el único bar de Seattle donde puedes encontrar Adnams Explorer.

—¿Una cerveza?

—Sí. Dos Explorer, por favor, Dante.

Dante asiente y coloca las cervezas en la barra mientras comento con Ana que en este lugar sirven una sopa de mariscos deliciosa. Dante nos toma nota y me guiña un ojo.

Sí, aquí me tienes, con una mujer a la que no me unen lazos de parentesco. Es la primera vez, lo sé.

Devuelvo mi atención a Ana.

—¿Cómo empezaste en el mundo de los negocios? —me pregunta, y bebe un sorbo de cerveza.

Intento resumirlo en cuatro pinceladas: con dinero de Elena y el que obtuve haciendo inversiones inteligentes, aunque arriesgadas, conseguí crear un fondo de capital de riesgo. La primera empresa que adquirí estaba a punto de quebrar. La compañía trabajaba en el desarrollo de baterías para celulares usando tecnología de grafeno, pero todo el capital se había ido en el departamento de I+D. Sin embargo, valía la pena explotar las patentes que poseían y conservé el verdadero activo de la empresa, Fred y Barney, que ahora son mis dos ingenieros jefe.

Le hablo sobre el trabajo que estamos realizando en el campo de la energía solar y la eólica para el mercado nacional y los países en vía de desarrollo y de la investigación innovadora para producir acumuladores. Iniciativas de vital importancia, teniendo en cuenta la escasez cada vez mayor de combustibles fósiles.

—¿Todavía no te has dormido? —le pregunto cuando llega la sopa de mariscos.

Me encanta que le interese lo que hago. Incluso a mis padres les cuesta disimular los bostezos cuando les hablo de mi trabajo.

—Estoy fascinada —asegura—. Todo lo relacionado contigo me fascina, Christian.

Sus palabras me sirven de aliento, así que prosigo con la historia de cómo compré y vendí más empresas, conservando aquellas que compartían mis valores mientras desintegraba y me desprendía de las otras.

—Fusiones y adquisiciones —musita, pensativa.

—Eso mismo. Hace dos años me pasé al transporte y de ahí a la mejora de la producción de alimentos. Nuestros escenarios de prueba en África son los primeros en los que se aplican nuevas técnicas agrícolas para conseguir una mayor producción de los cultivos.

—Alimentar al mundo —dice Ana con aire burlón.

—Sí, algo así.

—Eres todo un filántropo.

—Puedo permitírmelo.

—Esto está delicioso —admite Ana, tomando otra cucharada de sopa de mariscos.

—Es uno de mis platos preferidos.

—Decías que te gusta navegar.

Señala las embarcaciones del puerto con un movimiento de cabeza.

—Sí, vengo aquí desde que era niño. Elliot y yo aprendimos a pilotar en la escuela de náutica de aquí. ¿Sabes llevar un barco?

—No.

—Bueno, ¿y qué hace una jovencita de Montesano para divertirse?

Bebo un sorbo de cerveza.

—Leer.

—Contigo todo gira alrededor de los libros, ¿no?

—Sí.

—¿Qué ocurrió entre Ray y tu madre?

—Creo que, con el tiempo, se fueron alejando el uno del otro. Mi madre es una romántica empedernida y Ray, bueno, es más práctico. Ella siempre ha vivido en Washington y quería darle un poco de emoción a su vida.

—¿Y la encontró?

—Encontró a Steve —se le ensombrece el rostro, como si la sola mención del nombre le dejara un regusto amargo en la boca—. Pero nunca habla de él.

—Ah.

—Ya. Creo que no lo pasó bien. Me pregunto si alguna vez se ha arrepentido de dejar a Ray después de aquello.

—Y tú te quedaste con él.

—Sí. Me necesitaba más que mi madre.

Continuamos charlando de manera distendida. Ana sabe escuchar y esta vez se muestra mucho más comunicativa respecto a sí misma. Tal vez se deba a que ahora sabe que la quiero.

Quiero a Ana.

¿Ves? No es para tanto, ¿eh, Grey?

Me explica que odiaba vivir en Texas y Las Vegas a causa del calor. Prefiere el clima más fresco de Washington.

Espero que se quede en Washington.

Sí. Conmigo.

¿Venirse a vivir conmigo?

Grey, ahora sí que te estás precipitando.

Llévala a navegar.

Le echo un vistazo a la hora y apuro la cerveza.

—¿Nos vamos?

Pagamos y salimos a la cálida luz estival.

—Quería enseñarte una cosa.

Paseamos de la mano mientras dejamos atrás los barcos de menor calado fondeados en el puerto deportivo. Conforme nos acercamos al amarradero, diviso el mástil del *Grace*, que descolla sobre las embarcaciones más pequeñas. Apenas soy capaz de contener la emoción. Hace tiempo que no salgo a navegar y ahora tengo la oportunidad de hacerlo con mi chica. Bajamos al muelle frente al paseo marítimo y seguimos por un pontón más estrecho hasta que me detengo delante del *Grace*.

—Pensé que podríamos salir a navegar esta tarde. Este barco es mío.

Mi catamarán. Mi orgullo y alegría.

Ana está impresionada.

—Construido por mi empresa. Diseñado hasta el último detalle por los mejores arquitectos navales del mundo y construido aquí en Seattle, en mi astillero. Dispone de sistema de pilotaje eléctrico híbrido, orzas asimétricas, una vela cuadrada en el mástil...

—¡Alto! —exclama Ana, levantando las manos—. Ya me perdí, Christian.

Frena ese entusiasmo, Grey.

—Es un barco magnífico.

Soy incapaz de disimular mi admiración.

—Parece realmente fabuloso, señor Grey.

—Lo es, señorita Steele.

—¿Cómo se llama?

La tomo de la mano y le muestro la palabra que aparece escrita en un costado con una caligrafía elaborada: *Grace*.

—¿Le pusiste el nombre de tu madre? —pregunta como si le sorprendiera.

—Sí. ¿Por qué te extraña?

Se queda sin palabras y se encoge de hombros.

—Adoro a mi madre, Anastasia. ¿Por qué no le iba a poner su nombre a un barco?

—No, no es eso... es que...

—Anastasia, Grace Trevelyan-Grey me salvó la vida. Se lo debo todo.

Me mira con una sonrisa vacilante y me pregunto qué estará pasando en esa cabecita y qué puedo haber hecho para hacerle creer que no quiero a mi madre.

De acuerdo, es cierto que le dije que no tenía corazón... pero siempre ha habido un lugar para mi familia en lo que queda de él. Incluso para Elliot.

No sabía que quedara espacio para nadie más.

Pero lo hay, con la forma de Ana.

Y lo ha llenado hasta desbordarlo.

Trago saliva tratando de no dejarme arrastrar por la intensidad de lo que siento por ella. Está devolviendo mi corazón, y a mí, a la vida.

—¿Quieres subir a bordo? —pregunto, antes de que se me escape una ñoñería.

—Sí, por favor.

Le tiendo la mano y la conduzco por la plancha a grandes zancadas hasta la cubierta de popa. En ese momento aparece Mac, que sobresalta a Ana al abrir las puertas corredizas del salón principal.

—¡Señor Grey! Me alegro de volver a verlo.

Nos estrechamos la mano.

—Anastasia, éste es Liam McConnell. Liam, ésta es mi novia, Anastasia Steele.

—¿Cómo está? —lo saluda.

—Llámeme Mac. Bienvenida a bordo, señorita Steele.

—Ana, por favor.

—¿Qué tal se está portando, Mac? —quiero saber.

—Está preparada para el baile, señor —responde con una sonrisa radiante.

—En marcha, pues.

—¿Van a salir? —pregunta.

—Sí —contesto. No me perdería esto por nada del mundo—. ¿Una vuelta rápida, Anastasia?

Entramos por las puertas corredizas. Ana pasea la vista a su alrededor y queda impresionada, lo sé. Un diseñador sueco afincado en Seattle se encargó del interior, donde dominan las líneas limpias y la madera clara de roble, que le dan al salón un aire luminoso y espacioso. Un estilo que decidí adoptar en todo el *Grace*.

—Éste es el salón principal. Junto con la cocina —los señalo con la mano—. Los baños están en el otro lado —le indico las puertas y luego la conduzco a través de una más pequeña que da a mi camarote. Ana ahoga un grito al ver la cama—. Éste es el dormitorio principal. Eres la primera chica que entra aquí, aparte de las de mi familia —la abrazo y la beso—. Ellas no cuentan. Quizá deberíamos estrenar esta cama —murmuro junto a su boca—. Pero no ahora mismo. Ven, Mac estará soltando amarras —llevo a Ana al salón principal—. Allí hay un despacho, y aquí delante dos cabinas más.

—¿Cuánta gente puede dormir en el barco?

—Es un catamarán con seis camarotes, aunque sólo he subido

a bordo a mi familia. Me gusta navegar solo. Pero no cuando tú estás aquí. Tengo que mantenerte vigilada.

Saco un chaleco salvavidas de un rojo vivo del arcón que hay junto a la puerta corrediza.

—Toma.

Se lo paso por la cabeza y tenso las correas.

—Te encanta atarme, ¿verdad?

—De todas las formas posibles.

Le guiño un ojo.

—Eres un pervertido.

—Lo sé.

—Mi pervertido —bromea.

—Sí, tuyo.

Una vez que he abrochado todas las hebillas, la agarro por los costados del chaleco para darle un beso fugaz.

—Siempre —añado y la suelto sin darle tiempo a responder—. Ven.

Salimos y subimos los escalones hasta la cubierta superior y el puente de mando. Mac está en el muelle, soltando el cabo de proa. Cuando ha acabado, salta a bordo.

—¿Aquí es donde aprendiste todos tus trucos con las cuerdas? —pregunta Ana con un fingido aire inocente.

—Los ballestrinques me han venido muy bien. Señorita Steele, parece que he despertado su curiosidad. Me gusta verte así, curiosa. Tendré mucho gusto en enseñarte lo que puedo hacer con una cuerda.

Se queda callada, creo que no le ha hecho demasiada gracia.

Mierda.

—Has picado.

Se ríe tontamente, con cara de satisfacción.

Vaya, eso es jugar sucio. Entorno los ojos.

—Me ocuparé de ti más tarde, pero ahora mismo tengo que pilotar un barco.

Ocupo el asiento del capitán y enciendo los motores bicilíndricos de cincuenta y cinco caballos. Desconecto el sobrealimentador mientras Mac recorre rápidamente la cubierta superior, agarrado a la barandilla, y salta a la de popa para soltar los cabos, tras lo que me hace una señal con la mano. Llamo por radio al Servicio de Guardacostas para que nos den vía libre.

El *Grace* ya no suena al ralentí, empujo la palanca de cambios hacia delante y aumento poco a poco la aceleración. Mi preciosa embarcación se aleja plácidamente del punto de atraque.

Ana saluda a la pequeña multitud que se ha reunido en el muelle para vernos partir. La atraigo hacia mí y la siento entre mis piernas.

—¿Ves esto? —señalo el VHF—. Es la radio. Esto el GPS, eso el AIS y eso el radar.

—¿Qué es el AIS?

—Lo que comunica nuestra posición a otros barcos. Eso es el indicador de profundidad. Agarra el timón.

—A la orden, capitán —obedece, haciéndome un saludo.

Abandonamos el puerto lentamente, con las manos de Ana sobre el timón, debajo de las mías. En cuanto salimos a mar abierto, el *Grace* surca el Sound describiendo un amplio arco para poner rumbo al noroeste, hacia la península Olympic y la isla Bainbridge. Sopla un viento moderado de quince nudos, pero sé que el *Grace* volará en cuanto despleguemos las velas. Me encanta. Medirme con los elementos en una embarcación que he ayudado a diseñar, demostrar que soy capaz de hacer lo que me ha llevado toda una vida perfeccionar. Es emocionante.

—Hora de navegar —informo a Ana, disimulando mi entusiasmo a duras penas—. Toma, llévalo tú. Mantén el rumbo.

Ana parece aterrorizada.

—Es muy fácil, nena. Sujeta el timón y no dejes de mirar por la proa hacia el horizonte. Lo harás muy bien, como siempre. Cuando se icen las velas, notarás el tirón. Limítate a mantenerlo firme. Yo te haré esta señal —me paso la mano por el cuello, como si me lo rajara—, y entonces pararás el motor. Es este botón de aquí —señalo el interruptor de los motores—. ¿Entendido?

—Sí —contesta, aunque no parece muy segura.

Sé que lo ha entendido. Como siempre. Le doy un beso fugaz y salto a la cubierta superior para preparar e izar la vela mayor. Mac y yo manejamos la manivela al unísono para hacer más liviano el trabajo. Cuando el viento hincha la vela, la embarcación acelera de un tirón y me vuelvo hacia Ana, que consigue mantener el rumbo. Mac y yo seguimos trajinando con la vela mayor, que se desliza por el mástil al encuentro del viento para aprovechar toda su potencia.

—¡Mantenlo firme, nena, y apaga el motor! —grito por encima del rugido del viento y las olas y le hago la señal.

Ana aprieta el botón y el estruendo de los motores cesa al tiempo que el *Grace* se desliza a toda velocidad, volando en dirección noroeste.

Me reúno con Ana frente al timón. El viento le azota el pelo contra la cara. Está exultante, con las mejillas arreboladas de felicidad.

—¿Qué te parece? —le pregunto, intentando hacerme oír por encima del aullido del viento y el mar.

—¡Christian, esto es fantástico!

—Ya verás cuando ice la vela globo.

Señalo con la cabeza a Mac, que está desplegándola en ese momento.

—Un color interesante —grita Ana.

Le lanzo un guiño de complicidad. Sí, es del color de mi cuarto de juegos.

El viento hincha la vela y el *Grace* arremete hacia delante liberando toda su potencia y convirtiendo el paseo en una emocionante travesía. Ana mira la lona roja y luego se vuelve hacia mí.

—Velaje asimétrico. Para correr más —le aclaro alzando la voz.

Manejo el *Grace* para que navegue a veinte nudos, pero el viento tiene que estar a nuestro favor para alcanzarlos.

—Es alucinante —grita—. ¿A qué velocidad vamos?

—A quince nudos.

—No tengo ni idea de qué quiere decir eso.

—Unos veintiocho kilómetros por hora.

—¿Nada más? Parece mucho más.

Ana está radiante. Su alegría es contagiosa. Le aprieto la mano sobre el timón.

—Estás preciosa, Anastasia. Es agradable ver tus mejillas con algo de color… y no porque te ruborices. Tienes el mismo aspecto que en las fotos de José.

Se da la vuelta entre mis brazos y me besa.

—Sabe cómo hacer que una chica lo pase bien, señor Grey.

—Mi único objetivo es complacer, señorita Steele —se vuelve de nuevo hacia popa y le aparto el pelo de la nuca para besarla—. Me gusta verte feliz —le susurro al oído mientras surcamos el estrecho de Puget empujados por el viento.

Fondeamos en la cala que hay junto a Hedley Spit, en la isla Bainbridge. Entre Mac y yo echamos la lancha al agua para que pueda desembarcar y visitar a un amigo en Point Monroe.

—Hasta dentro de aproximadamente una hora, señor Grey.

Mac baja a la pequeña embarcación, saluda a Ana y enciende el motor fuera de borda mientras me encaramo de un salto a la cubierta de popa, desde donde Ana contempla la partida de Mac. La tomo de la mano. No me sobra el tiempo para quedarme a mirar cómo Mac acelera en dirección a la laguna, tengo asuntos más urgentes que atender.

—¿Y ahora qué vamos a hacer? —pregunta Ana de camino al salón.

—Tengo planes para usted, señorita Steele.

La arrastro hasta mi camarote con una prisa nada decorosa. Ana sonríe mientras me ocupo rápidamente de su chaleco salvavidas y lo tiro al suelo. En cuanto se ve liberada, clava sus ojos en mí, sin decir nada, pero sus dientes juguetean con el labio inferior y no sé si se trata de un reclamo deliberado o inconsciente.

Deseo hacerle el amor.

En mi barco.

Será otra novedad.

Le acaricio la cara con la punta de los dedos y los deslizo despacio por la barbilla, el cuello y el esternón hasta alcanzar el primer botón abrochado de la blusa. Sus ojos no se apartan de los míos en ningún momento.

—Quiero verte.

Le desabrocho el botón con dedos hábiles. Ana permanece inmóvil, con la respiración acelerada.

Sé que es mía, que puedo hacer con ella lo que quiera. Mi chica.

Me aparto para dejarle algo de espacio.

—Desnúdate para mí —susurro.

Separa los labios, sus ojos arden de deseo. Despacio, desliza los dedos hasta el siguiente botón, lo desabrocha en cámara lenta y continúa avanzando con la misma calma desesperante.

Mierda.

Está provocándome. La muy descarada.

Cuando ha desabrochado el último botón, se abre la blusa, la desliza por los hombros y la deja caer al suelo.

Sus pezones erectos se perfilan bajo la copa del sostén blanco de encaje que lleva; una bonita imagen, preciosa. Sus dedos bajan por el ombligo y juguetean con el botón de los jeans.

Tienes que quitarte los zapatos, cariño.

—Para. Siéntate.

Le señalo el borde de la cama y obedece.

Me arrodillo y le desanudo primero una zapatilla, luego la otra y a continuación se las quito junto con los calcetines.

Le tomo un pie, le doy un beso en la base del pulgar y lo acaricio con los dientes.

—¡Ah! —gime, un sonido que es música para mi verga.

Déjala que lo haga a su manera, Grey.

Me pongo en pie, le tiendo la mano y la levanto de la cama.

—Continúa.

Le cedo la pista y retrocedo para disfrutar del espectáculo.

Con una mirada desvergonzada, se desabrocha el botón y se baja el cierre de los jeans con la misma lentitud de antes. Mete los pulgares en la cintura y desliza la prenda por sus piernas, despacio, con un leve contoneo.

Lleva una tanga.

Una tanga.

Wow.

Se desabrocha el sostén y baja los tirantes por los brazos antes de soltarlo en el suelo.

Deseo tocarla.

Aprieto los dientes para contenerme.

Se baja la tanga, la deja caer hasta los tobillos y da un pasito para salir de ella. Se queda de pie ante mí.

Rezuma feminidad por los cuatro costados.

Y la deseo.

Toda ella.

Su cuerpo, su corazón y su alma.

Su corazón ya lo tienes, Grey. Te quiere.

Agarro el borde del jersey y me lo quito por la cabeza, luego la camiseta. Me desprendo de los zapatos y los calcetines. Sus ojos no se han apartado de los míos un solo momento.

Tiene una mirada abrasadora.

Me dispongo a desabrocharme los jeans, pero me cubre la mano con la suya.

—Déjame —susurra.

Estoy impaciente por deshacerme de los pantalones, pero le sonrío.

—Adelante.

Avanza hacia mí, desliza la mano por la cinturilla y tira de ella para obligarme a acercarme. Me desabrocha el botón, pero, en lugar de bajarme el cierre, sus intrépidos dedos se desvían y recorren el contorno duro de mi verga sobre la tela. De manera instintiva, flexiono las caderas y aprieto mi erección contra su mano.

—Eres cada vez más audaz, Ana, más valiente.

Le sujeto la cara entre las manos y la beso, introduzco la lengua en su boca mientras ella coloca las manos en mis caderas y sus pulgares trazan círculos sobre mi piel, justo por encima de la cintura de los jeans.

—Tú también —jadea con sus labios pegados a los míos.

—En eso estoy.

Me baja el cierre, mete la mano en mis pantalones y me sujeta la verga. Gruño de placer y mis labios buscan los suyos mientras la envuelvo en mis brazos, sintiendo su suave piel contra la mía.

La oscuridad ha desaparecido.

Ella sabe dónde tocarme.

Y cómo.

Su mano se cierra alrededor de mi verga, aprieta con fuerza y comienza a moverla arriba y abajo, dándome placer. Aguanto un poco más.

—Oh, te deseo tanto, nena —susurro.

Me aparto un momento para quitarme los pantalones y los calzoncillos y me quedo desnudo delante de ella, a punto.

Sus ojos recorren mi cuerpo hasta que la pequeña V se forma entre sus cejas.

—¿Qué pasa, Ana? —le pregunto, y le acaricio la mejilla con ternura.

¿Es por las cicatrices?

—Nada. Ámame, ahora —responde.

La envuelvo entre mis brazos y la beso con fervor, entrelazando los dedos en su pelo. Nunca me cansaré de su boca. De sus labios. De su lengua. La hago retroceder hasta la cama, la coloco encima con delicadeza y me tumbo junto a ella. A su lado, recorro la línea de su mandíbula con la nariz, aspirando profundamente.

Orquídeas. Manzanas. Verano y un otoño suave.

Ella es todo eso.

—¿Sabes hasta qué punto es exquisito tu aroma, Ana? Es irresistible.

Deslizo mis labios por su cuello, por sus pechos, besándola mientras desciendo, aspirando su esencia a medida que exploro su cuerpo.

—Eres tan hermosa…

Le chupo un pezón con delicadeza.

Gime y su cuerpo se arquea sobre la cama.

—Quiero oírte, nena.

Le envuelvo el pecho con la mano y luego la deslizo hasta la cintura, disfrutando del suave tacto de su piel bajo mis dedos. Desciendo por la cadera y el culo hasta alcanzar la rodilla mientras le beso y le chupo los pechos. Le agarro la rodilla, le levanto la pierna y me la coloco alrededor de las caderas.

Su jadeo es un deleite para mis sentidos.

Rodamos sobre la cama, la arrastro conmigo hasta dejarla a horcajadas sobre mí y le tiendo un condón de la mesita.

La idea le complace de manera evidente y se echa rápidamente hacia atrás hasta quedar sentada sobre mis muslos. Toma mi miembro en sus manos, se inclina y me besa la punta. El pelo le cae por los lados y forma una cortina alrededor de mi verga cuando se la mete en la boca.

Mierda. Es erótico.

Me devora, chupando con fuerza, rozándome con los dientes.

Jadeo y alzo las caderas para penetrar más a fondo en su boca.

Me suelta, abre el envoltorio de aluminio y desliza el condón sobre mi verga enhiesta. Le tiendo las manos para ayudarla a mantener el equilibrio y tras tomarlas, despacio, muy, muy despacio, se hunde en mí.

Oh, Dios.

Qué bueno es esto.

Cierro los ojos, echo la cabeza hacia atrás cuando me posee y me entrego a ella por completo.

Entre gemidos, coloco las manos en sus caderas y la muevo arriba y abajo mientras alzo las mías, llenándola.

—Oh, nena —susurro.

Deseo más. Mucho más.

Me incorporo y quedamos frente a frente, con su culo encajado entre mis muslos, profundamente enterrado en ella. Gime y se aferra a mis brazos mientras le sujeto la cabeza y la miro a sus bellos ojos, ojos que brillan de amor y deseo.

—Oh, Ana. Cómo me haces sentir —jadeo, y la beso con pasión desenfrenada.

—Oh, te quiero —musita, y cierro los ojos.

Ana me quiere.

Ruedo sobre la cama con sus piernas alrededor de mi cintura y la miro, extasiado.

Yo también te quiero. Más de lo que nunca sabrás.

Despacio, tierna, delicadamente, empiezo a moverme, deleitándome hasta en el último y amado centímetro de su piel.

Éste soy yo, Ana.

Todo yo.

Y te quiero.

Le rodeo la cabeza, envolviéndola, mientras ella recorre mis brazos, mi pelo y mi trasero con los dedos. Le beso la boca, la barbilla, la mandíbula. La penetro, una y otra vez, hasta llevarla al límite. Su cuerpo empieza a temblar. Está jadeando, está a punto.

—Eso es, nena… Entrégate a mí… Por favor… Ana.

—¡Christian! —grita mientras se viene sobre mí, y me abandono.

El sol de la tarde se cuela a través de los ojos de buey y proyecta reflejos acuosos en el techo del camarote. Qué tranquilidad se respira en el mar. Tal vez podríamos recorrer el mundo en barco, solos Ana y yo.

Ana descansa a mi lado, medio dormida.

Mi hermosa y apasionada Ana.

Recuerdo cuando pensaba que esas tres letras poseían la capacidad de herir; ahora también sé que son capaces de sanar.

No sabe cómo eres en realidad.

Frunzo el ceño con la mirada en el techo. Esa idea no ha dejado de atormentarme. ¿Por qué?

Porque quiero ser sincero con Ana. Flynn cree que debería confiar en ella y contárselo, pero no me atrevo.

Me dejará.

No. Aparto esos pensamientos de mi mente y disfruto unos minutos más tumbado a su lado.

—Mac no tardará en volver.

Siento haber roto el apacible silencio que nos rodeaba.

—Mmm… —musita, pero abre los ojos y sonríe.

—Me encantaría pasarme toda la tarde aquí tumbado contigo, pero Mac necesitará que le ayude con el bote —la beso en los labios—. Ahora mismo estás tan hermosa, Ana, despeinada y sexy. Hace que te desee aún más.

Me acaricia la cara.

Ella me ve como soy.

No. Ana, no me conoces.

Me levanto a regañadientes mientras se da la vuelta y se tumba boca abajo.

—Usted tampoco está mal, capitán —comenta encantada mientras me visto.

Me siento a su lado para ponerme los zapatos.

—Capitán, ¿eh? —musito—. Bueno, soy el amo y señor de este barco.

—Usted es el amo y señor de mi corazón, señor Grey.

Quería ser tu amo de otra manera, pero esto no está mal. Creo que puedo hacerlo. La beso.

—Estaré en cubierta. Hay una regadera en el baño, si se te antoja. ¿Necesitas algo? ¿Una copa?

Pone cara de que algo la divierte y sé que tiene que ver conmigo.

—¿Qué pasa? —le pregunto.

—Tú.

—¿Qué pasa conmigo?

—¿Quién eres tú y qué has hecho con Christian?

—No está muy lejos, nena —aseguro. La ansiedad trepa por mi corazón como una enredadera—. No tardarás en verlo, sobre todo si no te levantas.

Le doy una palmada fuerte en las nalgas y ella chilla y se ríe al mismo tiempo.

—Ya me tenías preocupada —miente, juguetona.

—¿Ah, sí? Emites señales contradictorias, Anastasia. ¿Cómo

podría un hombre seguirte el ritmo? —le doy un beso fugaz—. Hasta luego, nena.

La dejo para que se vista.

Mac llega cinco minutos después y juntos afianzamos la lancha en la popa.

—¿Qué tal tu amigo? —le pregunto.

—Animado.

—Podrías haberte quedado un poco más.

—¿Y perderme el viaje de vuelta?

—Sí.

—No, soy incapaz de mantenerme mucho tiempo alejado de esta preciosidad —contesta Mac, y le da unas palmaditas al casco del *Grace*.

Sonrío, complacido.

—Lo entiendo.

El teléfono vibra.

—Taylor —contesto justo en el momento en que Ana abre la puerta corrediza del salón con el chaleco salvavidas en la mano.

—Buenas tardes, señor Grey. El departamento es seguro —me informa Taylor.

Atraigo a Ana hacia mí y la beso en el pelo.

—Una noticia estupenda.

—Hemos registrado todas las habitaciones.

—Bien.

—También hemos repasado las grabaciones de las cámaras de los últimos tres días.

—Sí.

—Ha sido esclarecedor.

—¿De verdad?

—La señorita Williams accedía por la entrada de emergencia.

—¿La escalera de incendios?

—Sí. Tenía una llave y subía a pie hasta el último piso.

—Entiendo.

Wow, ésos son muchos pisos.

—He hecho cambiar las cerraduras y ya pueden regresar sin ningún problema. Hemos recogido el equipaje. ¿Volverán hoy?

—Sí.

—¿A qué hora les esperamos?

—Esta noche.

—Muy bien, señor.

Cuelgo y Mac enciende los motores.

—Hora de volver.

Beso a Ana fugazmente y le coloco el chaleco salvavidas.

Ana es un marinero aplicado y voluntarioso. Entre ambos izamos y recogemos la vela mayor, la escota de trinquete y la vela globo mientras Mac gobierna la embarcación. Le enseño a hacer tres clases de nudos, aunque no se le da tan bien y me cuesta mantener la compostura y no echarme a reír.

—Puede que un día de éstos te ate a ti —me advierte.

—Primero tendrá que atraparme, señorita Steele.

Hace mucho tiempo de la última vez que alguien me ató y no estoy seguro de que me siga gustando. Me estremezco, recordando lo indefenso que estaría si quisiera tocarme.

—¿Quieres que te enseñe el *Grace* a fondo?

—Sí, gracias, es tan hermoso…

Ana lleva el timón, arropada por mis brazos, poco antes de virar hacia la entrada del puerto. Parece contenta.

Y eso me hace feliz.

Está encantada con el *Grace* y con todo lo que le he enseñado. Le ha gustado hasta la sala de máquinas.

Ha sido divertido. Respiro profundamente, el aire impregnado de agua salada me purifica el alma, y eso me hace recordar una cita de uno de mis libros preferidos, unas memorias, *Tierra de hombres*.

—Hay una poesía en navegar tan antigua como el mundo —le susurro al oído.

—Eso suena a cita.

—Lo es. Antoine de Saint-Exupéry.

—Oh… me encanta *El principito*.

—A mí también.

Dirijo el *Grace* hacia el puerto, hago girar lentamente la embarcación y entro en el atracadero marcha atrás. La pequeña multitud que se había congregado para ver las maniobras ya se ha dispersado cuando Mac salta al muelle y amarra los cabos de popa a dos postes.

—Ya estamos de vuelta —informo a Ana.

Como siempre, me cuesta abandonar el *Grace*.

—Gracias. Ha sido una tarde perfecta.

—Yo pienso lo mismo. Quizá deberíamos inscribirte en una escuela náutica, así podríamos salir a navegar durante unos días, tú y yo solos.

O podríamos navegar alrededor del mundo, Ana, sólo nosotros dos.

—Me encantaría. Podríamos estrenar el dormitorio una y otra vez.

La beso bajo la oreja.

—Mmm… estoy deseándolo, Anastasia —se estremece—. Vamos, el departamento es seguro. Podemos volver.

—¿Y las cosas que tenemos en el hotel?

—Taylor ya las recogió. Hoy a primera hora después de haber examinado el *Grace* con su equipo.

—¿Y ese pobre hombre cuándo duerme?

—Duerme. Simplemente cumple con su deber, Anastasia, y lo hace muy bien. Es una suerte contar con Jason.

—¿Jason?

—Jason Taylor.

Ana esboza una sonrisa cargada de ternura.

—Tú aprecias a Taylor.

—Supongo que sí. Opino que Taylor cuida muy bien de ti. Por eso me gusta. Me parece un hombre que inspira confianza, es amable y leal. Lo aprecio en un sentido paternal.

—¿Paternal?

—Sí.

—Bien, paternal.

Ana se echa a reír.

—Oh, Christian, por favor, madura un poco.

¿Qué?

Está regañándome.

¿Por qué?

¿Porque soy posesivo? Puede que sea infantil.

Puede.

—Lo intento —le aseguro.

—Se nota. Y mucho —responde, poniendo los ojos en blanco.

—Qué buenos recuerdos me trae verte hacer ese gesto, Anastasia.

—Bueno, si te portas bien a lo mejor revivimos alguno de esos recuerdos.

—¿Portarme bien? La verdad, señorita Steele, ¿qué le hace pensar que quiera revivirlos?

—Seguramente que, cuando lo he dicho, tus ojos han brillado como luces navideñas.

—Qué bien me conoces ya.

—Me gustaría conocerte mejor.

—Y a mí a ti, Anastasia. Vamos —Mac ha bajado la plancha y acompaño a Ana al muelle—. Gracias, Mac —le estrecho la mano.

—Siempre es un placer, señor Grey. Adiós. Y, Ana, encantado de conocerte.

—Que tengas un buen día, Mac, y gracias —responde Ana como si le hubiese entrado la timidez.

Ana y yo caminamos hasta el paseo marítimo de la mano, dejando a Mac en el *Grace*.

—¿De dónde es Mac? —me pregunta.

—Irlandés... del norte de Irlanda.

—¿Es amigo tuyo?

—¿Mac? Trabaja para mí. Ayudó a construir el *Grace*.

—¿Tienes muchos amigos?

¿Para qué necesito amigos?

—La verdad es que no. Dedicándome a lo que me dedico... no puedo cultivar muchas amistades. Sólo está... —mierda. Me interrumpo. No quiero mencionar a Elena—. ¿Tienes hambre?

—le pregunto, intuyendo que la comida podría ser un tema menos controvertido.

Ana asiente.

—Cenaremos donde dejé el coche. Vamos.

Ana y yo estamos sentados ante una mesa en Bee's, un bistro italiano situado junto al SP. Ella lee el menú mientras yo doy un sorbo de un delicioso Frascati bien frío. Me gusta contemplarla mientras lee.

—¿Qué pasa? —pregunta Ana al levantar la mirada.

—Estás muy guapa, Anastasia. El aire libre te sienta bien.

—Pues la verdad es que me arde la cara por el viento. Pero he pasado una tarde estupenda. Una tarde perfecta. Gracias.

—Ha sido un placer.

—¿Puedo preguntarte una cosa?

—Lo que quieras, Anastasia. Ya lo sabes.

—No parece que tengas muchos amigos. ¿Por qué?

—Ya te lo he dicho, la verdad es que no tengo tiempo. Están mis socios empresariales… aunque eso es muy distinto a tener amigos, supongo. Tengo a mi familia y ya está —me encojo de hombros—. Aparte de a Elena.

Por suerte para mí, hace caso omiso a mi comentario sobre Elena.

—¿Ningún amigo varón de tu misma edad para salir a desahogarte?

No. Sólo Elliot.

—Tú ya sabes cómo me gusta desahogarme, Anastasia —lo digo con voz grave—. Y me he dedicado a trabajar, a levantar mi empresa. No hago nada más; salvo navegar y volar de vez en cuando.

Y coger, por supuesto.

—¿Ni siquiera en la universidad?

—La verdad es que no.

—¿Sólo Elena, entonces?

Asiento. ¿Adónde quiere ir a parar con esto?

—Debes de sentirte solo.

Me vienen a la mente las palabras de Leila: «Pero está solo. Yo lo sé». Pongo mala cara. La única vez que me he sentido solo fue cuando Ana me dejó.

Fue horrible.

No quiero volver a sentirme así nunca más.

—¿Qué se te antoja comer? —pregunto, con la esperanza de cambiar de tema.

—Me inclino por el risotto.

—Buena elección —hago señas al mesero.

Pedimos la comida. Risotto para Ana, macarrones para mí.

El mesero se retira, y me doy cuenta de que Ana tiene la vista fija en su regazo y las manos entrelazadas. Le está dando vueltas a algo.

—Anastasia, ¿qué pasa? Dime.

Ella me mira sin dejar de removerse, inquieta, y sé que algo le preocupa.

—Dime —le exijo. Detesto verla nerviosa.

Ella se incorpora en el asiento con la espalda muy erguida. Quiere ir al grano.

Mierda. ¿Y ahora qué?

—Lo que más me inquieta es que esto no sea suficiente. Ya sabes… para desahogarte.

¿Qué? Otra vez no.

—¿He manifestado de algún modo que esto no sea suficiente? —pregunto.

—No.

—Entonces, ¿por qué lo piensas?

—Sé cómo eres. Lo que… eh… necesitas.

Su voz denota duda, y se encorva con los brazos cruzados, como replegándose en sí misma. Cierro los ojos y me masajeo la frente. No sé qué decir. Creía que lo estábamos pasando bien.

—¿Qué tengo que hacer? —susurro.

Lo estoy intentando, Ana. De verdad que lo estoy intentando.

—No, me has malinterpretado —dice, animada de pronto—: te has comportado maravillosamente, y sé que sólo han pasado unos días, pero espero no estar obligándote a ser alguien que no eres.

Su respuesta me resulta tranquilizadora, pero creo que no está dando precisamente en el clavo.

—Sigo siendo yo, Anastasia... con todas las cincuenta sombras de mi locura —contesto, tratando de encontrar la mejor forma de expresarlo—. Sí, tengo que luchar contra el impulso de ser controlador... pero es mi naturaleza, la manera en que me enfrento a la vida. Sí, espero que te comportes de una determinada manera, y cuando no lo haces supone un desafío para mí, pero también es un soplo de aire fresco. Seguimos haciendo lo que me gusta hacer a mí. Dejaste que te golpeara ayer después de aquella espantosa puja.

Me preocupa recordar el excitante encuentro de anoche.

¡Grey!

Sin alzar la voz, intento aclarar cómo me siento.

—Yo disfruto castigándote. No creo que ese impulso desaparezca nunca... pero me esfuerzo, y no es tan duro como creía.

—Eso no me importó —responde Ana en tono quedo, y lo dice por el encuentro de ayer en el dormitorio de mi infancia.

—Lo sé. A mí tampoco —respiro hondo y le cuento la verdad—. Pero te diré una cosa, Anastasia: todo esto es nuevo para mí, y estos últimos días han sido los mejores de mi vida. No quiero que cambie nada.

Su expresión se ilumina.

—También han sido los mejores de mi vida, sin duda.

Seguro que se me nota el alivio en la sonrisa.

Ella insiste.

—Entonces, ¿no quieres llevarme a tu cuarto de juegos?

Mierda. Trago saliva.

—No, no quiero.

—¿Por qué no? —pregunta.

Ahora sí que estoy en el confesionario.

—La última vez que estuvimos allí me abandonaste. Pienso huir de cualquier cosa que pueda provocar que vuelvas a dejarme. Cuanto te fuiste me quedé destrozado. Ya te lo conté. No quiero volver a sentirme así. Ya te dije lo que siento por ti.

—Pero no me parece justo. Para ti no puede ser bueno... estar constantemente preocupado por cómo me siento. Tú has hecho todos esos cambios por mí, y yo... creo que debería corresponderte de algún modo. No sé, quizá... intentar... algunos juegos haciendo distintos personajes.

Se ha sonrojado.

—Ya me correspondes, Ana, más de lo que crees. Por favor, no te sientas así. Nena, sólo ha pasado un fin de semana. Démonos tiempo. Cuando te marchaste, pensé mucho en nosotros. Necesitamos tiempo. Tú necesitas confiar en mí y yo en ti. Quizá más adelante podamos permitírnoslo, pero me gusta cómo eres ahora. Me gusta verte tan contenta, tan relajada y despreocupada, sabiendo que yo tengo algo que ver en ello. Yo nunca he... —me interrumpo.

No me dejes por imposible, Ana.

Oigo la fastidiosa voz del doctor Flynn.

—Para correr, primero tenemos que aprender a andar —digo en voz alta.

—¿Qué tiene tanta gracia? —me pregunta.

—Flynn. Dice eso constantemente. Nunca creí que lo citaría.

—Un flynnismo.

Me echó a reír.

—Exacto.

Llega el mesero con los entrantes, por lo que la intensa conversación toca a su fin y da paso a un tema mucho más liviano como lo es viajar. Hablamos sobre los países que a Ana le gustaría visitar, y sobre los lugares en los que yo he estado. Charlando con Ana, pienso en lo afortunado que soy. Mis padres nos llevaron por todo el mundo: a Europa, a Asia y a Sudamérica. Sobre todo mi padre consideraba que viajar era de vital importancia para nuestra educación. Claro que podían permitírselo. Ana no ha salido nunca de Estados Unidos, y siempre ha tenido muchas ganas de visitar Europa. Me gustaría llevarla a todos esos sitios; me pregunto cómo se sentiría surcando el mundo a mi lado.

No te precipites, Grey.

Durante el trayecto de vuelta al Escala, hay poco tráfico. Ana contempla las vistas al pasar mientras mueve el pie al compás de la música que inunda el interior del coche.

No puedo evitar pensar en la intensa conversación de hace un rato acerca de nuestra relación. La verdad es que no sé si soy capaz de mantener una relación vainilla, pero estoy dispuesto a intentarlo. No quiero forzarla a hacer algo que no desea.

Pero ella también está dispuesta a intentarlo, Grey.

Lo ha dicho.

Quiere que la lleve al cuarto rojo, como ella lo llama.

Sacudo la cabeza. Por una vez, creo que voy a seguir los consejos del doctor Flynn.

Aprender a andar antes de correr, Ana.

Miro por la ventanilla y veo a una chica con el pelo largo y oscuro que me recuerda a Leila. No es ella, pero a medida que nos acercamos al Escala empiezo a escudriñar las calles en su busca.

¿Dónde demonios está?

Cuando entro en el estacionamiento del Escala tengo las manos crispadas alrededor del volante y los nervios tensan todos y cada uno de los músculos de mi cuerpo. Me pregunto si ha sido buena idea regresar al departamento teniendo en cuenta que Leila aún anda suelta.

Sawyer está en el estacionamiento, andando de un lado a otro por mis lugares de estacionamiento como un león enjaulado. Esto es una exageración, sin duda, pero me alivia ver que el Audi A3 ha desaparecido. Le abre la puerta a Ana mientras yo apago el motor.

—Hola, Sawyer —dice ella.

—Señorita Steele. Señor Grey —nos saluda él.

—¿Ni rastro? —le pregunto.

—No, señor —contesta y, a pesar de que sabía que sería esa la respuesta, me resulta molesto.

Tomo a Ana de la mano y entramos en el ascensor.

—No tienes permiso para salir de aquí sola bajo ningún concepto. ¿Entendido? —le advierto a Ana.

—De acuerdo —contesta en el momento en que se cierran las puertas, y observo un atisbo de sonrisa en sus labios.

—¿Qué te hace tanta gracia? —Me extraña que haya accedido tan fácilmente.

—Tú.

—¿Yo, señorita Steele? —mi tensión empieza a desvanecerse. ¿Se está riendo de mí?—. ¿Por qué le hago gracia? —frunzo los labios, intentando reprimir una sonrisa.

—No hagas pucheros.

¿Pucheros, yo?

—¿Por qué?

—Porque provoca el mismo efecto en mí que el que tiene en ti que yo haga esto.

Deja que sus dientes jugueteen con su labio inferior.

—¿En serio?

Lo hago una vez más y me inclino para darle un beso fugaz. Cuando nuestros labios se rozan, mi deseo se enciende. La oigo inhalar de forma repentina, y de pronto tiene los dedos entrelazados en mi pelo. Sin separar mis labios de los suyos, la empujo contra la pared del ascensor y le rodeo la cara con las manos. Su lengua está en mi boca y la mía en la suya, mientras toma aquello que desea y yo le doy todo lo que tengo.

Es explosivo.

Quiero cogérmela. Ahora.

Descargo en ella toda mi ansiedad, y la acepta por completo.

Ana…

Las puertas del ascensor se abren con el conocido sonido metálico y aparto la cara hacia atrás, aunque mis caderas y mi erección creciente siguen inmovilizándola contra la pared.

—Vaya —susurro, y doy una bocanada de aire para llenar los pulmones.

—Vaya —repite ella, jadeante.

—Qué efecto tienes en mí, Ana.

Sigo el trazo de su labio inferior con el pulgar. Ana vuelve la vista hacia el recibidor, y, más que ver a Taylor, noto su presencia.

Me besa la comisura de los labios.

—El que tú tienes en mí, Christian —contesta.

Doy un paso atrás y le agarro la mano. Desde aquel día en el Heathman, no he vuelto a abordarla en un ascensor.

Contrólate, Grey.

—Ven —ordeno.

Cuando salimos del ascensor, Taylor sigue de pie en la entrada.

—Buenas noches, Taylor.

—Señor Grey, señorita Steele.

—Ayer fui la señora Taylor —dice Ana, toda sonrisas para él.

—También suena bien, señorita Steele —contesta Taylor.

—Yo pienso lo mismo.

¿Qué demonios está pasando aquí? Les pongo mala cara.

—Si ya terminaron los dos, me gustaría un informe rápido —Ana y Taylor intercambian una mirada—. Ahora vuelvo contigo. Antes tengo que decirle una cosa a la señorita Steele —le digo a Taylor.

Llevo a Ana a mi dormitorio y cierro la puerta.

—No coquetees con el personal, Anastasia.

—No coqueteaba. Era amigable… hay una diferencia.

—No seas amigable ni coquetees con el personal. No me gusta.

Ella suspira.

—Lo siento.

Se echa el pelo hacia la espalda y baja la mirada a las manos, pero yo la tomo por la barbilla y le levanto la cabeza para mirarla a los ojos.

—Ya sabes lo celoso que soy.

—No tienes motivos para ser celoso, Christian. Soy tuya en cuerpo y alma.

Me mira como si hubiera perdido el juicio, y de repente me siento idiota.

Tiene razón.

Mi reacción es absolutamente exagerada.

Le doy un beso casto.

—No tardaré. Ponte cómoda.

Me dirijo al despacho de Taylor, en su busca. Cuando entro se pone de pie.

—Señor Grey, sobre…

Levanto la mano.

—No digas nada más. Soy yo quien te debe una disculpa.

Taylor parece sorprendido.

—¿Qué está pasando? —pregunto.

—Gail regresará más tarde.

—Bien.

—He informado al personal de mantenimiento del Escala que la señorita Williams tenía una llave. He pensado que debían saberlo.

—¿Cómo han reaccionado?

—Bueno, he impedido que llamaran a la policía.

—Bien.

—Han cambiado todas las cerraduras y va a venir un contratista para revisar la puerta de emergencia. La señorita Williams no debería haber podido acceder desde el exterior, a pesar de tener una llave.

—¿Y al registrar el departamento no encontraron nada?

—Nada, señor. No puedo decirle dónde se escondía. Pero ya no está aquí.

—¿Has hablado con Welch?

—Lo he puesto al corriente.

—Gracias. Ana se quedará a dormir esta noche. Creo que es más seguro.

—Estoy de acuerdo, señor.

—Cancela la compra del Audi. Me he decidido por un Saab para Ana. Tendría que llegar pronto, les he pedido que adelanten la entrega.

—Lo haré, señor.

Cuando regreso al dormitorio, Ana está de pie frente al vestidor. Se le ve un poco aturdida. Asomo la cabeza junto a la puerta. Su ropa está aquí.

—Ah, ya lo han traído todo.

Creía que Gail iba a ocuparse de la ropa de Ana. Me quito la idea de la cabeza.

—¿Qué pasa? —pregunta ella.

Le hago un rápido resumen de lo que Taylor acaba de contarme acerca del departamento y de Leila.

—Ojalá hubiera sabido dónde estaba. Está esquivando todos nuestros intentos de encontrarla y necesita ayuda.

Ana me rodea con los brazos y me estrecha, me tranquiliza. Yo la abrazo y le doy un beso en la cabeza.

—¿Qué harás cuando la encuentres? —pregunta.

—El doctor Flynn tiene una plaza para ella.

—¿Y qué pasa con su marido?

—No quiere saber nada de ella —hijo de puta—. Su familia vive en Connecticut. Creo que ahora anda por ahí sola.

—Qué triste…

La compasión de Ana no tiene límites. La abrazo más fuerte.

—¿Te parece bien que haya hecho que traigan tus cosas aquí? Quería compartir la habitación contigo.

—Sí.

—Quiero que duermas conmigo. Cuando estás conmigo no tengo pesadillas.

—¿Tienes pesadillas?

—Sí.

Ella me estrecha con fuerza, y permanecemos acurrucados juntos frente al vestidor.

—Iba a preparar la ropa que me pondré mañana para ir a trabajar —dice ella al cabo de unos instantes.

—¡A trabajar! —exclamo, y la suelto.

—Sí, a trabajar —responde ella, confusa.

—Pero Leila aún anda suelta por ahí —¿no comprende el riesgo que entraña?—. No quiero que vayas a trabajar.

—Eso es una tontería, Christian. Tengo que ir a trabajar.

—No, no tienes por qué.

—Tengo un trabajo nuevo, que me gusta. Claro que tengo que ir a trabajar.

—No, no tienes por qué.

Yo puedo cuidar de ti.

—¿Crees que me voy a quedar aquí sin hacer nada mientras tú andas por ahí salvando al mundo?

—La verdad... sí —contesto.

Ana cierra los ojos y se frota la frente como si estuviera haciendo acopio de todas sus fuerzas. No lo entiende.

—Christian, yo necesito trabajar.

—No, no lo necesitas.

—Sí... lo... necesito.

Lo dice en tono directo y decidido.

—Es peligroso.

¿Te imaginas que te pasa algo?

—Christian... necesito trabajar para ganarme la vida, y además no me pasará nada.

—No, tú no necesitas trabajar para ganarte la vida... ¿Y cómo puedes estar tan segura de que no te pasará nada?

Mierda. Por eso me gusta tener sumisas. No estaríamos discutiendo si hubiera firmado el maldito contrato.

—Por Dios santo, Christian, Leila estaba a los pies de la cama y no me hizo ningún daño. Y sí, yo necesito trabajar. No quiero deberte nada. Tengo que pagar el préstamo de la universidad.

Ana pone los brazos en jarras.

—No quiero que vayas a trabajar.

—No depende de ti, Christian. La decisión no es tuya.

Carajo.

Lo tiene decidido.

Y, por supuesto, tiene razón.

Me paso la mano por el pelo, intentando controlar el genio, y al final se me ocurre una idea.

—Sawyer te acompañará.

—Christian, no es necesario. No tiene ninguna lógica.

—¿Lógica? —le espeto—. O te acompaña, o verás lo ilógico que puedo ser para retenerte aquí.

—¿Qué harías exactamente?

—Ah, ya se me ocurriría algo, Anastasia. No me provoques. Estoy a punto de estallar.

—¡De acuerdo! —grita, levantando las dos manos—. Muy bien: Sawyer puede venir conmigo, si así te quedas más tranquilo.

Me entran ganas de besarla, o darle unos azotes, o cogérmela. Doy un paso adelante y ella retrocede inmediatamente, observándome.

¡Grey! Estás asustando a la pobre chica.

Doy una gran bocanada de aire purificador y e invito a Ana dar una vuelta por el departamento. Si va a quedarse aquí, debe conocer este sitio a fondo.

Ella me dirige una mirada indecisa, como si la hubiera tomado desprevenida. Sin embargo, accede y toma la mano que le tiendo. Le doy un suave apretón.

—No quería asustarte —digo a modo de disculpa.

—No me asustaste. Sólo estaba a punto de salir corriendo —responde ella.

—¿Salir corriendo?

Has vuelto a pasarte de la raya con ella, Grey.

—¡Es una broma! —exclama.

Eso no ha tenido gracia, Ana.

Suspiro y la guío por el departamento. Le muestro el dormitorio libre que hay junto al mío y subimos a la planta superior para ver el resto de habitaciones libres, el gimnasio y la zona del servicio.

—¿Estás seguro de que no quieres que entremos aquí? —pregunta con timidez cuando pasamos junto a la puerta del cuarto de juegos.

—No tengo la llave.

Aún estoy resentido a causa de la discusión. Detesto discutir con ella. Pero, como es habitual en ella, hace que me enfrente a mis obsesiones.

Aunque, ¿y si le ocurre algo?

Será culpa mía.

Todo cuanto puedo hacer es conservar las esperanzas de que Sawyer la proteja.

Cuando bajamos, le muestro la sala de la televisión.

—¿Así que tienes un Xbox? —dice riendo.

Me encanta su risa, hace que en seguida me sienta mejor.

—Sí, pero soy malísimo. Elliot siempre me gana. Tuvo gracia cuando creíste que mi cuarto de juegos era algo como esto.

—Me alegra que me considere graciosa, señor Grey —contesta.

—Es que lo es, señorita Steele... cuando no se muestra exasperante, claro.

—Suelo mostrarme exasperante cuando usted es irracional.

—¿Yo? ¿Irracional?

—Sí, señor Grey, irracional podría ser perfectamente su segundo nombre.

—Yo no tengo segundo nombre.

—Pues irracional le quedaría muy bien.

—Creo que eso es discutible, señorita Steele.

—Me interesaría conocer la opinión profesional del doctor Flynn.

Oh, Dios. Me encantan estos tire y afloje con ella.

—Yo creía que Trevelyan era tu segundo nombre —observa.

—No, es un apellido. Trevelyan-Grey.

—Pues no lo usas.

—Es demasiado largo. Ven.

A continuación la llevo al despacho de Taylor. Cuando entramos, él se pone de pie.

—Hola, Taylor. Estoy enseñando el departamento a Anastasia.

Taylor nos saluda a ambos con una inclinación de cabeza. Ana echa un vistazo alrededor, sorprendida, creo que por la amplitud de la habitación y por la hilera de monitores que muestran las imágenes de las cámaras de seguridad. Seguimos con la visita.

—Y, por supuesto, aquí ya has estado.

Abro la puerta de la biblioteca y me encuentro a Ana echándole un vistazo a la mesa de billar.

—¿Jugamos? —pregunta con aire retador.

La señorita Steele tiene ganas de jugar.

—Está bien. ¿Has jugado alguna vez?

—Un par de veces —dice evitando mirarme a los ojos.

Está mintiendo.

—Eres una mentirosa sin remedio, Anastasia. Ni has jugado nunca ni…

—¿Te da miedo competir? —me interrumpe.

—¿Miedo de una niña como tú? —me burlo.

—Una apuesta, señor Grey.

—¿Tan segura está, señorita Steele?

Es una faceta de ella que no he observado nunca. Que empiece el juego, Ana.

—¿Qué le gustaría apostar?

—Si gano yo, vuelves a llevarme al cuarto de juegos.

Mierda. Habla en serio.

—¿Y si gano yo? —pregunto.

—Entonces, escoges tú.

Se encoge de hombros, tratando de aparentar despreocupación, pero en sus ojos hay un brillo malicioso.

—Bien, de acuerdo. ¿A qué quieres jugar: billar americano, inglés o a tres bandas?

—Americano, por favor. Los otros no los conozco.

Saco las bolas de billar de un armario bajo las estanterías y las coloco sobre el tapete verde. Elijo un taco que resulte apropiado para la estatura de Ana.

—¿Quieres sacar? —le pregunto a la vez que le acerco la tiza.

Lo va a pagar caro.

Mmm… A lo mejor ése podría ser mi premio.

Me acude a la mente una imagen de Ana arrodillada frente a mí, con las manos atadas, haciéndole un trabajito a mi verga. Sí. Eso estaría bien.

—Bueno —dice con voz susurrante y delicada mientras frota el taco con la tiza.

Frunce los labios y, mirándome a través de las pestañas, sopla el excedente con un gesto lento y deliberado.

Lo noto en la verga.

Maldita sea.

Se coloca en línea con la bola blanca, y la golpea con tanta fuerza y maestría que dispersa todas las bolas del triángulo. La bola del extremo, la listada de color amarillo a la que corresponde el número nueve, va a parar a la tronera superior derecha.

Ay, Anastasia Steele, eres una caja de sorpresas.

—Escojo las listadas —dice, y tiene la desfachatez de dirigirme una sonrisa coqueta.

—Adelante.

Esto va a ser divertido.

Rodea la mesa, buscando una nueva víctima. Me gusta esta nueva Ana. Predatoria. Competitiva. Segura. Sexy como ella sola. Se inclina sobre la mesa y estira el brazo, de modo que queda al descubierto un pedacito de piel entre el canto de la blusa y la cinturilla de los jeans. Golpea la bola blanca, y la listada de color granate pasa a mejor vida. Vuelve a rodear la mesa y me mira como de pasada antes de inclinarse de nuevo y quedar estirada sobre el tapete con el trasero levantado mientras emboca la bola lila.

Mmm... Puede que cambie de planes.

Es buena.

Enseguida liquida la bola azul, pero falla con la verde.

—¿Sabes, Anastasia?, podría estar todo el día viendo cómo te inclinas y te estiras sobre esta mesa de billar —le confieso.

Ella se ruboriza.

¡Sí!

Esta es la Ana que yo conozco.

Me quito el suéter y examino lo que queda en la mesa.

Ha llegado la hora de exhibirse, Grey.

Me dispongo a entronerar tantas bolas lisas como me resulte posible. Tengo que ponerme a su altura. Consigo colar tres y me sitúo en línea para embocar la naranja. Golpeo la bola blanca y la naranja cae disparada en la tronera inferior izquierda, seguida de la blanca.

Mierda.

—Un error de principiante, señor Grey.

—Ah, señorita Steele, yo no soy más que un pobre mortal. Su turno, creo.

Sacudo la mano en dirección a la mesa.

—No estarás intentando perder a propósito, ¿verdad?

Ladea la cabeza.

—No, no, Anastasia. Con el premio que tengo pensado, quiero ganar. Pero también es verdad que siempre quiero ganar.

Una mamada de rodillas o...

Podría impedirle que fuese a trabajar. Mmm... Una apuesta que podría costarle el empleo. No creo que la opción le gustase demasiado.

Ana entorna los ojos, y daría cualquier cosa por saber lo que está pensando. En el extremo opuesto de la mesa, inclina el torso para mirar más de cerca la disposición de las bolas. La blusa se le desabrocha y alcanzo a verle los pechos.

Cuando se incorpora tiene una sonrisita en los labios. Se acerca hasta situarse a mi lado y vuelve a inclinarse, y entonces contonea el culo primero a la izquierda y luego a la derecha. Regresa al otro extremo de la mesa y se inclina de nuevo, mostrándome todo lo que tiene que ofrecer. Al agacharse, me dirige una mirada.

—Sé lo que estás haciendo —susurro.

Y mi verga da su aprobación, Ana.

A base de bien.

Cambio de postura para dejar espacio a mi creciente erección.

Ella se incorpora y deja caer la cabeza a un lado mientras desliza la mano por el taco, arriba y abajo, con lentitud.

—Oh, estoy decidiendo cuál será mi siguiente tirada.

Mierda. Es una provocadora.

Se inclina sobre la mesa, da un toque a la bola listada de color naranja con la blanca de modo que queda alineada con la tronera. Luego coge el soporte de debajo de la mesa y prepara la siguiente tirada. Mientras dirige la puntería a la bola blanca, observo el bulto de sus pechos bajo la blusa. Respiro con fuerza.

Falla el tiro.

Bien.

Me acerco para colocarme detrás de ella mientras todavía está inclinada sobre el tapete y le cubro las nalgas con las manos.

—¿Está contoneando esto para provocarme, señorita Steele?

—Le doy una fuerte palmada.

Ella da un grito ahogado.

—Sí —susurra.

Ay, Ana.

—Ten cuidado con lo que deseas, nena.

Apunto a la bola roja con la blanca y cae en la tronera superior izquierda. Luego pruebo suerte con la amarilla en la superior derecha. Golpeo la bola blanca con suavidad, y roza la amarilla pero esta se detiene a corta distancia de su destino final.

Mierda. He fallado.

Ana me sonríe de oreja a oreja.

—Cuarto rojo, allá vamos —se pavonea.

Me gusta tu perversión sexual.

Va en serio.

Resulta desconcertante. Le indico que continúe ya que tengo claro que no quiero llevarla al cuarto de juegos. La última vez que estuvimos allí, me dejó.

Mete la bola verde. Me dirige una sonrisa triunfal y a continuación cuela la naranja.

—Escoge la tronera —mascula.

—Superior izquierda —dice mientras menea el trasero frente a mí.

Apunta y la bola negra se desvía mucho de la meta.

Qué alegría.

Rápidamente, despacho las dos bolas lisas restantes y sólo me queda la negra. Froto el taco con la tiza sin dejar de mirar a Ana.

—Si gano yo… te daré unos azotes y después te cogeré sobre esta mesa.

Se queda boquiabierta.

Sí, la idea la excita. Es lo que lleva pidiéndome todo el día. ¿Cree que he perdido facultades?

Bien, ya lo veremos.

—Superior derecha —anuncio, y me inclino para tirar.

Mi taco golpea la bola blanca, recorre la mesa y roza la negra, que a su vez se dirige a la tronera superior derecha. Se debate unos instantes en el borde, y mi respiración se interrumpe hasta que oigo el sonido gozoso al caer en el correspondiente agujero.

¡Sí!

Anastasia Steele, eres mía.

Me acerco con paso triunfal al lugar donde ella permanece boquiabierta, con la expresión algo alicaída.

—No tomarás mal perder, ¿verdad? —pregunto.

—Depende de lo fuerte que me pegues —susurra.

Le retiro el taco y lo coloco sobre el tablero. A continuación le introduzco los dedos en el escote de la blusa y tiro para acercarla a mí.

—Bien, enumeremos las faltas que has cometido, señorita Steele —levanto los dedos y voy contando las cosas que ha hecho mal—. Uno, provocarme celos con mi personal —Ana abre los ojos como platos—. Dos, discutir conmigo sobre el trabajo. Y tres, contonear tu delicioso trasero delante de mí durante los últimos veinte minutos.

Me inclino hacia delante y froto la nariz contra la suya.

—Quiero que te quites los pantalones y esta camisa tan provocativa. Ahora.

La beso en los labios con dulzura, me acerco tranquilamente hasta la puerta de la biblioteca y la cierro con llave.

Cuando me doy la vuelta, la veo paralizada en el sitio.

—La ropa, Anastasia. Parece ser que aún la llevas puesta. Quítatela... o te la quitaré yo.

—Hazlo tú —musita, y su voz es tan suave como una brisa de verano.

—Oh, señorita Steele. No es un trabajo muy agradable, pero creo que estaré a la altura.

—Por lo general está siempre a la altura, señor Grey —se muerde el labio.

Toda una insinuación por parte de Ana.

—Vaya, señorita Steele, ¿qué quiere decir?

Descubro una regla de plástico encima del escritorio de la biblioteca. Perfecto.

Lleva todo el día haciendo comentarios nada velados acerca de que echa de menos esta faceta mía. Veremos cómo le sienta esto. La sujeto de manera que pueda verla y la flexiono entre las manos. Luego me la guardo en el bolsillo trasero de los pantalones y me acerco hasta ella con paso lento y despreocupado.

Creo que voy a quitarle los zapatos.

Me arrodillo y le desato los Converse. Se las quito, y también los calcetines. Le desabrocho el botón de los jeans y bajo el cierre, y levanto la cabeza para mirarla mientras voy bajándoselos despacio. No aparta sus ojos de los míos. Da un paso para que pueda quitarle los pantalones, y veo que lleva la tanga blanca.

Esa tanga.

Me encanta.

Y a mi verga también.

Le aferro los muslos por detrás y le acaricio con la nariz la parte delantera de la tanga.

—Se me antoja ser brusco contigo, Ana. Tú tendrás que decirme que pare si me excedo —susurro, y le planto un beso en el clítoris a través del encaje.

Ella gime.

—¿Palabra de seguridad? —pregunta.

—No, palabra de seguridad, no. Sólo dime que pare y pararé. ¿Entendido?

Vuelvo a besarla, y trazo círculos con la nariz en el potente montículo situado en el vértice de sus muslos. Me pongo de pie antes de dejarme llevar.

—Contesta.

—Sí, sí, entendido.

—Has estado enviándome mensajes y emitiendo señales contradictorias durante todo el día, Anastasia. Me dijiste que te preocupaba que hubiera perdido nervio. No estoy seguro de qué querías decir con eso, y no sé hasta qué punto iba en serio, pero ahora lo averiguaremos. No quiero volver al cuarto de juegos todavía, así que ahora podemos probar esto. Pero, si no te gusta, tienes que prometerme que me lo dirás.

—Te lo diré. Sin palabra de seguridad —contesta, creo que para tranquilizarme.

—Somos amantes, Anastasia. Los amantes no necesitan palabras de seguridad —frunzo el ceño—. ¿Verdad?

Lo desconozco absolutamente todo al respecto.

—Supongo que no —responde—. Te lo prometo.

Necesito estar seguro de que me hará saber si voy demasiado lejos. Tiene la expresión sincera y llena de deseo. Le desabrocho la blusa y dejo que se abra y caiga hacia atrás, y la visión de sus pechos me excita, me excita mucho. Está impresionante. Me inclino sobre ella para tomar el taco.

—Juega muy bien, señorita Steele. Debo decir que estoy sorprendido. ¿Por qué no metes la bola negra?

Frunce los labios. A continuación, con aire retador, alcanza la bola blanca y, estirándose sobre el tablero, apunta para hacer la tirada. En ese momento, me coloco detrás de ella y le poso la mano sobre el muslo derecho. Se pone tensa mientras le recorro el culo con los dedos y regreso hacia el muslo, en una ligera provocación.

—Si sigues haciendo eso, fallaré —se queja con voz enronquecida.

—No me importa si fallas o no, nena. Sólo quería verte así: medio vestida, recostada sobre mi mesa de billar. ¿Tienes idea de lo erótica que estás en este momento?

Ella se sonroja y juguetea con la bola blanca mientras intenta apuntar. Yo le acaricio el culo. Su bonito culo, bien visible ya que lleva tanga.

—Superior izquierda —anuncia, y le da a la bola blanca con la punta del taco. Yo le pego una nalgada fuerte, y chilla.

La bola blanca roza la negra, pero esta rebota contra el almohadillado del tablero y no cae en la tronera.

Vuelvo a acariciarle el culo.

—Oh, creo que debes volver a intentarlo. Tienes que concentrarte, Anastasia.

Ella contonea el trasero bajo mi mano, como suplicando que siga.

Lo está disfrutando demasiado, de modo que me dirijo al extremo opuesto de la mesa para volver a colocar la bola negra, agarro la blanca y se la lanzo rodando por el tablero.

Ella la atrapa y se dispone a preparar la tirada una vez más.

—Eh, eh —le advierto—. Espera.

No tan deprisa, señorita Steele.

Regreso junto a ella y me sitúo otra vez detrás, pero ahora le paso la mano por el muslo izquierdo, y por el culo.

Me encanta su culo.

—Apunta —musito.

Ella gime y coloca la cabeza sobre el tablero.

No te rindas todavía, Ana.

Respira hondo, levanta la cabeza y se desplaza hacia la derecha, y yo la sigo. Se inclina y se estira de nuevo sobre el tablero, y golpea la bola blanca. Mientras esta vuela por encima del tapete, la azoto de nuevo. Con fuerza. La bola negra pasa de largo.

—¡Oh, no! —exclama, y suelta un gruñido.

—Una vez más, nena. Y, si esta vez fallas, me encargaré de que recibas de verdad.

Coloco otra vez la bola negra y regreso para situarme detrás de ella y volver a acariciarle el bonito trasero.

—Vamos, tú puedes —susurro.

Ella echa las nalgas hacia atrás en busca de mi mano, y le propino una palmada juguetona.

—¿Impaciente, señorita Steele? —pregunto.

Ella gime a modo de respuesta.

—Bien, acabemos con esto —le deslizo la tanga por los muslos, se la quito y la dejo caer al suelo sobre los jeans. Mientras me arrodillo detrás de ella, le beso una nalga y después la otra—. Tira, nena.

Está nerviosa, sus dedos no se quedan quietos, y agarra como puede la bola blanca, la alinea y tira, pero la impaciencia hace que falle. Cierra los ojos con fuerza, a la espera de que la azote, pero en vez de eso me inclino sobre ella y la presiono contra el tapete. Le quito el taco de la mano y lo aparto hacia un lado.

Ahora vamos a pasarlo bien de verdad.

—Fallaste —le susurro al oído—. Pon las manos planas sobre la mesa.

Mi erección puja contra la bragueta.

—Bien. Ahora voy a pegarte, y así la próxima vez a lo mejor no fallas.

Me coloco a su lado para poder moverme mejor. Ella gime y cierra los ojos, y oigo que su respiración se agita. Le acaricio el trasero con una mano, y con la otra la sujeto boca abajo y enredo los dedos en su pelo.

—Abre las piernas —le ordeno, y me saco la regla del bolsillo.

Ella duda, de modo que le pego con la regla. Al restallar contra su nalga, produce un ruido realmente gozoso, y ella da un grito ahogado pero no dice nada, así que vuelvo a pegarle.

—Las piernas —ordeno.

Ella obedece y le pego de nuevo. Cierra los ojos con fuerza mientras absorbe el dolor, pero no me pide que pare.

Oh, nena.

Le pego otra vez, y otra, y ella gime. La piel se le está poniendo roja al contacto con la regla, y a mí los jeans me aprietan de forma increíble al contener mi excitación. Le pego otra vez, y otra más. Estoy perdido. Perdido en ella. Poseído por ella. Está haciendo esto por mí. Y yo lo deseo. La deseo.

—Para —dice.

Y yo dejo la regla sin pensarlo dos veces y la suelto.

—¿Ya basta? —pregunto.

—Sí.

—Ahora quiero cogerte —susurro con voz ronca.

—Sí —suplica.

Ella también lo desea.

Tiene el trasero enrojecido y suspira para llenar los pulmones de aire.

Me desabrocho la bragueta, ofreciéndole algo de espacio a mi verga, y luego le introduzco dos dedos y los muevo en círculos, deleitándome con su rojez.

Me apresuro a ponerme un condón, y luego me coloco detrás de ella y, poco a poco, me deslizo en su interior. Oh, sí. Éste es, sin duda, el lugar del mundo que prefiero.

Salgo de ella, sujetándola por las caderas, y vuelvo a penetrarla con tanta fuerza que la hago gritar.

—¿Otra vez? —pregunto.

—Sí... estoy bien. Déjate llevar... llévame contigo —murmura sin aliento.

Oh, Ana, será un placer.

Vuelvo a penetrarla bruscamente y adopto un ritmo lento pero extenuante, llevándola conmigo una vez, y otra, y otra más. Ella gime y grita mientras la hago mía. Centímetro a centímetro. Mía.

Ella empieza a acelerarse, está a punto de llegar, y aumento el ritmo, escuchando sus gritos hasta que explota rodeándome con su orgasmo, chillando y arrastrándome con ella, y yo grito su nombre y vacío mi alma en su interior.

Me derrumbo sobre ella mientras recupero el aliento. Me siento lleno de gratitud y humildad. La amo. La deseo. Por siempre.

La atraigo para estrecharla en mis brazos y nos deslizamos hasta el suelo, donde la acuno contra mi pecho. No quiero que se marche nunca.

—Gracias, cariño —musito, y le cubro la cara de delicados besos.

Ella abre los ojos y me dirige una mirada somnolienta y ahíta. La abrazo más fuerte y le acaricio la mejilla.

—Tienes una rozadura en la mejilla por culpa del tapete.

Está del mismo color que tu culo, nena.

Ella me dirige una amplia sonrisa en agradecimiento a mis delicadas atenciones.

—¿Qué te ha parecido? —pregunto.

—Intenso, delicioso —dice—. Me gusta brutal, Christian, y también me gusta tierno. Me gusta que sea contigo.

Cierro los ojos y me maravillo ante la preciosa joven que tengo entre mis brazos.

—Tú nunca fallas, Ana. Eres preciosa, inteligente, audaz, divertida, sexy, y agradezco todos los días a la divina providencia que fueras tú quien vino a entrevistarme y no Katherine Kavanagh —le beso el pelo, y ella bosteza y me hace sonreír—. Pero ahora estás muy cansada. Vamos. Un baño y a la cama.

Me pongo de pie y la ayudo a levantarse.

—¿Quieres que te lleve en brazos?

Ella niega con la cabeza.

—Lo siento, pero será mejor que te vistas. Nunca se sabe a quién podemos encontrarnos en el pasillo.

En el cuarto de baño, abro el grifo y vierto una generosa cantidad de aceite corporal en el chorro de agua.

Ayudo a Ana a quitarse la ropa y le sostengo las manos para que entre en la bañera. Yo la sigo de inmediato, y nos sentamos en los extremos opuestos, el uno frente al otro, mientras el agua caliente y la espuma aromática van llenándola.

Tomo un poco de gel de baño y empiezo a frotar el pie izquierdo de Ana, masajeándole el empeine con los pulgares.

—Oh, qué agradable.

Cierra los ojos e inclina la cabeza hacia atrás.

—Bien.

Me deleito con su placer. Lleva el pelo recogido en una cola de caballo con la que ha formado en la coronilla un moño que apenas se sujeta. Unos cuantos mechones caen sueltos, y tiene la piel húmeda y un poco bronceada tras la tarde que pasamos en el *Grace*.

Ana es alucinante.

Han sido un par de días desconcertantes: el extraño comportamiento de Leila, la intromisión de Elena, y la forma en que Ana lo ha afrontado con firmeza. Es toda una lección de humildad. Ella me enseña a ser humilde. Sobre todo, he disfrutado compartiendo su felicidad. Me gusta verla feliz. Su gozo es también el mío.

—¿Puedo preguntarte una cosa? —musita, abriendo un ojo.

—Claro. Lo que sea, Ana, ya lo sabes.

Ella se incorpora para sentarse y yergue la espalda.

Oh, no.

—Mañana, cuando vaya a trabajar, ¿puede Sawyer limitarse a dejarme en la puerta de la editorial y pasar a recogerme al final del día? Por favor, Christian, por favor —se apresura a añadir.

Interrumpo el masaje.

—Creía que estábamos de acuerdo en eso.

—Por favor.

¿Por qué se muestra tan vehemente en relación con este tema?

—¿Y a la hora de comer qué? —pregunto, nervioso de nuevo a causa de la necesidad de saber que está segura.

—Ya me prepararé algo aquí y así no tendré que salir. Por favor.

—Me cuesta mucho decirte que no —admito, besándole el empeine.

Quiero que esté a salvo y, hasta que encuentren a Leila, no estoy seguro de que sea así.

Ana me clava sus grandes ojos azules.

—¿De verdad que no saldrás? —pregunto.

—No.

—De acuerdo.

Ella sonríe, creo que en señal de gratitud.

—Gracias —dice, y derrama agua por encima del borde de la bañera al ponerse de rodillas. Coloca las manos sobre mis brazos y me besa.

—De nada, señorita Steele. ¿Cómo está tu trasero?

—Dolorido, pero no mucho. El agua me calma.

—Me alegro de que me dijeras que parara —digo.

—Mi trasero también.

Sonrío.

—Vamos a la cama.

Me cepillo los dientes y regreso tranquilamente a mi dormitorio, donde Ana me espera acostada.

—¿La señorita Acton no incluyó ningún camisón? —pregunto.

Estoy seguro de que dispone de unos cuantos camisones de seda y raso.

—No tengo ni idea. Me gusta llevar tus camisetas —responde ella, y se le cierran los párpados.

Vaya, está exhausta. Me inclino sobre ella y le doy un beso en la frente.

Todavía tengo un poco de trabajo, pero quiero quedarme con Ana. Llevo todo el día en su compañía, y ha sido fantástico.

No quiero que este día termine jamás.

—Tengo trabajo. Pero no quiero dejarte sola. ¿Puedo usar tu Mac para conectarme con el despacho? ¿Te molestaré si me quedo a trabajar aquí?

—No es mía —contesta, y cierra los ojos.

—Sí, sí que lo es —susurro.

Me siento a su lado y enciendo la MacBook Pro. Abro el Safari, me conecto a mi cuenta de correo electrónico y me dispongo a liquidar los mensajes.

Cuando termino, le mando uno a Taylor para comunicarle que quiero que Sawyer acompañe a Ana mañana. Lo único importante que queda por decidir es dónde esperará Sawyer mientras Ana esté trabajando.

Lo decidiremos por la mañana.

Miro mi agenda. Tengo una reunión a las 8:30 con Ros y Vanessa en el departamento de adquisiciones para hablar sobre el tema del mineral conflictivo.

Estoy cansado.

Ana ya duerme profundamente cuando me acuesto a su lado. Observo el subir y bajar de su pecho con cada respiración. Le he tomado muchísimo cariño en muy poco tiempo.

—Ana, te quiero —susurro—. Gracias por el día de hoy. Por favor, quédate conmigo.

Y cierro los ojos.

Lunes, 13 de junio de 2011

El parte informativo matutino de Seattle me despierta con una noticia sobre el inminente partido de beisbol de los Angels contra los Mariners. Al volver la cabeza, Ana está despierta y mirándome.

—Buenos días —me dice con sonrisa radiante.

Me acaricia la mejilla barbuda con los dedos y me besa.

—Buenos días, nena —me sorprende haber dormido hasta tan tarde—. Normalmente me despierto antes de que suene el despertador.

—Está puesto muy temprano —protesta Ana.

—Así es, señorita Steele. Tengo que levantarme.

La beso y salgo de la cama.

Ya en mi vestidor, me pongo los pants y tomo el iPod. Echo un vistazo a Ana antes de salir; ha vuelto a dormirse.

Bien. Ha tenido un fin de semana muy movidito. Como yo.

Sí. Vaya fin de semana.

Contengo las ganas de darle un beso de despedida y la dejo dormir. Echo un vistazo por las ventanas y veo que el cielo está encapotado, pero no creo que vaya a llover. Prefiero arriesgarme a salir a correr antes que ir a mi gimnasio.

—¿Señor Grey? —Ryan se acerca a mí en el vestíbulo.

—Buenos días, Ryan.

—Señor, ¿va usted a salir?

Quizá cree que debe acompañarme

—Estaré bien, Ryan. Gracias.

—El señor Taylor…

—Estaré bien.

Entro en el ascensor y dejo a Ryan en el vestíbulo no muy convencido, seguramente replanteándose su decisión. Leila nunca fue muy madrugadora… como Ana. Creo que estaré a salvo.

En la calle está lloviznando. Pero me da igual. Con «Bittersweet Symphony» atronándome en los oídos me pongo en marcha y salgo a todo correr por la Cuarta Avenida.

Se me nubla la mente con imágenes caóticas de todo lo que ha ocurrido en estos días pasados: Ana en el baile, Ana en mi barco, Ana en el hotel.

Ana… Ana… Ana.

Mi vida ha dado un vuelco tal que ya no estoy seguro de reconocerme a mí mismo.

Las palabras de Elena regresan a mi memoria: «¿Es que le has dado la espalda a quien eres en realidad?».

¿Lo he hecho?

«I can't change», no puedo cambiar. La letra de la canción retumba en mi mente.

Lo cierto es que me gusta estar en compañía de Ana. Me gusta tenerla en casa. Me gustaría que se quedara. Para siempre. Ha traído humor, sueño reparador, vitalidad y amor a mi monótona existencia. No sabía que estaba solo hasta que la conocí.

Sin embargo, ella no querrá vivir conmigo, ¿verdad? Mientras Leila ande suelta tiene sentido que Ana se quede en mi casa, pero, en cuanto la encuentren, ella se irá. No puedo obligarla a quedarse, aunque a una parte de mí le gustaría hacerlo. Pero, entre tanto, si alguna vez averigua la verdad sobre mí, se marchará y no querrá volver a verme.

Nadie puede amar a un monstruo.

Y cuando se marche…

Maldición.

Corro con más potencia y velocidad, intentando despejar mi confusión hasta que sólo siento los pulmones ardiendo y las Nike golpeando el asfalto.

La señora Jones está en la cocina cuando vuelvo de correr.

—Buenos días, Gail.

—Señor Grey, buenos días.

—¿Taylor te ha contado lo de Leila?

—Sí, señor. Espero que la encuentre. Necesita ayuda.

Gail tiene cara de profunda preocupación.

—Sí que la necesita.

—Debo entender que la señorita Steele sigue aquí.

Me dedica esa curiosa sonrisilla que esboza siempre que hablamos sobre Ana.

—Creo que se quedará mientras Leila constituya una amenaza. Hoy necesitará el almuerzo para llevar.

—De acuerdo. ¿Qué quiere para desayunar?

—Huevos revueltos y tostada.

—Muy bien, señor.

En cuanto estoy duchado y vestido, decido despertar a Ana. Sigue profundamente dormida. La beso en la sien.

—Vamos, dormilona, levántate.

Abre los ojos, los cierra de nuevo y respira con fuerza.

—¿Qué pasa? —pregunto.

—Ojalá volvieras a la cama.

No me tientes, nena.

—Es usted insaciable, señorita Steele. Por seductora que resulte la idea, tengo una reunión a las ocho y media, así que debo irme enseguida.

Sobresaltada, Ana mira el reloj, me empuja a un lado, sale de la cama de un salto y disparada hacia el baño. Sacudiendo la cabeza, divertido por su repentino estallido de energía, me meto un par de condones en el bolsillo del pantalón y entro con paso tranquilo en la cocina para desayunar algo.

Nunca se sabe, Grey. He aprendido que es bueno estar preparado cuando se está cerca de Anastasia Steele.

La señora Jones está preparando el café.

—Sus huevos revueltos estarán listos en un instante, señor Grey.

—Genial. Ana se unirá a mí en breve.

—¿Le preparo unos huevos revueltos?

—Creo que le gustan las tortitas con tocino.

Gail coloca una taza de café y mi desayuno en uno de los sitios que ha dispuesto sobre la barra de la cocina.

Ana aparece unos diez minutos después, vestida con algunas de las prendas que le he comprado.

Una blusa de seda gris y falda del mismo color. Parece diferente.

Sofisticada.

Elegante.

Está preciosa. Ya no es una estudiante cohibida, sino una mujer joven, segura y trabajadora.

Le doy mi visto bueno y la rodeo con un brazo.

—Estás muy guapa —digo y la beso por detrás de la oreja.

El único pero que le veo a su aspecto es que tiene que pasar tiempo, así de guapa, con su jefe.

No te obsesiones, Grey. Ésta es la decisión que ella ha tomado. Quiere trabajar.

La suelto cuando Gail coloca su desayuno en la barra de la cocina.

—Buenos días, señorita Steele —dice ella.

—Oh, gracias. Buenos días —responde Ana.

—El señor Grey dice que le gustaría llevarse el almuerzo al trabajo. ¿Qué se le antojaría comer?

Ana me fulmina con la mirada.

Sí, nena. Iba en serio. No vas a salir.

—Un sándwich… ensalada. La verdad, no me importa.

Dedica una sonrisa de agradecimiento a Gail.

—Le prepararé una bolsa con el almuerzo, señora.

—Por favor, señora Jones, llámeme Ana.

—Ana —dice Gail.

—Tengo que irme, cariño. Taylor vendrá a recogerte y te dejará en el trabajo con Sawyer.

—Sólo hasta la puerta —insiste.

—Sí. Sólo hasta la puerta —eso es lo que acordamos—. Pero ve con cuidado —añado en voz baja. Me quedo de pie ante ella, la sujeto por la barbilla y le doy un tierno beso—. Hasta luego, nena.

—Que tengas un buen día en la oficina, cariño —dice a mi espalda, y aunque es algo cursi… me encanta.

Parece todo tan normal.

En el ascensor, Taylor me saluda y me pone al día.

—Señor, hay una cafetería enfrente de SIP. Creo que Sawyer puede vigilar desde allí durante el día.

—¿Y si necesita un refuerzo? Ya sabes, para ir al baño.

—Enviaré a Reynolds o a Ryan.

—Está bien.

Había olvidado que Andrea está fuera por su permiso de boda, aunque no creo que se vaya de luna de miel si vuelve al trabajo mañana. La mujer que la ha sustituido y cuyo nombre sigo sin poder recordar está hojeando la página de *Vogue* en Facebook cuando llego.

—Nada de redes sociales durante las horas de oficina —digo, malhumorado.

Vaya error de novata. Aunque ella ya debería saberlo. Ya ha trabajado aquí.

Se sobresalta.

—Lo siento, señor Grey. No le he oído llegar. ¿Le traigo un café?

—Sí. Tráemelo. Un macchiato.

Cierro la puerta del despacho y, ya en la mesa, enciendo la computadora. Tengo un mail del concesionario de Saab: el coche de Ana llegará hoy. Reenvío el mail a Taylor para que pueda organizar la entrega, porque creo que será una bonita sorpresa para ella esta noche. Después escribo un correo a Ana.

De: Christian Grey
Fecha: 13 de junio de 2011 08:24
Para: Anastasia Steele
Asunto: Jefe

Buenos días, señorita Steele:
Sólo quería darle las gracias por un fin de semana maravilloso, a pesar de todo el drama.

Espero que no se marche, nunca.

Y sólo recordarle que las novedades sobre SIP no pueden comunicarse hasta dentro de cuatro semanas.

Borre este e-mail en cuanto lo haya leído.

Tuyo

Christian Grey
Presidente de Grey Enterprises Holdings, Inc. y jefe del jefe de tu jefe

Repaso las notas de Andrea. El nombre de la sustituta es Montana Brooks. Llama a la puerta y entra con mi café.

—Ros Bailey llegará un poco tarde, pero Vanessa Conway ya está aquí.

—Que espere a Ros.

—Sí, señor Grey.

—Necesito ideas para regalos de boda.

La señorita Brooks parece atónita.

—Bueno, todo depende de lo bien que conozca a la persona y cuánto quiera gastar y...

No necesito que me echen un sermón. Levanto la mano.

—Hazme una lista. Es para mi asistente personal.

—¿Tiene una lista de bodas?

—¿Una qué?

—¿Una lista de bodas en alguna tienda?

—No lo sé. Averígualo.

—Sí, señor Grey.

—Eso es todo.

Se marcha. Gracias a Dios que Andrea regresa mañana.

El informe de Welch sobre Jack Hyde está en mi bandeja de entrada. Mientras espero a Ros, aprovecho la oportunidad para echarle un vistazo.

Mi reunión con Ros y Vanessa es breve. Vanessa y su equipo están realizando una auditoría exhaustiva de todas las cadenas de suministros, y proponen que obtengamos la casiterita y la volframita de Bolivia y el tantalio de Australia, para evitar el problema del mineral conflictivo. Saldrá más caro, pero así cumpliremos las normativas de la Comisión de Bolsa y Valores de Estados Unidos. Y es lo que nosotros, como empresa, deberíamos estar haciendo.

Cuando se marchan compruebo la bandeja de entrada. Hay un mail de Ana.

De: Anastasia Steele
Fecha: 13 de junio de 2011 09:03
Para: Christian Grey
Asunto: Mandón

Querido señor Grey:

¿Me estás pidiendo que me vaya a vivir contigo? Por supuesto, recordaré que la evidencia de tus épicas capacidades de acoso deben permanecer en secreto durante cuatro semanas. ¿Extiendo un cheque a nombre de Afrontarlo Juntos y se lo mando a tu padre? Por favor, no borres este e-mail. Por favor, contéstalo.

TQ xxx

Anastasia Steele
Ayudante de Jack Hyde, editor de SIP

¿Estoy pidiéndole que se venga a vivir conmigo?

Mierda.

Grey, éste es un movimiento osado y repentino.

Podría cuidar de ella. Las veinticuatro horas.

Ella sería mía. Realmente mía.

Y, en lo más hondo de mi ser, sé que sólo existe una respuesta.

Un sonoro sí.

Ignoro todas las demás preguntas y contesto.

De: Christian Grey
Fecha: 13 de junio de 2011 09:07
Para: Anastasia Steele
Asunto: ¿Mandón, yo?

Sí. Por favor.

Christian Grey
Presidente de Grey Enterprises Holdings, Inc.

Mientras espero su respuesta leo el resto del informe de Jack Hyde. A primera vista, su trayectoria profesional parece correcta. Tiene éxito y gana un buen sueldo. Es de origen humilde y parece brillante y ambicioso, pero hay algo poco común en el camino que ha seguido su carrera. ¿Quién, en el mundo de la publicidad, empieza en Nueva York, luego trabaja en distintas editoriales de todo Estados Unidos y acaba en Seattle?

No tiene sentido.

Por lo visto no ha tenido ninguna relación larga, y las ayudantes jamás le han durado más de tres meses.

Eso quiere decir que el tiempo de Ana junto a él está limitado.

Christian:
¿Qué pasó con eso de caminar antes de correr?

¿Podemos hablarlo esta noche, por favor?

Me han pedido que vaya a un congreso en Nueva York el jueves.

Supone pasar allí la noche del miércoles. Pensé que debías
saberlo.

Ana x

Anastasia Steele
Ayudante de Jack Hyde, editor de SIP

No quiere venir a vivir conmigo. Éstas no son las noticias que
quería oír.

¿Y qué esperabas, Grey?

Al menos quiere hablarlo esta noche, así que todavía hay esperanza. Pero luego quiere irse pitando a Nueva York.

Bueno, pues eso es un asco.

Me pregunto si va sola al congreso.

¿O irá con Hyde?

De: Christian Grey
Fecha: 13 de junio de 2011 09:21
Para: Anastasia Steele
Asunto: ¿QUÉ?

Sí. Hablemos esta noche.

¿Irás sola?

Christian Grey
Presidente de Grey Enterprises Holdings, Inc.

Jack Hyde debe de ser todo menos un encanto en el trabajo para que las ayudantes no le duren más de tres meses. Yo sé que soy un imbécil, pero Andrea lleva trabajando conmigo casi año y medio.

No sabía que iba a casarse.

Sí. Eso me molestó, pero antes de ella estuvo Helena. Ella trabajó para mí dos años, y ahora está en Recursos Humanos, encargándose de contratar a nuestros ingenieros.

Mientras espero la respuesta de Ana, leo la última página del informe.

Y ahí está. Tres denuncias silenciadas por acoso en las anteriores editoriales en las que trabajó y dos advertencias de SIP amenazándolo con expedientarlo.

¿Tres?

Es un maldito acosador. Lo sabía. ¿Por qué no lo habían incluido en su informe laboral?

No paraba de arrimarse a Ana en el bar. Invadía su espacio. Como el fotógrafo.

De: Anastasia Steele
Fecha: 13 de junio de 2011 09:30
Para: Christian Grey
Asunto: ¡Nada de mayúsculas chillonas ni gritos un lunes por la mañana!

¿Podemos hablar de eso esta noche?

A x

Anastasia Steele
Ayudante de Jack Hyde, editor de SIP

Evasiva, señorita Steele.
Es un viaje con él.
Lo sé.
Él lo ha planeado. Apuesto a que sí.

De: Christian Grey
Fecha: 13 de junio de 2011 09:35
Para: Anastasia Steele
Asunto: Aún no sabes lo que son gritos

Dime.

Si vas con ese canalla con el que trabajas, la respuesta es no, por encima de mi cadáver.

Christian Grey
Presidente de Grey Enterprises Holdings, Inc.

Presiono el icono de «Enviar» y luego llamo a Ros.

—Christian —responde ella de inmediato.

—Hay muchos gastos innecesarios en SIP. Es un derroche constante de dinero y debemos ponerle freno. Quiero una moratoria sobre todos los gastos periféricos no esenciales. Viajes. Hoteles. Gestos hospitalarios con los clientes. Todos los desplazamientos en avión y actividades de ocio. Sobre todo para el personal nuevo. Tú sabes cómo hacerlo.

—¿De veras? No creo que ahorremos mucho dinero.

—Tú llama a Roach. Hazlo ya. De inmediato.

—¿Qué ha provocado esto?

—Tú hazlo, Ros.

Lanza un suspiro.

—Si insistes. ¿Quieres que lo incluya en el contrato?

—Sí.

—Está bien.

—Gracias —y cuelgo.

Ya está. Así las cosas, esto debería impedir el viaje de Ana a Nueva York. Además, me gustaría ser yo el que la llevara. Ayer me dijo que nunca había estado allí.

Se oye un ruidito y veo que Ana ha respondido.

De: Anastasia Steele

Fecha: 13 de junio de 2011 09:46

Para: Christian Grey

Asunto: No, eres TÚ el que aún no sabe lo que son gritos

Sí. Voy con Jack.

Yo quiero ir. Lo considero una oportunidad emocionante.

Y nunca he estado en Nueva York.

No hagas una montaña de un grano de arena.

Anastasia Steele

Ayudante de Jack Hyde, editor de SIP

Estoy a punto de responder cuando alguien llama a la puerta.

—¡¿Qué?! —suelto enfadado.

Montana asoma la cabeza por la puerta y se queda ahí quieta, lo que resulta especialmente irritante: o entras o sales.

—Señor Grey, la lista de bodas de Andrea…

Durante unos segundos no tengo ni idea de qué está hablando.

—Han hecho una lista en Crate and Barrel —prosigue con timidez.

—Bien.

¿Qué diablos se supone que debo hacer con esa información?

—He hecho una lista con los regalos todavía disponibles y sus precios correspondientes.

—Envíamela por e-mail —dijo con los dientes apretados—. Y tráeme otro café.

—Sí, señor Grey.

Sonríe como si hubiéramos estado hablando del maldito tiempo y cierra la puerta.

Ahora ya puedo responder a la señorita Steele.

De: Christian Grey
Fecha: 13 de junio de 2011 09:50
Para: Anastasia Steele
Asunto: No, eres TÚ la que aún no sabe lo que son gritos

Anastasia:
No estoy haciendo una montaña de un puto grano de arena. La respuesta es NO.

Christian Grey
Presidente de Grey Enterprises Holdings, Inc.

Montana me coloca otro macchiato sobre la mesa.

—Tiene una reunión a las diez con Barney y Fred en el laboratorio —dice.

—Gracias. Me llevaré el café.

Ya sé que he sido arisco. Pero, ahora mismo, hay cierta mujer de ojos azules que me ha sacado de mis casillas. Montana se va y doy un sorbo al café.

Carajo. Mierda.

Está ardiendo.

Tiro el vaso, el café, todo.

Maldición.

Por suerte no me cae encima ni sobre el teclado, pero está por todo el maldito suelo.

—¡Señorita Brooks! —grito.

Dios, cómo me gustaría que Andrea estuviera aquí.

Montana asoma la cabeza por la puerta. Ni entra. Ni sale. Y todavía lleva demasiado labial recién aplicado.

—Acabo de tirar el café por todo el suelo porque estaba ardiendo. Haz que lo limpien, por favor.

—Oh, señor Grey. Lo siento mucho.

Entra a toda prisa para valorar el desastre y la dejo solucionándolo. Durante un instante me pregunto si lo habrá hecho a propósito.

Grey, estás paranoico.

Agarro el celular y decido usar las escaleras.

Barney y Fred están sentados a la mesa del laboratorio.

—Buenos días, caballeros.

—Señor Grey —dice Fred—. Barney lo ha resuelto.

—¿Eh?

—Sí. El tema de la cubierta.

—Hemos metido esto en la impresora 3D y ¡tarán!

Me pasa una cubierta compacta de plástico unida a la tableta por unas bisagras.

—Esto es genial —digo—. Debe de haberte tenido ocupado todo el fin de semana.

Me quedo mirando a Barney.

Se encoge de hombros.

—No tenía nada mejor que hacer.

—Tienes que salir más, Barney. Pero has hecho un buen trabajo. ¿Es todo lo que querías enseñarme?

—Podríamos adaptarla fácilmente y adherirla también a la funda de un celular.

—Eso me gustaría verlo.

—Me encargaré de ello.

—Genial. ¿Algo más?

—Es todo por el momento, señor Grey.

—Podría estar bien enseñar la impresora 3D al alcalde cuando nos visite.

—Tenemos preparada una visita espectacular para cuando venga.

—Sin necesidad de revelar información —añade Barney.

—Suena de maravilla. Gracias por la presentación. Vuelvo arriba.

Mientras espero el ascensor, reviso la bandeja de entrada de correo. Tengo una respuesta de Ana.

De: Anastasia Steele
Fecha: 13 de junio de 2011 09:55
Para: Christian Grey
Asunto: Cincuenta Sombras

Christian:
Tienes que controlarte.

NO voy a acostarme con Jack: ni por todo el té de China.

Te QUIERO. Eso es lo que pasa cuando dos personas se quieren.

CONFÍAN la una en la otra.

Yo no pienso que tú vayas a ACOSTARTE, AZOTAR, COGER, o DAR LATIGAZOS a nadie más. Tengo FE y CONFIANZA en ti.

Por favor, ten la AMABILIDAD de hacer lo mismo conmigo.

Ana

Anastasia Steele
Ayudante de Jack Hyde, editor de SIP

¡Qué carajos hace! Le dije que los correos de SIP estaban siendo vigilados.

El ascensor se detiene en varios pisos y yo intento, lo intento con todas mis fuerzas, controlar mi ira. Oigo ese rumor de conversación acallada en el ascensor del personal que entra y sale, porque yo estoy dentro.

—Buenos días, señor Grey.

—Buenos días, señor Grey.

Saludo con asentimientos de cabeza.

No estoy de humor.

Bajo mi sonrisa cortés, estoy que echo humo.

En cuanto estoy de regreso en mi despacho, consulto el número de teléfono del trabajo de Ana y la llamo.

—Despacho de Jack Hyde, soy Ana Steele —responde.

—¿Podrías, por favor, borrar el último correo que me enviaste e intentar ser un poco más prudente con el lenguaje que utilizas en los correos de trabajo? Ya te lo dije, el sistema está monitorizado. Yo haré todo lo posible para minimizar los daños desde aquí —espeto y cuelgo.

Llamo a Barney.

—Señor Grey.

—¿Puedes borrar el último mail que me ha enviado la señorita Steele a las nueve cincuenta y cinco desde el servidor de SIP y también todos los que le he enviado yo?

Se hace un silencio al otro lado de la línea.

—¿Barney?

—Eh… Claro, señor Grey, sólo estaba pensando en cómo hacerlo. Tengo una idea.

—Genial. Avísame cuando lo hayas hecho.

—Sí, señor.

Mi celular emite una luz; Anastasia.

—¿Qué? —respondo, y creo que se dará cuenta de que estoy algo más que simplemente enfadado.

—Me voy a Nueva York tanto si te gusta como si no.

—Ni se te ocurra…

Se hace un silencio.

—¿Ana?

Me ha colgado.

Carajo. Otra vez.

¿Qué clase de persona hace algo así?

Bueno, es posible que se lo haya hecho yo antes, pero eso no viene al caso ahora.

Y recuerdo que lo hizo esa vez que me llamó cuando estaba borracha.

Me agarro la cabeza con ambas manos.

Ana… Ana… Ana.

El teléfono de mi despacho suena.

—Grey.

—Señor Grey, soy Barney. Era mucho más fácil de lo que pensaba. Esos correos ya no están en el servidor de SIP.

—Gracias, Barney.

—No hay problema, señor Grey.

Al menos algo va bien.

Alguien llama a la puerta.

¿Y ahora qué?

Montana abre; lleva en la mano un bote de limpiador de tapicería en seco y unos cuantos pañuelos de papel.

—Más tarde —espeto.

Ya me he hartado de verla. Sale retrocediendo a toda prisa del despacho. Respiro hondo. Este día está siendo una mierda y ni siquiera es la hora de comer. Tengo otro correo de Ana.

De: Anastasia Steele
Fecha: 13 de junio de 2011 10:43
Para: Christian Grey
Asunto: ¿Qué has hecho?

Por favor, no interfieras en mi trabajo.

Tengo verdaderas ganas de ir a ese congreso.

No debería habértelo preguntado.

He borrado el correo problemático.

Anastasia Steele
Ayudante de Jack Hyde, editor de SIP

Respondo enseguida.

De: Christian Grey
Fecha: 13 de junio de 2011 10:46
Para: Anastasia Steele
Asunto: ¿Qué has hecho?

Sólo protejo lo que es mío.

Ese e-mail que enviaste en un arrebato se ha eliminado del servidor de SIP, igual que los e-mails que yo te mando.

Por cierto, en ti confío totalmente. En él no.

Christian Grey
Presidente de Grey Enterprises Holdings, Inc.

Su respuesta entra de inmediato en mi bandeja de correo.

De: Anastasia Steele
Fecha: 13 de junio de 2011 10:48
Para: Christian Grey
Asunto: Madura un poco

Christian:
No necesito que me protejan de mi propio jefe.

Quizá él intenté algo, pero yo me negaré.

Tú no puedes interferir. No está bien, y supone ejercer un control a demasiados niveles.

Anastasia Steele
Ayudante de Jack Hyde, editor de SIP

«Control» es mi segundo nombre, Ana. Creía habértelo dicho ya, junto con «irracional» y «raro».

De: Christian Grey
Fecha: 13 de junio de 2011 10:50
Para: Anastasia Steele
Asunto: La respuesta es NO

Ana:
Yo he presenciado lo «eficaz» que eres para librarte de una atención que no deseas. Recuerdo que fue así como tuve el placer de pasar mi primera noche contigo. El fotógrafo, como mínimo, siente algo por ti. Ese canalla, en cambio, no. Es un conquistador profesional e intentará seducirte. Pregúntale qué pasó con su última ayudante y con la anterior.

No quiero discutir por esto.

Si quieres ir a Nueva York, yo te llevaré. Podemos ir este fin de semana. Tengo un departamento allí.

Christian Grey
Presidente de Grey Enterprises Holdings, Inc.

No contesta de inmediato e intento distraerme con las llamadas.

Welch no tiene información nueva sobre Leila. Hablamos de si involucrar a la policía a estas alturas; todavía me muestro reticente a hacerlo.

—Está cerca, señor Grey —dice Welch.

—Es inteligente. Hasta ahora ha logrado esquivarnos.

—Estamos vigilando su casa, SIP, Grey House. No volverá a burlar nuestra vigilancia.

—Espero que no. Y gracias por el informe sobre Hyde.

—De nada. Puedo indagar más a fondo si lo desea.

—Por ahora está bien así. Aunque quizá vuelva a solicitar tus servicios.

—De acuerdo, señor.

—Adiós.

Cuelgo.

El teléfono suena antes de que suelte el auricular.

—Tengo a su madre por la otra línea —anuncia Montana con una voz cantarina.

Mierda. Sólo me faltaba eso. Todavía sigo un poco enojado con mi madre y su comentario sobre el interés puramente económico de Ana.

—Pásamela —mascullo.

—Christian, cariño —dice Grace.

—Hola, madre.

—Cariño, quería disculparme por lo que dije el sábado. Ya sabes que aprecio mucho a Ana, pero es que... todo esto ha sido tan repentino.

—No pasa nada —pero sí que pasa.

Se queda callada un momento y creo que está dudando de la sinceridad de mi respuesta.

Sin embargo, acabo de discutir con una mujer; no quiero discutir con otra.

—¿Grace?

—Perdona, cariño. Tu cumpleaños es el sábado y queríamos organizarte una fiesta.

En la pantalla de mi computadora aparece un correo de Ana.

—Mamá, ahora no puedo hablar. Tengo que colgar.

—Bien, llámame —parece melancólica, pero no tengo tiempo para ella ahora mismo.

—Sí. Claro.

—Adiós, Christian.

—Adiós.

Cuelgo.

De: Anastasia Steele
Fecha: 13 de junio de 2011 11:15
Para: Christian Grey
Asunto: RV: Cita para almorzar o Carga irritante

Christian:

Mientras tú estabas muy ocupado interfiriendo en mi carrera y salvándote el trasero por mis imprudentes misivas, yo recibí el siguiente correo de la señora Lincoln. No tengo ningunas ganas de verme con ella... y, aunque las tuviera, no se me permite salir de este edificio. Cómo ha conseguido mi dirección de correo electrónico, la verdad es que no lo sé. ¿Qué sugieres que haga?

Te adjunto su e-mail:

Querida Anastasia:
Me gustaría mucho comer contigo. Creo que empezamos con mal pie, y me gustaría arreglarlo. ¿Estás libre algún día de esta semana?
Elena Lincoln

Anastasia Steele
Ayudante de Jack Hyde, editor de SIP

Vaya, este día no para de mejorar. ¿Qué carajos hace Elena ahora? Y Ana me echa en cara mi pasado como siempre.

No sabía que esto de las discusiones sería algo tan agotador. Y desalentador. Y preocupante. Está enojada conmigo.

De: Christian Grey
Fecha: 13 de junio de 2011 11:23
Para: Anastasia Steele
Asunto: Carga irritante

No te enfades conmigo. Lo único que me preocupa es tu bienestar.

Si te pasara algo, no me lo perdonaría nunca.

Yo me ocuparé de la señora Lincoln.

Christian Grey
Presidente de Grey Enterprises Holdings, Inc.

¿Carga irritante? Sonrío por primera vez desde que he dejado a Ana esta mañana. Sabe jugar con el lenguaje.

Llamo a Elena.

—Christian —responde al quinto tono de llamada.

—¿Tengo que conseguir una pancarta, atarla a una avioneta y hacer que sobrevuele tu despacho?

Ella ríe.

—¿Lo dices por mi mail?

—Sí, Ana me lo ha reenviado. Por favor, déjala en paz. Ella no quiere verte. Yo lo entiendo y lo respeto. Me estás haciendo la vida realmente imposible.

—¿La entiendes?

—Sí.

—Creo que necesita saber lo duro que eres contigo mismo.

—No. No necesita saber nada.

—Pareces agotado.

—Lo que pasa es que estoy cansado de que te pases el día detrás de mí y acosando a mi novia.

—¿Tu novia?

—Sí. Novia. Acostúmbrate.

Lanza un suspiro largo y sonoro.

—Elena. Por favor.

—Está bien, Christian, tú sabrás dónde te metes.

Pero ¿qué carajo…?

—Tengo que colgar —respondo.

—Adiós —dice y parece molesta.

—Adiós.

Cuelgo.

Las mujeres de mi vida son problemáticas. Me vuelvo haciendo girar la silla y me quedo mirando por la ventana. La lluvia no cesa. El cielo está oscuro y gris, en consonancia con mi estado de ánimo. La vida se ha vuelto complicada. Antes era más fácil, cuando todas las cosas y personas permanecían donde yo las colocaba, en sus compartimentos asignados. Ahora, con Ana, todo ha cambiado. Esto es nuevo y, hasta el momento, todo el mundo, incluida mi madre, parece estar molesto o molestándome.

Cuando me vuelvo hacia la computadora, tengo otro correo de Ana.

De: Anastasia Steele
Fecha: 13 de junio de 2011 11:32
Para: Christian Grey
Asunto: Hasta luego

¿Podemos hablarlo esta noche, por favor?

Intento trabajar, y tus continuas interferencias me distraen mucho.

Anastasia Steele
Ayudante de Jack Hyde, editor de SIP

Está bien. Te dejaré en paz.

Lo que quiero en realidad es ir a su despacho y llevarla a algún sitio maravilloso a comer. Pero no creo que a ella le guste.

Con un sonoro resoplido abro el mail con la lista de bodas de Andrea. Cacerolas, sartenes, platos... no hay nada que me parezca interesante. Y me pregunto de nuevo por qué no me habrá contado que iba a casarse.

Como estoy malhumorado, llamo a la consulta de Flynn y pido cita para verle a última hora de esta misma tarde. Debería haber ido antes. Luego llamo a Montana y le pido que vaya a comprarme una tarjeta de felicitación de bodas y algo de comer. Con eso seguro que no la caga.

Mientras estoy comiendo llama Taylor.

—Taylor.

—Señor Grey, todo va bien.

Mis latidos se aceleran desbocados como efecto de una descarga de adrenalina general.

Ana.

—¿Qué ocurre? ¿Ana está bien?

—Está bien, señor.

—¿Tienes alguna noticia sobre Leila?

—No, señor.

—Entonces ¿qué ocurre?

—Sólo quería informarle de que Ana ha salido para ir a la tienda donde venden bocadillos de Union Square. Ya ha vuelto al trabajo. Está bien.

—Gracias por informar. ¿Algo más?

—El Saab llegará esta tarde.

—Genial.

Dejo el teléfono e intento con todas mis fuerzas, en serio, no ponerme hecho una furia. Fracaso. Ana me dijo que se quedaría quieta.

Leila podría pegarle un tiro.

¿Es que no lo entiende?

La llamo.

—Despacho de Jack Hyde…

—Me aseguraste que no saldrías.

—Jack me envió a comprarle el almuerzo. No podía decir que no. ¿Me tienes vigilada? —pregunta con incredulidad.

Ignoro su pregunta.

—Por esto es por lo que no quería que volvieras al trabajo.

—Christian, por favor. Estás siendo muy agobiante.

—¿Agobiante?

—Sí. Tienes que dejar de hacer esto. Hablaremos esta noche. Por desgracia, hoy tengo que trabajar hasta tarde porque no puedo ir a Nueva York.

—Anastasia, yo no quiero agobiarte.

—Bien, pues lo haces. Y ahora tengo trabajo. Ya hablaremos luego.

Al colgar parece tan abatida como yo.

¿Estoy agobiándola?

Puede que sí.

Yo sólo quiero protegerla. Vi lo que Leila le hizo a su coche.

No la presiones demasiado, Grey.

Se irá.

Flynn tiene un auténtico leño ardiendo en la chimenea de su consulta. Estamos en junio. El fuego crepita y desprende chispas mientras hablamos.

—¿Has comprado la empresa donde ella trabaja? —pregunta Flynn con las cejas enarcadas.

—Sí.

—Creo que Ana tiene razón. No me sorprende que se sienta agobiada.

Me remuevo en el asiento. No es lo que quería oír.

—Quería meterme en el mundo editorial.

Flynn permanece impertérrito, no comenta nada al respecto y espera a que yo hable.

—Me he pasado, ¿verdad? —admito.

—Sí.

—A ella no le impresionó.

—¿Lo hiciste para impresionarla?

—No. Esa no era mi intención. De todas formas, SIP ahora es mía.

—Entiendo que intentas protegerla y sé por qué quieres hacerlo. Pero ésta es una reacción fuera de lo normal. Tienes una cuenta corriente que te permite hacerlo, pero la apartarás de ti si sigues por este camino.

—Eso es lo que me preocupa.

—Christian, tienes muchos frentes abiertos en este momento. Leila Williams, y sí, te ayudaré cuando la localices; la antipatía que siente Anastasia hacia Elena… Creo que eres capaz de entender por qué Ana se siente así.

Me mira de forma significativa.

Me encojo de hombros, pues no estoy dispuesto a darle la razón.

—Pero hay algo mucho más importante que no estás contándome, y estoy esperando a que me lo cuentes desde que has llegado. Lo vi el sábado.

Me quedo mirándolo y me pregunto a qué se refiere. Él continúa pacientemente sentado. Esperando.

¿Que lo vio el sábado?

¿La subasta?

¿El baile?

Mierda.

—Estoy enamorado de Ana.

—Gracias. Ya lo sé.

—Oh.

—Podría habértelo dicho cuando viniste a verme después de que ella te dejara. Me alegro de que lo hayas descubierto tú solo.

—No sabía que era capaz de sentirlo.

—Por supuesto que lo eres —parece exasperado—. Por eso estaba tan interesado en tu reacción cuando ella te dijo que te quería.

—Cada vez me resulta más fácil de oír.

Sonríe.

—Bien. Me alegro.

—Siempre he sido capaz de separar los diferentes aspectos de mi vida. El trabajo. La familia. Mi vida sexual. Entiendo lo que cada uno de ellos supone para mí. Pero, desde que conocí a Ana, ya no resulta tan fácil. Es algo totalmente desconocido, y me siento profundamente fuera de control.

—Bienvenido al enamoramiento —dice sonriendo—. Y no seas tan duro contigo mismo. Tienes a una ex suelta y armada con una pistola, que ya ha querido llamar tu atención intentado suicidarse delante de tu ama de llaves. Y ha destrozado el coche de Ana. Has tomado las medidas adecuadas para mantener tanto a Ana como a ti a salvo. Has hecho lo que has podido. No puedes estar en todas partes y tampoco puedes mantener encerrada a Ana.

—Pero quiero hacerlo.

—Ya lo sé. Pero no puedes. Así de simple.

Sacudo la cabeza, pero, en el fondo, sé que John tiene razón.

—Christian, hace mucho que estoy convencido de que jamás tuviste una auténtica adolescencia, desde un punto de vista emocional. Creo que estás experimentándola ahora. Veo lo inquieto que estás —prosigue—, y, puesto que no me dejas recetarte ningún ansiolítico, me gustaría que practicases las técnicas de relajación de las que hablamos.

Oh, esa mierda no. Pongo los ojos en blanco, pero sé que estoy comportándome como un adolescente enfurruñado. Él mismo acaba de decirlo.

—Christian, se trata de tu presión arterial. No de la mía.

—Está bien —levanto las manos como gesto de rendición—. Intentaré visitar ese lugar que me hace feliz —sueno sarcástico, pero esto apaciguará a John, quien está mirando la hora.

Mi infancia en el huerto.

Navegando o volando. Siempre.

Yo solía estar con Elena.

Pero ahora ese lugar feliz es Ana.

Con Ana.

Flynn se tensa y sonríe.

—Se ha acabado el tiempo.

Desde la parte trasera del Audi, llamo a Ana.

—Hola —murmura en voz baja.

—Hola, ¿cuándo acabarás?

—Hacia las siete y media, creo.

—Te esperaré fuera.

—Está bien.

Gracias a Dios, creía que iba a decir que quería volver a su departamento.

—Sigo enojada contigo, pero nada más —susurra—. Tenemos que hablar de muchas cosas.

—Lo sé. Nos vemos a las siete y media.

—Tengo que dejarte. Hasta luego.

Cuelga.

—Vamos a quedarnos aquí sentados esperándola —le digo a Taylor, y echo una mirada de reojo la puerta principal de SIP.

—De acuerdo, señor.

Y me quedo sentado escuchando la lluvia mientras las gotas tamborilean con ritmo irregular sobre la capota del coche e inundan mis pensamientos. Inundan ese lugar que me hace feliz.

Una hora más tarde, la puerta de SIP se abre y allí está ella. Taylor baja del coche y abre la puerta cuando Ana corre hacia nosotros, con la cabeza gacha para protegerse de la lluvia.

No tengo ni idea de qué va a hacer o decir cuando se coloca a mi lado, pero está sacudiendo la cabeza y salpicando gotas sobre el asiento y sobre mí.

Quiero abrazarla.

—Hola —dice, y su mirada intranquila se cruza con la mía.

—Hola —respondo, le tomo la mano y la aprieto con fuerza—. ¿Sigues enojada? —le pregunto.

—No lo sé —dice.

341

Le levanto la mano, me la llevo a los labios y le beso los nudillos, uno a uno.

—Ha sido un día espantoso.

—Sí, es verdad.

Deja caer los hombros y parece relajarse sobre el asiento del coche mientras lanza un largo suspiro.

—Ahora que estás aquí ha mejorado.

Le paso el pulgar suavemente sobre los nudillos, deseoso de tener contacto con ella. Mientras Taylor nos conduce a casa, los horrores de este día parecen disiparse y por fin empiezo a relajarme. Ella está aquí. Ella está a salvo.

Ella está conmigo.

Taylor para en la entrada del Escala y no estoy seguro de por qué. Pero Ana ya está abriendo la puerta, así que salgo de un salto tras ella y ambos corremos hacia el edificio, escapando de la lluvia. La tomo de la mano mientras esperamos el ascensor y miro fijamente hacia la calle a través del cristal de la puerta. Por si acaso.

—Deduzco que todavía no han encontrado a Leila —dice Ana.

—No. Welch sigue buscándola.

Entramos en el ascensor y se cierran las puertas. Ana me mira, con su carita de duendecillo y los ojos abiertos como platos; no puedo desviar la mirada. Nuestra mirada contiene todo mi deseo y su anhelo. Se pasa la lengua por los labios. Oh, venga ya…

Y, de pronto, nuestra atracción pende en el aire que nos separa, como electricidad estática que nos envuelve.

—¿Tú lo sientes? —musito.

—Sí.

—Oh, Ana.

No aguanto más la distancia que nos separa. La agarro para tenerla entre mis brazos, le inclino la cabeza y mis labios buscan los suyos. Ella gime en mi boca, hunde los dedos en mi pelo al tiempo que la empujo contra la pared del ascensor.

—Odio discutir contigo.

Deseo hasta el último milímetro de su cuerpo. Aquí mismo. Ahora mismo. Para saber que todo va bien entre nosotros.

La reacción de Ana es inmediata. Su voracidad y su pasión se desatan en nuestro beso, su lengua se mueve con exigencia y urgencia. Su cuerpo se yergue y hace presión contra el mío, busca alivio mientras yo le levanto la falda, y le acaricio con las yemas el muslo y noto el encaje y su cálida, cálida, carne.

—Santo Dios, llevas medias —digo con voz ronca mientras con el pulgar le acaricio la piel por encima de la línea de la media—. Esto tengo que verlo.

Tiro de la falda para poder ver la parte superior de sus muslos.

Doy un paso atrás para disfrutar de la vista y aprieto el botón de stop. Estoy jadeando. Estoy deseoso, y ella está ahí de pie, como la condenada diosa que es, mirándome, con los ojos turbios, hambrienta de carnalidad, y sus senos ascienden y descienden al ritmo de sus agitados resuellos.

—Suéltate el pelo.

Ana da un tirón a la goma que lo sujeta y su melena cae sobre sus hombros y se enrosca al llegar a sus pechos.

—Desabróchate los dos botones de arriba de la blusa —murmuro, cada vez más excitado.

Separa los labios y lentamente, demasiado, se desabrocha el primero. Hace una brevísima pausa, luego baja los dedos hasta el segundo botón y se lo desabrocha. Sin prisas. Me atormenta más todavía y por fin deja a la vista la tersa protuberancia de sus pechos.

—¿Tienes idea de lo atractiva que estás ahora mismo?

Mi deseo se hace patente en mi tono de voz.

Se clava los dientes en el labio inferior y sacude la cabeza.

Creo que voy a estallar. Cierro los ojos e intento mantener mi cuerpo a raya. Doy un paso hacia adelante, apoyo las manos en la pared del ascensor, a ambos lados de su cara. Ella eleva el rostro y su mirada se cruza con la mía.

Me inclino para acercarme más a ella.

—Yo creo que sí, señorita Steele. Yo creo que le gusta volverme loco.

—¿Yo te vuelvo loco?

—En todos los sentidos, Anastasia. Eres una sirena, una diosa.

Le agarro una pierna por encima de la rodilla y me la coloco alrededor de la cintura. Poco a poco voy acercándome, presionando mi cuerpo contra el suyo. Mi erección reposa sobre la sagrada unión de sus muslos. La beso en el cuello, mi lengua la paladea y saborea. Ella me rodea el cuello con los brazos y se arquea hacia atrás, para pegarse más a mí.

—Voy a tomarte ahora —gruño y la levanto más. Me saco el condón del bolsillo y me bajo el cierre—. Abrázame fuerte, nena.

Ella se sujeta con más fuerza de mi cuello y le enseño el condón todavía cerrado. Lo toma con los dientes por la esquina y yo tiro, y juntos rasgamos el envoltorio de aluminio.

—Buena chica.

Me aparto ligeramente y consigo ponerme el maldito condón.

—Dios, estos próximos seis días se me van a hacer eternos.

Se acabarán los condones.

Le meto un dedo por debajo de las bragas.

Encaje. Dios.

—Espero que no les tengas demasiado cariño a estas bragas.

Y la única respuesta es el intenso jadeo en mi oreja. Tiro con los pulgares por la parte de atrás, por la costura, y las bragas se desintegran, lo que me permite acceder al lugar que me hace feliz.

Con la mirada clavada en ella, la poseo, poco a poco.

Carajo, qué placer sentirla.

Ella arquea la espalda, cierra los ojos y gime.

Yo me retiro y vuelvo a hundirme en ella una vez más.

Esto es lo que quiero.

Esto es lo que necesitaba.

Después de un día de mierda como el de hoy.

Ella no ha salido corriendo.

Está aquí.

Para mí.

Conmigo.

—Eres mía, Anastasia.

Susurro las palabras con la boca pegada a su cuello.

—Sí. Tuya. ¿Cuándo te convencerás?

Sus palabras son un suspiro. Y son lo que quiero oír. Lo que necesito oír. La poseo, rápido, con furia. La necesito. Con cada gemido, con cada jadeo, cada vez que me tira del pelo, sé que ella también me necesita. Me pierdo dentro de ella y siento cómo va aumentando su deseo en una espiral imparable.

—Oh, nena —gimo, y ella se viene conmigo dentro y grita, y yo me vengo justo después, susurrando su nombre.

La beso, la abrazo mientras recupero el aliento. Tenemos las frentes pegadas y ella permanece con los ojos cerrados.

—Oh, Ana, te necesito tanto.

Cierro los ojos y le beso la frente, agradecido por haberla encontrado.

—Y yo a ti, Christian —susurra ella.

La suelto, le aliso la falda y le abrocho los dos botones del escote de la blusa. Luego marco el código de invalidación de alarma en el panel y el ascensor vuelve a ponerse en marcha bruscamente.

—Taylor debe de estar preguntándose dónde estamos.

Le dedico una sonrisa maliciosa y ella intenta, en vano, arreglarse el pelo. Tras un par de intentos inútiles, desiste y opta por hacerse una coleta.

—Así estás bien —le aseguro y me subo el cierre al tiempo que me meto el condón y sus bragas rotas en el bolsillo del pantalón para tirarlo todo después.

Taylor está esperando cuando se abren las puertas.

—Un problema con el ascensor —digo cuando salimos, aunque evito mirarlo a la cara.

Ana sale disparada hacia el dormitorio, sin duda, para refrescarse, y yo voy hacia la cocina, donde la señora Jones está preparando la cena.

—El Saab ya está aquí, señor Grey —dice Taylor, que me ha seguido hasta la cocina.

—Genial. Se lo diré a Ana.

—Señor. —Me sonríe.

Gail y él intercambian una mirada antes de que Taylor se vuelva para marcharse.

—Buenas noches, Gail —digo, pasando por alto su mirada, mientras me quito el saco.

La cuelgo en el taburete de la barra y me siento frente a la cubierta.

—Buenas noches, señor Grey. La cena estará lista en breve.

—Huele bien.

Maldita sea, estoy hambriento.

—*Coq au vin* para dos —me dedica una significativa mirada de soslayo mientras saca dos platos del calientaplatos—. Me gustaría confirmar si la señorita Steele estará con nosotros mañana.

—Sí.

—Volveré a prepararle el almuerzo.

—Genial.

Ana se reúne conmigo de nuevo junto a la barra y la señora Jones nos sirve la cena.

—Espero que les guste, señor Grey, Ana —dice Gail y sale de la cocina.

Saco una botella de Chablis del refrigerador y nos sirvo una copa a cada uno. Ana ataca su plato. Está hambrienta.

—Me gusta verte comer.

—Ya lo sé —se mete un trozo de pollo en la boca. Yo sonrío ampliamente y bebo un sorbo de vino—. Cuéntame algo agradable de tu día —dice cuando termina de masticar.

—Hoy hemos conseguido algo importante relativo al diseño de nuestra tableta alimentada por energía solar. Tiene muchísimas aplicaciones distintas. También podremos sacar celulares que funcionen con energía solar.

—¿Estás emocionado con la idea?

—Mucho. Además, la producción será barata y podremos distribuirlos en los países en vías de desarrollo.

—Cuidado, tu lado filantrópico empieza a asomar —bromea, pero su expresión es cálida—. ¿Así que sólo tienes departamentos en Nueva York y Aspen?

—Sí.

—¿En qué parte de Nueva York?

—En Tribeca.

—Háblame de esa propiedad.

—Es un departamento. No lo uso mucho. De hecho, mi familia lo usa más que yo. Te llevaré en el momento que desees.

Ana se levanta, recoge mi plato y lo coloca en el fregadero. Creo que va a lavar los platos.

—Deja eso. Gail lo hará.

Parece más contenta que cuando ha subido al coche.

—Bien, ahora que ya está más dócil, señorita Steele, ¿hablaremos sobre lo de hoy?

—Yo opino que el que está más dócil eres tú. Creo que se me da bastante bien eso de domarte.

—¿Domarme? —resoplo, divertido porque cree que está domándome.

Ella asiente en silencio. Habla en serio.

Domándome.

Bueno, sin duda estoy más dócil desde nuestro encuentro clandestino en el ascensor. Y ella se ha mostrado más que dispuesta a colaborar en ese encuentro. ¿Se referirá a eso?

—Sí, Anastasia, quizá sí se te dé bien.

—Tenías razón sobre Jack —afirma y se inclina sobre la cubierta de la isla de la cocina para mirarme con seriedad.

Se me hiela la sangre.

—¿Ha intentado algo?

Ella niega con la cabeza.

—No, Christian, y no lo hará. Hoy le he dicho que soy tu novia, y enseguida ha retrocedido.

—¿Estás segura? Podría despedir a ese cabrón.

Ese tipo está acabado. Quiero que se largue.

Ana suspira.

—Sinceramente, Christian, deberías dejar que yo solucione mis problemas. No puedes prever todas las contingencias para intentar protegerme. Resulta asfixiante. Si no dejas de interferir a todas horas, no progresaré nunca. Necesito un poco de libertad. A mí jamás se me ocurriría meterme en tus asuntos.

—Sólo quiero que estés segura y a salvo, Anastasia. Si te pasara algo, yo...

—Lo sé —dice— y entiendo por qué sientes ese impulso de protegerme. Y en parte me encanta. Sé que si te necesito estarás ahí, como yo lo estaré por ti. Pero si albergamos alguna esperanza de futuro para los dos, tienes que confiar en mí y en mi criterio. Claro que a veces me equivocaré, que cometeré errores, pero tengo que aprender.

Es una petición apasionada, y sé que tiene razón.

Pero es que... es que...

Me vienen a la memoria las palabras de Flynn: «La apartarás de ti si sigues por este camino».

Se acerca a mí con silenciosa determinación, me toma de las manos y se las coloca en la cintura. Con suavidad, posa las suyas sobre mis brazos.

—No puedes interferir en mi trabajo. No está bien. No necesito que aparezcas como un caballero andante para salvarme. Ya sé que quieres controlarlo todo, y entiendo el porqué, pero no puedes hacerlo siempre. Es una meta imposible... tienes que aprender a dejar que las cosas pasen —me acaricia la cara—. Y si eres capaz de hacer eso, de concederme eso, vendré a vivir contigo.

—¿De verdad?

—Sí —dice.

—Pero si no me conoces... —se me escapa, repentinamente presa del pánico.

Tengo que contárselo.

—Te conozco lo suficiente, Christian. Nada de lo que me cuentes sobre ti hará que me asuste y salga huyendo.

Lo dudo. Ella ignora por qué hago lo que hago.

No conoce al monstruo.

Vuelve a acariciarme la mejilla para intentar reconfortarme.

—Pero si pudieras dejar de presionarme...

—Lo intento, Anastasia. Pero no podía quedarme quieto y dejar que fueras a Nueva York con ese... canalla. Tiene una reputación espantosa. Ninguna de sus ayudantes ha durado más de tres meses, y nunca se han quedado en la empresa. Yo no quiero eso para ti, cariño. No quiero que te pase nada. Me aterra la idea de que te hagan daño. No puedo prometerte que no interferiré, no, si creo que puedes salir mal parada —respiro hondo—. Yo te quiero, Anastasia. Utilizaré todo el poder que tengo a mi alcance para protegerte. No puedo imaginar la vida sin ti.

Para ya con el discursito, Grey.

—Yo también te quiero, Christian.

Me rodea por el cuello con los brazos, me besa y me acaricia los labios con la lengua, tentándome.

Taylor carraspea a nuestras espaldas, y yo me levanto mientras Ana sigue a mi lado.

—¿Sí? —pregunto a Taylor con más brusquedad de la que pretendía.

—La señora Lincoln está subiendo, señor.

—¿Qué?

Taylor se encoge de hombros a modo de disculpa.

Yo sacudo la cabeza.

—Bueno, esto se pone interesante —mascullo, y dedico a Ana una mueca de resignación.

Ana me mira a mí y luego a Taylor, y me parece que no acaba de creérselo. Él asiente con la cabeza para confirmarlo y se marcha.

—¿Hablaste con ella hoy? —me pregunta.

—Sí.

—¿Qué le dijiste?

—Le dije que tú no querías verla y que yo entendía perfectamente tus motivos. También le dije que no me gustaba que actuara a mis espaldas.

—¿Y ella qué dijo?

—Eludió la responsabilidad como sólo ella sabe hacerlo.

—¿Para qué crees que ha venido?

—No tengo ni idea.

Taylor vuelve a entrar en la cocina.

—La señora Lincoln —anuncia, y Elena está ahí plantada, mirándonos a ambos.

Atraigo a Ana hacia mí para tenerla más cerca.

—Elena —digo y todavía me pregunto qué diablos está haciendo aquí.

Ella me mira y luego mira a Ana.

—Lo siento. No sabía que estabas acompañado, Christian. Es lunes.

—Novia —aclara Christian.

Las sumisas sólo en fin de semana, señora Lincoln. Ya lo sabe.

—Claro. Hola, Anastasia. No sabía que estabas aquí. Sé que no quieres hablar conmigo, y lo entiendo.

—¿Ah, sí? —el tono de Ana es cortante.

Maldición.

Elena camina hacia nosotros.

—Sí, he captado el mensaje. No he venido a verte a ti. Como he dicho, Christian no suele tener compañía entre semana. —hace una pausa y habla a Ana directamente—. Tengo un problema y necesito hablarlo con Christian.

—Ah. ¿Quieres beber algo? —le pregunto.

—Sí, por favor.

Voy por una copa. Cuando me volteo ambas siguen sentadas frente a la isla de la cocina guardando un tenso silencio.

Mierda.

Este día… Este día… Este día. Este día mejora por momentos.

Sirvo vino en ambas copas y tomo asiento entre ellas.

—¿Qué pasa? —le pregunto a Elena.

Elena fulmina a Ana con la mirada.

—Anastasia está ahora conmigo.

Tomo de la mano a Ana y se la aprieto para transmitirle seguridad con la esperanza de que permanezca callada. Cuanto antes diga Elena lo que ha venido a contarme, antes se irá.

Elena parece nerviosa, lo cual no es habitual en ella. Juguetea con el anillo, que es una señal inequívoca de que algo la inquieta.

—Me están haciendo chantaje.

—¿Cómo? —pregunto, espantado. Ella saca una nota de su bolso. No quiero tocarla—. Ponla aquí y ábrela.

Señalo la cubierta de mármol con el mentón y aprieto con más fuerza la mano de Ana.

—¿No quieres tocarla? —me pregunta Elena.

—No. Huellas dactilares.

—Christian, tú sabes que no puedo ir a la policía con esto.

Pone la nota sobre la cubierta. Está escrita con mayúsculas.

SEÑORA LINCOLN

CINCO MIL

O LO CUENTO TODO

—Sólo piden cinco mil dólares —eso no tiene sentido—. ¿Tienes idea de quién puede ser? ¿Alguien de la comunidad?

—No —contesta ella.

—¿Linc?

—¿Qué? ¿Después de tanto tiempo? No creo.

—¿Lo sabe Isaac?

—No se lo he dicho.

—Creo que él debería saberlo.

Ana me da un tirón con la mano. Quiere irse.

—¿Qué pasa? —le pregunto a Ana.

—Estoy cansada. Creo que me voy a la cama —dice.

La escruto con la mirada para averiguar qué está pensando en realidad y, como siempre, no tengo ni idea.

—De acuerdo —respondo—. Yo no tardaré.

Le suelto la mano y ella se levanta.

—Buenas noches, Anastasia —dice Elena.

Ana responde con frialdad y sale a toda prisa de la estancia. Vuelvo a centrar mi atención en Elena.

—No creo que yo pueda hacer gran cosa, Elena. Si es una cuestión de dinero… —me interrumpo. Ella sabe que le prestaría el dinero—. Puedo pedirle a Welch que investigue.

—No, Christian, sólo quería que lo supieras. Se te ve muy feliz —añade cambiando de tema.

—Lo soy.

Ana acaba de aceptar venir a vivir conmigo.

—Mereces serlo.

—Ojalá eso fuera verdad.

—Christian… —Elena habla con tono reprobador—. ¿Sabe ella lo negativo que eres contigo mismo, en todos los aspectos?

—Ella me conoce mejor que nadie.

—¡Vaya! Eso me ha dolido.

—Es la verdad, Elena. Con ella no necesito jueguitos. Y lo digo en serio, déjala en paz.

—¿Cuál es su problema?

—Tú… Lo que fuimos. Lo que hicimos. Ella no lo entiende.

—Haz que lo entienda.

—Eso es el pasado, Elena, ¿y por qué voy a querer contaminarla con nuestra jodida relación? Ella es buena, dulce, inocente, y, milagrosamente, me quiere.

—Eso no es un milagro, Christian. Confía un poco en ti mismo. Eres una auténtica joya. Ya te lo he dicho muchas veces. Y ella parece encantadora. Fuerte. Alguien que te hará frente.

—Ella es más fuerte que nosotros dos.

La mirada de Elena se endurece. Parece pensativa.

—¿Lo echas de menos?

—¿Qué?

—Tu cuarto de juegos.

—La verdad es que eso no es asunto tuyo, maldita sea.

—Perdona.

Su sarcasmo es desesperante. No lo lamenta en absoluto.

—Creo que deberías irte. Y, por favor, otra vez llama antes de venir.

—Lo siento, Christian —insiste, esta vez es de verdad—. ¿Desde cuándo eres tan sensible?

—Elena, tú y yo tenemos una relación de negocios que ha sido enormemente provechosa para ambos. Dejémoslo así. Lo que hubo entre los dos forma parte del pasado. Anastasia es mi futuro, y no quiero ponerlo en peligro de ningún modo, así que ahórrate toda esa mierda.

—Ya veo.

Elena me atraviesa con la mirada, como si estuviera intentando adivinar mis pensamientos. Me hace sentir incómodo.

—Mira, siento que tengas problemas. Quizá deberías enfrentarte y plantarles cara.

—No quiero perderte, Christian.

—Para eso tendría que ser tuyo, Elena.

—No quería decir eso.

—¿Qué querías decir? —espeto.

—Oye, no quiero discutir contigo. Tu amistad es muy importante para mí. Me alejaré de Anastasia. Pero si me necesitas, aquí estaré. Siempre.

—Anastasia cree que estuvimos juntos el sábado pasado. En realidad tú me llamaste por teléfono y nada más. ¿Por qué le dijiste lo contrario?

—Quería que supiera cuánto te afectó que se marchara. No quiero que te haga daño.

—Ella ya lo sabe. Se lo he dicho. Deja de entrometerte. Francamente, te estás comportando como una madrastra muy pesada.

Elena se ríe, pero su risa tiene un dejo triste, y estoy deseando que se marche.

—Lo sé. Lo siento. Ya sabes que me preocupo por ti. Nunca pensé que acabarías enamorándote, Christian, y verlo es muy gratificante. Pero no podría soportar que ella te hiciera daño.

—Correré el riesgo —digo con sequedad—. ¿Seguro que no quieres que Welch investigue un poco?

—Supongo que eso no perjudicaría a nadie.

—De acuerdo. Lo llamaré mañana por la mañana.

—Gracias, Christian. Y lo siento. No pretendía entrometerme. Me voy. La próxima vez llamaré.

—Bien.

Me levanto, Elena lo capta y también se pone de pie. Llegamos al vestíbulo y ella me planta un beso en la mejilla.

—Sólo me preocupo por ti —dice.

—Ya lo sé. Ah, otra cosa, ¿podrías no chismorrear con mi madre sobre mi relación con Ana?

—Está bien —dice, pero tiene los labios fruncidos. Ahora está enojada.

Las puertas del ascensor se abren y ella entra.

—Buenas noches.

—Buenas noches, Christian.

Las puertas se cierran y las palabras del correo de Ana de esta mañana me vienen a la mente.

«Carga irritante.»

Me río solo sin poder evitarlo. Sí, Ana. Tienes toda la razón.

Ana está sentada sobre mi cama. Su expresión es inescrutable.

—Se ha ido —digo cauteloso, pendiente de su reacción.

No sé qué está pensando.

—¿Me contarás todo sobre ella? Intento entender por qué crees que te ayudó —se mira las manos, luego levanta la vista hacia mí y tiene la mirada transparente por la convicción—. Yo la odio, Christian. Creo que te hizo un daño indecible. Tú no tienes amigos. ¿Fue ella quien los alejó de ti?

Oh, Dios. Ya estoy harta de todo esto. No es lo que más necesito en este momento.

—¿Por qué carajos quieres saber cosas de ella? Tuvimos una historia hace mucho tiempo, ella solía darme unas palizas de muerte y yo me la tiraba de formas que tú ni siquiera imaginas, fin de la historia.

Está pasmada. Le brilla la mirada, se sacude la melena y se la coloca sobre los hombros.

—¿Por qué estás tan enfadado?

—¡Porque toda esa mierda se acabó! —grito.

Ana mira hacia otro lado, tiene los labios muy apretados y dibujan una fina línea.

Maldita sea.

¿Por qué estoy tan irascible con ella…?

Tranquilízate, Grey.

Me siento a su lado.

—¿Qué quieres saber?

—No tienes que contármelo. No quiero entrometerme.

—No es eso, Anastasia. No me gusta hablar de todo aquello. He vivido en una burbuja durante años, sin que nada me afectara y sin tener que justificarme ante nadie. Ella siempre ha sido mi confidente. Y ahora mi pasado y mi futuro colisionan de una forma que nunca creí posible. Nunca imaginé mi futuro con nadie, Anastasia. Tú me das esperanza y haces que me plantee todo tipo de posibilidades.

Has dicho que vendrías a vivir conmigo.

—Los estuve escuchando —susurra, y creo que está avergonzada.

—¿Qué? ¿Nuestra conversación?

Dios. ¿Qué he dicho?

—Sí.

—¿Y?

—Ella se preocupa por ti.

—Sí, es verdad. Y yo por ella, a mi manera, pero eso ni siquiera se puede comparar a lo que siento por ti. Si es que te refieres a eso.

—No estoy celosa —responde enseguida y vuelve a colocarse la melena sobre los hombros.

No estoy seguro de creerle.

—¿Tú no la quieres?

Suspiro.

—Hace mucho tiempo creí que la quería.

—Cuando estábamos en Georgia… dijiste que no la querías.

—Es verdad.

Está perpleja.

Oh, nena, ¿es que necesitas que te lo deletree?

—Entonces te amaba a ti, Anastasia. He volado cinco mil kilómetros sólo para verte. Eres la única persona por la que he hecho algo así. Lo que siento por ti es muy diferente de lo que sentí nunca por Elena.

Ana me pregunta cuándo lo supe.

—Es irónico, pero fue Elena quien me lo hizo notar. Ella me animó a ir a Georgia.

A Ana le cambia la expresión. Se muestra recelosa.

—¿Así que la deseabas? Cuando eras más joven.

—Sí. Me enseñó muchísimas cosas. Me enseñó a creer en mí mismo.

—Pero ella también te daba unas palizas terribles.

—Sí, es verdad.

—¿Y a ti te gustaba?

—En aquella época, sí.

—¿Tanto que querías hacérselo a otras?

—Sí.

—¿Ella te ayudó con eso?

—Sí.

—¿Fue también tu sumisa?

—Sí.

Ana se queda en shock. No me preguntes si no quieres saberlo.

—¿Y esperas que me caiga bien?

—No. Aunque eso me facilitaría muchísimo la vida. Comprendo tu reticencia.

—¡Reticencia! Dios, Christian... si se hubiera tratado de tu hijo, ¿qué sentirías?

Pero qué pregunta tan ridícula.

Yo. ¿Con un hijo?

Nunca.

—Nadie me obligó a estar con ella. Lo elegí yo, Anastasia.

—¿Quién es Linc?

—Su ex marido.

—¿Lincoln Timber?

—El mismo.

—¿E Isaac?

—Su actual sumiso. Tiene veintimuchos años, Anastasia. Ya sabes, es un adulto que sabe lo que hace.

—Tu edad —dice.

Basta... basta.

—Mira, Anastasia, como le he dicho a Elena, ella forma parte de mi pasado. Tú eres mi futuro. No permitas que se entrometa entre nosotros, por favor. Y la verdad, ya estoy harto de este tema. Voy a trabajar un poco —me pongo de pie y la miro—. Déjalo estar, por favor.

Ella levanta el mentón con ese gesto de obstinación tan suyo. Decido ignorarla.

—Ah, casi me olvido —añado—. Tu coche ha llegado un día antes. Está en el estacionamiento. Taylor tiene la llave.

Se le ilumina la mirada.

—¿Podré conducirlo mañana?

—No.

—¿Por qué no?

—Ya sabes por qué no.

Por Leila. ¿Es que tengo que deletreárselo?

— Y eso me recuerda —prosigo— que, si vas a salir de la editorial, me lo hagas saber. Sawyer estaba allí, vigilándote. Por lo visto, no puedo fiarme de que cuides de ti misma.

—Por lo visto, yo tampoco puedo fiarme de ti —dice—. Podrías haberme dicho que Sawyer me estaba vigilando.

—¿Quieres discutir por eso también? —replico.

—No sabía que estuviéramos discutiendo. Creía que nos estábamos comunicando —responde y me mira de soslayo.

Cierro los ojos y hago esfuerzos para reprimir mi mal genio. Esto no va a llevarnos a ninguna parte.

—Tengo trabajo.

Salgo y la dejo sentada en la cama, antes de decir algo de lo que pueda arrepentirme.

Son demasiadas preguntas.

Si no le gustan las respuestas, ¿para qué pregunta?

Elena también está enojada.

Me siento frente al escritorio y ya tengo un correo de ella.

Christian:
Lo siento. No sé qué estaba pensando para pasar por tu casa.

Tengo la sensación de que estoy perdiéndote como amigo. Eso es todo.

Valoro muchísimo tu amistad y tus consejos.

No estaría donde estoy sin ti.

Sólo quería que lo supieras.

Ex.

Creo que también está diciéndome que yo no estaría donde estoy si no fuera por ella. Y es verdad.

Me agarra un mechón de pelo y me tira la cabeza hacia atrás.

—¿Qué quieres contarme? —dice ronroneando, mientras me clava su mirada azul como el hielo.

Estoy destrozado. Me duelen las rodillas. Tengo la espalda cubierta de moretones. Me duelen los muslos. Ya no aguanto más. Y ella sigue mirándome directamente a los ojos. Esperando.

—Quiero abandonar Harvard, señora —digo.

Y es una confesión oscura. Harvard siempre ha sido una meta. Para mí. Para mis padres. Para demostrarles que podía hacerlo. Para demostrarles que no era el desastre que creían que era.

—¿Dejarlo? ¿La universidad?

—Sí, señora.

Me suelta el pelo y sacude el látigo de un lado para otro.

—¿Y qué harás?

—Quiero abrir mi propia empresa.

Desciende por mi mejilla hasta mi boca con una uña rojo pasión.

—Ya sabía que algo te preocupaba. Siempre tengo que sacártelo a golpes, ¿verdad?

—Sí, señora.

—Vístete. Vamos a hablar de esto.

Sacudo la cabeza. No es el momento de pensar en Elena. Paso a leer los demás correos.

Cuando despego la vista de la computadora ya son las diez y media.

Ana.

He estado demasiado concentrado en el contrato final de SIP. Me pregunto si debería introducir como condición para la venta el deshacerse de Hyde, pero eso sería susceptible de procesamiento.

Me levanto, me estiro y me dirijo al dormitorio.

Ana no está allí.

No estaba en el comedor. Corro al piso de arriba, al cuarto de las sumisas, pero está vacío. Mierda.

¿Dónde estará? ¿En la biblioteca?

Bajo de nuevo la escalera a todo correr.

La encuentro ovillada y dormida en una de las butacas de orejas de la biblioteca. Lleva un camisón de satín rosa pálido, y el pelo le cae sobre el pecho. Sobre el regazo tiene un libro abierto.

Rebecca, de Daphne du Maurier.

Sonrío. La familia de mi abuelo Theodore procede de Cornualles, lo que explica mi colección de Daphne du Maurier.

Levanto a Ana en brazos.

—Hola, te has quedado dormida. No te encontraba.

La beso en el pelo y ella me echa los brazos al cuello y dice algo que no entiendo. La llevo otra vez al dormitorio, la meto en la cama y la arropo.

—Duerme, nena.

La beso con ternura en la frente y me dirijo a la ducha. Quiero borrar este día de mi cuerpo.

Martes, 14 de junio de 2011

Me despierto de pronto; el corazón me late desbocado y una sensación de profunda inquietud me atenaza el estómago. Estoy desnudo junto a Ana y ella está completamente dormida. Dios, cómo envidio la facilidad que tiene para dormir. La lámpara de mi mesita de noche sigue encendida, el reloj marca la 1:45 y yo no puedo quitarme de encima la sensación de malestar.

¿Leila?

Entro corriendo al vestidor y me pongo unos pantalones y una playera. Cuando regreso al dormitorio miro debajo de la cama. La puerta del balcón está cerrada. Echo a andar rápidamente por el pasillo hacia el despacho de Taylor. La puerta está abierta, de modo que llamo antes de entrar y asomo la cabeza. Ryan se pone de pie, sorprendido de verme.

—Buenas noches, señor.

—Hola, Ryan. ¿Todo bien?

—Sí, señor. Todo tranquilo.

—¿Nada nuevo en…? —Señalo los monitores de las cámaras de seguridad.

—Nada, señor. Todo el entorno es seguro. Reynolds acaba de dar una vuelta.

—Bien. Gracias.

—De nada, señor Grey.

Cierro la puerta y me voy a la cocina a tomar un vaso de agua. Mirando al otro lado del salón, hacia las ventanas y la oscuridad, tomo un sorbo.

¿Dónde estás, Leila?

La estoy visualizando ahora mismo, con la cabeza agachada. Dispuesta. En actitud de espera. Deseosa. Arrodillada en el cuarto de juegos, dormida en su habitación, arrodillada a mi lado mientras trabajo en mi estudio. Y ahora mismo podría estar vagabundeando por las calles de Seattle, muerta de frío, sola y comportándose como una loca.

Tal vez siento esta desazón porque Ana ha accedido a venirse a vivir conmigo.

Yo puedo protegerla, pero ella no lo acepta.

Sacudo la cabeza. Anastasia es todo un reto.

Un reto muy difícil.

«Bienvenido al enamoramiento.» Las palabras de Flynn me atormentan. Así que esto es lo que se siente: un estado de confusión, excitación, agotamiento.

Me dirijo al piano de cola y bajo la tapa superior para cubrir las cuerdas con el máximo sigilo posible. No quiero despertarla. Me siento y miro las teclas. Hace días que no toco el piano. Apoyo los dedos en las teclas y empiezo a tocar. Mientras el *Nocturno en si bemol menor* de Chopin inunda suavemente la habitación, estoy a solas con la música melancólica y eso apacigua mi alma.

Un movimiento en mi visión periférica me distrae. Ana está de pie en las sombras. Le brillan los ojos bajo la luz del pasillo, y yo sigo tocando. Camina hacia mí, vestida con la bata de satín rosa claro. Está espectacular: una diva recién salida de una pantalla de cine.

Cuando llega hasta mí, aparto las manos del teclado. Quiero tocarla.

—¿Por qué paras? Era precioso —dice.

—¿Tienes idea de lo deseable que estás en este momento?

—Ven a la cama —dice.

Le ofrezco la mano y, cuando la acepta, tiro de ella hacia mi regazo y la abrazo, besándole el cuello desnudo y recorriéndolo con mis labios hasta llegar al centro. Tiembla entre mis brazos.

—¿Por qué nos peleamos? —pregunto, mientras le muerdo el lóbulo de la oreja.

—Porque nos estamos conociendo, y tú eres necio y cascarrabias y gruñón y difícil. Ladea la cabeza para facilitarme el acceso a su cuello y sonrío mientras deslizo la nariz por él.

Desafiante.

—Soy todas esas cosas, señorita Steele. Me asombra que me soporte —le mordisqueo el lóbulo.

—Mmm... —me hace saber que le gusta.

—¿Es siempre así? —suspiro, con la boca pegada a su piel.

—¿Es que nunca voy a saciarme de ella?

—No tengo ni idea —dice, con algo más que un suspiro.

—Yo tampoco.

Tira del cinturón de su bata y ésta se abre, dejando al descubierto el camisón. Éste se aferra a su cuerpo, mostrando cada curva, cada hueco, cada rincón. Deslizo la mano de su cara hasta el pecho y se le endurecen los pezones, irguiéndose bajo el satín cuando los acaricio con los dedos. Sigo bajando la mano hacia su cintura y luego hacia la cadera.

—Es muy agradable tocarte bajo esta tela, y se trasluce todo, incluso esto.

Tiro suavemente de su vello púbico, visible en forma de leve ondulación bajo la tela.

Lanza un gemido y deslizo la mano por su nuca y enredo los dedos en su pelo, echando su cabeza hacia atrás. La beso y exploro el interior de su boca con la lengua.

Ella gime de nuevo y enrosca los dedos sobre mi cara, acariciándome la barba al tiempo que su cuerpo se tensa bajo mis manos.

Le subo el camisón muy despacio, disfrutando del tacto suave y delicado del satín al tiempo que se desliza por su espléndido cuerpo, dejando al descubierto sus maravillosas y largas piernas. Mis manos encuentran su trasero. No lleva bragas. Le agarro las nalgas y luego desplazo el pulgar por la parte interior del muslo.

La quiero ahora mismo... Aquí... Encima del piano...

Me pongo de pie bruscamente, sobresaltando a Ana, y la

coloco sobre el piano de forma que está sentada en la parte delantera de la tapa superior, con los pies sobre el teclado. Dos notas discordantes resuenan por la habitación mientras clava sus ojos en los míos. De pie entre sus piernas, le sujeto las manos.

—Acuéstate.

La hago recostarse sobre el piano. La tela de satín resbala como si fuera líquida por la orilla de la madera negra brillante y cae sobre las teclas.

Una vez está tumbada de espaldas, la suelto, me quito la playera y le separo las piernas. Los pies de Ana interpretan una melodía entrecortada sobre las teclas bajas y altas del instrumento. Le beso el interior de la rodilla derecha y dejo un reguero de besos y suaves mordiscos por su pierna hasta llegar al muslo. El camisón se desliza hacia arriba y deja al descubierto más centímetros de piel de mi hermosa chica. Lanza un gemido. Ya sabe qué es lo que tengo en mente. Flexiona los pies y los sonidos discordantes de las teclas vuelven a retumbar por la habitación, un acompañamiento irregular para su respiración jadeante.

Alcanzo mi objetivo: su clítoris. Y la beso una vez, paladeando la sacudida que le electriza el cuerpo. Luego soplo encima de su vello púbico para abrirle un pequeño espacio a mi lengua. Le separo las rodillas y la sujeto en su sitio. Es mía. Expuesta. A mi merced. Y me encanta. Despacio, empiezo a trazar círculos con la lengua sobre ese punto tan dulce y sensible. Lanza un gemido y sigo repitiendo los círculos, una y otra vez, mientras ella se estremece debajo de mí, levantando la pelvis para pedir más.

No me detengo.

La estoy devorando.

Hasta que tengo la cara empapada.

De mí.

De ella.

Sus piernas empiezan a temblar.

—Oh, Christian, por favor.

—Ah, no, nena, todavía no.

Hago una pausa y respiro hondo. Está ahí acostada, delante de mí, en satín, con el pelo desparramado sobre el ébano pulido;

está preciosa, iluminada únicamente por la luz de la lámpara de lectura.

—No —gimotea.

No quiere que pare.

—Ésta es mi venganza, Ana. Si discutes conmigo, encontraré el modo de desquitarme con tu cuerpo.

Le beso el vientre, percibiendo cómo se tensan sus músculos bajo mis labios.

Ah, nena, ya estás lista…

Mis manos recorren sus muslos hacia arriba, rozando, masajeando, seduciendo.

Rodeo su ombligo con la lengua, mientras mis pulgares llegan al cruce de sus muslos.

—¡Ah! —grita cuando introduzco un pulgar en su interior mientras, con el otro, trazo círculos una y otra vez sobre su clítoris.

Arquea la espalda sobre el piano.

—¡Christian! —grita.

Ya basta, Grey.

Le levanto los pies del teclado y los empujo de modo que se desliza fácilmente por la tapa superior. Me desabrocho la bragueta, saco un condón y dejo caer mis pantalones al suelo. Me subo al piano y me arrodillo entre sus piernas mientras me pongo el condón. Ella me observa con expresión intensa y anhelante. Repto hacia arriba por su cuerpo hasta que estamos cara a cara. Mi amor y mi deseo se reflejan en sus profundos ojos negros.

—Te deseo tanto… —murmuro, y me hundo en ella despacio.

Y me retiro hacia atrás.

Y vuelvo a empujar.

Ella me agarra los bíceps y ladea la cabeza, con la boca completamente abierta.

Está a punto…

Voy aumentando la velocidad y sus piernas se flexionan bajo mi cuerpo y deja escapar un grito ahogado cuando se viene, y entonces la suelto. Me abandono en brazos de la mujer que amo.

Le acaricio el pelo mientras apoya la cabeza en mi pecho.

—¿Tomas té o café por las noches? —pregunta Ana.

—Qué pregunta tan rara.

—Se me ocurrió llevarte un té al estudio, y entonces caí en la cuenta de que no sabía si querrías.

—Ah, ya. Por la noche agua o vino, Ana. Aunque a lo mejor debería probar el té.

Bajo la mano desde el pelo a su espalda y la masajeo, la toco y la acaricio.

—La verdad es que sabemos muy poco el uno del otro —murmura.

—Lo sé.

No me conoce, y cuando lo haga…

Se sienta y arruga la frente.

—¿Qué pasa?

Ojalá pudiera decírtelo, pero si lo hago, te marcharás.

Acaricio su cara, hermosa y dulce.

—Te quiero, Ana Steele.

—Yo también te quiero, Christian Grey. Nada de lo que digas me apartará de tu lado.

Ya lo veremos, Ana. Ya lo veremos.

La desplazo a mi lado, me incorporo, me bajo de un salto del piano y la tomo en brazos para bajarla a ella también.

—A la cama —murmuro.

El abuelo Trev-yan y yo estamos recogiendo manzanas.

—¿Ves esas manzanas rojas del manzano verde?

Asiento con la cabeza.

—Nosotros las pusimos aquí. Tú y yo. ¿Te acuerdas?

Engañamos a este viejo manzano.

Creía que iba a dar manzanas verdes y ácidas.

Pero da manzanas rojas y dulces.

¿Te acuerdas?

Asiento.

Se lleva la manzana a la nariz y la huele.

—Huélela.

Huele bien. Huele a plenitud.

Se frota la manzana en la camisa y me la ofrece.

—Pruébala.

Le doy un mordisco.

Está crujiente, deliciosa y sabe a tarta de manzana.

Sonrío. Mi barriga está contenta.

Estas manzanas se llaman «Fuji».

—Ten, ¿quieres probar la verde?

No sé.

El abuelo da un mordisco y se le estremecen los hombros.

Pone cara de asco.

Qué asquerosidad.

Me la ofrece. Sonríe. Yo sonrío y doy un mordisco.

Un escalofrío me recorre todo el cuerpo.

PUAJ.

Yo también pongo cara de asco. Se ríe. Me río.

Recogemos las manzanas rojas y las metemos en el cubo.

Hemos engañado al árbol.

No es asqueroso. Es dulce.

Asqueroso, no. Dulce.

El olor es evocador. El huerto de mi abuelo. Abro los ojos y estoy abrazado a Ana, como si la envolviera. Me pasa los dedos por el pelo y me sonríe con timidez.

—Buenos días, preciosa —murmuro.

—Buenos días, precioso tú también.

Mi cuerpo tiene pensado darle los buenos días de otra forma. Le doy un beso rápido antes de desenredar mis piernas de su cuerpo. Me apoyo en un codo y la miro.

—¿Has dormido bien?

—Sí, a pesar de esa interrupción de anoche.

—Mmm. Tú puedes interrumpirme así siempre que quieras.

Vuelvo a besarla.

—¿Y tú? ¿Has dormido bien?

—Contigo siempre duermo bien, Anastasia.

—¿Ya no tienes pesadillas?

—No.

Sólo sueños. Sueños placenteros.

—¿Sobre qué son tus pesadillas?

Su pregunta me toma por sorpresa y, de pronto, pienso en mi yo de cuatro años, indefenso, perdido, solo, malherido y lleno de rabia.

—Son imágenes de cuando era muy pequeño, según dice el doctor Flynn. Algunas muy claras, otras menos.

Fui un niño maltratado, sufría abusos.

Mi madre no me quería.

No me protegió.

Se mató y me abandonó.

La puta adicta al crack muerta en el suelo.

La quemadura.

No, la quemadura no.

No. No vayas por ahí, Grey.

—¿Te despiertas llorando y gritando?

La pregunta de Ana me devuelve al presente y le recorro el cuello con el dedo, manteniendo el contacto con su piel. Mi atrapasueños.

—No, Anastasia. Nunca he llorado, que yo recuerde.

Ni siquiera ese maldito cabrón de mierda pudo hacerme llorar.

—¿Tienes algún recuerdo feliz de tu infancia?

—Recuerdo a la puta adicta al crack preparando algo en el horno. Recuerdo el olor. Creo que era un pastel de cumpleaños. Para mí.

Mamá está en la cocina.

Huele bien.

Bien, calentito y chocolate.

Está cantando.

La canción feliz de mamá.

Sonríe. «Esto es para ti, renacuajo.»

¡Para mí!

—Y luego recuerdo la llegada de Mia, cuando ya estaba con mis padres. A mi madre le preocupaba mi reacción, pero yo adoré a aquel bebé desde el primer momento. La primera palabra que dije fue «Mia». Recuerdo mi primera clase de piano. La señorita Kathie, la profesora, era extraordinaria. Y también criaba caballos.

—Dijiste que tu madre te salvó la vida. ¿Cómo?

¿Grace? ¿No es evidente?

—Me adoptó. La primera vez que la vi creí que era un ángel. Iba vestida de blanco, y fue tan dulce y tranquilizadora mientras me examinaba… Nunca lo olvidaré. Si ella me hubiera rechazado, o si Carrick me hubiera rechazado…

Carajo, ahora mismo estaría muerto.

Miro el reloj de la mesita: las 6:15.

—Todo esto es un poco demasiado profundo para esta hora de la mañana.

—Me he prometido a mí misma que te conocería mejor —dice Ana, con expresión entusiasta y traviesa a la vez.

—¿Ah, sí, señorita Steele? Yo creía que sólo quería saber si prefería café o té. De todas formas, se me ocurre una forma mejor de que me conozcas —la empujo con mi erección.

—Creo que en ese sentido ya te conozco bastante.

Sonrío.

—Pues yo creo que nunca te conoceré bastante en ese sentido. Está claro que despertarse contigo tiene ventajas —le acaricio la oreja.

—¿No tienes que levantarte ya?

—Esta mañana no. Ahora mismo sólo deseo estar en un sitio, señorita Steele.

—¡Christian!

Ruedo por la cama para situarme encima de ella, le sujeto las manos para colocárselas sobre la cabeza y le beso el cuello.

—Oh, señorita Steele —le sujeto ambas manos con la mía, le recorro el cuerpo con la mano libre y empiezo a levantar despacio el camisón de satín hasta hincar mi erección contra su sexo—. Ah, lo que me gustaría hacerte —murmuro.

Ella sonríe y levanta la pelvis para acudir a mi encuentro.

Qué chica más traviesa…

Primero necesitamos un condón.

Alargo el brazo hacia mi mesita de noche.

Ana se reúne conmigo en la barra del desayuno. Lleva un vestido azul claro y zapatos de tacón. Una vez más, está impresionante. La observo mientras devora el desayuno. Estoy relajado. Feliz, incluso. Ha dicho que se vendría a vivir conmigo y he empezado el día con un palo. Sonrío y me pregunto si Ana encontraría eso gracioso. Se dirige a mí.

—¿Cuándo conoceré a Claude, tu entrenador, para ponerlo a prueba?

—Depende de si quieres ir a Nueva York este fin de semana o no; a menos que quieras verlo entre semana, a primera hora de la mañana. Le pediré a Andrea que consulte su horario y te lo diga.

—¿Andrea?

—Mi asistente personal.

Vuelve hoy. Qué alivio.

—¿Una de tus muchas rubias?

—No es mía. Trabaja para mí. Tú eres mía.

—Yo trabajo para ti.

Oh, sí...

—Eso también.

—Quizá Claude pueda enseñarme kickboxing —dice Ana, pero está sonriendo de oreja a oreja.

Es evidente que quiere enfrentarse a mí con más garantías. Eso podría ponerse interesante.

—Pues adelante, señorita Steele.

Ana da un mordizco a su tortita y mira a su espalda.

—Has vuelto a levantar la tapa del piano.

—La bajé anoche para no molestarte. Por lo visto no funcionó, pero me alegro.

Ana se ruboriza.

Sí. Pueden decirse muchas cosas sobre el sexo encima de un piano. Y sobre el sexo a primera hora de la mañana. Me va genial para mi estado de ánimo.

La señora Jones interrumpe nuestro momento a solas. Se inclina hacia delante y coloca delante de Ana una bolsa de papel con su almuerzo.

—Para después, Ana. De atún, ¿está bien?

—Sí, sí. Gracias, señora Jones.

Ana le sonríe con calidez y Gail le devuelve la sonrisa antes de salir de la sala para proporcionarnos un poco de intimidad. La situación también es nueva para Gail. No acostumbro a tener a nadie aquí entre semana. La única vez que pasó fue precisamente con Ana.

—¿Puedo preguntarte una cosa? —Ana interrumpe mis pensamientos.

—Claro.

—¿Y no te enfadarás?

—¿Es sobre Elena?

—No.

—Entonces no me enfadaré.

—Pero ahora tengo una pregunta adicional.

—¿Ah?

—Que sí es sobre ella.

Mi buen humor se esfuma de repente.

—¿Qué?

—¿Por qué te molesta tanto cuando te pregunto por ella?

—¿Sinceramente? —pregunto.

—Creía que siempre eras sincero conmigo.

—Procuro serlo.

—Eso suena a evasiva.

—Yo siempre soy sincero contigo, Ana. No me interesan los jueguitos. Bueno, no ese tipo de jueguitos —añado.

—¿Qué tipo de jueguitos te interesan? —Ana pestañea, haciéndose la inocente.

—Señorita Steele, se distrae usted con mucha facilidad.

Se ríe, y el sonido de su risa y el hecho de verla reír me devuelven el buen humor.

—Usted es una distracción en muchos sentidos, señor Grey.

—El sonido que más me gusta del mundo es tu risa, Anastasia. Dime, ¿cuál era tu primera pregunta?

—Ah, sí. ¿Sólo veías a tus sumisas los fines de semana?

—Sí, eso es.

¿A dónde quiere ir a parar con todo esto?

—Así que nada de sexo entre semana.

Mira hacia la entrada del salón para asegurarse de que no nos oye nadie.

Me río.

—Ah, ahí querías ir a parar. ¿Por qué crees que hago ejercicio todos los días laborables?

Hoy es distinto. Sexo en un día laborable. Antes del desayuno. La última vez que pasó eso fue en una mesa en mi estudio contigo, Anastasia.

—Parece muy satisfecha de sí misma, señorita Steele.

—Lo estoy, señor Grey.

—Tienes motivos. Ahora cómete el desayuno.

Bajamos en el ascensor con Taylor y Sawyer, y el buen humor general continúa en el coche. Taylor y Sawyer van delante cuando salimos para SIP.

Sí, decididamente, podría llegar a acostumbrarme a esto.

Ana está exultante. ¿Está mirándome a hurtadillas o soy yo quien la mira a ella?

—¿No dijiste que el hermano de tu compañera de piso llegaba hoy? —le pregunto.

—¡Oh, Ethan! —exclama—. Me había olvidado. Oh, Christian, gracias por recordármelo. Tendré que volver al departamento.

—¿A qué hora?

—No sé exactamente a qué hora llegará.

—No quiero que vayas sola a ningún sitio.

Me mira con preocupación.

—Ya lo sé —dice— ¿Sawyer estará espiando... digo... vigilando hoy?

—Sí —respondo, haciendo énfasis en la palabra.

Leila sigue ahí fuera.

—Sería más fácil si fuera conduciendo el Saab —masculla en tono arisco.

—Sawyer tendrá un coche y podrá llevarte al departamento a la hora que sea.

Miro a Taylor por el espejo retrovisor. Asiente con la cabeza.

Ana lanza un suspiro.

—De acuerdo. Supongo que Ethan se pondrá en contacto conmigo durante el día. Ya te haré saber los planes entonces.

El plan deja demasiadas cosas al azar.

Pero no tengo ganas de discutir.

El día es demasiado maravilloso.

—Bien. A ningún sitio sola, ¿entendido? —digo, haciendo un gesto de advertencia con el dedo.

—Sí, cariño —dice, impregnando de sarcasmo cada palabra.

Oh, lo que daría por soltarle unos azotes ahora mismo…

—Y quizá deberías usar sólo tu BlackBerry… te mandaré los correos ahí. Eso debería evitar que el informático de mi empresa pase una mañana demasiado entretenida, ¿de acuerdo?

—Sí, Christian.

Pone los ojos en blanco.

—Vaya, señorita Steele, me parece que se me está calentando la mano.

—Ah, señor Grey, usted siempre tiene la mano caliente. ¿Qué vamos a hacer con eso?

Me río. Es graciosa.

Entonces vibra mi celular.

Mierda. Es Elena.

—¿Qué pasa?

—Christian. Hola, soy yo. Siento molestarte. Quería asegurarme de que no has llamado a tu chico. Esa nota era de Isaac.

—Estás bromeando…

—Sí. Esto muy embarazoso. Era para una escena.

—Para una escena.

—Sí, y no quería decir cinco mil en metálico.

Me río.

—¿Cuándo te dijo eso?

—Esta mañana. Lo llamé a primera hora. Le dije que había ido a verte. Oh, Christian, lo siento.

—No, no te preocupes. Tú no tienes por qué disculparte. Estoy encantado de que haya una explicación lógica. Me parecía una cantidad de dinero ridículamente pequeña…

—Me siento fatal.

—No tengo la menor duda de que tienes en mente un plan creativo y diabólico para vengarte. Pobre Isaac.

—La verdad es que está furioso conmigo, así que a lo mejor hasta tengo que compensárselo.

—Bien.

—Bueno. Gracias por escucharme ayer. Hasta pronto.

—Adiós.

Cuelgo y me vuelvo hacia Ana, que me está observando.

—¿Quién era? —pregunta.

—¿De verdad quieres saberlo?

Niega con la cabeza y mira por la ventanilla, torciendo las comisuras de los labios.

—Eh…

Le tomo la mano y le beso los nudillos, uno por uno, y luego tomo el dedo meñique, me lo introduzco en la boca y lo chupo, con fuerza. Después lo muerdo con suavidad.

Se retuerce incómoda en el asiento y lanza una mirada nerviosa a Taylor y a Sawyer, en el asiento delantero. Tengo toda su atención.

—No te agobies, Anastasia. Ella pertenece al pasado.

Le planto un beso en el centro de la palma de la mano y se la suelto. Ella sale del coche y la veo entrar en SIP.

—Señor Grey, me gustaría ir a echarle un vistazo al departamento de la señorita Steele si ella tiene que volver hoy —dice Taylor, y me parece una buena idea.

Andrea me recibe con una sonrisa radiante cuando salgo del ascensor en Grey House. A su lado hay una mujer joven con aire apocado.

—Buenos días, Señor Grey. Le presento a Sarah Hunter. Va a hacer unas prácticas con nosotros.

Sarah me mira directamente a los ojos y extiende la mano.

—Buenos días, señor Grey. Encantada de conocerlo.

—Hola, Sarah. Bienvenida.

Intercambiamos sendos apretones de manos.

El suyo es asombrosamente firme.

No tan apocada, entonces.

Retiro la mano.

—¿Puedo verte en mi despacho, Andrea?

—Por supuesto. ¿Quiere que Sarah le prepare un café?

—Sí. Un café solo, por favor.

Sarah se va hacia la cocina con un entusiasmo que espero que no me resulte irritante con el tiempo, y sujeto la puerta para que pase Andrea. Una vez está dentro, la cierro.

—Andrea...

—Señor Grey...

Ambos nos callamos.

—Habla tú —digo.

—Señor Grey, sólo quería darle las gracias por la suite. Era fantástica. De verdad, no tenía por qué...

—¿Por qué no me dijiste que te casabas? —me siento a mi mesa.

Andrea se ruboriza. Es una imagen que no veo a menudo, y parece haberse quedado sin palabras.

—¿Andrea?

—Bueno. Mmm... Hay una cláusula de no confraternización en mi contrato.

—¡Te has casado con alguien que trabaja aquí!

¿Cómo carajos se ha guardado ese secreto para ella?

—Sí, señor.

—¿Quién es el afortunado?

—Damon Parker; trabaja como ingeniero.

—El australiano.

—Necesita un permiso de trabajo y residencia. Ahora mismo sólo tiene un visado de tipo H1.

—Entiendo.

Un matrimonio de conveniencia. Por alguna razón, me siento decepcionado. Ve el gesto de censura en mi cara y enseguida me ofrece explicaciones.

—Ésa no es la razón por la que me he casado. Lo quiero —dice, con una confesión poco propia de ella, y se ruboriza; el rubor en sus mejillas me devuelve mi fe en ella.

—Bueno, pues enhorabuena. Ten —le doy el sobre con la tarjeta de «Felices para siempre» que firmé ayer y espero que no la abra delante de mí—. ¿Y qué tal te va la vida de casada por el momento? —pregunto, para impedir que la abra.

—Se la recomiendo, señor.

Está radiante de felicidad. Reconozco esa mirada. Así es como me siento. Y ahora ya no sé qué decir.

Andrea vuelve a ponerse en modo trabajo.

—¿Repasamos el calendario? —pregunta.

—Adelante.

Matrimonio. Pienso en esa institución cuando Andrea se va. Es evidente que a ella le sienta bien. Es lo que quieren la mayoría de las mujeres, ¿no? Me pregunto qué haría Ana si le pidiera que se casara conmigo. Niego con la cabeza; me siento como en una emboscada con sólo pensarlo.

No seas ridículo, Grey.

Revivo mentalmente los acontecimientos de esta mañana. Podría despertarme todos los días junto a Anastasia Steele y podría cerrar los ojos a su lado todas las noches.

Estás enamorado, Grey.

Muy, muy enamorado.

Disfruta mientras dure.

Le envío un correo.

De: Christian Grey
Fecha: 14 de junio de 2011 09:23
Para: Anastasia Steele
Asunto: Amanecer

Me encanta despertarme contigo por la mañana.

Christian Grey
Total y absolutamente enamorado presidente de Grey Enterprises
Holdings, Inc.

Sonrío cuando pulso «Enviar».

Espero que lea esto en su teléfono.

Sarah me trae el café y abro el último borrador sobre el acuerdo de SIP y empiezo a leer.

Me vibra el teléfono. Es un mensaje de texto de Elena.

> ELENA
> Gracias por ser tan comprensivo

Lo ignoro y vuelvo a mi documento. Cuando levanto la vista, hay una respuesta de Ana. Tomo un sorbo de café y abro el correo.

De: Anastasia Steele
Fecha: 14 de junio de 2011 09:35
Para: Christian Grey
Asunto: Anochecer

Querido total y absolutamente enamorado:
A mí también me encanta despertarme contigo. Aunque yo adoro estar contigo en la cama y en los ascensores y encima de los pianos y en mesas de billar y en barcos y en escritorios y en duchas y en bañeras y atada a extrañas cruces de madera

y en inmensas camas de cuatro postes con sábanas de satín rojo y en casitas de embarcaderos y en dormitorios de infancia.

Tuya

Loca por el sexo e insaciable xx

Mierda. Me río y me atraganto a la vez, y escupo el café sobre el teclado al leer «Loca por el sexo e insaciable». No me puedo creer que haya escrito eso en un correo electrónico. Por suerte, aún me quedan pañuelos de papel después del desastre con el café de ayer.

De: Christian Grey
Fecha: 14 de junio de 2011 09:37
Para: Anastasia Steele
Asunto: Hardware húmedo

Querida loca por el sexo e insaciable:
Acabo de escupir el café encima de mi teclado.
Creo que nunca me había pasado algo así.
Admiro a una mujer que se entusiasma tanto por la geografía.
¿Debo deducir que sólo me quiere por mi cuerpo?

Christian Grey
Total y absolutamente escandalizado presidente de
Grey Enterprises Holdings, Inc.

Continúo leyendo el acuerdo de SIP, pero no avanzo demasiado cuando llega un nuevo correo de ella.

De: Anastasia Steele
Fecha: 14 de junio de 2011 09:42
Para: Christian Grey
Asunto: Riendo como una tonta... y húmeda también

Querido total y absolutamente escandalizado:
Siempre.
Tengo que trabajar.
Deja de molestarme.

LS&I xx

De: Christian Grey
Fecha: 14 de junio de 2011 09:50
Para: Anastasia Steele
Asunto: ¿Debo hacerlo?

Querida LS&I:
Como siempre, sus deseos son órdenes para mí.

Me encanta que estés húmeda y riendo como una tonta.

Hasta luego, nena.

X

Christian Grey
Total y absolutamente enamorado, escandalizado y embrujado
presidente de Grey Enterprises Holdings, Inc.

Más tarde, estoy en mi reunión mensual con Ros y Marco, mi especialista en fusiones y adquisiciones, y su equipo. Estamos repasando una lista de empresas que la gente de Marco ha identificado como posibles objetivos para absorciones.

Está hablando de la última de la lista.

—Pasan por un mal momento, pero tienen cuatro patentes pendientes, lo que podría resultar útil en la división de fibra óptica.

—¿Las ha revisado Fred? —pregunto.

—Está entusiasmado —contesta Marco con una sonrisa avariciosa.

—Hagámoslo.

Me vibra el celular y el nombre de Ana aparece en la pantalla.

—Disculpen —digo mientras contesto la llamada—. Anastasia.

—Christian, Jack me ha pedido que vaya a comprarle la comida.

—Cabrón holgazán.

—Así que voy a comprarla. Quizá sería más práctico que me dieras el teléfono de Sawyer, y así no tendría que molestarte.

—No es ninguna molestia, nena.

—¿Estás solo?

Miro alrededor de la mesa.

—No. Aquí hay seis personas que me miran atónitas preguntándose con quién demonios estoy hablando.

Todos apartan la mirada.

—¿De verdad? —musita en un hilo de voz.

—Sí. De verdad —hago una pausa—. Mi novia —informo al grupo.

Ros sacude la cabeza.

—Seguramente todos creían que eras gay, ¿sabes?

Me río y Ros y Marco intercambian una mirada.

—Sí, seguramente.

—Este… tengo que colgar.

—Se lo comunicaré a Sawyer —me río ante las reacciones alrededor de la mesa—. ¿Has sabido algo de tu amigo?

—Todavía no. Será el primero en enterarse, señor Grey.

—Bien. Hasta luego, nena.

—Adiós, Christian.

Me levanto.

—Tengo que hacer una llamada rápida.

Fuera de la sala de juntas, llamo a Sawyer.

—Señor Grey.

—Ana va a salir a comprar el almuerzo. Por favor, no la pierdas de vista.

—Sí, señor.

De vuelta en la sala, la reunión ya está terminando. Ros se me acerca.

—¿Una adquisición privada? —dice con una expresión de curiosidad.

—Exactamente.

—Con razón estás de tan buen humor. Doy mi aprobación —dice.

Sonrío, sintiéndome exultante de orgullo.

Bastille va por todas. Ya me ha dejado fuera de combate tres veces, maldita sea.

—Dante me ha dicho que llevaste a una chica muy guapa al bar. ¿Por eso estás hoy tan flojo, Grey?

—Tal vez —sonrío—. Y necesita un entrenador.

—Tu asistente personal habló conmigo esta mañana. Me muero de ganas de conocerla.

—Quiere aprender kickboxing.

—¿Quiere mantener tu trasero a raya?

—Sí. Algo así.

Me abalanzo sobre él, pero él amaga a la izquierda, con sus rastas saliendo disparadas, y me derriba de una patada, al tiempo que gira.

Mierda. Ya estoy en el suelo otra vez.

Bastille está entusiasmado.

—No tendrá problemas para patearte el trasero si peleas así, Grey —suelta.

Ya es suficiente. Ahora verá.

Vuelvo a la oficina después de ducharme tras el combate con Bastille, y Andrea me está esperando.

—Señor Grey. Gracias. Ha sido muy, muy generoso.

Resto importancia a sus palabras con un gesto mientras me dirijo a la oficina.

—De nada, Andrea. Si lo usas para una luna de miel como es debido, asegúrate de que yo también me haya ido lejos.

Me dedica una insólita sonrisa y cierro la puerta de mi oficina.

Advierto que ha llegado un nuevo correo electrónico de Ana cuando me siento en mi escritorio.

De: Anastasia Steele
Fecha: 14 de junio de 2011 14:55
Para: Christian Grey
Asunto: Visitas procedentes de climas soleados

Queridísimo total y absolutamente EE&E:
Ethan ha vuelto, y va a venir a buscar las llaves del departamento.
Me gustaría mucho comprobar que está bien instalado.
¿Por qué no me recoges después del trabajo? ¿Podríamos ir al departamento y después salir TODOS a cenar algo?

¿Invito yo?
Tuya

Ana x
Aún LS&I

Anastasia Steele
Ayudante de Jack Hyde, editor de SIP

De: Christian Grey
Fecha: 14 de junio de 2011 15:05
Para: Anastasia Steele
Asunto: Cenar fuera

Apruebo tu plan. ¡Menos lo de que pagues tú!
Invito yo.
Te recogeré a las seis en punto.
X

P.D.: ¡¡¡Por qué no utilizas tu BlackBerry!!!

Christian Grey
Total y absolutamente enfadado presidente de Grey Enterprises
Holdings, Inc.

De: Anastasia Steele
Fecha: 14 de junio de 2011 15:11
Para: Christian Grey
Asunto: Mandón

Bah, no seas tan rudo ni te enfades tanto.
Todo está en clave.
Nos vemos a las seis en punto.

Ana x

Anastasia Steele
Ayudante de Jack Hyde, editor de SIP

De: Christian Grey
Fecha: 14 de junio de 2011 15:18
Para: Anastasia Steele
Asunto: Mujer exasperante

¡Rudo y enfadado!

Ya te daré yo rudo y enfadado.

Y tengo muchas ganas.

Christian Grey
Total y absolutamente más enfadado, pero sonriendo por alguna razón
desconocida, presidente de Grey Enterprises Holdings, Inc.

De: Anastasia Steele
Fecha: 14 de junio de 2011 15:23
Para: Christian Grey
Asunto: Promesas, promesas

Adelante, señor Grey.

Yo también tengo muchas ganas. ;D

Ana x

Anastasia Steele
Ayudante de Jack Hyde, editor de SIP

Andrea me llama.

—Tengo al profesor Choudury al teléfono, de la Universidad
Estatal de Washington.

El profesor es el jefe de departamento de ciencias medioambientales. Es extraño que llame.

—Pásamelo.

—Señor Grey, quería darle una buena noticia.

—Adelante, por favor.

—La profesora Gravett y su equipo han hecho un hallazgo en relación con los microbios responsables de la fijación del nitrógeno. Quería adelantarle la noticia porque le presentará sus resultados el viernes.

—Eso es impresionante.

—Como sabe, nuestra labor de investigación está dirigida a hacer el suelo más productivo, y esto significa una auténtica revolución en ese campo.

—Me complace oírlo.

—Es gracias a usted, señor Grey, y al financiamiento de Grey Enterprises Holdings.

—Estoy impaciente por conocer más detalles el viernes.

—Buenos días, señor.

A las 17:55 estoy en la puerta de las oficinas de SIP, en la parte de atrás del Audi, impaciente por ver a Ana.

La llamo por teléfono.

—Ha llegado el malhumorado Rudo y Enfadado.

—Bien, aquí Loca por el Sexo e Insaciable. ¿Deduzco que ya estás afuera? —dice.

—Efectivamente, señorita Steele. Y estoy deseando verla.

—Lo mismo digo, señor Grey. Ahora salgo.

Sigo sentado y espero mientras leo un informe sobre las patentes de fibra óptica de las que Marco me ha hablado antes.

Ana aparece unos minutos después. Su pelo, resplandeciente por los últimos rayos del sol de la tarde, cae en amplias cascadas sobre sus hombros mientras camina hacia mí. Me inunda la alegría y me siento completamente hechizado por ella.

Ella lo es todo para mí.

Salgo del coche para abrirle la puerta.

—Señorita Steele, está usted tan fascinante como esta mañana.

La abrazo y le planto un beso en los labios.

—Usted también, señor Grey.

—Vamos a buscar a tu amigo.

Le abro la puerta del coche y, cuando se sube, saludo con la cabeza a Sawyer, que está de pie en la puerta de la oficina de SIP, pasando desapercibido para Ana. Asiente y se dirige al estacionamiento de SIP.

Taylor se detiene delante del departamento de Ana y alargo el brazo para buscar la manija de la puerta del Audi, pero me detiene la vibración de mi celular.

—Grey —contesto, y Ana busca la puerta.

—Christian.

—¿Qué pasa, Ros?

—Ha ocurrido algo.

—Voy a buscar a Ethan. Serán dos minutos —articula Ana en silencio y se baja del coche.

—Espera un momento, Ros.

Observo a Ana mientras pulsa el interfono y habla con Ethan. La puerta se abre y entra en el edificio.

—¿Qué pasa, Ros?

—Es Woods.

—¿Woods?

—Lucas Woods.

—Ah, sí. El idiota que llevó a la ruina la compañía de fibra óptica y luego echó las culpas a los demás.

—El mismo. Está haciendo muy mala prensa.

—¿Y?

—A Sam le preocupan las secuelas en la opinión pública. Woods ha hecho pública la absorción, ha contado cómo entramos y no le dejamos dirigir la empresa como él quería.

Suelto un bufido desdeñoso.

—Hay una buena razón para eso. Estaría en la bancarrota si hubiese continuado por el mismo camino.

—Es verdad.

—Dile a Sam que me consta que Woods puede parecer muy

convincente para aquellos que no conocen su historia, pero los que lo conocen ya saben que se situó por encima de sus capacidades y tomó algunas decisiones realmente malas. No puede culpar a nadie más que a sí mismo.

—Entonces no estás preocupado.

—¿Por él? No. Es un tipo pretencioso. Toda la comunidad lo sabe.

—Podríamos denunciarlo por difamación, y ha violado su acuerdo de confidencialidad.

—¿Por qué íbamos a hacer eso? Es la clase de hombre que se alimenta de la publicidad. Le han dado suficiente cuerda para ahorcarse. Aunque debería echarle pelotas y dejarlo estar.

—Pensé que dirías eso. Sam está nervioso.

—Sam sólo necesita un poco de perspectiva. Siempre reacciona exageradamente a la mala prensa.

Cuando miro por la ventanilla, veo a un hombre joven con una bolsa de lona caminando con determinación hacia la puerta del departamento.

Ros continúa hablando, pero la ignoro. El hombre me resulta familiar. Tiene toda la pinta de ser un chulito de playa: pelo largo y rubio, piel bronceada. Al reconocerlo, siento inmediatamente una fuerte aprensión. Es Ethan Kavanagh.

Mierda. ¿Quién ha abierto a Ana la puerta del departamento?

—Ros, tengo que irme —suelto bruscamente mientras el miedo me atenaza el pecho.

Ana.

Salgo disparado del coche.

—¡Taylor, sígueme! —grito, y corremos hacia Ethan Kavanagh, que está a punto de introducir la llave en la cerradura. Se vuelve alarmado al vernos abalanzarnos hacia él.

—Kavanagh. Soy Christian Grey. Ana está arriba con una persona que podría ir armada. Espera aquí.

Por el brillo en su expresión, veo que me ha reconocido, pero, sin decir una palabra —confuso, creo—, suelta la llave. Cruzo la puerta y corro escaleras arriba, subiendo los escalones de dos en dos.

Irrumpo de golpe en el departamento y ahí están.

Frente a frente.

Ana y Leila.

Y Leila sostiene un arma.

No... No... No... Una puta arma.

Y Ana está ahí. Sola. Vulnerable. El pánico y la furia estallan en mi interior.

Quiero abalanzarme sobre Leila. Arrebatarle el arma. Derribarla. Pero me quedo paralizado y miro a Ana. Tiene los ojos muy abiertos con una expresión de miedo y con algo más que no sé identificar. ¿Compasión, tal vez? Pero, para mi alivio, está ilesa.

Ver así a Leila es un shock. No sólo sostiene un arma en las manos, sino que ha perdido muchísimo peso. Está muy sucia. Muy pálida. Lleva la ropa hecha jirones y sus sombríos ojos castaños son completamente inexpresivos. Se me forma un nudo en la garganta y no sé si es miedo o empatía.

Pero mi mayor preocupación es que aún sujeta un arma con Ana estando allí en la habitación.

¿Tiene intención de hacerle daño?

¿Tiene intención de hacérmelo a mí?

Leila dirige los ojos hacia mí. Su mirada se hace más intensa, deja de ser inerte. Está absorbiendo cada detalle, como si no pudiera creer que soy real. Es desconcertante. Pero me mantengo firme y le sostengo la mirada.

Pestañea varias veces para recobrarse, pero aprieta la mano alrededor del arma con más firmeza.

Mierda.

Espero. Listo para saltar. El corazón me late desbocado, con el sabor metálico del miedo en la boca.

¿Qué vas a hacer, Leila?

¿Qué vas a hacer con esa arma?

Se queda inmóvil y baja un poco la cabeza, pero mantiene la mirada fija en mí, mirándome a través de sus pestañas oscuras.

Percibo un movimiento a mi espalda.

Taylor.

Levanto la mano, advirtiéndole que no se mueva.

Está nervioso. Furioso. Lo noto. Pero no se mueve.

Yo no aparto la mirada de Leila.

Parece un espectro; tiene círculos oscuros bajo los ojos, la piel, translúcida como el pergamino, y los labios resecos y agrietados.

Dios, ¿qué te has hecho?

Pasa el tiempo. Los segundos. Los minutos. Y nos miramos el uno al otro.

Poco a poco, la luz de sus ojos se altera; aumenta el brillo, de un marrón apagado a avellana. Y veo un destello de la Leila que conocí. Se produce una chispa de conexión. Un alma gemela que disfrutaba de todo cuanto compartíamos. Nuestro viejo vínculo está ahí. Lo noto entre nosotros.

Todo esto es por mí.

Se le acelera la respiración y se pasa la lengua por los labios agrietados, pero su lengua no deja huellas de humedad.

Pero es suficiente.

Suficiente para decirme lo que necesita. Lo que quiere.

Me quiere a mí.

Quiere que haga lo que mejor sé hacer.

Separa los labios, su pecho se hincha y se deshincha y un resto de color aflora a sus mejillas.

Los ojos se le iluminan, sus pupilas se dilatan.

Sí. Esto es lo que quiere.

Ceder el control.

Quiere una salida.

Ha tenido suficiente.

Está cansada. Es mía.

—Arrodíllate —susurro en silencio, sólo para sus oídos.

Cae de rodillas al suelo, como la sumisa que es. De inmediato. Sin rechistar. Con la cabeza agachada. Sus manos sueltan la pistola, que retumba por el suelo de madera con un golpeteo que quiebra el silencio que nos rodea.

A mi espalda, oigo a Taylor soltar un suspiro de alivio.

Y encuentra eco en el mío.

Oh, gracias a Dios.

Poco a poco, me acerco a ella y recojo el arma del suelo para deslizarla en el bolsillo de mi saco.

Ahora que Leila ya no entraña ninguna amenaza inmediata, necesito sacar a Ana del departamento y alejarla de ella. En el fondo de mi ser, sé que nunca perdonaré a Leila por esto. Sé que está enferma... rota, incluso.

Pero ¿amenazar a Ana?

Imperdonable.

Me pongo de pie delante de Leila, interponiéndome entre ella y Ana, sin apartar todavía los ojos de Leila, mientras sigue arrodillada con silenciosa docilidad en el suelo.

—Anastasia, ve con Taylor —ordeno.

—¿Ethan? —susurra, y le tiembla la voz.

—Abajo —le informo.

Taylor está esperando a Ana, que no se mueve.

Por favor, Ana. Ve.

—Anastasia... —insisto.

Vete.

Sigue clavada en el suelo.

Me coloco al lado de Leila... y Ana sigue sin moverse.

—Por el amor de Dios, Anastasia, ¿por una vez en tu vida puedes hacer lo que te dicen y marcharte?

Nos miramos a los ojos y le imploro que se vaya. No puedo hacer esto con ella aquí. No sé hasta qué punto Leila es estable; necesita ayuda, y podría hacer daño a Ana.

Intento transmitirle esto a Ana con mi mirada de súplica.

Pero está paralizada. En estado de shock.

Mierda. Acaba de llevarse un susto de muerte, Grey. No puede moverse.

—Taylor, lleva a la señorita Steele abajo. Ahora.

Taylor asiente y se dirige a Ana.

—¿Por qué? —susurra Ana.

—Vete. Vuelve al departamento. Necesito estar a solas con Leila.

Por favor, necesito mantenerte a salvo.

Me mira primero a mí y luego a Leila.

Ana… Vete… Por favor… Tengo que solucionar este problema.

—Señorita Steele. Ana…

Taylor tiende la mano a Anastasia.

—Taylor —insisto.

Sin dudar, Taylor toma a Ana en volandas y se van del departamento.

Mierda, gracias.

Dejo escapar un profundo suspiro y acaricio el pelo mugriento y apelmazado de Leila mientras se cierra la puerta del departamento.

Estamos solos.

Doy un paso atrás.

—Levántate.

Leila se pone de pie con torpeza, pero no aparta los ojos del suelo.

—Mírame —le susurro.

Levanta la cabeza despacio y su dolor se hace palpable en su rostro. Las lágrimas le brotan de los ojos y empiezan a rodar por sus mejillas.

—Oh, Leila… —le susurro, y la abrazo.

Mierda.

El olor.

Apesta a pobreza, a abandono y a la falta de un hogar.

Y estoy de vuelta en un departamento pequeño y mal iluminado encima de una licorería barata de Detroit.

Ella huele a él.

Sus botas.

Su cuerpo sin lavar.

Su miseria.

La saliva se acumula en mi boca y siento una arcada. Una vez. Es difícil de soportar.

Mierda.

Pero ella no se da cuenta. La abrazo mientras llora y llora, dejando inservible el saco por la mucosidad.

La abrazo.

Haciendo un esfuerzo por no vomitar.

Haciendo un esfuerzo por ahuyentar el hedor.

Un hedor dolorosamente familiar. Y tan desagradable…

—Tranquila —le susurro—. Tranquila.

Cuando jadea para recobrar el aire y su cuerpo se estremece con sollozos secos, la suelto.

—Necesitas un baño.

Tomándola de la mano, la llevo a la habitación de Kate y al baño. Es espacioso, como dijo Ana. Hay una ducha, una bañera y una selección de artículos de tocador más bien caros. Cierro la puerta y siento la tentación de poner el seguro; no quiero que se escape. Pero Leila se queda de pie, mansa y tranquila, mientras se estremece con cada sollozo sin lágrimas.

—Está bien —murmuro—. Estoy aquí.

Abro el grifo y el chorro de agua caliente llena la espaciosa bañera. Echo un poco de aceite para baño en la cascada, y pronto la sofocante fragancia de los lirios camufla el hedor del cuerpo de Leila.

Empieza a temblar.

—¿Quieres darte un baño? —le pregunto.

Mira al agua espumosa y luego me mira a mí. Asiente con la cabeza.

—¿Me dejas que te quite el abrigo?

Asiente una vez más. Y, usando sólo las puntas de los dedos, lo retiro de su cuerpo. El abrigo es irrecuperable. Habrá que quemarlo.

Debajo, la ropa le cuelga del cuerpo. Lleva una blusa rosa mugrienta y un par de pantalones muy sucios de un color indeterminado. También son irrecuperables. Tiene un vendaje sucio y hecho jirones alrededor de la muñeca.

—Esta ropa… Tienes que quitártela, ¿de acuerdo?

Asiente con la cabeza.

—Brazos arriba.

Obedece diligentemente y, al quitarle la blusa, trato de disimular mi sorpresa por su apariencia. Está escuálida, con los huesos marcados y sobresaliendo en ángulos puntiagudos, un brusco contraste con la Leila de antes. Es terrible.

Esto es culpa mía; debería haberla encontrado antes.

Le bajo los pantalones.

—Quítatelos.

La tomo de la mano.

Ella lo hace, y añado los pantalones a la pila de desechos.

Está temblando.

—Eh, tranquila. Buscaremos ayuda, ¿está bien?

Leila asiente, pero permanece impasible.

Le tomo la mano y le quito el vendaje. Creo que deberían habérselo cambiado; el olor es insoportable. Siento arcadas, pero no vomito. La cicatriz en su muñeca está blanquecina; sin embargo, por algún milagro, parece limpia. Retiro la gasa y el vendaje.

—Tendrás que quitarte esto también —me refiero a su ropa interior mugrienta. Me mira—. No. Hazlo tú —digo, y me doy media vuelta para darle un poco de intimidad.

La oigo moverse, arrastrando los pies por el suelo del baño, y, cuando se detiene, me doy la vuelta y está desnuda.

Han desaparecido sus curvas exuberantes.

Debe de hacer semanas que no come.

Es indignante.

—Ten —le ofrezco mi mano, que acepta, y con la otra pruebo la temperatura del agua. Está caliente, pero no quema—. Métete dentro.

Entra en la bañera y se sumerge despacio en el agua espumosa y fragante. Me quito el saco, me arremango las mangas de la camisa y me siento en el suelo junto a la bañera. Voltea la cara pequeña y triste hacia mí, pero permanece callada.

Busco el gel para el cuerpo y una esponja de nailon que debe de usar Kavanagh. Bueno, no la echará de menos: veo otra en el estante.

—La mano —digo.

Leila me da la mano y, metódicamente y con delicadeza, empiezo a lavarla.

Está mugrienta. Parece como si no se hubiera aseado en semanas. Tiene mugre por todas partes.

¿Cómo puede alguien llegar a estar tan sucio?

—Levanta la barbilla.

Le froto debajo del cuello y bajo el otro brazo, dejándole la piel limpia y un poco más rosada. Le lavo el torso y la espalda.

—Acuéstate.

Se tumba en la bañera y le lavo los pies y las piernas.

—¿Quieres que te lave el pelo?

Leila asiente y alcanzo el champú.

Ya la he bañado antes. Varias veces. Por lo general, como recompensa por su comportamiento en el cuarto de juegos. Siempre fue un placer.

Esto de ahora, no tanto.

Le restriego enérgicamente el cuero cabelludo y uso la regadera de la ducha para enjuagar la espuma.

Cuando termino, tiene mejor aspecto.

Me siento sobre mis talones.

—Hace mucho tiempo desde la última vez que hiciste esto —dice Leila, en voz baja y sombría, desprovista de toda emoción.

—Lo sé —alargo la mano y destapo el tapón para vaciar el agua turbia. Me pongo de pie y busco una toalla grande—. Ya estás.

Leila se pone de pie y le ofrezco la mano para que pueda salir de la bañera. Le enrollo la toalla alrededor, tomo una más pequeña y le seco el pelo con la toalla.

Huele mejor, aunque, a pesar del aceite de baño perfumado, el mal olor de su ropa sigue impregnando el baño.

—Ven —la saco del baño y la dejo sentada en el sofá del salón—. Quédate aquí.

De vuelta en el baño, tomo mi saco y mi teléfono del bolsillo. Llamo al celular de Flynn. Responde de inmediato.

—Christian.

—Tengo a Leila Williams.

—¿Contigo?

—Sí. Está bastante mal.

—¿Estás en Seattle?

—Sí. En el departamento de Ana.

—Ahora mismo voy.

Le doy la dirección de Ana y cuelgo. Recojo la ropa y regreso a la sala de estar. Leila está sentada donde la dejé, mirando a la pared.

Rebusco en los cajones de la cocina y encuentro una bolsa de basura. Reviso los bolsillos del abrigo y los pantalones de Leila, pero no encuentro nada más que pañuelos usados. Meto su ropa en la bolsa de basura, la anudo y la dejo en la puerta de entrada.

—Te buscaré ropa limpia.

—¿Ropa de ella? —dice Leila.

—Ropa limpia.

En la habitación de Ana, encuentro unos pants y una camiseta sencilla. Espero que a Ana no le importe, pero creo que Leila los necesita más que ella.

Sigue en el sofá cuando vuelvo.

—Ten. Ponte esto.

Dejo la ropa a su lado y me voy al fregadero que hay en la barra de la cocina. Lleno un vaso con agua y, una vez que está vestida, se lo ofrezco.

Ella niega con la cabeza.

—Leila, bebe.

Toma el vaso y bebe un sorbo.

—Toma otro. Sólo otro sorbito —digo.

Toma otro sorbo.

—Él ya no está —dice, y su rostro se crispa de dolor y de pena.

—Lo sé. Lo siento.

—Él era como tú.

—¿Ah, sí?

—Sí.

—Entiendo.

Bueno, eso explica por qué me buscaba.

—¿Por qué no me llamaste?

Me siento a su lado.

Leila niega con la cabeza, y lágrimas afloran a sus ojos una vez más, pero no responde a mi pregunta.

—He llamado a un amigo. Él puede ayudarte. Es médico.

Está agotada y permanece impasible, pero las lágrimas resbalan por su rostro, y no sé qué hacer.

—Te he estado buscando —le digo.

No dice nada, pero empieza a temblar violentamente.

Mierda.

Hay una manta en el sillón. Se la echo por encima de los hombros.

—¿Tienes frío?

Asiente.

—Mucho frío.

Se arrebuja con la manta y vuelvo a entrar en la habitación de Ana para buscar su secador de pelo.

Lo enchufo en el enchufe al lado del sofá y me siento. Tomo un cojín y lo coloco en el suelo entre mis pies.

—Siéntate. Aquí.

Leila se levanta despacio, se ajusta la manta alrededor del cuerpo y se hunde en el cojín entre mis piernas, de espaldas a mí.

El zumbido agudo del secador de pelo interrumpe el silencio mientras le seco el pelo con delicadeza.

Ella permanece sentada en silencio. Sin tocarme.

Sabe que no puede. Ella sabe que lo tiene prohibido.

¿Cuántas veces le habré secado el pelo? ¿Diez? ¿Doce veces?

No recuerdo el número exacto, así que me concentro en mi tarea.

Una vez que tiene el pelo seco, me detengo. Y en el departamento de Ana vuelve a reinar el silencio. Leila apoya la cabeza en mi muslo y no se lo impido.

—¿Saben tus padres que estás aquí? —le pregunto.

Ella niega con la cabeza.

—¿Has estado en contacto con ellos?

—No —susurra.

Siempre ha mantenido una relación muy estrecha con sus padres.

—Estarán preocupados por ti.

Se encoge de hombros.

—No me hablan.

—¿A ti? ¿Por qué no?

No responde.

—Siento que no funcionara con tu marido.

Leila no dice nada. Alguien llama a la puerta.

—Debe de ser el médico.

Me levanto y voy a abrir la puerta. Entra Flynn, seguido de una mujer de uniforme.

—John, gracias por venir.

Siento alivio al verlo.

—Laura Flanagan, Christian Grey. Laura es nuestra jefa de enfermeras.

Cuando me vuelvo, veo que Leila está ahora sentada en el sofá, todavía envuelta en la manta.

—Ella es Leila Williams —digo.

Flynn se agacha junto a Leila. Ella lo mira con gesto inexpresivo.

—Hola, Leila —le dice—. Estoy aquí para ayudarte.

La enfermera permanece detrás, al fondo.

—Esa es su ropa —señalo la bolsa de basura que está junto a la puerta de entrada—. Hay que quemarla.

La enfermera asiente y recoge la bolsa de basura.

—¿Te gustaría venir conmigo a un lugar donde podamos ayudarte? —le pregunta Flynn a Leila.

Ella no dice nada, pero sus apagados ojos castaños buscan los míos.

—Creo que deberías ir con el doctor. Yo te acompañaré.

Flynn frunce el ceño pero no dice nada.

Leila me mira a mí y luego a él y asiente.

Bien.

—Yo la llevaré —le digo a Flynn, y me agacho y tomo a Leila en mis brazos.

No pesa nada. Cierra los ojos y apoya la cabeza en mi hombro mientras la bajo por las escaleras. Taylor está esperándonos.

—Señor Grey, Ana se ha ido a casa… —dice.

—Hablemos de eso más tarde. Dejé el saco arriba.

—Yo lo recogeré.

—¿Puedes cerrar? Las llaves están en mi saco.

—Sí, señor.

Fuera, en la calle, subo a Leila al coche de Flynn y me siento a su lado. Le abrocho el cinturón de seguridad mientras Flynn y su enfermera se sientan delante. Flynn arranca el coche y se incorpora al tráfico de la hora punta.

Mientras miro por la ventanilla, espero que Ana haya vuelto al Escala. La señora Jones le dará de comer y cuando llegue a casa estará allí esperándome. La idea me resulta reconfortante.

La consulta de Flynn en la clínica psiquiátrica privada a las afueras de Fremont es espartana en comparación con su consulta del centro de la ciudad: dos sofás y un sillón. Sin chimenea. Eso es todo. Me paseo por la pequeña habitación, esperándolo. Estoy ansioso por volver con Ana. Debe de haberse sentido aterrorizada. Me quedé sin batería en el teléfono, así que no he podido llamarla a ella ni a la señora Jones para ver cómo se encuentra Ana. Mi reloj dice que son casi las ocho. Miro por la ventana. Taylor está estacionado y esperando en el SUV. Sólo quiero irme a casa.

Volver con Ana.

La puerta se abre y Flynn entra.

—Creí que ya te habrías ido —dice.

—Necesito saber que Leila está bien.

—Es una joven que está enferma, pero se encuentra tranquila y se muestra dispuesta a cooperar. Quiere ayuda, y eso siempre es una buena señal. Por favor, siéntate. Necesito algunos datos por tu parte.

Me siento en la silla y él toma asiento en uno de los sofás.

—¿Qué ha pasado hoy?

Le explico lo que sucedió en el departamento de Ana antes de su llegada.

—¿Le diste un baño? —dice, sorprendido.

—Estaba muy sucia. El hedor era… —Me callo y siento un escalofrío.

—Está bien. Podemos hablar de eso en otro momento.

—Bien. ¿Le gustaría comer algo?

—No, gracias. Esperaré a Ana.

Se me queda mirando un momento.

—He hecho macarrones con queso. Los dejé en el refrigerador.

Macarrones con queso. Mi plato favorito.

—Está bien. Gracias.

—Ahora me retiraré a mi habitación.

—Buenas noches, Gail.

Me lanza una sonrisa comprensiva y se va.

Compruebo la hora: las 21:15.

Maldita sea, Ana. Ven a casa.

¿Dónde está?

Se ha ido.

No.

Descarto la idea, me siento a mi escritorio y enciendo la computadora. Tengo algunos correos electrónicos, pero, por más que lo intente, no logro concentrarme. Mi preocupación por Ana va en aumento. ¿Dónde está?

Volverá pronto.

Volverá.

Tiene que volver.

Llamo a Welch y dejo un mensaje de que hemos encontrado a Leila y que ahora está recibiendo la ayuda que necesita. Termino la llamada y me levanto, incapaz de permanecer sentado. Ha sido una noche muy intensa.

Quizá debería leer.

En mi habitación, agarro el libro que he estado leyendo y lo llevo a la sala de estar. Y espero. Y espero.

Al cabo de diez minutos, tiro el libro en el sofá, a mi lado.

Estoy inquieto, y la incertidumbre sobre el paradero de Ana se me está haciendo insoportable.

Me voy al despacho de Taylor. Está allí con Ryan.

—Señor Grey.

—¿Puedes enviar a uno de los chicos a casa de Ana? Quiero comprobar si ha vuelto a su departamento.

—Por supuesto.

—Gracias.

Vuelvo al sofá y recojo el libro de nuevo. Sigo mirando al ascensor, pero permanece en silencio.

Vacío.

Como yo.

Vacío salvo por mi inquietud creciente.

Se ha ido.

Te ha dejado.

Leila la ha asustado.

No. No puedo creer eso. Ese no es su estilo.

Soy yo. Ha tenido suficiente.

Después de haber dicho que se vendría a vivir aquí, ahora ha cambiado de opinión.

Mierda.

Me levanto y empiezo a pasearme arriba y abajo por la habitación. Suena el teléfono. Es Taylor. No es Ana. Me trago mi decepción y respondo la llamada.

—Taylor.

—El departamento está vacío, señor. Aquí no hay nadie.

Se oye un chasquido metálico. El ascensor. Me vuelvo y Ana entra caminando con paso tambaleante en el salón.

—Ya está aquí —le suelto a Taylor y cuelgo el teléfono. Siento alivio. Ira. Dolor. Todo combinado en una mezcla de emociones que amenazan con superarme—. ¿Dónde carajos estabas? —le gruño. Ella pestañea y da un paso hacia atrás. Parece acalorada—. ¿Has estado bebiendo? —pregunto.

—Un poco.

—Te dije que volvieras aquí. Son las diez y cuarto. Estaba preocupado por ti.

—Fui a tomar una copa, o tres, con Ethan, mientras tú atendías a tu ex. —Escupe las últimas palabras como si fueran veneno.

Mierda. Está enfadada.

—No sabía cuánto tiempo ibas a estar… con ella —continúa. Levanta la barbilla con una expresión de genuina indignación.

¿Qué?

—¿Por qué lo dices en ese tono? —pregunto, confuso por su respuesta.

¿Acaso pensaba que quería estar con Leila?

Ana baja la cabeza y fija la mirada en el suelo, evitando mirarme a los ojos.

No ha llegado a entrar del todo en el salón.

¿Qué ocurre?

Mi ira se atenúa a medida que la ansiedad empieza a apoderarse de mi pecho.

—Ana, ¿qué pasa?

—¿Dónde está Leila?

Mira alrededor del salón, con expresión fría.

—En un hospital psiquiátrico de Fremont —¿dónde carajos espera que esté Leila? —. Ana, ¿qué pasa? —doy un par de pasos cautelosos hacia ella, pero no se mueve, sino que sigue distante y ausente—. ¿Cuál es el problema? —insisto.

Niega con la cabeza.

—Yo no soy buena para ti —dice.

Siento picazón en el cuero cabelludo, irritado por el miedo.

—¿Qué? ¿Por qué piensas eso? ¿Cómo puedes pensar eso?

—Yo no puedo ser todo lo que tú necesitas.

—Tú eres todo lo que necesito.

—Sólo verte con ella…

Dios…

—¿Por qué me haces esto? Esto no tiene que ver contigo, Ana, sino con ella. Ahora mismo es una chica muy enferma.

—Pero yo lo sentí… lo que tenían juntos.

—¿Qué? No.

Intento tocarla y ella retrocede, alejándose de mí, con esa mirada fría fija sobre mí, analizándome, y no creo que le guste lo que ve…

—¿Vas a marcharte?

Siento cómo mi ansiedad va en aumento, cómo me atenaza la garganta.

Ella aparta la mirada y arruga la frente, pero no dice nada.

—No puedes hacerlo —susurro.

—Christian… yo…—se calla y creo que está tratando de encontrar las palabras para decirme adiós. Se marcha. Sabía que ocurriría, pero ¿tan pronto?

—¡No, no!

Vuelvo a estar al borde del abismo.

No puedo respirar.

Ya está aquí, lo que había predicho desde el principio.

—Yo… —murmura Ana.

¿Cómo la detengo? Miro a mi alrededor en el salón, buscando ayuda. ¿Qué puedo hacer?

—No puedes irte, Ana. ¡Yo te quiero! —Es mi clamor desesperado para salvar este trato, para salvar lo nuestro.

—Yo también te quiero, Christian, es sólo que…

El torbellino me arrastra consigo.

Ya se ha hartado.

La he alejado de mí.

Otra vez.

Siento que me mareo. Me llevo las manos a la cabeza, tratando de contener el dolor que me traspasa. Mi desesperación cava un agujero en mi pecho que se hace cada vez más y más grande. Va a hacer que me derrumbe.

—¡No, no!

Encuentra el lugar que te hace feliz.

El lugar que me hace feliz.

¿Cuándo ha sido más fácil?

Más fácil sobrellevar mi dolor por fuera.

Elena está de pie frente a mí. Sujeta una vara fina en las manos. Me arden las marcas de mi espalda, cada una de ellas palpita de dolor mientras el pulso de la sangre me recorre todo el cuerpo.

Estoy de rodillas. A sus pies.

—*Más, Ama.*

Acalla al monstruo.

Más, Ama.

Más.

Encuentra el lugar que te hace feliz, Grey.

Haz tu paz.

Paz. Sí.

No.

Una ola gigante me sube por el cuerpo, estrellándose y rompiéndose dentro de mí, pero, a medida que retrocede, absorbe el miedo y lo hace desaparecer.

Puedes hacerlo.

Caigo de rodillas.

Respiro hondo y coloco las manos sobre mis muslos.

Sí. Paz.

Estoy en un paisaje de calma.

Me entrego a ti. Todo yo. Soy tuyo para que hagas conmigo lo que quieras.

¿Qué va a hacer?

Miro hacia delante, y soy consciente de que me está mirando. Oigo su voz a lo lejos.

—Christian, ¿qué estás haciendo?

Inhalo despacio, llenándome los pulmones. El otoño impregna el aire. Ana.

—¡Christian! ¿Qué estás haciendo?

La voz está más cerca, es más aguda, más estridente.

—¡Christian, mírame!

Levanto la vista y espero.

Es hermosa. Está pálida. Preocupada.

—Christian, por favor, no hagas esto. Esto no es lo que quiero.

Tienes que decirme lo que quieres. Espero.

—¿Por qué haces esto? Háblame —suplica.

—¿Qué te gustaría que dijera?

Emite un grito ahogado. Es un sonido grave y evoca recuerdos de momentos más felices con ella. Los ahuyento. Sólo existe el ahora. Tiene las mejillas húmedas. Lágrimas. Se retuerce las manos.

Y de repente se arrodilla en el suelo, frente a mí.

Me mira a los ojos y los círculos externos de sus iris se tiñen de añil. Se aclaran en el centro hasta adquirir el color de un cielo despejado de verano, pero sus pupilas se están dilatando con un negro profundo que oscurece el centro.

—Christian, no tienes por qué hacer esto. Yo no voy a dejarte. Te lo he dicho y te lo he repetido cientos de veces. No te dejaré. Todo esto que ha pasado… es abrumador. Lo único que necesito es tiempo para pensar… tiempo para mí. ¿Por qué siempre supones lo peor?

Porque sucede lo peor.

Siempre sucede lo peor.

—Iba a sugerir que esta noche volvería a mi departamento. Nunca me dejas tiempo… tiempo para pensar las cosas.

Quiere estar sola.

Lejos de mí.

—Simplemente tiempo para pensar —continúa—. Nosotros apenas nos conocemos, y toda esa carga que tú llevas encima… yo necesito… necesito tiempo para analizarla. Y ahora que Leila está… bueno, lo que sea que esté… que ya no anda por ahí y ya no es un peligro… pensé… pensé…

¿Qué pensaste, Ana?

—Verte con Leila… —cierra los ojos como si sintiera dolor—. Me ha impactado terriblemente. Por un momento he atisbado cómo había sido tu vida… y… —bajo la vista hacia mis dedos entrelazados —aparta la mirada de la mía y la baja hasta las rodillas—. Todo esto es porque siento que yo no soy suficiente para ti. He comprendido cómo era tu vida, y tengo mucho miedo de que termines aburriéndote de mí y entonces me dejes… y yo acabe siendo como Leila… una sombra. Porque yo te quiero, Christian, y si me dejas será como si el mundo perdiera la luz. Y me quedaré a oscuras. Yo no quiero dejarte. Pero tengo tanto miedo de que tú me dejes…

A ella también la asusta la oscuridad.

No va a huir.

Me quiere.

—No entiendo por qué te parezco atractiva —murmura Ana—. Tú eres… bueno, tú eres tú… y yo soy… —me mira, afligida—. Simplemente no lo entiendo. Tú eres hermoso y sexy y triunfador y bueno y amable y cariñoso… todas esas cosas… y yo no. Y yo no puedo hacer las cosas que a ti te gusta hacer. Yo no puedo darte lo que necesitas. ¿Cómo puedes ser feliz conmigo?

¿Cómo voy a retenerte? Nunca he entendido qué ves en mí. Y verte con ella no ha hecho más que confirmarlo.

Levanta la mano y se seca la nariz con el dorso de la mano, hinchada y enrojecida por las lágrimas.

—¿Vas a quedarte aquí arrodillado toda la noche? Porque yo haré lo mismo.

Está enfadada conmigo.

Siempre está enfadada conmigo.

—Christian, por favor, por favor… háblame.

Sus labios estarían suaves. Siempre están suaves después de haber estado llorando. El pelo le enmarca la cara y mi corazón se expande.

¿Podría amarla más?

Tiene todas las cualidades que dice no tener. Pero lo que más amo es su compasión.

Su compasión por mí.

Ana.

—Por favor —dice.

—Estaba tan asustado… —murmuro. Y sigo asustado—. Cuando vi llegar a Ethan, supe que otra persona te había dejado entrar en tu departamento. Taylor y yo bajamos del coche de un salto. Sabíamos que se trataba de ella, y verla allí de ese modo, contigo… y armada. Creo que me sentí morir. Ana, alguien te estaba amenazando… era la confirmación de mis peores miedos. Estaba tan enfurecido con ella, contigo, con Taylor, conmigo mismo… —me atormentan las imágenes de Leila y su arma—. No podía saber lo desequilibrada que estaba. No sabía qué hacer. No sabía cómo reaccionaría —me callo, recordando la rendición de Leila—. Y entonces me dio una pista: parecía muy arrepentida. Y así supe qué tenía que hacer.

—Sigue —insiste Ana.

—Verla en ese estado, saber que yo podía tener algo que ver con su crisis nerviosa…

Vuelve a aflorar un recuerdo de hace años, inesperado: Leila haciendo una mueca burlona mientras deliberadamente me daba la espalda, consciente de las consecuencias de ese gesto.

—Leila fue siempre tan traviesa y vivaz… Podría haberte hecho daño. Y habría sido culpa mía.

Si algo le llegara a pasar a Ana…

—Pero no fue así —dice Ana—, y tú no eras responsable de que Leila estuviera en ese estado, Christian.

—Yo sólo quería que te fueras. Quería alejarte del peligro y… tú… no… te ibas —vuelvo a sentir la misma exasperación de antes y fulmino a Ana con la mirada—. Anastasia Steele, eres la mujer más necia que conozco.

Cierro los ojos y niego con la cabeza. ¿Qué voy a hacer con ella?

Si se queda.

Aún sigue arrodillada delante de mí cuando abro los ojos.

—¿No pensabas dejarme? —pregunto.

—¡No!

Ahora parece exasperada.

No va a dejarme. Respiro profundo.

—Pensé… —me callo—. Éste soy yo, Ana. Todo lo que soy… y soy todo tuyo. ¿Qué tengo que hacer para que te des cuenta de eso? Para hacerte ver que quiero que seas mía de la forma que tenga que ser. Que te quiero.

—Yo también te quiero, Christian, y verte así es… —se interrumpe mientras ahoga las lágrimas—. Pensé que te había destrozado.

—¿Destrozado? ¿A mí? Oh, no, Ana. Todo lo contrario.

Sólo contigo estoy completo.

Me acerco y le tomo la mano.

—Tú eres mi tabla de salvación —susurro.

Te necesito.

Le beso cada uno de los nudillos antes de apoyar la palma de su mano contra la mía.

¿Cómo puedo hacerle entender cuánto significa para mí?

Dejando que me toque.

Tócame, Ana.

Sí. Y, sin pensarlo dos veces, tomo su mano y la coloco sobre mi pecho, sobre mi corazón.

Soy tuyo, Ana.

La oscuridad se expande dentro de mi caja torácica y mi respiración se acelera. Pero controlo mi miedo. La necesito más a ella. Suelto mi mano, dejo la suya en el mismo sitio y me concentro en su preciosa cara. Su compasión está allí, reflejada en sus ojos.

La veo.

Flexiona los dedos de modo que siento por un instante sus uñas a través de mi camisa. Luego aparta la mano.

—No —mi respuesta es instintiva, y presiono su mano contra mi pecho—. No.

Parece desconcertada, pero entonces se acerca de forma que nuestras rodillas se tocan. Levanta la mano.

Mierda. Va a desnudarme.

Me inunda el terror. No puedo respirar. Con una mano desabrocha torpemente el primer botón. Flexiona los dedos que tiene atrapados debajo de mi mano y la suelto. Con ambas manos, desabrocha el resto de los botones, y, cuando me abre la camisa, lanzo un grito ahogado y recobro la respiración, que se acelera.

Detiene la mano a escasos centímetros de mi pecho. Quiere tocarme. Piel contra piel. Carne contra carne. Hurgando en lo más profundo de mí mismo y confiando en años de control, me preparo para que me toque.

Ana duda.

—Sí —musito, animándola, al tiempo que ladeo la cabeza.

Las yemas de sus dedos son ligeras como plumas sobre mi esternón, y rozan el vello en mi pecho. Siento el sabor del miedo en la garganta, que me deja un nudo que no puedo tragar. Ana aparta la mano, pero yo se la agarro, presionándola contra mi piel.

—No, lo necesito —digo en voz baja y forzada por la tensión.

Debo hacer esto.

Lo estoy haciendo por ella.

Aprieta la palma de la mano hacia mí y luego traza una línea con las yemas de los dedos hacia mi corazón. Sus dedos son suaves y cálidos, pero me están quemando la piel. Marcándome. Soy suyo. Quiero darle mi amor y mi confianza.

Soy tuyo, Ana.

Lo que quieras.

Soy consciente de que estoy jadeando, insuflando el aire a mis pulmones.

Ana se mueve y sus ojos se ensombrecen. Recorre los dedos sobre mí otra vez y luego coloca las manos sobre mis rodillas y se inclina hacia delante.

Mierda. Cierro los ojos. Esto va a ser difícil de soportar. Inclino mi cabeza hacia arriba. Esperando. Y siento cómo sus labios, con una ternura infinita, depositan un beso sobre mi corazón.

Gimo.

Es insoportable. Es un infierno. Pero es Ana, aquí mismo, amándome.

—Otra vez —murmuro.

Se inclina y me besa por encima del corazón. Sé lo que está haciendo. Sé dónde me está besando. Lo hace de nuevo, y luego otra vez. Sus labios aterrizan suave y delicadamente en cada una de mis cicatrices. Sé dónde están. Sé dónde han estado desde el día en que me las grabaron a fuego en el cuerpo. Y aquí está ella, haciendo lo que nadie ha hecho antes. Besándome. Aceptándome. Aceptando este lado oscuro, tan oscuro, de mí.

Está matando a mis demonios.

Mi chica valiente.

Mi chica valiente y hermosa.

Tengo la cara mojada. Se me nubla la vista. Pero me abro camino hacia ella a tientas y la estrecho entre mis brazos, enterrando las manos en su pelo. Vuelvo su rostro hacia arriba, hacia el mío, y reclamo sus labios. Sintiéndola. Consumiéndola. Necesitándola.

—Oh, Ana —murmuro con adoración mientras venero su boca.

La tumbo en el suelo y me toma la cara entre sus manos y no sé si la humedad se debe a sus lágrimas o a las mías.

—Christian, por favor, no llores. He sido sincera cuando te he dicho que nunca te dejaré. De verdad. Si te he dado una impresión equivocada, lo siento… por favor, por favor, perdóname. Te quiero. Siempre te querré.

La miro, tratando de aceptar lo que acaba de decir.

Dice que me ama, que siempre me amará.

Pero ella no me conoce.

No conoce al monstruo.

El monstruo no es digno de su amor.

—¿De qué se trata? —dice—. ¿Cuál es ese secreto que te hace pensar que saldré corriendo para no volver? ¿Por qué estás tan convencido de que te dejaré? Dímelo, Christian, por favor...

Tiene derecho a saberlo. Mientras estemos juntos, eso siempre será un obstáculo entre nosotros. Merece saber la verdad. A mi pesar, tengo que decírselo.

Me incorporo y cruzo las piernas, y ella también se incorpora, mirándome. Sus ojos, redondos, expresan temor, reflejando exactamente mis propios sentimientos.

—Ana...

Hago una pausa y respiro profundo.

Díselo, Grey.

Sácalo. Entonces lo sabrás.

—Soy un sádico, Ana. Me gusta azotar a jovencitas frágiles como tú porque todas se parecen a la puta adicta al crack... mi madre biológica. Estoy seguro de que puedes imaginar por qué.

Las palabras me salen todas de golpe, como si hubiesen estado listas y aguardando desde hace días.

Permanece impasible. Inmóvil. Callada.

Por favor, Ana.

Al final, decide hablar, y lo hace con una voz frágil y susurrante.

—Tú dijiste que no eras un sádico.

—No, yo dije que era un Amo. Si te mentí fue por omisión. Lo siento —no puedo mirarla. Estoy avergonzado. Bajo la vista hacia mis manos. Como hace ella. Sigue callada, de modo que me veo obligado a mirarla—. Cuando me hiciste esa pregunta, yo tenía en mente que la relación entre ambos sería muy distinta —añado.

Es la verdad.

Ana abre los ojos y se tapa de pronto la cara con las manos. No puede soportar mirarme.

411

—Así que es verdad —susurra, y, cuando aparta las manos, su rostro es de alabastro—. Yo no puedo darte lo que necesitas.

¿Qué?

—No, no, no, Ana. Sí que puedes. Tú me das lo que yo necesito. Créeme, por favor.

—Ya no sé qué creer, Christian. Todo esto es demasiado complicado.

Tiene la voz embargada por la emoción.

—Ana, créeme. Cuando te castigué y después me abandonaste, mi forma de ver el mundo cambió. Cuando dije que haría lo que fuera para no volver a sentirme así jamás, no hablaba en broma. Cuando dijiste que me amabas, fue como una revelación. Nadie me había dicho eso antes, y fue como si hubiera enterrado parte de mi pasado… o como si tú lo hubieras hecho por mí, no lo sé. Es algo que el doctor Flynn y yo seguimos analizando a fondo.

—¿Qué intentas decirme?

—Lo que quiero decir es que ya no necesito nada de todo eso. Ahora no.

—¿Cómo lo sabes? ¿Cómo puedes estar tan seguro?

—Simplemente lo sé. La idea de hacerte daño… de cualquier manera… me resulta abominable.

—No lo entiendo. ¿Qué pasa con las reglas y los azotes y todo eso del sexo pervertido?

—Estoy hablando del rollo más duro, Anastasia. Deberías ver lo que soy capaz de hacer con una vara o un látigo.

—Prefiero no verlo.

—Lo sé. Si a ti se te antojara hacer eso, entonces está bien… pero tú no quieres, y lo entiendo. Yo no puedo practicar todo eso si tú no quieres. Ya te lo dije una vez, tú tienes todo el poder. Y ahora, desde que has vuelto, no siento esa compulsión en absoluto.

—Pero cuando nos conocimos sí querías eso, ¿verdad?

—Sí, sin duda.

—¿Cómo puede ser que la compulsión desaparezca así sin más, Christian? ¿Como si yo fuera una especie de panacea y tú

ya estuvieras... no se me ocurre una palabra mejor... curado?
No lo entiendo.

—Yo no diría «curado»... ¿No me crees?

—Simplemente me parece... increíble. Que es distinto.

—Si no me hubieras dejado, probablemente no me sentiría
así. Abandonarme fue lo mejor que has hecho nunca... por nosotros. Eso hizo que me diera cuenta de cuánto te quiero, sólo a
ti, y soy sincero cuando digo que quiero que seas mía de la forma
en que pueda tenerte.

Me mira fijamente. ¿Impasible? ¿Confusa? No lo sé.

—Aún sigues aquí. Creía que a estas alturas ya habrías salido
huyendo.

—¿Por qué? ¿Porque podía pensar que eres un psicópata que
azotas y te coges a mujeres que se parecen a tu madre? ¿Eso es lo
que pensabas? —me espeta.

Mierda.

Ana ha sacado las uñas y me las está hincando.

Pero me lo merezco.

—Bueno, yo no lo habría dicho de ese modo, pero sí.

¿Está enfadada tal vez? ¿Herida, posiblemente? Conoce mi secreto. Mi secreto muy, muy oscuro. Y ahora aguardo su veredicto.

Ámame.

O déjame.

Cierra los ojos.

—Christian, estoy exhausta. ¿Podemos hablar de esto mañana? Quiero irme a la cama.

—¿No te vas? —no lo puedo creer.

—¿Quieres que me vaya?

—¡No! Creí que me dejarías en cuanto lo supieras.

Su expresión se dulcifica, pero aún parece confundida.

Por favor, no te vayas, Ana.

La vida sería insoportable si te vas.

—No me dejes —susurro.

—¡Oh, por el amor de Dios, no! —grita, sobresaltándome—.
¡No pienso hacerlo!

—¿De verdad?

Increíble. Me deja atónito, incluso ahora.

—¿Qué puedo hacer para que entiendas que no voy a salir corriendo? ¿Qué puedo decir?

Está exasperada.

Y para mi sorpresa, se me ocurre una idea. Una idea tan salvaje y tan alejada de mi zona de confort que me pregunto de dónde habrá salido. Trago saliva.

—Puedes hacer una cosa.

—¿Qué? —exclama.

—Cásate conmigo.

Me mira boquiabierta, sin salir de su asombro.

¿Matrimonio, Grey? ¿Es que has perdido el juicio?

¿Por qué querría ella casarse contigo?

Está aturdida pero entonces separa los labios y se ríe. Se muerde el labio, creo que trata de no reírse. Pero no lo consigue. Se desploma en el suelo y sus risas se convierten en carcajadas que retumban por mi sala de estar.

Esta no es la reacción que esperaba.

Su risa se vuelve histérica. Se tapa la cara con la mano; tal vez esté llorando.

No sé qué hacer.

La aparto el brazo de la cara con delicadeza y le seco las lágrimas con la parte posterior de mis nudillos. Intento decir algo ligero.

—¿Mi proposición le hace gracia, señorita Steele?

Gimotea y, alargando el brazo, me acaricia la mejilla.

Una vez más, no es lo que esperaba.

—Señor Grey… —murmura—. Christian. Tu sentido de la oportunidad es sin duda…

Se calla, escrutando mis ojos como si fuera un loco insensato. Y tal vez lo sea, pero necesito saber cuál es su respuesta.

—Eso me ha dolido en el alma, Ana. ¿Te casarás conmigo?

Se sienta poco a poco y apoya las manos en mis rodillas.

—Christian, me he encontrado a la loca de tu ex con una pistola, me han echado de mi propio departamento, me ha caído encima la bomba Cincuenta…

¿Cincuenta?

Abro la boca para defenderme, pero levanta una mano para disuadirme, así que me callo.

—Acabas de revelarme una información sobre ti mismo que, francamente, resulta bastante impactante, y ahora me pides que me case contigo.

—Sí, creo que es un resumen bastante adecuado de la situación.

—¿Y qué pasó con lo de aplazar la gratificación? —pregunta, confundiéndome más aún.

—Lo he superado, ahora soy un firme defensor de la gratificación inmediata. *Carpe diem*, Ana.

—Mira, Christian, hace muy poco que te conozco, necesito saber mucho más de ti. He bebido demasiado, estoy hambrienta y cansada y quiero irme a la cama. Tengo que considerar tu proposición, del mismo modo que consideré el contrato que me ofreciste. Además —hace una pausa y se muerde los labios—, no ha sido la propuesta más romántica del mundo.

Siento nacer un atisbo de esperanza en el pecho.

—Buena puntualización, como siempre, señorita Steele. Entonces, ¿esto es un no?

Suspira.

—No, señor Grey, no es un no, pero tampoco es un sí. Haces esto únicamente porque estás asustado y no confías en mí.

—No, hago esto porque finalmente he conocido a alguien con quien quiero pasar el resto de mi vida. Nunca creí que esto pudiera sucederme a mí.

Y esa es la verdad, Ana.

Te quiero.

—¿Puedo pensarlo… por favor? ¿Y pensar en todas las cosas que han pasado hoy? ¿En lo que acabas de decirme? Tú me pediste paciencia y fe. Bien, pues yo te pido lo mismo, Grey. Ahora las necesito yo.

Fe y paciencia.

Me inclino hacia delante y le aliso un mechón de pelo para recogérselo detrás de la oreja. Esperaría una eternidad a que me diera su respuesta, si eso significase que no me dejará.

—Eso puedo soportarlo.

Me inclino de nuevo hacia delante y la beso fugazmente en los labios.

No se aparta.

Y experimento una breve sensación de alivio.

—Así que no he sido muy romántico, ¿eh?

Niega con la cabeza, con expresión solemne.

—¿Flores y corazones? —pregunto.

Asiente y yo le sonrío.

—¿Tienes hambre?

—Sí.

—No has comido.

—No, no he comido —dice sin resentimiento, y vuelve a sentarse sobre los talones—. Que me echaran de mi departamento, después de ver a mi novio interactuando íntimamente con una de sus antiguas sumisas, me quitó el apetito.

Coloca las manos sobre las caderas.

Me levanto, asombrado aún de que Ana esté aquí. Le ofrezco la mano.

—Deja que te prepare algo de comer.

—¿No puedo irme a la cama sin más?

Me toma la mano y la ayudo a levantarse.

—No, tienes que comer. Vamos.

La llevo a un taburete y, una vez sentada, voy hacia el refrigerador.

—Christian, la verdad es que no tengo hambre.

No le hago caso mientras examino el contenido del refri.

—¿Queso? —le ofrezco.

—A esta hora, no.

—¿Galletas saladas?

—No —dice.

—¿No te gustan las galletas saladas?

—A las once y media de la noche no, Christian. Me voy a la cama. Tú si quieres puedes pasar el resto de la noche buscando en el refrigerador. Yo estoy cansada, he tenido un día de lo más intenso. Un día que me gustaría olvidar.

Se baja del taburete justo cuando encuentro el plato que la señora Jones ha dejado preparado.

—¿Macarrones con queso? —digo, levantando el plato.

Ana me mira de reojo.

—¿A ti te gustan los macarrones con queso? —pregunta.

¿Gustarme? Me encantan los macarrones con queso.

—¿Quieres? —intento tentarla.

Su sonrisa lo dice todo.

Meto el bol en el microondas y aprieto el botón para calentarlo.

—Así que sabes utilizar el microondas… —bromea Ana.

Vuelve a sentarse en el taburete.

—Con la comida envasada me defiendo. Con lo que tengo problemas es con la comida de verdad.

Coloco dos manteles individuales, platos y cubiertos.

—Es muy tarde —dice Ana.

—No vayas a trabajar mañana.

—Tengo que ir a trabajar mañana. Mi jefe se marcha a Nueva York.

—¿Quieres ir a Nueva York este fin de semana?

—He consultado la predicción del tiempo y parece que va a llover —dice.

—Ah. Entonces, ¿qué quieres hacer?

Suena el timbre del microondas. Nuestra cena está lista.

—Ahora mismo lo único que quiero es vivir el día a día. Todas estas emociones son… agotadoras.

Con la ayuda de un trapo, saco el recipiente humeante del microondas y lo deposito en la cubierta de la cocina. El olor es delicioso y me alegro de haber recuperado el apetito. Ana sirve una cucharada en cada plato mientras yo me siento.

Es asombroso que siga conmigo, a pesar de todo lo que le he contado. Es tan… fuerte. Nunca me decepciona. Incluso enfrente de Leila, logró mantener la calma.

Prueba la comida, igual que yo. Está exactamente como a mí me gusta.

—Siento lo de Leila —murmuro.

—¿Por qué lo sientes?

—Para ti debe de haber sido un impacto terrible encontrártela en tu departamento. Taylor lo había registrado antes personalmente. Está muy disgustado.

—Yo no culpo a Taylor.

—Yo tampoco. Ha estado buscándote.

—¿Ah, sí? ¿Por qué?

—Yo no sabía dónde estabas. Dejaste el bolso, el teléfono. Ni siquiera podía localizarte. ¿Dónde fuiste?

—Ethan y yo fuimos a un bar de la acera de enfrente. Así podría ver lo que ocurría.

—Ya.

—¿Y qué hiciste con Leila en el departamento?

—¿De verdad quieres saberlo? —pregunto.

—Sí —contesta, pero lo hace en un tono que me hace pensar que no está segura.

Dudo un instante, pero entonces me mira otra vez y tengo que ser sincero.

—Hablamos, y luego la bañé. Y la vestí con ropa tuya. Espero que no te importe. Pero es que estaba mugrienta.

Mierda. No debería habérselo dicho.

—No podía hacer otra cosa, Ana —intento explicar.

—¿Todavía sientes algo por ella?

—¡No! —cierro los ojos y una imagen de Leila, triste y demacrada, me viene a la mente—. Verla así... tan distinta, tan destrozada. La atendí como habría hecho con cualquier otra persona —ahuyento la imagen y me vuelvo hacia Ana—. Ana, mírame.

Ella tiene la mirada fija en el plato de comida, intacto.

—Ana.

—¿Qué? —murmura.

—No pienses en eso. No significa nada. Fue como cuidar de un niño, un niño herido, destrozado.

Cierra los ojos y, por un terrible momento, creo que se va a echar a llorar.

—¿Ana?

Se levanta, lleva su plato al fregadero y tira los restos de comida a la basura.

—Ana, por favor.

—¡Basta ya, Christian! ¡Basta ya de «Ana, por favor»! —grita con exasperación y empieza a llorar—. Ya he tenido bastante de toda esa mierda por hoy. Me voy a la cama. Estoy cansada física y emocionalmente. Déjame.

Sale furiosa de la cocina en dirección al dormitorio, dejándome con los macarrones con queso, que se enfrían y empiezan a solidificarse.

Mierda.

Miércoles, 15 de junio de 2011

Hundo la cabeza en las manos y me froto la cara. No puedo creer que le haya pedido a Ana que se case conmigo. Y no ha dicho que no. Pero tampoco ha dicho que sí. Tal vez nunca me diga que sí.

Por la mañana, se despertará y recuperará la sensatez.

El día había empezado tan bien… Pero desde esta tarde, desde lo de Leila, hemos vivido una hecatombe.

Bueno, al menos ya está a salvo y recibirá la ayuda que necesita.

Pero ¿a qué precio? ¿Perder a Ana?

Ahora lo sabe todo.

Sabe que soy un monstruo.

Pero sigue aquí.

Céntrate en lo positivo, Grey.

Mi apetito ha seguido el mismo camino que el de Ana, y además estoy exhausto. Ha sido una tarde emocionalmente muy intensa. Me levanto de la barra del desayuno. Durante la última media hora he sentido más cosas de lo que habría creído posible.

Esto es lo que provoca ella en ti, Grey. Te hace sentir.

Sabes que estás vivo cuando estás con ella.

No puedo perderla. Apenas acabo de encontrarla.

Desconcertado y abrumado, dejo mi plato en el fregadero y me voy a mi habitación.

Será nuestra habitación si dice que sí.

Cuando llego a la puerta del baño oigo un ruido amortiguado. Está llorando. Abro la puerta y me la encuentro en el suelo, acurrucada en posición fetal, vestida con una camiseta mía y sollozando. Verla en este estado me provoca tal desazón que es como si me hubieran dado una patada en el estómago y no pudiera respirar. Me resulta insoportable.

Me siento en el suelo.

—Eh... —musito mientras la atraigo a mi regazo—. Por favor, Ana, no llores, por favor.

Ella desliza los brazos alrededor de mi cuerpo y se aferra a mí, pero su llanto no da ninguna muestra de remitir.

Ay, nena.

Le acaricio la espalda con suavidad mientras pienso en cuánto más me afectan sus lágrimas que las de Leila.

Porque la amo.

Es una mujer valiente y fuerte. Y así es como la recompenso yo, haciéndola llorar.

—Lo siento, cariño —susurro, la abrazo y empiezo a acunarla atrás y hacia adelante mientras llora.

Le doy un beso en el pelo; por fin su llanto amaina y ella se estremece, sacudida por sollozos secos. Me pongo de pie con ella en brazos, la llevo al dormitorio y la dejo en la cama. Ana bosteza y cierra los ojos mientras yo me quito los pantalones y la camisa. Me dejo la ropa interior y me pongo una camiseta antes de apagar la luz. En la cama, la abrazo con fuerza. Al cabo de unos segundos, su respiración se vuelve más profunda y sé que se ha quedado dormida. También ella está agotada. No me atrevo a moverme por miedo a despertarla. Necesita dormir.

En la oscuridad, intento encontrarle un sentido a todo lo que ha ocurrido esta tarde. Han pasado muchas cosas. Muchas, muchísimas...

Leila está de pie ante mí. Es una niña abandonada y la peste que desprende me hace dar un paso atrás.

Esa peste. No.

Esa peste.

Él huele. Huele mal. A mugre. Hace que me vengan arcadas a la boca.

Está enfadado. Me escondo debajo de la mesa.

—Aquí estás, pequeño imbécil.

Tiene cigarrillos.

¡No! Llamo a mi mami, pero ella no me oye. Está tumbada en el suelo.

A él le sale humo de la boca.

Empieza a reírse.

Y me agarra del pelo.

Me quema. Grito.

No me gusta que queme.

Mami está en el suelo. Me quedo dormido a su lado. Está fría y la tapo con mi mantita.

Él ha vuelto. Está muy enfadado.

—Puta… loca… imbécil.

»Quítate de en medio, puto mequetrefe.

Me pega y me caigo al suelo.

Se marcha. Cierra la puerta con llave y nos quedamos solos mami y yo.

Pero luego ella ya no está. ¿Dónde está mami? ¿Dónde está mami?

Él sostiene el cigarrillo delante de mí.

No.

Da una calada.

No.

Lo aprieta contra mi piel.

No.

Duele. Huele.

No.

—¡Christian!

Abro los ojos de golpe. Hay luz. ¿Dónde estoy? En mi dormitorio.

Ana se ha levantado de la cama, me sostiene de los hombros y me zarandea.

—Te fuiste, te fuiste, deberías haberte ido —masculло sin que tenga ningún sentido.

Ella se sienta a mi lado.

—Estoy aquí —dice, y me cubre una mejilla con la palma de la mano.

—Te habías ido.

Sólo tengo pesadillas cuando no estás aquí.

—Fui a buscar algo de beber. Tenía sed.

Cierro los ojos, me froto la cara e intento separar la realidad de la ficción. No se ha ido. Baja la mirada hacia mí; la amable, amable Ana. Mi chica.

—Estás aquí. Oh, gracias a Dios.

Tiro de ella para tumbarla en la cama conmigo.

—Sólo fui a buscar algo de beber —repite mientras la rodeo con los brazos. Me acaricia el pelo y la mejilla—. Christian, por favor. Estoy aquí. No me voy a ir a ningún sitio.

—Oh, Ana.

Mi boca la reclama. Sabe a jugo de naranja: dulce y hogareña.

Mi cuerpo reacciona mientras la beso, en la oreja, en el cuello. Tiro con los dientes de su labio inferior mientras la cubro de caricias. Mi mano se mete por debajo de la camiseta que lleva puesta. Ella tiembla cuando mis dedos se cierran sobre uno de sus pechos y gime junto a mi boca en cuanto encuentran su pezón.

—Te deseo —musito.

Te necesito.

—Estoy aquí para ti. Sólo para ti, Christian.

Sus palabras encienden un fuego en mi interior. Vuelvo a besarla.

Por favor, no me dejes nunca.

Agarra mi camiseta y yo me muevo para que pueda quitármela. Arrodillado entre sus piernas, la obligo a incorporarse y le quito la suya. Levanta la mirada hacia mí, sus ojos están oscuros y llenos de anhelo y deseo. Tomo su rostro entre las manos, la beso y los dos nos hundimos en el colchón. Sus dedos se enredan en mi pelo mientras corresponde a mis labios y compite con mi fervor. Mete la lengua en mi boca, ávida por complacerme.

Oh, Ana.

De repente se echa hacia atrás y me aparta empujándome de los brazos.

—Christian… para. No puedo hacerlo.

—¿Qué? ¿Qué pasa? —susurro junto a su cuello.

—No, por favor. No puedo hacerlo, ahora no. Necesito un poco de tiempo, por favor.

—Oh, Ana, no le des tantas vueltas —murmuro mientras mi angustia regresa.

Estoy totalmente despierto. Me está rechazando. ¡No! Siento la desesperación. Le tiro del lóbulo de la oreja con los dientes, y su cuerpo se arquea bajo mis manos al tiempo que ella ahoga un gemido.

—Yo sigo siendo el mismo, Ana. Te quiero y te necesito. Tócame. Por favor.

Me detengo y froto la nariz contra la suya, sin dejar de mirarla, sosteniendo todo mi peso con los brazos mientras espero a ver cómo reacciona.

Toda nuestra relación depende de este momento.

Si no puede hacer esto…

Si no puede tocarme.

Si no puedo tenerla.

Espero.

Por favor, Ana.

Cautelosa, levanta una mano y la posa en mi torso.

El calor y el dolor suben en espirales por mi pecho mientras la oscuridad lanza sus garras hacia mí. Contengo un grito y cierro los ojos.

Puedo hacer esto.

Puedo hacer esto por ella.

Mi chica.

Ana.

Desliza la mano hacia arriba, hasta mi hombro, las puntas de sus dedos me abrasan la piel. Gruño; deseo esto tanto… pero a la vez también lo temo.

Temer que tu amante te toque. ¿Qué clase de tarado soy?

Ana me atrae hacia ella y pasa las manos por mi espalda encerrándome en un abrazo. Las palmas de sus manos sobre mi carne. Marcándome. Mi grito sofocado es mitad gemido y mitad sollozo. Hundo el rostro en su cuello, ocultándome, buscando alivio a ese dolor, pero besándola, amándola mientras sus dedos palpan las dos cicatrices de mi espalda.

Casi resulta insoportable.

La beso febrilmente, me pierdo en su lengua y en su boca mientras lucho contra mis demonios usando sólo los labios y las manos. Con ellos recorro su piel mientras sus manos se mueven por encima de la mía.

La oscuridad gira en torbellinos intentando apartar a mi amante, pero los dedos de Ana siguen sobre mí. Acariciándome. Sintiéndome. Suaves. Amorosos. Y yo planto cara al miedo y al dolor.

Mis labios dibujan un rastro que baja hasta sus pechos, se cierran sobre uno de sus pezones y empiezan a tirar de él hasta que está duro y erguido. Ella gime a la vez que su cuerpo se eleva para encontrarse con el mío, sus uñas arañan los músculos de mi espalda. Es demasiado. El miedo estalla en mi pecho y la emprende a golpes con mi corazón.

—Oh, Dios, Ana —exclamo, y bajo la mirada hacia ella.

Está jadeando, tiene los ojos brillantes y rebosantes de sensualidad.

Esto la excita.

Mierda.

No le des tantas vueltas, Grey.

Sé un hombre. Déjate llevar.

Respiro hondo para desacelerar mi corazón desbocado y entonces deslizo la mano sobre su cuerpo, hacia abajo, por su vientre, hasta su sexo. Lo cubro con la mano y mis dedos quedan humedecidos por su expectación. Los meto dentro de ella, los hago girar en círculo y ella levanta la pelvis para ir al encuentro de mi mano.

—Ana.

Su nombre es una invocación.

La suelto y me siento en la cama, y entonces sus manos caen de tal manera que ya no me está tocando. Me siento aliviado y afligido al mismo tiempo. Me quito los calzoncillos para liberar mi verga y me inclino hacia la mesita de noche para sacar un condón. Se lo doy a ella.

—¿Quieres hacerlo? Todavía puedes decir que no. Siempre puedes decir que no.

—No me des la oportunidad de pensar, Christian. Yo también te deseo.

Abre el envoltorio rompiéndolo con los dientes y, despacio, con dedos temblorosos, lo desliza sobre mi miembro.

Sentir sus dedos en mi erección es una tortura.

—Tranquila... Vas a hacer que me venga, Ana.

Me ofrece una sonrisa rápida y posesiva, y cuando ha terminado me coloco encima de su cuerpo. Pero necesito estar seguro de que ella también desea esto, así que decido rodar para hacernos girar a ambos, deprisa.

—Tú... tómame tú —susurro alzando la mirada hacia ella.

Se lame los labios y desciende sobre mí, poseyéndome centímetro a centímetro.

—Oh...

Echo la cabeza hacia atrás y cierro los ojos.

Soy tuyo, Ana.

Me agarra de las manos y empieza a moverse, arriba y abajo.

Oh, nena.

Se inclina hacia delante, me besa el mentón y recorre con los dientes toda mi mandíbula.

Voy a venirme.

Mierda.

Le pongo las manos en las caderas para hacerla parar.

Despacio, nena. Por favor, tómatelo con calma.

Sus ojos rezuman pasión y excitación.

Y yo me preparo otra vez.

—Ana, tócame... por favor.

Sus ojos se abren mucho, de puro placer, y extiende ambas

manos sobre mi pecho. Su tacto es abrasador. Con un grito, empujo para entrar en ella hasta el fondo.

—Aaah —gime, y sus uñas se abren camino a través del vello de mi pecho.

Me atormentan. Me provocan. Pero la oscuridad empuja en todos y cada uno de los puntos de contacto, decidida a desgarrarme la piel. Es tan doloroso, tan intenso, que las lágrimas me anegan los ojos, y el rostro de Ana se difumina en una visión acuosa.

Me retuerzo para girarnos y ponerla debajo de mí.

—Basta. No más, por favor.

Levanta los brazos y toma mi cara entre las manos, me seca las lágrimas y luego me atrae hacia sí para posar sus labios sobre los míos. Yo la penetro. Intento encontrar un punto de equilibrio, pero estoy perdido. Perdido por esta mujer. Siento su respiración junto a mi oído: acelerada, jadeante. Está a punto de alcanzar el orgasmo. Está muy cerca, pero se está conteniendo.

—Déjate ir, Ana —susurro.

—No.

—Sí —le suplico, y cambio un poco mi postura para colmarla mejor.

Ella gime, alto y claro, y sus piernas se tensan.

—Vamos, nena, lo necesito. Dámelo.

Los dos lo necesitamos.

Ana se deja ir, todo su cuerpo convulsiona alrededor de mi erección y ella grita mientras me envuelve con brazos y piernas, y entonces yo también encuentro mi liberación.

Tiene los dedos enredados en mi pelo mientras descanso la cabeza sobre su pecho. Sigue aquí. No se ha ido, pero no consigo quitarme de encima la sensación de que casi he vuelto a perderla.

—No me dejes nunca —musito.

Por encima de mí, siento cómo mueve la cabeza, cómo se eleva su barbilla en ese gesto tozudo tan suyo.

—Sé que me has puesto los ojos en blanco —añado, contento de que lo haya hecho.

—Me conoces bien —su voz tiene un dejo divertido.

Gracias a Dios.

—Me gustaría conocerte mejor.

—Volviendo a ti, Grey —dice, y me pregunta qué es lo que me atormenta cuando duermo.

—Lo de siempre.

Insiste en que le cuente más.

Ay, Ana, ¿de verdad quieres saberlo?

Ella sigue callada. A la espera.

Suspiro.

—Debo de tener unos tres años, y el padrote de la puta adicta al crack está muy furioso. Fuma y fuma sin parar, un cigarrillo tras otro, y no encuentra un cenicero.

¿De verdad quiere que le meta toda esta mierda en la cabeza? Las quemaduras. El olor. Los gritos.

Se tensa debajo de mí.

—Duele —murmuro—. Lo que recuerdo es el dolor. Eso es lo que me provoca las pesadillas. Eso, y el hecho de que ella no hiciera nada para detenerlo.

Ana se aferra a mí con más fuerza.

Levanto la cabeza y busco sus ojos.

—Tú no eres como ella. Ni se te ocurra siquiera pensarlo. Por favor.

Parpadea un par de veces y yo vuelvo a posar la cabeza sobre su pecho.

La puta adicta al crack era débil. «No, renacuajo, ahora no.»

Se suicidó. Y me abandonó.

—A veces, en mis sueños, ella está simplemente tumbada en el suelo. Y yo creo que está dormida. Pero no se mueve. Nunca se mueve. Y yo tengo hambre. Mucha hambre. Se oye un gran ruido y él ha vuelto, y me pega muy fuerte, mientras maldice a la puta adicta al crack. Su primera reacción siempre era usar los puños o el cinturón.

—¿Por eso no te gusta que te toquen?

Cierro los ojos y la estrecho más entre mis brazos.

—Es complicado.

Hundo la cara entre sus pechos y así me envuelvo en su aroma.

—Cuéntamelo —pide.

—Ella no me quería —es imposible que me quisiera. No me protegió. Y me abandonó. Me dejó solo—. Yo no me quería. El único roce que conocí era… violento. De ahí viene todo.

Nunca supe lo que era la caricia amorosa de una madre, Ana. Jamás.

Grace siempre respetó mis límites.

Todavía no sé por qué.

—Flynn lo explica mejor que yo.

—¿Puedo hablar con Flynn? —pregunta.

—¿Quieres profundizar más en Cincuenta Sombras? —suelto para intentar relajar el ambiente.

—E incluso más —Ana se remueve un poco—. Ahora mismo me gusta cómo profundizo en él.

Adoro su frivolidad y, si puede bromear con esto, es que hay esperanza.

—Sí, señorita Steele, a mí también me gusta.

Le doy un beso y me pierdo en las cálidas profundidades de sus ojos.

—Eres tan valiosa para mí, Ana. Decía en serio lo de casarme contigo. Así podremos conocernos. Yo puedo cuidar de ti. Tú puedes cuidar de mí. Podemos tener hijos, si quieres. Yo pondré el mundo a tus pies, Anastasia. Te quiero, en cuerpo y alma, para siempre. Por favor, piénsalo.

—Lo pensaré, Christian, lo pensaré. Pero realmente me gustaría hablar con el doctor Flynn, si no te importa.

—Por ti lo que sea, nena. Lo que sea. ¿Cuándo te gustaría verlo?

—Lo antes posible.

—De acuerdo. Mañana me ocuparé de ello —miro hacia el reloj: son las 3:44—. Es tarde. Deberíamos dormir.

Apago la luz y la atraigo hacia mí para acurrucarme tras ella. Sólo me acurruco con Ana. Le acaricio la nuca con la nariz.

—Te quiero, Ana Steele, y quiero que estés a mi lado siempre. Ahora duerme.

Me despierto en medio de un tumulto. Ana está dando saltos encima de mí y luego en el suelo, y entonces se va al baño.

¿Se marcha?

No.

Compruebo la hora.

Mierda, qué tarde es. Creo que nunca había dormido hasta tan tarde. Ella tiene que ir a trabajar. Sacudo la cabeza y llamo a Taylor por el teléfono interno.

—Buenos días, señor Grey.

—Taylor, buenos días. ¿Podrías llevar a la señorita Steele al trabajo hoy?

—Será un placer, señor.

—Llega bastante tarde.

—La esperaré frente a la puerta principal.

—Estupendo. Y luego vuelve por mí.

—Así lo haré, señor.

Me siento en la cama y veo que Ana sale corriendo del baño mientras se seca y al mismo tiempo va reuniendo toda su ropa. Casi parece un espectáculo de cabaret, sobre todo cuando se pone un par de medias negras de encaje y un sostén a juego.

Sí. Podría pasarme el día entero viendo esto.

—Estás muy guapa. ¿Sabes? Puedes llamar y decir que estás enferma —propongo.

—No, Christian. No puedo. Yo no soy un presidente megalómano con una sonrisa preciosa que puede entrar y salir a su antojo.

¿Una sonrisa preciosa? ¿Megalómano? Sonrío de oreja a oreja.

—Me gusta entrar y salir a mi antojo.

—¡Christian! —resopla, y me lanza una toalla.

Me echo a reír. Aún sigue aquí y no creo que me odie.

—Una sonrisa preciosa, ¿eh?

—Sí, y ya sabes el efecto que tiene en mí.

Se coloca la correa del reloj en la muñeca y se detiene para abrocharla.

—¿Efecto?

—Sí, lo sabes. El mismo efecto que tienes en todas las mujeres. La verdad es que es una pesadez ver cómo todas se derriten.

—¿Ah, sí?

—No se haga el inocente, señor Grey. No le queda nada.

Se recoge el pelo en una coleta tirante y se pone un par de zapatos de tacón.

Mi chica va de negro. Está sensacional.

Se inclina para despedirse de mí con un beso y no puedo resistirme. Tiro de ella y la hago caer en la cama.

Gracias por seguir aquí, Ana.

—¿Qué puedo hacer para tentarte a que te quedes? —le susurro.

—No puedes —protesta, y hace un débil esfuerzo por resistirse a mí—. Déjame ir.

Refunfuño y ella me ofrece una sonrisa. Me pasa un dedo por los labios, sonríe más, se inclina y me besa. Cierro los ojos y disfruto del tacto de sus labios sobre los míos.

La suelto. Es cierto que tiene que irse.

—Taylor te llevará. Llegarás antes si no tienes que buscar estacionamiento. Está esperando en la puerta del edificio.

—Bien. Gracias —dice—. Disfrute de su mañana de vagancia, señor Grey. Ojalá pudiera quedarme, pero al hombre que posee la empresa para la que trabajo no le gustaría que su personal faltara a su puesto sólo por disfrutar de un poco de buen sexo.

Agarra su bolso.

—Personalmente, señorita Steele, no tengo ninguna duda de que él lo aprobaría. De hecho, puede que insistiera en ello.

—¿Por qué te quedas en la cama? No es propio de ti.

Cruzo las manos detrás de la cabeza, me reclino y le dedico una amplia sonrisa.

—Porque puedo, señorita Steele.

Me sacude la cabeza con fingida exasperación.

—Hasta luego, nene.

Me envía un beso y sale corriendo por la puerta. Oigo cómo resuenan sus pasos por el pasillo y luego todo queda en silencio.

Ana estará fuera todo el día.

Y ya la echo de menos.

Saco el celular con la intención de escribirle un e-mail. Pero ¿qué voy a decirle? Anoche le conté tantas cosas... No quiero seguir espantándola con más... revelaciones.

No compliquemos las cosas, Grey.

De: Christian Grey
Fecha: 15 de junio de 2011 09:05
Para: Anastasia Steele
Asunto: Te echo de menos

Por favor, utiliza la BlackBerry.

x

Christian Grey
Presidente de Grey Enterprises Holdings, Inc.

Paseo la mirada por mi dormitorio y reflexiono sobre lo vacío que me parece sin ella. Le escribo un correo a su cuenta personal. Necesito asegurarme de que utiliza el celular, porque no quiero que nadie en SIP lea nuestros mensajes.

De: Christian Grey
Fecha: 15 de junio de 2011 09:06
Para: Anastasia Steele
Asunto: Te echo de menos

Mi cama es demasiado grande sin ti.
Por lo visto, al final tendré que ponerme a trabajar.
Incluso los presidentes megalómanos tienen cosas que hacer.

x

Christian Grey
Presidente mano sobre mano de Grey Enterprises Holdings, Inc.

Espero que eso le arranque una sonrisa. Hago clic en «Enviar», luego llamo al despacho de Flynn. Le dejo un mensaje. Si Ana quiere ver a mi psiquiatra, debería verlo. Una vez me he encargado de eso, me levanto de la cama y me dirijo al cuarto de baño. A fin de cuentas, hoy tengo una reunión con el alcalde.

Tengo un hambre canina después de los acontecimientos de la noche de ayer. No llegué a cenar. La señora Jones me ha preparado un desayuno completo: huevos, tocino, jamón, tortitas de papa, waffles y una tostada. Gail se ha empleado a fondo; está en su elemento. Mientras como, recibo una respuesta de Ana. ¡Desde la dirección de correo del trabajo!

De: Anastasia Steele
Fecha: 15 de junio de 2011 09:27
Para: Christian Grey
Asunto: Qué bien se lo montan algunos

Mi jefe está enfadado.

La culpa es tuya por tenerme despierta hasta tan tarde con tus...
tejemanejes.

Debería darte vergüenza.

Anastasia Steele
Ayudante de Jack Hyde, editor de SIP

Oh, Ana, me da más vergüenza de la que sabrás jamás.

De: Christian Grey
Fecha: 15 de junio de 2011 09:32
Para: Anastasia Steele
Asunto: ¿Tejemaqué?

Tú no tienes por qué trabajar, Anastasia.
No tienes ni idea de lo horrorizado que estoy de mis tejemanejes.
Pero me gusta tenerte despierta hasta tarde ;)
Por favor, utiliza la BlackBerry.
Ah, y cásate conmigo, por favor.

Christian Grey
Presidente de Grey Enterprises Holdings, Inc.

La señora Jones está rondando por ahí mientras yo me termino
el desayuno.

—¿Más café, señor Grey?

—Por favor.

La respuesta de Ana me llega al teléfono.

De: Anastasia Steele
Fecha: 15 de junio de 2011 09:35
Para: Christian Grey
Asunto: Ganarse la vida

Conozco tu tendencia natural a insistir, pero para ya.

Tengo que hablar con tu psiquiatra.

Hasta entonces no te daré una respuesta.

No soy contraria a vivir en pecado.

Anastasia Steele
Ayudante de Jack Hyde, editor de SIP

¡No me jodas, Ana!

De: Christian Grey
Fecha: 15 de junio de 2011 09:40
Para: Anastasia Steele
Asunto: BLACKBERRY

Anastasia: si vas a empezar a hablar del doctor Flynn, UTILIZA LA BLACKBERRY.

No es una petición.

Christian Grey
Ahora enfadado presidente de Grey Enterprises Holdings, Inc.

Suena mi celular, y es la secretaria de Flynn. Mi psiquiatra puede recibirme mañana por la tarde, a las siete. Le pido que Flynn me llame, por favor; tendré que comentarle si puedo llevar a Ana a la sesión.

—Veré si puedo meter una llamada en su agenda dentro de un rato.

—Gracias, Janet.

También quiero saber cómo se encuentra Leila esta mañana.

Envío otro correo a la dirección personal de Ana. Esta vez mi tono es algo más suave.

De: Christian Grey
Fecha: 15 de junio de 2011 09:50
Para: Anastasia Steele
Asunto: La discreción

Es lo mejor del valor.

Por favor, actúa con discreción... Tus e-mails del trabajo están monitorizados.

¿CUÁNTAS VECES TENGO QUE DECÍRTELO?

Sí. Mayúsculas chillonas, como tú dices. UTILIZA LA BLACKBERRY.

El doctor Flynn puede reunirse con nosotros mañana por la tarde.

x

Christian Grey
Todavía enfadado presidente de Grey Enterprises Holdings, Inc.

Espero que eso la satisfaga.

—¿Serán dos para cenar? —pregunta Gail.

—Sí, señora Jones. Gracias.

Le doy un último sorbo al café y dejo la taza. Me gusta bromear con Ana mientras desayuno. Si se casa conmigo, podría estar aquí todas las mañanas.

Matrimonio. Una esposa.

Grey, ¿en qué estabas pensando?

¿Qué cambios me veré obligado a hacer si accede a casarse conmigo? Me levanto y voy despacio hacia el cuarto de baño, pero me detengo en las escaleras que suben al piso de arriba. Siguiendo un impulso, subo los escalones hacia el cuarto de juegos. Abro la puerta cerrada con llave y entro.

Mi último recuerdo de esta sala no es bueno.

En fin. «Eres un maldito hijo de puta.»

Las palabras de Ana me persiguen. Una visión de su cara angustiada y arrasada en lágrimas me viene a la mente. Cierro los ojos. De repente siento vacío y dolor, tengo un remordimiento tan profundo que atraviesa todo mi ser. No quiero volver a verla tan desgraciada nunca más. Anoche estuvo sollozando; lloró al sacar lo que oprimía su corazón, pero en esta ocasión dejó que le ofreciera consuelo. Eso es una diferencia enorme con respecto a la última vez.

¿Verdad?

Paseo la mirada por el cuarto. ¿Qué acabará siendo de él?, me pregunto.

Aquí dentro he vivido experiencias increíbles…

Ana en la cruz. Ana esposada a la cama. Ana de rodillas.

«A mí me gusta tu perversión sexual.»

Suspiro y mi teléfono emite un tono. Es un mensaje de texto de Taylor. Está fuera, esperándome. Echo una última mirada a lo que una vez fue mi refugio y cierro la puerta.

La mañana transcurre sin incidentes, pero en Grey Enterprises Holdings se respira cierta emoción. No es habitual que yo reciba a delegaciones en la empresa, así que la visita del alcalde tiene a todo el edificio alborotado. Consigo encargarme de unas cuantas reuniones de primera hora y todo parece estar en orden.

A las 11:30, cuando vuelvo a mi despacho, Andrea me pasa una llamada de Flynn.

—John, gracias por llamarme.

—He supuesto que querías hablar de Leila Williams, pero me he dado cuenta de que te tengo en la agenda y que voy a verte mañana por la tarde.

—Le he pedido a Ana que se case conmigo.

John no dice nada.

—¿Estás sorprendido? —pregunto.

—Con sinceridad, no.

Eso no es lo que esperaba que me dijera, pero lo dejo estar.

—Christian, eres impulsivo —sigue diciendo—. Y estás enamorado. ¿Qué te ha contestado ella?

—Que quiere hablar contigo.

—No es paciente mía, Christian.

—Pero yo sí, y te pido que la recibas.

Se queda callado un momento.

—Está bien —dice al cabo.

—Por favor, cuéntale todo lo que quiera saber.

—Si eso es lo que deseas.

—Sí, lo es. ¿Cómo se encuentra Leila?

—Ha pasado buena noche y esta mañana ha estado muy comunicativa. Creo que podré ayudarla.

—Bien.

—Christian —dice, y hace una pausa—. El matrimonio es un compromiso serio.

—Lo sé.

—¿Estás seguro de que eso es lo que quieres?

Ahora soy yo quien hace la pausa. Pasar el resto de mi vida con Ana…

—Sí.

—No todos son arcoíris y unicornios —me advierte John—. Es un trabajo duro.

¿Arcoíris? ¿Unicornios? ¡De qué demonios habla!

—Nunca me he acobardado ante el trabajo duro, John.

Se echa a reír.

—Eso es cierto. Los veré a los dos mañana.

—Gracias.

Mi teléfono vuelve a emitir un tono, y es otro mensaje de texto de Elena.

ELENA

¿Podemos cenar?

Ahora mismo no, Elena. En estos momentos no puedo enfrentarme a ella y punto. Borro el mensaje. Ya ha pasado el mediodía y me doy cuenta de que no he tenido más noticias de Ana. Le escribo un correo rápido.

De: Christian Grey
Fecha: 15 de junio de 2011 12:15
Para: Anastasia Steele
Asunto: Nerviosismo

No he sabido nada de ti.

Por favor, dime que estás bien.

Ya sabes cómo me preocupo.

¡Enviaré a Taylor a comprobarlo!

x

Christian Grey
Muy ansioso presidente de Grey Enterprises Holdings, Inc.

Mi siguiente reunión es el almuerzo con el alcalde y su delegación. Quieren que los acompañe a una visita guiada por el edificio, y mi responsable de relaciones públicas está loco de alegría.

Sam está empeñado en conseguir que la empresa destaque, aunque a veces pienso que lo único que quiere es conseguir destacar él.

Andrea llama a la puerta y abre.

—Sam está aquí, señor Grey —anuncia.

—Hazlo pasar. Ah, ¿puedes actualizar los contactos de mi teléfono?

—Desde luego.

Le paso mi celular y ella se hace a un lado para dejar entrar a Sam. Él me ofrece una sonrisa altanera y empieza con un repaso de las diversas oportunidades de foto que tiene pensadas para la visita guiada. Sam es un hombre pretencioso, y una adquisición reciente de la que ya empiezo a arrepentirme.

Vuelven a llamar a la puerta y Andrea asoma la cabeza otra vez.

—Tengo a Anastasia Steele en su teléfono, pero no puedo pasársela… Estoy descargando sus contactos y no soy lo bastante valiente para detener la sincronización a la mitad.

Me levanto de un salto sin hacer el menor caso de Sam y la sigo a su escritorio. Me pasa el celular, que está conectado con un cable tan corto que tengo que inclinarme hacia la computadora de mi secretaria.

—¿Estás bien? —pregunto.

—Sí, estoy bien —contesta Ana.

Gracias a Dios.

—¿Por qué no iba a estarlo, Christian?

—Siempre contestas enseguida a mis correos. Después de lo que te dije ayer, estaba preocupado —hablo en voz baja, no quiero que ni Andrea ni la chica nueva me oigan.

—Señor Grey —Andrea sostiene su teléfono junto al cuello e intenta que le preste atención—. El alcalde y su delegación están abajo, en recepción. ¿Les digo que suban ya?

—No, Andrea. Diles que esperen.

Parece que le va a dar algo.

—Creo que ya es demasiado tarde. Están subiendo.

—No, diles que esperen.

Mierda.

—Christian, ahora estás muy ocupado. Sólo llamé para decirte que estoy bien, en serio… sólo que hoy he estado muy ocupada. Jack ha sacado el látigo. Este… quiero decir… —se calla.

Qué selección de palabras tan interesante.

—Así que el látigo, ¿eh? Bueno, hubo un tiempo en que lo habría considerado un hombre muy afortunado. No permitas que se te suba encima, nena.

—¡Christian! —me regaña.

Y yo sonrío. Me encanta escandalizarla.

—Sólo digo que lo controles, nada más. Mira, me alegro de que estés bien. ¿A qué hora te recojo?

—Te mandaré un correo.

—Desde tu BlackBerry —insisto.

—Sí, señor.

—Hasta luego, nena.

—Adiós…

Levanto la mirada y veo que el ascensor está subiendo a la planta ejecutiva. El alcalde está a punto de llegar.

—Cuelga —dice, y en su voz oigo una sonrisa.

—Ojalá no hubieras ido a trabajar esta mañana.

—Yo pienso lo mismo. Pero estoy ocupada. Cuelga.

—Cuelga tú.

Sonrío de oreja a oreja.

—Ya estamos otra vez… —suelta en ese tono suyo tan provocador.

—Te estás mordiendo el labio.

Inhala deprisa.

—¿Ves?, tú crees que no te conozco, Anastasia. Pero te conozco mejor de lo que crees.

—Christian, ya hablaremos más tarde. Ahora mismo yo también desearía sinceramente no haberme ido esta mañana.

—Esperaré su correo, señorita Steele.

—Que pase un buen día, señor Grey.

Cuelga justo cuando se abren las puertas del ascensor.

A las 15:45 vuelvo a estar en mi despacho. La visita del alcalde ha sido un éxito y todo un acierto para las relaciones públicas de Grey Enterprises Holdings. Andrea me llama por el intercomunicador.

—¿Sí?

—Tengo a Mia Grey al teléfono para usted.

—Pásamela.

—¿Christian?

—Hola.

—El sábado vamos a celebrar una fiesta por tu cumpleaños y quiero invitar a Anastasia.

—¿Qué ha pasado con aquello del «Hola, ¿cómo estás?»?

Mia suelta un bufido.

—Ahórrame una de tus charlas, hermano mayor.

—El sábado estoy ocupado.

—Cancélalo. La fiesta sigue adelante.

—¡Mia!

—Ni peros ni nada. ¿Me das el teléfono de Ana?

Suspiro y guardo silencio.

—¡Christian! —exclama al teléfono.

Mierda.

—Te lo envío en un mensaje de texto.

—Nada de escaparte. ¡Decepcionarás a mamá y a papá, a Elliot y a mí!

Suspiro otra vez.

—Lo que tú digas, Mia.

—¡Genial! Hasta entonces. Adiós.

Cuelga y yo me quedo mirando el teléfono, frustrado y medio divertido. Mi hermana es como un grano en el trasero. Odio los cumpleaños. Bueno, mi cumpleaños. Le envío el número de Ana a Mia, a desgana, sabiendo que con ello estoy desatando a la fiera en la que se convierte mi hermana pequeña cuando se cierne sobre una víctima inocente.

Retomo la lectura de un informe.

Al terminar, compruebo el correo electrónico y me encuentro con un mensaje de Ana.

De: Anastasia Steele
Fecha: 15 de junio de 2011 16:11
Para: Christian Grey
Asunto: Antediluviano

Querido señor Grey:
¿Cuándo, exactamente, pensaba decírmelo?
¿Qué debería comprarle a mi vejestorio por su cumpleaños?
¿Quizá unas pilas para el audífono?

A x

Anastasia Steele
Ayudante de Jack Hyde, editor de SIP

Mia ha cumplido su palabra. No ha perdido el tiempo. Me divierto un poco con mi respuesta.

De: Christian Grey
Fecha: 15 de junio de 2011 16:20
Para: Anastasia Steele
Asunto: Prehistórico

No te burles de los ancianos.

Me alegro de que estés vivita y coleando.

Y de que Mia te haya llamado.

Las pilas siempre van bien.

No me gusta celebrar mi cumpleaños.

x

Christian Grey
Presidente sordo como una tapia de Grey Enterprises Holdings, Inc.

De: Anastasia Steele
Fecha: 15 de junio de 2011 16:24
Para: Christian Grey
Asunto: Mmm

Querido señor Grey:
Lo imaginé haciendo pucheros mientras escribía esa última frase.
Eso ejerce un efecto sobre mí.

A xox

Anastasia Steele
Ayudante de Jack Hyde, editor de SIP

Su respuesta me hace soltar una risotada, pero ¿qué tengo que hacer para que use el celular?

De: Christian Grey
Fecha: 15 de junio de 2011 16:29
Para: Anastasia Steele
Asunto: Con los ojos en blanco

Señorita Steele:
¡¡¡UTILICE LA BLACKBERRY!!!

x

Christian Grey
Presidente de mano suelta de Grey Enterprises Holdings, Inc.

Espero su respuesta. No me decepciona.

De: Anastasia Steele
Fecha: 15 de junio de 2011 16:33
Para: Christian Grey
Asunto: Inspiración

Querido señor Grey:
Ah... No puede estar con la mano suelta mucho tiempo, ¿verdad?
Me pregunto qué diría sobre eso el doctor Flynn.
Pero ahora ya sé qué voy a regalarte por tu cumpleaños... y espero
que me haga daño...
;)

A x

Por fin usó el celular. Y quiere que le haga daño. Mi mente mete
la directa al imaginar las posibilidades que ofrece esto.

Me remuevo en mi silla mientras tecleo una respuesta.

De: Christian Grey
Fecha: 15 de junio de 2011 16:38
Para: Anastasia Steele
Asunto: Angina de pecho

Señorita Steele:
No creo que mi corazón pueda aguantar la tensión de otro correo
como éste; ni tampoco mis pantalones, por cierto.
Compórtese.

x

Christian Grey
Presidente de Grey Enterprises Holdings, Inc.

De: Anastasia Steele
Fecha: 15 de junio de 2011 16:42
Para: Christian Grey
Asunto: Pesado

Christian:
Intento trabajar para mi muy pesado jefe.

Por favor, deja de molestarme y de ser tan pesado tú también.

Tu último e-mail me ha puesto a cien.

x

P.D.: ¿Puedes recogerme a las 18:30?

De: Christian Grey
Fecha: 15 de junio de 2011 16:47
Para: Anastasia Steele
Asunto: Ahí estaré

Nada me complacería más.

En realidad, sí se me ocurren una serie de cosas que me complacerían más, y todas tienen que ver contigo.

x

Christian Grey
Presidente de Grey Enterprises Holdings, Inc.

Taylor y yo nos detenemos frente a su oficina a las 18:27. Sólo tendré que esperar unos minutos.

Me pregunto si habrá estado pensando en mi proposición de matrimonio. Desde luego, primero tiene que hablar con Flynn. Puede que él le diga que no sea tonta. Esa idea me deprime. Me pregunto si tenemos los días contados, pero ella ya conoce lo peor de mí, y sigue aquí. Me parece que hay lugar para la esperanza. Consulto mi reloj —son las 18:38— y miro fijamente a la puerta del edificio de oficinas en el que trabaja.

¿Dónde se ha metido?

De pronto está en la calle, la puerta oscila tras ella, pero Ana no viene hacia el coche.

¿Qué sucede?

Se detiene, mira a su alrededor y cae poco a poco al suelo.

Mierda.

Abro la puerta del coche y veo de reojo que Taylor está haciendo lo mismo.

Los dos corremos hacia Ana, que ha quedado sentada en la acera con aspecto de estar a punto de desmayarse. Me dejo caer junto a ella.

—¡Ana, Ana! ¿Qué sucede?

La atraigo hacia mí para ponerla en mi regazo y comprobar qué le ocurre mientras le sostengo la cabeza con las manos. Ella cierra los ojos y se derrumba sobre mí como si encontrara alivio en ese gesto.

—Ana —la agarro de las manos y la zarandeo—. ¿Qué pasa? ¿Estás enferma?

—Jack —murmura.

—¡Por Dios!

La adrenalina recorre todo mi cuerpo y deja a su paso una furia asesina. Levanto la mirada hacia Taylor. Él asiente y desaparece en el interior del edificio.

—¿Qué te hizo ese canalla?

Ana suelta una risita.

—Más bien qué le hice yo a él.

No deja de reírse. Está histérica. Voy a matar a ese tipo.

—¡Ana! —la zarandeo un poco—. ¿Te tocó?

—Sólo una vez —susurra, y deja de reír.

La ira alimenta mis músculos mientras me levanto con ella en brazos.

—¿Dónde está ese cabrón?

Desde el interior del edificio llegan hasta nosotros unos gritos ahogados. Dejo a Ana en el suelo.

—¿Puedes sostenerte en pie?

Asiente con la cabeza.

—No entres. No, Christian.

—Sube al coche.

—Christian, no.

Me agarra del brazo.

—Entra en el maldito coche, Ana.

Voy a matarlo.

—¡No! ¡Por favor! —me ruega—. Quédate. No me dejes sola.

Me paso la mano por el pelo intentando controlar la ira, aunque sin conseguirlo, mientras el griterío amortiguado del interior se intensifica. Y entonces cesa repentinamente.

Saco el celular.

—Christian, él tiene mis correos —dice Ana en un susurro.

—¿Qué?

—Los correos que te he enviado. Quería saber dónde estaban los correos que tú me has enviado a mí. Intentaba chantajearme.

Creo que va a darme un ataque al corazón.

Ese cabrón hijo de puta.

—¡Mierda! —mascullo mientras llamo a Barney.

—Diga...

—Barney. Soy Grey. Necesito que accedas al servidor central de SIP y elimines todos los correos que me ha enviado Anastasia Steele. Después accede a los archivos personales de Jack Hyde para comprobar que no están almacenados allí. Si lo están, elimínalos...

—¿Hyde? H. Y. D. E.

—Sí.

—¿Todos?

—Todos. Ahora. Cuando esté hecho, házmelo saber.

—Descuide.

Cuelgo y marco el número de Roach.

—Aquí Jerry Roach.

—Roach. Soy Grey.

—Buenas tardes…

—Hyde… lo quiero fuera. Ahora.

—Pero… —espeta Roach.

—Ya. Llama a seguridad. Haz que vacíe inmediatamente su escritorio, o lo primero que haré mañana a primera hora es liquidar esta empresa.

—¿Hay algún motivo…? —lo intenta Roach de nuevo.

—Ésos son todos los motivos que necesitas para darle la carta de despido.

—¿Ha leído su expediente confidencial?

No hago ningún caso de su pregunta.

—¿Entendido?

—Señor Grey, lo entiendo perfectamente. Nuestro director de recursos humanos siempre lo está defendiendo. Me encargaré de ello. Buenas tardes.

Cuelgo, sintiéndome hasta cierto punto más aplacado, y me vuelvo hacia Ana.

—La BlackBerry…

—Por favor, no te enojes conmigo.

—Ahora mismo estoy muy enojado contigo —le suelto—. Entra en el coche.

—Christian, por favor…

—Entra en el puto coche, Anastasia. No me obligues a tener que meterte yo personalmente.

—No hagas ninguna tontería, por favor —me dice.

—¿Tontería? —monto en cólera—. Te dije que usaras tu puta BlackBerry. A mí no me hables de hacer tonterías. Entra en el maldito coche, Anastasia… ¡Ahora!

—Está bien —levanta las manos—. Pero, por favor, ten cuidado.

Deja de gritarle, Grey.

Señalo al coche.

—Por favor, ten cuidado —vuelve a susurrarme—. No quiero que te pase nada. Me moriría.

Y ahí está. Le importo. Su afecto por mí se hace patente en sus palabras y en su expresión afable y preocupada.

Cálmate, Grey. Respiro hondo.

—Tendré cuidado —le aseguro, y la veo caminar hacia el Audi y subir a él.

En cuanto está en el coche, giro sobre mis talones y entro en el edificio a grandes zancadas.

No tengo ni idea de adónde ir, pero sigo la voz de Hyde.

Tiene un timbre irritante y lastimero.

Taylor está ante la puerta de un despacho de ejecutivo, al lado de lo que debe de ser el escritorio de Ana. Dentro, Hyde está hablando por teléfono y un guardia de seguridad se ha plantado junto a él con los brazos cruzados.

—Me importa una mierda, Jerry —protesta Hyde al teléfono—. Esa mujer es una calienta huevos.

Ya he oído suficiente.

Entro en el despacho hecho una furia.

—Pero ¿qué carajos…? —dice Hyde, sorprendido al verme.

Tiene un corte encima del ojo izquierdo y le está saliendo un moretón en la mejilla. Sospecho que Taylor le ha administrado un poco de su disciplina marca de la casa. Alargo la mano hacia la base del teléfono y aprieto el botón, con lo que pongo fin a su conversación.

—Vaya, mira a quién carajos tenemos aquí… —dice Hyde, y sonríe con desdén—. El puto niño prodigio.

—Recoge tus cosas. Fuera de aquí. Y tal vez ella no presente cargos.

—Que te jodan, Grey. Yo mismo presentaré cargos contra esa putita, por darme una patada en las pelotas en un ataque del todo injustificado… Y también acusaré a este matón que tienes a sueldo por agresión. Hola, guapo —le dice a Taylor, y le lanza un beso.

Taylor permanece estoico.

—No te lo volveré a decir —afirmo lanzándole una mirada fulminante al muy cabrón.

—Como ya he dicho, que te jodan. No puedes entrar aquí y ponerte a mangonear.

—Esta empresa es mía. Y tú sobras en mi organigrama. Sal de aquí ahora que todavía puedes caminar —mi voz es grave.

A Hyde le abandona todo el color de la cara.

Sí. Mía. Que te jodan a ti, Hyde.

—Lo sabía. Sabía que estaba pasando algo turbio. ¿Esa putita es tu espía?

—Como vuelvas a mencionar a Anastasia una vez más, como vuelvas a pensar en ella siquiera, como vuelvas a sopesar la idea de pensar en ella… Acabaré contigo.

Sus ojos se vuelven ranuras.

—¿Disfrutas cuando te da patadas en las pelotas?

Le suelto un puñetazo directo a la nariz y, al salir disparado hacia atrás, su cabeza golpea las estanterías que tiene detrás antes de desplomarse en el suelo.

—Acabas de mencionarla. Levántate. Recoge tu escritorio. Y lárgate de aquí. Estás despedido.

Le sale sangre de la nariz.

Taylor entra en el despacho con una caja de pañuelos de papel y se la deja en la mesa.

—Tú lo has visto hacerlo —gimotea Hyde hablándole al guardia de seguridad.

—He visto cómo se caía usted —contesta el guardia.

En su chapa se lee el nombre de M. Mathur. Bien dicho.

Hyde se pone de pie como buenamente puede y saca un puñado de pañuelos de papel para taponarse la hemorragia de la nariz.

—Voy a presentar cargos. Me ha atacado ella —sigue lloriqueando, pero empieza a meter cosas en la caja.

—Tres casos de acoso silenciados en Nueva York y Chicago, más las dos advertencias que ya has recibido aquí. No creo que llegues demasiado lejos.

Me mira con ojos oscuros y un odio salvaje en estado puro.

—Recoge tus cosas. Aquí ya has acabado —escupo.

Doy media vuelta y salgo de su despacho para esperar con Taylor mientras Hyde mete todas sus pertenencias en la caja. Necesito distanciarme.

Quiero matarlo.

Tarda una eternidad, pero recoge en silencio. Está enfadado. Furioso. Casi puedo oler cómo le hierve la sangre. De vez en cuando me lanza una mirada venenosa, pero yo permanezco impasible. Ver la expresión totalmente descompuesta de su cara me produce aún más satisfacción.

Cuando por fin ha terminado, levanta la caja y Mathur lo acompaña hasta la salida del edificio.

—¿Ya terminamos aquí, señor Grey? —pregunta Taylor.

—Por el momento.

—Lo encontré encogido en el suelo, señor.

—¿De verdad?

—Por lo visto, la señorita Steele sabe defenderse ella sola.

—Es una caja de sorpresas. Vámonos.

Seguimos a Hyde fuera del edificio y los dos nos dirigimos al Audi. Como Ana ya está en el asiento del copiloto, Taylor me da la llave y yo me siento al volante. Taylor ocupa la parte de atrás.

Ana está callada mientras me incorporo a la circulación.

No sé qué decirle.

Suena el teléfono del coche.

—Grey —respondo.

—Señor Grey, soy Barney.

—Barney, estoy en el manos libres y hay más gente en el coche.

—Señor, ya está todo hecho. Pero tengo que hablar con usted sobre otras cosas que he encontrado en la computadora del señor Hyde.

—Te llamaré cuando llegue. Y gracias, Barney.

—Muy bien, señor Grey.

Barney cuelga y yo me detengo en un semáforo en rojo.

—¿No vas a hablarme? —pregunta Ana.

La miro.

—No —murmuro.

Aún sigo demasiado enfadado. Le dije que iba a tener problemas. Y le dije que utilizara el celular para enviarme correos. Tenía razón en todo. Me siento legitimado.

Grey, madura, te estás portando como un niño.

Me vienen a la cabeza las palabras de Flynn. «Hace mucho que tengo el convencimiento de que jamás tuviste una auténtica adolescencia, desde un punto de vista emocional. Creo que estás experimentándola ahora.»

Me vuelvo hacia Ana con la esperanza de poder decir algo divertido, pero está mirando por la ventanilla. Esperaré a que lleguemos a casa.

Frente al Escala, le abro la puerta del coche mientras Taylor se sienta al volante.

—Vamos —digo.

Ana me da la mano.

—Christian, ¿por qué estás tan enojado conmigo? —pregunta en un susurro mientras esperamos el ascensor.

—Ya sabes por qué.

Entramos en la cabina y marco el código en el teclado.

—Dios, si te hubiera pasado algo, a estas horas él ya estaría muerto. Créeme, voy a arruinar su carrera profesional para que no pueda volver a aprovecharse de ninguna jovencita nunca más, una excusa muy miserable para un hombre de su calaña.

Si le hubiera ocurrido algo a ella… Ayer, Leila. Hoy, Hyde. Mierda.

Hunde despacio los dientes en su labio inferior mientras me mira.

—¡Dios, Ana!

La atraigo hacia mí y nos hago girar de manera que la tengo atrapada en un rincón del ascensor. Le tiro del pelo para volverle la cara hacia arriba y cubro sus labios con los míos mientras vierto todo mi miedo y mi desesperación en ese beso. Sus manos se aferran a mis bíceps, Ana corresponde a mis labios, su lengua busca la mía. Me separo de ella, ambos estamos sin aliento.

—Si te hubiera pasado algo… si él te hubiera hecho daño… —Me estremezco—. La BlackBerry. A partir de ahora. ¿Entendido?

Asiente con la cabeza y su expresión es seria. Yo enderezo la espalda y la suelto.

—Dice que le diste una patada en los huevos.

—Sí.

—Bien.

—Ray estuvo en el ejército. Me enseñó muy bien.

—Me alegro mucho de que lo hiciera. Lo tendré en cuenta.

Al salir del ascensor la tomo de la mano y juntos cruzamos el vestíbulo para ir al salón. La señora Jones está en la cocina, preparando algo. Huele muy bien.

—Tengo que llamar a Barney. No tardaré.

Me siento a mi escritorio y descuelgo el teléfono.

—Señor Grey.

—Barney, ¿qué encontraste en la computadora de Hyde?

—Bueno, señor, resulta un poco inquietante. Hay artículos y fotografías de usted, su madre y su padre, su hermano y su hermana, todas archivadas en una carpeta que se llama «Grey».

—Es muy extraño.

—Eso mismo pensé yo.

—¿Puedes enviarme lo que tiene?

—Sí, señor.

—Y que esto quede entre nosotros por el momento.

—Así será, señor Grey.

—Gracias, Barney. Y vete a casa.

—Sí, señor.

El correo de Barney llega casi de inmediato y abro la carpeta de «Grey». En efecto, hay artículos de periódicos digitales sobre mis padres y sus obras benéficas; artículos sobre mí, mi empresa, el *Charlie Tango* y el Gulfstream; también fotografías de Elliot, mis padres y yo, bajadas, supongo, de la página de Facebook de

Mia. Y, por último, dos fotos de Ana y de mí: en su graduación y en la exposición del fotógrafo.

¿Para qué carajo querría Hyde toda esta mierda? No tiene ningún sentido. Sé que le atraía Ana, eso es coherente con su *modus operandi*. Pero ¿mi familia? ¿Yo? Es como si estuviese obsesionado con nosotros. ¿De verdad todo esto es sólo por Ana? Es raro. Y, francamente, perturbador. Decido que llamaré a Welch por la mañana para comentárselo. Él podrá investigar algo más y conseguirme algunas respuestas.

Cierro el mensaje y en la bandeja de entrada me encuentro con un par de acuerdos de absorción definitivos que me ha enviado Marco. Tengo que leerlos esta noche; pero, antes, la cena.

—Buenas noches, Gail —saludo cuando regreso al salón.

—Buenas noches, señor Grey. ¿Cenarán a las diez?

Ana está sentada junto a la barra de la cocina con una copa de vino. Después de vérselas con ese cabrón, creo que se lo ha ganado. La acompañaré. Saco la botella abierta de Sancerre y me sirvo una copa.

—Me parece muy bien —le contesto a Gail, y levanto la copa hacia Ana—. Por los ex militares que entrenan bien a sus hijas.

—Salud —dice ella, pero se ve algo decaída.

—¿Qué pasa?

—No sé si todavía conservo mi trabajo.

—¿Eso es lo que quieres?

—Claro.

—Entonces sigues teniéndolo.

Me pone los ojos en blanco, y yo sonrío para dar otro sorbo de vino.

—Bueno, ¿has podido hablar con Barney? —quiere saber mientras me siento a su lado.

—Sí.

—¿Y?

—¿Y qué?

—¿Qué es lo que tenía Jack en su computadora?

—Nada importante.

La señora Jones nos sirve la cena. Pastel de pollo. Uno de mis platos preferidos.

—Gracias, Gail.

—Buen provecho, señor Grey. Ana —dice con simpatía, y se retira.

—No me lo vas a decir, ¿verdad? —insiste Ana.

—¿Decirte qué?

Suspira y hace un puchero, luego come otro bocado de su plato.

No quiero que Ana se preocupe por el contenido de la computadora de Jack.

—Me ha llamado José —dice, cambiando de tema.

—¿Ah?

—Quiere traer tus fotografías el viernes.

—Una entrega personal. ¿Por qué se encarga de eso el artista y no la galería? Qué cortés de su parte.

—Quiere salir. A tomar algo. Conmigo.

—Ya.

—Para entonces seguramente Kate y Elliot ya habrán vuelto.

Dejo el tenedor en el plato.

—¿Qué me estás pidiendo exactamente?

—No te estoy pidiendo nada. Te estoy informando de mis planes para el viernes. Mira, yo quiero ver a José, y él necesita un sitio para dormir. Puede que se quede aquí o en mi departamento, pero si lo hace yo también debería estar allí.

—Intentó propasarse contigo.

—Christian, eso fue hace varias semanas. Él estaba borracho, yo estaba borracha, tú lo solucionaste… no volverá a pasar. Él no es Jack, por el amor de Dios.

—Ethan está aquí. Él puede hacerle compañía.

—Quiere verme a mí, no a Ethan —replica Ana.

La miro con mala cara.

—Sólo es un amigo —insiste.

Ya ha sufrido el acoso de Hyde. ¿Y si Rodríguez se emborracha e intenta probar suerte con ella otra vez?

—No me hace ninguna gracia.

Ana respira hondo; intenta mantener la calma.

—Es amigo mío, Christian. No lo he visto desde la inauguración de la exposición. Y me quedé muy poco rato. Yo sé que tú no tienes amigos, aparte de esa espantosa mujer, pero yo no me quejo de que la veas.

¿Qué tiene que ver Elena con esto? Y entonces recuerdo que no le he contestado a los mensajes de texto.

—Tengo ganas de verlo —sigue diciendo Ana—. No he sido una buena amiga.

—¿Eso es lo que piensas? —pregunto.

—¿Lo que pienso de qué?

—Sobre Elena. ¿Preferirías que no la viera?

—Exacto. Preferiría que no la vieras.

—¿Por qué no lo has dicho antes?

—Porque no me corresponde a mí decirlo. Tú la consideras tu única amiga —está exasperada—. Del mismo modo que no te corresponde a ti decir si puedo o no puedo ver a José. ¿No lo entiendes?

En eso tiene razón. Si su amigo duerme aquí, no podrá intentar nada con ella. ¿Verdad?

—Puede dormir aquí, supongo. Así podré vigilarlo.

—¡Gracias! ¿Sabes?, si yo también voy a vivir aquí… —no termina la frase.

Sí. Tendrá que poder invitar a sus amigos a venir. Dios mío. Eso no lo había pensado.

—Aquí no es que falte espacio precisamente… —gesticula con una mano abarcando todo el departamento.

—¿Se está riendo de mí, señorita Steele?

—Desde luego, señor Grey.

Se levanta y recoge los platos de ambos.

—Ya lo hará Gail —comento mientras ella camina pavoneándose hacia la lavavajillas.

—Lo estoy haciendo yo.

—Tengo que trabajar un rato.

—Muy bien. Ya encontraré algo que hacer.

—Ven aquí.

Se coloca entre mis piernas y me rodea el cuello con los brazos. Yo la abrazo con fuerza.

—¿Estás bien? —susurro junto a su melena.

—¿Bien?

—¿Después de lo que ha pasado con ese cabrón? ¿Después de lo que ocurrió ayer?

Me inclino hacia atrás y estudio su expresión.

—Sí —contesta, solemne y categórica.

¿Para intentar tranquilizarme?

La estrecho más entre mis brazos. Estos dos últimos días han sido de lo más extraño. Demasiadas cosas en muy poco tiempo, quizá. Y mi antigua vida sigue interponiéndose en mi nueva vida. Todavía no ha contestado a mi proposición de matrimonio. Tal vez sea mejor no presionarla en este momento para que me dé una respuesta.

Ella también me abraza y, por primera vez desde esta mañana, me siento sereno y centrado.

—No discutamos.

Le doy un beso en el pelo.

—Hueles divinamente, como siempre, Ana.

—Tú también —musita, y me besa en el cuello.

A desgana, la suelto y me pongo de pie. Debo leer esos acuerdos.

—Terminaré en un par de horas.

Tengo los ojos cansados. Me froto la cara y me pellizco el puente de la nariz mientras miro por la ventana. Está oscureciendo, pero por fin he terminado de revisar los dos documentos. He tomado notas y se las he pasado a Marco.

Ya es hora de que vaya a buscar a Ana.

A lo mejor quiere ver un rato la tele o algo así. Yo detesto la televisión, pero me sentaría con ella a ver una película.

Esperaba encontrarla en la biblioteca, pero no está allí.

¿Habrá ido a darse un baño?

No. No está en el cuarto de baño principal ni en el del dormitorio.

Decido mirar en la habitación de las sumisas, pero de camino allí me doy cuenta de que la puerta del cuarto de juegos está abierta. Miro dentro y veo a Ana sentada en la cama, contemplando la colección de varas con desagrado. Aparta la mirada con una mueca.

Debería deshacerme de ellas.

Me apoyo en el marco de la puerta en silencio y la observo. Pasa de la cama al sofá, sus manos recorren el cuero suave. Tuerce la mirada hacia la cómoda, se levanta, se acerca a ella y abre el primer cajón.

Vaya, esto sí que es inesperado.

Saca un dilatador anal grande de la cómoda y, fascinada, lo examina y sopesa su forma en la mano. Es un poco grande para un neófito en placer anal, pero me fascina la expresión cautivada de Ana. Tiene el pelo un poco húmedo y lleva unos pants y una camiseta.

Sin sostén.

Qué bien.

Levanta la vista y me ve en la puerta.

—Hola —dice con la voz entrecortada y nerviosa.

—¿Qué estás haciendo?

Se sonroja.

—Este… estaba aburrida y me entró curiosidad.

—Ésa es una combinación muy peligrosa.

Entro en la habitación para unirme a ella. Me inclino y miro en el cajón abierto para ver qué más hay ahí.

—¿Y, exactamente, sobre qué le entró curiosidad, señorita Steele? Quizá yo pueda informarle.

—La puerta estaba abierta… —se apresura a decir—. Yo… —Calla, con aire culpable.

Acaba con su sufrimiento, Grey.

—Hace un rato estaba aquí preguntándome qué hacer con todo esto. Debí de olvidarme de cerrar.

—Ah…

—Pero ahora tú estás aquí, curiosa como siempre.

—¿No estás enojado?

—¿Por qué iba a enojarme?

—Me siento como si hubiera invadido una propiedad privada... y tú siempre te enfadas conmigo.

¿Eso hago?

—Sí, la has invadido, pero no estoy enfadado. Espero que un día vivas aquí conmigo, y todo esto —abarco la habitación con un gesto de la mano— será tuyo también. Por eso entré aquí antes. Intentaba decidir qué hacer —observo su reacción, pensando en lo que acaba de decirme. Casi siempre estoy enfadado conmigo mismo, no con ella—. ¿Así que siempre me enojo contigo? Esta mañana no estaba enojado.

Sonríe.

—Tenías ganas de diversión. Me gusta el Christian juguetón.

—Te gusta, ¿eh? —pregunto levantando una ceja y devolviéndole la sonrisa.

Me encantan sus cumplidos.

—¿Qué es esto?

Levanta el juguete que estaba examinando.

—Siempre ávida por saber, señorita Steele. Eso es un dilatador anal.

—Ah...

—Lo compré para ti.

—¿Para mí?

Asiento.

—¿Compras, eh... juguetes nuevos para cada sumisa?

—Algunas cosas. Sí.

—¿Dilatadores anales?

Por supuesto.

—Sí.

Lo contempla con recelo y lo deja otra vez en el cajón.

—¿Y esto?

Toma unas bolas anales y las agita un poco ante mí.

—Unas bolas anales.

Pasa los dedos por todas las bolas... intrigada, supongo.

—Causan un gran efecto si las sacas en mitad de un orgasmo —añado.

—¿Esto es para mí? —pregunta, refiriéndose al rosario. Lo dice en voz baja, como si no quisiera que la oyera nadie.

—Para ti.

—¿Éste es el cajón de los juguetes anales?

Contengo una carcajada.

—Si quieres llamarlo así…

Su tez adquiere un tinte rosado encantador, y lo cierra.

—¿No te gusta el cajón de los juguetes anales? —pregunto para provocarla.

—No estaría entre mis regalos de Navidad favoritos.

Ahí está su lengua viperina. Abre el segundo cajón. Ah… esto va a ser divertido.

—En el siguiente cajón hay una selección de vibradores.

Lo cierra enseguida.

—¿Y en el siguiente?

—Ése es más interesante.

Despacio, abre el siguiente cajón. Escoge un juguete y me lo enseña.

—Pinzas genitales.

Lo devuelve a su sitio a toda prisa y enseguida escoge otra cosa. Recuerdo que para ella eran un límite infranqueable.

—Algunas son para provocar dolor, pero la mayoría son para dar placer —digo con ánimo de tranquilizarla.

—¿Qué es esto?

—Pinzas para pezones… para los dos.

—¿Para los dos? ¿Pezones?

—Bueno, hay dos pinzas, nena. Sí, para los dos pezones. Pero no me refería a eso. Me refería a que son tanto para el placer como para el dolor —se las quito de las manos—. Levanta el meñique.

Obedece, y le atrapo la yema del dedo con la pinza. Ella contiene la respiración.

—La sensación es muy intensa, pero cuando resulta más doloroso y placentero es cuando las retiras.

Se quita la pinza.

—Esto tiene buena pinta —lo dice con la voz impostada, lo cual me hace sonreír.

—¿No me diga, señorita Steele? Creo que se nota.

Ella asiente y deja las pinzas de nuevo en el cajón. Me inclino y saco otro par para que las considere.

—Éstas son ajustables —las sostengo en alto para hacerle una demostración.

—¿Ajustables?

—Puedes llevarlas muy apretadas... o no. Depende del estado de ánimo.

Sus ojos van de la pinza a mi cara, y se pasa la lengua por el labio inferior. Luego saca otro juguete.

—¿Y esto? —pregunta, intrigada.

—Esto es una rueda de Wartenberg.

Vuelvo a meter las pinzas ajustables en el cajón.

—¿Para...?

Se lo quito.

—Dame la mano. Pon la palma hacia arriba.

Hace lo que le digo y entonces deslizo la rueda dentada por el centro de su mano.

—¡Ay! —exclama ahogando un grito.

—Imagínalo sobre tus pechos.

Aparta la mano a toda prisa, pero la forma en que sube y baja su pecho delata su excitación.

Esto la está poniendo a cien.

—La frontera entre el dolor y el placer es muy fina, Anastasia.

Guardo el molinillo en el cajón.

Ella rebusca entre los demás contenidos.

—¿Pinzas de la ropa?

—Se pueden hacer muchas cosas con pinzas de la ropa.

Pero no creo que fueran de tu agrado, Ana.

Se inclina sobre el cajón para cerrarlo ya.

—¿Eso es todo?

Esto también me está excitando a mí... Tendría que llevár-mela abajo.

—No.

Sacude la cabeza y, tras abrir el cuarto cajón, saca de ahí uno de mis artefactos preferidos.

—Una mordaza de bola. Para que estés callada —le informo.

—Límite tolerable.

—Lo recuerdo. Pero puedes respirar. Los dientes se clavan en la bola.

Se la quito y le demuestro con las manos cómo encaja en la boca una mordaza de bola.

—¿Tú has usado alguna de éstas? —pregunta, curiosa como siempre.

—Sí.

—¿Para acallar tus gritos?

—No, no son para eso.

Ana inclina la cabeza hacia un lado, perpleja.

—Es un tema de control, Anastasia. ¿Sabes lo indefensa que te sentirías si estuvieras atada y no pudieras hablar? ¿El grado de confianza que deberías mostrar, sabiendo que yo tengo todo ese poder sobre ti? ¿Que yo debería interpretar tu cuerpo y tu reacción, en lugar de oír tus palabras? Eso te hace más dependiente, y me da a mí el control absoluto.

—Suena como si lo echaras de menos.

—Es lo que conozco.

—Tú tienes poder sobre mí. Ya lo sabes.

—¿Lo tengo? Tú me haces sentir… vulnerable.

—¡No! —replica, asombrada, creo—. ¿Por qué?

—Porque tú eres la única persona que conozco que puede realmente hacerme daño.

Me hiciste daño cuando te fuiste.

Le recojo el pelo detrás de la oreja.

—Oh, Christian… esto es así tanto para ti como para mí. Si tú no me quisieras… —un estremecimiento recorre su cuerpo, baja la mirada hacia sus manos—. Lo último que quiero es hacerte daño. Yo te amo.

Me acaricia el rostro con ambas manos y yo me deleito con su tacto. Resulta excitante y reconfortante a la vez. Dejo la mordaza de bola otra vez en el cajón y estrecho a Ana entre mis brazos.

—¿Ya terminamos con la exposición teórica?

—¿Por qué? ¿Qué querías hacer? —lo pregunta en un tono sugerente.

Le doy un beso suave y ella aprieta su cuerpo contra el mío, dejando claras sus intenciones. Me desea.

—Ana, hoy han estado a punto de agredirte.

—¿Y? —pregunta sin aliento.

—¿Qué quieres decir con «Y»? —siento una oleada de irritación.

—Christian, estoy bien.

¿De verdad, Ana?

La acerco más a mí y la abrazo con fuerza.

—Cuando pienso en lo que podría haber pasado…

Hundo la cara en su pelo y respiro.

—¿Cuándo aprenderás que soy más fuerte de lo que aparento?

—Sé que eres fuerte.

Me soportaste a mí.

La beso y la suelto.

Ella hace un mohín y, para mi sorpresa, alarga la mano y rescata otro juguete del cajón. ¿No habíamos acabado ya?

—Esto es una barra separadora, con sujeciones para los tobillos y las muñecas —explico.

—¿Cómo funciona?

Me mira a través de largas pestañas.

Oh, nena. Ya me conozco esa mirada.

—¿Quieres que te lo enseñe?

Cierro los ojos y me la imagino sólo un instante esposada y a mi merced. Es excitante.

Muy excitante.

—Sí. Quiero una demostración. Me gusta estar atada.

—Oh, Ana —musito.

Quiero hacerlo. Pero aquí no puedo.

—¿Qué?

—Aquí no.

—¿Qué quieres decir?

—Te quiero en mi cama, no aquí. Ven.

Me llevo la barra, la tomo a ella de la mano y la saco de ese cuarto.

—¿Por qué no aquí?

Me detengo en las escaleras.

—Ana, puede que tú estés preparada para volver ahí dentro, pero yo no. La última vez que estuvimos ahí, me abandonaste. Te lo he repetido muchas veces, ¿cuándo lo entenderás? Mi actitud ha cambiado por completo a consecuencia de aquello. Mi forma de ver la vida se ha modificado radicalmente. Ya te lo he dicho. Lo que no te he dicho es… —me quedo callado y busco las palabras más adecuadas—. Yo soy como un alcohólico rehabilitado, ¿sí? Es la única comparación que se me ocurre. La compulsión ha desaparecido, pero no quiero enfrentarme a la tentación. No quiero hacerte daño.

Y no puedo confiar en que me dirás lo que estás o no estás dispuesta a hacer.

Ella frunce el ceño.

—No puedo soportar hacerte daño, porque te quiero —digo entonces.

Su mirada se suaviza y, antes de que pueda detenerla, se lanza hacia mí de tal forma que tengo que tirar la barra separadora para evitar que los dos caigamos escaleras abajo. Me arrincona contra la pared y, como está un escalón por encima de mí, nuestros labios quedan a la misma altura. Me sostiene la cara con ambas manos y me besa introduciendo la lengua en mi boca. Sus dedos están enredados en mi pelo y todo su cuerpo se amolda para ajustarse al mío. Es un beso apasionado, comprensivo y desenfrenado.

Suelto un gemido y la aparto con suavidad.

—¿Quieres que te coja en las escaleras? —digo con voz áspera—. Porque lo haré ahora mismo.

—Sí —pide ella.

Miro su expresión aturdida. Lo desea, y yo me siento tentado porque nunca he cogido en las escaleras, pero sería incómodo.

—No. Te quiero en mi cama.

Me la cargo encima del hombro y me satisface oírla soltar un grito de placer. Le doy un fuerte azote en el trasero y vuelve a chillar y a reír. Me agacho para recoger la barra separadora y me las llevo a ambas cruzando todo el departamento hasta el dormitorio, donde dejo a Ana de pie y suelto la barra encima de la cama.

—Yo no creo que vayas a hacerme daño —dice.

—Yo tampoco creo que vaya a hacerte daño.

Tomo su cara entre las manos y le doy un beso rudo, explorando su boca con la lengua.

—Te deseo tanto… ¿Estás segura de esto… después de lo de hoy?

—Sí. Yo también te deseo. Quiero desnudarte.

Mierda. Quiere tocarte, Grey.

Déjala.

—De acuerdo.

Ayer fui capaz de soportarlo.

Levanta las manos hasta el botón de mi camisa, y mi respiración se detiene en cuanto me propongo controlar el pánico.

—No te tocaré si no quieres.

—No. Hazlo. No pasa nada. Estoy bien.

Me preparo para afrontar la confusión y el miedo que siempre acompañan a la oscuridad. Mientras ella desabrocha un botón y sus dedos se deslizan hacia abajo, hacia el siguiente, yo contemplo la concentración de su rostro, su precioso rostro.

—Quiero besarte aquí —susurra.

—¿Besarme?

¿En el pecho?

—Sí.

Inhalo con brusquedad cuando me desabrocha el siguiente botón. Levanta la mirada hasta mis ojos, y entonces, despacio, muy, muy despacio, se inclina hacia delante.

Va a besarme.

Contengo la respiración y la miro, aterrado y fascinado al mismo tiempo, y ella posa un beso dulce y suave en mi pecho.

La oscuridad guarda silencio.

Me desabrocha el último botón y me abre la camisa.

—Cada vez es más fácil, ¿verdad?

Asiento con la cabeza. Lo es. Mucho más fácil. Me baja la camisa por los hombros y deja que se deslice hasta el suelo.

—¿Qué me has hecho, Ana? Sea lo que sea, no pares.

La atraigo hacia mí para abrazarla y enredo las manos en su melena, aferrándome a ella, tirando de su cabeza hacia atrás para poder besarle y mordisquearle el cuello.

Ella gime, y sus dedos se dirigen a la cinturilla de mi pantalón para desabrochar el botón y la bragueta.

—Oh, nena —susurro, y la beso detrás de la oreja, donde su pulso late al ritmo rápido y constante de su avidez.

Sus dedos rozan mi erección, y de repente se deja caer de rodillas.

—¡Wow!

Antes de que pueda recobrar el aliento, tira de mis pantalones y envuelve mi verga ansiosa con los labios.

Mierda…

Cierra la boca alrededor de mi miembro y chupa, con fuerza.

No puedo apartar los ojos de su boca.

Rodeándome.

Acogiéndome.

Expulsándome.

Se cubre los dientes y aprieta más.

—Mierda.

Cierro los ojos mientras acuno su cabeza en mis manos y flexiono la pelvis para entrar más adentro, hasta el fondo de su boca.

Su lengua me hostiga.

Ana mueve la cabeza arriba y abajo.

Una y otra vez.

Yo se la sujeto con más fuerza.

—Ana… —le advierto, e intento retroceder un paso.

Ella aprieta los labios alrededor de mi sexo y se aferra a mis caderas.

No piensa dejarme ir.

—Por favor —y no sé si quiero que pare o que siga—. Voy a venirme, Ana.

No tiene compasión. Su boca y lengua son hábiles. No piensa parar.

Oh, mierda…

Me vengo en su boca, agarrándome a su cabeza para mantener el equilibrio.

Cuando abro los ojos, levanta la mirada hacia mí en actitud triunfal. Sonríe y se lame los labios.

—¿O sea que ahora jugamos a esto, señorita Steele?

Bajo las manos y la levanto para que mis labios encuentren los suyos. Con la lengua en su boca, noto su dulzor y mi sabor salado. Es embriagador y me hace gemir.

—Estoy notando mi propio sabor. El tuyo es mejor.

Busco el dobladillo de su camiseta y se la quito por la cabeza, después la alzo y la lanzo sobre la cama. Sujeto los pants desde abajo y tiro de ellos para desnudarla en un solo movimiento. También yo me quito la ropa, sin apartar mis ojos de los suyos. Se le oscurecen, se hacen más y más grandes, hasta que me ven del todo desnudo. Me coloco de pie a su lado. Es una ninfa tumbada lánguidamente en la cama, su melena es un halo color avellana, sus ojos tienen una mirada cálida y acogedora.

Mi verga se recupera, crece y crece mientras yo voy contemplando cada centímetro de mi chica.

Sí. Es magnífica.

—Eres una mujer preciosa, Anastasia.

—Tú eres un hombre precioso, Christian, y además sabes extraordinariamente bien.

Su sonrisa es sexy y coqueta.

Le sonrío con malicia.

Voy a cobrarme mi venganza con la señorita Steele.

Tomo su tobillo izquierdo y lo encierro con la esposa sin apartar los ojos de ella ni un segundo.

—Ahora, tenemos que comprobar cómo sabe usted. Si no

recuerdo mal, es usted una rara y delicada exquisitez, señorita Steele.

Le agarro el tobillo derecho y se lo esposo también. Sujetando la barra, retrocedo un poco para admirar mi obra, satisfecho de que esté segura y de que las ataduras no sean muy tirantes.

—Lo bueno de este separador es que es extensible —le informo.

Aprieto el resorte, tiro hacia los lados y la barra se alarga y le obliga a separar más las piernas.

Ella ahoga un jadeo.

—Oh, vamos a divertirnos un poco con esto, Ana.

Alargo la mano para agarrar la barra y le doy la vuelta deprisa, de modo que Ana gira y queda boca abajo.

—¿Ves lo que puedo hacerte?

Vuelvo a darle la vuelta y la dejo tumbada de espaldas.

Sus pechos suben y bajan al ritmo de sus jadeos.

—Estas otras esposas son para las muñecas. Pensaré en ello. Depende de si te portas bien o no.

—¿Cuándo no me porto bien? —su voz suena entrecortada por el deseo.

—Se me ocurren unas cuantas infracciones.

Deslizo los dedos por las plantas de sus pies y ella se retuerce.

—Tu BlackBerry, para empezar.

—¿Qué vas a hacer?

—Oh, yo nunca revelo mis planes.

No tiene ni idea de lo sexy que está ahora mismo. Despacio, avanzo a gatas por la cama hasta estar entre sus piernas.

—Mmm… Está tan expuesta, señorita Steele… —susurro, y nuestros ojos quedan trabados mientras recorro suavemente sus piernas con los dedos, trazando pequeños círculos—. Todo se basa en las expectativas, Ana. ¿Qué te voy a hacer?

Intenta removerse debajo de mí, pero está atrapada.

Mis dedos se aventuran más arriba, hacia la parte interior de sus muslos.

—Recuerda que, si algo no te gusta, sólo tienes que decirme que pare.

Me inclino y la beso en el vientre; mi nariz le hace círculos en su ombligo.

—Oh, por favor, Christian.

—Oh, señorita Steele. He descubierto que usted puede ser implacable en sus ataques amorosos sobre mí. Creo que debo devolverle el favor.

Le beso la barriga y mis labios descienden mientras mis manos suben para ir a su encuentro.

Despacio, meto los dedos dentro de ella. Ana levanta la pelvis para acogerlos.

Gimo.

—Nunca dejas de sorprenderme, Ana. Estás tan mojada…

Su vello púbico me hace cosquillas en los labios, pero yo persisto y mi lengua encuentra su clítoris descarado, listo para recibir mis atenciones.

—Ah —grita, y tira de sus ataduras.

Oh, nena, eres mía.

Muevo la lengua en círculos una y otra vez, y muevo también los dedos, los meto y los saco, haciéndolos girar lentamente. Su cuerpo se arquea sobre la cama, y con el rabillo del ojo veo que se agarra a las sábanas.

Absorbe todo el placer, Ana.

—Oh, Christian —grita.

—Lo sé, nena.

Le soplo con suavidad.

—¡Aaah! ¡Por favor! —implora.

—Di mi nombre.

—¡Christian! —exclama.

—Otra vez.

—¡Christian, Christian, Christian Grey! —grita.

Está a punto.

—Eres mía —susurro, y sigo chupando y dándole lametazos con la lengua.

Grita al venirse alrededor de mis dedos y, mientras aún siente los estertores del orgasmo, retrocedo a gatas y le doy la vuelta para dejarla boca abajo y después sentarla en mi regazo.

—Vamos a intentar esto, nena. Si no te gusta o resulta demasiado incómodo, dímelo y pararemos.

Está sin aliento, aturdida.

—Inclínate, nena. Apoya la cabeza y el pecho sobre la cama.

Obedece de inmediato y yo le tiro de las manos hacia atrás y esposo cada una de ellas a la barra, cerca de sus tobillos.

Madre mía. Tiene el trasero levantado y respira con pesadez. Expectante. Esperándome a mí.

—Ana, estás tan hermosa...

Saco un condón, rasgo el envoltorio deprisa y me lo pongo.

Deslizo los dedos bajando por su columna y me detengo en su trasero.

—Cuando estés lista, también querré esto —le froto el ano con un dedo, y ella se tensa y ahoga un gemido—. Hoy no, dulce Ana —digo para tranquilizarla—, pero un día... te deseo en todas las formas posibles. Quiero poseer cada centímetro de tu cuerpo. Eres mía.

Sigo mi camino y deslizo un dedo dentro de ella. Todavía está húmeda, y me arrodillo tras ella para hundirme en su interior.

—¡Ay! ¡Cuidado! —exclama.

—¿Estás bien?

—No tan fuerte... deja que me acostumbre.

No tan fuerte. Eso puedo hacerlo.

Me retiro y vuelvo a entrar despacio, colmándola. Ella gime y yo vuelvo a salir y a entrar de nuevo. Y de nuevo.

Otra vez.

Y otra.

Tómatelo con calma.

—Sí, bien, ahora sí —musita.

Gimo y empiezo a acelerar un poco. Ella lloriquea con cada embate. Y acelero más aún. Ana cierra los ojos con fuerza y abre la boca, absorbiendo una bocanada de aire en cada embestida.

Mierda, qué delicia...

Cierro los ojos, clavo los dedos en sus caderas y me dejo llevar dentro de ella.

Una y otra vez.

Hasta que siento que su sexo tira de mí.

Grita y se viene otra vez, y me lleva con ella hasta que alcanzo el orgasmo en su interior, gritando su nombre.

—Ana, nena.

Caigo a su lado, total y absolutamente exhausto, y me tumbo un momento a saborear mi liberación. No puedo dejar a Ana maniatada, así que me siento y la suelto de la barra separadora. Ella se acurruca junto a mí mientras le froto los tobillos y las muñecas para estimular la circulación. Cuando veo que mueve los dedos de las manos y de los pies, vuelvo a tumbarme y la atraigo hacia mí. Ella mascanta algo incomprensible y me doy cuenta de que ya está dormida.

Le doy un beso en la frente, la tapo con el edredón y me siento a contemplarla. Le agarro un mechón de pelo y lo acaricio entre mis dedos.

Qué suave.

Lo enredo alrededor de mi dedo índice.

¿Ves, Ana? Estoy atado a ti.

Beso el extremo de su mechón y me reclino para contemplar el cielo, que sigue oscureciendo. Sé que al nivel del suelo ya estará oscuro, pero aquí arriba los últimos vestigios del día siguen tiñéndolo de rosa, naranja y ópalo. Todavía tenemos luz.

Eso es lo que ha conseguido ella.

Ha traído la luz a mi vida.

Luz y amor.

Pero todavía no me ha dado una respuesta.

Di que sí, Ana.

Sé mi esposa.

Por favor.

Se mueve y abre los ojos.

—Podría pasarme la vida contemplando cómo duermes, Ana.

Le doy otro beso en la frente. Ella me regala una sonrisa adormilada y cierra los ojos.

—No pienso dejar que te vayas nunca.

—No quiero marcharme nunca —mascaba—. No me dejes marchar nunca.

—Te necesito —susurro.

Y sus labios se curvan en una dulce sonrisa mientras su respiración se relaja.

Se ha quedado dormida.

Jueves, 16 de junio de 2011

El abuelo está riendo. Mia se ha caído de nalgas. Es muy pequeña. Mia. Mamá y papá sentados sobre una manta. Estamos en el huerto de manzanos.

Mi lugar favorito.

Elliot está correteando entre los árboles.

Levanto a Mia y ella vuelve a caminar. Pasitos inestables.

Pero voy detrás de ella. La vigilo. Camino con ella.

La mantengo a salvo.

Estamos de picnic.

Me gustan los picnics. Mamá hizo tarta de manzana.

Mia camina hacia la manta. Y todo el mundo aplaude.

—Gracias, Christian. Cuidas muy bien de ella —dice mamá.

—Mia es un bebé. Necesita a alguien que la vigile —le digo a mamá.

El abuelo me mira.

—¿Ya habla?

—Sí.

—Bueno, eso es maravilloso.

El abuelo mira a mamá. Tiene los ojos anegados en lágrimas. Pero está feliz. Son lágrimas de felicidad.

Elliot pasa corriendo por nuestro lado. Tiene un balón de fútbol.

—Vamos a jugar.

—Cuidado con las manzanas.

Levanto la vista y, por detrás de un árbol, veo a Jack Hyde, que está vigilándonos.

Me despierto de golpe. Tengo el corazón desbocado. No de miedo, sino porque algo me ha sobresaltado en el sueño.

¿Qué ha sido?

No lo recuerdo. Ya ha amanecido, y Ana está profundamente dormida a mi lado. Miro la hora. Son casi las seis y media. Me levanto antes de que suene la alarma. Hace tiempo que no me ocurría; no con un atrapasueños junto a mí. La radio se activa, pero la apago y me acurruco junto a Ana, hundiendo la nariz en su cuello.

Ella se retuerce.

—Buenos días, nena —susurro, y le mordisqueo el lóbulo de la oreja.

Le acaricio con ternura el pecho y noto cómo se le va endureciendo el pezón bajo la palma de mi mano. Se acurruca junto a mí y mi mano desciende hasta la cadera y la abrazo. Mi erección reposa sobre la hendidura de su trasero.

—Estás contento de verme —dice y se ríe nerviosa estrujándome la verga.

—Estoy muy contento de verte.

Deslizo la mano sobre sobre su vientre hasta el sexo y la acaricio por todas partes mientras le recuerdo que despertarse juntos tiene ciertas ventajas. Su cuerpo está caliente, dispuesto y listo cuando alargo la mano hacia la mesita de noche para agarrar un condón. Me tumbo sobre ella y sostengo el equilibrio apoyándome sobre los codos. Le separo las piernas con suavidad, me arrodillo y rasgo el envoltorio de aluminio.

—Estoy deseando que llegue el sábado.

Me mira con avidez.

—¿Por tu fiesta de cumpleaños?

—No. Para dejar de usar esta jodedera.

Desenrollo el condón al tiempo que me lo pongo.

—Una expresión muy adecuada —dice con una risita.

—¿Se está riendo de mí, señorita Steele?

—No —responde intentando poner cara seria sin conseguirlo.

—Ahora no es momento para risitas.

La miro con severidad retándola a que vuelva a reír.

—Creía que te gustaba que me riera.

—Ahora no. Hay un momento y lugar para la risa. Y ahora no es ni uno ni otro. Tengo que callarte, y creo que sé cómo hacerlo.

Voy penetrando lentamente en su cuerpo.

—Ah —me gime al oído.

Y hacemos el amor tierna y pausadamente.

Se acabaron las risitas.

Vestido y armado con un café y una enorme bolsa de basura para la señora Jones, me dirijo hacia el cuarto de juegos. Tengo una tarea que realizar mientras Ana está en la ducha.

Abro la puerta, entro y dejo el café. Me costó meses diseñar y conseguir todo cuanto contiene este cuarto. Y ahora no sé ni cuándo volveré a usarlo, ni si lo haré.

No te obsesiones, Grey.

Me enfrento a la razón de mi presencia aquí: en el rincón están mis fustas. Tengo varias, procedentes de todo el mundo. Acaricio mi favorita con los dedos, está hecha de palisandro y el más delicado cuero. La compré en Londres. Las demás son de bambú, plástico, fibra de carbono, madera y ante. Con cuidado, voy metiéndolas en la bolsa de basura.

Lamento deshacerme de ellas.

Ya está, acabo de reconocerlo.

Ana jamás disfrutará con esto; a ella, sencillamente, no le va.

¿Y qué es lo que te va a ti, Anastasia?

Los libros.

Jamás serán las fustas.

Cierro el cuarto con llave y me dirijo a mi estudio. Una vez allí, meto las fustas en un armario. Ya pensaré qué hago con ellas más adelante, pero, por ahora, al menos, Ana no tendrá que volver a verlas.

Sentado a mi mesa de escritorio, me termino el café, consciente de que Ana estará lista para el desayuno dentro de nada. Pero, antes de reunirme con ella en la cocina, llamo a Welch.

—¿Señor Grey?

—Buenos días. Quería hablarte sobre Jack Hyde.

Ana entra en la cocina para desayunar, está guapa y elegante vestida de gris. Debería llevar falda más a menudo; tiene unas piernas espectaculares. Mi corazón está rebosante. De amor. De orgullo. Y de humildad. Es un sentimiento nuevo y emocionante que espero no dar jamás por sentado.

—¿Qué desea para desayunar, Ana? —le pregunta Gail.

—Sólo tomaré cereal. Gracias, señora Jones.

Se sienta junto a mí en la barra del desayuno con las mejillas sonrojadas.

Me pregunto qué estará pensando esta mañana. ¿Y anoche? ¿En la barra separadora?

—Estás muy guapa —digo.

—Tú también.

Sonríe con timidez. Ana sabe bien cómo ocultar a su monstruito interior.

—Deberíamos comprar algunas faldas más. De hecho, me encantaría llevarte de compras.

No parece muy entusiasmada con la idea.

—Me pregunto qué pasará hoy en el trabajo —dice, y sé que está hablando de SIP para cambiar de tema.

—Tendrán que sustituir a ese canalla —murmuro, aunque no sé cuándo sucederá.

He puesto una prórroga para supervisar la contratación vigente hasta que llevemos a cabo una auditoría del personal.

—Espero que contraten a una mujer para ser mi jefa.

—¿Por qué?

—Bueno, así te opondrás menos a que salga con ella —dice.

Oh, nena, también atraerías a las mujeres.

La señora Jones me coloca la tortilla delante, y me distrae de mi breve y en extremo placentera fantasía de Ana con otra mujer.

—¿Qué te hace tanta gracia? —pregunta.

—Tú. Cómete el cereal. Todo, si no vas a comer nada más.

Frunce los labios, pero toma la cuchara y devora su desayuno.

—¿Puedo usar hoy el Saab? —pregunta mientras engulle la última cucharada.

—Taylor y yo podemos dejarte en el trabajo.

—Christian, ¿el Saab es sólo para decorar el estacionamiento?

—No.

Por supuesto que no.

—Entonces déjame llevarlo hasta el trabajo. Leila ya no constituye una amenaza.

¿Por qué todo siempre acaba en una discusión?

Es su coche, Grey.

—Si quieres —accedo.

—Claro que quiero.

—Yo iré contigo.

—¿Qué? Me las arreglaré bien sola.

Intento una táctica distinta.

—Me encantaría acompañarte.

—Bueno, si me lo dices así —Ana accede con un gesto de asentimiento.

Ana está radiante de felicidad. Se le ve tan encantada con el coche que no sé si escucha lo que le digo. Le indico donde está el contacto en la consola situada junto al cambio de marchas.

—Qué sitio más raro —comenta, pero prácticamente está dando saltitos en su asiento de alegría y toqueteándolo todo.

—Estás bastante emocionada con esto, ¿verdad?

—Tiene ese olor a coche nuevo. Éste es aún mejor que el Especial para Sumisas… esto… el A3 —añade enseguida.

—Especial para Sumisas, ¿eh? —intento no reír—. Tiene usted mucha facilidad de palabra, señorita Steele —me recuesto en el asiento—. Bueno, vámonos.

Hago un gesto con la mano hacia la entrada del estacionamiento.

Ana da unas palmaditas, pone en marcha el coche y el motor arranca con un leve ronroneo. De haber sabido que iba a estar tan emocionada conduciendo el Saab, habría accedido antes a que lo hiciera.

El coche avanza suavemente hacia la puerta y Taylor nos sigue fuera del Escala hasta Virginia Street en el Audi.

Es la primera vez que Ana conduce un coche en que vamos los dos, la primera vez que me lleva a algún sitio. Como conductora es segura y parece experta; sin embargo, yo no soy un copiloto fácil. Lo sé. No me gusta que nadie me lleve, a excepción de Taylor. Prefiero estar al volante.

—¿Podemos poner la radio? —pregunta cuando paramos en el primer semáforo.

—Quiero que te concentres.

—Christian, por favor, soy capaz de conducir con música —espeta con brusquedad.

Decido ignorar su actitud y enciendo la radio.

—Con esto puedes escuchar la música de tu iPod y de tu MP3, además del CD —le informo.

La música de The Police inunda el interior del coche: todo un clásico, «King of Pain», el rey del dolor. Bajo el volumen, está demasiado alto.

—Tu himno —comenta ella con una sonrisa cruel.

Está riéndose de mí. Otra vez.

—Yo tengo ese álbum, no sé dónde —dice.

Y recuerdo que mencionó «Every Breath You Take» en un correo; lo llamó el himno del maltratador. Está riéndose a mi costa. Sacudo la cabeza porque tenía razón. Cuando ella me dejó, vigilaba su departamento desde la calle durante mi carrera de la mañana.

Está mordiéndose el labio inferior. ¿Le preocupa mi reacción? ¿Flynn? ¿Lo que él podría decir?

—Eh, señorita Lengua Viperina. Vuelve a la Tierra —frena con brusquedad en el siguiente semáforo en rojo—. Estás muy distraída. Concéntrate, Ana. Los accidentes ocurren cuando no se está atento.

—Estaba pensando en el trabajo.

—Todo irá bien, nena. Confía en mí.

—Por favor, no interfieras… Quiero hacer esto yo sola. Por favor. Es importante para mí —dice.

¿Yo? ¿Interferir? Sólo lo hago para protegerte, Ana.

—No discutamos, Christian. Hemos pasado una mañana maravillosa. Y anoche fue… —se sonroja—… divino.

Anoche… Cierro los ojos y veo su trasero levantado. Me remuevo en el asiento por la reacción de mi cuerpo.

—Sí. Divino —y me doy cuenta de que lo he dicho en voz alta—. Lo dije en serio.

—¿Qué?

—No quiero dejarte marchar.

—No quiero marcharme —dice.

—Bien.

Me relajo un poco. Ella todavía está aquí, Grey.

Ana entra en el estacionamiento de SIP y deja el Saab.

Se acabó el sufrimiento.

No es tan mala conductora.

—Te acompañaré hasta el trabajo. Taylor me recogerá allí —sugiero cuando salimos del coche—. No olvides que esta tarde a las siete veremos al doctor Flynn —digo, y le tiendo la mano.

Ella presiona el botón del mando para cerrar el coche y lanza una mirada apreciativa al Saab antes de tomarme de la mano.

—No me olvidaré. Confeccionaré una lista de preguntas para hacerle.

—¿Preguntas? ¿Sobre mí? Yo puedo contestar a cualquier pregunta que tengas sobre mí.

Ella sonríe con indulgencia.

—Sí, pero yo quiero la opinión objetiva de ese charlatán carísimo.

La sujeto con fuerza poniéndole las manos a la espalda.

—¿Seguro que es buena idea?

Miro fijamente sus sorprendidos ojos. Su mirada se enternece y me sugiere no ir a visitar a Flynn. Suelta una de las manos y me acaricia el rostro con ternura.

—¿Qué te preocupa?

—Que me dejes.

—Christian, ¿cuántas veces tengo que decírtelo? No voy a dejarte. Ya me has contado lo peor. No te abandonaré.

—Entonces, ¿por qué no me has contestado?

—¿Contestarte?

—Ya sabes de qué hablo, Ana.

Suspira y se le nubla la mirada.

—Quiero saber si soy bastante para ti, Christian. Nada más.

—¿Y mi palabra no te basta?

La suelto.

¿Cuándo se dará cuenta de que ella es todo cuanto querré jamás?

—Christian, todo esto ha sido muy rápido —dice—. Y tú mismo lo has reconocido, estás destrozado de cincuenta mil formas distintas. Yo no puedo darte lo que necesitas. Eso no es para mí, sobre todo después de haberte visto con Leila. ¿Quién dice que un día no conocerás a alguien a quien le guste hacer lo que tú haces? ¿Y quién dice que tú no… ya sabes… te enamorarás de ella? De alguien que se ajuste mucho mejor a tus necesidades.

Aparta la mirada.

—He conocido a varias mujeres a las que les gusta hacer lo que me gusta hacer a mí. Y ninguna de ellas me atraía como me atraes tú. Nunca tuve la menor conexión emocional con ninguna de ellas. No me había sucedido nunca, excepto contigo, Ana.

—Porque nunca les diste una oportunidad. Has pasado demasiado tiempo encerrado en tu fortaleza, Christian. Mira, hablaremos de esto más tarde. Tengo que ir a trabajar. Quizá el doctor Flynn nos pueda orientar esta noche.

Tiene razón. No deberíamos estar hablando de esto en un estacionamiento.

—Vamos.

Le tiendo la mano y juntos vamos caminando hasta su trabajo.

Taylor me recoge con el Audi y mientras nos dirigimos hacia Grey House pienso en mi conversación con Ana.

¿Estoy encerrado en una fortaleza?

Quizá.

Me quedo mirando por la ventana. Los trabajadores que van en tren a la ciudad se apresuran para llegar a tiempo a sus puestos de trabajo, inmersos en las minucias de su día a día. Aquí, en la parte trasera de mi coche, me siento apartado de todo eso. Siempre me he sentido así. Apartado: aislado de niño y aislándome mientras crecía, entre las murallas de una fortaleza.

He sentido miedo de las emociones.

De todas las emociones menos de la rabia.

Mi compañera constante.

¿Se refería ella a eso? Si es así, es Ana quien me ha entregado la llave para huir. Y todo cuanto la retiene es la opinión de Flynn.

Quizá, en cuanto oiga lo que él tiene que decir, dirá que sí.

Todo el mundo tiene derecho a albergar esperanzas.

Me concedo un instante para experimentar la sensación de auténtico optimismo…

Es aterrador.

Podría acabar mal. Otra vez.

Me suena el teléfono. Es Ana.

—Anastasia, ¿estás bien?

—Me acaban de dar el puesto de Jack… bueno, temporalmente —suelta de sopetón.

—Estás bromeando.

—¿Tú has tenido algo que ver con esto?

Su tono es acusatorio.

—No… no, en absoluto. Quiero decir, con todos mis respetos, Anastasia, sólo llevas ahí poco más de una semana… y no lo digo con ánimo de ofender.

—Ya lo sé —dice y parece desmoralizada—. Por lo visto, Jack me valoraba realmente.

—¿Ahora sí? —Estoy encantado de que ese imbécil haya desaparecido de su vida—. Bueno, nena, si ellos creen que eres capaz de hacerlo, estoy seguro de que lo eres. Felicidades. Quizá deberíamos celebrarlo después de reunirnos con el doctor Flynn.

—Mmm… ¿Estás seguro de que no has tenido nada que ver con esto?

¿De verdad cree que estoy mintiéndole? ¿A lo mejor es por la confesión que le hice anoche?

O tal vez le hayan dado el puesto porque no les dejaba contratar a nadie externo a la empresa.

Maldición.

—¿Dudas de mí? Me enoja mucho que lo hagas.

—Perdona —dice enseguida.

—Si necesitas algo, házmelo saber. Aquí estaré. Y, Anastasia…

—¿Qué?

—Utiliza la BlackBerry.

—Sí, Christian.

Ignoro su tono sarcástico, sacudo la cabeza y respiro hondo.

—Lo digo en serio. Si me necesitas, aquí estoy.

—De acuerdo —dice—. Más vale que cuelgue. Tengo que instalarme en el despacho.

—Si me necesitas… Lo digo en serio —murmura.

—Lo sé. Gracias, Christian. Te quiero.

Esas dos sencillas palabras.

Antes me aterrorizaban y ahora estoy siempre impaciente por escuchar cómo las pronuncia.

—Yo también te quiero, nena.

—Hablamos después.

—Hasta luego, nena.

Taylor se estaciona enfrente de Grey House.

—José Rodríguez vendrá a entregar unos retratos al Escala mañana —le informo.

—Se lo diré a Gail.

—Se quedará a dormir.

Taylor me observa por el espejo retrovisor, sorprendido, creo.

—Dile eso a Gail también —añado.

—Sí, señor.

Mientras el ascensor sube disparado hasta mi planta, me permito una breve fantasía sobre la vida de casado. Es rara esta esperanza. Es algo a lo que no estoy acostumbrado. Me imagino llevando a Ana a Europa, a Asia; podría enseñarle el mundo. Podríamos ir a todas partes. Podría llevarla a Inglaterra; le encantaría.

Y regresaríamos a casa, al Escala.

¿Al Escala? A lo mejor mi piso contiene demasiados recuerdos de otras mujeres. Quizá debería comprar una casa que fuera sólo nuestra, donde podamos generar nuestros propios recuerdos.

Pero debo conservar el departamento del Escala. Es útil estar cerca del centro.

Las puertas del ascensor se abren.

—Buenos días, señor Grey —dice la chica nueva.

—Buenos días… —soy incapaz de recordar su nombre.

—¿Café?

—Sí, por favor. Negro. ¿Dónde está Andrea?

—Está por aquí.

La nueva sonríe y sale disparada a prepararme el café.

Ya en mi mesa de escritorio, empiezo a buscar casas en internet. Andrea llama a la puerta y entra pasados unos minutos con mi café.

—Buenos días, señor Grey.

—Buenos días, Andrea. Me gustaría que enviaras unas flores a Anastasia Steele.

—¿Qué le gustaría enviarle?

—La han ascendido. Quizá unas rosas. Rosas y blancas.

—De acuerdo.

—¿Y puedes ponerme a Welch al teléfono?

—Sí, señor. ¿Recuerda que hoy se encontrará con el señor Bastille en el Escala y no aquí?

—Oh, sí. Gracias. ¿Quién ha reservado el gimnasio de aquí?

—El club de yoga, señor.

Hago un mohín.

Ella reprime una sonrisa.

—A Ros también le gustaría hablar con usted.

—Gracias.

Después de atender las llamadas, vuelvo a mirar casas por internet. Recuerdo que cuando compré el departamento en el Escala, un agente inmobiliario se encargó de todo por mí y lo compré sin haberlo visto. Me pareció una gran inversión, así que no busqué más.

Ahora estoy enganchándome a las webs inmobiliarias, mirando una propiedad tras otra. Es adictivo.

He codiciado las mansiones a las orillas del Sound durante todos mis años de navegación. Creo que me gustaría tener una casa con vistas al mar. Me crié en una casa así; mis padres viven en las orillas del lago Washington.

Un casa familiar.

Familia.

Niños.

Sacudo la cabeza. Tendrá que pasar mucho tiempo. Ana es joven. Sólo tiene veintiún años. Nos quedan muchos antes de pensar en tener hijos.

¿Qué clase de padre sería?

Grey, no te obsesiones.

Me gustaría encontrar una parcela de terreno y construir una casa. Una que fuera ecológicamente sostenible. Elliot podría encargarse de la construcción. Un par de las casas que encuentro cumplen mis requisitos; una de ellas tiene vistas al Sound. La casa es antigua, construida en 1924, y sólo hace un par de días que está a la venta. Las fotografías son espectaculares. Sobre todo con la luz del crespúsculo. Para mí, lo fundamental es la vista. Podemos derribarla y empezar desde cero.

Consulto a qué hora se pondrá el sol esta noche: a las 21:09.

Quizá pueda acordar una cita para ver la casa al atardecer una noche de esta semana.

Andrea llama a la puerta y entra.

—Señor Grey, he hecho una selección de flores.

Me pone unas cuantas imágenes impresas sobre la mesa.

—Ésta —se trata de una cesta gigantesca con rosas blancas y rosa pálido. A Ana le encantará—. ¿Y puedes conseguirme una cita para ver esta casa? Te enviaré por correo el link. Me encantaría poder verla al atardecer, cuando se ponga el sol, lo antes posible.

—Desde luego. ¿Qué quiere que ponga la tarjeta?

—Ponme a la florista al teléfono cuando encargues las flores y yo se lo diré personalmente.

—Muy bien, señor Grey.

Andrea sale.

Transcurridos tres minutos me pone al teléfono a la florista, que, alegremente, me pide que le dicte el mensaje de la tarjeta.

—«Felicidades, señorita Steele. ¡Y lo has hecho todo tú sola! Sin ayuda de tu muy amigo, compañero y megalómano presidente. Te quiero. Christian.»

—Oído. Gracias, señor.

—Gracias.

Vuelvo a mirar casas por internet, y sé que lo hago para no pensar en la ansiedad que me provoca el que Ana tenga una cita con Flynn más tarde. Distracción. Así lo llamaría Flynn. Pero mi felicidad pende de un hilo.

Y las casas me distraen.

¿Qué dirá Flynn?

Tras media hora buscando casas y sin dar pie con bola, desisto y llamo a Flynn.

—Me agarras entre paciente y paciente. ¿Es algo urgente? —pregunta.

—Llamaba para saber sobre Leila.

—Ha pasado otra buena noche. Espero verla luego, esta tarde. También te veré a ti, ¿verdad?

—Sí. Con Ana.

Se produce un momento de silencio entre ambos, y sé que es una de las tretas de John. Se queda callado esperando a que yo llene el silencio.

—Christian, ¿qué ocurre?

—Esta tarde. Ana.

—Sí.

—¿Qué le dirás?

—¿A Ana? No sé qué me preguntará ella. Pero le diré lo que quiera saber. Le diré la verdad.

—Eso es lo que me preocupa.

Emite un suspiro.

—Tengo una percepción distinta a la tuya de ti mismo, Christian.

—No estoy seguro de si eso hace que me sienta mejor o no.

—Nos vemos esta tarde —responde.

Unas horas después, esa misma tarde, he vuelto de la reunión con Fred y Barney y estoy a punto de entrar en la web de otro agente inmobiliario cuando me doy cuenta de que tengo un mail de Ana. Llevo todo el día sin saber nada de ella. Debe de estar ocupada.

De: Anastasia Steele
Fecha: 16 de junio de 2011 15:43
Para: Christian Grey
Asunto: El megalómano…

… es mi tipo de maníaco favorito. Gracias por las preciosas flores. Han llegado en una enorme cesta de mimbre que me hace pensar en picnics y mantitas.

x

¡Por fin está usando su celular!

De: Christian Grey
Fecha: 16 de junio de 2011 15:55
Para: Anastasia Steele
Asunto: Aire libre

Maníaco, ¿eh? Es posible que el doctor Flynn tenga algo que decir sobre esto.

¿Quieres ir de picnic?

Podríamos divertirnos mucho al aire libre, Anastasia...

¿Cómo va el día, nena?

Christian Grey
Presidente de Grey Enterprises Holdings, Inc.

De: Anastasia Steele
Fecha: 16 de junio de 2011 16:00
Para: Christian Grey
Asunto: Intenso

El día ha pasado volando. Apenas he tenido un momento para mí, para pensar en nada que no fuera el trabajo. ¡Creo que soy capaz de hacer esto! Te contaré más en casa.

Eso del aire libre suena... interesante.

Te quiero.

A x
P.D.: No te preocupes por el doctor Flynn.

¿Cómo sabe ella que me inquieta Flynn?

En el gimnasio del Escala, Bastille está en racha, pero yo le lanzo un par de patadas y le pateo el trasero.

—Hay algo que te distrae, Grey. ¿La misma chica? —pregunta burlonamente mientras se levanta de un salto del suelo.

—No es de tu incumbencia, carajo, Bastille.

Vamos dando vueltas el uno alrededor del otro, en busca de la oportunidad de derribar al contrario.

—¡Ah! Me encanta que haya una mujer en tu vida haciéndotela de cuadritos. ¿Cuándo podré conocerla?

—No estoy seguro de que eso vaya a suceder.

—Mantén la izquierda en alto, Grey. Eres vulnerable.

Se abalanza sobre mí con una patada frontal, pero yo hago un amago, me echo a la izquierda y lo esquivo.

—Buen movimiento, Grey.

Después de ducharme, recibo un mensaje de Andrea.

ANDREA PARKER
La agente inmobiliaria puede reunirse esta tarde a
las 20:30.
¿Le va bien?
Se llama Olga Kelly.

¡Genial!

Gracias.

Por favor, envíame la dirección por sms

Me pregunto qué le parecerá a Ana la casa. Andrea me envía la dirección y el código de acceso de la reja de entrada. Memorizo el código y localizo la casa en Google Maps. Mientras estoy buscando la ruta desde la consulta de Flynn hasta la propiedad, me suena el teléfono. Es Ros. Miro por la ventana panorámica y ella me da buenas noticias.

—Fred ya ha vuelto. Lo de Kavanagh está cerrado —dice.

—Magnífico, Ros.

—Fred tiene un par de cuestiones técnicas que discutir con nuestro equipo. Le gustaría reunirse mañana por la mañana. Para el desayuno. Se lo he dicho a Andrea.

—Dile a Barney que partiremos desde ahí —respondo.

Aparto la mirada de la panorámica de Seattle y el Sound y veo a Ana mirándome.

—Eso haré. Nos vemos mañana.

—Adiós.

Cuelgo y me acerco para saludar a mi chica, que tiene un aspecto tierno y tímido y está en el umbral de la puerta del salón.

—Buenas tardes, señorita Steele —la beso y la atraigo hacia mí—. Felicidades por su ascenso.

—Te bañaste.

—Acabo de entrenar con Claude.

—Ah.

—Logré patearle el trasero dos veces.

Es un recuerdo para saborear.

—¿Y eso no ocurre a menudo?

—No, y cuando pasa es muy satisfactorio. ¿Tienes hambre?

Niega con la cabeza; parece preocupada.

—¿Qué? —pregunto.

—Estoy nerviosa. Por lo del doctor Flynn.

—Yo también. ¿Qué tal tu día?

La suelto.

—Genial. Ocupada. No podía creerlo cuando Elizabeth, de Recursos Humanos, me pidió que yo fuera el reemplazo. Tuve que asistir al almuerzo de trabajo con los editores asociados y logré que tomaran en consideración dos de los manuscritos por los que estaba luchando.

No para. Está emocionada. Le brilla la mirada, le apasiona lo que ha estado haciendo. Es un placer contemplarla.

—Ah… tengo que decirte otra cosa. Había quedado para comer con Mia.

—No me lo habías dicho.

—Ya lo sé. Lo olvidé. No pude ir por culpa de la reunión. Ethan fue en mi lugar y comió con ella.

Ese arrogante, con mi hermana… No estoy seguro de cómo me siento al saberlo.

—Ya. Deja de morderte el labio.

—Voy a refrescarme un poco —dice enseguida, antes de que le pregunte algo más sobre Kavanagh y mi hermana pequeña.

En realidad nunca he pensado en serio en que mi hermana pueda salir con alguien. Estaba ese tipo del baile, aunque ella no parecía especialmente interesada en él.

—Normalmente vengo corriendo desde casa —comento mientras estaciono el Saab—. Este coche es maravilloso.

—Yo pienso lo mismo, Christian… Yo…

Siento un nudo en el estómago.

—¿Qué pasa, Ana?

—Toma —saca del bolso una cajita negra envuelta con un lazo—. Esto es para ti, por tu cumpleaños. Quería dártelo ahora… pero sólo si prometes no abrirlo hasta el sábado, ¿está bien?

Trago saliva para que no se note que me siento aliviado.

—Está bien.

Ella respira profundamente, con nerviosismo. ¿Por qué estará tan ansiosa por esto? Lo agito. Parece pequeño y de plástico. ¿Qué diablos me ha regalado?

La miro.

Sea lo que sea, estoy seguro de que me va a encantar. Le dedico una amplia sonrisa.

Mi cumpleaños es el sábado. Ese día ella estará aquí, o eso indica el regalo. ¿No es así?

—No puedes abrirlo hasta el sábado —dice y me amonesta con el dedo levantado.

—Ya lo sé. ¿Por qué me lo das ahora?

Me lo meto en el bolsillo interior del saco.

—Porque puedo, señor Grey.

—Vaya, señorita Steele, me ha robado la frase.

—Así es. Acabemos con esto de una vez, ¿está bien?

Flynn se levanta cuando entramos en su consulta.

—Christian.

—John —nos estrechamos la mano—. ¿Te acuerdas de Anastasia?

—¿Cómo iba a olvidarme? Bienvenida, Anastasia.

—Ana, por favor —dice ella mientras se dan la mano.

John nos indica que nos sentemos en las butacas.

Espero a que Ana tome asiento y admiro el corte del vestido azul marino que se ha puesto para venir, ocupo la otra butaca, pero me siento junto a ella. Flynn ocupa su sillón habitual. Pongo una mano sobre la de Ana y se la aprieto.

—Christian ha solicitado que estuvieras presente en una de nuestras sesiones —dice Flynn—. Para tu información, consideramos estas conversaciones como algo estrictamente confidencial...

Se calla cuando Ana lo interrumpe.

—Este... eh... firmé un acuerdo de confidencialidad —dice enseguida.

Mierda.

Le suelto la mano.

—¿Un acuerdo de confidencialidad?

Flynn me dedica una mirada interrogante.

Yo me encojo de hombros, pero no digo nada.

—¿Empiezas todas tus relaciones con mujeres firmando un acuerdo de ese tipo? —me pregunta.

—Con las contractuales sí.

Flynn reprime una sonrisa.

—¿Has tenido otro tipo de relaciones con mujeres?

Mierda.

—No —contesto, divertido por su reacción.

Él lo sabe.

—Eso pensaba —Flynn vuelve a centrarse en Ana—. Bien, supongo que no tenemos que preocuparnos por el tema de la confidencialidad, pero ¿puedo sugerir que hablen entre ustedes sobre eso en algún momento? Según tengo entendido, ya no están sujetos a una relación contractual.

—Yo espero llegar a otro tipo de contrato —digo y echo una mirada a Ana.

Ella se ruboriza.

—Ana. Tendrás que perdonarme, pero probablemente sepa más de ti de lo que crees. Christian se ha mostrado muy comunicativo.

Ella me mira de reojo.

—Un acuerdo de confidencialidad… Eso debió de impactarte mucho —prosigue Flynn.

—Bueno, eso me parece una nimiedad comparado con lo que Christian me ha revelado últimamente —dice ella en tono grave y ronco.

Me remuevo en el asiento.

—De eso estoy seguro. Bueno, Christian, ¿de qué querías hablar?

Me encojo de hombros.

—Era Anastasia la que quería verte. Tal vez deberías preguntárselo a ella.

Pero Ana está mirando una caja de pañuelos de papel que está sobre la mesita de café que tiene delante.

—¿Estarías más a gusto si Christian nos dejara un rato a solas? —le pregunta Flynn.

¿Qué?

Ana me lanza una mirada.

—Sí —responde.

Mierda .

Pero ¿qué...?

Mierda.

Me levanto.

—Estaré en la sala de espera.

—Gracias, Christian —dice Flynn.

Miro a Ana durante largo rato e intento comunicarle que estoy listo para comprometerme hasta este extremo con ella. Luego salgo dando grandes zancadas de la sala y cierro la puerta tras de mí.

Janet, la recepcionista de Flynn, levanta la vista, pero yo la ignoro y empiezo a dar vueltas por la sala de espera, donde me dejo caer en uno de los sillones de cuero.

¿De qué hablarán?

De ti, Grey. De ti.

Cierro los ojos, me recuesto sobre el respaldo e intento relajarme.

Me retumba el bombeo de la sangre en los oídos, un martilleo constante que es imposible de ignorar.

Encuentra el lugar que te hace feliz, Grey.

Estoy en el huerto con Elliot. Somos pequeños. Correteamos entre los árboles. Riendo. Cortando manzanas. Comiendo manzanas. El abuelo nos está mirando. Y también ríe.

Estamos en un kayak con mamá. Papá y Mia van por delante de nosotros. Estamos echando una carrera con papá.

Elliot y yo remamos con la furia de los doce años. Mamá ríe. Mia nos salpica agua con su remo.

—*¡Carajo, Elliot!*

Estamos en nuestro kayak Hobie Cat. Él lleva la caña del timón y navegamos escorados con el casco en el aire, cortando el viento por el lago Washington. Elliot salta de felicidad mientras vamos montados en el trapecio lateral del casco. Estamos empapados. Extasiados. Y luchamos contra el viento.

Le estoy haciendo el amor a Ana. Respirando su perfume. Besándole el cuello, los pechos.

Mi cuerpo reacciona.

Mierda. No. Abro los ojos y me quedo mirando el funcional candelabro de bronce que cuelga del techo blanco, y me remuevo en el asiento.

¿De qué están hablando?

Me pongo de pie y empiezo a dar vueltas por la sala. Pero vuelvo a sentarme y hojeo uno de los números de la *National Geographic*, la única revista que Flynn ofrece en su sala de espera.

No logro interesarme por ninguno de los artículos.

Pero las fotos son bonitas.

No puedo soportarlo. Vuelvo a caminar. Luego me siento y localizo la dirección de la casa que vamos a visitar. ¿Y si a Ana no le gusta lo que le dice Flynn y no quiere volver a verme? Tendré que llamar a Andrea para que anule la cita con la inmobiliaria.

Me levanto y, antes de saber lo que hago, estoy en la calle para alejarme de la conversación. La conversación sobre mí.

Doy tres vueltas a la manzana y regreso a la consulta de Flynn. Janet no dice nada cuando paso resueltamente por delante de ella, llamo a la puerta y entro.

Flynn me mira con sonrisa benévola.

—Bienvenido de nuevo, Christian —dice.

—Creo que ya ha pasado la hora, John.

—Ya casi estamos, Christian. Pasa.

Me siento junto a Ana y le pongo una mano sobre la rodilla. Ella no corresponde a mi gesto, y eso es frustrante, pero tampoco aparta la pierna para que no la toque.

—¿Quieres preguntar algo más, Ana?

Ella sacude la cabeza.

—¿Christian?

—Hoy no, John.

—Puede que sea beneficioso para los dos que vuelvan. Estoy seguro de que Ana tendrá más preguntas.

Si eso es lo que ella quiere. Si eso es lo que necesitamos. Le doy una palmadita en la mano y su mirada se cruza con la mía.

—¿De acuerdo? —pregunto con amabilidad.

Ella asiente con la cabeza y sonríe para confirmarlo. Espero que el apretón que le he dado le transmita lo aliviado que me siento. Me vuelvo hacia el doctor Flynn.

—¿Cómo está? —le pregunto, y él sabe que me refiero a Leila.

—Saldrá de esta —dice.

—Bien. Mantenme informado de su evolución.

—Lo haré.

Me vuelvo hacia Ana.

—¿No deberíamos salir a celebrar tu ascenso?

Su tímido gesto de asentimiento es un alivio.

Con la mano por encima de su cintura, guío a Ana hasta la salida de la consulta. Estoy impaciente por saber de qué han hablado. Quiero saber si la ha asustado.

—¿Cómo te fue? —pregunto, intentando sonar indiferente, mientras salimos a la calle.

—Bien.

¿Y? Ana, estoy a punto de tener un infarto.

Me mira y no tengo ni idea de qué está pensando. Es desconcertante y molesto. Frunzo el entrecejo.

—Señor Grey, por favor, no me mire de esa manera. Por órdenes del doctor, voy a concederte el beneficio de la duda.

—¿Qué quiere decir eso?

—Ya lo verás.

¿Se casará conmigo o no? Su adorable sonrisa no me da ninguna pista.

Maldición. No va a contármelo. Me va a dejar con la duda.

—Sube al coche —espeto y le abro la puerta.

Suena su celular y me mira con recelo antes de responder.

—¡Hola! —dice con entusiasmo.

¿Quién es?

«José», me dice moviendo los labios y responde la pregunta implícita.

—Perdona que no te haya llamado. ¿Es por lo de mañana? —le pregunta, pero sin dejar de mirarme—. Bueno, de hecho ahora estoy instalada en casa de Christian, y él dice que si quieres puedes quedarte a dormir allí.

Ah, sí. Tiene que entregar las impresionantes fotos de Ana, sus cartas de amor para ella.

Acoge a sus amigos, Grey.

Ella frunce el ceño, se vuelve y camina por la acera para ir a apoyarse contra el edificio.

¿Está bien? La observo con cautela. A la espera.

—Sí. Va en serio —responde ella con expresión tensa.

¿Qué es lo que va en serio?

—Sí —responde y luego resopla, indignada—. Claro… Puedes venir a buscarme al trabajo… Te mando un mensaje con la dirección… A las seis —sonríe—. Estupendo. Nos vemos.

Cuelga el teléfono y regresa al coche.

—¿Cómo está tu amigo? —pregunto.

—Está bien. Me recogerá en el trabajo y supongo que iremos a tomar algo. ¿Quieres venir con nosotros?

—¿No crees que intentará algo?

—¡No!

—De acuerdo —levanto las manos en señal de rendición—. Sal con tu amigo, y ya te veré a última hora de la tarde. ¿Ves cómo puedo ser razonable?

Frunce los labios. Creo que le parece divertido.

—¿Puedo conducir?

—Preferiría que no.

—¿Por qué, si se puede saber?

—Porque no me gusta que me lleven.

—Esta mañana no te importó, y tampoco parece que te moleste mucho que Taylor te lleve.

—Es evidente que confío en la forma de conducir de Taylor.

—¿Y en la mía no? —exclama y se pone las manos en las caderas—. Francamente… tu obsesión por el control no tiene límites. Conduzco desde los quince años.

Me encojo de hombros. Quiero conducir.

—¿Este coche es mío?

—Claro que es tuyo.

—Pues dame las llaves, por favor. Lo he conducido dos veces, y únicamente para ir y volver del trabajo. Sólo lo estás disfrutando tú.

Se cruza de brazos y se mantiene en sus trece, tozuda como siempre.

—Pero si no sabes a dónde vamos.

—Estoy segura de que usted podrá informarme, señor Grey. Hasta ahora lo ha hecho muy bien.

Y con esas sencillas palabras apacigua el momento. Es la persona más persuasiva que he conocido jamás. No va a responder a mi pregunta. Me ha dejado con la duda, y quiero pasar el resto de mi vida con ella.

—Así que lo he hecho bien, ¿eh? —le pregunto sonriendo.

Se sonroja.

—En general, sí.

Y se le ilumina la mirada porque esto la divierte.

—Bien, en ese caso…

Le doy las llaves y le abro la puerta del conductor.

Respiro con fuerza cuando se incorpora al tráfico.

—¿A dónde vamos? —pregunta, y debo recordar que no lleva viviendo el tiempo suficiente en Seattle para orientarse.

—Continúa por esta calle.

—¿No vas a ser más concreto? —pregunta.

Le dedico una ligera sonrisa.

Ojo por ojo, nena.

Ella entrecierra los ojos.

—En el semáforo, gira a la derecha —digo.

Ella frena con demasiada brusquedad, y ambos salimos disparados hacia delante, pone el intermitente y continúa.

—Cuidado, ¡Ana!

Aprieta los labios.

—Aquí a la izquierda —Ana pisa el acelerador hasta el fondo y salimos disparados calle arriba—. Demonios... cuidado, Ana —me agarro al tablero—. ¡Más despacio!

¡Va a sesenta por hora por un barrio residencial!

—¡Estoy yendo despacio! —grita y pisa el freno.

Suspiro y voy directo al grano de lo que quiero saber, intentando parecer tranquilo, pero fracasando estrepitosamente.

—¿Qué te dijo el doctor Flynn?

—Ya te expliqué. Dice que debería concederte el beneficio de la duda.

Ana pone el intermitente para detenerse.

—¿Qué estás haciendo?

—Dejar que conduzcas tú.

—¿Por qué?

—Así podré mirarte.

Me río.

—No, no... querías conducir tú. Así que sigue conduciendo, seré yo quien te mire a ti.

Se vuelve para decirme algo.

—¡No apartes la vista del camino! —grito.

Frena de golpe, haciendo chirriar las ruedas, justo delante de un semáforo, se quita el cinturón y sale disparada del coche y da un portazo.

Pero ¿qué diablos...?

Se queda plantada en la acera con los brazos cruzados, a la defensiva y enfadada, mirándome de reojo. Yo bajo torpemente tras ella.

—¿Qué estás haciendo? —pregunto, completamente perdido.

—No, ¿qué estás haciendo tú?

—No puedes pararte aquí.

Y señalo el Saab abandonado.

—Ya lo sé.

—Entonces, ¿por qué lo haces?

—Porque ya estoy harta de que me des órdenes a gritos. ¡O conduces tú o dejas de comentar cómo conduzco!

—Anastasia, vuelve a entrar en el coche antes de que nos pongan una multa.

—No.

Me paso las manos por el pelo. ¿Qué le ha dado ahora?

La miro. Estoy perdido. Su expresión cambia, se suaviza. Maldita sea, ¿está burlándose de mí?

—¿Qué? —le pregunto.

—Tú.

—¡Oh, Anastasia! Eres la mujer más frustrante que he conocido en mi vida —levanto las manos al aire—. Muy bien, conduciré yo.

Me agarra por las solapas del saco y me empuja contra su cuerpo.

—No… usted es el hombre más frustrante que he conocido en mi vida, señor Grey.

Me mira con esos ojos azules tan ingenuos que me desarman y me abruman, y estoy perdido. Perdido de otra forma. La rodeo con los brazos y la apretujo con fuerza.

—Entonces puede que estemos hechos el uno para el otro.

Huele de maravilla. Deberían hacer un perfume con su olor.

Relajante… sexy… Ana.

Me abraza con fuerza y apoya la mejilla sobre mi torso.

—Oh… Ana, Ana, Ana.

Beso su cabello y la abrazo.

Es extraño estar abrazándola en la calle.

Otra primera vez. No. Es la segunda. La abracé en la calle cerca del Escala.

Ella se mueve y la suelto, y, sin mediar palabra, abro la puerta del acompañante y ella sube al coche.

Una vez al volante, lo pongo en marcha y me incorporo al tráfico. Suena una canción de Van Morrison por el hilo musical y yo la tarareo mientras nos incorporamos por la rampa a la interestatal 5.

—Si nos hubieran puesto una multa, este coche está a tu nombre, ¿sabes? —le digo.

—Bueno, pues qué bien que me hayan ascendido. Así podré pagarla.

Y oculto mi sonrisa mientras nos adentramos en la interestatal 5, en dirección norte.

—¿A dónde vamos? —pregunta.

—Es una sorpresa. ¿Qué más te dijo Flynn?

—Habló de la FFFSTB o no sé qué terapia.

—SFBT. La última opción terapéutica.

—¿Has probado otras?

—Nena, me he sometido a todas. Cognitiva, freudiana, funcionalista, Gestalt, del comportamiento… Escoge la que quieras, que durante estos años seguro que la he probado.

—¿Crees que este último enfoque te ayudará?

—¿Qué ha dicho Flynn?

—Que no escarbáramos en tu pasado. Que nos centráramos en el futuro… en la meta a la que quieres llegar.

Asiento con la cabeza, pero no entiendo por qué no ha aceptado mi propuesta.

Esa es la meta a la que quiero llegar.

El matrimonio.

Quizá Flynn haya dicho algo que la ha desanimado.

—¿Qué más? —pregunto, intentando obtener algún indicio de lo que podría haber dicho él para disuadirla.

—Habló de tu miedo a que te toquen, aunque él lo ha llamado de otra forma. Y sobre tus pesadillas, y el odio que sientes hacia ti mismo.

Me vuelvo para mirarla a los ojos.

—Mire el camino, señor Grey —me riñe.

—Estuvieron hablando mucho rato, Anastasia. ¿Qué más te dijo?

—Él no cree que seas un sádico.

—¿De verdad?

Flynn y yo diferimos en ese aspecto. Él no puede ponerse en mi pellejo. En realidad no lo entiende.

Ana sigue hablando.

—Dice que la psiquiatría no admite ese término desde los años noventa.

—Flynn y yo tenemos opiniones distintas al respecto.

—Él dice que tú siempre piensas lo peor de ti mismo. Y yo sé que eso es verdad. También mencionó el sadismo sexual… pero dijo que eso es una opción vital, no un trastorno psiquiátrico. Quizá sea en eso en lo que estás pensando.

Ana, no tienes ni idea.

Jamás conocerás las profundidades de mi depravación.

—Así que tienes una charla con el médico y te conviertes en una experta.

Suspira.

—Mira… si no quieres oír lo que me ha dicho, entonces no preguntes —me dice.

Bien jugado, señorita Steele.

Grey, deja de acosar a la chica.

Ella centra su atención en los coches que pasan.

Maldición.

—Quiero saber de qué hablaron —digo en un tono que espero que suene conciliador.

Salgo de la interestatal 5 y me dirijo hacia el oeste por la calle Ochenta y cinco Noroeste.

—Dijo que yo era tu amante.

—¿Ah, sí? Bueno, es bastante maniático con los términos. A mí me parece una descripción bastante exacta. ¿A ti no?

—¿Tú considerabas amantes a tus sumisas?

¿Amantes? ¿Leila? ¿Susannah? ¿Madison? Recuerdo a cada una de mis sumisas.

—No. Eran compañeras sexuales. Tú eres mi única amante. Y quiero que seas algo más.

—Lo sé. Sólo necesito un poco de tiempo, Christian. Para reflexionar sobre estos últimos días.

La miro con la cabeza ladeada.

¿Por qué no lo ha dicho antes?

Puedo soportarlo.

Por supuesto que puedo darle un tiempo.

Esperaría hasta que el tiempo se detuviera, por ella.

Me relajo y disfruto del viaje. Estamos en los barrios residenciales a las afueras de Seattle, pero nos dirigimos hacia el oeste en dirección al estrecho. Creo que he preparado la cita para el momento justo. Veremos el crepúsculo sobre el Sound.

—¿A dónde vamos? —pregunta.

—Sorpresa.

Me mira con una sonrisa llena de curiosidad y se vuelve para contemplar los alrededores por la ventana.

Pasados diez minutos veo las rejas blancas de metal oxidado que reconozco gracias a la foto que he visto por internet. Estaciono al principio de un espectacular sendero de entrada e introduzco el código de seguridad en el teclado de la puerta. Con un chirrido, las pesadas rejas se abren de par en par.

Miro de reojo a Ana.

¿Le gustará este lugar?

—¿Qué es esto? —pregunta.

—Una idea.

Cruzo entre las verjas con el Saab.

El sendero de entrada es más largo de lo que había imaginado. A un lado hay un jardín invadido por la maleza. Es lo bastante grande para instalar una pista de tenis o una cancha de baloncesto, o ambas cosas.

—*Eh, hermanito, vamos a tirar unas canastas.*

—*Elliot, estoy leyendo.*

—*La lectura no te ayudará a acostarte con nadie.*

—*Vete al diablo.*

—*Unas canastas. Vamos, hermano… —gimotea.*

A regañadientes dejo mi maltrecho ejemplar de Oliver Twist *y lo sigo hasta la cancha.*

Ana parece anonadada cuando llegamos a la entrada con su grandioso pórtico, y yo me estaciono junto a un BMW que hay allí. La casa es muy amplia y bastante e imponente desde fuera.

Apago el motor, y Ana está desconcertada.

—¿Me prometes mantener una actitud abierta? —le pregunto.

Enarca una ceja.

—Christian, desde el día en que te conocí he necesitado mantener una actitud abierta.

No puedo estar más de acuerdo. Tiene razón. Como siempre.

La agente inmobiliaria está esperando en el enorme vestíbulo.

—Señor Grey —me saluda con una cálida sonrisa y me estrecha la mano.

—Señorita Kelly.

—Olga Kelly —se presenta a Ana.

—Ana Steele —responde ella.

La agente inmobiliaria se hace a un lado. La casa huele ligeramente a humedad por lo que debe de llevar meses deshabitada. Pero no estoy aquí para contemplar el interior.

—Ven.

Tomo a Ana de la mano. Como he estudiado los planos con detenimiento, sé adónde quiero ir y cómo llegar hasta allí. La conduzco desde el recibidor a través de un pasaje abovedado hasta un vestíbulo interior, dejamos atrás una gran escalinata y entramos a lo que, en otro tiempo, fue el salón principal.

Allí hay varias puertas de cristal en el fondo, lo cual es maravilloso porque el lugar necesita ventilación. Sujeto a Ana de la mano con más fuerza, y la llevo por la puerta más próxima hasta la terraza del exterior.

La vista es absolutamente sobrecogedora y espectacular, tal como se adivinaba por las fotografías: el Sound ofrece una panorámica gloriosa al atardecer. Ya se ven las luces parpadeantes en las lejanas orillas de la isla de Bainbridge, donde estuvimos navegando la semana pasada, y, más allá, la península Olympic.

El cielo se ve gigantesco y la puesta de sol es impresionante.

Ana y yo estamos de pie, tomados de la mano, y contemplamos y disfrutamos de la asombrosa vista. Ella tiene una expresión radiante. Le encanta.

Se vuelve para mirarme.

—¿Me trajiste aquí para admirar la vista?

Asiento con la cabeza.

—Es extraordinaria, Christian. Gracias —dice y se queda contemplando de nuevo el cielo de color ópalo.

—¿Qué te parecería poder contemplarla durante el resto de tu vida?

Empieza a palpitarme el corazón con fuerza.

Vaya frasecita, Grey.

Se vuelve de golpe para mirarme. Está anonadada.

—Siempre he querido vivir en la costa —le explico—. He navegado por todo el Sound soñando con estas casas. Ésta lleva poco tiempo en venta. Quiero comprarla, echarla abajo y construir una nueva... para nosotros.

Abre muchísimo los ojos.

—Sólo es una idea —susurro.

Se vuelve para mirar hacia el antiguo salón.

—¿Por qué quieres derribarla? —pregunta.

—Me gustaría construir una casa más sostenible utilizando las técnicas ecológicas más modernas. Elliot podría diseñarla.

—¿Podemos echar un vistazo a la casa?

—Claro.

Me encojo de hombros. ¿Para qué quiere echar un vistazo?

Sigo a Ana y a la agente mientras esta nos enseña la casa. Olga Kelly está como pez en el agua y nos dirige por las numerosas estancias, describiendo las características de cada una. El motivo que tiene Ana para querer visitar toda la vivienda es un misterio para mí.

Mientras ascendemos por la grandiosa escalinata, ella se vuelve hacia mí.

—¿No podría convertirse la casa ya existente en una más ecológica y autosustentable?

¿Esta casa?

—Tendría que preguntárselo a Elliot. Él es el experto.

A Ana le gusta esta casa.

Conservar la estructura de la vivienda no entraba dentro de mis planes.

La agente inmobiliaria nos lleva a la suite principal. Tiene unos ventanales hasta el techo que dan a un balcón con vistas espectaculares. Ambos nos quedamos quietos un instante y contemplamos el cielo que va oscureciéndose y los últimos rayos de sol todavía visibles. Es una vista gloriosa.

Nos paseamos por el resto de estancias; son muchas y la última da a la fachada principal. La agente sugiere que el jardín sería una ubicación ideal para un cercado y unos establos para los caballos.

—¿El cercado estaría en los terrenos del jardín? —pregunta Ana en tono interrogante.

—Sí —contesta, radiante, la agente.

Cuando volvemos a la planta baja, nos dirigimos nuevamente hacia la terraza y yo me replanteo mis planes. La casa no es el lugar donde me imaginaba viviendo, pero parece tener buenos cimientos y es lo bastante sólida, y, tras una profunda reforma, podría satisfacer nuestras necesidades. Miro de reojo a Ana. ¿A quién quiero engañar?

Allí donde esté ella, estará mi hogar.

Si esto es lo que quiere…

En la terraza la tomo de la mano.

—¿Demasiadas cosas que digerir? —pregunto.

Ana asiente en silencio.

—Quería comprobar que te gustaba antes de comprarla.

—¿La vista?

Asiento.

—La vista me encanta, y esta casa también.

—¿Te gusta?

—Christian, me tenías ya convencida desde el jardín —dice con una tímida sonrisa.

Eso quiere decir que no va a marcharse.

Seguro.

Tomo su cara entre mis manos, hundo mis dedos en su cabello y vierto toda mi gratitud en un beso.

—Gracias por la visita —digo a la señorita Kelly—. Estaremos en contacto.

—Gracias a usted, señor Grey. Ana —dice y se despide alegremente dándonos la mano.

¡A Ana le gusta!

El alivio que siento es palpable cuando volvemos a subir al Saab. Olga ha encendido las luces del exterior, y el sendero está flanqueado por farolas parpadeantes. La casa está atrapándome. Tiene el don de ser una estructura que se expande, grandiosa. Estoy seguro de que Elliot puede obrar su magia en este lugar y hacerlo más ecológicamente sostenible.

—Entonces, ¿vas a comprarla? —me pregunta Ana cuando ya vamos de regreso a Seattle.

—Sí.

—¿Pondrás a la venta el departamento del Escala?

—¿Por qué iba a hacer eso?

—Para pagar la… —deja la frase inacabada.

—Créeme, puedo permitírmelo.

—¿Te gusta ser rico?

Siento ganas de reír.

—Sí. Dime de alguien a quien no le guste.

Se muerde el dedo.

—Anastasia, si aceptas mi proposición, tú también vas a tener que aprender a ser rica.

—La riqueza es algo a lo que nunca he aspirado, Christian.

—Lo sé, y eso me encanta de ti. Pero también es verdad que nunca has pasado hambre.

De soslayo veo que se ha vuelto y está mirándome, pero no logro adivinar su expresión en la oscuridad.

—¿A dónde vamos? —pregunta, y sé que lo hace para cambiar de tema.

—A celebrarlo.

—¿A celebrar qué? ¿La casa?

—¿Ya no te acuerdas? Tu puesto de editora.

—Ah, sí.

—¿Dónde?

—Arriba, en mi club.

A esta hora todavía servirán comidas y estoy hambriento.

—¿En tu club?

—Sí. En uno de ellos.

—¿A cuántos perteneces?

—A tres.

Por favor, no me preguntes sobre ellos.

—¿Son clubes privados para caballeros? ¿No se permite la entrada a mujeres? —pregunta, burlona, y sé que está tomándome el pelo.

—Sí se permite la entrada a mujeres. En todos ellos.

Sobre todo en uno. Es el paraíso del dominante. Aunque llevo tiempo sin ir.

Ella me lanza una mirada inquisitoria.

—¿Qué? —pregunto.

—Nada —responde.

Dejo el Saab con el valet parking y subimos hasta el Mile High Club, en lo alto de la Columbia Tower. Nuestra mesa estará lista de inmediato, así que hacemos tiempo en la barra.

—¿Una copa, señora?

Entrego a Ana una copa de champán frío.

—Vaya, gracias, señor.

Ella hace énfasis en la última palabra con un pestañeo provocativo. Mueve las piernas para que yo se las mire. Tiene el vestido ligeramente levantado y se le ve un fragmento de muslo.

—¿Está coqueteando conmigo, señorita Steele?

—Sí, señor Grey, estoy coqueteando. ¿Qué piensa hacer al respecto?

Oh, Ana. Me encanta cuando me desafías.

—Seguro que se me ocurrirá algo —murmuro. Carmine, la jefa de sala, me hace un gesto con la mano—. Ven, nuestra mesa está lista.

Me levanto y le tiendo una mano mientras ella salta con gracilidad del taburete; yo la sigo. Este vestido le hace un trasero estupendo.

Ah… Se me ocurre una idea maliciosa.

Antes de que Ana tome asiento en nuestra mesa, la sujeto por el codo.

—Ve a quitarte las bragas —le susurro al oído—. Ve.

Ahora mismo.

A ella se le corta la respiración un instante, y me acuerdo de la última vez que fue sin bragas y de cómo le dio la vuelta a la situación; quizá vuelva a hacerlo. Me lanza una mirada arrogante, pero me entrega la copa de champán sin mediar palabra y se marcha contoneándose hacia el tocador de mujeres.

Mientras espero en la mesa voy leyendo la carta. Me recuerda a nuestra cena en la sala privada del Heathman. Llamo al mesero y tengo la esperanza de que Ana no se enfade esta vez si pido yo por los dos.

—¿Puedo ayudarle, señor Grey?

—Por favor. Una docena de ostras Kumamoto para empezar. Luego, dos raciones de lubina con salsa holandesa y papas salteadas. Con guarnición de espárragos.

—Muy bien, señor. ¿Desea algo de la lista de vinos?

—No por ahora. Seguiremos con el champán.

El mesero se aleja a toda prisa y Ana reaparece, con una sonrisa cómplice en los labios.

Oh, Ana. Quiere jugar… pero no pienso tocarla. Todavía.

Quiero volverla loca.

Me pongo de pie y señalo la silla con la mano.

—Siéntate a mi lado —ella se acomoda y yo también me siento, con cuidado de no colocarme muy cerca—. He elegido por ti. Espero que no te importe.

Procurando no tocar sus dedos con los míos le entrego su copa de champán.

Se mueve con nerviosismo a mi lado, pero toma un sorbo de champán.

El mesero regresa con las ostras dispuestas sobre hielo picado.

—Me parece que las ostras te gustaron la última vez que las probaste.

—La única vez que las he probado

Se le corta la respiración. Está tan excitada…

—Oh, señorita Steele… ¿cuándo aprenderá? —le pregunto de forma provocativa y tomo una ostra del plato.

Levanto la otra mano de su muslo y ella se echa hacia atrás esperando que la toque, pero yo tomo una rodaja de limón.

—¿Aprender qué? —susurra mientras yo exprimo el limón para rociar con su jugo el marisco.

—Come —sostengo la concha cerca de su boca. Ella separa los labios y yo le apoyo la ostra sobre el labio inferior—. Echa la cabeza hacia atrás muy despacio.

Ella cierra los ojos mientras la saborea y yo me sirvo una.

—¿Otra? —pregunto.

Ella asiente con la cabeza y, esta vez, añado un poco de salsa *mignonette* y sigo sin tocar a Ana. Ella se la traga y se lame los labios.

—¿Está bueno?

Asiente con la cabeza.

Me como otra y le doy una más a ella.

—Mmm… —gime, y ese sonido retumba a lo largo de toda mi verga.

—¿Te siguen gustando las ostras? —le pregunto cuando se traga la última.

Asiente una vez más.

—Bien.

Me pongo las manos sobre los muslos, flexiono los dedos y me siento gratificado cuando ella se remueve en el asiento junto a mí. Pero, por mucho que lo desee, reprimo mis ganas de tocarla. El mesero nos rellena las copas de champán y retira los platos. Ana aprieta los muslos y se los frota con las manos. Y yo creo oír un gemido de frustración.

Oh, nena. ¿Deseas que te toque?

El mesero regresa con los platos principales.

Ana me mira con recelo cómplice cuando colocan el plato sobre la mesa.

—¿Uno de sus platos favoritos, señor Grey?

—Sin duda, señorita Steele. Aunque creo que en el Heathman comimos bacalao.

—Creo recordar que entonces estábamos en un reservado discutiendo un contrato.

—Qué tiempos aquellos... Esta vez espero conseguir cogerte.

Alargo la mano para agarrar el cuchillo y ella se remueve a mi lado. Doy un bocado a la lubina.

—No cuentes con ello —musita y sé, sin mirarla, que está frunciendo los labios.

Ah, ¿está usted jugando a hacerse la estrecha, señorita Steele?

—Hablando de contratos —prosigue—: el acuerdo de confidencialidad.

—Rómpelo.

—¿Qué? ¿En serio?

—Sí.

—¿Estás seguro de que no iré corriendo al *Seattle Times* con una exclusiva?

Me río porque sé lo tímida que es.

—No, confío en ti. Voy a concederte el beneficio de la duda.

—Lo mismo digo —replica.

—Estoy encantado de que lleves vestido.

—Entonces, ¿por qué no me has tocado?

—¿Añoras mis caricias? —pregunto provocándola.

—Sí —exclama.

—Come.

—No vas a tocarme, ¿verdad?

—No.

Disimulo lo mucho que me estoy divirtiendo.

Parece indignada.

—Imagina cómo te sentirás cuando lleguemos a casa —añado—. Estoy impaciente por llevarte a casa.

—Si empiezo a arder aquí, en el piso setenta y seis, será culpa tuya.

Parece enojada.

—Oh, Anastasia, ya encontraremos el modo de apagar el fuego.

Entrecierra los ojos y da un bocado a su cena. La lubina está deliciosa, y yo estoy hambriento. No para de retorcerse y se le sube un poco el vestido, lo cual deja más carne a la vista. Da otro bocado, deja el cuchillo y se mete la mano por la cara interna del muslo, tamborileando con los dedos a medida que asciende.

Está jugando conmigo.

—Sé lo que estás haciendo.

—Ya sé que lo sabe, señor Grey. De eso se trata.

Toma un espárrago, me mira de soslayo por debajo de las pestañas, y luego lo moja en la salsa holandesa, haciendo girar la punta una y otra vez.

—No crea que me está devolviendo la pelota, señorita Steele —le quito el espárrago—. Abre la boca.

Lo hace y se lame el labio inferior.

Tentadora, señorita Steele. Muy tentadora.

—Más —ordeno, y se muerde el labio inferior pero obedece, y se mete todo el tallo en la boca y lo succiona.

Diablos.

Eso podría ser mi verga.

Ella gime en voz baja, le da un mordisco e intenta tocarme.

La detengo con la otra mano.

—Ah, no. No haga eso, señorita Steele —le acaricio los nudillos con los labios—. No me toques —la regaño, y le pongo una mano sobre la rodilla.

—No juegas limpio.

—Lo sé —levanto mi copa de champán—. Felicidades por su ascenso, señorita Steele.

Entrechocamos las copas.

—Sí, no me lo esperaba —dice, y parece un poco desanimada.

¿Acaso duda de sí misma? Espero que no.

—Come —digo para cambiar de tema—. No te llevaré a casa hasta que te termines la comida, y entonces lo celebraremos de verdad.

—No tengo hambre. No de comida.

Ana... Ana... Te distraes tan fácilmente.

—Come, o te pondré sobre mis rodillas, aquí mismo, y daremos un espectáculo delante de los demás clientes.

Se remueve en el asiento, y me hace pensar que no le importaría recibir unos azotes, pero frunce los labios y entiendo algo totalmente distinto. Tomo un espárrago, mojo la punta en la salsa holandesa.

—Cómete esto —le ordeno con voz seductora.

Obedece sin dejar de mirarme.

—No comes como es debido. Has perdido peso desde que te conozco.

—Sólo quiero ir a casa y hacer el amor.

Sonrío.

—Yo también, y eso haremos. Come.

Suspira, como derrotada, y se dispone a comer. Yo la imito.

—¿Has sabido algo de tu amigo? —le pregunto.

—¿Cuál?

—El tipo que está en tu departamento.

—Ah, Ethan. No desde que llevó a comer a Mia.

—Tengo negocios con su padre y el de Kate.

—¿Ah, sí?

—Sí. Kavanagh parece un tipo de fiar.

—Conmigo siempre se ha portado bien —responde, y con ello apacigua mis recelos previos sobre una adquisición hostil del negocio de Kavanagh.

Ana termina su cena y deja el cuchillo y el tenedor sobre su plato.

—Buena chica

—¿Ahora qué? —pregunta con expresión anhelante.

—¿Ahora? Nos vamos. Creo que tiene usted ciertas expectativas, señorita Steele. Las cuales voy a intentar complacer lo mejor que sé.

—¿Lo... mejor... que sabes? —balbucea.

Sonrío y me pongo de pie.

—¿No vamos a pagar?

—Soy miembro de este club, ya me mandarán la factura. Vamos, Anastasia, tú primero.

Me hago a un lado, Ana se levanta de la mesa y se detiene junto a mí para alisarse el vestido sobre los muslos.

—Estoy impaciente por llegar a casa.

La sigo hasta la salida del restaurante y me detengo a hablar con la jefa de sala.

—Gracias, Carmine. Soberbio, como siempre.

—No hay de qué, señor Grey.

—¿Puedes avisar para que me traigan el coche a la puerta principal?

—No hay problema. Buenas noches.

Cuando entramos en el ascensor, sujeto a Ana por el codo y la empujo hacia el rincón del fondo. Me sitúo por detrás de ella y me quedo mirando mientras otras parejas entran también.

Maldición. Linc, el ex de Elena, también entra, y lleva un traje marrón color mierda. Vaya imbécil.

—Grey —asiente educadamente mirándome.

Yo le devuelvo el saludo y me siento aliviado cuando se da media vuelta. El hecho de que esté aquí, a sólo un par de centímetros, convierte en algo más excitante lo que estoy a punto de hacer.

Las puertas se cierran y me arrodillo a toda prisa, fingiendo que estoy atándome los cordones. Apoyo la mano en el tobillo de Ana y, al levantarme, se la paso por la espinilla, subo hasta la rodilla, llego hasta el muslo y por fin, al culo. Su culo al aire.

Ella se tensa cuando le pongo el brazo izquierdo alrededor de la cintura y tiro de ella hacia mí mientras desciendo con los dedos por su trasero hasta el sexo. El ascensor se detiene en otra planta y tenemos que apretujarnos en el fondo para ocupar una sola plaza, porque suben más personas. Pero no me interesan. Voy acariciándole el clítoris poco a poco, una vez, dos, tres y vuelvo a colocar los dedos en su fuente de calor.

—Siempre tan dispuesta, señorita Steele —le susurro mientras le meto la punta del dedo y oigo un leve gemido—. Estate quieta y callada —le advierto, de manera que sólo ella pueda oírme.

Poco a poco voy metiendo y sacando el dedo, una y otra vez, y estoy cada vez más excitado. Ella me toma por el brazo con el que le rodeo la cintura y me da un apretón. Está sujetándose. Se le acelera la respiración, y sé que intenta no hacer ruido mientras yo la atormento en silencio con los dedos.

El movimiento del ascensor cuando frena para recoger más ocupantes aumenta el ritmo. Ella se sacude contra mi cuerpo, levanta el trasero para pegarlo más a mi mano; quiere más. Más deprisa.

Oh, mi niña codiciosa.

—Sht —musito y hundo la nariz en su cabello.

Le meto un segundo dedo y sigo metiéndolos y sacándolos.

Ella echa la cabeza hacia atrás sobre mi torso, y deja su cuello expuesto. Quiero besarla, pero eso llamaría demasiado la atención sobre lo que estamos haciendo. Se apretuja más contra mí.

Maldita sea. Estoy a punto de estallar. Me aprietan demasiado los jeans. La deseo, pero no en este lugar, la verdad.

Me clava los dedos.

—No te vengas. Eso lo quiero para después —susurro, y despliego la palma de mi mano sobre su vientre y presiono hacia abajo, sabiendo que ese movimiento aumentará todas las sensaciones que está experimentando ahora.

Tiene la cabeza totalmente laxa sobre mi pecho y está mordiéndose el labio inferior.

El ascensor se detiene.

Se oye un fuerte «ping» y las puertas se abren en la planta baja.

Retiro la mano lentamente mientras los ocupantes bajan y la beso en la nuca.

Bien hecho, Ana.

No nos ha delatado.

La tengo sujeta durante un rato más.

Linc se vuelve y se despide con un gesto de cabeza al salir con una mujer, que supongo es su actual esposa. Cuando estoy seguro de que Ana puede sostenerse sin ayuda, la suelto. Ella me mira, con los ojos nublados y oscurecidos por el deseo.

—¿Lista? —pregunto, y le meto dos dedos en la boca durante un breve instante—. Pura delicia, señorita Steele.

La miro con sonrisa maliciosa.

—No puedo creer que acabes de hacer eso —musita, jadeante y excitada.

—Le sorprendería lo que soy capaz de hacer, señorita Steele —alargo la mano y le recojo un mechón de pelo para colocárselo detrás de la oreja—. Quiero poseerte en casa, pero es posible que no pasemos del coche.

Le sonrío con disimulo, compruebo que el saco me tapa la entrepierna y luego la tomo de la mano para sacarla del ascensor.

—Vamos —la invito.

—Sí, quiero hacerlo.

—¡Señorita Steele!

—Nunca he tenido sexo en un coche —dice mientras sus taconeos retumban sobre el suelo de mármol.

Me detengo y le levanto la cara por la barbilla para mirarla a los ojos.

—Me alegra mucho oír eso. Debo decir que me habría sorprendido mucho, por no decir molestado, que no hubiera sido así.

—No quería decir eso —resopla.

—¿Qué querías decir?

—Sólo era una forma de hablar, Christian.

—Ya. La famosa expresión: «Nunca he tenido sexo en un coche». Sí, es muy conocida.

Me burlo de ella, es tan fácil provocarla...

—Christian, lo he dicho sin pensar... Por Dios, acabas de... hacerme eso en un ascensor lleno de gente. Tengo la mente aturdida.

—¿Qué te he hecho?

Aprieta los labios.

—Me has excitado. Muchísimo. Ahora llévame a casa y cógeme.

Me echo a reír, sorprendido. No tenía ni idea de que podía ser tan directa.

—Es usted una romántica empedernida, señorita Steele.

Le doy la mano y nos dirigimos hacia el valet parking, que tiene el coche estacionado y listo. Le entrego una cuantiosa propina y abro la puerta del acompañante para Ana.

—¿Así que quieres sexo en el coche? —pregunto, al tiempo que pongo en marcha el motor.

—La verdad es que en el suelo del vestíbulo también me habría parecido bien.

—Créeme, Ana, a mí también. Pero no me gusta que me detengan a estas horas de la noche, y tampoco quería cogerte en un lavabo. Bueno, hoy no.

—¿Quieres decir que existía esa posibilidad?

—Pues sí.

—Regresemos.

Me vuelvo y veo su expresión seria. A veces me sorprende tanto. Me echo a reír, y no tardamos en reírnos los dos. Es algo catártico después de la tensión sexual creciente. Le pongo una mano sobre la rodilla para acariciarla y ella deja de reír y me mira con sus enormes ojos oscurecidos.

Podría sumergirme en ellos y no volver a emerger. Es tan hermosa…

—Paciencia, Anastasia —musito y nos ponemos en marcha en dirección a la Quinta Avenida.

Ella permanece callada, pero inquieta, mientras regresamos, aunque va lanzándome miradas soslayadas por debajo de sus pestañas negras.

Conozco esa mirada.

Sí… Ana… yo también te deseo.

En todos los sentidos… Por favor, di que sí.

El Saab entra en el estacionamiento del Escala. Apago el motor pensando en su deseo de practicar sexo en el coche. Debo admitir que yo tampoco lo he hecho nunca. Está mordiéndose el labio, su expresión es… lasciva.

Tan lasciva que me la pone dura.

Con ternura, le aparto los dientes del labio con los dedos. Me encanta que me desee tanto como yo a ella.

—Cogeremos en el coche en el momento y el lugar que yo escoja —susurro—. Pero ahora mismo quiero poseerte en todas las superficies disponibles de mi departamento.

—Sí —dice, aunque no le he hecho una pregunta.

Me inclino hacia ella y cierra los ojos y frunce los labios, ofreciéndome un beso. Tiene las mejillas ligeramente sonrojadas.

Echo un vistazo rápido alrededor del coche.

Podríamos hacerlo.

No.

Abre los ojos; espera con impaciencia.

—Si te beso ahora, no conseguiremos llegar a casa. Vamos.

Resistiéndome al deseo apremiante de abalanzarme sobre ella, bajo del coche y esperamos juntos el ascensor.

La tomo de la mano y le acaricio los nudillos con el pulgar. Establezco un ritmo que espero poder emular con la verga dentro de un par de minutos.

—¿Y qué pasó con la gratificación instantánea? —pregunta.

—No es apropiada en todas las situaciones, Anastasia.

—¿Desde cuándo?

—Desde esta noche.

—¿Por qué me torturas así?

—Ojo por ojo, señorita Steele.

—¿Cómo te torturo yo?

—Creo que ya lo sabes.

Y la observo mientras le cambia la cara cuando entiende qué he querido decir.

Sí, nena.

Te quiero. Y quiero que seas mi esposa.

Pero tú no quieres responderme.

—Yo también estoy a favor de aplazar la gratificación —murmura con una sonrisa tímida.

¡Está torturándome!

Le tiro de la mano y la tomo entre mis brazos, la agarro por la base del cuello y la obligo a echar la cabeza hacia atrás para que me mire a los ojos.

—¿Qué puedo hacer para que digas que sí? —le suplico.

—Dame un poco de tiempo… por favor —dice.

Dejo escapar un gruñido y tengo los labios sobre su boca; mi lengua busca la suya. Las puertas del ascensor se abren y entramos como podemos, sin romper nuestro abrazo. Ella arde por dentro. Tiene las manos en mi cuerpo. Me acaricia todo el cuerpo. El pelo, y la cara. El trasero. Y corresponde mi beso, encendida de pasión.

Yo ardo por ella.

La empujo contra la pared y me deleito con el fervor de su beso, la retengo presionándola con las caderas y la dureza de mi erección. Tengo una mano en su pelo y la otra en su mentón.

—Te pertenezco —susurro sobre su boca—. Mi destino está en tus manos, Ana.

Ella me arranca el saco, tirando desde los hombros, y el ascensor se detiene, se abren las puertas y llegamos al vestíbulo. Veo que las flores que suelen estar sobre la mesa no están.

De puta madre.

Mesa del vestíbulo: ¡superficie número uno!

Empujo a Ana contra la pared y ella termina lo que ha empezado: me quita el saco y lo tira al suelo. Subo la mano por su muslo, tiro del dobladillo de su vestido mientras nos besamos. Le levanto más la falda.

—Ésta es la primera superficie —musito y la levanto bruscamente—. Rodéame con las piernas.

Hace lo que le digo, le doy la vuelta y la tumbo sobre la mesa del vestíbulo. Del bolsillo de los jeans saco un condón, se lo paso a Ana y me bajo el cierre.

Ella mueve los dedos con impaciencia para abrirlo.

Su entusiasmo me excita todavía más.

—¿Sabes cómo me excitas?

—¿Qué? No… yo… —dice jadeante.

—Pues sí. A todas horas.

Le quito el paquete de las manos y me pongo el condón mientras no dejo de mirarla. Su cabello cae en cascada por el borde de la mesa y está mirándome, con los ojos anegados de deseo.

Me sitúo entre sus piernas y le levanto el trasero de la mesa, y le separo todavía más los muslos.

—No cierres los ojos. Quiero verte.

Le sujeto ambas manos y me sumerjo despacio dentro de ella.

Me hace falta toda mi fuerza de voluntad para mantener los ojos abiertos y seguir mirándola. Es exquisita.

Hasta el último centímetro de su cuerpo.

Ella cierra los ojos y la penetro con fuerza.

—¡Abiertos! —la apremio apretándole más las manos.

Ella grita, pero abre los ojos. Su mirada es salvaje y azul y hermosa. Poco a poco salgo de ella y vuelvo a hundirme en su interior. Ella se queda mirándome.

Tiene la vista clavada en mí.

Dios, cómo la quiero.

Me muevo más deprisa. Amándola. Es la única forma en que sé hacerlo.

Ella deja muy abierta la boca: es hermosa. Y tensa las piernas a mi alrededor.

Esto va a ser rápido.

Y se viene, arrastrándome con ella.

Grita al llegar al orgasmo.

—¡Sí, Ana! —grito.

Y me vengo... me vengo... me vengo.

Caigo desplomado sobre ella, la suelto y apoyo la cabeza sobre su pecho. Cierro los ojos. Ella me toma la cabeza entre las manos, me pasa los dedos por el pelo mientras yo recupero el aliento. Levanto la vista para mirarla.

—Todavía no he terminado contigo —susurro, la beso y salgo de ella.

A toda prisa, me subo el cierre y la levanto de la mesa.

Nos paramos en el vestíbulo, abrazados. Estamos bajo la mirada atenta de las mujeres retratadas en los lienzos de la Virgen y el Niño.

Creo que aprueban a mi chica.

—A la cama —susurro.

—Por favor —dice ella.

Y la llevo a la cama y allí vuelvo a hacerle el amor.

Se viene montándome salvajemente, y yo la sostengo incorporada mientras me deleito con su espiral de placer descontrolado.

Mierda, qué erótico es.

Está desnuda, sus pechos rebotan y yo me dejo ir, y me vengo dentro de ella, echando la cabeza hacia atrás y clavándole los dedos en las caderas. Ella se deja caer sobre mi pecho, jadeando con fuerza.

Cuando recupero el aliento, le paso los dedos por la espalda, empapada de sudor.

—¿Satisfecha, señorita Steele?

Ella asiente con un murmullo. Luego levanta la cabeza para mirarme; tiene la expresión un tanto aturdida, aunque ladea la cabeza.

Mierda. Va a besarme el pecho.

Respiro profundamente y me planta un tierno y cálido beso en el torso.

Está bien. La oscuridad permanece tranquila. O ha desaparecido. No lo sé.

Me relajo y nos muevo a ambos para tumbarnos de costado.

—¿El sexo es así para todo el mundo? Me sorprende que la gente no se quede en casa todo el tiempo —murmura con sonrisa satisfecha.

Hace que me sienta en una nube.

—No puedo hablar en nombre de todo el mundo, Anastasia, pero contigo es extraordinariamente especial.

Mis labios acarician los suyos.

—Eso es porque usted es extraordinariamente especial, señor Grey.

Me acaricia la cara.

—Es tarde. Duérmete.

La beso, me tumbo y la atraigo hacia mí, para tener su espalda pegada a mi cuerpo. Nos cubro con el edredón.

—No te gustan los halagos —dice con un hilillo de voz; está cansada.

No. No estoy acostumbrado a ellos.

—Duérmete, Anastasia.

—Me encantó la casa —murmura.

Eso quiere decir que podría decir que sí. Sonrío sobre su cabello y hundo la nariz en él.

—A mí me encantas tú. Duérmete.

Y cierro los ojos mientras su perfume me inunda el olfato.

Una casa… una esposa… ¿Qué más necesito? Por favor, di que sí, Ana.

Viernes, 17 de junio de 2011

El llanto de Ana me fuerza a abandonar el sueño. Abro los ojos y me despierto. Está a mi lado, y me parece dormida.

—Volaba demasiado cerca —gime. La luz de la primera hora de la mañana se cuela por las persianas en intensas ráfagas rosadas, iluminando su pelo—. Ícaro —prosigue.

Me incorporo apoyándome sobre un codo y compruebo si verdaderamente está dormida. Hacía tiempo que no la oía hablar en sueños. Ella se da la vuelta de modo que se sitúa de cara a mí.

—El beneficio de la duda —añade, y su expresión se relaja.

¿El beneficio de la duda?

¿Tiene eso que ver conmigo?

Lo dijo ayer. Dijo que iba a concederme el beneficio de la duda.

Es más de lo que me merezco.

Mucho más de lo que te mereces, Grey.

Le planto un beso casto en la frente, apago la alarma del despertador antes de que la despierte y salgo de la cama. Tengo una reunión temprano para hablar de los requisitos de la fibra óptica de Kavanagh.

En la ducha, repaso mentalmente el orden del día. Primero, encontrarme con Kavanagh. Luego, volar con Ros hasta la Universidad Estatal de Washington vía Portland. Por la noche, salir a tomar algo con Ana y su amigo fotógrafo.

Y durante el día haré una oferta para comprar la casa. Ana

dijo que le había encantado. Sonrío mientras me enjuago el champú del pelo.

Sólo tienes que darle tiempo, Grey.

En el vestidor, me pongo los pantalones y reparo en el saco que llevaba ayer, colgado en la silla. Rebusco en los bolsillos y tomo el regalo de Ana. Sigue produciendo un ruido tentador.

Lo deslizo en el bolsillo interior del saco, contento de que permanezca cerca de mi corazón.

Te estás volviendo un sentimental a medida que te haces mayor, Grey.

Ana sigue durmiendo hecha una bola cuando me acerco a verla antes de marcharme.

—Tengo que irme, nena.

La beso en el cuello. Ella abre los ojos y se vuelve de cara a mí. En su estado somnoliento, me sonríe, y entonces su expresión se transforma.

—¿Qué hora es?

—No te asustes. Yo tengo un desayuno de trabajo.

—Hueles bien —musita.

Se despereza debajo de mí y me rodea el cuello con las manos. Hunde los dedos en mi pelo y forma surcos en él.

—No te vayas.

—Señorita Steele... ¿acaso intenta hacer que un hombre honrado no cumpla con su jornada de trabajo?

Ella asiente medio dormida, con la mirada un poco en las nubes. El deseo crece dentro de mí; tiene un aspecto condenadamente sexy. Su sonrisa es cautivadora, y necesito hacer acopio de todo mi autocontrol para no quitarme la ropa y volver a la cama.

—Eres muy tentadora, pero tengo que marcharme —la beso y me pongo de pie—. Hasta luego, nena.

Me marcho antes de darme tiempo a cambiar de opinión y anular la reunión.

Taylor parece preocupado cuando me reúno con él en el estacionamiento.

—Señor Grey, tengo un problema.

—¿Qué ocurre?

—Me ha llamado mi ex mujer. Es posible que mi hija tenga apendicitis.

—¿Está en el hospital?

—La están ingresando ahora mismo.

—Tienes que ir.

—Gracias. Lo acompañaré antes al trabajo.

—Te lo agradezco.

Taylor está sumido en sus pensamientos cuando se detiene frente a Grey House.

—Ya me dirás cómo está.

—Puede que no vuelva hasta mañana por la mañana.

—No pasa nada. Ve. Espero que Sophie se mejore.

—Gracias, señor.

Lo veo salir disparado. Rara vez se le ve preocupado… pero la familia es la familia. Sí. La familia es lo primero. Siempre.

Andrea me está esperando cuando salgo del ascensor.

—Buenos días, señor Grey. Ha llamado Taylor. Le contrataré un chófer aquí y en Portland.

—Bien. ¿Ha llegado todo el mundo?

—Sí, están en la sala de juntas.

—Estupendo. Gracias, Andrea.

La reunión resulta ser un éxito. Kavanagh tiene un aspecto descansado, y sin duda la causa son sus recientes vacaciones en Barbados, donde se encontró con mi hermano por primera vez. Dice que le cae bien, y, teniendo en cuenta que Elliot se está tirando a su hija, eso es algo bueno. Al marcharse, Kavanagh y su gente parecían satisfechos tras la conversación que hemos mantenido. Ahora, todo cuanto queda por hacer es conseguir rebajar el precio del contrato. Ros tendrá que tomar la iniciativa en esa cuestión y calcular el costo tomando como referencia la división de Fred.

Andrea ha preparado el habitual despliegue de comida a la hora del desayuno. Me decido por un cruasán y regreso a mi despacho junto con Ros.

—¿A qué hora quieres marcharte? —me pregunta Ros.

—El chófer nos recogerá a las diez.

—Te veré abajo, en el vestíbulo —confirma Ros—. Estoy entusiasmada. Nunca me he subido a un helicóptero.

Su sonrisa resulta contagiosa.

—Ayer encontré una casa y quiero comprarla. ¿Te encargarás de los trámites?

—Soy tu abogada; por supuesto que lo haré.

—Gracias. Estoy en deuda contigo.

—Pues sí. —Ríe—. Te veré abajo.

Permanezco de pie en el despacho, sólo, preso de la euforia. Voy a comprar una casa. El contrato de Kavanagh representará un impulso enorme para la empresa. Y me espera una estupenda velada junto a mi chica. Me siento ante el escritorio y le mando un correo electrónico.

De: Christian Grey
Fecha: 17 de junio de 2011 08:59
Para: Anastasia Steele
Asunto: Superficies

Calculo que quedan como mínimo unas treinta superficies. Me hacen mucha ilusión todas y cada una de ellas. Luego están los suelos, las paredes... y no nos olvidemos del balcón.

Y después de eso está mi despacho...
Te echo de menos. x

Christian Grey
Priápico presidente de Grey Enterprises Holdings, Inc.

Echo un vistazo alrededor del despacho. Sí, aquí hay mucho potencial: el sofá, el escritorio. Andrea llama a la puerta y entra con mi café. Pongo en orden mis díscolos pensamientos, y mi cuerpo.

Ella deja el café sobre mi escritorio.

—Más café.

—Gracias. ¿Puedes ponerme en comunicación con la agente inmobiliaria de la casa que vi ayer?

—Nada más fácil, señor.

La conversación con Olga Kelly dura poco. Nos ponemos de acuerdo sobre un precio que ofrecerle al vendedor, y le doy los datos de contacto de Ros para que podamos proceder rápidamente con el registro si acepta la oferta.

Miro el correo.

De: Anastasia Steele
Fecha: 17 de junio de 2011 09:03
Para: Christian Grey
Asunto: ¿Romanticismo?

Señor Grey:
Tiene usted una mente unidireccional.
Te extrañé en el desayuno.
Pero la señora Jones estuvo muy complaciente.

A x

¿Complaciente?

De: Christian Grey
Fecha: 17 de junio de 2011 09:07
Para: Anastasia Steele
Asunto: Intrigado

¿En qué fue complaciente la señora Jones?

¿Qué está tramando, señorita Steele?

Christian Grey
Intrigado presidente de Grey Enterprises Holdings, Inc.

De: Anastasia Steele
Fecha: 17 de junio de 2011 09:10
Para: Christian Grey
Asunto: Es un secreto

Espera y verás: es una sorpresa.

Tengo que trabajar… no me molestes.

Te quiero.

A x

De: Christian Grey
Fecha: 17 de junio de 2011 09:12
Para: Anastasia Steele
Asunto: Frustrado

Odio que me ocultes cosas.

Christian Grey
Presidente de Grey Enterprises Holdings, Inc.

De: Anastasia Steele
Fecha: 17 de junio de 2011 09:14
Para: Christian Grey
Asunto: Mimos

Es por tu cumpleaños.
Otra sorpresa.
No seas tan arisco.

A x

¿Otra sorpresa? Me palpo el bolsillo del saco y me tranquiliza notar la caja que Ana me dio.

Me consiente demasiado.

Ros y yo estamos en el coche, de camino a Boeing Field. Mi teléfono se ilumina. Es un mensaje de texto de Elliot.

ELLIOT
Hola, imbécil. En el bar. Esta noche. Kate se
pondrá en contacto con Ana. Más te vale estar
allí.

¿Dónde estás?

ELLIOT
Escala en Atlanta. ¿Me has echado de menos?

No.

ELLIOT
Sí, sí que me has echado de menos. Bueno, he
vuelto y esta noche tendrás tu cerveza,
hermanito.

Hace bastante que no disfruto de una cerveza con mi hermano y al menos así no estaré sólo con Ana y su amigo fotógrafo.

Si insistes... Buen viaje.

ELLIOT
I lasta luego, hermano.

El viaje a Portland transcurre sin imprevistos, aunque resulta toda una revelación descubrir lo atolondrada que puede llegar a ser Ros. Durante el vuelo se comporta como una niña en una tienda de chucherías. No para de señalarlo todo y tocarlo todo. Habla continuamente de lo que ve. Desconocía esa faceta de Ros. ¿Dónde está ahora la abogada tranquila y serena que conozco? Recuerdo la callada admiración de Ana cuando subió conmigo al *Charlie Tango* por primera vez.

Después de aterrizar, escucho un mensaje de voz de la agente inmobiliaria. El dueño de la casa ha aceptado mi oferta. Deben de querer venderla enseguida.

—¿Qué pasa? —pregunta Ros.

—Acabo de comprar la casa.

—Felicidades.

Tras una larga reunión con el director y el subdirector de desarrollo económico de la Universidad Estatal de Washington en Vancouver, Ros y yo nos encontramos inmersos en una conversación con la profesora Gravett y su equipo de posgrado. La profesora está exultante.

—Hemos conseguido aislar el ADN del microorganismo responsable de la fijación del nitrógeno.

—¿Qué significa eso exactamente? —pregunto.

—En términos profanos, señor Grey, la fijación del nitrógeno es esencial para la diversidad del suelo, y, como bien sabe, un suelo diverso se recupera mucho más rápido de daños como la sequía. Ahora podremos estudiar cómo activar el ADN en los microorganismos que viven en el suelo de la región subsaharia-na. En pocas palabras, podríamos conseguir que el suelo conservara sus nutrientes durante mucho más tiempo, y eso aumentaría la productividad por hectárea.

—Los resultados se publicarán en el *Soil Science Society of America Journal* dentro de un par de meses. Estamos seguros de que duplicaremos los fondos cuando el artículo salga a la luz —dice el profesor Choudury—. Y necesitaremos tener garantizada su aportación mediante fuentes de financiamiento potenciales que estén en línea con sus objetivos filantrópicos.

—Por supuesto —digo, ofreciéndole mi apoyo—. Como sabe, en mi opinión el trabajo que están realizando aquí debería compartirse ampliamente para beneficiar a tanta gente como sea posible.

—Ese es siempre nuestro objetivo principal en todo lo que hacemos.

—Me alegra oírlo.

El director asiente en señal de acuerdo.

—Estamos muy entusiasmados con este descubrimiento.

—Es todo un logro. La felicito, profesora Gravett, y también a su equipo.

Su expresión se torna radiante como reacción a mi cumplido.

—Gracias a usted.

Como me siento incómodo, miro a Ros, y da la impresión de que puede leerme el pensamiento.

—Deberíamos irnos —le anuncia al grupo, y apartamos las sillas para levantarnos.

El director me estrecha la mano.

—Gracias por su apoyo constante, señor Grey. Como ve, su contribución supone un enorme paso adelante para nuestro departamento de ciencias medioambientales.

—Sigan con su excelente labor —digo.

Estoy impaciente por volver a Seattle. El fotógrafo llevará las fotografías al Escala, y luego se reunirá con Ana. Tengo que luchar contra el impulso de mis celos y, de momento, consigo mantenerlos bajo control. Pero me sentiré más a gusto cuando regresemos a Boeing Field y me una a ellos en el bar. Mientras tanto, tengo una sorpresa para Ros.

El despegue es suave; tiro de la palanca colectiva hacia atrás y el *Charlie Tango* asciende cual elegante ave por el cielo que cubre el helipuerto de Portland. Ros sonríe con la alegría propia de una niña. Sacudo la cabeza; no tenía ni idea de que pudiera alcanzar tal grado de entusiasmo. Claro que a mí siempre me asalta una emoción repentina al despegar. Cuando termino de hablar con la torre, oigo la voz de Ros amortiguada por los auriculares.

—¿Qué tal te va con la fusión en el plano personal? —pregunta.

—Bien, gracias.

—¿Lo de la casa tiene que ver con eso?

—Sí, más o menos.

Ella asiente, y seguimos sobrevolando Vancouver y la Estatal de Washington en silencio, directos a mi objetivo.

—¿Sabías que Andrea iba a casarse? —le pregunto.

Es algo que no ha cesado de carcomerme desde que lo sé.

—No. ¿Cuándo ha sido?

—El fin de semana pasado.

—Se lo tenía muy callado —Ros parece sorprendida.

—Dijo que no me lo contó debido a la norma de no confraternizar en el trabajo. No sabía que existiera esa norma.

—Es una cláusula que consta en todos los contratos que hacemos a los empleados.

—Me parece un poco severa.

—¿El marido de Andrea trabaja en la empresa?

—Es Damon Parker.

—¿De ingeniería?

—Sí. ¿Podremos ayudarle a conseguir la *green card*? Creo que por el momento sólo dispone de un visado h–1b.

—Lo miraré, aunque no estoy segura de exista un camino rápido.

—Te lo agradezco, y tengo una sorpresa para ti.

Me inclino unos cuantos grados hacia el nordeste y volamos durante diez minutos.

—¡Ahí! —Señalo el montículo del horizonte que cuando estemos más cerca se revelará como el monte Saint Helens.

Ros da un chillido, entusiasmada.

—¿Has cambiado el plan de vuelo?

—Especialmente para ti.

A medida que nos acercamos, la montaña se cierne sobre el paisaje. Parece el dibujo de un volcán trazado por un niño, con su toque de nieve y la cima escarpada, asentado entre el exuberante verdor del follaje del parque nacional Gifford.

—¡Wow! Es mucho más grande de lo que creía —dice Ros cuando nos acercamos.

La vista es impresionante.

Me inclino poco a poco y damos la vuelta al cráter, que ya no está completo. La pared norte ha desaparecido, víctima de la erupción de 1980. Desde aquí arriba transmite una sobrecogedora sensación de abandono y misticismo. Las cicatrices de la última erupción siguen resultando evidentes: recorren de arriba abajo la montaña, desplazan la vegetación y desfiguran el paisaje a sus pies.

—Es alucinante. Gwen y yo siempre hemos querido traer a los niños a visitar este lugar. Me pregunto si volverá a entrar en erupción —especula Ros mientras hace fotos con el teléfono.

—No tengo ni idea, pero, ahora que ya lo has visto, volvemos a casa.

—Buena idea, y gracias —Ros me dirige una sonrisa de agradecimiento; le brillan los ojos.

Me dirijo hacia el oeste siguiendo la trayectoria del río South Fork Toutle. Deberíamos estar de regreso en Boeing Field dentro de cuarenta y cinco minutos, de manera que tendré tiempo de sobra para tomar algo con Ana, el fotógrafo y Elliot.

Con el rabillo del ojo, veo el parpadeo del piloto de la alarma general.

¿Qué demonios...?

El piloto de incendios del maneral del motor se ilumina, y el *Charlie Tango* desciende en picada.

Mierda. Tenemos fuego en el motor número uno. Inhalo con fuerza, pero no noto ningún olor. Rápidamente, ejecuto un giro en zigzag para comprobar si se ve humo. La trayectoria deja una estela de niebla gris.

—¿Qué pasa? ¿Qué problema hay? —pregunta Ros.

—No quiero que te asustes, pero tenemos fuego en uno de los motores.

—¡¿Qué?! —Agarra el bolso y se aferra al asiento.

Apago el motor número uno y vacío la primera botella extintora mientras decido si debo aterrizar o seguir volando con un motor. El *Charlie Tango* está preparado para volar con un solo motor...

Quiero llegar a casa.

Recorro rápidamente el paisaje con la mirada, en busca de un lugar seguro para realizar el aterrizaje en caso de que sea necesario. Volamos un poco bajo, pero veo un lago en la distancia; el lago Silver, creo. En el extremo sureste no hay árboles.

Estoy a punto de enviar una señal de emergencia cuando se enciende el piloto de incendios del segundo motor.

¡Por todos los demonios! ¡Carajo!

Mi ansiedad va en aumento y crispo los dedos alrededor de la palanca colectiva.

Mierda. Céntrate, Grey.

El humo se filtra en la cabina y abro la ventanilla mientras compruebo rápidamente los datos del instrumental. En el salpicadero parpadean más luces que en un puto árbol de Navidad. Y puede que el sistema electrónico esté fallando. No me queda otra elección: tendremos que aterrizar. Y dispongo de una fracción de segundo para decidir si parar el motor o dejar que siga funcionando durante el descenso.

Rezo para saber hacerlo. Tengo la frente perlada de sudor y me lo enjugo con la mano.

—Aguanta, Ros. Esto se va a poner feo.

Ros suelta una especie de aullido, pero hago caso omiso.

Estamos volando bajo. Demasiado bajo.

Sin embargo, a lo mejor nos da tiempo. Es todo cuanto necesito, algo de tiempo. Antes de que mi querido helicóptero se estrelle.

Bajo la palanca colectiva y reduzco la aceleración al mínimo, de modo que la autorrotación nos hace descender mientras intento mantener la velocidad para que los rotores no dejen de girar. Nos precipitamos hacia el suelo.

Ana. ¿Ana? ¿Volveré a verla?

Mierda. Mierda. Mierda.

Estamos cerca del lago. Hay un claro. Me arden los músculos en mi esfuerzo por mantener en su sitio la palanca colectiva.

Mierda.

Veo a Ana en imágenes caleidoscópicas, como las de los retratos del fotógrafo: riendo, haciendo gestos, pensativa, sensacional, guapa.

Mía.

No puedo perderla.

¡Ahora! Hazlo, Grey.

Levanto la parte delantera del *Charlie Tango* y bajo la cola para reducir la velocidad de avance. La cola recorta las copas de algunos árboles. Por alguna especie de milagro, el *Charlie Tango* sigue en línea mientras aumento la aceleración. Aterrizamos con un golpe de la cola en el mismísimo filo del claro, y el EC135 recorre un trecho derrapando y dando tumbos antes de detenerse por completo en mitad del terreno, mientras los rotores azotan las ramas de algunos abetos cercanos. Me sirvo de la segunda botella extintora, apago el motor, cierro las válvulas del combustible y aplico el freno-rotor. Desconecto todo el sistema electrónico, me inclino sobre Ros y golpeo la hebilla de su cinturón de seguridad para que se suelte, y a continuación, estirándome más, abro la puerta.

—¡Sal! ¡Quédate tumbada en el suelo! —rujo, y la empujo de forma que salta del asiento y cae a tierra.

Tomo el extintor que tengo al lado, salgo como puedo por mi lado y corro hasta la parte trasera de la cabina para rociar con CO_2 los motores humeantes. El fuego queda enseguida bajo control, y doy un paso atrás.

Ros, desaliñada y profundamente afectada, se acerca con paso vacilante al lugar donde yo permanezco de pie, contemplando horrorizado el *Charlie Tango*, mi dicha y mi orgullo. En un arrebato de emoción muy poco propio de ella, Ros me arroja los brazos al cuello, y yo me quedo paralizado. Es entonces cuando me doy cuenta de que está sollozando.

—Vamos, vamos, cálmate. Estamos en tierra. Estamos a salvo. Lo siento. Lo siento.

La abrazo durante unos instantes para tranquilizarla.

—Lo has hecho —consigue balbucir—. Lo has hecho. Mierda, Christian. Has aterrizado.

—Ya lo sé.

Y apenas puedo creer que estemos los dos enteros. Me aparto de ella, saco un pañuelo del bolsillo y se lo ofrezco.

—¿Qué carajos ha pasado? —pregunta mientras se enjuga las lágrimas.

—No lo sé.

Estoy perplejo. ¿Qué carajos pasó? ¿Los dos motores? Pero ahora no tengo tiempo para eso. Puede que mi adorado helicóptero explote.

—Será mejor que nos apartemos. He parado todos los sistemas por la emergencia, pero hay bastante combustible en el aparato para poner Saint Helens en órbita si le da por estallar.

—Pero mis cosas...

—Olvídate de ellas.

Estamos en un pequeño claro, y las copas de algunos abetos aparecen recortadas. En el ambiente se respira el frescor de los pinos y el fuerte olor del humo y del combustible. Nos trasladamos bajo los árboles, a una distancia del *Charlie Tango* que me parece prudencial, y mientras permanecemos allí refugiados me rasco la cabeza, intrigado.

¿Los dos motores?

Es extraño que hayan sido los dos a la vez. Como he conseguido que el *Charlie Tango* aterrice intacto y he utilizado el extintor, los motores estarán en condiciones para permitirnos investigar qué ha ocurrido.

Pero el examen *post mortem* y la investigación de las causas del accidente deberán hacerse en otro momento y, además, son competencia de la Administración Federal de Aviación. De momento, Ros y yo tenemos que decidir qué vamos a hacer.

Me enjugo la frente con la manga1 saco, y veo que estoy sudando como un auténtico cerdo.

—Por lo menos tengo el bolso y el teléfono —masculla Ros—. Mierda. No hay cobertura —sostiene el aparato en alto, en busca de la señal telefónica—. ¿Tú sí? ¿Vendrá alguien a rescatarnos?

—No he tenido tiempo de hacer ninguna llamada de emergencia.

—O sea que eso significa que no.

Su expresión se viene abajo.

Saco mi teléfono del bolsillo interior del saco, y me alegra mucho descubrir el ruidito del regalo de Ana, pero no tengo tiempo de pensar en eso ahora. Sólo sé que tengo que volver a verla.

—Cuando se den cuenta de que no doy señales de vida, sabrán que no hemos vuelto. La Administración Federal de Aviación dispone de nuestro plan de vuelo.

Mi teléfono tampoco tiene cobertura, pero compruebo el GPS por si, por casualidad, estuviera en funcionamiento y marcara nuestra posición actual.

—¿Quieres irte o quedarte?

Ross mira nerviosa el abrupto paisaje que nos rodea.

—Soy una chica de ciudad, Christian. Aquí hay toda clase de animales salvajes. Vámonos.

—Estamos en el extremo sur del lago. Tenemos un par de horas hasta la carretera. A lo mejor allí conseguimos ayuda.

Ros empieza a caminar con los zapatos de tacón, pero cuando llegamos a la carretera va descalza y eso hace que avancemos despacio. Hemos tenido suerte de que el terreno fuera suave, pero el asfalto no lo es.

—Por aquí cerca hay un centro de información turística —le comento—. Es posible que nos ayuden.

—Es probable que esté cerrado. Pasan de las cinco —señala Ros con voz temblorosa.

Los dos estamos sudando y necesitamos beber agua. Ros lleva lo suyo a cuestas, y estoy empezando a pensar que habríamos hecho mejor quedándonos cerca del *Charlie Tango*. Claro que, ¿quién sabe cuánto habrían tardado en encontrarnos las autoridades?

Mi reloj marca las 5:25 de la tarde.

—¿Quieres que nos quedemos aquí a esperar? —le pregunto a Ros.

—Ni hablar —me tiende sus zapatos—. ¿Puedes? —junta los puños y hace un movimiento brusco como de partir algo.

—¿Quieres que les arranque los tacones? Son unos Manolos.

—Por favor, hazlo.

—De acuerdo —tengo la impresión de que está en juego mi virilidad, de modo que hago acopio de toda mi fuerza para partir el primer tacón. Tardo unos instantes en conseguirlo, igual que para el segundo—. Ya está. Te compraré otros cuando volvamos a casa.

—Me encargaré de que cumplas tu palabra.

Se calza los zapatos de nuevo y empezamos a andar por la carretera.

—¿Cuánto dinero llevas? —le pregunto.

—¿Encima? Unos doscientos dólares.

—Yo llevo unos cuatrocientos. A ver si conseguimos volver haciendo autostop.

Paramos diversas veces para concederles un descanso a los pies de Ros. En un momento dado, me ofrezco a llevarla en brazos, pero ella se niega. Es tranquila pero tiene una gran fortaleza. Me alegro de que haya conservado una gran entereza en lugar de sucumbir al pánico, aunque no sé cuánto durará.

Nos estamos tomando un respiro cuando oímos el estruendo de un camión que se acerca. Le muestro el dedo pulgar con la esperanza de que se detenga. En efecto, oímos un chirrido de frenos y el flamante vehículo para a pocos metros de distancia, con el motor emitiendo su rugido mientras nos espera.

—Parece que van a llevarnos —miro a Ros con una sonrisa radiante, intentando que conserve el optimismo.

Muestra un atisbo de sonrisa, pero al menos es una sonrisa. La ayudo a ponerse en pie y prácticamente la arrastro hasta la puerta del acompañante. Un tipo joven, con barba y una gorra de los Halcones Marinos, la abre desde dentro.

—¿Están bien, chicos? —pregunta.

—Hemos vivido momentos mejores. ¿Hacia dónde vas?

—Tengo que llevar esta caja vacía a Seattle.

—Allí es a donde vamos. ¿Nos llevas?

—Claro que sí. Suban.

Ros frunce el ceño y refunfuña.

—Jamás haría esto si estuviera sola.

La ayudo a subir a la cabina y luego subo yo. Está limpia y huele a coche nuevo y a bosque de pinos, aunque sospecho que se debe al ambientador que cuelga de un gancho del retrovisor.

—¿Qué los trae por aquí, chicos? —pregunta el tipo mientras Ros se arrellana en el asiento de aspecto cómodo en la parte trasera de la cabina.

El vehículo parece nuevecito. Miro a Ros y ella me responde con una ligera sacudida de la cabeza.

—Nos perdimos. Ya sabes —no concreto más.

—Está bien —dice, y noto que no nos cree, pero pone en marcha la bestia y salimos a todo rugir con rumbo a Seattle—. Me llamo Seb —añade.

—Ros.

—Christian.

Se inclina y nos estrecha la mano al uno y al otro.

—¿Tienen sed, chicos? —pregunta.

—Sí —contestamos los dos a la vez.

—Al fondo de la cabina hay una pequeña hielera. Debería haber alguna botella de San Pellegrino.

¿San Pellegrino?

Ros saca dos botellitas y bebemos con gratitud. Nunca había imaginado que el agua con gas pudiera saber tan bien.

Veo que del techo cuelga un micrófono.

—¿Una radio CB? —pregunto.

—Sí, pero no funciona. Y eso que es nueva, la condenada —da un golpe de frustración con los nudillos—. Todo es nuevo. Se estrena en este viaje.

Por eso conduce tan despacio.

Miro la hora: las 7:35. Tengo el teléfono descargado, y Ros también. Mierda.

—¿Tienes celular? —le pregunto a Seb.

—Claro que no. Quiero que mi mujer me deje tranquilo. Cuando estoy en el camión, sólo existimos la carretera y yo.

Asiento.

Mierda. Ana debe de estar preocupada. Pero aún la preocuparé más si le cuento lo que ha ocurrido antes de que me vea. Y seguramente estará en el bar con José Rodríguez. Espero que Elliot y Katherine lo tengan controlado.

Me vuelvo a observar el paisaje con una sensación de abatimiento y de cierta impotencia. Pronto estaremos en la interestatal 5, de vuelta a casa.

—¿Tienen hambre, chicos? En la hielera hay unos rollitos de col rizada y quinoa que me han sobrado de la comida.

—Es muy amable por tu parte. Gracias, Seb.

—¿Les importa que ponga un poco de música durante el viaje? —pregunta después de que nos terminemos su comida.

Mierda.

—Claro —contesta Ros, pero noto la duda en su voz.

En la radio de Seb suena «Sirius», y cambia a una emisora de jazz. Las delicadas notas del saxo de Charlie Parker, tocando «All the Things You Are», llenan la cabina.

«All the Things You Are.»

Ana. ¿Me echa de menos?

Estoy en la carretera, con un camionero que come rollitos de col rizada y quinoa y escucha música de jazz. No es así como esperaba que transcurriera este día. Le dirijo una breve mirada a Ros. Está hundida en el asiento, profundamente dormida. Exhalo un suspiro de alivio y cierro los ojos.

Si no hubiera podido aterrizar… Dios, la familia de Ros habría quedado destrozada.

¿Los dos motores?

¿Cuál es la probabilidad de que suceda una cosa así?

Y el *Charlie Tango* acababa de pasar todos los controles rutinarios.

Hay algo que no cuadra.

El runrún del motor sigue y sigue. Está cantando Billie Holiday, y tiene una voz apaciguadora, como una canción de cuna. «You're My Thrill.»

El Charlie Tango *se precipita hacia el suelo.*

Estoy tirando de la palanca del colectivo.

No. No. No.

Una mujer está gritando.

Gritando.

Ana… gritando.

No.

Hay humo. Un humo asfixiante.

Y nos precipitamos hacia abajo.

No puedo detenerlo.

Ana grita.

No. No. No.

Y el Charlie Tango *se estrella contra el suelo.*

Nada.

Oscuridad.

Silencio.

Nada.

Me despierto de golpe, entre jadeos. Está todo oscuro salvo por las luces que hay de vez en cuando en la autopista. Me hallo en la cabina del camión.

—Hola —es Seb.

—Lo siento. Debo de haberme quedado dormido.

—No pasa nada. Deben de estar los dos reventados. Tu amiga sigue durmiendo.

Ros está tumbada en el asiento trasero, fuera de combate.

—¿Dónde estamos?

—En Allentown.

—¿Qué? ¡Estupendo! —miro por la ventanilla y veo que seguimos circulando por la interestatal 5, pero se perciben las luces de Seattle en la distancia. Los coches pasan zumbando por nuestro lado. Debemos de estar en el medio de transporte más lento en que jamás he viajado—. ¿A qué lugar de Seattle vas?

—Al puerto. Muelle 46.

—De acuerdo. ¿Podrías dejarnos por el centro? Allí tomaremos un taxi.

—No hay problema.

—¿Siempre te has dedicado a esto?

—No. He hecho un poco de todo. Pero este camión es mío, ahora trabajo por mi cuenta.

—Ah, eres empresario.

—Exacto.

—Yo más o menos también.

—Algún día me gustaría tener toda una flota de vehículos como éste —da una palmada con las dos manos en el volante.

—Espero que lo consigas.

Seb nos deja en Union Station.

—Gracias. Gracias. Gracias —repite Ros cuando nos apeamos del camión.

Le tiendo cuatrocientos dólares.

—No puedo aceptar tu dinero, Christian —dice Seb levantando la mano para rechazar el dinero.

—En ese caso, aquí tienes mi tarjeta —saco una de mis tarjetas de la cartera—. Llámame, y hablaremos de esa flota de camiones que deseas tener.

—Claro —dice Seb sin mirar la tarjeta—. Me alegro de haberlos conocido, chicos.

—Gracias. Nos salvaste la vida.

Y, dicho eso, cierro la puerta y nos despedimos con un gesto de la mano.

—¿Puedes creer que exista un tipo así? —pregunta Ros.

—Menos mal que apareció. Vamos a parar un taxi.

Tardamos veinte minutos en llegar a casa de Ros, la cual, por suerte, está cerca del Escala.

—La próxima vez que vayamos a Portland, ¿podemos irnos en tren?

—Ya lo creo.

—Lo has hecho muy bien, Christian.

—Tú también.

—Llamaré a Andrea y le diré que estamos bien.

—¿A Andrea?

—Le pediré que llame a tu familia, deben de estar preocupados. Te veré mañana en tu fiesta de cumpleaños.

¿Mi familia? Si no se preocupan por mí…

—Hasta entonces.

Ella se acerca y me da un beso en la mejilla.

—Buenas noches.

Estoy conmovido. Es la primera vez que hace una cosa así.

La observo caminar en dirección al recinto del edificio de departamentos donde vive.

—¡Ros!

Oigo el grito de Gwen cuando cruza disparada la doble puerta de la entrada y levanta a Ros del suelo con su abrazo.

Agito la mano para indicarle al taxista que doble la esquina.

Hay fotógrafos en la puerta de mi edificio. Debe de haber ocurrido algo. Le pago al taxista, salgo del vehículo por la puerta delantera y entro en el edificio con la cabeza gacha.

—¡Ahí está!

—Christian Grey.

—¡Está aquí!

Los flashes de las cámaras me deslumbran, pero consigo entrar en el edificio relativamente ileso. No deben de estar aquí por mí, ¿verdad? ¿Es posible? ¿O tal vez esta noche se aloja aquí alguien que merece este tipo de atenciones? Por suerte, el ascensor está disponible. Una vez dentro, me quito los zapatos y los calcetines. Tengo los pies doloridos, y resulta un gran alivio estar descalzo. Me quedo mirando los zapatos. Es probable que no vuelva a ponérmelos.

Pobre Ros. Mañana le habrán salido ampollas.

No creo que Ana haya regresado a casa todavía. Lo más probable es que aún esté en el bar. Iré a reunirme con ella cuando haya recargado la batería del celular, me haya cambiado la camisa y tal vez después de darme una ducha. Me quito el saco en el momento en que las puertas del ascensor se abren, y entro en el vestíbulo.

Se oye el televisor de la sala a todo volumen.

Qué raro.

Me dirijo a la sala de estar.

Toda mi familia está aquí reunida.

—¡Christian! —chilla Grace, y se abalanza sobre mí cual tormenta tropical, de modo que suelto el saco y los zapatos justo a tiempo de abrazarla.

Ella me echa los brazos al cuello y me da un enérgico beso en la mejilla, y también me abraza… fuerte.

¿Qué diablos…?

¿Mamá?

—Creí que no volvería a verte —confiesa Grace con la voz enronquecida.

—Estoy aquí, mamá —la tranquilizo.

Todo esto me parece muy gracioso. ¿No ve que estoy bien?

—Creí que me moría —su voz se quiebra en la última palabra y empieza a sollozar. La estrecho con fuerza entre mis brazos. Nunca había visto una cosa así: mi madre… me abraza. Qué sensación tan agradable—. Oh, Christian —solloza, y me abraza como si no pensara soltarme jamás, mientras humedece mi cuello con sus lágrimas.

Cierro los ojos y la mezo con suavidad.

—¡Está vivo! ¡Dios… estás aquí! —mi padre sale del despacho de Taylor, seguido de éste. Carrick se abalanza sobre mi madre y sobre mí y nos da un abrazo a ambos.

— Papá…

Entonces es Mia quien se une a nosotros, y nos abraza.

¡Dios!

La familia en pleno formando una piña.

¿Había ocurrido esto alguna vez?

¡Jamás!

Carrick se aparta primero, y se enjuga los ojos.

¿Está llorando?

Mia y Grace dan un paso atrás.

—Lo siento —dice Grace.

— Eh, mamá… no pasa nada —respondo, incómodo ante tanta atención injustificada.

—¿Dónde estabas? ¿Qué sucedió? —grita, y hunde la cara en las manos sin dejar de llorar.

—Mamá —la estrecho en mis brazos, la beso en la coronilla y vuelvo a abrazarla—. Estoy aquí. Estoy bien. Simplemente me ha costado horrores volver de Portland. ¿A qué viene todo este comité de bienvenida?

Levanto la cabeza, y ahí está ella. Con los ojos muy abiertos. Hermosa. Las lágrimas le resbalan por las mejillas. Mi Ana.

— Mamá, estoy bien —le digo a Grace—. ¿Qué pasa?

Ella me sostiene la cara entre las manos y se dirige a mí como si todavía fuera un niño.

— Estabas desaparecido, Christian. Tu plan de vuelo… no llegaste a Seattle. ¿Por qué no te pusiste en contacto con nosotros?

—No creí que tardaría tanto.

—¿Por qué no telefoneaste?

—Me quedé sin batería.

—¿No podías haber llamado… aunque fuera por cobrar?

—Mamá… es una historia muy larga.

—¡Christian, no vuelvas a hacerme esto nunca más! ¿Me has entendido?

—Sí, mamá.

Le enjugo las lágrimas con el pulgar y le doy otro abrazo. Se siente bien abrazar a la mujer que me salvó.

Ella retrocede, y entonces es Mia quien me abraza. Con fuerza. Y luego me estampa una palmada en el pecho.

¡Ay!

—¡Nos tenías muy preocupados! —grita entre lágrimas.

La consuelo y la tranquilizo haciéndole ver que ahora estoy aquí.

Elliot, con la piel de un tono bronceado que da asco y el aspecto saludable de las vacaciones, también me abraza.

Dios… ¿tú también, traidor? Me estampa la mano en la espalda.

— Me alegro mucho de verte —dice con una voz fuerte y ronca llena de emoción.

Se me forma un nudo en la garganta.

Esta es mi familia.

Se preocupan por mí. Sí que se preocupan, mierda.

Todos estaban inquietos.

La familia es lo primero.

Doy un paso atrás y miro a Ana. Katherine se encuentra plantada detrás de ella, acariciándole el pelo. No oigo lo que le dice.

—Ahora voy a saludar a mi chica —les digo a mis padres antes de dejarme llevar.

Mi madre me dirige una sonrisa lacrimosa, y se hace a un lado junto con Carrick. Yo camino hacia Ana, y ella, que estaba acurrucada en el sofá, se levanta. Al hacerlo se tambalea un poco. Creo que quiere asegurarse de que soy real. Sigue llorando, pero de repente sale disparada hacia mí y la tengo en los brazos.

—¡Christian! —solloza.

—Sht —susurro, y, mientras la estrecho con fuerza, me alivia sentir su figura frágil y delicada contra mi cuerpo.

Doy gracias por todo lo que representa para mí.

Ana. Mi amor.

Entierro la cara en su pelo y aspiro su aroma dulce, tan dulce. Ella levanta esa cara tan bonita y tan llena de manchas para mirarme, y le planto un beso fugaz en sus labios suaves.

—Hola —musito.

—Hola —responde con un susurro quedo y ronco.

—¿Me extrañaste?

—Un poco —gime.

—Ya lo veo.

Le limpio las lágrimas con los dedos.

—Creí… creí que… —solloza.

—Ya lo veo. Sht… estoy aquí. Estoy aquí…

La estrecho con más fuerza y vuelvo a besarla. Siempre tiene los labios muy suaves cuando ha estado llorando.

—¿Estás bien? —pregunta, y tiene las manos pegadas a mí, por todas partes.

Qué sensación, pero no me importa. Agradezco su tacto. Hace tiempo que la oscuridad ha desaparecido.

—Estoy bien. No pienso irme a ninguna parte.

—Oh, gracias a Dios.

Ella me pasa los brazos alrededor de la cintura y me sostiene contra sí.

Mierda. Necesito una ducha… pero parece que a ella le da igual.

—¿Tienes hambre? ¿Quieres algo de beber?

—Sí.

Intenta retroceder, pero no estoy preparado para soltarla. La retengo y le tiendo una mano al fotógrafo, que se acerca a nosotros.

—Señor Grey —dice José.

—Christian, por favor.

—Bienvenido, Christian. Me alegro de que estés bien, y… este… gracias por dejarme dormir aquí.

—No hay problema.

Lo único que tienes que hacer es mantener tus manos apartadas de mi chica.

Gail nos interrumpe. Está hecha un desastre. También ella ha estado llorando.

Mierda.

¿La señora Jones? Se me parte el alma.

—¿Quiere que le sirva algo, señor Grey?

Se seca los ojos con un pañuelo de papel.

—Una cerveza, por favor, Gail... Una Budvar, y algo de comer.

—Yo te lo traigo —se ofrece Ana.

—No. No te vayas —la rodeo más fuerte con el brazo.

Los siguientes son los hijos de Kavanagh, Ethan y Katherine. Estrecho la mano de él y obsequio a Katherine con un beso fugaz en la mejilla. Tiene buen aspecto. Barbados y Elliot le sientan bien, sin duda. La señora Jones vuelve y me ofrece una cerveza. Rechazo el vaso y doy un largo sorbo de Budweiser.

Qué bien sabe.

Toda esta gente está aquí reunida por mí. Me siento como si fuera el hijo pródigo.

Y tal vez lo sea...

—Me sorprende que no quieras algo más fuerte —comenta Elliot—. ¿Y qué carajos te pasó? La primera noticia que tuve fue cuando papá me llamó para decirme que el vejestorio ese había desaparecido.

—¡Elliot! —le riñe Grace.

—El helicóptero —no me jodas, Elliot, detesto la palabra «vejestorio». Lo sabe.

Él sonríe y me descubro devolviéndole la sonrisa.

—Sentémonos y te lo cuento.

Me siento, con Ana a mi lado, y todo el mundo hace lo propio. Doy un buen trago de cerveza y veo a Taylor al fondo de la sala. Lo saludo con un movimiento de cabeza y él me corresponde de igual forma.

Menos mal que no está llorando. No creo que pudiera soportar algo así.

—¿Tu hija? —le pregunto.

—Está bien. Falsa alarma, señor.

—Bien.

—Me alegro de que esté de vuelta, señor. ¿Algo más?

—Tenemos que recoger el helicóptero.

—¿Ahora? ¿O mañana a primera hora?

—Creo que por la mañana, Taylor.

—Muy bien, señor Grey. ¿Algo más, señor?

Niego con la cabeza y levanto la botella a su salud. Se lo explicaré por la mañana. Él me obsequia con una sonrisa y se marcha.

—Christian, ¿qué ha sucedido? —pregunta Carrick.

Sentado en el sofá, procedo a contarles el entretenido relato de mi aterrizaje forzoso.

—¿Fuego? ¿En ambos motores? —Carrick está horrorizado.

—Pues sí.

—¡Carajo! Pero yo creía… —prosigue mi padre.

—Lo sé —le interrumpo—. Tuvimos mucha suerte de ir volando tan bajo.

Ana, sentada a mi lado, se estremece, y yo la rodeo con el brazo.

—¿Tienes frío? —le pregunto, y ella me estrecha la mano y niega con la cabeza.

—¿Cómo apagaste el fuego? —pregunta Katherine.

—Con los extintores. La ley nos obliga a llevarlos —contesto, pero ella es muy brusca, de modo que no le cuento que he utilizado las botellas extintoras.

—¿Por qué no telefoneaste ni usaste el radio? —pregunta mi madre.

Le explico que tuve que desconectarlo todo por causa del fuego. Y, sin aparatos electrónicos, no podía usar la radio y no teníamos cobertura en los celulares. Ana, a mi lado, se pone tensa, y la coloco sobre mi regazo.

—¿Cómo consiguieron volver a Seattle? —pregunta mi madre, y les cuento lo de Seb.

—Tardamos muchísimo. Él no tenía celular, cosa rara pero cierta. No se me ocurrió pensar... —miro las caras de preocupación de mi familia y me detengo ante la de mi madre.

—¿Que nos preocuparíamos? ¡Oh, Christian! ¡Casi nos volvemos locos!

Está molesta, y por primera vez siento un amago de culpabilidad. Me viene a la cabeza la charla de Flynn sobre los fuertes lazos familiares con los hijos adoptivos.

—Saliste en las noticias, hermanito —dice Elliot.

—Sí. Ya imaginé algo al llegar y ver todo este recibimiento y el puñado de fotógrafos que hay en la calle. Lo siento, mamá. Debería haberle pedido al camionero que parara un momento para telefonear. Pero estaba ansioso por volver.

Grace sacude la cabeza.

—Estoy muy contenta de que hayas vuelto sano y salvo, cariño.

Ana se inclina para apoyarse en mí. Debe de estar cansada.

—¿Ambos motores? —vuelve a preguntar Carrick con cara de incredulidad.

—Como lo oyes.

Me encojo de hombros y le paso la mano por la espalda a Ana, que vuelve a sorberse la nariz por el llanto.

—Eh —susurro y le tomo la barbilla para que me mire—. Deja de llorar.

Ella se seca la nariz con el dorso de la mano.

—Y tú deja de desaparecer —contesta.

—Una falla eléctrica... Eso es muy raro, ¿verdad? —Carrick no piensa dejar correr el tema.

—Sí, yo también lo pensé, papá. Pero ahora mismo lo único que quiero es irme a la cama y no pensar en toda esta mierda hasta mañana.

—¿Entonces los medios de comunicación ya saben que Christian Grey ha sido localizado sano y salvo? —comenta Katherine, levantando la vista del teléfono.

Bueno, me han retratado llegando a casa.

—Sí. Andrea y mi agente de relaciones públicas se encargarán de tratar con los medios. Ros le telefoneó en cuanto la dejamos en su casa.

Sam debe de estar en su elemento con tanta atención, mierda.

—Sí, Andrea me llamó para informarme que estabas vivo —anuncia Carrick con una sonrisa.

—Debería subirle el sueldo a esa mujer —musito—. Ya va siendo hora.

—Damas y caballeros, eso sólo puede indicar que mi hermano necesita urgentemente un sueño reparador —Elliot me guiña el ojo con gesto burlón.

Vete a la mierda, hermanito.

—Cariño, mi hijo está bien —dice mi madre—. Ahora ya puedes llevarme a casa.

—Sí, creo que nos conviene dormir —contesta Carrick dirigiéndole una sonrisa.

—Quédense —les propongo. Hay sitio de sobra.

—No, cariño. Ahora que sé que estás a salvo quiero irme a casa.

Dejo que Ana se apoye en el sofá y me pongo de pie cuando todo el mundo se dispone a marcharse. Mi madre vuelve a abrazarme, y yo también la abrazo.

—Estaba tan preocupada, cariño —musita.

—Estoy bien, mamá.

—Sí, creo que sí —dice, y le dirige a Ana una breve mirada y una sonrisa.

Tras una despedida prolongada, acompañamos a mi familia, Katherine y Ethan al ascensor. Las puertas se cierran y Ana y yo nos quedamos solos en el vestíbulo. Mierda. También está José. Está esperándonos en el pasillo.

—Bueno, yo me voy a acostar… Los dejo solos —dice.

—¿Ya sabes cuál es tu habitación? —le pregunto, y él asiente.

—Sí, el ama de llaves…

—La señora Jones —dice Ana.

—Sí, la señora Jones me la enseñó antes. Vaya el ático que tienes, Christian.

—Gracias —respondo, y rodeo a Ana con el brazo y le beso el pelo.

—Voy a comer lo que me ha preparado la señora Jones. Buenas noches, José.

Doy media vuelta y lo dejo allí con mi chica.

Sería un imbécil si intentara algo ahora.

Y yo tengo hambre.

La señora Jones me da un sándwich de jamón y queso acompañado de lechuga y mayonesa.

—Gracias —le digo—. Ve a acostarte.

—Sí, señor —responde ella con una sonrisa amable—. Me alegro de que vuelva a estar con nosotros.

Se marcha, y yo me acerco hasta el salón, desde donde observo a Rodríguez y a Ana.

Cuando me estoy terminando el sándwich, él la abraza. Cierra los ojos.

La adora.

¿Es que ella no se da cuenta?

Ana lo despide con la mano, da media vuelta y me sorprende observándola. Se acerca a mí, y en un momento dado se detiene y me mira.

Yo la contemplo embelesado. Tiene la cara descompuesta y llena de manchas, y sin embargo nunca me había parecido tan guapa. Verla me produce una sensación realmente agradable.

Ella es el hogar.

Mi hogar.

Siento un escozor en la garganta.

—Él sigue loco por ti, ¿sabes? —murmuro para ahuyentar esa sensación tan intensa.

—¿Y usted cómo lo sabe, señor Grey?

—Reconozco los síntomas, señorita Steele. Me parece que yo sufro la misma dolencia.

Te amo.

Ella abre mucho los ojos. Está seria.

—Creí que no volvería a verte nunca —susurra.

Ay, nena…

El nudo que siento en la garganta me aprieta aún más.

—No fue tan grave como parece.

Intento tranquilizarla. Ella recoge mi saco y mis zapatos del suelo y se acerca a mí.

—Yo lo llevo —digo, y agarro el saco.

Y permanecemos allí, mirándonos el uno al otro.

Ana está realmente aquí.

Estaba esperándome.

A ti, Grey. Cuando yo creía que a mí nunca me esperaría nadie.

La atraigo hacia mí para abrazarla.

—Christian —dice con voz entrecortada, y empieza a llorar de nuevo.

—Sht… —Le beso el pelo—. ¿Sabes?, durante esos espantosos segundos antes de aterrizar, sólo pensé en ti. Tú eres mi talismán, Ana.

—Creía que te había perdido —dice ella.

Y nos quedamos así, en silencio. Abrazados. Me acuerdo de cuando bailé con ella en esta misma habitación.

«Witchcraft.»

Fue un momento memorable. Como éste. No quiero que se aleje de mí jamás.

Ella suelta los zapatos, y me asusto cuando caen al suelo.

—Ven a bañarte conmigo.

Estoy hecho un asco por culpa de la caminata.

—Vamos.

Ella alza la mirada, pero no me suelta. Yo le tomo la barbilla y le echo la cabeza hacia atrás.

—¿Sabes?, incluso con la cara manchada de lágrimas estás preciosa, Ana Steele —la beso con ternura—. Y tienes unos labios muy suaves.

Vuelvo a besarla, tomando todo aquello que me ofrece. Ella me pasa los dedos por el pelo.

—Tengo que dejar el saco —susurro.

—Tíralo —me ordena sin separar sus labios de los míos.

—No puedo.

Ella se echa hacia atrás y ladea la cabeza, desconcertada.

—Por esto.

La suelto, y de mi bolsillo interior saco el regalo que me ofreció.

Sábado, 18 de junio de 2011

A na mira la hora y retrocede un paso mientras dejo el saco sobre el sofá y pongo la cajita encima.

¿Qué está pasando?

—Ábrelo —susurra.

—Confiaba en que me lo pidieras. Me estaba volviendo loco.

Sonríe de oreja a oreja mientras se muerde el labio. Si no estoy equivocado, está un poco nerviosa.

¿Por qué?

Le dedico una sonrisa tranquilizadora, le quito el envoltorio a la cajita y la abro.

En su interior hay un llavero con una imagen pixelada de Seattle que parpadea. Lo saco de la caja y me pregunto qué puede significar, pero estoy muy perdido. No tengo ni idea.

La miro en busca de una pista.

—Dale la vuelta —dice.

Lo hago. Y la palabra «SÍ» aparece y desaparece de manera intermitente.

Sí.

Sí.

SÍ.

Una simple palabra. Un significado profundo.

Un cambio de vida.

Aquí mismo. Ahora.

Se me acelera el pulso. La miro boquiabierto con la esperanza de que esto signifique lo que creo que significa.

—Feliz cumpleaños —musita.

—¿Te casarás conmigo?

No me lo creo.

Asiente.

Sigo sin poder creérmelo.

—Dilo.

Necesito oírlo de sus labios.

—Sí, me casaré contigo.

El corazón —la cabeza, el cuerpo, el alma— me estalla de alegría. Es exultante, arrolladora. Desbordado por la euforia, me abalanzo hacia ella, la levanto y le doy vueltas, sin parar de reír. Ana se agarra a mis bíceps, con los ojos brillantes, y también ríe.

Me detengo, la dejo en el suelo y le tomo el rostro entre las manos para besarla. Mis labios incitan a los suyos y se abre para mí, como una flor. Mi dulce Anastasia.

—Oh, Ana —musito con adoración mientras mis labios rozan la comisura de su boca.

—Pensé que te había perdido —confiesa.

Parece un poco turbada.

—Nena, hará falta algo más que un 135 averiado para alejarme de ti.

—¿135?

—El *Charlie Tango*. Es un Eurocopter EC135, el más seguro de su clase.

Menos hoy.

—Un momento —levanto el llavero—. Me diste esto antes de que viéramos a Flynn.

Asiente con una sonrisita ufana.

¿Qué?

¡Anastasia Steele!

—Quería que supieras que, dijera lo que dijese Flynn, para mí nada cambiaría.

—Así que toda la noche de ayer, mientras yo te suplicaba una respuesta, ¿ya me la habías dado?

Me falta el aire, incluso me siento mareado y un poco enojado.

Pero ¿qué demonios…?

No sé si enfadarme o ponerme a celebrarlo. A estas alturas, aún es capaz de desconcertarme.

Bueno, Grey, ¿qué vas a hacer al respecto?

—Toda esa preocupación… —susurro en tono amenazante. Ana me sonríe con picardía y vuelve a encogerse de hombros—. Oh, no intente hacerse la niña ingenua conmigo, señorita Steele. Ahora mismo, tengo ganas de…

He tenido la respuesta todo este tiempo.

La deseo.

Aquí.

Ahora.

No. Espera.

—No puedo creer que me dejaras con la duda.

Me observa con atención mientras se me ocurre algo. Algo a la altura de tamaña osadía.

—Creo que esto se merece algún tipo de retribución, señorita Steele —concluyo en voz baja. Inquietante.

Ana retrocede un paso con cautela. No irá a salir corriendo…

—¿Así que ése es el juego? Porque te tengo en mis manos.

Esboza una sonrisa juguetona y contagiosa.

—Y además te estás mordiendo el labio —añado.

Retrocede un paso más y da media vuelta para escapar, pero me abalanzo sobre ella y la atrapo antes de que le dé tiempo de echar a correr. Ana grita, pero me la echo al hombro y me dirijo a mi… No, a nuestro cuarto de baño.

—¡Christian! —grita y me da una nalgada.

Se la devuelvo de inmediato. Con fuerza.

—¡Ay! —chilla.

—Hora de ducharse —anuncio, avanzando por el pasillo.

—¡Bájame!

Se revuelve sobre el hombro, pero la tengo bien sujeta por los muslos. Lo que de verdad me hace sonreír son sus grititos ahogados y la risa incontenible. Está divirtiéndose.

Igual que yo.

Llevo dibujada en la cara una sonrisa tan ancha como el estrecho de Puget cuando abro la puerta del cuarto de baño.

—¿Les tienes mucho cariño a estos zapatos? —pregunto. Parecen caros.

—Ahora mismo preferiría que tocaran el suelo —contesta con voz entrecortada.

Creo que finge estar enfadada al mismo tiempo que intenta no reírse.

—Sus deseos son órdenes para mí, señorita Steele.

Le quito los zapatos y los dejo caer ruidosamente en el suelo de baldosas. Me vacío los bolsillos junto al tocador: el celular, las llaves, la cartera… aunque la posesión más preciada es mi nuevo llavero. No quiero que se moje. Una vez que ya no queda nada en los bolsillos, me meto en la ducha sin pensarlo, con Ana cargada al hombro.

—¡Christian! —grita.

Hago oídos sordos y abro el grifo del agua, que cae sobre nosotros como un torrente, principalmente sobre su trasero. Está fría. Ana empieza a chillar, muerta de risa, sin dejar de retorcerse.

—¡No! ¡Bájame! —me pide entre risas.

Vuelve a darme una nalgada y finalmente me apiado de ella.

La suelto y su cuerpo, con la ropa empapada, se desliza por el mío.

Tiene las mejillas arreboladas y los preciosos ojos brillantes. Es cautivadora.

Oh, nena.

Has dicho que sí.

Tomo su cara entre mis manos y la beso con suma ternura. La adoro, venero su boca. Con los ojos cerrados, Ana acepta mi beso y me corresponde con dulce avidez bajo el chorro de la ducha.

El agua ya no está tan fría. Ana dirige sus manos hacia mi camisa empapada y me la saca de los pantalones de un tirón. Gimo contra su boca, pero no puedo dejar de besarla.

No puedo dejar de amarla.

No voy a dejar de amarla.

Nunca.

Despacio, empieza a desabrochármela, mientras yo alargo las manos hacia el cierre trasero de su vestido. Se lo bajo, sintiendo su piel cálida bajo mis dedos.

Oh. Lo que me provoca tocarla. Deseo más. La beso con pasión, mi lengua explora su boca.

Ana gime y me abre la camisa de golpe. Los botones salen volando y aterrizan en el suelo de la ducha.

Wow.

¡Ana!

Me baja la camisa por los hombros de un tirón y me empuja contra las baldosas, pero no puede quitármela.

—Los gemelos.

Levanto las muñecas. Sus dedos trabajan con premura y finalmente deja caer los gemelos al suelo, seguidos de la camisa. A continuación, sus dedos ávidos se dirigen a la cintura del pantalón.

Oh, no.

Aún no.

La agarro por los hombros y le doy la vuelta para acceder a su cierre con mayor facilidad. Termino su recorrido y le bajo el vestido, justo por debajo de los pechos. Todavía lleva los brazos metidos en las mangas, lo que limita sus movimientos.

Eso me gusta.

Le aparto el pelo mojado de la nuca, me inclino hacia delante y saboreo el agua que corre por su piel con mi lengua, desde el cuello hasta el nacimiento del pelo.

Qué bien sabe.

Recorro su hombro con los labios, besándola y chupándola, notando cómo mi excitación empuja contra mi cierre. Ana apoya las manos en las baldosas y gime mientras la beso en ese lugar que tanto me gusta debajo de la oreja. Con delicadeza, le desabrocho el sostén, se lo bajo y le cubro los pechos con las manos. Gruño complacido. Tiene unos pechos magníficos.

Y muy sensibles.

—Eres preciosa —le susurro al oído.

La nuca y el cuello quedan expuestos cuando vuelve la cabeza hacia un lado mientras empuja los pechos contra las palmas de mis manos. Echa los brazos hacia atrás, aún atrapados en el vestido, en busca de mi erección.

Contengo el aliento y aprieto mi verga impaciente contra sus manos. Sentir sus dedos a través de la tela empapada es erótico.

Le tiro de los pezones con suavidad. Primero los atrapo entre mis dedos y luego los pellizco. Ana gime, alto y claro, mientras se endurecen y se agrandan con mis caricias.

—Sí —murmuro.

Quiero oírte, nena.

Le doy la vuelta y asalto su boca mientras le arranco el vestido, el sostén y las bragas hasta que queda desnuda delante de mí, con la ropa, empapada, hecha un amasijo a nuestros pies.

Ana toma el gel, se pone un poco en la mano y espera, levantando la vista hacia mí para pedirme permiso.

Está bien. Vamos a hacerlo.

Respiro hondo y asiento.

Con una ternura conmovedora, coloca la mano sobre mi pecho y me pongo rígido. Despacio, me esparce el jabón, trazando pequeños círculos sobre mi piel. La oscuridad guarda silencio.

Pero estoy tenso.

De pies a cabeza.

Maldita sea.

Relájate, Grey.

No quiere hacerte daño.

Al cabo de un momento, atrapo sus caderas con las manos y la miro a la cara. La concentración. La compasión. Todo está ahí. Se me acelera la respiración. Pero no pasa nada. Puedo soportarlo.

—¿Estás bien? —pregunta.

—Sí —consigo articular con dificultad.

Sus manos recorren mi cuerpo mientras me lava los antebrazos, las costillas, el vientre y continúan descendiendo hacia la cintura del pantalón.

Dejo escapar el aire que contenía.

—Ahora me toca a mí.

Nos aparto a ambos del chorro de agua y agarro el champú. Vierto un poco sobre su cabeza y, cuando empiezo a enjabonarle el pelo, Ana cierra los ojos y gruñe complacida.

Me río entre dientes, algo que resulta catártico.

—¿Te gusta?

—Mmm…

—A mí también —la beso en la frente y continúo masajeándole suavemente el cuero cabelludo—. Date la vuelta —obedece al instante y prosigo con el pelo. Cuando termino, tiene la cabeza cubierta de espuma, así que vuelvo a empujarla con suavidad debajo de la ducha—. Inclina la cabeza hacia atrás.

Ana hace lo que le pido y le enjuago el pelo.

No hay nada que me guste más que cuidar de ella.

En todos los aspectos.

Se da la vuelta y agarra la cintura de mis pantalones.

—Quiero lavarte entero —dice.

Levanto las manos en señal de rendición.

Soy tuyo, Ana. Tómame.

Me desnuda y libera mi erección. Los pantalones y los calzoncillos acaban reuniéndose en el suelo de la ducha con el resto de la ropa.

—Parece que te alegras de verme —comenta.

—Yo siempre me alegro de verla, señorita Steele

Nos sonreímos mientras ella toma una esponja y vierte jabón encima. Me sorprende un poco cuando empieza por el pecho y continúa descendiendo hacia mi verga, completamente a punto.

Oh, sí.

Suelta la esponja y me la sujeta con la mano.

Mierda.

Cierro los ojos al notar la presión de sus dedos. Arqueo las caderas y gimo. Así es como hay que pasar una madrugada de sábado tras una experiencia cercana a la muerte.

Un momento.

Abro los ojos y la miro fijamente.

—Es sábado.

La tomo por la cintura, la atraigo hacia mí y la beso.

Se acabaron los condones.

Mi mano, húmeda y resbaladiza por el jabón, desciende por su cuerpo, recorre sus pechos, su vientre y continúa deslizándose hasta alcanzar su sexo, que atormento con mis dedos mientras le devoro la boca, la lengua, manteniéndole la cabeza sujeta con la otra mano.

Introduzco los dedos en su interior y gime contra mi boca.

—Sí —mascullo. Está lista. Coloco las manos en su trasero y la levanto—. Rodéame con las piernas, nena.

Hace lo que le pido y me envuelve como si fuese una seda cálida y húmeda. La sostengo contra la pared.

Estamos piel contra piel.

—Abre los ojos. Quiero verte.

Ana clava en mí sus ojos de pupilas dilatadas y colmadas de deseo. Despacio, me hundo en ella, sin dejar de mirarla, y me paro. Sosteniéndola contra mí. Sosteniéndola entre mis brazos. Sintiéndola.

—Eres mía, Anastasia.

—Siempre.

Su respuesta me hace sentir como un gigante.

—Y ahora ya podemos contárselo a todo el mundo, porque has dicho que sí.

Me inclino, la beso y salgo de ella lentamente, tomándome mi tiempo. Saboreándola. Ana cierra los ojos y echa la cabeza hacia atrás mientras nos movemos al compás.

Nosotros.

Juntos.

Como si fuéramos uno.

Acelero el ritmo. Porque necesito más. La necesito a ella. Mientras la disfruto y la amo. Sus gemidos me espolean y delatan su ascensión, cada vez más cerca de la cima. Conmigo. Me arrastra con ella.

Se viene con un grito, con la cabeza echada hacia atrás, contra la pared, y yo la sigo, encuentro mi liberación y hundo la cara en su cuello.

Con cuidado, me agacho hasta el suelo mientras el agua cae

sobre nosotros. Le sujeto la cara entre las manos y veo que está llorando.

Nena.

Le seco las lágrimas a besos.

Se da la vuelta para descansar la espalda contra mi pecho y nos quedamos callados en un silencio dorado. Quedo. Después de toda la angustia de estas últimas horas, del aterrizaje de emergencia, de la caminata maratónica, del interminable viaje por carretera, he encontrado algo de paz. Descanso la barbilla en su cabeza, envolviéndola con las piernas mientras la estrecho entre mis brazos. Amo a esta mujer, a esta hermosa, valiente y joven mujer que pronto será mi esposa.

La señora Grey.

Sonrío y le acaricio el pelo húmedo con la nariz, rindiéndonos al agua que cae en cascada.

—Tengo los dedos arrugados como pasas —dice, mirándose las manos.

Se los tomo entre los míos y se los beso uno a uno.

—Deberíamos salir de la regadera.

—Yo estoy muy a gusto aquí —contesta.

Yo también, nena. Yo también.

Se acurruca más contra mí y se queda con la mirada perdida, creo que en los dedos de mis pies, hasta que se le escapa una risita.

—¿Qué le hace tanta gracia, señorita Steele?

—Ha sido una semana muy intensa.

—Lo ha sido, sí.

—Gracias a Dios que regresó sano y salvo, señor Grey —dice de pronto, muy seria.

Podría no estar aquí.

Mierda.

Sí…

Trago saliva intentando deshacer el nudo de la garganta y me asalta la imagen del suelo acercándose hacia Ros y hacia mí a toda velocidad en la cabina del *Charlie Tango*. Me estremezco.

—Tuve mucho miedo —confieso en un susurro.

—¿Cuándo? ¿Antes?

Asiento con la cabeza.

—Así que le quitaste importancia para tranquilizar a tu familia…

—Sí. Volaba demasiado bajo para poder aterrizar bien. Pero lo conseguí, no sé cómo.

Se me queda mirando; el miedo se refleja en su rostro.

—¿Ha estado cerca?

—Muy cerca. Durante unos segundos espantosos, pensé que no volvería a verte.

Tengo la sensación de estar confesando algo oscuro, muy oscuro.

Ana se da la vuelta y me envuelve en sus brazos.

—No puedo imaginar mi vida sin ti, Christian. Te quiero tanto que me da miedo.

Wow.

Aunque yo siento lo mismo.

—Yo también. Mi vida estaría vacía sin ti. Te quiero tanto —la estrecho con fuerza entre mis brazos y la beso en el pelo—. Nunca dejaré que te vayas.

—No quiero irme, nunca.

Me besa en el cuello y me inclino para besarla también.

Empiezo a sentir un hormigueo en los pies.

—Ven… vamos a secarte, y luego a la cama. Yo estoy exhausto, y a ti parece como si te hubieran dado una paliza.

Ana enarca una ceja.

—¿Algo que decir, señorita Steele?

Niega con la cabeza, se pone de pie y me espera.

Recogemos la ropa y recupero los gemelos. Ana deja las prendas mojadas en su lavamanos.

—Ya me ocuparé de esto mañana —dice.

—Buena idea.

La envuelvo en una toalla y me ciño otra a la cintura. Me dedica una sonrisa espumosa mientras nos lavamos los dientes en mi lavamanos, y ambos intentamos no reírnos y atragantarnos con la pasta de dientes cuando le correspondo con otra igual.

Vuelvo a tener catorce años.

En el buen sentido.

Ana se mete en la cama en cuanto acabo de secarle el pelo. Tiene aspecto de estar tan agotada como me siento yo. Le echo otro vistazo al llavero y a mi palabra favorita que jamás se haya escrito.

Una palabra llena de promesas y esperanza.

Ha dicho que sí.

Sonrío y me meto en la cama con ella.

—Es fantástico. El mejor regalo de cumpleaños que he tenido nunca. Mejor que el póster firmado de Giuseppe DeNatale.

—Te lo habría dicho antes, pero como se acercaba tu cumpleaños… —Ana encoge un hombro—. ¿Qué le das a un hombre que lo tiene todo? Así que pensé en darme… yo.

Dejo el llavero sobre la mesita de noche, me acurruco a su lado y la atraigo hacia mí.

—Es perfecto. Como tú.

—Yo no soy perfecta, ni mucho menos, Christian.

—¿Está sonriendo, señorita Steele?

—Tal vez.

Se le escapa una risita.

A mí no me engañas, Ana. Tu lenguaje corporal te delata.

—¿Puedo preguntarte algo? —dice a continuación.

—Claro.

—Que no llamaras mientras volvías de Portland, ¿en realidad fue culpa de José? ¿Te preocupaba que me quedara a solas con él?

Quizá…

Me siento como un idiota. Pensaba que Ana estaba en el bar pasándoselo bien. No imaginaba que…

—¿Te das cuenta de lo ridículo que es eso? —protesta mientras se da la vuelta para mirarme, con los ojos llenos de reproche—. ¿De lo mal que nos lo has hecho pasar a tu familia y a mí? Todos te queremos mucho.

—No imaginaba que todos se preocuparían tanto.

—¿Cuándo te entrará en esa cabeza tan dura que la gente te quiere?

—¿Cabeza dura?

—Sí, cabeza dura.

—No creo que los huesos de mi cráneo tengan una dureza significativamente mayor que cualquier otra parte de mi cuerpo.

—¡Estoy hablando en serio! Deja de hacer bromas. Aún estoy un poco enfadada contigo, aunque eso haya quedado parcialmente eclipsado por el hecho de que estés en casa sano y salvo. Cuando pensé… —se interrumpe, traga saliva y prosigue en voz baja—: Bueno, ya sabes lo que pensé.

Le acaricio la cara.

—Lo siento. ¿De acuerdo?

—Y también tu pobre madre. Fue muy conmovedor verte con ella —dice con un hilo de voz.

—Nunca la había visto de ese modo.

Grace sollozando.

Mamá.

Mamá sollozando.

—Sí, ha sido impresionante. Por lo general es tan serena… Resultó muy impactante.

—¿Lo ves? Todo el mundo te quiere. Quizá ahora empieces a creerlo —me besa—. Feliz cumpleaños, Christian. Me alegro de que estés aquí para compartir tu día conmigo. Y no has visto lo que te tengo preparado para mañana… bueno, hoy.

—¿Hay más?

Estoy anonadado. ¿Qué más podría querer?

—Ah, sí, señor Grey, pero tendrá que esperar hasta entonces.

Se acurruca junto a mí, cierra los ojos y en cuestión de minutos se ha dormido. Me asombra la rapidez con la que es capaz de conciliar el sueño.

—Mi preciosa niña. Lo siento. Siento haberte preocupado —susurro, y la beso en la frente.

Cierro los ojos con la sensación de ser más feliz de lo que nunca he sido en la vida.

Ana, con su pelo lustroso y su sonrisa radiante, me acompaña en el Charlie Tango.

—Persigamos el amanecer.

Se ríe. Despreocupada. Joven. Mi chica.

Nos envuelve una luz dorada.

Ella es dorada.

Yo soy dorado.

Toso. Hay humo. Humo por todas partes.

No veo a Ana. Ha desaparecido entre el humo.

Y descendemos. Cada vez más.

Nos precipitamos a toda velocidad. En el Charlie Tango.

El suelo acude a mi encuentro.

Cierro los ojos a la espera del impacto.

Que nunca llega.

Estamos en el huerto de manzanos.

Los árboles están llenos de manzanas.

Ana sonríe, con el pelo suelto y agitado por la brisa.

Me tiende dos manzanas. Una roja. Una verde.

—Tú eliges.

Elige.

Roja. Verde.

Sonrío. Y escojo la manzana roja.

La manzana más dulce.

Ana me toma de la mano y paseamos.

De la mano.

Pasamos junto a los alcohólicos y a los toxicómanos que hay en la puerta de la licorería de Detroit.

Nos dicen adiós con la mano y alzan sus bolsas de papel marrón a modo de saludo.

Pasamos junto al Escala. Elena sonríe y saluda.

Pasamos junto a Leila. Leila sonríe y saluda.

Ana toma mi manzana. Le da un mordisco.

—Mmm… Qué rica.

Se relame.

—*Deliciosa. Me gusta.*

—*La he hecho yo. Con el abuelo.*

—*Vaya. Cuántas cosas sabes hacer.*

Sonríe y da vueltas a mi alrededor, con el pelo al viento.

—*¡Te quiero!* —*grita*—. *¡Te quiero, Christian Grey!*

Me despierto sobresaltado por el sueño. Sin embargo, me siento invadido por una sensación de bienestar cuando, por lo general, mis sueños suelen aterrorizarme.

El efecto Anastasia Steele.

Sonrío y miro a mi alrededor. No está en la cama. Antes de levantarme, le echo un vistazo al celular, que ya está cargado. Tengo un millón de mensajes, casi todos de Sam, pero no se me antoja atender sus llamadas aún. Apago el teléfono y vuelvo a tomar el llavero para mirarlo una vez más.

Ha dicho que sí.

«No ha sido la propuesta más romántica del mundo.»

Tiene razón. Se merece algo mejor. Si quiere todo ese rollo de las flores y los corazones, tendré que espabilarme. Se me ocurre una idea y busco una florería por internet que quede cerca de la casa de mis padres. Todavía no han abierto, así que les dejo un mensaje de voz.

Mierda. Voy a necesitar un anillo. Hoy.

Ya me ocuparé de eso más tarde.

Mientras tanto, voy a buscar a Ana. No está en el cuarto de baño. Me dirijo hacia el salón y oigo su voz. Está hablando con su amigo. Me detengo. Y presto atención.

—Te gusta de verdad, ¿eh? —dice José.

—Lo quiero, José.

Esa es mi chica.

—¿Cómo no vas a quererlo? —contesta él.

Diría que está refiriéndose a mi departamento.

—¡Vaya, gracias! —replica Ana. Parece ofendida.

Vaya idiota.

—Oye, Ana, sólo era una broma —dice José, intentando apaciguarla—. De verdad que era una broma. Tú nunca has sido esa clase de chicas.

No, no lo es. Imbécil.

—¿Quieres un omelette? —le pregunta Ana.

—Sí.

—Yo también —intervengo para sorpresa de ambos, entrando en la cocina a grandes zancadas—. José.

Lo saludo con un gesto de la cabeza.

—Christian.

José me devuelve el saludo.

Sí, te he oído, hijo de puta, faltándole al respeto a mi chica.

Ana me mira de manera elocuente. Sabe qué me propongo.

—Iba a llevarte el desayuno a la cama —dice.

Me acerco a ella sin prisa, me coloco delante del fotógrafo, levanto la barbilla de mi chica y le planto un largo, sonoro y apasionado beso.

—Buenos días, Anastasia —susurro.

—Buenos días, Christian. Feliz cumpleaños.

Me sonríe con timidez.

—Espero con ansia mi otro regalo —dejo caer.

Ana se sonroja y mira, nerviosa, en dirección a Rodríguez.

Vaya. ¿Qué habrá planeado?

Rodríguez parece que ha chupado un limón.

Bien.

—¿Y qué planes tienes para hoy, José? —le pregunto en tono educado.

—Voy a ir a ver a mi padre y a Ray, el padre de Ana.

—¿Se conocen?

Frunzo el ceño ante este pequeño detalle, completamente nuevo.

—Sí, estuvieron juntos en el ejército. Perdieron el contacto hasta que Ana y yo nos conocimos en la universidad. Fue algo bastante curioso, y ahora son auténticos amigos. Vamos a ir de pesca.

—¿De pesca?

La verdad es que no da el tipo.

—Sí… hay piezas muy buenas en estas aguas costeras. Unas truchas arcoíris enormes.

—Es verdad. Una vez mi hermano Elliot y yo pescamos una de quince kilos.

—¿Quince kilos? —repite José como si estuviera sinceramente impresionado—. No está mal. Pero el récord lo tiene el padre de Ana con una de diecinueve kilos.

—¿En serio? No me lo había dicho.

Aunque a Ray no le gusta alardear. Esas cosas no van con él, igual que su hija.

—Por cierto, feliz cumpleaños.

—Gracias. ¿Y a ti dónde te gusta pescar?

—Por todo el Pacífico noroeste. A mi padre le gusta sobre todo el Skagit.

—¿De verdad? Al mío también.

Otra sorpresa.

—Prefiere el lado canadiense. En cambio, a Ray le tira más el estadounidense.

—¿Y no discuten?

—Ya lo creo, sobre todo después de una o dos cervezas.

José sonríe, y me instalo a su lado frente a la barra de la cocina. Tal vez el tipo no sea tan imbécil.

—O sea que a tu padre le gusta el Skagit. ¿Y a ti? —pregunto.

—Yo prefiero las aguas costeras.

—¿Ah, sí?

—La pesca de mar es más dura. Más emocionante. Hay que esforzarse más. Me encanta el mar.

—Recuerdo los paisajes marinos de la exposición. Eran buenos. Por cierto, gracias por pasar a dejar los retratos.

Parece incómodo por el cumplido.

—No hay de qué. ¿Dónde te gusta pescar a ti?

Charlamos largo y tendido sobre lo bueno y lo malo de pescar en ríos, lagos y mares. Parece que a él también le apasiona el tema.

Ana prepara el desayuno mientras nos observa… encantada, creo, de que nos llevemos bien.

Nos sirve un omelette y un café humeante en la barra para

cada uno de nosotros y se sienta a mi lado con sus cereales. La conversación pasa de la pesca al beisbol de manera natural. Espero que no estemos aburriéndola. Hablamos del próximo encuentro de los Mariners, su equipo, y compruebo que José y yo tenemos mucho en común.

Incluido querer a la misma mujer.

La mujer que ha accedido a ser mi esposa.

Me muero de ganas de decírselo, pero me comporto.

Voy a cambiarme en cuanto acabo de desayunar, me pongo unos jeans y una camiseta, y José está recogiendo su plato cuando vuelvo a la cocina.

—Ana, esto estaba delicioso.

—Gracias.

El cumplido de José hace que Ana se ruborice.

—Tengo que irme. Tengo que pasar por Bandera a buscar al viejo.

—¿Bandera? —pregunto.

—Sí, vamos a pescar truchas en el Bosque Nacional de Mount Baker. A uno de los lagos de por allí cerca.

—¿A cuál?

—Al Lower Tuscohatchie.

—Creo que no lo conozco. Buena suerte.

—Gracias.

—Saluda a Ray de mi parte —añade Ana.

—Descuida.

Ana y yo acompañamos a José al vestíbulo agarrados del brazo.

—Gracias por dejarme dormir aquí.

Nos estrechamos la mano.

—Cuando quieras —respondo.

Y me sorprende, porque lo he dicho en serio.

Parece bastante inofensivo, como un cachorrito. Abraza a Ana y, para mi sorpresa, no deseo arrancarle los brazos.

—Cuídate, Ana.

—Claro. Me alegro de haberte visto. La próxima vez saldremos a hacer algo —dice Ana cuando José entra en el ascensor.

—Te tomo la palabra.

Se despide alzando la mano desde el interior de la cabina y las puertas se cierran.

—¿Lo ves? José no es tan malo —apunta Ana.

Tal vez.

—Sigue queriendo acostarse contigo, Ana. Pero no puedo culparlo por eso.

—¡Christian, eso no es cierto!

—No te enteras de nada, ¿verdad? Te desea. Muchísimo.

—Sólo es un amigo, Christian, un buen amigo.

Levanto las manos en señal de rendición.

—No quiero discutir.

—Yo tampoco.

—No le dijiste que vamos a casarnos.

—No. Pensé que debía decírselo primero a mamá y a Ray.

—Sí, tienes razón. Y yo… eh… debería pedírselo a tu padre.

Se echa a reír.

—Christian, no estamos en el siglo XVIII.

—Es la tradición.

Además, jamás pensé que tendría que pedirle a un padre la mano de su hija. Concédeme este momento. Por favor.

—Ya hablaremos luego de eso —dice Ana—. Quiero darte tu otro regalo.

¿Otro regalo?

Nada puede superar el llavero.

Tiene una sonrisita pícara y clava los dientes en el labio inferior.

—Estás mordiéndote el labio otra vez.

Le tiro de la barbilla con delicadeza y ella me devuelve su tímida mirada, pero se pone recta, me toma de la mano y me arrastra de vuelta al dormitorio.

Saca dos cajas envueltas en papel de regalo de debajo de la cama.

—¿Dos?

—Esto lo compré antes del… eh… incidente de ayer. Ahora ya no me convence tanto.

Me entrega uno de los regalos, aunque parece que le produce cierta inquietud.

—¿Seguro que quieres que lo abra?

Asiente.

Rompo el envoltorio.

—Es el *Charlie Tango* —susurra.

La caja contiene las piezas de un pequeño helicóptero de madera, aunque lo que verdaderamente me deja de piedra son las hélices.

—Funciona con energía solar. Wow.

Siempre tan detallista. De pronto, un recuerdo emerge a la superficie desde los abismos de mi pasado. Mi primera Navidad. Mi primera Navidad de verdad con mis padres.

Mi helicóptero puede volar.
Mi helicóptero es azul.
Vuela alrededor del árbol de Navidad.
Vuela sobre el piano y aterriza en medio de las teclas blancas.
Vuela sobre mami y sobre papi y sobre Elliot mientras él juega con los Legos.

Ana me observa mientras me siento y empiezo a armarlo. Las piezas encajan con facilidad y al poco tengo el pequeño helicóptero azul en la mano.

Me encanta.

Sonrío a Ana lleno de agradecimiento y me acerco al ventanal del balcón para contemplar las hélices, que empiezan a girar bajo los cálidos rayos del sol.

—Mira esto. Mira lo que ya es posible hacer con esta tecnología.

Lo sostengo a la altura de los ojos y admiro con qué facilidad la energía solar se convierte en energía mecánica. Las hélices giran y giran, cada vez más rápido.

Vaya. Y sólo es un juguete infantil.

Hay tantas cosas que podríamos hacer con esta tecnología tan sencilla. El desafío consiste en descubrir cómo almacenar la energía. El grafeno es la mejor solución... pero ¿seremos capaces de fabricar baterías lo bastante eficientes? Baterías que se carguen rápido y conserven la carga...

—¿Te gusta? —pregunta Ana, interrumpiendo mis pensamientos.

—Me encanta, Ana. Gracias —la abrazo, la beso y seguimos mirando cómo giran las hélices—. Lo pondré en mi despacho, al lado del planeador.

Aparto la mano del sol y el movimiento de las aspas se ralentiza hasta cesar.

Nos movemos en la luz.

Nos demoramos en las sombras.

Nos detenemos en la oscuridad.

Mmm... Qué filosófico, Grey.

Eso es lo que Ana ha hecho conmigo. Me ha arrastrado hacia la luz, y la verdad es que me gusta.

Dejo el *Charlie Tango Mark II* sobre la cómoda.

—Me hará compañía hasta que recuperemos el *Charlie Tango*.

—¿Se podrá recuperar?

—No lo sé. Eso espero. Si no, lo extrañaré.

Ana me mira con curiosidad.

—¿Qué hay en la otra caja? —pregunto.

—No estoy segura de si este regalo es para ti o para mí.

—¿De verdad?

Me tiende el segundo regalo. Es más pesado y dentro suena algo al agitarlo. Ana se aparta el pelo sobre el hombro y se mueve como si fuese incapaz de estarse quieta.

—¿Por qué estás tan nerviosa?

También parece emocionada y un poco cohibida.

—Me tiene intrigado, señorita Steele. Debo decir que estoy disfrutando con tu reacción. ¿En qué has estado pensando?

Retiro la tapa de la caja y veo una nota encima de algo envuelto en papel de seda.

Por tu cumpleaños
Hazme cosas feas.
Por favor.
Tu Ana x

Mis ojos buscan los suyos de inmediato.

¿Qué significa esto?

—¿Que te haga cosas feas? —pregunto.

Ella asiente con la cabeza y traga saliva.

Está nerviosa. En el fondo, sé dónde quiere ir a parar, está hablando del cuarto de juegos.

¿Estás listo para esto, Grey?

Rasgo el papel de seda que oculta el contenido de la caja y saco un antifaz. Quiere que le venden los ojos. A continuación extraigo unas pinzas para pezones. Oh, éstas no. Son despiadadas. No aptas para principiantes. Debajo de las pinzas hay un dilatador anal, aunque es demasiado grande. También ha incluido mi iPod, cosa que me complace. Debe de gustarle mi selección musical. Y aquí está mi corbata Brioni de color gris plateado; así que quiere que la aten.

Y por último, como sospechaba, aparece la llave del cuarto de juegos.

Me mira con sus grandes ojos azules.

—¿Quieres jugar? —le pregunto con voz queda y ronca.

—Sí.

—¿Por mi cumpleaños?

—Sí.

Habla tan bajo que apenas la oigo.

¿Lo hace porque cree que es lo que yo quiero? ¿No tiene suficiente con lo que hacemos? ¿Estoy preparado para esto?

—¿Estás segura? —insisto, ansioso por conocer su respuesta.

—Nada de látigos ni cosas de esas.

—Eso ya lo entendí.

—Pues entonces sí. Estoy segura.

Me sorprende. A diario. Me quedo mirando el contenido de la caja. A veces Ana resulta desconcertante.

—Loca por el sexo e insaciable —murmuro—. Bueno, creo que podré hacer algo con estas cosas.

Si esto es lo que quiere… y entonces sus palabras me asaltan en un torbellino. Me lo ha pedido una y otra vez.

«A mí me gusta tu perversión sexual.»

«Si gano yo, vuelves a llevarme al cuarto de juegos.»

«Cuarto rojo, allá vamos.»

«Quiero una demostración. Me gusta estar atada.»

Vuelvo a meterlo todo en la caja.

Podríamos pasar un buen rato.

Y esa pequeña expectativa hace saltar una chispa que prende fuego a mis entrañas. No había vuelto a sentirla desde nuestra última sesión en el cuarto de juegos. La estudio con los ojos entrecerrados y le tiendo la mano.

—Ahora —digo.

Veamos hasta qué punto está dispuesta.

Acepta mi mano.

Está bien, de acuerdo, vamos allá.

—Ven.

Tengo un millón de cosas pendientes por hacer desde el aterrizaje forzoso de ayer, pero me importa una mierda. Es mi cumpleaños y voy a pasármela bien con mi prometida.

Me paro junto a la puerta del cuarto de juegos.

—¿Estás segura de esto?

—Sí —afirma.

—¿Hay algo que no quieras hacer?

Lo piensa un momento.

—No quiero que me tomes fotografías.

¿A qué diablos viene eso ahora? ¿Por qué iba a querer sacarle fotografías?

Grey. Claro que querrías, si ella te dejara.

—De acuerdo —acepto, preocupado por lo que puede haber motivado esa pregunta. ¿Lo sabe? Es imposible.

Abro la puerta con una mezcla de inquietud y excitación, como la primera vez que la traje aquí. La invito a pasar y cierro la puerta.

Desde que me dejó, la habitación no había vuelto a resultarme acogedora.

Puedo hacerlo.

Dejo la caja del regalo sobre la cómoda, saco el iPod, lo coloco en su base y conecto el equipo de sonido Bose para que la canción se oiga a través de los altavoces. «Eurythmics». Sí. Este tema se publicó un año antes de que yo naciera. Tiene una melodía seductora. Me encanta. Sí, creo que le gustará a Ana. La pongo en modo repetición y oigo que empieza. Está bastante alta, así que la bajo un poco.

Cuando me vuelvo hacia ella, Ana está de pie en medio de la habitación, mirándome fijamente con expresión ávida y lasciva. Sus dientes juguetean con el labio inferior y sus caderas se balancean al compás de la música.

Oh, Ana, criatura sensual.

Me acerco sin prisa y le levanto la barbilla con delicadeza para que deje de morderse el labio.

—¿Qué quieres hacer, Anastasia? —le pregunto en un susurro y le doy un beso recatado en la comisura de la boca, sin soltarle la barbilla.

—Es tu cumpleaños. Haremos lo que tú quieras —contesta en un jadeo, y vuelve su mirada hacia mí; sus ojos, cada vez más oscuros, están llenos de promesas.

Mierda.

Es como si le hablara directamente a mi verga.

Deslizo el pulgar por su labio inferior.

—¿Estamos aquí porque tú crees que yo quiero estar aquí?

—No. Yo también quiero estar aquí.

Es una sirena.

Mi sirena.

En ese caso, empecemos por lo básico.

—Ah, son tantas las posibilidades, señorita Steele. Pero empecemos por desnudarte.

Tiro del cinturón de la bata, que se abre y deja a la vista el camisón de satín.

Retrocedo un paso y me siento en el brazo del sofá Chesterfield.

—Quítate la ropa. Despacio.

A la señorita Steele le encantan los desafíos.

Se quita la bata y la deja caer al suelo, liviana como una nube, sin apartar sus ojos de mí. Se me pone dura. Al instante siento cómo el deseo inunda mi cuerpo. Me paso el dedo por los labios para mantener las manos alejadas de ella.

Desliza los tirantes del camisón por los hombros, observándome, observándola, y los deja caer. El camisón resbala por su cuerpo para reunirse con la bata que descansa a sus pies. Está desnuda, ante mí, en toda su gloria.

No tiene ni punto de comparación con sus ojos clavados en mí.

Es más excitante porque ya no puedo esconderme.

Tengo una idea. Me acerco a la cómoda para sacar la corbata de la caja de regalo y, deslizándola entre mis dedos, regreso junto a Ana, que espera con paciencia.

—Me parece que lleva usted muy poca ropa, señorita Steele.

Se la coloco alrededor del cuello y, sin perder tiempo, le hago un nudo medio Windsor, aunque dejo largo el extremo más ancho. Ana jadea con el roce de mis dedos. La punta de la corbata le acaricia el vello púbico cuando lo dejo caer.

—Ahora mismo está usted fabulosa, señorita Steele —le doy un beso fugaz—. ¿Qué haremos contigo ahora? —murmuro.

Tomo el extremo de la corbata, le doy un fuerte tirón y atraigo a Ana hacia mí. Su cuerpo desnudo contra el mío es como una bomba incendiaria. Mis dedos se pierden en su pelo. Mi boca cubre la suya y mi lengua la reclama.

Con fuerza. Insistente. Implacable.

Sabe a dulce Anastasia Steele. Mi sabor favorito.

Con la otra mano, le agarro el culo, deleitándome con su precioso trasero.

Cuando la suelto, ambos estamos jadeando. Sus pechos se elevan y descienden con cada respiración.

Oh, nena, no sabes lo que me haces.

Lo que quiero hacerte.

—Date la vuelta —le pido.

En cuanto obedece, al instante, le aparto la corbata del pelo y le hago una trenza. No quiero un solo mechón suelto en el cuarto de juegos.

Tiro de la trenza con delicadeza y alza la cabeza.

—Tienes un pelo precioso, Anastasia —la beso en la garganta y se estremece—. Cuando quieras que pare sólo tienes que decírmelo. Lo sabes, ¿verdad? —le susurro con los labios pegados a su piel.

Asiente, con los ojos cerrados.

Pero, mierda, parece contenta.

Le doy la vuelta y agarro el extremo de la corbata.

—Ven —la conduzco hasta la cómoda, sobre la que está la caja de regalo con el resto del contenido—. Estos objetos no me parecen muy adecuados, Anastasia... —agarro el dilatador anal—. Éste es demasiado grande. Una virgen anal como tú no debe empezar con éste. Optaremos por empezar con esto.

Levanto el dedo meñique.

Abre los ojos desmesuradamente.

Debo confesar que uno de mis pasatiempos favoritos es impresionarla.

—Un dedo... sólo uno —añado—. Estas pinzas son brutales —las toco con un dedo—. Usaremos éstas —saco otro par, más compasivas, de uno de los cajones—. Son ajustables.

Las estudia, fascinada. Me encanta que sea tan curiosa.

—¿Está claro? —pregunto.

—Sí. ¿Vas a decirme lo que piensas hacer?

—No. Iré improvisando sobre la marcha. Esto no es ninguna sesión, Ana.

—¿Cómo debo comportarme?

Qué pregunta más rara.

—Como tú quieras.

Le pido que confiese si estaba esperando a mi *alter ego*.

—Bueno... sí. A mí me gusta —admite.

—No me digas... —deslizo el pulgar sobre su labio inferior, tentado de volver a besarlo—. Yo soy tu amante, Anastasia, no tu amo. Me encanta oír tus carcajadas y esa risita infantil. Me gustas relajada y contenta, como en las fotografías de José. Ésa es la chica que un día entró cayendo de bruces en mi despacho. Ésa es la chica de la que un día me enamoré.

»Pero, una vez dicho esto, a mí también me gusta hacerle cosas feas, señorita Steele, y mi *alter ego* sabe un par de trucos. Así que haz lo que te ordeno y date la vuelta.

Obedece, con el rostro encendido por la excitación.

Te quiero, Ana.

Sin más.

Tomo lo que necesito de los cajones y a continuación coloco todos los juguetes sobre la cómoda.

—Ven —tiro de la corbata y la llevo hacia la mesa—. Quiero que te pongas de rodillas.

Con delicadeza, la ayudo a subirse, se sienta sobre las piernas y queda de rodillas frente a mí.

Estamos al mismo nivel. Me mira fijamente con ojos brillantes.

Bajo las manos por sus muslos y se los separo con delicadeza cuando alcanzo las rodillas, para poder ver mi objetivo.

—Pon los brazos a la espalda. Voy a esposarte.

Le enseño las esposas de cuero para los codos y me inclino detrás de ella para ponérselas. Ana se vuelve y desliza sus labios entreabiertos por mi mandíbula, instigando mi barba incipiente con su lengua. Cierro los ojos y por un momento me deleito en sus caricias, reprimiendo un gruñido de placer.

—Para, o esto se terminará mucho antes de lo que deseamos los dos —la regaño mientras me aparto.

—Eres irresistible.

—¿Ah, sí?

Asiente, con gesto insolente.

—Bueno, no me distraigas o te amordazaré.

—Me gusta distraerte.

—O te azotaré —le advierto. Sonríe complacida—. Compórtate —la riño, y me aparto un poco para que me vea golpear las esposas sobre mi palma.

Esto podría ser tu trasero, Ana.

Baja la mirada hacia las rodillas, con recato.

—Eso está mejor.

Vuelvo a intentarlo y esta vez consigo colocárselas. Hago caso omiso de esa nariz que me recorre el hombro, aunque doy gracias a Dios por esa ducha de madrugada.

Las esposas le obligan a arquear la espalda ligeramente y ahora sus pechos despuntan, suplicando que los toquen.

—¿Estás bien? —pregunto, observándola con admiración.

Asiente.

—Bien —saco el antifaz del bolsillo trasero—. Creo que ya has visto bastante.

Se lo paso por la cabeza y se lo deslizo sobre los ojos.

Se le acelera la respiración.

Retrocedo un paso para contemplarla en todo su esplendor.

Qué buena está.

Regreso junto a los cajones, reúno lo que necesito y me quito la camiseta. Aunque me resultan un poco incómodos, me dejo puestos los jeans; no quiero que Ana se distraiga con mi verga impaciente.

Me coloco delante de ella, abro el pequeño frasco de cristal que contiene mi aceite de masaje preferido y lo paseo por debajo de su nariz. Está elaborado con madera de cedro, argán y salvia y es inocuo para el cuerpo. Su fragancia me recuerda a un fresco día de otoño tras la lluvia.

—No quiero estropear mi corbata preferida —murmuro mientras la desanudo y tiro de ella poco a poco.

Ana se estremece cuando la tela se desliza por su cuerpo, incitándola.

La doblo y la dejo a su lado. El anhelo de Ana es casi palpable. Su cuerpo vibra de impaciencia. Es excitante.

Vierto un poco de aceite en mis manos y las froto para calentarlo. Ana presta atención a lo que hago. Me encanta agudizar sus sentidos. Con delicadeza, le acaricio la mejilla con los nudillos y los deslizo por su mandíbula.

Da un respingo cuando la toco, pero se apoya en mi mano. Empiezo a extenderle el aceite por el cuerpo: el cuello, la clavícula, a lo largo de los hombros… Le masajeo los músculos y mis manos descienden por su torso dibujando pequeños círculos, evitando sus pechos. Ana se arquea hacia atrás, empujándolos hacia mí.

Oh, no, Ana. Aún no.

Deslizo los dedos por los costados, frotándole el aceite en pasadas lentas y acompasadas con la música. Gruñe, aunque no sé si de placer o de frustración. Tal vez un poco de ambos.

—Eres tan hermosa, Ana —susurro con los labios pegados a su oído.

Luego los deslizo por su mandíbula mientras mis manos hacen su trabajo y continúan por debajo de sus pechos, el vientre, descendiendo hacia mi objetivo. La beso fugazmente e inhalo la fragancia que desprende su nuca y su garganta y que ahora se mezcla con la del aceite.

—Y pronto serás mi esposa para poseerte y protegerte.

Respira bruscamente.

—Para amarte y honrarte —mis manos continúan—. Con mi cuerpo, te adoraré.

Echa la cabeza hacia atrás y gime cuando paso mis dedos por su vello púbico y finalmente alcanzan el clítoris. Despacio, lo cubro con la palma de la mano y sigo estimulándola y extendiendo el aceite por donde ya está húmeda.

Es embriagador.

Me inclino para tomar una bala vibradora.

—Señora Grey.

Gime.

—Sí —susurro mientras mi mano continúa con sus atenciones—. Abre la boca.

Sus labios ya están entreabiertos por los jadeos, pero la abre más y le introduzco el pequeño vibrador. Está unido a una cadena y puede llevarse de adorno si es necesario.

—Chupa. Voy a meterte esto dentro.

Se queda muy quieta.

—Chupa —repito, y aparto las manos de su cuerpo.

Ana flexiona las rodillas y gruñe de frustración. Con una

sonrisa, me vierto más aceite en las manos y finalmente le cubro los pechos.

—No pares de chupar —le advierto mientras le masajeo los pezones, cada vez más tensos, entre mis dedos. Se endurecen y agrandan un poco más bajo mis caricias—. Tienes unos pechos tan hermosos, Ana.

Aparto una mano para agarrar una de las pinzas mientras ella gime. Bajo los labios por su cuello hasta llegar a uno de sus pechos y le coloco una pinza con cuidado.

Su gruñido entrecortado es mi recompensa cuando mis labios le dedican toda su atención al pezón atrapado. Se estremece con mis caricias, moviéndose de un lado al otro, y le coloco la otra pinza. Esta vez, el gruñido de Ana es igual de claro.

—Siéntelo —insisto, y me echo para atrás un momento para contemplar la maravillosa escena—. Dame esto.

Le retiro el vibrador de la boca y deslizo una mano por su espalda, hasta su trasero, y la introduzco entre sus nalgas. Ana se tensa y se incorpora sobre las rodillas.

—Sht, tranquila —intento calmarla, y la beso en la nuca mientras mis dedos continúan acariciándola entre las magníficas nalgas de su culo.

Deslizo la otra mano por el frente y una vez más empiezo a frotar su clítoris con la palma hasta que le introduzco los dedos en la vagina.

—Voy a meterte esto —murmuro—. Pero no aquí —mis dedos rodean su ano, esparciendo el aceite—. Sino aquí. Y deslizo los dedos de la otra mano en su vagina, dentro y fuera, moviéndolos lentamente.

—¡Ah! —responde.

—Ahora, silencio.

Me pongo derecho y le introduzco el vibrador. Le tomo la cara entre las manos, la beso y aprieto el botón del pequeño control remoto.

Cuando el vibrador empieza a funcionar, Ana ahoga un grito y se incorpora de pronto sobre las rodillas.

—¡Ah!

—Tranquila —le susurro junto a los labios, sofocando su gemido.

Tiro de las pinzas con delicadeza, primero una y luego la otra.

—¡Christian, por favor! —grita con fuerza.

—Sht, nena. Aguanta.

Tú puedes hacerlo, Ana.

Está jadeando, tratando de asimilar tanta estimulación. Estoy seguro de que la sensación es intensa.

—Buena chica —la tranquilizo.

—Christian —me llama, con una nota de desesperación en la voz.

—Sht, siéntelo, Ana. No tengas miedo.

Le rodeo la cintura con las manos, sujetándola.

Estoy aquí, nena. Lo tengo controlado. Y tú también.

Meto el meñique en el tarro abierto de lubricante y poco a poco voy bajando las manos hasta su culo, atento a la reacción de Ana, asegurándome de que está bien. La acaricio, le masajeo el trasero, ese trasero imponente, y deslizo una mano entre sus nalgas.

—Qué hermoso.

Con delicadeza, le introduzco el dedo en el culo y noto las vibraciones de la bala a través de su cuerpo. Se pone tensa, pero muevo el dedo despacio, metiéndolo y sacándolo con suavidad, mientras le rozo la barbilla con los dientes.

—Qué hermoso, Ana.

Ana gime, luego gruñe incorporándose un poco más sobre las rodillas, señal de que está cerca. Empieza a mover los labios, pero, sea lo que sea lo que esté diciendo, ningún sonido sale de su boca. De pronto, grita al llegar al orgasmo. Retiro las pinzas de los pezones con la mano libre, una tras otra, y grita de nuevo.

La abrazo mientras su cuerpo se convulsiona con los últimos embates del clímax, sin dejar de meter y sacar el dedo de ella.

—¡No! —exclama. Ya ha tenido bastante.

Retiro el dedo y el vibrador, sin soltarla. Ana se inclina hacia mí, pero su cuerpo continúa convulsionándose. Con destreza, le quito las esposas de un brazo y cae hacia delante, sobre mí. Apoya su cabeza sobre mi hombro, sin fuerzas, mientras su intenso clímax empieza a remitir.

Deben de dolerle las piernas. Gruñe cuando la levanto y la llevo a la cama, donde la dejo boca arriba, sobre las sábanas de satín. Apago la música con el control remoto y luego me quito los jeans para liberar mi furiosa erección. Empiezo a masajearla detrás de los muslos, las rodillas, las pantorrillas, los hombros y le quito las esposas. Me tumbo a su lado y le retiro el antifaz. Veo que tiene los ojos cerrados con fuerza. Con delicadeza, le deshago la trenza y le suelto el pelo. Me inclino hacia delante y la beso en los labios.

—Maravilloso —murmuro.

Abre un ojo, aturdida.

—Hola.

Le sonrío.

Gruñe como respuesta.

—¿Te ha parecido suficientemente feo?

Asiente y me sonríe somnolienta.

Ana, siempre estás a la altura.

—Creo que intentas matarme.

—Muerta por orgasmo. Hay formas peores de morir.

Como precipitarte hacia tu encuentro con la muerte en el *Charlie Tango*.

Ana estira un brazo para acariciarme la cara y su gesto ahuyenta los pensamientos lúgubres.

—Puedes matarme así siempre que quieras —asegura.

Le tomo la mano y le beso los nudillos. Estoy muy orgulloso de ella. Nunca me decepciona cuando estamos aquí. Toma mi rostro entre sus manos y me besa.

Paro y me aparto.

—Esto es lo que quiero hacer —susurro.

Saco el control remoto de debajo de la almohada y selecciono otra canción. Aprieto el botón, sabiendo que se repetirá en modo continuo, y recuesto a Ana en la cama con cuidado. «The First

Time Ever I Saw Your Face», el clásico de Roberta Flack, inunda la habitación.

—Quiero hacerte el amor —murmuro.

Mis labios buscan y encuentran los suyos y sus dedos se enredan en mi pelo.

—Por favor —susurra Ana.

Su cuerpo sensibilizado se alza para recibir al mío, abriéndose para mí mientras la penetro con suavidad, y hacemos el amor dulce y lentamente.

Ana se deshace entre mis brazos y su clímax me arrastra consigo. Me dejo ir, me vacío en su interior echando la cabeza hacia atrás y gritando su nombre, extasiado.

Te quiero, Ana Steele.

La estrecho contra mí. No quiero que se vaya nunca.

No quepo en mi felicidad. ¿Me había sentido así alguna vez?

Cuando regreso a la Tierra, le aparto el pelo de la cara con ternura y miro a la mujer que amo.

Está llorando.

—Eh —le tomo la cabeza entre las manos. ¿Le he hecho daño?—. ¿Por qué lloras?

—Porque te quiero tanto... —responde.

Cierro los ojos, dejándome acariciar por sus palabras.

—Y yo a ti, Ana. Tú me... completas.

Vuelvo a besarla con las últimas notas de la canción y recojo la sábana para envolvernos en ella. Ana está espectacular, con el pelo hecho un desastre y los ojos radiantes a pesar de las lágrimas. Está tan llena de vida...

—¿Qué quieres hacer hoy? Es tu día —pregunta.

—A mí ya me lo han alegrado, gracias.

La beso.

—A mí también.

Me encanta el lado oscuro de Ana, siempre está al acecho. Y pienso en lo que he planeado para hoy. Espero que eso también le alegre el día.

—Bueno, debería llamar a mi jefe de relaciones públicas, aunque, sinceramente, preferiría seguir en esta burbuja contigo.

—¿Por lo del accidente?

—Estoy yéndome de pinta.

—Es su cumpleaños, señor Grey. Se te permite. Y me gustaría tenerte sólo para mí —se incorpora y me roza la mandíbula con los dientes. Parece contenta, y despreocupada, y un poco cansada—. Me encanta tu selección musical. ¿Dónde encuentras las canciones?

—Me alegro de que te gusten. A veces, cuando no puedo dormir, toco el piano o me pongo a buscar en iTunes.

—No me gusta imaginarte solo y sin poder dormir. Suena triste y solitario —dice Ana. La compasión impregna sus palabras.

—Para serte sincero, nunca me había sentido solo hasta que me dejaste. No sabía lo desdichado que era.

Me toma la cara entre las manos.

—Lo siento.

—No te disculpes, Ana. Lo que hice no estuvo bien.

Pone un dedo sobre mis labios.

—Calla —me pide—, te quiero como eres.

—Eso es una canción.

Se ríe y cambia de tema; me pregunta sobre el trabajo.

—Hemos avanzado mucho —dice Ana, acariciándome la cara.

—Sí, mucho.

Se queda pensativa de pronto.

—¿En qué piensas? —pregunto.

—En la sesión de fotos de José. En Kate. En lo segura que parecía. Y en que estabas como un tren.

—¿Que yo estaba como un tren?

—Sí, como un tren. Y Kate todo el rato: «Siéntese aquí», «haga esto», «haga lo otro».

Imita tan bien a Kavanagh que me echo a reír.

—Pensar que podría haberme entrevistado ella… Gracias a Dios que existen los resfriados.

Le doy un beso en la punta de la nariz.

—Creo que tenía gripe, Christian —me riñe mientras me pasa los dedos por el pelo del pecho de manera inconsciente. Es raro, pero creo que ha ahuyentado a la oscuridad. Ni siquiera me estremezco—. Todas las varas han desaparecido —comenta, paseando la mirada por el cuarto de juegos.

Le recojo el pelo detrás de la oreja.

—No creí que llegaras a pasar nunca ese límite infranqueable.

—No, no creo que lo haga.

Se vuelve y se queda mirando los látigos, las palas y los azotes que hay colgados en la pared.

—¿Quieres que me deshaga de todo eso también? —pregunto.

—De esa fusta no… la marrón. Ni del látigo de tiras de ante.

Me sonríe con timidez.

—De acuerdo, la fusta y el látigo de tiras. Vaya, señorita Steele, es usted una caja de sorpresas.

—Y usted también, señor Grey. Ésa es una de las cosas que adoro de ti.

Me besa en la comisura de la boca.

De pronto, siento la necesidad de oírselo decir, porque aún no acabo de creerlo.

—¿Qué más adoras de mí?

El cariño dulcifica su mirada.

—Esto —dice, y pasa el dedo por mis labios, haciéndome cosquillas—. Adoro esto, y lo que sale de ella, y lo que me haces con ella. Y lo que hay aquí dentro —me acaricia la sien—. Eres tan brillante, inteligente e ingenioso, tan competente en tantas cosas. Pero lo que más adoro es lo que hay aquí —presiona la palma de la mano sobre mi pecho—. Eres el hombre más compasivo que he conocido nunca. Lo que haces. Cómo trabajas. Es realmente impresionante.

—¿Impresionante?

Repito la última palabra sin acabar de creérmelo, aunque no por ello deja de gustarme. Una sonrisita sobrevuela mis labios, pero, antes de que pueda añadir nada, Ana se abalanza sobre mí.

Ana lleva dormida unos minutos, envuelta entre mis brazos. Mientras tanto, yo miro el techo, encantado de notar su peso. ¿Podría estar más feliz? No lo creo. Ana se despierta cuando la beso en la frente.

—¿Tienes hambre? —pregunto.

—Mmm… estoy hambrienta.

—Yo también.

Me pone un brazo sobre el pecho y me mira fijamente.

—Es su cumpleaños, señor Grey. Te prepararé algo. ¿Qué se te antoja?

—Sorpréndeme —le paso la mano por la espalda—. Debería revisar los mensajes de la BlackBerry que no miré ayer.

Suspiro cuando me incorporo. Podría pasarme el día entero aquí con ella.

—Bañémonos —propongo.

Sonríe y bajamos al cuarto de baño juntos, envueltos en una sábana roja.

Una vez que se ha vestido, saca de su lavamanos la ropa mojada de anoche y se dirige a la puerta. Con ese diminuto vestido azul, es toda piernas.

Demasiada pierna.

Bueno, al menos sólo estamos nosotros dos.

Y Taylor.

Paro un momento de afeitarme.

—Déjaselas a la señora Jones —le digo cuando sale.

Ana vuelve la cabeza y sonríe.

Me siento a la mesa del estudio con ánimo optimista. Ana está en la cocina y yo tengo una tonelada de correos electrónicos y mensajes que responder. La mayoría son de Sam, que parece enfadado porque no lo he llamado, pero hay muchos más… Mensajes conmovedores de mi madre, de Mia, de mi padre y de Elliot, rogándome que me ponga en contacto con ellos. Me resulta doloroso oír lo angustiados que están.

Y de Elena.

Mierda.

La voz titubeante de Ana salta en el siguiente.

«Hola… este… soy yo, Ana. ¿Estás bien? Llámame.» Es evidente que estaba preocupada. Se me encoge el corazón al comprender, con meridiana claridad, lo mal que se lo he hecho pasar, tanto a ella como a mi familia.

Grey, eres un imbécil.

Tendrías que haber llamado.

Guardo todos los mensajes menos el de Elena y regreso al más importante de todos, el de la florería de Bellevue. Les devuelvo la llamada para concretarles lo que necesito y me alivia comprobar que pueden ayudarme, teniendo en cuenta la poca antelación con que les he avisado.

A continuación llamo a mi joyería preferida. Bueno, la única que conozco. Es donde compré los aretes de Ana y parece que podrán ayudarme con lo del anillo.

Si fuera supersticioso, diría que todos son buenos augurios.

Lo siguiente es ponerme en contacto con Sam.

—Señor Grey, ¿dónde ha estado?

Está enojado. Peor para él.

—Ocupado.

—La prensa no dejado de hablar de lo del helicóptero. Hay varios programas de actualidad y medios escritos que quieren entrevistarlo…

—Sam, redacta un comunicado. Diles que Ros y yo estamos bien. Y envíamelo antes para darle el visto bueno. No me interesa conceder entrevistas. Ni a la prensa, ni a la televisión ni a nadie.

—Pero, Christian, es una gran opor…

—La respuesta es no. Envíame el comunicado.

Sam guarda silencio un momento, es un tiburón de la publicidad.

—Sí, señor Grey —contesta al fin, con rabia contenida.

Percibo e ignoro su renuencia, aunque empiezo a pensar que necesito un nuevo jefe de relaciones públicas. Sus méritos estaban muy exagerados cuando comprobamos sus referencias.

—Gracias, Sam.

Cuelgo. Llamo a Taylor por el teléfono interno.

—Buenas tardes, señor Grey.

—¿Qué hay de nuevo?

—Bajo enseguida, señor.

Taylor me informa de que han encontrado el *Charlie Tango* y de que ya hay un equipo de rescate en camino, al que acompañará un representante de la Administración Federal de Aviación y alguien de Airbus, el fabricante del *Charlie Tango*.

—Espero que puedan darnos alguna respuesta.

—Estoy seguro de que así será, señor —dice Taylor—. Le he enviado por e-mail una lista de la gente a la que debería llamar.

—Gracias. Una cosa más, voy a necesitar que te pases por una tienda.

Le explico lo que he acordado con la joyería. Taylor me mira con una amplia sonrisa.

—Será un placer, señor. ¿Eso es todo?

—Por ahora, sí. Y gracias.

—No hay de qué, y feliz cumpleaños.

Se despide con un breve asentimiento de cabeza y se va.

Tomo el teléfono y empiezo a abrirme paso por la lista de llamadas de Taylor.

Estoy hablando con la Administración Federal de Aviación, presentándoles un informe, cuando entra un e-mail de Ana.

De: Anastasia Steele
Fecha: 18 de junio de 2011 13:12
Para: Christian Grey
Asunto: Comida

Querido señor Grey:
Le mando este correo para informarle que su comida está casi lista.

Y que hace un rato gocé de un sexo pervertido alucinante.

Es muy recomendable el sexo pervertido en los cumpleaños.

Y otra cosa... te quiero.

A x
(Tu prometida)

Estoy seguro de que la señora Wilson me oye sonreír al otro lado de la línea telefónica, en la FAA. Tecleo la respuesta con un dedo.

De: Christian Grey
Fecha: 18 de junio de 2011 13:15
Para: Anastasia Steele
Asunto: Sexo pervertido

¿Qué aspecto fue el más alucinante?

Tomaré nota.

Christian Grey
Hambriento y exhausto tras los esfuerzos matutinos presidente de
Grey Enterprises Holdings, Inc.

P.D.: Me encanta tu firma.

P.P.D.: ¿Qué ha sido del arte de la conversación?

Termino de hablar con la señora Wilson y salgo del estudio en busca de Ana.

Está muy concentrada. Me acerco de puntillas a la barra de la cocina mientras la veo escribir en el teléfono. Pulsa «Enviar», levanta la vista y da un respingo cuando ve mi sonrisita burlona. Rodeo la isla de la cocina, la atraigo hacia mí y la beso, tomándola por sorpresa una vez más.

—Esto es todo, señorita Steele —digo cuando la suelto, y me vuelvo al estudio tan campante, sintiéndome ridículamente satisfecho conmigo mismo.

Su e-mail está esperándome.

De: Anastasia Steele
Fecha: 18 de junio de 2011 13:18
Para: Christian Grey
Asunto: ¿Hambriento?

Querido señor Grey:
Me permito recordarle la primera línea de mi anterior correo, en la que le informaba que su comida ya estaba casi lista... así que nada de tonterías de que está hambriento y exhausto. Con respecto a los aspectos alucinantes del sexo pervertido... francamente, todos. Me interesará leer sus notas. Y a mí también me gusta mi firma entre paréntesis.

A x
(Tu prometida)

P.D.: ¿Desde cuándo eres tan locuaz? ¡Y estás hablando por teléfono!

Llamo a mi madre para contarle lo de las flores.

—Cariño, ¿cómo estás? ¿Ya te has recuperado? En la tele no hablan de otra cosa.

—Lo sé, mamá. Estoy bien. Tengo que decirte algo.

—¿Qué es?

—Le he pedido a Ana que se case conmigo. Y ha aceptado. Creo que se ha quedado muda de la impresión.

—¿Mamá?

—Disculpa, Christian. Es una magnífica noticia —asegura, aunque no la oigo muy convencida.

—Ya sé que es un poco repentino.

—¿Estás seguro, cariño? No me malinterpretes, adoro a Ana, pero esto es tan precipitado y ella es la primera chica…

—Mamá, no es la primera chica. Es la primera que conoces.

—Ah.

—Exacto.

—Bueno, me alegro mucho por ti. Felicidades.

—Hay algo más.

—¿De qué se trata, cielo?

—He encargado unas flores, para la casita del embarcadero.

—¿Por qué?

—Bueno, la petición dejó bastante que desear.

—Ah, entiendo.

—Y, mamá… no se lo digas a nadie. Quiero que sea una sorpresa. Tenía la intención de anunciarlo esta noche.

—Como quieras, cariño. Mia se ocupa de las entregas para la fiesta. Voy a buscarla.

Espero lo que parece una eternidad.

Vamos, Mia.

—Eh, hermanito mayor. Gracias a Dios que no te ha pasado nada. ¿Qué hay?

—Mamá dice que te encargas de coordinar las entregas para la fiesta. Una cosa, ¿qué tan grande va a ser?

—Después de que casi te mueres, vamos a tirar la casa por la ventana.

Mierda.

—Bueno, he hecho un encargo para la casita del embarcadero.

—¿Ah, sí? ¿De qué?

—Vendrán de la florería de Bellevue.

—¿Por qué? ¿Para qué?

Dios, mira que llega a ser pesada. Levanto la vista y veo a Ana mirándome con su vestido cortísimo.

—Tú hazlos pasar y déjalos solos. ¿Entendido, Mia?

Ana ladea la cabeza, atenta a lo que digo.

—Está bien, tranquis, no te sulfures. Los enviaré a la casita del embarcadero.

—Bien.

Ana hace el gesto de comer.

Comida. Genial.

—Nos vemos luego —le digo a Mia y cuelgo—. ¿Una llamada más? —le pregunto a Ana.

—Claro.

—Ese vestido es muy corto.

—¿Te gusta?

Ana da vueltas junto a la puerta y el vuelo de la falda ofrece un seductor atisbo de su ropa interior de encaje.

—Estás fantástica, Ana. Pero no quiero que nadie más te vea así.

—¡Oh! —parece molesta—. Estamos en casa, Christian. Sólo está el personal.

No quiero disgustarla. Asiento tan cortésmente como soy capaz y ella da media vuelta y regresa a la cocina.

Grey, contrólate.

La siguiente llamada que debo hacer es al padre de Ana y no tengo la menor idea de qué va a decir cuando le pida la mano de su hija. Consigo el número de celular de Ray de la carpeta de Ana. José dijo que iba a ir a pescar. Sólo espero que se encuentre en algún sitio con cobertura.

Pues no, no hay suerte. Salta el buzón de voz.

«Ray Steele. Deje un mensaje.»

Conciso y al grano.

—Hola, señor Steele, soy Christian Grey. Me gustaría hablar con usted respecto a su hija. Por favor, llámeme.

Le dejo mi número y cuelgo.

¿Qué esperabas, Grey?

Está en algún lugar remoto del parque de Mount Baker.

Ya que tengo la carpeta de Ana en la mesa, decido depositar algo de dinero en su cuenta. Tendrá que acostumbrarse a disponer de fondos.

«¡Veinticuatro mil dólares!»

«Veinticuatro mil dólares, ofrecidos por la encantadora dama de plata, a la una, a las dos... ¡Adjudicado!»

Me río entre dientes al recordar la audacia que demostró en la subasta. Me pregunto qué le parecerá lo que acabo de hacer. Estoy seguro de que será motivo de una discusión interesante. Le transfiero cincuenta mil dólares a través de la computadora; el dinero aparecerá en su cuenta de aquí a una hora.

Me rugen las tripas, tengo hambre, pero el teléfono empieza a sonar. Es Ray.

—Señor Steele. Gracias por devolverme la llamada...

—¿Annie está bien?

—Está bien, más que bien. Está genial.

—Gracias a Dios. ¿Qué puedo hacer por ti, Christian?

—Sé que está pescando.

—Eso intento, aunque hoy no pican mucho.

—Lamento oírlo.

Esto es mucho más estresante de lo que había imaginado. Me sudan las palmas de las manos y el señor Steele permanece callado, lo que no hace más que aumentar mi ansiedad.

¿Y si dice que no? Eso es algo que ni siquiera me he planteado.

—¿Señor Steele?

—Sigo aquí, Christian, esperando a que vayas al grano.

—Sí, claro. Eeeh... Le llamaba, eeeh... me gustaría tener su consentimiento para casarme con su hija.

Las palabras salen atropelladamente como si no hubiera negociado o cerrado un trato en mi vida. Y encima son acogidas con un silencio sepulcral.

—¿Señor Steele?

—Pásame a mi hija —dice, sin responder a mi pregunta.

Mierda.

—Un momento —salgo disparado del estudio en busca de Ana, que está esperándome, y le tiendo el teléfono—. Ray quiere hablar contigo.

Incrédula, Ana me mira con ojos desorbitados mientras toma el teléfono y tapa el micrófono con la mano.

—¡Se lo contaste! —me acusa con un chillido ahogado.

Asiento.

Respira hondo y retira la mano del micrófono.

—Hola, papá.

Escucha.

Parece tranquila.

—¿Y tú qué le dijiste? —pregunta, y vuelve a escuchar, sin apartar los ojos de mí—. Sí. Es repentino… espera un momento.

Me lanza otra mirada indescifrable y se dirige al otro extremo de la habitación para salir al balcón, donde continúa la conversación.

Empieza a pasear arriba y abajo, aunque se mantiene pegada al ventanal.

Y yo me siento impotente. Lo único que puedo hacer es mirarla.

Su lenguaje corporal no revela nada. De pronto, se detiene y sonríe. Su sonrisa podría iluminar Seattle. O bien Ray ha dicho que sí… o que no.

Mierda.

Maldita sea, Grey. Deja de ser tan negativo.

Ana dice algo más. Y parece que va a echarse a llorar.

Mierda. Eso no es bueno.

Ana regresa con paso airado y me pasa el teléfono de malas maneras, con pinta de estar muy enojada.

Nervioso, me lo llevo a la oreja.

—¿Señor Steele?

Me vuelvo al estudio por si se trata de una mala noticia, con la mirada de Ana clavada en la espalda.

—Christian, creo que deberías llamarme Ray. Parece que mi niñita está loca por ti y no voy a ser yo quien se interponga.

«Loca por ti.» El corazón me brinca dentro del pecho.

—Bueno, gracias, señor.

—Hazle daño, sea como sea, y te mato.

—No esperaría menos.

—Estos niños están locos —masculla—. Escucha, cuídala bien. Annie es mi luz.

—También es la mía… Ray.

—Y buena suerte cuando se lo digas a su madre —se echa a reír—. Venga, me vuelvo con mis peces.

—Espero que esta vez pase de los diecinueve kilos.

—¿Cómo sabes eso?

—Me lo contó José.

—Ese chico es un loro. Que tengas un buen día, Christian.

—Ya lo tengo ahora.

Sonrío.

—Tengo la bendición un tanto reticente de tu padrastro —anuncio cuando entro en la cocina.

Ana se echa a reír y menea la cabeza.

—Creo que le va a costar recuperarse de la impresión —asegura—. Tengo que decírselo a mi madre, pero preferiría hacerlo con el estómago lleno.

Señala la barra, donde espera la comida. Salmón, papas, ensalada y una salsa que tiene buena pinta. También ha escogido un vino. Un Chablis.

—Wow, esto tiene una pinta espectacular.

Abro el vino y sirvo una copa para cada uno.

—Vaya, eres muy buena cocinera, mujer —levanto la copa hacia Ana en señal de agradecimiento. Su expresión alegre se desvanece, lo que me recuerda la cara que tenía esta mañana, delante del cuarto de juegos—. Ana… ¿Por qué me pediste que no te tomara fotos?

Su gesto apenado se acentúa y empiezo a preocuparme.

—Ana, ¿qué pasa? —insisto en un tono más cortante de lo que pretendía.

Da un respingo.

—Encontré tus fotos —confiesa, como si hubiese cometido un pecado horrible.

¿Qué fotos? Sin embargo, no he terminado de preguntármelo cuando sé de qué está hablando exactamente y de pronto tengo la sensación de que vuelvo a encontrarme en el estudio de mi padre, esperando el sermón de turno por haber incurrido en alguna infracción.

—¿Abriste la caja fuerte?

¿Cómo carajos lo ha hecho?

—¿Caja fuerte? No. No sabía que tuvieras una.

—No lo entiendo.

—En tu vestidor. La caja. Estaba buscando tu corbata, y la caja estaba debajo de unos jeans… esos que llevas normalmente en el cuarto de juegos. Menos hoy.

Mierda.

Nadie debería ver esas fotografías. Y Ana menos que nadie. ¿Cómo han llegado hasta ahí?

Leila.

—No es lo que piensas. Me había olvidado por completo de ellas. Alguien ha cambiado la caja de sitio. Esas fotos deberían estar en la caja fuerte.

—¿Quién las cambió de sitio? —pregunta.

—Sólo pudo hacerlo una persona.

—Oh. ¿Quién? ¿Y qué quieres decir con «No es lo que piensas»?

Confiesa, Grey.

No es la primera vez que aludes a la profundidad de tu depravación.

Es lo que hay, nena. Cincuenta sombras.

—Esto te va a sonar frío, pero… son una póliza de seguro.

—¿Una póliza de seguro?

—Contra la exhibición pública de esas fotos.

La observo con atención mientras digiere la información.

—Oh —cierra los ojos como si quisiera borrar lo que acabo de contarle—. Sí. Tienes razón —dice con un hilo de voz—. Suena muy frío.

Se levanta y empieza a recoger los platos. Lo hace para evitarme.

—Ana.

—¿Lo saben ellas? ¿Las chicas… las sumisas?

—Claro que lo saben —antes de que pueda huir al fregadero, la atraigo hacia mí y la abrazo—. Esas fotos deberían estar en la caja fuerte. No son para ningún fin recreativo.

Lo fueron en su momento, Grey.

—Quizá lo fueron en un principio, cuando se tomaron. Pero… no significan nada.

—¿Quién las puso en tu vestidor?

—Sólo pudo haber sido Leila.

—¿Ella sabe la combinación de tu caja fuerte?

Supongo.

—No me sorprendería. Es una combinación muy larga, que casi nunca uso. Es el único número que tengo anotado y que nunca he cambiado. Me pregunto qué más sabrá Leila y si habrá sacado alguna otra cosa de allí —lo comprobaré—. Mira, destruiré las fotos. Ahora mismo si quieres.

—Son tus fotos, Christian. Haz lo que quieras con ellas.

Sé que está dolida y ofendida.

Por el amor de Dios.

Ana. Todo eso fue anterior a ti.

Le tomo la cara entre las manos.

—No seas así. Yo no quiero esa vida. Quiero nuestra vida, juntos.

Sé que le preocupa no ser suficiente para mí. Tal vez cree que deseo hacerle esas cosas y fotografiarla.

Grey, sé sincero, pues claro que querrías.

Pero jamás lo haría sin su permiso. Siempre tuve el consentimiento de todas mis sumisas para sacarles fotos.

La expresión dolida de Ana delata su vulnerabilidad. Creía que habíamos avanzado. La quiero tal como es. Ana es más que suficiente.

—Creía que habíamos exorcizado todos esos fantasmas esta mañana, Ana. Yo lo siento así, ¿tú no?

Su mirada se dulcifica.

—Sí. Yo también siento lo mismo.

—Bien —la beso y noto que su cuerpo se relaja cuando la estrecho contra mí—. Las romperé. Y luego tengo que ir a trabajar. Lo siento, nena, pero tengo un montón de asuntos de negocios esta tarde.

—No pasa nada. Yo tengo que llamar a mi madre —dice con una mueca—. Y después quiero comprar algunas cosas y hacerte un pastel.

—¿Un pastel?

Asiente.

—¿Un pastel de chocolate?

—¿Tú quieres un pastel de chocolate?

Sonrío.

—Veré lo que puedo hacer, señor Grey.

Vuelvo a besarla. No la merezco. Espero que algún día llegue a ser digno de ella.

Ana tiene razón, las fotografías están en mi vestidor. Tendré que pedirle al doctor Flynn que averigüe si ha sido Leila quien las ha cambiado de sitio. Ana no está cuando vuelvo al salón. Supongo que habrá ido a llamar a su madre.

Hay cierta ironía en estar sentado frente a mi escritorio, rompiendo las fotografías, reliquias de mi antigua vida. La primera es de Susannah; está atada y amordazada, de rodillas en el suelo de madera. La foto no está mal, y por un momento me pregunto qué sería capaz de hacer José si escogiera este tema. La idea me hace gracia, pero empiezo a pasar las primeras por la trituradora. Le doy la vuelta al resto de la pila para no verlas y en menos de un cuarto de hora ya no queda ninguna.

Aún conservas los negativos.

Grey... para.

Me alivia comprobar que en la caja fuerte no falta nada más.

Enciendo la computadora y me pongo con los e-mails. Lo primero es reescribir el pretencioso comunicado de Sam sobre el aterrizaje forzoso. Lo modifico —le falta claridad y concisión— y se lo reenvío.

A continuación, repaso los mensajes de texto.

ELENA

Christian, llámame, por favor.
Necesito oír de tus labios que estás bien.

El mensaje de Elena ha debido de llegar mientras estaba comiendo. Los demás son de anoche, ya tarde, y de ayer.

ROS

Me duelen los pies.
Por lo demás, todo bien.
Espero que tú también lo estés.

SAM RESPONSABLE DE PUBLICIDAD

Necesito hablar con usted como sea.

SAM RESPONSABLE DE PUBLICIDAD

Señor Grey, llámeme. Urgentemente.

SAM RESPONSABLE DE PUBLICIDAD

Señor Grey, me alegro de que esté bien.
Por favor, llámeme cuanto antes.

ELENA

Gracias a Dios que estás bien.
Acabo de ver las noticias.
Llámame, por favor.

ELLIOT

Contesta el teléfono, hermanito.
Por aquí estamos preocupados.

¿Dónde estás?

Llámame. Estoy preocupada.

Y tu padre también.

CHRISTIAN, CARAJO.

LLÁMANOS. ☹

Estamos en el Bunker Club.

Vente, por favor.

Ha estado muy callado, señor Grey.

Te echo de menos.

¿Estás evitándome?

Mierda. Déjame en paz, Elena.

Falsa alarma con lo de mi hija.

De camino a Seattle.

Llegaré sobre las tres.

Los borro todos. Sé que en algún momento voy a tener que ocuparme de Elena, pero ahora mismo no tengo ganas. Abro una hoja de cálculo que me ha enviado Fred con las proyecciones de costos del contrato de Kavanagh.

El olor a pastel llega hasta el estudio. El aroma me hace salivar y evoca uno de los pocos recuerdos felices que conservo de mi primera infancia. Es una sensación agridulce. La puta adicta al crack. Haciendo pasteles.

Un movimiento me aparta de mis pensamientos y de la

hoja de cálculo que estoy leyendo. Es Ana, parada en la puerta del estudio.

—Voy un momento a la tienda a buscar unos ingredientes —dice.

—Bueno. No irás vestida así, ¿verdad?

—¿Qué pasa?

—¿Piensas ponerte unos jeans o algo?

—Sólo son piernas, Christian —contesta, restándole importancia. Aprieto los dientes—. ¿Y si estuviéramos en la playa? —insiste.

—No estamos en la playa.

—Si estuviéramos en la playa, ¿protestarías?

Estaríamos en una playa privada.

—No —contesto.

Me lanza una sonrisita traviesa.

—Bueno, pues imagina que estamos en la playa. Hasta luego.

Da media vuelta y sale disparada.

¿Qué? ¿Huye?

Sin pensármelo dos veces, me levanto de un salto y voy tras ella. Un relámpago turquesa sale por la entrada principal a toda velocidad y la persigo hasta el vestíbulo, pero ya ha entrado en el ascensor y las puertas están cerrándose cuando le doy alcance. Me saluda desde el interior y desaparece. Ha reaccionado de una manera tan exagerada echando a correr que me entran ganas de reír.

¿Qué creía que iba a hacerle?

Regreso a la cocina meneando la cabeza, aunque, la última vez que jugamos a lo mismo, me dejó. La idea me devuelve a la realidad. Me detengo frente al refrigerador para servirme un poco de agua y echo un vistazo all pastel que está enfriándose en una rejilla. Me agacho para olerlo y la boca se me hace agua. En cuanto cierro los ojos, me asalta un recuerdo de la puta adicta al crack.

Mami está en casa.
Mami está aquí.

Llevamos zapatos muy altos y una falda corta, corta. Es roja. Y brilla.
Mami tiene marcas lilas en las piernas. Cerca de las pompis.
Huele bien. Como a dulces.

—Pasa, grandullón, ponte cómodo.

Está con un hombre. Un hombre grande con una barba grande. No
lo conozco.

—Ahora no, mocoso. Mami tiene compañía. Ve a jugar con los
coches a tu habitación. Te haré un pastel cuando haya acabado.

Cierra la puerta de su dormitorio.

Oigo la campanilla del ascensor y me vuelvo esperando ver
entrar a Ana, pero se trata de Taylor, que llega acompañado de
dos hombres, uno de ellos con un maletín. El otro es tan ancho
como alto y tiene el porte de un gorila.

—Señor Grey —Taylor me presenta al más joven y elegante,
que es quien lleva el maletín—. Louis Astoria, de Astoria Alta
Joyería.

—Ah, gracias por venir.

—No hay de qué, señor Grey —está animado. Sus ojos de
ébano tienen una mirada cálida y amable—. Le traigo unas piezas exquisitas.

—Excelente. Les echaremos un vistazo en mi estudio. Si
quieren acompañarme...

Sé qué anillo de platino quiero de inmediato. No es la sorti-
ja más pequeña ni la más grande, pero sí la más bonita y elegante de todas, con un diamante de cuatro quilates de grado D de la
más alta calidad y una claridad sin inclusiones internas. Es precioso, de forma oval, en un engarce sencillo. Los demás son demasiado ostentosos o llamativos, no tienen nada que ver con mi
chica.

—Magnífica elección, señor Grey —dice el joyero mientras
se mete el cheque en el bolsillo—. Estoy seguro de que a su prometida le encantará. Y podemos ajustar el tamaño si es necesario.

—Gracias de nuevo por venir. Taylor los acompañará a la
salida.

—Gracias a usted, señor Grey.

Me entrega el pequeño estuche y sale del estudio con Taylor. Vuelvo a echar un vistazo al anillo.

Espero de todo corazón que le guste. Lo meto en el cajón del escritorio y me siento. No sé si llamar a Ana, aunque sólo sea para saludarla, pero al final descarto la idea y, en su lugar, vuelvo a escuchar su mensaje. «Hola… este… soy yo, Ana. ¿Estás bien? Llámame.»

Me basta con oír su voz. Vuelvo al trabajo.

Contemplo el cielo de Seattle mientras charlo por teléfono con el ingeniero de Airbus. Es del mismo color que los ojos de Ana.

—¿Y el especialista de Eurocopter vendrá el lunes por la tarde?

—Vuela a París desde el aeropuerto de Marsella-Provenza, cerca de las oficinas centrales de Marignane, y de ahí a Seattle. Es todo lo antes que podemos tenerlo aquí. Y suerte que nuestra base en el Pacífico Noroeste está en Boeing Field.

—Bien. Manténme informado.

—Pondremos a toda nuestra gente a trabajar en el aparato en cuanto llegue a las instalaciones.

—Diles que necesito sus primeras conclusiones el lunes a última hora o el martes por la mañana.

—Descuide, señor Grey.

Cuelgo y me vuelvo hacia el escritorio.

Ana está en la puerta, observándome con gesto pensativo y algo preocupado.

—Hola —saluda.

Entra en el estudio, rodea el escritorio y se detiene delante de mí.

Quiero preguntarle por qué ha salido corriendo, pero no me da tiempo.

—Ya regresé. ¿Estás enojado conmigo?

Suspiro y la siento en mi regazo.

—Sí —susurro.

Huiste de mí y, la última vez que lo hiciste, me dejaste.

—Perdóname. No sé qué me pasó.

Se acurruca sobre mí y descansa la mano y la cabeza en mi pecho. Su peso es reconfortante.

—Yo tampoco. Vístete como quieras —coloco una mano sobre su rodilla, sólo para tranquilizarla, pero, en cuanto la toco, quiero más. Mi deseo es como una corriente eléctrica que me recorre el cuerpo, me despierta de una sacudida y me hace sentir vivo. Subo la mano hasta el muslo—. Además, este vestido tiene sus ventajas.

Me mira con ojos nublados y me inclino para besarla.

Mi lengua provoca la suya en cuanto nuestros labios se tocan y mi libido se enciende como una llama solar. Siento que a ella le ocurre lo mismo. Ana me toma la cabeza entre las manos mientras su lengua pugna con la mía.

Se me pone dura y gruño. Mi cuerpo responde deseándola. Necesitándola. Le mordisqueo el labio inferior, el cuello, la oreja. Ana gime sobre mi boca y me tira del pelo.

Ana.

Me bajo el cierre de los pantalones para liberar mi erección y la siento a horcajadas encima de mí; entonces estiro hacia un lado sus bragas de encaje para apartarlas de en medio y me hundo en ella. Sus manos se aferran al respaldo de la silla, el crujido del cuero la delata. Ana clava sus ojos en mí y empieza a moverse. Arriba y abajo. Rápido. A un ritmo vertiginoso y frenético.

Hay desesperación en sus movimientos, como si quisiera resarcirme por algo.

Despacio, nena, despacio.

La sujeto por las caderas y la obligo a bajar el ritmo.

Tranquila, Ana, quiero saborearte.

Atrapo su boca y se mueve más despacio. Pero la pasión regresa a sus besos y a sus caricias cuando tira de mi cabeza hacia atrás.

Oh, nena.

Se mueve más rápido.

Cada vez más rápido.

Esto es lo que quiere. Su cuerpo inicia la escalada. Lo noto.

Los movimientos, ahora ya imparables, la empujan en su ascensión, cada vez más alto.

Ah.

Se desmorona en mis brazos y me arrastra con ella.

—Me gusta tu forma de pedir perdón —susurro.

—Y a mí la tuya —me acaricia el pecho con la nariz—. ¿Ya terminaste?

—Por Dios, Ana, ¿quieres más?

—¡No! De trabajar.

—Aún me queda una media hora —le beso el pelo—. Oí tu mensaje en el buzón de voz.

—Es de ayer.

—Parecías preocupada.

Me abraza fuerte.

—Lo estaba. No es propio de ti no contestar a las llamadas.

Vuelvo a besarla y permanecemos sentados en nuestra plácida y silenciosa unión. Ojalá se siente siempre así en mi regazo. Encaja a la perfección.

Finalmente, se aparta.

—Tu pastel estará listo dentro de media hora —dice mientras se levanta.

—Me hace mucha ilusión. Cuando estaba en el horno olía maravillosamente, incluso evocador.

Ana se inclina y me deposita un beso lleno de ternura en la comisura del labio.

La veo salir del estudio con su contoneo provocador mientras me subo el cierre de los jeans y me siento… más ligero. Me vuelvo y contemplo las vistas desde la ventana. Es última hora de la tarde y el sol brilla, aunque está empezando a descender hacia el Sound. Las calles están cubiertas de sombras. Allí abajo ya ha llegado el atardecer, pero aquí arriba la luz continúa siendo dorada. Tal vez por eso vivo aquí, para estar en la luz. Llevo persiguiéndola desde que era niño, pero ha sido necesaria la llegada de una mujer extraordinaria para comprenderlo. Ana es la luz que me guía.

Yo soy su niño perdido y recién encontrado.

Ana está de pie con un pastel de chocolate glaseado adornado con una solitaria y parpadeante vela.

Me canta «Cumpleaños feliz» con su voz dulce y musical y en ese momento caigo en la cuenta de que nunca la había oído cantar.

Es mágico.

Soplo la vela mientras cierro los ojos para pedir un deseo.

Deseo que Ana me ame por el resto de su vida. Y que no me deje nunca.

—Pedí un deseo —confieso.

—El glaseado aún está blando. Espero que te guste.

—Estoy impaciente por probarlo, Anastasia.

Corta un trozo para cada uno y me tiende un plato y un tenedor.

Allá vamos.

Está delicioso. El glaseado es dulce, el pastel está esponjoso y el relleno… Mmm.

—Por esto quiero casarme contigo.

Se echa a reír —aliviada, creo— y me mira mientras devoro el resto de mi pastel.

Ana está muy callada de camino a casa de mis padres, en Bellevue. Tiene la cabeza vuelta hacia la ventanilla, aunque me mira de vez en cuando. El verde esmeralda le queda sensacional.

Esta noche hay poco tráfico y el R8 ruge por el puente 520. Mientras lo cruzamos. Ana se voltea de frente hacia mí.

—Esta mañana había cincuenta mil dólares de más en mi cuenta.

—¿Y?

—No tienes…

—Ana, vas a ser mi mujer. Por favor, no discutamos por esto.

Respira hondo y vuelve a instalarse en el silencio mientras cruzamos plácidamente las aguas rosáceas y oscuras del lago Washington.

—Está bien —dice al fin—. Gracias.

—De nada.

Dejo escapar un suspiro de alivio.

¿Lo ves, Ana? No ha sido tan difícil.

El lunes me ocuparé de los préstamos de estudiante.

—¿Lista para enfrentarte a mi familia?

Apago el motor del R8. Nos estacionamos en el camino de entrada de la casa de mis padres.

—Sí. ¿Vas a decírselo?

—Por supuesto. Tengo muchas ganas de ver cómo reaccionan.

Estoy nervioso. Salgo del coche y le abro la puerta. Esta noche hace un poco de frío, por lo que Ana se envuelve el chal alrededor de los hombros. Le tomo la mano y nos dirigimos a la puerta principal. El camino de entrada está abarrotado de coches, entre ellos la camioneta de Elliot. La fiesta es más grande de lo que imaginaba.

Carrick abre la puerta antes de que me dé tiempo a llamar.

—Hola, Christian. Feliz cumpleaños, hijo.

Me agarra la mano y me sorprende con un abrazo.

Esto no ocurre nunca.

—Esto… gracias, papá.

—Ana, estoy encantado de volver a verte.

Ofrece a Ana otro breve y afectuoso abrazo y entramos en la casa detrás de él.

Oímos un decidido repiqueteo de tacones y espero ver a Mia corriendo por el pasillo, pero se trata de Katherine Kavanagh. Parece fuera de sí.

—¡Ustedes dos! Quiero hablar con ustedes ahora mismo —dice de mal modo.

Ana me mira sin entender nada y yo me encojo de hombros.

No sé qué mosca le habrá picado, pero la seguimos hasta el comedor, que en este momento está vacío. Cierra la puerta y se vuelve hacia Ana.

—¿Qué carajos es esto? —masculla entre dientes, agitando una hoja de papel frente a ella.

Ana la toma y palidece casi al instante de leerla. Me mira con ojos asustados.

Pero ¿qué diablos…?

Ana se interpone entre Katherine y yo.

—¿Qué es eso? —pregunto, inquieto.

Ana me ignora y se dirige a Kavanagh.

—¡Kate! Esto no tiene nada que ver contigo.

A Katherine le sorprende su reacción.

¿De qué mierda están hablando?

—¿Qué es eso, Ana?

—¿Podrías salir, Christian, por favor?

—No. Enséñamelo.

Extiendo la mano y Ana me entrega la hoja de papel a regañadientes.

Es su e-mail de respuesta al contrato.

Mierda.

—¿Qué te ha hecho? —pregunta Katherine, como si yo no estuviera.

—Eso no es asunto tuyo, Kate.

Ana parece exasperada.

—¿De dónde sacaste esto? —pregunto.

Kavanagh se sonroja.

—Eso es irrelevante —pero me le quedo mirando y prosigue—: estaba en el bolsillo de un saco que supongo que es tuyo y que encontré detrás de la puerta del dormitorio de Ana.

Me mira con el ceño fruncido, dispuesta a presentar batalla.

—¿Se lo has contado a alguien? —pregunto.

—¡No! Claro que no —responde, y encima tiene el descaro de hacerse la ofendida.

Bien. Me acerco a la chimenea, tomo un encendedor del pequeño cuenco de porcelana que hay en la repisa, prendo fuego a una esquina de la hoja y dejo que caiga flotando en el hogar, consumiéndose por el camino. Ambas me observan en silencio.

Una vez que queda reducido a cenizas, vuelvo a concentrarme en ellas.

—¿Ni siquiera a Elliot? —pregunta Ana.

—A nadie —asegura Katherine, con vehemencia. Parece un poco desconcertada y puede que algo dolida—. Yo sólo quería saber si estabas bien, Ana —añade, preocupada.

No me ven, pero pongo los ojos en blanco.

—Estoy bien, Kate. Más que bien. Por favor, Christian y yo estamos estupendamente, de verdad; eso es cosa del pasado. Por favor, ignóralo —le ruega Ana.

—¿Que lo ignore? —dice—. ¿Cómo voy a ignorar algo así? ¿Qué te ha hecho él?

—No me ha hecho nada, Kate. En serio... estoy bien.

—¿De verdad? —insiste.

No me jodas.

Atraigo a Ana hacia mí y me quedo mirando a Katherine tratando de disimular mi antipatía, aunque dudo que lo consiga.

—Ana ha aceptado ser mi mujer, Katherine.

—¡Tu mujer! —exclama, incrédula, con ojos desorbitados.

—Vamos a casarnos. Vamos a anunciar nuestro compromiso esta noche —añado.

—¡Oh! —Katherine mira a Ana, atónita—. ¿Te dejo sola quince días y vas a casarte? Esto es muy precipitado. Así que ayer, cuando dije... —se interrumpe—. ¿Y cómo encaja este correo en todo esto?

—No encaja, Kate. Olvídalo... por favor. Yo lo quiero y él me quiere. No arruines su fiesta ni nuestra noche. No lo hagas —le suplica Ana.

A Katherine se le llenan los ojos de lágrimas.

Mierda. Va a llorar.

—No. Claro que no. ¿Tú estás bien?

—Soy más feliz que en toda mi vida —susurra Ana, y se me acelera el pulso.

Aunque sigo apretando a Ana contra mí, Katherine le toma la mano.

—¿De verdad estás bien? —insiste, con una nota de esperanza en la voz.

—Sí —asegura Ana en tono más animado, apartando mi brazo para estrechar a Katherine entre los suyos.

—Oh, Ana… me quedé tan preocupada cuando leí esto. No sabía qué pensar. ¿Me lo explicarás? —pregunta.

—Algún día, ahora no.

—Bien. Yo no se lo contaré a nadie. Te quiero mucho, Ana, como a una hermana. Es que pensé… —menea la cabeza—. No sabía qué pensar, perdona. Si tú eres feliz, yo también soy feliz —Katherine se vuelve hacia mí—. Lo siento, no pretendía meterme donde no me llaman.

Asiento. Puede que se preocupe por Ana, pero nunca entenderé cómo Elliot la aguanta.

—De verdad que lo siento. Tienes razón, no es asunto mío —le dice al oído a Ana.

Todos damos un respingo cuando alguien llama a la puerta y mi madre asoma la cabeza.

—¿Todo bien, cariño? —pregunta, dirigiéndose a mí.

—Todo bien, señora Grey —responde Katherine.

—Estupendamente, mamá —le aseguro yo.

Grace pone cara de alivio y entra en la habitación.

—Entonces no les importará que le dé a mi hijo un abrazo de cumpleaños —nos sonríe satisfecha y camina hacia mí, que la espero con los brazos abiertos. La estrecho con fuerza—. Feliz cumpleaños, cariño —me felicita—. Estoy tan contenta de que no te haya pasado nada…

—Estoy bien, mamá.

La miro a sus cálidos ojos castaños, desbordados de amor maternal.

—Me alegro muchísimo por ti —dice, mientras me sujeta la mejilla con la mano.

Mamá. Te quiero.

Finalmente se aparta de mí.

—Bueno, chicos, si ya terminaron su *tête-à-tête*, aquí hay un montón de gente que quiere comprobar que realmente estás sano y salvo y desearte feliz cumpleaños, Christian.

—Ahora mismo voy.

Mi madre mira a Katherine y luego a Ana, convencida, creo, de que no pasa nada. Le guiña un ojo a Ana mientras nos sujeta la puerta. Ana me da la mano.

—Christian, perdóname, de verdad —dice Katherine.

Acepto sus disculpas con un asentimiento fugaz y salimos al pasillo.

—¿Tu madre sabe lo nuestro? —pregunta Ana.

—Sí.

Enarca las cejas.

—Ah. Bueno, ha sido una forma interesante de empezar la noche.

—Tiene usted el don de quedarse corta, señorita Steele. Como siempre.

Le beso los nudillos y entramos en el salón, donde somos recibidos con un aplauso espontáneo y ensordecedor.

Mierda. ¡Cuánta gente! ¿Por qué hay tanta gente? Mi familia. El hermano de Kavanagh, Flynn y su mujer. ¡Mac! Bastille. Lily, la amiga de Mia, y su madre. Ros y Gwen. Elena.

Elena se hace notar con un ligero saludo de cabeza mientras aplaude. El ama de llaves de mi madre, que lleva una bandeja con copas de champagne, llama mi atención. Aprieto la mano de Ana y se la suelto a medida que los aplausos se van apagando.

—Gracias, a todos. Creo que necesitaré una de éstas.

Tomo dos copas y le tiendo una a Ana.

Dirijo la mía hacia la sala. Todo el mundo se acerca con entusiasmo exagerado, impaciente por saludarme después del accidente de ayer. Veo que Elena es la primera en abordarnos y toma la mano libre de Ana.

—Christian, estaba preocupadísima.

Me besa en ambas mejillas sin darme tiempo a reaccionar. Ana intenta soltarse, pero se lo impido.

—Estoy bien, Elena —contesto.

—¿Por qué no me llamaste? —pregunta en tono agraviado, mirándome de manera inquisitiva.

—He estado muy ocupado.

—¿No recibiste mis mensajes?

Suelto la mano de Ana y a cambio le rodeo el hombro con un brazo y la atraigo hacia mí.

Elena le sonríe.

—Ana, querida —dice en un arrullo—. Estás encantadora.

—Elena. Gracias —contesta Ana en un tono falso y edulcorado.

Dudo que esto pueda ser más incómodo.

Mi madre nos busca con la mirada y frunce el ceño al vernos a los tres juntos.

—Tengo que anunciar una cosa, Elena —me disculpo.

—Por supuesto —contesta, con una sonrisa crispada.

La ignoro.

—Escúchenme todos —pido alzando la voz y espero a que cese el rumor que inunda la habitación. Cuando ya tengo la atención de todos, respiro hondo—. Gracias por haber venido. Debo decir que esperaba una tranquila cena familiar, de manera que esto es una sorpresa muy agradable —le lanzo a Mia una mirada elocuente y ella me saluda con la mano—. A Ros y a mí… —hago un gesto hacia Ros y Gwen— nos fue terrible ayer —Ros alza la copa hacia mí—. Por lo que me hace especialmente feliz estar aquí hoy para compartir con todos ustedes una magnífica noticia. Esta preciosa mujer —bajo la mirada hacia mi chica—, la señorita Anastasia Rose Steele, ha aceptado ser mi esposa, y quería que todos fueran los primeros en saberlo.

El anuncio es recibido con gritos ahogados de sorpresa, algún vítor y otra ronda espontánea de aplausos. Me vuelvo hacia Ana, que está ruborizada y hermosa, le levanto la barbilla y le doy un beso casto y fugaz.

—Pronto serás mía.

—Ya lo soy.

—Legalmente —musito, con una sonrisa traviesa.

Ana suelta una risita.

Mis padres son los primeros en felicitarnos.

—Mi cielo, nunca te había visto tan feliz.

Mi madre me besa en la mejilla y se seca una lágrima antes de volcar toda su efusividad en Ana.

—Hijo, estoy muy orgulloso —dice Carrick.

—Gracias, papá.

—Es una chica encantadora.

—Lo sé.

—¿Dónde está el anillo? —exclama Mia cuando abraza a Ana.

Ana me mira con expresión alarmada.

—Lo escogeremos juntos.

Fulmino a mi hermanita con la mirada. A veces es un verdadero grano en el culo.

—¡Ay, no me mires así, Grey! —se burla justo antes de abrazarme—. Estoy muy emocionada por ti, Christian —asegura—. ¿Cuándo se casarán? ¿Ya fijaron la fecha?

—No tengo ni idea, no lo hemos decidido. Todavía tenemos que hablarlo Ana y yo.

—¡Espero que celebren una gran boda aquí!

Su insistencia es agobiante.

—Lo más probable es que mañana nos escapemos a Las Vegas.

Creo que se ha enojado, pero por suerte me salva Elliot, que me da un abrazo de oso.

—Así se hace, hermano.

Me da unas palmadas, con fuerza.

Elliot se vuelve hacia Ana, y Bastille también me palmea la espalda. Con más fuerza.

—Vaya, Grey, esto no me lo esperaba. Felicidades, amigo.

Me estrecha la mano vigorosamente.

—Gracias, Claude.

—Bueno, ¿cuándo empezaré a entrenar a tu prometida? La idea de ver cómo te patea el trasero me llena de alegría y esperanza.

Me echo a reír.

—Le he dado tu horario. Seguro que se pondrá en contacto contigo.

Ashley, la madre de Lily, me felicita, aunque la noto muy fría. Espero que Lily y ella se mantengan alejadas de mi prometida.

Veo que se acercan el doctor Flynn y su mujer y voy a rescatar a Ana de las garras de Mia.

—Christian —me saluda Flynn mientras le estrecho la mano que me tiende.

—John. Rhian.

Le doy un beso a su mujer.

—Estoy encantado de que sigas entre nosotros, Christian —dice Flynn—. Mi vida sería de los más aburrida, y mísera, sin ti.

—¡John! —lo regaña Rhian, y aprovecho para presentarle a Ana.

—Encantada de conocer a la mujer que finalmente ha conquistado el corazón de Christian —le dice Rhian con voz afectuosa.

—Gracias —contesta Ana.

—Ésta sí que ha sido una buena bolea, Christian.

Flynn menea la cabeza, incrédulo y divertido.

¿Qué?

—Tú y tus metáforas de críquet, John —vuelve a reprenderlo Rhian, tras lo cual me desea un feliz cumpleaños.

Poco después, Ana y ella están enfrascadas en una animada conversación.

—El anuncio ha sido una verdadera bomba, teniendo en cuenta tu público —comenta John en clara referencia a Elena.

—Sí, estoy seguro de que no se lo esperaba —admito.

—Podemos hablarlo más adelante.

—¿Cómo está Leila?

—Ella está bien, Christian, responde bien al tratamiento. Dentro de un par de semanas la incorporaremos a un programa para pacientes externos.

—Me dejas más tranquilo.

—Se ha interesado por las clases artísticas de terapia.

—¿De verdad? Antes pintaba.

—Eso dijo. Creo que esas clases podrían serle de gran ayuda.

—Genial. ¿Come bien?

—Sí, no me preocupa su apetito.

—Bien. Pregúntale algo por mí.

—Claro.

—Necesito saber si fue ella quien cambió de lugar unas fotografías que había en mi caja fuerte.

—Ah, sí. Me habló de ello.

—¿De verdad?

—Ya sabes lo traviesa que puede llegar a ser. Sólo pretendía poner nerviosa a Ana.

—Bueno, pues funcionó.

—También podemos hablar de eso más adelante.

Aparecen Ros y Gwen y se las presento a Ana.

—Me alegro mucho de conocerte al fin, Ana —dice Ros.

—Gracias, ¿ya te has recuperado de la mala experiencia?

Ros asiente y Gwen la rodea con su brazo.

—Vaya broma, desde luego —prosigue Ros—. Es un milagro que Christian consiguiera aterrizar el aparato y que podamos contarlo. Es un magnífico piloto.

—Fue cuestión de suerte, y que quería volver a casa con mi chica —apunto.

—Lógicamente. Además, después de haberla conocido, ¿quién no querría? —dice Gwen.

Grace anuncia que la cena está servida en la cocina.

Tomo a Ana de la mano y le doy un breve apretón para saber cómo lo está llevando. Nos dirigimos a la cocina detrás de los demás invitados, pero Mia tiende una emboscada a Ana en el pasillo. Sujeta dos copas de cóctel, lo que me hace sospechar que no se trae nada bueno entre manos.

Ana me lanza una fugaz mirada de pánico, pero la suelto y espero hasta que las veo entrar en el comedor. Mia cierra la puerta detrás de ellas.

Mac se acerca a mí en la cocina para felicitarme.

—Por favor, Mac, llámame Christian. Estás en mi fiesta de compromiso.

—Me enteré de lo del accidente.

Mac escucha con atención mientras le cuento la truculenta historia.

Mi madre ha preparado un banquete de temática marroquí. Me lleno un plato mientras Mac y yo charlamos sobre el *Grace*.

Estoy sirviéndome una segunda ración de tayín de cordero cuando me pregunto qué diablos estarán haciendo Ana y Mia. Decido ir a rescatar a Ana, pero oigo gritos al llegar frente a la puerta del comedor.

—¡No te atrevas a decirme tú dónde me estoy metiendo!

Mierda. ¿Y ahora qué?

—¿Cuándo aprenderás que eso no es asunto tuyo? —grita Ana, hecha una furia.

Intento abrir la puerta, pero hay alguien al otro lado que me lo impide, de manera que empujo hasta que se mueve y la abro de par en par. Ana está fuera de sí, con la tez cada vez más roja y temblando de ira. Tiene delante a Elena, empapada de lo que debía de ser la bebida de Ana. Cierro la puerta y me interpongo entre ellas.

—¿Qué carajos estás haciendo, Elena? —le espeto con un gruñido.

Te dije que la dejaras en paz.

Elena se limpia la cara con el dorso de la mano.

—Ella no es buena para ti, Christian.

—¿Qué? —grito, tan alto que estoy seguro de que he asustado a Ana porque hasta Elena da un respingo. Pero me importa una mierda.

Se lo he advertido. Hasta el cansancio.

—¿Tú cómo carajos sabes lo que es bueno para mí?

—Tú tienes necesidades, Christian —contesta ella en un tono más suave, con la clara intención de tranquilizarme.

—Ya te lo he dicho: esto no es asunto tuyo, carajo —me sorprende mi propia vehemencia—. ¿De qué se trata esto? —la miro con el ceño fruncido—. ¿Piensas que eres tú? ¿Tú? ¿Crees que tú eres la persona adecuada para mí?

Elena endurece la expresión, sus ojos son como dos pedernales. Endereza la espalda y da un paso hacia mí.

—Yo fui lo mejor que te pasó en la vida —masculla entre dientes con arrogancia ciega—. Mírate ahora. Uno de los empresarios más ricos y triunfadores de Estados Unidos, equilibrado, emprendedor... Tú no necesitas nada. Eres el amo de tu mundo.

Sé dónde quiere ir a parar.

Mierda.

Retrocedo. Asqueado.

—Aquello te encantaba, Christian, no intentes engañarte a ti mismo. Tenías una tendencia autodestructiva de la cual te salvé yo, te salvé de acabar en la cárcel. Créeme, nene, hubieras acabado allí. Yo te enseñé todo lo que sabes, todo lo que necesitas.

No recuerdo haber estado nunca tan furioso.

—Tú me enseñaste a coger, Elena. Pero eso es algo vacío, como tú. No me extraña que Linc te dejara.

Elena ahoga un grito. Conmocionada.

—Tú nunca me abrazaste. No me dijiste que me querías ni una sola vez.

Entorna sus acerados ojos azules.

—El amor es para los idiotas, Christian.

—Fuera de mi casa —le ordena Grace con ira contenida.

Los tres nos volvemos con un respingo y vemos a mi madre en la puerta, como un ángel vengador. Tiene los ojos clavados en Elena. Si las miradas mataran, Elena sería un montoncito de cenizas en el suelo.

Me vuelvo hacia ella, que está lívida. Parece incapaz de moverse o de hablar bajo la mirada fulminante de mi madre, que se dirige hacia ella con paso indignado. Grace la abofetea con fuerza y todos nos quedamos atónitos. El sonido del impacto resuena en las paredes.

—¡Quita tus asquerosas garras de mi hijo, puta, y sal de mi casa... ahora! —masculla Grace con los dientes apretados.

Mierda. ¡Mamá!

Elena se toca la mejilla, estupefacta. Mira a Grace con un parpadeo, da media vuelta y sale de la habitación de manera abrupta, sin molestarse en cerrar la puerta detrás de ella.

Mi madre se vuelve hacia mí y soy incapaz de esquivar sus ojos.

Veo el dolor y la angustia escritos en su rostro.

Continuamos mirándonos, pero no dice nada, y un silencio opresivo e insoportable se instala en la habitación.

Finalmente, habla.

—Ana, antes de entregarte a mi hijo, ¿te importaría dejarme unos minutos a solas con él?

No es una petición.

—Por supuesto —susurra Ana.

La veo salir y cerrar la puerta.

Mi madre me mira con el ceño fruncido, sin decir nada, como si me viera por primera vez.

Como si viera al monstruo que ha criado, aunque no lo creara.

Mierda.

Estoy metido en un buen lío. Empieza a picarme la cabeza y noto que me pongo pálido.

—¿Cuánto duró, Christian? —pregunta en voz baja.

Conozco ese tono, es la calma que precede a la tormenta.

¿Cuánto habrá oído?

—Varios años —contesto entre dientes.

No quiero que lo sepa. No quiero contárselo. No quiero hacerle daño y sé que esto se lo haría. Lo he sabido desde que era un adolescente.

—¿Cuántos años tenías?

Trago saliva y el pulso se me acelera como el motor de un Fórmula 1. Debo andarme con cuidado. No quiero causarle problemas a Elena. Estudio la expresión de mi madre tratando de adivinar cómo reaccionará. ¿Le miento? ¿Sería capaz? Aunque una parte de mí sabe que le he mentido cada vez que veía a Elena y le decía que estaba estudiando con un amigo.

Me traspasa con la mirada.

—Dime. ¿Cuántos años tenías cuando empezó todo esto? —insiste apretando los dientes.

Ha empleado ese tono que he oído en raras ocasiones. Sé que no puedo hacer nada, no parará hasta que obtenga una respuesta.

—Dieciséis —susurro.

Entorna los ojos y ladea la cabeza a un lado.

—¿Y qué más? —contesta con una voz escalofriantemente tranquila.

Mierda. ¿Cómo lo sabe?

—Christian —insiste en tono de aviso, invitándome a decirle la verdad.

—Quince.

Cierra los ojos como si la hubiese apuñalado y se lleva una mano a la boca para ahogar un sollozo. Cuando vuelve a abrirlos, están llenos de dolor y lágrimas contenidas.

—Mamá…

Intento pensar en algo que decir que alivie su dolor. Doy un paso hacia ella, pero alza una mano para detenerme.

—Christian, ahora mismo estoy muy enfadada contigo. Es mejor que no te acerques a mí.

—¿Cómo supiste que te mentía? —pregunto.

—Por amor del cielo, Christian, soy tu madre —me espeta, secándose con brusquedad la lágrima que le cae por la mejilla.

Noto que me sonrojo; me siento imbécil, pero también experimento cierto rencor. Mi madre es la única persona capaz de hacerme sentir así. Mi madre… y Ana.

Creía que mentía mejor.

—Sí, ya puedes sentirte avergonzado. ¿Cuánto tiempo duró? ¿Cuánto tiempo nos estuviste mintiendo, Christian?

Me encojo de hombros. No quiero que lo sepa.

—¡Que me lo digas! —insiste.

—Varios años.

—¡Años! ¡Años! —Sus gritos hacen que me encoja. Casi nunca grita—. No puedo creerlo. Esa hija de puta…

Se me corta la respiración. Nunca he oído a Grace decir palabrotas. Jamás. No salgo de mi asombro.

Se da la vuelta y camina hacia la ventana. Yo no me muevo del sitio. Estoy paralizado. Atónito.

Mamá acaba de decir una palabrota.

—Y pensar en todas las veces que ha estado aquí...

Grace se lamenta con un gemido y se lleva las manos a la cabeza. No puedo mantenerme al margen ni un segundo más. Me acerco a ella y la envuelvo entre mis brazos. Esto es nuevo para mí, abrazar a mi madre. La estrecho contra mí y empieza a llorar quedamente.

—Esta semana creí que te perdía y ahora esto —se lamenta entre sollozos.

—Mamá... no es lo que piensas.

—Ni se te ocurra, Christian. Te he oído, he oído lo que decías. Que te enseñó a coger.

¡Otra vez ese lenguaje!

Me estremezco; no es ella. Grace nunca se expresa así. Me avergüenza pensar que tengo algo que ver en esto. La idea de hacerle daño me resulta insoportable. Nunca he querido hacerle daño. Ella me salvó. Y de pronto me siento arrollado por la vergüenza y los remordimientos.

—Sé que pasó algo cuando tenías quince años. Fue ella, ¿verdad? La razón por la que de repente te calmaste y te centraste. Ay, Christian. ¿Qué te hizo?

¡Mamá! ¿Por qué reacciona de manera tan exagerada? ¿Le digo que Elena supo controlarme? No tengo por qué explicarle cómo.

—Sí —murmuro.

Vuelve a lamentarse con un gemido.

—Oh, Christian. Me he emborrachado con esa mujer, la de noches que le he abierto mi corazón. Y pensar...

—Mi relación con ella no tiene nada que ver con su amistad.

—¡No me vengas con tonterías, Christian! Abusó de mi confianza. ¡Abusó de mi hijo!

Se le quiebra la voz y vuelve a enterrar el rostro entre las manos.

—Mamá… yo no lo viví así.

Se aparta y me propina tal manotazo en la cabeza que me obliga a agacharla.

—No encuentro palabras, Christian. De verdad que no. ¿Qué hice mal?

—Mamá, tú no tienes la culpa.

—¿Cómo? ¿Cómo empezó todo? —Alza la mano y se apresura a añadir—: No, no quiero saberlo. ¿Qué dirá tu padre?

Mierda.

Carrick se subirá por las paredes.

De pronto vuelvo a tener quince años, con el temor de tener que enfrentarme a otro de sus sermones interminables sobre la responsabilidad personal y el comportamiento correcto. Dios, es lo último que necesito.

—Sí, se pondrá como un energúmeno —dice mi madre, interpretando correctamente mi expresión—. Sabíamos que había ocurrido algo. Cambiaste de la noche a la mañana… y pensar que fue porque mi mejor amiga se estaba tirando a mi hijo.

Ahora mismo querría que la tierra me tragara.

—Mamá… Lo hecho, hecho está. No me hizo daño.

—Christian, he oído lo que has dicho. He oído su fría respuesta. Y pensar…

Vuelve a llevarse las manos a la cabeza. De pronto, me mira y abre los ojos desmesuradamente, horrorizada.

Mierda. ¿Y ahora qué?

—¡No! —dice con un hilo de voz.

—¿Qué?

—Oh, no. Dime que no es verdad, porque si lo es… iré a buscar el viejo revólver de tu padre y mataré a esa zorra.

¡Mamá!

—¿Qué?

—Sé que Elena tiene gustos exóticos, Christian.

Por segunda vez esta noche, me siento ligeramente mareado. Mierda. No debe saber eso.

—Sólo era sexo, mamá —me apresuro a murmurar.

Zanjemos ese asunto cuanto antes. De ninguna manera voy a exponerla a esa parte de mi vida.

Me mira con los ojos entrecerrados.

—No quiero oír los detalles sórdidos, Christian, porque eso es lo que es: repugnante, sórdido, obsceno. ¿Qué clase de mujer le hace eso a un niño de quince años? Es asqueroso. Y pensar en todas las confidencias que he compartido con ella... Bueno, puedes estar seguro de que esa mujer no volverá a poner un pie en esta casa —aprieta los labios con decisión—. Y tú debes cesar cualquier tipo de relación con ella.

—Mamá, eeeh... Elena y yo dirigimos juntos un negocio boyante.

—No, Christian. Corta todos los lazos con ella.

La miro fijamente, mudo de asombro. ¿De verdad pretende decirme lo que debo hacer? Tengo veintiocho años, no me jodas.

—Mamá...

—No, Christian, lo digo en serio. Si no lo haces, acudiré a la policía.

Me pongo pálido.

—No te atreverás.

—Ya lo creo que sí. No pude pararlo entonces, pero puedo hacerlo ahora.

—Estás muy enfadada, mamá, y tienes todo el derecho... pero creo que exageras.

—¡No me digas que exagero! —grita—. ¡No vas a tener ningún tipo de relación con alguien que es capaz de abusar de un niño inmaduro con problemas!

Me mira con el ceño fruncido.

—Está bien.

Levanto las manos en señal de rendición y entonces ella parece serenarse.

—¿Lo sabe Ana?

—Sí, lo sabe.

—Bien. No se debe iniciar una vida de casados con secretos.

Frunce el ceño, como si hablara por experiencia propia. Sin

ánimo de profundizar, me pregunto a qué ha venido eso, pero se sobrepone enseguida.

—Me gustaría saber qué opina de Elena.

—Más o menos lo mismo que tú.

—Una chica sensata. Al menos con ella has tenido suerte. Una jovencita encantadora y de una edad apropiada. Alguien con quien encontrar la felicidad.

Mi expresión se dulcifica.

Sí. Ella me hace más feliz de lo que nunca imaginé que fuese posible.

—Terminarás con Elena. Corta cualquier atadura. ¿Entendido?

—Sí, mamá. ¿Y si lo hago como regalo de bodas para Anastasia?

—¿Qué? ¿Estás loco? ¡Ya puedes pensar en otra cosa! No es nada romántico, Christian —me regaña.

—Creía que le gustaría.

—¡Hombres! A veces no tienen ni idea.

—¿Qué crees que podría regalarle?

—Ay, Christian —suspira y luego me ofrece una pequeña y débil sonrisa—. No has comprendido nada, ¿verdad? ¿Sabes por qué estoy disgustada?

—Sí, claro.

—¿Ah, sí? ¿Por qué?

La miro fijamente y suspiro.

—No lo sé, mamá. ¿Porque no lo sabías? ¿Porque es amiga tuya?

Alarga una mano y me acaricia el pelo suavemente, como cuando era pequeño. La única parte de mi cuerpo que se atrevía a tocar, porque era la única que le permitía.

—Por todo eso y porque abusó de ti, cariño. Y tú te mereces todo el amor del mundo. Es muy fácil quererte. Siempre ha sido así.

Siento un ligero escozor en los ojos.

—Mamá —susurro.

Me rodea con sus brazos, más calmada, y la estrecho contra mí.

—Será mejor que vayas a buscar a tu futura esposa. Tendré que contárselo a tu padre cuando se acabe la fiesta. Seguro que él también querrá hablar contigo.

—Mamá, por favor. ¿Tienes que decírselo?

—Sí, Christian, tengo que hacerlo. Y espero que te eche una buena bronca.

Mierda.

—Sigo enfadada contigo, pero aún más con ella.

Cualquier rastro de buen humor desaparece de su rostro. No sabía que Grace pudiera dar tanto miedo.

—Lo sé —murmuro.

—Venga, largo. Ve a buscar a tu chica.

Me suelta, se aparta de mí y se pasa los dedos por debajo de los ojos para limpiarse el maquillaje que se le ha corrido. Está muy guapa. Una mujer maravillosa, que me quiere de corazón, como yo a ella.

Respiro profundo.

—Nunca he querido hacerte daño, mamá.

—Lo sé. Vete.

Me inclino y la sorprendo con un delicado beso en la frente.

Salgo de la habitación, en busca de Ana.

Mierda. Ha sido intenso.

Ana no está en la cocina.

—Eh, hermanito, ¿una cerveza? —pregunta Elliot.

—Enseguida. Estoy buscando a Ana.

—¿Ha entrado en razón y ha huido?

—Que te den, Elliot.

No está en la salita.

No se habrá ido, ¿verdad?

¿Y en mi habitación? Subo la escalera de cuatro en cuatro hasta el primer piso y me dirijo hacia el segundo. Ana está en el rellano. Llego al penúltimo escalón y me paro cuando estamos al mismo nivel.

—Hola.

—Hola —contesta.

—Estaba preocupado…

—Lo sé —me interrumpe—. Perdona… no era capaz de sumarme a la fiesta. Necesitaba apartarme, ¿sabes? Para pensar.

Me acaricia la cara y yo apoyo la mejilla en su palma.

—¿Y se te ocurrió hacerlo en mi dormitorio?

—Sí.

Subo el último escalón, la atraigo hacia mí y nos abrazamos. Huele de maravilla. Diría que su olor incluso tiene un efecto tranquilizador.

—Lamento que hayas tenido que pasar por todo eso.

—No es culpa tuya, Christian. ¿Por qué ha venido ella?

—Es amiga de la familia.

—Ya no. ¿Cómo está tu madre?

—Ahora mismo está bastante enfadada conmigo. Sinceramente, estoy encantado de que tú estés aquí y de que esto sea una fiesta. De no ser así, puede que me hubiera matado.

—¿Tan enojada está?

No sabes hasta qué punto.

—¿Y la culpas por eso? —pregunta.

Lo pienso un momento. Su mejor amiga se tira a su hijo.

—No.

—¿Nos sentamos?

—Claro. ¿Aquí?

Ana asiente y nos acomodamos en lo alto de la escalera.

—¿Y tú qué sientes? —pregunta.

Dejo escapar un largo suspiro.

—Me siento liberado.

Me encojo de hombros, es verdad, me siento realmente liberado. Es como si me hubiesen quitado un peso de encima. Se acabó lo de preocuparse por lo que piense Elena.

—¿De verdad?

—Nuestra relación de negocios ha terminado.

—¿Vas a cerrar la cadena de salones de belleza?

—No soy tan vengativo, Anastasia. No, le regalaré el negocio. Se lo debo. El lunes hablaré con mi abogado.

Me dirige una mirada socarrona.

—¿Se acabó la señora Robinson?

—Para siempre.

Ana sonríe complacida.

—Siento que hayas perdido una amiga.

—¿De verdad lo sientes?

—No —confiesa, con aire burlón.

—Ven —me levanto y le tiendo una mano—. Unámonos a esa fiesta en nuestro honor. Incluso puede que me emborrache.

—¿Tú te emborrachas?

—Desde mis tiempos de adolescente salvaje, no.

Bajamos la escalera.

—¿Ya comiste?

—No —contesta, avergonzada.

—Pues deberías. A juzgar por el olor y el aspecto que tenía Elena, lo que le tiraste era uno de esos combinados mortales de mi padre.

—Christian, yo...

Levanto una mano.

—No discutamos, Anastasia. Si vas a beber y a tirarles copas encima a mis ex, antes tienes que comer. Es la norma número uno. Creo que ya tuvimos esta conversación después de la primera noche que pasamos juntos.

De pronto me asalta la imagen de Ana tumbada en mi cama del Heathman en estado comatoso. Nos detenemos en el pasillo y la acaricio, deslizando los dedos por su mandíbula.

—Estuve despierto durante horas contemplando cómo dormías —susurro—. Puede que ya te amara entonces.

Me inclino y se derrite entre mis brazos cuando la beso.

—Come.

Le hago un gesto en dirección a la cocina.

—Está bien —dice.

Cierro la puerta después de despedirme del doctor Flynn y su mujer.

Por fin puedo estar a solas con Ana. Ya sólo queda la familia. Grace se ha pasado con la bebida y está en la sala familiar, perpetrando un crimen con «I Will Survive» en la consola de karaoke, acompañada de Mia y Katherine.

—Me parece que mi madre ha bebido demasiado.

—¿Y la culpas por ello? —pregunta Ana.

Entrecierro los ojos.

—¿Se está riendo de mí, señorita Steele?

—Así es.

—Un día memorable.

—Christian, últimamente todos los días que paso contigo son memorables.

—Buena puntualización, señorita Steele. Ven, quiero enseñarte una cosa.

La llevo por el pasillo hasta la cocina.

Carrick, Elliot e Ethan Kavanagh están discutiendo sobre los Mariners.

—¿Van a dar un paseo? —se burla Elliot al ver que nos dirigimos a las puertas de cristal, pero le hago una mala seña y no le hago el menor caso.

Fuera hace una noche agradable. Conduzco a Ana hasta los escalones de piedra que dan al jardín, donde se quita los zapatos y se detiene un momento para contemplar las vistas. La media luna brilla sobre la bahía y dibuja un rutilante camino de plata sobre el agua. Las luces de Seattle centellean a lo lejos como un telón de fondo.

Paseamos de la mano hacia la casita del embarcadero. Está iluminada, tanto dentro como fuera, y la luz seductora se convierte en nuestro faro.

—Christian, mañana me gustaría ir a la iglesia —dice Ana.

—¿Ah?

¿Cuándo fue la última vez que pisé una iglesia? Repaso mentalmente su informe y no recuerdo que pusiera que fuese religiosa.

—Recé para que volvieras a casa con vida, y así ha sido. Es lo mínimo que puedo hacer.

—De acuerdo.

Tal vez la acompañe.

—¿Dónde vas a poner las fotos que me tomó José?

—Pensé que podríamos colgarlas en la casa nueva.

—¿La compraste?

Me detengo.

—Sí, creí que te gustaba.

—Me gusta. ¿Cuándo la compraste?

—Ayer por la mañana. Ahora tenemos que decidir qué hacer con ella.

—No la tires. Por favor. Es una casa preciosa. Sólo necesita que la cuiden con amor y cariño.

—De acuerdo. Hablaré con Elliot. Él conoce a una arquitecta muy buena que me hizo unas obras en Aspen. Él puede encargarse de la reforma.

Ana sonríe y luego suelta un risita.

—¿Qué pasa? —pregunto.

—Me estaba acordando de la última vez que me llevaste a la casita del embarcadero.

Oh, sí. Yo también estaba allí.

—Oh, aquello fue muy divertido. De hecho…

Me paro y me la cargo al hombro entre chillidos.

—Estabas muy enojado, si no recuerdo mal —dice Ana dando botes en mi hombro.

—Anastasia, yo siempre estoy muy enojado.

—No, no es verdad.

Le doy una nalgada y la bajo deslizándola por mi cuerpo cuando llegamos a la puerta de la casita del embarcadero. Le tomo la cabeza entre las manos.

—No, ya no.

Mis labios y mi lengua buscan los suyos y vuelco toda la ansiedad que siento en un beso apasionado. Ana jadea y apenas puede respirar cuando la suelto.

Bueno. Espero que le guste lo que he planeado. Espero que sea lo que quiere. Se merece el mundo entero. Parece un poco intrigada y me acaricia la cara. Desliza sus dedos por mi mejilla y la mandíbula hasta el mentón. Finalmente posa un dedo sobre mis labios.

Comienza el espectáculo, Grey.

—Tengo que enseñarte una cosa aquí dentro —abro la puerta—. Ven.

La tomo de la mano y la llevo a lo alto de la escalera. Abro la siguiente puerta y echo un vistazo al interior. Todo parece en su sitio. Me aparto para dejarla pasar y entro detrás de ella.

Ana ahoga un grito ante el espectáculo que le da la bienvenida.

Los floristas han tirado la casa por la ventana. Hay flores silvestres por todas partes, rosas, blancas, azules, y todo está iluminado con lucecitas de colores y farolillos de color rosa claro.

Sí. Creo que bastará.

Ana no sale de su asombro. Se da la vuelta rápidamente y me mira boquiabierta.

—Querías flores y corazones.

Continúa mirándome, incrédula.

—Mi corazón ya lo tienes.

Hago un gesto abarcando la habitación.

—Y aquí están las flores —susurra—. Christian, es precioso.

Tiene la voz ronca, es evidente que está al borde de las lágrimas.

Armándome de valor, la hago entrar en la habitación y, en medio de la pérgola, clavo una rodilla en el suelo. Ana se queda sin respiración y se lleva las manos a la boca. Saco el anillo del bolsillo interior del saco y lo sujeto en alto.

—Anastasia Steele. Te quiero. Quiero amarte, honrarte y protegerte durante el resto de mi vida. Sé mía. Para siempre. Comparte tu vida conmigo. Cásate conmigo.

Es el amor de mi vida.

Sólo Ana, por siempre jamás.

Por sus mejillas cae un torrente de lágrimas, pero su sonrisa eclipsa el sol, la luna, las estrellas y todas las flores de la casita del embarcadero.

—Sí —contesta.

Le tomo la mano y le deslizo el anillo en el dedo. Encaja a la perfección.

Ana lo contempla maravillada.

—Oh, Christian —solloza.

Se le doblan las rodillas y cae en mis brazos. Me besa, y en su beso me lo ofrece todo, sus labios, su lengua, su compasión, su amor. Su cuerpo pegado al mío. Dando, como siempre.

Dulce, dulce Ana.

Le devuelvo el beso. Aceptando lo que me ofrece y dando a cambio. Ella me ha enseñado a hacerlo.

La mujer que me ha arrastrado hacia la luz. La mujer que me ama a pesar de mi pasado, a pesar de todos mis errores. La mujer que ha aceptado ser mía el resto de su vida.

Mi chica. Mi Ana. Mi amor.

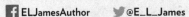